내 안의
악마를
위하여
vol. 2

내 안의
악마를
위하여 vol.2

초판 1쇄 발행 2020년 8월 10일

지은이 | 피숙혜

발행인 | 김성룡
기획, 편집 | (주)스마트빅(쉼표)
교정 | 박소영
표지디자인 | 우물
출판등록 | 제2014-000017호 (2011년 6월 30일)

펴낸곳 | 도서출판 가연
주 소 | 서울시마포구 월드컵북로 4길 77, 3층 (동교동 ANT빌딩)
전 화 | 02-858-2217
팩 스 | 02-858-2219
ISBN | 978-89-6897-074-0 03810

For The Devil Inside Me

내 안의
악마를
위하여
vol.2

피숙혜 장편소설

차 례

XIV. 첫 경험

그는 조금 떨고 있었다. 마냥 좋은 나에 비해 그는 지나치게 감격스러워했다. 그게 좋아서 그의 가슴에 더 파고들었다.

"이쯤이면 올 줄 알았지만, 오늘 올 줄은 몰랐어."

"모범생이라 조기 졸업했어요."

내가 농담처럼 대꾸했다. 예정대로라면 내 퇴원은 오늘이 아니라 다음 주 첫째 날이었다. 하지만 의사는 굳이 4일의 시간을 더 병원에서 허비할 필요가 없다고 했다. 차라리 의미 있는 날 의미 있게 퇴원하는 편이 좋겠다며 퇴원을 허락했고, 오스왈드의 비서가 병원으로 와서 퇴원 수속과 정산을 해결하고 입을 만한 겨울 옷도 건네줬다. 그가 나와 최정우 사이에서 무슨 게임을 즐기고 있는지는 모르겠지만 어쨌든 내가 원하는 것 이상의 것을 해 줬다. 나는 이 메피스토에게 분하지만 억울할 만큼 감사하고 있다. 최정우는 문을 더 활짝 열어 들어갈 수 있게 비켜 줬고 나는 집 안으로 발걸음을 옮겼다.

개장 전 미술관 같은 분위기는 여전했다. 집에서 나는 그의 향기도 여전했고 내가 기억하고 있던 것과 조금도 달라지지 않은 모습에 깊은 안도감을 느꼈다. 이제야 정말 있어야 할 곳에 돌아온 것 같았다. 그가 현관문을 닫는 소리가 들렸다.

"이 시간에 퇴원했을 리는 없고. 어디 있었어?"

아. 백팩을 거실 소파에 내려놓고 파카를 벗으며 대답했다.

"그냥 여기저기 구경 다녔어요."

"네가?"

찬장에서 머그컵을 꺼내고 커피포트에 물을 데우며 그가 눈을 가늘게 떴다. 그래. 내가 길거리를 활보하고 다녔다는 게 선뜻 믿기지는 않겠지.

"네. 갇혀 있다 보니까 막 여기저기 구경하고 싶더라고요. 코코아 싫어요."

그가 코코아가 들어 있는 스틱을 머그잔에 부어 버리기 전에 나는 황급하게 손을 들었다.

"저 그거 안 마셔요."

"왜? 춥잖아."

"저 술 줘요."

"뭐?"

"술이요, 술. 알코올."

천연덕스럽고도 장난스럽게 강조하자 그가 기막힌 웃음을 터트렸다.

"저 이제 성인이잖아요."

"그게 무슨 벼슬인 줄 알아?"

"어쨌든 술 줘요. 와인 말고 진짜 술이요!"

난 이제 스무 살이라고. 이날을 얼마나 고대했는데. 내가 얼마나 빨리 어른이 되고 싶었는데. 스무 살이 된 첫날을 고작 코코아 따위나 마시며 보낼 순 없었다. 그것도 최정우와 같이 있으면서.

나는 좀 더 근사한 것을 해 보고 싶었다. 선뜻 내켜 하지 않는 얼굴이었지만 굳이 내 말에 토를 달 생각도 없어 보였다. 그는 '흠' 하는 소리를 내고는 반대쪽 찬장 문을 열어 보였다.

"이 중에 뭐 마실 건데?"

나는 종종걸음으로 그의 옆에 다가가 찬장을 들여다봤다. 그 안에는 온갖 종류의 술이 다 들어 있었다. 영어로 된 술도 있었고, 한자가 쓰인 술도 있었고, 하얀 술도 있었고, 황금색 술도 있었고, 파란색 술도 있었다. 무슨 술이 이렇게 많아? 나는 신기한 얼굴로 그를 향해 시선을 돌렸다.

"집에 웬 술이 이렇게 많아요?"

"혼자 사는 남자 집의 불문율이지."

"왜요?"

그는 대답도 하지 않고 혼자 웃었다. 뭐야. 스물셋쯤 되면 술이 쌀처럼 느껴지나? 없으면 안 될 것처럼? 고개를 갸웃거리며 다시 찬장으로 시선을 돌렸다. 그중에 꽤나 로맨틱해 보이는 유리병이 눈에 들어왔다.

"이걸로 마실래요."

"이거?"

그가 손가락으로 내가 고른 병을 콕 집었다.

"네."

벌어진 입에서 잠깐 멈췄던 숨소리가 웃음처럼 터져 나왔다. 그는 좀 기가 막혀 보였다.

"왜요? 맛없어요?"

"아니."

"그럼 그걸로 마실래요."

병원을 졸업해도 여전히 이 남자의 미소는 미스터리였다. 정상인이 되어도 여전히 이 남자는 읽히지 않는구나.

"일단 씻고 나와. 끝내주는 보드카를 제조해 주지."

"그냥 마시면 안 돼요?"

"그냥 못 마셔. 씻고 나와."

그는 내 등을 뒤로 밀었다. 병은 예뻐 보였는데 맛은 별로인가? 내가 뭘 알겠어. 아는 거라곤 소주 맥주 양주 뭐 이렇게 나눠진다는 것뿐인데.

나는 백팩을 들고 화장실로 향했다. 오후에 퇴원한 뒤 아빠가 준 돈을 하루 동안 알차게 쓰며 돌아다녔다. 배가 고프면 음식을 먹고, 멍하게 카페에 앉아 행인들을 구경하기도 하고, 최정우의 집에서 입고 지낼 옷 몇 벌과 저렴한 화장품 몇 개, 속옷도 샀다. 백팩에서 생전 처음으로 스스로 고른 속옷을 꺼내 들었다.

늘 엄마가 마트나 시장에서 구매해 준 속옷을 아무 생각 없이 입어 왔던 덕에 속옷 종류가 그렇게 많은 줄 여태 몰랐다. 그리고 그렇게 아름답고 시선을 떼지 못할 만큼 매력적이라는 것도 처음 알았다.

흐으으음. 현란한 네온 핑크의 브래지어가 화장실 불빛 아래 눈이 아플 정도로 발광했다. 이건…… 충동구매의 결과인가? 하지만 도저히 사지 않고는 배길 수 없는 이 유혹적인 색상을 보라고.

병원에서 퇴원했어도 바뀌지 않은 게 하나 있었는데, 바로 점원의 상술에 영혼이 탈곡되는 버릇이었다. 같은 디자인의 실크 캐미솔을 들어 보이며 '손님, 이건 세트 상품이에요'라고 말하는 순간 도저히 구매하지 않고는 쇼핑을 끝낼 수가 없을 것 같았다. 마치 목마른 자 앞에 생명수를 내놓은 것처럼 말이다. 나는 어금니를 꽉 깨물고 과감하게 네온 핑크 속옷을 세트로 구입했다. 매우 불가항력인 일이었다. 그나마 남성용 네온 핑크 드로즈를 커플 세트로 묶어 구매하지 않은 게 어디인가. 그 정도면 대단한 선방이다.

옷을 벗어서 변기 위 뚜껑에 가지런히 접어놓고 샤워 꼭지를 틀었다. 입원하기 전에 한 말이 있다. 나가게 되면 그에게 꼭 같이 자자던 말. 그가 그 말을 기억하고 있을까? 호르몬 약을 앞으로 몇 달 동안은 먹어야 하고, 정신과 상담도 앞으로 규칙적으로 받아야 하지만 몸과 마음은 어느 때보다도 건강했다. 그와 자면 안 될 만한 이유는 한 가지도 없었다. 문제가 될 게 있다면 내가 아무것도 모른다는 것 정도?

머리를 감고, 샤워를 하고, 수건으로 몸을 닦아 낸 뒤 네온 핑크색의 승부(?) 속옷을 최초로 착용했다. 희뿌옇게 김이 서린 거울을 닦아 내어, 이 역사적인 최초의 모습을 꼼꼼하게 관찰했다. 거울 속의 나 자신을 보는 게 죽는 것보다 싫었는데 어느샌가 매우 자연스러워졌다. 병원에 갇혀 있을 때 이뤄 낸 엄청난 성과다. 이 것이, 내가 허투루 그 시간을 낭비한 게 아니란 걸 증명해 준다. 그리고 이젠 정말로 준비가 되었다는 것도 말이다.

속옷은 아주 잘 맞았다. 이것 봐. 이게 제대로 된 속옷이지. 멍청아. 맨날 사이즈도 제대로 안 맞는 속옷을 입으니, 더 못나 보였던 거라고. 내 무지를 탓하려면 엄마의 무지부터 탓해야 했다. 이런 문제에 대해 엄마가 알려 준 건 아무것도 없으니까. 엄마는 늘 A컵 85 사이즈 브래지어를 사다 줬는데 실제로는 C컵에 75 였다. 엄마는 딸이 열아홉 살이 될 때까지도 딸의 가슴 사이즈조 차 제대로 몰랐다. 아마 자신의 가슴 사이즈도 모를 거다. 다른 집도 이렇게 자신의 몸이나 딸의 몸에 무관심하게 지내는 건지 참 궁금했다.

아무도 내게 올바른 속옷 착용법이나 자궁 경부가 헐면 어떻게 알 수 있는지 등의 기초적인 지식을 가르쳐 주지 않았다. 난자 와 정자가 만나는 과학적 접근만 잔뜩 나열된 비디오보다, 콘돔 을 어떻게 착용시키는지 같은 피임을 위한 지식보다, 자신의 신체 사이즈는 어떻게 측정해야 하는지, 어떤 속옷을 입어야 좋은 지, 몸에 염증이 생기면 어떻게 불편해지는지, 어떻게 해결해야 하는지를 알려 주는 게 훨씬 도움이 될 것 같은데도 말이다. 정말 웃긴 일이다. 항상 몸을 소중히 여기라고 말하면서 정작 어떻게 해야 소중히 여기는 건지는 알려 주지 않는다는 거 말이다. 내 몸이 소중하다는 자각이 없기 때문에, 느껴 보질 못했기 때문에 나는 너무도 쉽게 자해한 거다. 나를 혐오한 거다. 너무 쉽게 나를 싫어한 거다.

제대로 된 브래지어를 착용하고 나니 가슴이 훨씬 풍만하고 예뻐 보였다. 잘 맞는 팬티를 입으니, 할머니처럼 펑퍼짐해 보이던 골반 라인이 날씬해 보였다. 나는 속옷의 경이로움에 다시 한번 감탄했다. 오, 괜찮은데? 세트로 구매한 캐미솔을 끼내 들었다가 다시 가방에 쑤셔 넣었다. 이건 오버야. 너무 작정한 거 같잖아. 대신 고양이 무늬가 들어간 남색의 수면 원피스를 착용했다. 됐어. 이제 좀 편안하네. 이 정도면 꽤 분발한 거다.

벗은 속옷과 젖은 수건을 돌돌 말아 한 손에 들고, 한쪽 어깨에 백팩을 메고, 문을 열고 나오자 그가 마른안주를 담은 사각 접시 옆에 막 얼음 잔을 올리고 있었다. 가방을 화장실 앞에 조용히 내려 두고, 돌돌 말린 세탁물을 세탁실에 가져가며 아일랜드 바 위에 차려진 어른의 세계를 눈으로 훑었다. 짙은 적색의 음료 위에 포인트로 올라간 레몬이 정말 근사했다. 서둘러 세탁기 안에 옷 뭉치를 구겨 넣고 조바심을 내며 주방을 돌아 아일랜드 바 의자에 착석했다. 기대감으로 아드레날린이 한껏 치솟았다.

"마셔도 돼요?"

그가 고개를 끄덕이자 나는 들뜬 마음으로 잔을 입에 가져다 댔다. 완전 새로운 모험!

바위에 두 팔을 짚고 삐딱하게 서 있는 그에겐 내가 신기하고 재미난 동물로 보이는 것 같다. 본인도 날 위해 술을 만들어 주게 되리라고는 예상하지 못한 것 같았다. 내가 좀 달라 보였으면 좋겠다. 어린애가 아니고 어른으로 보이면 정말 좋으련만. 아직은 좀

12

무리일지도.

입안에 들어간 액체는 예전에 마시던 쓰고 떫은 소주의 맛과는 전혀 달랐다. 탄산처럼 상큼하고 복숭아 과일 향이 엄청 달콤했다. 술이 아니라 과일 맛 탄산음료 같았다

"이거 엄청 맛있어요."

감탄하며 한 모금 더 삼키자 그는 내 입에 육포 하나를 쑤셔 넣었다.

"맛있다고 계속 마시다가 그대로 기절하는 수가 있어."

기절할 것 같지 않은데? 독해 보이지 않는걸. 육포를 잘근잘근 씹으며 건성으로 고개를 끄덕였다.

"농담이 아니라, 이건 작업주야."

"작업?"

"남자가 마음먹고 어떻게 해 보려고 할 때 쓰는 술이라고. 정신 잃었다가 아침에 일어나 보면 딴 세상에 가 있을걸."

"아……."

새로운 정보에 감탄하며 나는 고개를 끄덕였다.

"그 많은 술 중에 잘도 골라내더라."

그래서 그렇게 오묘한 표정을 지었구나. 근데 이건 이 집에 있던 술이잖아. 자연스럽게 보드카 병에 술이 얼마나 남았는지 체크하게 됐다. 보드카는 유리잔에 따른 양을 제외하고도 꽤 많이 비어 있었다.

"이거 누구한테 썼어요?"

그는 대답 대신 내 입에 육포를 하나 더 쑤셔 넣었다. 뭐야, 이거. 회피 기술이야? 그 정도 양이 비려면 몇 잔을 마셔야 하는지 계

산해 보려고 했지만 실패했다. 하기야 열여섯 살 때 총각 딱지를 뗐다는 분에게 여자가 한둘 더 얹어진다고 해서 달라질 게 뭐가 있겠어. 내 기분만 나빠지지.

"치료는 어땠어?"

빠른 화제 전환. 쳇. 그래, 그냥 봐준다.

"좋았어요. 완전히 새롭게 태어난 기분은 아니지만, 어느 정도 기분 전환은 돼요."

"완전히 끝난 건 아니잖아."

"일주일에 한 번씩 통원 치료 받으래요."

"얼마나?"

1년. 의사가 말한 최소 기간이었다.

"세 달 정도요."

나는 태연히 거짓말을 했다. 세 달 후면 미국으로 가야 하는 마당에 괜스레 사실을 말해 그를 걱정시키고 싶지 않았다.

"다른 치료는?"

아. 다른 치료. 산부인과 치료. 그러니까 내 자궁 건강과 여성성에 관한 문제.

"좋아요. 세 달 정도 호르몬 약만 먹으면 된대요. 일상생활에는 전혀 지장 없고요."

그가 고개를 끄덕였고 나는 괜히 목이 타서 알코올을 한 번 더 입안으로 밀어 넣었다. 왠지 모르게 작두를 타고 있는 것처럼 아슬아슬한 기분이었다.

"근데 살이 좀 찔지도 모른대요."

"네가 살이 쪄 봤자지."

그가 코웃음 쳤다. 내가 먹는 호르몬제는 경구 피임약이었다. 의사는 그 약을 먹는 동안에는 성관계를 해도 임신이 되지 않을 거라고 말했다. 그 이야기를 할까 말까 망설이다가 결국엔 입을 다물었다. 생각이 지나치게 한쪽 방향으로 흐르기 시작해서였는데, 당황스러울 정도로 제어가 안 됐다.

내 정신과 담당 선생은 사랑하는 사람과 성관계를 갖는 게 무척 중요하다고 말했다. 즐겁게 잘 해낼 수 있으면 가장 커다란 장애물을 뛰어넘는 거라고 말이다. 교회에서 받은 교육이나 엄마에게서 물려받은 지식과는 정반대의 이야기였다. 그 간극을 메우는 게 꽤나 어려웠지만, 결과적으로 정신과 의사의 말이 맞다고 믿는다. 그게 해결되면 심리적인 상처는 시간이 지나면 아물 수 있었다. 내게 문제가 없고, 정상적인 생활이 가능하다는 걸 알게 되면 나머지 심리적인 외상은 시간이 지나면 희미해질 게 확실했다.

잔을 입에 대고 조심스럽게 그의 눈치를 살폈다. 무슨 생각을 하고 있을까. 어차피 경험도 많으니, 먼저 분위기 좀 잡아 주면 더할 나위 없이 좋겠는데 그는 분위기고 나발이고 내가 술을 마시고 뻗지나 않을까만 걱정하는 것처럼 보였다. 하지만 그의 걱정과는 다르게 나는 전혀 취하지 않았다. 차라리 취해서 먼저 뭘 어떻게 해 볼 용기라도 나면 좋겠는데 말이다. 어쩌면 아무 생각이 없는지도 몰라. 그날 최정우에게 한 약속을 계속 기억하고 있는 건 어쩌면 나쁜일지도 모른다. 그러니까 이런 속옷을 착용하고 혼자 설레발치며 준비하는 건…… 쓸데없는 짓일지도 몰라. 어쩌면…… 오늘은 그럴 타이밍이 아닐지도 모르고. 그리고 어쩌면 그는 지금 전혀 그럴 마음이 아닐지도 모르지. 확실한 건 그가 동의하지 않으면, 그럴 의향이 없다면 나는 아무것도 시도해 볼 수 없다는 거다. 이런 문제에 대해선 알고 있는 게 아무것도 없으니까. 그러니까 이건 전적으로 그에게 달린 문제다. 내가 어떻게 해 볼 도리가 없으니 기대나 흥분을 좀 가라앉히고 좀 더 모든 상황을 가볍게 받아들일 필요가 있었다.

나는 몸을 틀어 불이 꺼진 침실을 쳐다봤다. 한 번도 들어간 적이 없는 공간이다. 꼭 금단의 열매처럼 보였기 때문이지만 지금은 들어가도 이상하지 않은 공간이었다.

"침실 구경해도 돼요?"

"맘대로. 어차피 이젠 네 집이잖아."

그는 마른안주를 씹으며 대수롭지 않은 듯 대꾸했다. 내 집이라. 그 말 참 맘에 든다. 과연 그의 침실은 어떨까 궁금해서 테이블에 술잔을 내려놓고 전투적으로 침실을 향해 걸었다. 벽을 더듬어 스위치를 켜자 은은한 조명 아래, 방의 풍경이 한눈에 들어왔다. 짙은 회색 벽에 검은색 침대. 양옆에 하나씩 배치된 철제 협탁 위에는 각각의 테이블 램프가 똑같이 놓여 있었다. 몇 개의 그림 액자. 커다란 창문에 드리워진 까만 커튼. 그게 다였다.

온통 짙은 색으로 장식된 방 안의 포인트는 침대에 덮인 새하얀 시트와 은색 베개 커버였다. 역시 미술 하는 사람이라 색감이 좋다니까. 방 안은 심심하다기보다 평화롭고, 아늑했다. 여긴 정말 잠만 자는 공간인 것 같다. 역시나 실용성. 그는 절제하기를 좋아하는 타입인가? 아니면…… 그저 낭비하는 걸 싫어하는 사람인 걸까? 그가 열정을 쏟는 부분은 오로지 미술에 관해서만인지도 모른다. 그에겐 확실히 외골수적인 면이 있었다. 미술 이외의 것에는 전혀 신경 쓰지 않는 타입. 그리고 그의 생활에 들어가려면 전혀 신경 쓰지 않는 부류에 혹시나 내가 들어가도 섭섭해하지 말아야 했다. 그렇게 해야만 그의 인생에 발을 담글 수 있을 테니. 나는 성큼성큼 침대 끝으로 걸어가 매트리스 위에 엉덩이를 대고 앉아서 스프링이 얼마나 좋은지 상체를 깡충깡충 움직여 봤다.

"저 이렇게 큰 침대 처음 봐요."

문지방에 기대선 그의 눈이 흥미롭게 빛났다.

"설마."

"집에 있을 땐 바닥에 이불을 깔고 잤고, 써 본 침대는 기숙사 2층 침대가 다거든요."

이 침대는 내가 가로로 뻗어 자도 발끝이 나오지 않을 것 같았다. 발라당 상체를 침대 위에 눕히고 천장을 바라봤다. 아, 더럽게 편하네. 시트는 폭신했고, 최정우에게서 나는 좋은 향기가 가득했다. 몸에 딱 맞는 케이스 위에 누워 있는 느낌. 최정우가 여기서 잔단 말이지? 매일? 그리고 어쩌면 나도. 아니 확실히 나도일 거야. 최정우는 보수적인 사람이 아니니까.

아주 어릴 때를 빼고는 누군가와 같이 자 본 적이 없다. 딱 한 번뿐이지만, 이 집 거실에서 잤을 때 그의 옆이 얼마나 편했는지 똑똑하게 기억하고 있다. 그와 있으면 불편하기는커녕 오히려 악몽에 시달릴 일은 없을 것 같다. 그는 늘 내 어둠을 몰아내 주는 사람이니까. 그와 마주 보고 자는 모습을 상상하자 입꼬리가 자동으로 올라갔다. 변태 같지만, 기분이 좋은 걸 어떡해. 오늘부터 이 침대가 내 침대다. 최정우라는 곰 인형을 끼고 잘 수 있는 내 침대. 눈을 가만히 감고 폭신한 감촉을 잠시 느꼈다가 만족스럽게 침대에서 몸을 일으켰다.

"어디 가게?"

자리를 털고 일어서자 그가 문지방에 팔짱을 끼고 기대어 서서 조용히 물었다. 그 물음이 어찌나 조용했던지, 조금 전까지의 만족스럽고 들뜬 기분이 순식간에 가라앉았다. 저기 서 있는 그의 모습이 왠지 위험했다. 그저 어디 가느냐고 물었을 뿐인데 그의 음성이 이상하게 짙고 고막에 칼처럼 박혔다. 확실히 이건 위험해. 그런 분위기가 감지되자 마치 그가 '얼음'이라고 외친 것처럼 나는 그 자리에 못 박힌 듯 섰다.

"이왕 들어온 거 계속 있지, 왜."

이제 위험 경보가 울리기 시작했다.

"다시 나가 봤자 어차피 또 들어올 텐데."

그의 한쪽 입꼬리가 씩 올라갔다. 삐뚜름한 미소가 소름이 돋을 만큼 강렬했다.

"알고 들어온 거 아니었어?"

아니. 내가 뭘? 의식의 흐름이 침실로 향했기 때문에 여기로 온 거다. 내가 뭘 알겠는가. 차라리 뭔가를 작정하고 여기에 왔으면 갑작스럽게 형성된 분위기에 얼어 버리지도 않았다. 아까 전까진 분명 아무 생각 없이 편해 보였는데, 이 남자는 너무 순식간에 분위기를 바꾼다. 적응할 만한 틈도 없이 전혀 다른 사람으로 변해서 꼭 이렇게 나를 얼게 만든다.

분명히 여기서 방 구경이나 더 하자는 의미가 아니었다. 최정우의 미소는 그것보다 훨씬 더 은밀했다. 그 강렬함이 무서운 건지, 아니면 설레는 건지 심장이 간지럽고 아프게 뛰었다. 그는 손을 들어 스위치 옆에 작은 톱니바퀴를 돌렸다. 천장에 달린 등이 점점 어두워졌다. 아. 이거 밝기가 조절되는구나. 그의 집은 별천지다. 내가 천장에 달린 조명을 쳐다보며 넋을 빼고 있는 사이 그가 문지방에서 발을 뗐다.

한 발.

두 발.

그가 다가올 때마다 심장을 쿵쿵 치는 북소리가 점점 더 커졌다. 내가 느끼는 건 공포와 전율, 기대와 두려움 사이의 어디쯤이었다.

"오, 오늘은 배, 배나불 씨 안 와요?"

내 더듬대는 말에 그의 얼굴에 미소가 떠올랐다. 무서운 얼굴에 부드러운 미소가 스치니 조금은 긴장을 풀 수 있을 것 같기도 하다.

"오늘은 와도 문 열어 줄 생각이 없는데."

이런. 긴장 풀린다는 말 취소. 그가 코앞에 우뚝 섰다. 너무 가까워. 얼굴에 그의 몸에서 나오는 열기가 느껴지자, 배꼽 아래가 파르르 떨리며 간지럽게 날갯짓을 했다. 정말 오랜만에 느껴 보는 날갯짓인데 정말 더럽게 무섭고 간지럽고 숨이 막혔다. 그가 집게 손가락으로 내 턱을 가볍게 받치고 위로 들어 올리자 시야에 그의 얼굴이 들어왔다. 고요하게 가라앉은 눈동자가 꼭 우주 같았다. 최정우에게 아름답다는 말은 실례겠지만 가까이에서 보이는 짙은 눈동자는 어느 때보다 아름다웠다.

그가 내 어깨에 닿은 젖은 머리를 부드럽게 뒤로 넘겼다. 나는 침을 꿀꺽 삼키고 긴장감에 차갑게 언 손과 발을 꿈지럭대며 옆게 숨을 내쉬었다. 정신 차려, 박은금. 이제 와 긴장할 필요 없어. 작정하고 속옷도 샀잖아. 그동안 엄청나게 고대하던 시간이었잖아. 그동안 수없이 머릿속으로 상상해 보려고 노력한 순간이잖아. 물론 그럴 때마다 새하얀 백지처럼 아무것도 떠오르지 않았지만……

홀딱 벗고 그의 앞에 서면 어떤 느낌일지, 그가 다 벗은 모습을 보면 어떤 기분이 들지. 우리가 실오라기 하나 걸치지 않고 마주하면 진짜…… 그게 무슨 광경일지 상상할 수 있는 게 아무것도 없었다. 그래서 더 궁금했다. 어떤 기분일지. 정말 남들이 말하는 것처럼 아프고 사랑스럽고 기쁜 기분일지.

그의 기다란 손이 내 목과 귀밑을 부드럽게 감싸서 자신에게로 당겼다. 출발선에서 '탕' 하는 총소리를 들은 것 같았다. 제발 아프지 않게 해 주세요. 무섭지 않게 해 주세요. 도망가지 않게 해 주세요. 나는 앞으로 뛰쳐나가는 대신 눈을 질끈 감았다. 한참 만에 그의 입술이 닿자 머릿속에서 폭죽이 펑 하고 터졌다. 좀 더 그에게 닿기 위해 발뒤꿈치를 들고 내 입술을 밀어붙였다. 그의 혀가 내 입으로 들어오자 얼굴로 피가 몰리면서 절로 신음 소리가 튀어나왔다. 엄청나게 그리워하던 감각이었다. 등줄기를 타고 오르는 전율을, 가쁘게 새어져 나오는 뜨거운 입김을 얼마나 다시 느껴 보고 싶어 했는지 모른다. 머릿속에 그 감각이 박혀 있었기 때문에, 남들보다 빨리 회복됐다. 좋아하는 사람과의 접촉이 혐오와 공포를 불러일으키지 않는다는 걸 알고 있었으니까. 얼마나 짜릿하고 기분 좋은 것인지 이 사람이 이미 알려 줬으니까.

그의 부드럽고 말랑한 입술은 내가 알고 있던 것보다 더 감미로운 키스를 퍼붓기 시작했다. 그의 입술이 나를 당기고, 그의 혀가 나를 희롱하고, 다시 내 입술을 핥고, 부드럽게 빨며 물러섰다가 다시 혀가 들어와 나를 감았다. 어떤 달콤한 초콜릿보다, 시럽보다, 그가 알려 주는 이 키스가 훨씬 더 달콤한 맛이 났고 나를 완전히 녹여 버렸다. 나는 조금 더 맛보고 싶어서 그의 목에 두 손을 감아 더 힘껏 몸을 밀착시켰고 그는 내 허리춤에서 수면 원피스를 돌돌 잡아 올렸다. 고여 있던 열기가 차가운 공기에 드러나며 팬티만 입은 하체에 오소소 소름이 돋아났다. 누군가 내 몸을 채찍으로 감아서 붙여 놓은 것처럼 그에게 매달려 그가 주는 다디단 느낌에 완전히 몰입했다.

그는 내게서 입술을 떼어 내고 원피스를 위로 끌어 올렸다. 앗, 하는 순간에 옷은 아주 빠르게 바닥에 내팽개쳐졌고 바닥에 옷이 떨어지고서야 속옷 차림이란 걸 알았다. 제정신을 차릴 수가 없었다. 그는 너무 쉽게 날 그렇게 만들어 버린다. 그의 입술이 내 목선을 따라 움직였고 그의 손이 어깨 위의 브래지어 끈을 망설이지 않고 잡아 내렸다. 잠깐! 너무 빨라!

"잠깐만요."

그에게 보여 주려고 큰마음 먹고 새로 구매한 속옷이었다. 그의 앞에서 스트립쇼, 그 비슷한 거라도 할 생각은 죽어도 없지만 그래도 구매 목적에 좀 충실할 필요는 있었다. 가령 한 번 정도는 눈길을 받는다든가 하는. 그러니까 메인 요리의 입맛을 돋우는 애피타이저인 셈이다. 그런데 그는 애피타이저 같은 건 전혀 안중에도 없어 보였다. 내가 손에 힘을 주어 밀어내려고 했지만 그는 물러서긴커녕 등 뒤로 손을 돌려 브래지어 호크를 풀어 버렸다. 안 돼! 내 브래지어!

바닥으로 툭 떨어진 브래지어를 그가 발바닥으로 밀자 네온 핑크색의 속옷이 방 한쪽 구석에 무참하게 구겨졌다. 이럴 수가! 이게 얼마짜린데! 무려 세트로 7만5천 원을 주고 구입한 거라고! 그의 손이 내 허리를 쓸더니 이번엔 골반에 걸린 팬티 라인에 걸쳐졌다. 안 돼! 내 마지막 에피디이저!

"잠깐!"

나는 아까보다 더 팔꿈치에 힘을 주고 그를 밀어냈다.

"미안한데 내가 지금 여유가 없어."

그가 가쁜 숨 사이로 급하게 말하고는 내 허리와 목을 감싸 안은 채 뒤로 몸을 밀었다. 무릎 뒤가 침대에 닿아 꺾이더니 그의 의도대로 나는 포물선을 그리며 침대 위에 내려앉았다. 꼭 롤러코스터를 탄 기분이다.

그는 상체를 일으켜 셔츠를 벗었다. 움직임에 따라 상체 근육이 물결쳤고 나는 어두운 조명에 음영을 드리운 단단한 실루엣에 넋을 잃고 감상했다. 얼마나 황홀한지 그의 상체를 혀로 핥고 싶다는 경박한 충동까지 들었다. 맙소사. 진짜 취했나? 벗은 셔츠를 침대 밑으로 던져 놓더니 그는 내 골반을 잡고 위로 쭉 밀어 올렸다.

"꺅!"

갑자기 붕 뜬 느낌에 짧게 비명을 질렀다. 눈 깜짝할 사이에 내 몸은 위로 쭉 밀어 올려져서 발뒤꿈치까지 모두 침대 위에 안착했다. 나는 눈만 껌벅거렸다. 이게 무슨 경우지? 이 남자는 힘 하나 안 들이고 날 들어 올려. 두려움과는 다른 기분이었다. 위압감. 나는 그의 벗은 몸과 힘에 위압감을 느꼈다. 그는 서두르고 있었다. 어쩌면 아주 급해 보였다. 심장이 뛰고, 혈관이 뛰고 입술이 마르고 손발이 떨리고 무섭기도 했지만 막연한 공포와는 다른 기분이 들었다. 좀 더 힘이 빠지고, 계속해서 간지러웠다. 이게 무슨 기분이지? 이거…… 심리적으로 괜찮은 걸까?

"불편해?"

내가 침을 꼴깍꼴깍 넘기고 있자 그가 물었다.

"아니요."

그가 무릎으로 기어 내 골반 위에 앉았다. 침대가 아래로 쑥 꺼졌다. 그는 아래에 깔린 나를 만족스러운 눈으로 감상했다. 지금 이 남자는 무척 위험해 보인다. 하지만 끝내주게 멋있기도 했다. 내가 감당이나 할 수 있을까? 그가 처음이란 게 좋으면서도 또 싫었다. 이런 장면을 좀 더 능숙하게 즐길 수 있으면 더 좋을 것 같은데 가슴팍에 식은땀이 나는 두 손을 모아 쥐고 꼼지락거리는 것 말고는 할 수 있는 게 아무것도 없었다. 이 상황에 어떤 표정을 짓고 어떤 제스처를 해야 하는지 모르겠다. 손은 어떻게 두어야 하지? 다리는 어떻게 하고 있어야 하지? 숨은…… 어떻게 쉬어야 할까.

"드디어 여기까지 왔네. 알겠지만 이제 넌 빠져나갈 구멍이 없어."

그가 씩 웃으며 가슴팍에 놓인 내 왼손을 풀어 자신의 입가에 가져다 댔다. 어차피 빠져나가길 원하지도 않는다. 그저 좀 겁이 날 뿐이다. 이 남자가 너무 강렬해서. 그의 부드러운 입술이 내 손가락을 간지럽게 비비고 손바닥 가운데 깊이 파인 곳에 입을 맞췄다.

아. 나는 또 녹아내리기 시작했다. 그는 내 손바닥을 자신의 볼 위에 가만히 얹고 그대로 몸을 숙였다. 그의 가슴에 내 가슴이 꼭 눌리자 따뜻한 온기가 전신에 퍼졌다. 와. 이건 또 다른 느낌. 아주 따사롭고 기분 좋고 편안한 느낌이었다. 그는 이마 위에 흩어진 내 잔 머리카락을 손가락으로 밀어내고는 그 자리에 입을 맞췄다. 내 관자놀이, 눈두덩, 코끝, 광대뼈. 깃털 같은 감촉이 간지럽고 기분 좋아 키득댔고 그의 혀가 새하얗게 드러난 내 치아와 입술을 쓸었다.

아, 하고 입이 벌어지자 때를 놓치지 않고 그의 혀가 안으로 파고들었다. 나는 그의 머리카락 속에 손가락을 밀어 넣었다. 솜사탕 같은 감촉을 느끼며 세차게 움직이는 그의 혀를 따라 정신없이 입술을 돌렸다. 열이 나고, 몸에 힘이 들어가면서 그에게 더 달라붙기 위해 상체가 위로 솟구쳤다. 키스에 정신없이 빠져들어 그의 머리카락에 손을 감아 내 쪽으로 눌렀다. 그의 무릎 하나가 내 가랑이 사이를 파고들었다. 그의 손이 무릎 뒤를 잡아 올려 다리 하나를 세웠고 나는 좀 더 닿고 싶은 마음에 본능적으로 발뒤꿈치를 그의 허벅지 뒤쪽으로 뱀처럼 감았다.

그의 입술이 팔뚝의 여린 안쪽 피부에 부드럽게 키스하고 어깨, 쇄골을 지나 점점 아래로 내려갔다. 그러자 온몸의 신경이 한 곳에 몰렸다. 가슴. 그가 가슴에 입을 맞췄을 때 내가 어떻게 반응했는지 생생하게 기억하고 있었다. 등줄기를 타고 일어나던 날카로운 감각. 그걸 기대하며 숨을 죽였다. 그의 입술이 옆 가슴을 따라 곡선을 그리며 가슴 아래까지 이동하더니 다음번엔 혀가 가습을 타고 위로 올랐다. 기대감에 벌어진 입에서는 숨소리마저 멈춰 있었다. 좀 더. 그의 혀끝이 유륜을 따라 빙글빙글 돌았고 다리 사이로 뭔가가 아프게 고이기 시작했다. 좀 더. 애가 타서인지 나도 모르게 그의 머리카락을 뒤로 강하게 잡아당겼고 그는 인상을 찡그리며 내 손목을 잡아 시트 위로 눌렀다

"아파."

아 이런. 너무 감각에 열중한 나머지 그를 생각하지 못했다.

"미, 미안해요."

내가 당황하여 더듬거리며 마른 입술을 핥자 그가 난처하게 웃었다.

"어디까지 했는지 까먹었잖아."

설마. 진짜 까먹은 건 아닐 거다. 그가 다시 내 입술에 입을 맞춰 왔다. 아니 이건 필요 없는데. 이미 모든 신경은 입술이 아니라 가슴과 허벅지 사이로 몰려들어 있었다. 어서 빨리 이 코스를 끝내길 바라며 혼자 애를 태웠다.

그의 키스는 아주 느렸다. 어쩌면 처음보다 더. 일부러 이러는 건가? 날 놀리는 게 분명해 보인다. 나는 입술을 물고 끙끙거렸다. 그의 머리채를 다시 휘어잡고 아래로 끌어내려 버릴까. 머리카락을 당기면 그는 또 처음부터 시작하겠지. 아아. 그건 안 돼. 앓느니 죽고 말지. 왜 어린애들이 떼를 쓸 때 다리를 버둥거리는지 알 것 같았다. 나도 다리를 버둥거리고 싶은 욕구를 간신히 참아야 했다.

그의 입술이 내 턱을 쓸고 목덜미를 핥고 쇄골을 지나 한참 만에야 가슴으로 향했다. 고대하던 일이라 한숨이 절로 나왔다. 이번

엔 그의 혀가 유륜을 도는 대신 젖꼭지를 쓸어 올렸다. 등줄기에 짜릿함이 올라오면서 불처럼 뜨거운 감각이 척추를 후려쳤다. 그 강렬함에 상체가 위로 튀어 오르면서 날카로운 비명이 입 밖으로 터져 나갔다. 이 느낌이야. 내가 알던 그 느낌이었다. 충격에 헐떡이자 최정우는 다시 한 번 내 젖꼭지를 혀로 꾹 눌러 쓸어 올렸다.

맙소사. 그의 혀가 다시 유륜을 띠리 느리고 부드럽게 돈다. 세상에.

너무 농밀하고 끈적이는 감촉. 그의 머리카락을 쥐어뜯지 못한다면 내 머리카락이라도 쥐어뜯고 싶다. 그는 체액으로 젖은 젖꼭지에 후욱 하고 뜨거운 입김을 불었다. 이미 예민해질 대로 예민해진 유두가 아플 정도로 일어서며 온몸이 뒤틀렸다. 그는 반대쪽 가슴으로 혀를 옮겼다. 다시 반복되는 끈적이고 강렬한 애무를 퍼부으며 그는 집게손가락과 엄지로 나머지 젖꼭지를 잡아 빙글빙글 돌렸다.

나는 두 손으로 침대 시트를 움켜쥐고 최대한 몸을 비틀지 않으려 애를 쓰며, 뱅글뱅글 도는 정신을 간신히 부여잡았다. 입 밖으로 달뜨고, 끓는 것 같은 신음 소리가 멈추지 않고 흘렀다. 그의 혀가 꼭 볼륨 같았다. 움직임에 따라 신음 소리는 작아졌다가 다시 커지기를 반복했다. 아슬아슬하고 애타는 기분에 속절없이 출렁이다가, 그가 가슴을 삼키듯 물고 빨아들이자 나는 날카롭게 비명을 질렀다. 까무라칠 것만 같았다.

그가 입술로 자극하고 혀로 젖꼭지를 희롱할 때마다 골반 아래로, 도저히 알 수 없는 아픈 감각이 계속해서 고였다. 이게 뭐지? 너무 벅차다. 감당하기 힘들 만큼 아찔했다. 최정우가 내게 무슨 짓을 하고 있는 걸까. 너무 놀랍고 강렬해서 그대로 정신을 잃을 것만 같았다. 그가 몸을 좀 더 움직이더니 허벅지로 내 허벅지 안쪽을 밀어서 다리를 벌렸다. 내가 호흡을 내쉬며 감각의 파도에서 싸우는 사이, 그의 손이 틈을 파고들어 팬티 안으로 들어왔다. '헉' 하는 신음과 함께 내 상체가 반사적으로 위로 솟구쳤다.

안 돼! 정말 기절할 것 같았다. 그는 침착하게 입술을 짓눌렀다. 솟구쳤던 상체가 그의 인도하에 다시 침대에 바짝 붙었고 그는 손가락을 허벅지의 더 안쪽까지 밀어 넣었다. 엄마. 이게 뭐야!

허벅지 안쪽 근육이 팽팽하게 조여들었다. 본능적으로 다리를 오므리려 했는데 그의 허벅지에 막혀 도저히 오므릴 수가 없었다. 너무도 무방비한 느낌에 다리를 버둥대며 발가락을 오므렸다. 부끄럽고 창피했지만, 몸을 관통하는 짜릿함은 오히려 더 커졌다. 그의 손가락이 미지의 영역에 들어섰다. 그가 능숙하게 내 둔덕을 벌리고 손으로 가장 작은 돌기를 쓸자 나는 목 안으로 크게 신음했다.

세상에! 그의 입술에 짓눌린 채 충격 속에서 허우적거렸다. 그가 나를 만지고 있었다. 나조차 손대지 않았던 곳을 그는 너무 익숙하게, 너무 당연하게 만지고 있었다. 그가 어디를 만지고 있는 건지도 모르겠다. 그가 만지고 있는 곳은 꼭 작은 우주 같았다. 너무 이상하고 너무…… 다르다. 그의 손이 조금만 움직여도 온몸의 신경들이 전혀 다르게 반응했다. 따갑게, 달콤하게, 부드럽게, 녹였다가, 조였다가, 아팠다가, 강렬하게 나를 찔렀다.

그의 손가락이 매끄러워지더니 돌기 위에서 뱅글뱅글 돌았다. 그건 거의 나를 죽였다. 숨이 넘어갈 듯 헐떡거리고 시트 위에서 펄떡거리며 뜨겁게 땀을 쏟았다. 전혀 다르구나. 벌레가 기어가는 것 같은 더러운 기분이 아니었다. 이런 아프고 달콤한 감각은 느껴 본 적이 없었다. 바늘처럼 날카롭고, 불처럼 뜨거운 최초의 감각에 휩싸여서 나는 간헐적으로 엉덩이를 들어 올렸다. 통제가 되질 않는다. 전혀. 내가 뭘 하는지도 잘 모르겠다.

그가 입술을 떼어 내자 입 밖으로 신음 소리기 쉴 새 없이 흘러나왔다. 그는 아래에 누워 신음하는 나를 관찰했다. 나는 곧 숨이 멎기 직전이었는데 그는 아주 차분하게 무언가를 기다리고 있었다. 그게 뭘까? 자꾸 알 수 없는 것이 애타게 고였다. 분명 몸이 찾고 있는 것이 있었다. 해소되지 않는 갈증이 자꾸만 쌓여 가고 기분이 아주아주 이상했다. 어딘가를 향해 올라가고 있는 것 같은데, 이게 정상적인 감각인지도 모르겠고 어디까지 올라가는 건지도 모르겠다. 온몸이 욱신거리고, 갈증이 나고 허벅지 안쪽에 자꾸만 힘이 들어갔다. 그 감각이 너무 무서워 멈춰야 했다.

"잠깐만요."

나는 헐떡이며 팬티에 들어간 손을 잡았고 우주처럼 깊었던 그의 눈이 일순 풀리며 섬세하게 반응했다.

"왜."

"기분이, 기분이 이상해요."

떨리는 목소리에 그의 얼굴에 심각함이 번졌다.

"아파?"

"아픈 건 아닌데……."

"그만할까?"

나는 열렬하게 고개를 저었다. 이 감각을 어떻게 설명해야 할까. 멈췄으면 좋겠는데 반대로 안 멈췄으면 좋겠고. 오르면 안 될 것 같은데, 올라가고 싶고, 가면 안 될 것 같은데 가고 싶은 욕망.

"아니요."

그는 내가 정말로 괜찮은지 표정을 살폈다. 벌어진 입에서는 헐떡이는 숨소리가 새어 나오고 볼은 불덩이처럼 뜨겁게 열이 올라 있었다. 그는 내 얼굴을 한참 동안 뚫어져라 관찰하더니 곧 흠하고 작게 웃었다. 난 여전히 모르겠는데 그는 알아차린 게 분명했다.

"숙제할 거리가 생겼네."

숙제? 뭘? 백치처럼 눈을 끔뻑일 동안 그가 몸을 움직여 내 허벅지 사이에 앉았다. 몸을 숙여 내 배에 입을 맞추더니, 팬티에 손가락을 걸고는 나를 올려다봤다.

"벗긴다."

골반 아래로 고무줄을 끌어당기자 나는 엉덩이를 위로 들어서 벗기기 쉽게 도왔다. 7만5천 원짜리 세트의 마지막 천 조각이 엉덩이 아래로 미끄러지듯 내려갈수록 창피함이 몰려들었다. 그가 침대 아래로 내려가 내 발끝에서 속옷을 빼내고 긴장감을 풀어주기 위해서인지 엄지발가락을 이로 살짝 물었다.

"아야!"

내가 인상을 찡그리며 고개를 획 쳐들자 그는 키득대며 웃었다. 알맞은 선택이었다. 그 바람에 잠시 강렬했던 감각이 소강되고 마음이 편안해졌다. 물론 아프지 않았다. 오히려 짜릿했다.

그가 팬티와 바지를 아래로 내렸다. 그의 골반 밑으로 바지가 내려가는 게 보이자 얼른 시선을 들어 천장에 고정했다. 아직 그의

발가벗은 몸을 두 눈으로 확인할 용기가 나지 않았다. 분명 조각
상과는 달라. 그는 뼈와 피와 살을 가진 살아 있는 생명체라고. 내
가 마주할 수 있을지 아직 확신이 안 선다. 그는 이미 너무 강렬했
다. 지금도 기절하기 직전이었다. 천천히 하자. 내게 맞는 속도가
분명 있을 거다. 아직은 너무 빨라.

그가 팔을 뻗어 협탁 위에서 뭔가를 가져겼다. 네모난 은색 포상
지. 그가 이로 포장지 끄트머리를 뜯어낼 때에야 그게 뭔지 알아
차렸다. 그건 본 게임을 알리는 신호였다. 이게 메인 디시였다. 내
숨소리가 심각하게 커졌다.

"아플지도 모른대요."

"응?"

바짝 마른 입술을 혀로 핥고 간헐적인 숨을 헉헉댔다.

"의사가 처녀막과는 상관없이 처음에 할 때 아플지도 모른대
요."

그러자 그의 손가락이 다시 내 가랑이 사이의 작은 돌기에 닿
았다.

"아!"

골반이 익숙하게 위로 튀어 올랐다. 어안이 벙벙할 정도로 몸이
예민하게 반응하고 있다. 이 열기는 어떻게 소강시킬 수 있지? 그
의 손가락 하나가 가랑이 사이로 쏙 들어왔다. 이건, 이건 또 뭘
까! 처음엔 아무 감각이 없었는데 차츰 뭔가가 안에서 움직였다.
그의 손가락이었다. 손가락이 안에서 움직일 때마다 아래쪽에서
찰박거리는 물소리가 났다. 아. 이게 젖는다는 거구나. 그것도 아
주 과도하게.

그가 내 관자놀이 옆에 두 손을 뻗어 무게를 지탱하며 내려다봤다. 나는 최면이라도 걸린 것처럼 그의 얼굴을 바라봤다. 그의 입에서 조금씩 달뜬 숨소리가 새어 나왔다. 무슨 기분일까. 어떤 느낌일까.

긴장감과 기대감, 그리고 두려움에 휩싸인 채 나는 그의 침착하고 신중한 얼굴에 내 모든 것을 매달았다.

"아마 힘을 빼는 게 좋을 거야."

산부인과에서 진료 받을 때 똑같은 말을 들었는데. 여기나 거기나 힘 빼란 말만 듣네. 그가 마주 닿은 몸을 아주 천천히 움직였다.

앗. 지끈한 아픔. 내 몸이 처음으로 둘로 갈라지는 감각이 생생하게 느껴졌다. '아야!' 하고 신경질적인 비명을 질렀다. 이건 손가락이랑 차원이 다르다. 훨씬 강하고 얼얼했다. 그가 안으로 더 밀려오자 피가 얼굴에 몰리면서 눈시울이 뜨거워졌다. 그가 팔꿈치를 구부려 상체를 좀 더 밀착했고 난 그의 팔뚝에 손톱을 세웠다.

"아파?"

"조금요."

그가 좀 더 몸을 움직였다. 아파! 젠장! 내가 낑낑대자 그가 움직임을 다시 멈췄다.

"다 됐어요?"

질끈 감은 눈을 게슴츠레 뜨고 묻자 그가 웃음을 터트렸다. 내가 생각해도 멍청한 물음이긴 했다. 나도 어이가 없어서 픽 웃음이 터져 나왔는데 그가 더 몸을 밀어붙였다.

"아!"

아파서 신경질적으로 한 번 더 소리를 지를 때, 그의 골반이 내 골반 아래에 완전히 밀착된 느낌이 들었다. 아. 이제 다 됐나 봐. 완벽하게 밀착된 느낌. 나는 눈을 감고 음미했다. 괜찮아. 이 정도는 참을 만해. 휴.

"그럼 이제 시작한다?"

뭐?

뭘?

내가 놀라 눈을 동그랗게 뜨자 그가 몸을 뺐다가 다시 한 번 안으로 밀려들어 왔다. 이번엔 거침이 없었다. 나는 고개를 꺾으며 비명을 질렀다. 아랫도리가 불에 덴 것처럼 뜨거웠다. 이걸 반복하는 건가? 이 고통을? 얼마나? 몇 번이나?

"너 계속 그렇게 힘주고 있으면 계속 아파."

그가 낮게 침전된 목소리로 경고했다. 힘을 도대체 어떻게 빼야 하는데! 정말 간절히 힘을 빼고 싶다. 이 아픔을 줄여 주는 거라면.

그가 왼손을 뒤로 돌려서 갑작스레 내 발바닥을 간질였다. 간지러워! 이 상황에도 간지럼 타는 내가 진짜 웃기다. 하지만 정말 간지러웠고 벗어나기 위해 온몸에 더 힘이 바짝 들어갔다. 전혀 도움이 안 돼! 한참 만에 그가 발바닥을 간질이기를 멈추자 본능적으로 몸에 힘이 빠져나갔다. 허벅지의 돌덩이 같던 근육이 말랑하게 풀리자 그가 밀려들어 왔다.

"아!"

찌릿한 감각이 느껴졌다. 이건, 또 다른 감각이다. 아릿한 것 같은데 전혀 아프진 않았다. 무슨 감각일까, 이건.

"한 번 더?"

당연히. 나는 마른침을 삼키고 고개를 끄덕였다. 그가 물러섰다가 다시 한 번 끝까지 들어왔다. 확실히 고통이 아니었다. 전혀 새로운 감각이 온몸에 불을 지폈다. 허리가 활처럼 휘고 절로 숨을 헐떡거리게 만든다. 아주 꽉, 나를 채우는 느낌. 벅차서 숨이 가빠 왔다.

그는 하얗게 드러난 내 목덜미를 입술로 눌렀다. 피부에 이가 박히는 느낌이 들었고 그는 내 안에서 물러났다가 들어오기를 반복했다. 처음엔 아주 천천히. 내가 헐떡거리며 물에 빠진 사람처럼 그의 등에 손을 미끄러트리자 점점 더 속도를 올렸다. 발바닥 아래로 아픈 감각이 고였다. 배꼽 아래로 뜨거운 열기가 몰리고 터질 것처럼 차올랐다.

귓가에 울리는 그의 신음 소리는 강력했다. 그 소리를 듣고 있자니 아픔은 완전히 소강되었고 대신 흥분과 열기가 자리를 채웠다. 그가 날 밀어 올릴 때마다 몸에 전류가 통하는 것처럼 짜릿했다. 그가 강해질 때마다 무력해졌다. 몇 번이고 반복되어 흐르는 짜릿한 전류에 온몸이 시트 위에서 흐물거렸다. 머리부터 발끝까지 통제할 수 있는 것은 하나도 없었다. 모든 게 다 날아가고 오로지 그가 밀려들어 올 때 느껴지는 감각만이 나를 지배하는 전부였다. 그가 내 엉덩이를 위로 살짝 들어 올리고 다시 밀려 들어 왔다.

"아!"

그건 훨씬 더 자극적이고 직접적이었다. 내가 울고 있는 건지 아니면 신음을 내고 있는 건지 경계가 모호한 소리가 잇새로 새어

나왔다. 이젠 제발 멈춰 줬으면 좋겠다는 생각마저 들었다. 달콤하고 강렬한 감각이 나를 찢고 있었다.

"힘들어?"

그가 신음하며 물었다. 열기에 뒤섞여 슬프지도 않은데 눈시울이 뜨거워지고 땀처럼 눈물이 떨어졌다.

"아니요. 좋아요."

그는 달콤하게 미소 지으며 내 이마에 입을 맞추고 자신의 이마를 마주 댔다.

"그럼. 조금만 더."

엉덩이를 잡고 있던 손을 들어 내 양 손목을 시트 위에 꽉 누르더니 그가 더 속력을 냈다.

아! 그는 나를 광기로 몰고 갔다. 그는 한계일 거로 생각했던 지점에서 훨씬 더 멀리까지 나를 몰아넣었다. 나의 모든 감각이 위로 아찔할 만큼 솟구치고 끝까지 뻗어 올라갔다. 그는 불규칙적이고 강하게 몇 번 나를 밀어붙이더니, 한순간 신음을 터트리며 우뚝 멈춰 섰다. 내가 다시 시트 위로 떨어졌을 때 그는 긴 경주를 마치고 결승전에 도착한 사람처럼 가쁜 숨을 내쉬고 있었다.

끝났다. 끝난 거야. 마지막까지 전부 다.

이런 거였다. 이렇게 사랑스러운 기분이 되는 거였다. 사랑하는 사람과 잠자리를 한다는 건 이렇게 아름다운 거였다. 열기가 가시지 않은 몸이 너무 사랑스러워 나는 그의 목에 손을 감았다. 잠시 후에 그가 내 안에서 빠져나갔고 들어올 때랑 똑같은 느낌에 나는 '끙' 하는 소리를 냈다. 그가 내 관자놀이에 가볍게 입을 맞추고, 숨을 고르며 속삭였다.

"진짜 좋았어. 고마워."

고마운 건 나야. 최정우가 아니었다면 나는 지금처럼 변할 수 없었다. 때론 후회하기도, 때론 절망하기도, 아프기도 했지만, 그가 있었기 때문에 용기를 내서 지금까지 온 거다. 그래서 지금처럼 달콤하고 행복한 순간을 맛볼 수 있는 거다. 난 정상이야. 더 이상 어둠에 짓눌려 있지 않아. 난 더 이상 괴물이 아니었다. 이제 정말로 여자가 된 거다.

그는 빼낸 콘돔 끝을 묶어 바닥에 던졌다. 천천히 몸을 미끄러트려 옆에 눕고는 자신의 가슴으로 내 등을 당겨 안았다.

"내일 또 하자."

또?

"내일은 분명 더 좋을 거야."

점점 규칙적으로 돌아오는 그의 숨소리를 들으면서 감동적인 기분과는 별개로, 어쩐지 판도라의 상자를 열어 버린 게 아닌가 하는 생각을 떨쳐 버릴 수가 없었다.

* * *

침대 스프링이 푹 꺼지는 느낌이 들었고 나는 감았던 눈을 떴다.

"안녕."

머리를 괴고 모로 누운 최정우의 손가락이 내 벗은 등을 부드럽게 쓸었다. 눈을 뜨니, 하얀 벽이 아니라 최정우가 있네. 이건 꿈이 아니라 정말로 현실이었다. 살갗에 닿는 그의 따뜻한 손바닥이 증명하고 있었다.

"뭘 좀 먹어야 할 것 같아, 너."

"몇 시인데요?"

"11시."

맘만 먹으면 오후 2시까지도 잘 수 있을 것 같은데. 정말 푹 잤다. 어떻게 잠들었는지도 모를 만큼 정신없이. 낯설지만 아주 행복한 기분이었다. 벗은 몸에 닿는 치기운 공기나 보드라운 시트의 느낌도, 드넓고 푹신한 매트리스의 편안함도, 네모난 회색 벽도 모두 좋았다.

"헤헤."

내가 기분 좋아 어린애처럼 웃자 그도 따라 웃으며 보드라운 입술을 어깨에 비볐다. 너무나 친밀한 스킨십에 정신이 맑아지면서 몸에 생기가 돌았다.

"더 자고 싶어?"

"아니요. 일어날 거예요."

가뿐한 마음으로 침대에서 몸을 일으켰는데 예상치 못한 허벅지 안쪽 근육이 땅겨 왔다.

억. 그 부위가 아픈 게 너무 생소했다. 하긴 19년 동안 허벅지 안쪽 근육을 쓸 일이 뭐가 있었겠나. 허벅지가 땅기자 꼭 치질이라도 걸린 사람처럼 끙끙대며 몸을 틀었고 최정우는 침대 끝에 걸터앉아 내 우스운 모양새를 실컷 구경했다.

"도와줘?"

대답 대신 고개를 휘휘 저었다.

"오늘 안에 일어날 수는 있겠어?"

부러 태연한 목소리를 내는 그의 눈꼬리가 여우처럼 올라가 있었다. 웃고 있는 모습이 잘생긴 건 알겠는데 마음에는 들지 않아 나는 눈을 흘겼다. 이게 누구 때문인데…….

하긴 최정우 탓이라고 하기도 뭐하지. 어제 뻣뻣하게 힘주고 있던 건 나잖아.

최정우가 몸을 일으켜 검은 암막 커튼을 걷어 내자 하늘 꼭대기에 오른 햇살이 방 안으로 쏟아져 들었다. 눈이 부셔서 손을 들어 그늘을 만들고 찡그린 눈을 뜨자 몇 시에 일어난 건지 멀끔하게 후드 티에 러닝 바지를 잘 차려입은 그가 눈에 들어왔다. 얼리 버드 타입인가……?

나는 헝클어진 머리카락을 손으로 긁으며 주위를 두리번거렸다. 내 속옷이 어디 있더라? 몸을 한 번 굽혔다가 일어난 최정우 집게손가락 끝에 내 형광 핑크색 브래지어가 대롱대롱 걸려 있었다.

"이거 찾아?"

어제는 그렇게 고급스럽고, 아름답고 생기 넘쳐 보였는데 그의 손가락에 말려 올라간 브래지어는 이미 끝나 버린 전쟁의 잔해처럼 처절하고, 물에 젖은 미역처럼 흐물거렸다. 그는 싱싱한 생선을 살피는 주부의 눈으로 브래지어를 이리저리 돌려 가며 살폈다.

"새로 산 거야?"

말해 봤자 입만 아프지. 달라는 표시로 그에게 손바닥을 벌려 보였다. 고개를 한쪽으로 수상하게 기울이더니, 곧 발치에 떨어진 팬티도 들어 보였다.

"세트네?"

그래, 세트다!

"얼른 줘요."

손을 털며 독촉하자 그의 입술이 짓궂게 호선을 그리며 위로 올라가더니 위험스럽게 눈을 반짝였다.

"제법 깜찍한 짓도 해."

깜찍한 짓. 얼굴이 화르르 타오르기 시작했다. 그건 지극히 개인적이고 소소한 과거의 계획일 뿐이었다. 알고 있어도 모른 척 넘어가야 하는 기 이냐? 아니면 일부러 날 창피하게 만들려고 저러나? 점점 심술이 났다.

"내놔욧!"

이불을 가슴팍에 돌돌 말고 땅기는 허벅지 근육을 사용하며 반쯤 몸을 일으켰다. 브래지어를 낚아채려 손을 휘두르자 그는 재빠르게 뒤로 한 발자국 물러섰다.

"이크."

실패.

"그냥 예뻐서 산 거예요!"

나는 콧구멍을 벌름거리며 항변했다. 왜 이렇게 짓궂게 구는 거야! 난 아직 부끄럽단 말이야!

"너 핑크색 좋아해?"

"네!"

나도 일단은 여자다. 여자는 모두 핑크에 대한 로망이 있는 거고.

"예쁘네. 나도 예쁜 속옷은 좋아해."

새하얀 치아가 늑대의 송곳니처럼 빛났고 나는 코웃음 쳤다. 어제 내 속옷은 모습을 드러낸 지 1초 만에 벗겨졌다. 눈 깜짝할 새라고 굳이 표현하지 않아도 그게 무슨 색인지 오늘 아침에 알게 됐으면 이미 말 다한 거 아닌가? 그럼 그리는 사람이면 시각에 민감할 법도 한데 어제의 최정우는 전혀 그렇지 않았다. 정말이지 형편없는 미적 감각!

"다 벗은 건 더 좋아하고."

새하얗게 드러난 윗니를 혀로 핥고 의도적으로 천진한 눈동자를 반짝였다. 활짝 웃을 때마다 눈 바로 밑에 파이는 인디언 보조개가 평소에는 순수하게 느껴졌는데 오늘은 전혀 그렇게 보이지 않는다. 어린애 같은 미소를 지으며 어린애 입에선 나오지 않을 법한 이야기를 내뱉는 저 뻔뻔함이라니.

평소에 사람 놀려 먹기를 좋아한다는 건 알았지만 오늘은 한층 노골적이다. 어젯밤 이후, 내게 벽을 허문 걸까? 선을 넘은 건 확실하지만 이 사람처럼 벌어진 일에 아직 적응할 수 없었다. 좀 더 음미하고 곱씹어 봐야만 익숙해질 것 같은데 거기에 도움이 되기는커녕, 익숙해질 만하면 낯설고, 익숙해질 만하면 또 낯설어져 날 더 혼란스럽게 만든다. 도대체 이 사람은 본모습이 뭐야? 어떻게 적응해야 하지? 그가 내 속옷 뭉치를 든 왼손을 옆으로 쭉 뻗고는 잘 보란 듯이 내려다봤다. 뭐 하려고?

그가 손가락을 쫙 펼치자 속옷은 직선을 그리면서 바닥으로 낙하했다. 내 속옷. 그는 사디스트처럼 웃고 있었다. 기가 막혀 입을 벌리고 앉아 있자, 그가 어슬렁어슬렁 침대 위로 기어올랐다. 뇌관에서 '웨엥웨엥' 하는 사이렌 소리가 번쩍번쩍 울렸다. 긴급 경보 발령. 그 모습이 사냥감을 눈앞에 둔 맹수처럼 보여서 나는 이불을 가슴으로 더 끌어당겼다. 숨결이 얼굴에 느껴질 만큼 가까워 오자 나는 헙 하고 숨을 멈추며 뒤로 물러섰다. 어쩔 수 없는 생존 본능이었다.

"아파?"

"뭐가요?"

그는 대답 대신 까만 눈동자를 내 허리 아래로 내렸다가 천천히 위로 올렸다. 갑자기 피가 뜨겁게 달궈지면서 온몸이 후덥지근해진다. 내가 당황해 입만 벌리고 있자 그가 아주아주 은밀한 목소리로 속삭였다.

"우리 숙제할래?"

숙제?

'숙제할 거리가 생겼네.'

어제 일이 생각나자 얼굴이 홍당무처럼 새빨갛게 변했다. 아아, 안 돼. 좀 더 우아하고 태연하게 반응할 수 없는 거니, 박은금?

"무, 무슨 숙제요?"

"어제 다 못 한 숙제."

못다 한 숙제 같은 건 없다. 우린 어제 다 했잖아. 끝까지. 부끄러울 정도로. 나는 매우 단호하게 고개를 저었다.

"없어요. 그런 거."

그의 눈살이 엄하게 찌푸려 든다.

"공부할 자세가 안 돼 있네."

영락없는 선생 말투. 공부가 필요한 건 사실이지만 이 남자는 지나치게 위협적이다. 뭘 배우기도 전에 잡아먹힐 것만 같다. 그가 내 몸을 뒤로 밀자 '앗' 하는 순간에 침대에 뻗었다. 최정우의 양 무릎이 골반 옆에 꽉 붙었고, 그는 내 위에 무릎으로 서서 무지 못마땅한 눈으로 내려다봤다.

"나는 언제든 적극적으로 알려 줄 준비가 되어 있는데 말이야."

목소리가 위험할 정도로 유혹적이다. 아아. 안 돼. 난 아직 어제의 일도 제대로 복기하지 못했다.

"별로 알고 싶지 않으면요?"

"그럼, 알고 싶게 만들어야지."

그가 확 잡아당기자, 이불은 내 손가락에서 허무하게 미끄러져 내려갔다.

"악!"

찬 공기에 상반신이 노출되자 나는 허겁지겁 소리를 지르며 가슴에 두 팔을 둘렀다. 프라이팬에 올라간 새우처럼 등을 굽히고 몸을 웅크리려 들자 그가 내 골반을 깔고 앉았다. 내 허리가 매트리스 사이로 푹 내려앉았다.

"소리 좀 죽이지? 이웃집에서 내가 연쇄살인마라고 알면 곤란하잖아."

"하나도 재미없어요!"

열이 올라 볼이 뜨겁다. 그의 놀림이 당황스럽다. 부끄러워하는 나 자신이 낯설고, 부끄럽게 만드는 그에게 화가 나기도 해서 꽥 소리를 지르자 그가 한쪽 눈썹을 오만하게 치켜떴다. 마치 이렇게 묻는 것 같았다.

'진짜?'

그는 사악하게 웃었다.

"곧 재미있어질 거야."

그는 이불을 내 몸에서 완전히 밀어내어, 침대 끝으로 떨어트렸다.

오…… 마이…… 갓……. 나는 완전, 천연, 의심할 여지없이 100% 알몸이다. 그것도 해가 하늘 꼭대기에 올라앉아 있는 눈부실 만큼 환한 방 안에서. 그것도 이 남자 아래에서. 그것만으로도 패닉이 되긴 충분했다. 그는 마치 밑에 깔린 내 몸 중에 어디서부터 회를 뜰지 연구를 하고 있는 것처럼 보였다. 여유가 흘러넘치는 얼굴을 올려다보고 있지니 정말이지 부아가 치밀었다.

"도대체 누구 좋으라고 하는 숙제예요?"

"궁극적으로는…… 너?"

되도 않는 소리 하고 있네. 나는 윗입술을 위로 비틀어 올리며 씰룩댔다.

"너는 뭐든지 부정적으로 보는 습관을 좀 고쳐야 해. 그리고 부정적인 언어 사용에 대해서도 좀 짚고 넘어갈 필요가 있어."

벌거벗은 여자 몸 위에 올라탄 채 이야기할 만한 주제에서는 한참 벗어난, 학구적인 말투였다. 언제까지 선생 노릇을 하려나. 이런 식으로 고문하지 말고 차라리 죽일 거면 한 방에 죽여 줘. 그가 방어적으로 가슴을 가린 내 양손을 잡아당겨 매트리스 위에 눌렀다. 흉곽에 싸늘한 바람이 철썩 내려앉았다.

"아야!"

"엄살 부리지 마."

눈치 한번 더럽게 빠르네. 엄살임을 들키자 나는 입술을 삐죽거렸다.

"이러면 네가 진짜 아픈 건지, 아닌 건지 헷갈리잖아. 아프다는 표현은 진짜 아플 때만 써. 헷갈리면 너나 나나 좋을 게 하나도 없어."

긴장되자 나는 헛소리를 지껄여 기분을 좀 풀고 싶었다.

"정신과 치료랑 비슷해 보이네요. 느끼는 감정을 올바로 표현하기 같은 거……."

그의 입꼬리 한쪽이 위로 올라갔다. 그걸 보자 즉각, 발끝부터 녹아내리기 시작한다. 이 남자를 무슨 수로 거부한단 말인가. 그가 셔츠를 벗고는 침대 밖으로 던졌다. 밝은 햇살 아래 그의 몸이 어제보다 더 자세히 눈에 들어왔다. 워우…. 밝은 가운데서 봐도 그의 몸은 미켈란젤로의 토르소처럼 흠 하나 없이 완벽했다. 언젠가 꼭 그릴 거야. 다른 건 몰라도 이건 꼭 캔버스 위에 그려 놓고 말겠어.

최정우의 벗은 상체를 보자 횡하게 찬 바람이 느껴지던 피부를 타고 더운 열기가 올라왔다. 손으로 만져 보면 도자기 같은 느낌일까? 셔츠 위로 만져 본 적은 있지만 직접 살갗에 손을 대 본 적은 없었다. 나는 그를 올려다보며 아주 천천히 손끝을 그의 가슴께로 가져갔다. 우물쭈물하는 손가락을 발견한 그의 입꼬리가 파였다. 그 미소는 기꺼이 환영한다는 뜻이었다. 나는 용기를 얻어 좀 더 그의 가슴으로 손을 뻗었다. 손끝으로 피부를 조금 쓸자, 닭살처럼 오돌토돌 소름이 올랐다.

와, 신기해. 사람의 몸이다. 물론 그는 사람이지. 이건 영혼이 깃든 몸이고, 이 안에는 온기와 감정이 있다. 그게 너무 신기하다. 내가 살아 있는 사람의 몸을 만지고 있다는 게. 이토록 단단하고 뜨거운 몸을 이렇게 만지고 있다는 게 말이다.

나는 그의 가슴 근육을 손으로 꾹 눌렀다. 실크 같은 피부 감촉의 아래가 돌처럼 단단했다. 이건 타고난 건가? 아니면 운동? 그의 가슴이 규칙적인 호흡으로 오르락내리락하는 게 손바닥에 가득 느껴졌다. 그의 생명력이 손바닥에서 움직이고 있다. 그의 심장 소리를 느낄 수 있는 여자는 나뿐이야. 나는 손을 움직이며, 머릿속 캔버스에 그의 가슴 근육을 그려 냈다. 최정우가 내 몸을 만질 때보다, 내가 그의 몸을 만지고 있는 편이 더 짜릿하고 흥분 됐다. 아마도 소유욕이나…… 정복욕…… 뭐 그런 것 같았다. 그도 날 만질 때 이런 기분인가? 자꾸만 낯선 모습이 발견되는 건 최정우뿐이 아니었다. 나도 마찬가지야. 최정우와 같이 있으면 전혀 다른 내 모습을 많이 발견했다. 나는 훨씬 더 솔직하고 훨씬 더 대범해진다.

나는 손가락을 미끄러트려 그의 배로 향했다. 햇빛에 복근의 음영이 확실하게 드러났다. 손가락을 쫙 펴서 실크처럼 부드러운 음영 아래에 있는 단단한 복근을 쓸었다. 조각상과 달라. 훨씬 따뜻하고, 부드럽고…… 훨씬 더 훌륭해. 살아 있는 감촉이 차가운 유리의 매끈함보다 압도적으로 강렬했다. 이건 정말 끝내줬다. 친절하게도 배꼽까지 기다랗게 길이 나 있었다. 훌륭한 이정표지. 손가락이 길을 따라 아래로 내려가다가 홈웨어 허리춤에 막다른 골목을 만났다. 나는 좀 더 그를 만져 보고 싶었다. 버터처럼 그의 감촉이 자꾸 뒷맛을 당겼다.

이걸…… 벗겨 볼까? 미간을 좁히고 이걸 뚫고 지나가야 하는지 아니면 돌아가야 하는지 고민했다. 이 아래를 볼 수 있어야 진짠데 말이지. 해 봐? 한번? 그냥 손만 한 번 넣어 볼까? 만져 봐? 일단 한번 해 봐? 지금처럼 꽤 좋을지도 모르잖아. 나는 아랫입술을 고집스럽게 물고 허리 밴드 사이로 손을 조금 밀어 넣었다.

"이건 안 되지."

충동적인 호기심이 갑작스럽게 침범 당했다. 그가 내 손목을 잡아채자 나는 풀이 잔뜩 죽어 그를 올려다봤다. 그의 눈 아래가 꿈틀했다.

"너 그거 반칙이다."

뭐지. 불쌍한 표정에 약한가? 아랫입술을 깨물고 더 과하게 불쌍한 표정을 지었다.

"경고."

쳇. 그는 벌이라도 주려는 듯 내 양 손목을 위로 홱 들어 올렸고, 쭉 뻗은 팔뚝이 양 귀에 딱 달라붙었다. 정수리 위에서 교차된 손목이, 그의 악력에 단단히 눌려 고정되었다. 이거 포박 아니야?

"이렇게까지 할 필요가 있어요?"

"만약을 위한 조치지. 네가 내 머리카락을 다 뽑아 버리면 곤란하니까."

뒤끝 되게 기네. 나는 무기력한 몸뚱어리를 꿈틀거렸다.

"이건 고문이잖아요!"

"둘 중에 누구 하나가 당해야 한다면 내가 되긴 싫거든."

"이건 불공평해요!"

"맘대로 생각하라지."

"저는 한 번 말하면 알아들어요."

"퍽이나."

그가 콧방귀를 뀌며 내 골반에서 내려가 무릎으로 허벅지를 벌렸다.

"이래 봬도 정신병원 조기 졸업한 몸이에요."

그가 픽 웃음을 터트렸고 거기에 자극을 받아 더 강한 어조로 말을 이어 갔다.

"수능을 안 봤어도 대학에 입학할 수 있는 몸이라고요, 내가."

"그래그래, 참 대단하다."

그는 킥킥대며 대꾸했고 괜스레 신경질이 났다.

"내가 마음만 먹으면……."

갑자기 입안으로 그의 중지와 검지가 쏙 들어와 말을 멈췄다.

"뭐하는 거예요?"

손가락에 혀가 눌려 발음이 줄줄 샜다.

"손이 너무 차서."

장난하는 건가? 미간을 찌푸리고 도저히 파악이 안 되는 그의 의도를 읽어 내려고 노력했다. 이게 재밌나? 가만히 자기 손을 입에 담그고 있는 것뿐인데? 이런 숙제나 하려고 벌거벗고 침대에 누워 있는 건가……?

그가 손가락으로 내 혀를 꾹꾹 누르고 만졌다. 지극히 유아적인 장난 같아서 미간을 더 찌푸렸다. 뭐야 이건. 흥분을 느껴야 하는 시점인가? 아니면 본인의 흥분을 돋우는 지점인가? 뭐가 되었든 본인 손가락은 본인 입으로 데우라고! 실망감으로 몸이 차갑게 식고 얼마간 멍청하게 그의 손가락을 입에 물고 있자, 그가 무릎으로 내 무릎 뒤를 밀어 올렸다. 다리 한쪽이 'ㄱ'자로 꺾이면서 아까보다 훨씬 더 많이 벌어졌고 그는 불장난을 앞둔 꼬마처럼 씨익 웃었다. 무척 위험스럽게 보인다.

"이제 얼마나 걸리나 보자고."

뭘? '뽁' 소리를 내면서 손가락이 입안에서 빠져나가더니 삽시간에 가랑이 사이로 들어갔다. 입속에서 충분히 데워진 그의 손가락은 피부보다 좀 더 따듯한 온도였고, 그가 내 중심부를 쓸어 올리자 뜨거움에 단번에 몸에 열이 올랐다.

앗, 이런! 온몸의 감각이 한 곳으로 아플 정도로 몰려들었다. 너무 적극적인 반응. 내 몸이 일으키는 반응에 뒤통수를 얻어맞은 것처럼 얼얼하고 놀라웠다. 그의 손가락이 내 몸에서 가장 예민한 부분을 건드렸다. 파르르 떨며 엉덩이를 들어 올리자 그의 손은 좀 더 아래로 유영해 질 입구로 들어왔다. 찌릿하고 꽉 차오르는 느낌. 아. 젠장. 그의 손이 빠져나가 돌기를 건드리고 다시 들어왔다. 다시, 또다시. 그 동작이 반복될수록 그의 손가락이 내 체액으로 점점 더 흥건하게 젖어 들었다.

나는 모르는 영역이다. 내가 알지 못하는 몸이, 그의 의도대로 무섭게 반응하고 있었다. 규칙적으로 숨을 내쉬려고 애썼다. 따듯하고 미끄덩한 손가락이 클리토리스 위를 빙글빙글 돌자 눈을 질끈 감고 이를 물었다. 어금니에 힘이 들어가고 골반이 멋대로 움직이고, 발꿈치가 매트리스를 찍어 눌렀다.

그는 실험이라도 하는 것 같았다. 어떤 움직임에 더 반응하는지. 아주 살짝 건드렸다가, 길게 쓸어 올렸다가, 손가락을 돌리기를 규칙적으로 반복했고 횟수가 늘어날 때마다 발바닥에 찌릿한 감각이 고였다. 갈증이 일어나면서 입술이 바짝 메말랐고 본능적으로 마른 입술을 혀로 쓸었다. 뿌연 시야로 그의 얼굴이 보였다. 이런. 나는 부끄러움에 고개를 옆으로 돌리고 팔뚝에 입술을 꽉 눌렀다. 온몸에 힘이 들어간다. 몸이 거대한 풍선이라면 이미 터질 만큼 부풀어 오른 것 같았다. 그만! 죽을 것 같다고! 뭐 하는 건지는 모르겠지만 이 정도 하면 됐잖아. 그를 밀어내고 싶은 기분, 그만 멈추고 싶은 충동이 솟구쳤다. 어제와 비슷한 무기력함을 느끼며 버둥거렸다.

"잠깐……."

제정신을 차리려고 숨을 헐떡이며 끊어질 듯 입을 열자 예상을 깨고 그가 모든 행동을 멈췄다. 너무 뜻밖이어서 감았던 눈이 농그랗게 떠졌다. 그가 멈추자 오히려 황당한 기분이 들었다. 그의 커다란 손이, 내 몸에서 모두 물러났다. 내 손목에서, 내 사타구니 사이에서.

"……."

뻣뻣하게 굳은 어깨 관절에 피가 돌면서 저릿저릿한 감각이 서서히 돌아왔다. 관두는 거야? 왜? 아프다고 한 게 아니잖아. 마른 목으로 침을 꿀꺽 넘겼다. 골반 아래가 욱신거렸다. 고개를 돌려 그를 쳐다봤다. 놀랍게도 그에게 왜 그만두는지 따지고 싶었다. 허무해……. 나 돌았나?

"내 머리카락."

머리카락?

"뽑지 마."

최정우가 경고조로 명령했고 나는 고개를 끄덕였다.

"그거 꽤 아프다고."

그래, 알겠어. 알아들었어. 다시 한번 고개를 끄덕이자 그가 뒤로 물러서서 내 허벅지를 팔 위로 들어 올렸다. 뭐 하는……. 다음 순간 그는 아래로 쑥 내려갔고 머리카락을 어쩔 수 없이 잡았다. 정말 어쩔 수가 없었다. 그의 혀가 돌기를 핥고 지나갔다. 말도 안 돼!

"아!"

정말 절박한 비명이었다. 놀랍고 황당해서 튀어나온 비명. 당기면 안 돼. 잡아 뜯으면 안 돼. 솜털 같은 머리카락을 쥐고서 열심히 주문을 외웠다. 마음 같아서는 그걸 당겨서 그의 몸을 원래의 자리로 되돌리고 싶었다.

이게 뭐 하는 거지? 멈추라는 말이 선뜻 입 밖으로 나오질 않았다. 그가 멈추면 또 허무함을 느낄 게 분명했다. 그가 멈추면 온몸에 욱신거리는 통증은 아무리 시간이 지나도 가라앉지 않고 날 괴롭힐 게 분명했다. 나는 답을 모른다. 어떻게 해결해야 되는지 아는 사람은 최정우뿐이다. 이 갈망에서 끌어내 줄 사람은 오로지 그뿐이었다. 부끄러움이 몰려들어 두 손으로 얼굴을 감쌌다. 입술이 닿는 느낌은 엄청났다. 모르겠다. 뭣 때문에 이렇게 엄청난 건지. 그가, 나조차 제대로 보지 못하는 어떤 곳을 맛보고 있어서인지, 아니면 그의 혀가 주는 감촉이 너무 짜릿해서인지 그저 신음할 뿐이었다.

나와는 달리 그는 너무 익숙하다. 왜 이게 아무렇지도 않지? 자신의 혀가 이런 감각을 일깨워 준다는 걸 그는 알고 있는 걸까? 내 몸은 너무 솔직했다. 그가 원하는 대로 반응하고 있었다. 그가 의도하는 대로. 몸이 과하게 달아오르며 통제되지 않는 근육이 멋대로 수축했다. 아, 안 돼. 나는 완전 맛이 가고 있었다. 몸을 일으키는 기척에 나는 얼굴을 감싸고 있던 손을 풀었다. 끝?

그가 틈 없이 입술을 부딪혀 왔다. 그의 입에서 피를 볼 때와 비슷한 비릿한 쇠 맛이 났다. 나는 그 맛에 머리통이 얼얼할 정도로 충격 받았다. 그냥…… 멍했다. 그의 손가락이 다시 가랑이 사이로 파고들었을 때 '으' 하고 낮게 신음했다. 사람이 아니고 짐승 같은 소리. 내 입에서 나온 소리라고 믿기지 않았다. 이제는 창피함이 문제가 되지 않았다. 이쯤 되니 그게 뭔지도 모르겠다.

나는 그의 가슴에 두 손을 얹고 손톱을 세웠다. 인상이 찌푸려지고 이가 물리고 모든 게 다 소여늘었다. 그가 조금만 압력을 줘도 나는 매트리스에서 튕겨져 나갔다. 넘치게 달아오르고 쓸려서 바람만 스쳐도 아렸다. 너무 고통스러워서 끝내고 싶다. 이걸 끝내고 싶어서 어쩔 줄을 몰랐다. 그래서 너무 무서웠다. 이 느낌이.

"괜찮아."

고통스럽게 이를 물고 이 감각을 통제해 보려 애를 쓰자 그가 나를 얼렀다.

"봐."

뭐?

"네가 봐야 끝나."

뭐라고 대꾸하기도 전에 그가 내 귓불을 물었다.

"아!"

비명을 지르자 온몸에서 뭔가가 터져 나갔다. 발끝에 고이던 욱신거림도, 등줄기를 후려치던 전류도 아니었다. 그보다 훨씬 더 크고 더 강렬한 감각이 온몸을 부쉈다. 수백 개로 부서져 조각이 나고 눈앞에 수천 개의 플래시가 번쩍거렸다. 폭발하듯 위로 솟구쳤다가 조각난 몸이 아찔할 정도로 빠르게 시트 위에 추락했다.

아득한 귓가에 정신없는 숨소리만 들렸다. 본능이 이성을 어떻게 압도하는 건지 처음 느꼈다. 정신을 차리려고 애쓰는 건 쓸데 없는 짓이었어. 뭐였지, 방금? 나 뭘 느낀 거지? 이게 숙제야? 다른 건 모르겠지만 그건 알겠다. 이게 끝내주게 좋은 거라는 거. 한 것도 없이 누워만 있었는데 모든 에너지가 다 소진돼서 손 하나 까딱하기가 싫었다. 멍멍한 귓가에 '지익' 하고 뭐가 뜯기는 소리가 나더니 곧 그가 내 안으로 밀려들어 왔다.

"아!"

예민한 돌기에 피부가 부딪히자 나는 날카롭게 반응하며 무거운 눈꺼풀을 들어 올렸다.

"아파?"

"아픈 게 아니라⋯⋯."

나는 물먹은 솜이었다. 침대 위에 축 늘어져 있고만 싶었다. 내가 체력이 나쁜 거야, 이 사람이 지나치게 좋은 거야?

"끝난 거 아니었어요?"

"이제 시작인데?"

항복.

* * *

배가 너무 고파서 그가 만들어 준 샌드위치를 허겁지겁 먹었다. 그는 숙제를 끝내 후련해 보이는데, 반대로 나는 삭신이 쑤셨다. 허벅지, 배, 등, 허리, 손목⋯⋯. 안 아픈 곳을 찾는 게 더 빠를 거다. 이게 사랑을 나누는 건지 아니면 극기 훈련을 하는 건지. 체력적인 면만 따지자면 수위는 아마 비슷할 거다.

"이거."

접시에 담긴 마지막 샌드위치 조각을 입에 넣고 우걱우걱 씹고 있는데 그가 내 아이폰을 테이블 위에 내려놨다. 내 휴대폰. 나는 빵가루가 묻은 손을 탁탁 털고 휴대폰을 집어 들었다.

"충전해 놨어."

자상하기도 하지. 한쪽 입꼬리를 올려 삐딱하게 웃어 보였고 그가 집게손가락으로 내 이마를 콩 때렸다.

"지혜가 네 걱정 많이 하더라. 연락해 줘."

지혜. 아이폰에 나는 '지혜 맘'이라고 저장해 놨다. 우리 엄마보다 지혜가 더 그 역할에 적합해 보이긴 하니까. 나보다 나이가 열 살 정도만 더 많았다면 정말 멘토로 삼아 두고두고 존경하고 따랐을 거다. 그가 내 빈 컵에 우유를 따를 동안 나는 지혜에게 전화를 걸었다.

― 여보세요?

반가운 목소리.

"지혜야."

― 박은금!

그 반가운 목소리에 나는 웃었다.

― 너 퇴원했어?

"응."

훨씬 더 높고, 생기발랄한 그녀의 목소리에 난 정말로 신이 났다. 언제나 활기를 더해 주는 내 비타민. 정신과 치료 프로그램 때문이라지만 연락을 끊는 걸 지혜는 정말로 싫어했다. 더 나아지기 위해서라는 설명에 알겠다고 동의했지만, 전부 다 납득한 건 아닐 거다. 그냥 내가 그렇게 하기로 했으니, 따라 준 것뿐이다.

― 너 어디야?

"여기 최정우 집."

― 어떻게 지냈어? 병원에선 무사히 치료받은 거야? 산부인과 문제는?

"아……."

많은 걸 대답해야 해서 생각을 정리하느라 뜸을 들였다.

― 야. 그러지 말고 만나자.

"지금?"

― 어, 당장!

만나고 싶어. 만나지 말아야 할 이유가 전혀 없잖아. 나는 맞은편에 앉아 자신의 휴대폰을 뒤적이는 최정우의 눈치를 살폈다. 나갔다 와도 되나?

"잠깐만."

휴대폰 스피커를 막고 물었다.

"저 나갔다 와도 돼요?"

그가 눈을 동그랗게 뜨고 웃었다.

"맘대로."

그래도 된다는 거야 안 된다는 거야. 내가 찜찜한 얼굴을 하자 그가 말을 덧붙였다.

"네가 삼성동으로 가겠다고 해. 바래다줄게."

오, 좋아. 나는 신나게 고개를 끄덕이고는 휴대폰에 대고 말했다.

"내가 너희 동네로 갈게."

– 그럼 나야 좋지. 코엑스에서 볼까?

"응."

– 얼마나 걸려?

"얼마나 걸려요?"

"30분?"

"30분 정도래."

– 출발할 때 전화해! 바로 튀어 나갈게.

"응."

지혜가 들뜬 웃음소리를 냈다.

– 대박! 완전 기대된다! 이따 봐! 박은금!

전화를 끊고 나니 온몸에 엔도르핀이 돌았다. 지혜에게 해 주고 싶은 말이, 또 듣고 싶은 이야기가 너무너무, 너무너무 많았다. 마음이 급해져 우유를 벌컥벌컥 들이마셨다.

"너 그러다 사레 걸린다."

그의 경고가 귓등으로 흘러갔다. '탁' 하고 다 마신 컵을 아일랜드 바 위에 경쾌하게 내려놓고 서둘러 자리에서 일어서자 허벅지 안쪽이 땅기면서 다리에 힘이 풀렸다. 아야. 아찔해져서 허리를 숙이고 바의 끄트머리를 손으로 짚자 그의 눈에 웃음기가 돌았다.

"완전 운동 부족."

운동 부족이라니. 어처구니가 없어서 화장실 스위치를 올리며 그를 흘겼다.

"운동 과잉이겠죠."

누구 때문인데, 이게. 댁이야 이게 생활인지는 모르겠지만 난

처음이라고. 아침에 일어날 때부터 허벅지 근육이 땅겼단 말이
야. 이게 다 그 망할 숙제 때문이었다. 내가 하겠다고 한 적도 없
는 숙제! 누구는 여유롭게 테이블에 앉아 커피나 마시고 있고, 누
구는 움직일 때마다 삐걱대며 고생하고 있고……. 이건 너무 불
공평했다.

껑껑대며 몸을 돌리고 백팩을 집어 든 뒤 지혜를 만날 때 뭘 입
고 나갈지 뒤적댔다. 실내일 텐데……. 너무 두껍게는 입지 말까?
나는 스웨터를 꺼내 든 채 적당한 복장인가 고민했고 그는 한 손
으로 턱을 괴고 내가 옷 고르기에 골몰하는 모습을 유심히 지켜
봤다.

"방법이 있긴 한데."

"무슨 방법이요?"

"네 근육통 없애는 방법."

"뭔데요. 그게?"

초조했던 차에 귀가 번쩍 뜨였다. 응급처치법 비슷한 건가? 뭐
가 됐든 이 과도한 근육통을 조금이라도 상쇄시켜 준다면 적극적
으로 도전해 볼 의향이 있다. 내가 눈을 빛내며 쳐다보자 그의 얼
굴에 천진한 미소가 스쳤다.

"그럴 땐 한 번 더 하면……."

저 사디스트가! 도저히 참을 수가 없어서 스웨터를 풀 스윙으로
그에게 집어 던졌다. 철썩하고 스웨터가 얼굴에 충돌하고는 손으
로 떨어졌고 그는 상체를 흔들며 신나게 웃었다. 진짜 무슨 수를
쓰든 방법을 강구해 봐야지, 당해 낼 재간이 없네.

차가 코엑스몰 바로 앞에 섰다.

"같이 안 가요?"

"내가 뭐 하러."

최정우는 겉옷 주머니에서 신용카드를 꺼내 내밀었다.

"자, 이거. 이걸로 맛난 거 먹으면서 실컷 내 욕이나 하고 와."

욕할 내용은 있지. 차마 지혜한테 털어놓기가 어려운 주제라 그렇지. 내가 카드를 받지 않고 멀뚱하게 앉아 있자 그는 기어이 카드를 쥐어 줬다.

"내가 금수저는 아니지만, 이 정도도 못 내줄 만큼 거지인 것도 아니니까 그냥 받아."

돈 문제. 항상 걸리는 문제. 항상 민폐를 끼치고 마는 문제.

"그리고 이거."

내가 풀이 죽어 우울해하자 최정우가 또다시 뭔가를 꺼내 들어 보였다. 손가락 밑으로 대롱대롱 펜던트가 보였다. 내 목걸이. 한 번에 너무 많은 일이 몰아닥쳐서 경황이 없던 때였다. 있을 만한 곳은 몇 번이나 찾아봤지만 찾을 수가 없었다. 잃어버렸다고만 생각했다. 예쁜 걸 떠나서, 무척 비싸 보이는 물건이라 누군가가 집어 갔어도 어쩔 수 없는 거라고 속상한 마음을 혼자 달래곤 했다.

"줬던 선물 두 번 주니까 되게 이상하네."

"고마워요."

그는 내 손바닥 위로 목걸이를 떨궜다. 이게 내 손에 돌아오는구나. 진짜 감격스러웠다.

"잃어버리지 마."

"절대 안 잃어버려요. 맨날 하고 다닐 거예요."

신용카드를 점퍼 주머니에 넣고, 서둘러 목걸이를 착용했다. 그렇게 하고 나니 무거웠던 마음이 조금은 가벼워졌다. 나는 눌린 뒷머리를 몇 번 매만지고, 벨트를 풀었다.

"박은금."

차 문을 열려다가 부르는 소리에 멈췄다.

"네?"

그가 내 멱살을 잡더니 그대로 당겼다. 쪼옥 하는 경박한 입맞춤 소리가 들리고 나서야 부드럽게 나를 밀어내고 손을 놓았다. 얼굴이 화끈 달아올랐다. 당황한 채 홍당무 같은 얼굴로 식은땀을 흘리자 그는 태연하게 새빨간 자기 입술을 한 번 핥고는 보도블록을 쳐다봤다.

"뭐 해? 안 내려?"

"아…… 내, 내려요."

뭐에 잠깐 홀렸던 것 같은 기분으로 비틀대며 차에서 내렸다. 두세 걸음 보도블록에서 멀어지자 그의 차는 지면을 타고 미련 없이 사라졌다.

너무 달라. 가까워질수록 더. 처음엔 무신경하고 무뚝뚝했던 남자. 그다음엔 무척 어렵고 멀게만 느껴지던 남자……. 장난스럽고, 친절하지만 도저히 속을 알 수 없는 남자였다가 지금은…… 놀랍고 황당할 정도로 뜨겁기도 하고 또 자극적이기도 했다. 좀 더 시간을 보내고 난 이후엔 그는 또 어떤 사람이 될까? 내가 미래에 대해 호기심과 흥미를 갖게 되다니……. 놀라운 변화다. 반년 전까지만 해도 상상도 할 수 없는 일이었다.

지혜는 막 개업한 터키 음식 전문점 앞에서 나를 기다리고 있었다. 그녀는 언제나 새로운 것에 도전해 보기를 좋아했고 음식도 그중 하나였다. 우리는 서로를 보자마자 얼싸안았다. 마치 이산가족이 상봉하는 것 같은 장면을 한참 동안 연출하며 감격에 겨워했다.

"야, 잘 지냈어??"

지혜가 내 두 손을 위아래로 휘적휘적 움직이며 물었다.

"응. 넌?"

"나야 잘 지냈지. 봐봐. 어때?"

그녀는 붉게 립스틱으로 칠한 입술을 내밀어 보였다.

"예쁘네."

"이거 봐."

지혜는 다리 한쪽을 내밀었다. 아찔한 높이의 굽이 있는 앵클부츠. 나는 까르르 웃으며 엄지손가락을 올렸다.

"완전 섹시해."

그러자 지혜도 같이 깔깔 웃었다.

"크리스마스 선물로 아빠한테 졸라서 받아 냈지! 이제 공식적으로 화장하고 뾰족구두 신어도 될 나이잖아, 우리가!"

그뿐이야? 속으로 그녀가 생각할 수도 없는 여러 가지의 것들을 떠올리며 빙긋 웃었다.

지혜가 팔짱을 끼고 날 터키 음식점 안으로 인도했다. 샌드위치를 먹고 나와서, 뭔가를 더 시켜 먹기가 부담스러웠지만 새로 개업한 음식점이라며 눈을 빛내는 지혜를 쳐다보고 있자니 뭐라도 꼭 시켜서 같이 먹어야 할 것 같았다. 메뉴판을 보고 그나마 덜 부담스러울 것 같은 소고기 꼬치 요리를 골랐고, 지혜는 이왕 온 거다 먹어 보겠다며 세트 메뉴 중 가장 비싼 걸 골랐다.

"너 다 먹을 수 있어?"

"어제 저녁부터 굶었거든. 걱정 마."

지혜는 잔뜩 기대감에 부풀어 두 손을 비볐다. 지혜와 마주 보고 있자니, 기숙사 방이 그리웠다. 어둡고 고통스러운 기억들도 있지만, 그녀와 한방을 써서 행복했다. 기숙사 방 배정으로 묶이지 않았다면 이런 친구를 평생 얻지 못했을 거다.

너무 빨리, 그리고 준비도 없이 학교를 나가지 못했다. 기숙사 방에서의 마지막 기억이, 내 손목을 그어 버린 일이라는 게 너무 마음이 아팠다. 이젠 다시 돌아가지 못한다는 것도. 지금 학교에 가도 거긴 내 친구도, 내 방도, 더 이상 최정우도 없었다. 그 생각이 들자 무척 쓸쓸했다. 어른이 된다는 기쁨 뒤에, 이제 더 이상 10대로 돌아갈 수 없다는 상실감이 동전의 양면처럼 존재했다.

"언제 퇴원한 거야?"

"어제."

대답이 그녀의 생각보다 괜찮았는지 얼굴에 만족스러운 미소가 떠올랐다.

"계속 최정우 집에 머무는 거야?"

"응."

"병원 치료는? 이젠 완전히 끝?"

애피타이저로 빵과 주스 나왔고 지혜는 내게 물으며 빵 하나를 집어 들었다.

"아니. 아직 통원 치료."

"얼마나?"

"의사가 1년은 받으라고 하는데 그건 무리고."

"유학 때문에?"

"응."

지혜의 표정이 조금 쓸쓸해졌다. 기지배. 유학 가는 게 어떠냐고 본인이 말해 놓고. 맨 처음 유학을 가게 됐다는 이야기를 꺼냈을 때 지혜는 꼭 딸을 시집보내는 친정 엄마가 된 기분이라고 했다. 기쁘면서도 슬프고 또 한없이 걱정된다면서.

너무 갑작스럽고 전격적으로 결정된 일이었다. 준비가 되지 않아 걱정스럽기는 나도 마찬가지였지만 최정우와 내 인생을 따로 떨어트려 생각할 수가 없었다. 지금 최정우는 내게 남은 유일한 울타리였다. 물론 오스왈드는 모든 면에서 제외해야지. 그게 울타리인 건지, 가시덤불인 건지 아직까지 구분되진 않으니까.

지혜가 스트로를 잔에 빙빙 돌리며 물었다.

"괜찮겠어?"

"뭐가?"

"정신과 치료 그렇게 중단해도."

"뭐 난 지금 멀쩡하니까."

지혜가 스트로에 입을 대며 내 얼굴을 유심히 살폈다. 그녀는 경험상 내가 가장 멀쩡해 보일 때가 가장 위험할 때라고 생각하고 있었다.

"솔직히 난 좀 불안해. 미국에서 치료를 계속 받는다고 해도 어차피 영어부터 다 배우고 나서야 가능할 거고……. 아니면 보스턴에 한국말이 아주 유창한 한국인 정신과 의사가 있어야 하는데 그것도 장담 못 할 테고……."

"나 진짜 괜찮아."

"······."

지혜는 말을 아꼈다. 괜찮다는 말이 선뜻 믿기지 않을 것이다. 나 같아도 그럴 테니까. 나는 지혜를 향해 얼굴을 붉히며 미소 지었다.

"나 최정우랑 잤어."

풉. 그녀는 작게 스트로 밖으로 주스를 내뿜었다.

"뭐?"

"그러니까 이젠 괜찮아."

그녀는 손으로 입가를 닦고 동그래진 눈으로 날 쳐다보며 손가락으로 입을 꾹 눌렀다.

"잤다고? 최정우랑?"

끄덕끄덕.

"그러니까······ 둘이······."

지혜는 구체적인 묘사 대신 검지 두 개를 계속해서 붙였다 떼었다 했다.

"그렇다니까."

내가 긍정하자 지혜는 다시 입을 막았다. 그녀의 귀가 고양이처럼 쫑긋거리고 눈동자가 큼지막하게 커지기 시작했다.

"내겐 가장 큰 숙제였어. 또 정신과 치료를 받는 가장 큰 목적이기도 했고. 내가 평범하게 정상적인 연애를 하는 거."

"······."

"그리고 이젠 그게 가능하다는 걸 알게 된 거고. 더 이상 내가 치료받을 게 뭐가 있겠어."

후련한 듯 어깨를 으쓱하는 나를 보며 지혜의 눈동자가 촛불처럼 흔들렸다. 놀라움, 그리고 기쁨이나 즐거움도 담겨 있었다.

"세상에……."

지혜는 섣불리 말을 잇지 못하고 입을 뻐끔거렸다.

"누가 알았겠어? 네가 제일 먼저 경험할 줄. 진짜 인생은 한 치 앞도 모르는 기야."

나는 웃었다. 인생은 한 치 앞도 모른다는 그녀의 말에 동감한다. 나 역시 아직 지금의 내가 믿기지 않으니까. 허벅지의 근육통만 아니었으면 나도 아마 꿈인지 현실인지 분간하지 못했을 거다.

"좋았어?"

"……."

"그랬구나."

대답 대신 얼굴을 붉히자 지혜는 짓궂게 웃으며 고개를 주억거렸다. 내 표정이 충분한 대답이었다.

"최정우 팬클럽이 알면 걔네 강물에 뛰어들지도."

지혜가 기대된다는 듯 두 손을 비볐다. 그사이 커다란 은쟁반에 가득 든 음식이 커다란 테이블을 꽉 채울 정도로 서빙됐다.

"그게 아직도 존재해?"

음식 양에 눈을 휘둥그렇게 뜨며 내가 물었다.

"어떤 거? 팬클럽?"

"응. 학교도 관뒀는데 아직도 있어?"

"당연하지. 막말로 대학을 가 봐라. 정우 샘 같은 남자가 어디 흔한가."

지혜는 전투적으로 포크와 나이프를 집고 음식을 탐구했다.

"능력 있지, 키 크지, 옷발 잘 받지, 섹시하지. 지금처럼 외계인 수준은 아니더라도 대학에 가도 드문 타입 아니야?"

그녀는 코스 요리에 딸려 나온 토마토 수프를 수저로 떠 맛을 한참 동안 음미한 뒤 고개를 끄덕였다.

"이거 괜찮네."

그러고서는 내게 한 수저 맛보라고 그릇을 앞으로 밀어줬다.

"게다가 너한테 하는 거 봐."

내가 토마토 수프를 입에 넣고 짭짭거리며 맛을 볼 동안 지혜가 말을 덧붙였다.

"그 정도면 벤츠가 아니고 거의 유니콘이다, 유니콘. 꿈에서나 가능한 존재."

나는 조용히 웃었다. 처음부터 너무 뼈저리게 알고 있던 사실이지. 그래서 항상 그가 내 옆에 붙어 있는지 의아한 거고. 나는 우아하게 나이프질을 하고 있는 지혜를 쳐다봤다. 붉은색 립스틱을 바른 그녀를 아까부터 식당 안의 모든 사람이 흘깃거리고 있었다. 남자든 여자든 할 것 없이.

최정우 옆에 지혜가 서면 십중팔구 아주 근사할 거다. 서로 다이아처럼 빛나겠지. 분명 사진도 엄청 많이 찍힐 거야. 지혜는 최정우를 정말로 좋아한 게 아니라고 하지만, 만약 최정우가 그녀에게 조금이라도 적극적으로 대시하며 호감을 표시했다면 이야기는 완전히 달라졌을 거다. 그는 알면 알수록 더 매력적인 사람이니까. 왜 지혜가 아니었을까. 왜 그녀의 눈부신 광명 대신 그 옆에 새까만 어둠 같은 날 택한 걸까. 그러다 불현듯 생각이 재현이에게로 흘러갔다. 수능 잘 보라는 문자가 그와 한 마지막 연락이었다.

"재현이는 어떻게 지내?"

"요새 원서 넣고 실기 시험 준비하느라 바쁘지, 뭐. 정신없어 연락도 잘 못 해."

정신없이 바쁘다면, 내가 연락을 잘 하지 않아도 그다지 신경을 쓰지 않을 것 같아 조금 마음이 놓였다. 딱히 우리 사이가 어색해지거나 히진 않았을 거야.

"걔는 너무 성실해서 탈이야. 적당히 요령도 좀 부려야 하는데."

지혜는 고기를 씹으며 고개를 절레절레 저었다.

"부를까?"

"응?"

"재현이 잠깐 부를까? 선릉에서 학원 다니는데 가깝잖아. 들르라고 할까?"

나는 적당한 말을 생각해 내지 못하고 있었다.

"왜. 재현이가 너 좋아하는 것 때문에?"

내가 또 입을 다물고 있자 지혜가 까르르 하고 높은음의 웃음소리를 냈다.

"걱정하지 마. 걔가 바보도 아니고."

애꿎은 수프 접시만 만지작거리자 지혜가 말을 덧붙였다.

"사랑이 이루어지는 사람이 있는가 하면, 실패하는 사람도 있는 거지. 매번 어떻게 모두가 행복해? 그게 그렇게 쉬워?"

"……."

"재현이가 왜 너한테 고백을 안 했는지 알아?"

지혜는 고기를 나이프로 썰며 아주 재미있다는 표정을 지었다.

"지가 최정우를 어떻게 이겨. 재현이는 네가 변한 모습을 보고

이성으로서 호감을 느꼈겠지만, 최정우는 널 변하게 만든 사람이
잖아. 진짜 네 안경을 벗기고, 머리를 자르게 하고, 맨날 숨어 다
니던 너를 밖으로 끌어내 준 사람. 상대가 돼?”

지혜는 조용히 수프를 뒤적이는 날 보며 천천히 말을 이었다.

“그걸 아니까 스스로 접은 거야. 아무리 철부지라도 그 정도는
알고 있으니까. 그러니까 넌 미안해할 필요 없어. 그냥 넌 더 행복
해하면 돼. 그럴수록 재현이도 더 빨리 단념해.”

내 접시에 양고기 한 점이 올라왔다.

“재현이는 그럼, 대입 끝나고 나면 부르자. 일단 먹어.”

“응.”

우리는 음식을 먹으며 다시 사소한 이야기로 돌아갔다. 내가 없
는 동안 학교에서 일어난 크고 작은 사건들. 지혜의 가정사, 최정
우가 학교를 떠난 뒤로 우울해하던 팬클럽 이야기. 지혜와 있으니
비로소 일상으로 돌아온 것만 같았다. 그러면서도 이 일상이 머
지않아 추억이 된다는 허전함이 내내 나를 괴롭혔다.

입원해 있을 때는 퇴원하는 것만 생각했다. 퇴원해서 최정우를
찾아가면 행복해질 거라고 생각했다. 그것으로 다 괜찮아질 거라
고. 물론 행복하다. 인생에서 가장 행복한 순간을 꼽으라고 한다
면 망설이지 않고 지금을 꼽을 것이다. 마치 지금 이 행복을 위해
서 그 많은 고통을 겪어 낸 것만 같으니까. 하지만 이 행복이 일상
이 될지는 장담하기가 어려웠다. 모래 위에 쌓아 올린 성처럼 발
밑이 불안한 기분이 들었다. 아직 그 개자식은 고향집 근처를 버
젓이 돌아다니고 있고, 의절한 부모는 여전히 그 교회에 나갈 거
고, 비타민 같던 내 친구들과는 머지않아 헤어져야만 한다.

낯선 땅은 새로운 인생을 선사해 주겠지만, 지금까지 소중히 여겨 온 것들을 모두 두고 가야 한다는 의미이기도 했다. 그걸 깨닫게 되자 미래가 내가 생각한 만큼 행복하지 않을 것 같은 불안감이 발밑에서부터 서서히 차올랐다. 이대로 괜찮은 걸까? 나는 현관 앞에 서서 미래에 대해 장밋빛으로만 생각했는지를 자문했다. 그 계산 안에는 '헤어짐'이란 난어를 포함시키지 않았기 때문이었다.

분명 영원히 헤어지는 건 아닐 거야. 아무리 멀어져도 지혜랑 인연이 끊어지진 않을 거야. 전화도 있고 화상 채팅도 있고……. 지혜는 부자니까 언제든 미국으로 놀러 올 수 있어. 나는 그렇게 생각하며 불안한 기분을 애써 떨쳐 냈다.

도어록 비번을 누르고 들어가자 최정우가 현관 앞에 서 있었다.

"헤어질 때쯤 전화하라고 했잖아. 데리러 간다고."

"그냥 지하철 타고 왔어요. 선생님 카드 교통 기능 있던데요?"

배시시 웃으며 신발을 벗는 그의 손에 다시 카드를 들려 줬다. 작은방 옷걸이에 외투를 벗어서 거는데, 내 옷가지가 가지런히 정돈되어 걸려 있는 게 눈에 띄었다.

"어?"

"내가 정리했어. 그냥 두면 가방에 처박혀 계속 바닥을 굴러다닐 것 같기에."

그의 옷가지 사이에 내 옷이 걸려 있는 걸 보니 기분이 묘했다. 그저 옷이 걸려 있는 것뿐인데 마치 내가 그의 일상에 스펀지처럼 스며든 것을 상징하는 표식처럼 느껴졌다. 머릿속의 잡념이 사라져 갔다. 잔상처럼 남아 있던 미련이 곱게 접혀서 마음 한편에 조용히 닫혔다. 어떤 것도 이보다 그의 인생에 발을 들이는 것 이상의 의미가 될 수는 없었다.

"화장품은 화장실 선반에 뒀어. 속옷은 서랍장 안에 넣어 뒀고, 근데 내가 재미있는 걸 발견했는데."

머릿속에 스치는 게 있었다. 그가 주머니 안에서 내온 핑크색의 길고 긴 실크 천 쪼가리를 꺼내 들었다.

안 돼.

그걸 한 번 털어 내자 핑크색 캐미솔이 밑으로 촤라락 펼쳐졌다.

"이건 나중을 대비해 일부러 시리즈에서 빼놓은 건가?"

최정우는 짓궂게 눈을 빛내며 집게손가락에 걸린 캐미솔을 살랑살랑 흔들었다. 나는 시뻘게진 얼굴로 성큼성큼 다가가 캐미솔을 홱 빼앗아 들었다. 한바탕 실랑이를 해야 할 줄 알았는데 그는 의외로 순순히 캐미솔을 빼앗겼다.

"충동구매의 결과일 뿐이지, 다른 목적은 없어요!"

"구매를 했으면 착용은 해 봐야지. 그럼 목적이 분명해질 텐데."

내 얼굴은 터질 것처럼 부풀었고, 말대답을 하는 대신 쿵쿵쿵 그의 몸을 가로질러 화장실로 직행했다. 쾅 문을 닫고 들어와 달아오른 얼굴은 찬물로 씻어 내고 있는데, 마치 문밖에서 그가 큰 소리로 웃고 있는 것만 같은 환청이 들려왔다. 하여간 짓궂다니까!

다음 날 아침에 늦잠을 자고 일어나니 집은 텅 비어 있었다. 주방 개수대에 먹다 만 토스트와 우유를 마신 것으로 추정되는 컵이 아무렇게나 던져 놓여 있었고, 화장실 거울에는 최정우가 쓴 포스트잇과 봉투 한 장이 붙어 있었다.

'할일: 영어 학원 등록.

 쇼핑 실력을 마음껏 발휘해 보시길.'

 봉투에는 백만 원짜리 수표 한 장이 들어 있었다. 그렇게 큰돈을 직접 만진 건 처음이라 황급하게 수표를 다시 봉투 안에 넣었다. 그리고 바들바들 떨리는 손으로 봉투를 꼭꼭 접었다. 영어 학원 수강료치고는 너무 과한 액수 아니야?

 [수신: 최정우

 어디예요?]

 문자를 보내 놓고 나니 그가 한글 타자에 익숙하지 않다는 사실이 기억났다. 나는 서둘러 다시 전화를 걸었다.

 ― 문자 보내고 있었는데.

 받자마자 그가 볼멘소리를 냈다.

 "어디예요?"

 ― 스튜디오.

 "일해요?"

 ― 응. 이제 일어난 거야?

 "네. 포스트잇 봤어요. 백만 원이랑요."

 일부러 백만 원에 힘을 잔뜩 주어 이야기하자 그가 짧게 웃었다.

 ― 수강료로 쓰고 남은 돈은 필요한 데 써. 어차피 교재도 사야 할 테고.

 "이 돈은 저한테 너무 많아요."

 ― 아직 안 써 봐서 그 소리가 나오는 거야. 일단 필요한 것부터 사. 그림 도구가 됐건 가방이 됐건 옷이 됐건. 순식간에 동날 테니까.

그는 사치 부리는 타입의 남자가 아니었다. 그의 옷장에는 비싼 명품 옷 하나 걸려 있지 않았고, 사치스러운 가구나 신발도 없었다. 그는 돈을 쓰는 방향이 아주 분명했다. 그나마 무리해서 돈을 쓰는 거라곤 그림을 살 때뿐이다. 그 이외에 값비싼 취미는 전혀 없다. 그런 그에게 백만 원이란 돈이 결코 적은 숫자가 아닐 것이다. 사회생활을 했으니 나보다 조금 더 가벼울 수는 있겠지만 이제 스물네 살인 나이를 감안하면 만 원 내밀듯 흔쾌히 내놓기에 절대 적은 단위의 돈은 분명 아니다. 내게 이렇게까지 해 줄 필요는 전혀 없다. 차라리 오스왈드 퀸튼이 보낸 돈이라면 흔쾌히 받았을 거다. 그 사람이야말로 백만 원이 천 원처럼 느껴지는 사람일 테니까.

"제가 너무 염치없는 것 같아요."

– 그럼, 대신 오늘 밤에 그 캐미솔을 입……

"끊을게요."

그가 말을 다 마치기 전에 단호하게 전화를 끊고 솟아 나오는 유쾌한 감정에 한동안 혼자 웃음을 터트렸다. 복잡해 보이던 머릿속이 이렇게 단순할 줄 누가 알았겠어? 그의 짓궂음이 날 무척 곤란하게 하기도 하지만 반대로 여성성을 끊임없이 자각하게 했다. 그게 자존감이란 메마른 우물에 끊임없이 고여서 나를 고취시켰다. 오로지 최정우만이 부릴 수 있는 마법이었다.

나는 즐거운 마음으로 간편한 옷을 꺼내 입고, 무작정 집을 나섰다. 일단 가장 먼저 해야 할 일은 주민등록증을 재발급 받는 일이었다. 그걸 발급 받아야 백만 원을 안전하게 지킬 수 있는 계좌를 생성할 수 있을 테니까. 성인이 된다는 건 여러모로 좋은 일이다.

사진관에서 새로 사진을 찍고, 동사무소에 들러 주민등록증 재발급을 신청하고, 그동안 들고 다닐 수 있는 임시 신분증도 한 장 받은 다음 휴대폰으로 가장 가까운 영어 학원을 검색했다. 선택지는 그렇게 넓지 않았다. 집에서 가장 가까운 곳 중에 건물이 가장 깨끗해 보이는 곳 두세 군데를 돌았다. 내 쇼핑 실력이 형편없다는 걸 제빌 최정우가 알아야 할 텐데 말이다.

성인 회화반의 가격대는 비슷했다. 결국 제일 말발 좋아 보이는 직원이 상주한 학원에 앉아 레벨 테스트를 받았다. 어중이떠중이 그 사람이 하라는 대로 흘러가기만 하는 게 역시 가장 편했다. 필기 테스트를 본 이후에는 금발 머리 외국인이 방에 들어왔다. 대면했을 때부터 식은땀을 흘리며 공포에 질려 있었기에 귀의 열림 정도는 평소보다 훨씬 더 심각했다. 시선은 분명 그녀의 입에 고정해 놓고 있는데 정신이 완벽하게 유체 이탈하는 것을 경험했다. 뭣도 모르고 얼떨결에 고개를 끄덕이는 걸로, 테스트는 끝이 났다.

결과는 8개 등급 중 4등급. 거의 기초적인 수준이라고 보면 된다고 했다. 수강료 15만 원에 교재비 3만 원, 개별적인 스터디 그룹도 듣겠냐는 질문에 뭣도 모르고 홀린 듯 고개를 끄덕인 탓에 5만원의 추가 비용을 냈다. 등록을 하고 났더니 배가 고파져서 근처 패스트푸드점으로 향했다. 햄버거와 콜라를 받아서 테이블에 앉자마자 최정우에게 문자를 보냈다.

[수신: 최정우

학원 등록했어요. 아무래도 쇼핑에는 소질이 없나 봐요. 호구된 느낌이에요.]

70

띠링.

[발신: 최정우

어른의 세계에 발을 들인 걸 축하해.]

쳇. 잔인한 세계네.

띠링.

문자 하나가 더 왔다.

[발신: 최정우

배나불 씨가 저녁을 사겠다고 하니 5시 즈음 홍대로 넘어와. 스튜디오 주소는 문자로 따로 찍어 보내 줄게.]

배명진을 떠올리면 일단 웃음부터 터져 나왔다. 웃기면서도 슬프달까. 그때 여자 친구에게 프러포즈를 거절당한 이후에 어떻게 되었는지도 무척이나 궁금했다.

[수신: 최정우

네, 그럴게요. 근데…… 한글 타자가 늘었네요?]

띠링.

[발신: 최정우

아이폰은 맥북과 연동되니까. 좁쌀만 한 액정 자판을 칠 일이 없지.]

[수신: 최정우

축하해요!]

최정우에게 답문을 보낸 후 휴대폰을 테이블 위에 올려 두고 감자칩을 집어먹으며 양꼬치집에서 만났던 스튜디오 사람들을 머릿속에 떠올렸다. 이미 한 차례 만나서인지 기대감이 있었다. 다들 똑같을지 아니면 좀 달라져 있을지. 그날의 술자리는 별세계처럼 신기하고 낯설었는데 아직도 그럴까.

분명 그때의 나와 지금의 나는 달랐다. 열아홉 살의 나는 최정우를 올려다보기만 하는 사람이었다. 그와 닿고 싶어도 도저히 닿을 수 없는 안타까움이 훨씬 더 컸다. 스무 살이 된 지금은 그때와는 비교되지 않을 정도로 그와 맞닿아 있었다. 우린 키스를하고, 서로의 벗은 몸을 보고 한 침대에서 자고 한 침대에서 일어나고 있으니까. 나는 그때의 내가 간절히 바랐던 대로 그와 마주앉아 시선을 맞추고 술잔을 기울일 수 있게 되었을까. 그렇게 되었다면 모래성 위에 쌓아 올린 것 같은 이 행복함이 조금은 단단하게 여물 수 있을 것 같았다.

* * *

스튜디오는 내가 생각했던 것보다 훨씬 컸다. 단독주택을 개조한 모양새였고 붉은 벽돌이 분명했을 외벽은 하얀색 시멘트로 덧발라져 있었다. 건물 왼편의 좁은 담장을 따라 들어가자 캡스 표시가 붙은 단단한 쇠문이 눈에 들어왔다. 여기가 최정우가 일하는 건물의 입구구나. 나는 호흡을 가다듬고 인터폰의 호출 버튼을 눌렀다.

– 누구세요?

아주 잠깐의 신호음 다음, 여자의 경쾌한 음성이 스피커폰을 타고 흘러나왔다.

"아. 저, 박은금인데요……."

뚝. 인터폰은 불친절하게 끊어졌다. 뭐지? 박은금을 '잡상인'으로 들었나? 나는 당황하여 주머니에서 휴대폰을 꺼내 들었다. 여기가 맞는데? 분명 번지수도 제대로 보고 온 건데? 다시 번지수를 확인하기 위해 건물 앞으로 종종걸음을 쳤다.

"박은금 양?"

번지수를 다시 한번 확인한 후 막 담장 안으로 들어왔을 때 철문이 열리더니, 도도한 표정의 한수진이 아찔한 미니스커트 차림으로 기다리고 있었다. 잘빠진 각선미가 확 시선을 잡아끌었다.

"네. 안녕하세요."

예의 바르게 고개 숙여 인사하자 여자는 인상을 찌푸리고 입매를 '으' 하고 내려 보았다. 마치 내가 바퀴벌레라도 된 것 같은 착각에 빠질 정도로 분명한 적대적 태도.

"들어와요."

한수진의 태도에 나는 주눅이 들었다. 내가 싫은 게 분명해. 틀림없어. 마치 손목을 긋기 전의 나로 돌아간 것처럼 한껏 어깨를 움츠리고 고개를 숙인 채, 스튜디오 안으로 발걸음을 옮겼다.

페인트칠하지 않은 회색 벽, 건물의 철골 구조가 고스란히 드러난 검은 천장에는 세련된 조명과 시스템 냉난방기가 매달려 있었다. 잘 짜인 원목 벽장에 수도 없이 빽빽한 책들이 들어차 있고 남은 벽에는 감각적인 영화 포스터와 팝아트풍의 그림들이 자유분방하게 걸려 있었다. 내부는 컴퓨터에서 나오는 열기로 후끈거렸고, 나무, 화분, 커피머신과 스낵이 진열된 아일랜드 바에 피자와 치킨 맥주, 와인 등을 분주하게 진열해 놓고 있는 사람들이 보였다.

"어! 은금 씨 왔다!"

배명진이 가장 먼저 날 발견했다.

"안녕하세요."

낯선 분위기와 긴장감에 그에게 허리를 숙이고 오버스러울 정도로 공손하게 인사했다.

"우리 사이에 인사는 무슨. 안 추웠어요?"

그가 호감 어린 얼굴로 다가와 껴안듯 내 등에 팔을 눌러 앞으로 안내했다.

"다 기억하죠? 여기 기문이랑 성필이랑, 영환이."

"네. 안녕하세요."

최정우는 어디 있지? 대충 모두에게 인사를 하고 주변을 두리번거리자 2층 난간에서 그가 납작한 박스 두 개를 든 채 내려오는 게 보였다. 갑자기 시야가 환해지는 기분이 들었다.

"최정우! 네 여자 친구 왔다!"

배명진이 흥이 잔뜩 난 목소리로 외치자 그가 탕 소리 나게 박스를 바위에 내려놨다.

"알아."

아…… 여기는 맥주를 짝으로 마시는구나. 마셔 본 적이 없는데. 나는 도전욕에 불타 맥주 박스를 노려봤다. 설마 소주보다 쓰겠어?

나는 최정우가 춥지 않았냐거나, 오는 데 어렵지 않았냐는 인사치레 정도는 할 거라고 생각했다. 그런데 그는 인사 대신 내 정수리에 입을 맞추고 지나가는 것으로 대신했다. 나는 헉하고 놀랐는데 주변의 누구도 그걸 이상하게 생각하지 않았다. 미, 미국 스타일인가? 혼자 촌년이 된 것 같아 붉어진 볼을 가라앉히려 한동안 손등을 대고 있었다.

　최정우는 일회 용기에 포장된 샐러드 두 개를 뜯어 테이블에 올리고 마지막으로 각자의 앞접시와 포크를 차례대로 올렸다. 모든 게 짜인 순서처럼 익숙하고 군더더기가 없었다. 능숙하지 않은 게 없나 보네. 어떻게 하면 저렇게, 뭐든 자연스러워 보일 수 있지? 경험의 차이보단 감각의 차이 같다. 어쩌면 성격의 차이. 아니면…… 지능의 차이? 나도 꼭 저렇게 되고 싶은데.

"모자란 사람?"

"없어."

　기문이란 사람이 피자 한쪽을 집어 들며 대꾸했다. 다들 각자의 앞접시에 피자와 샐러드를 주워 담느라 정신이 없어 보였고 최정우는 맥주 캔 두 개를 집어 들고 내 옆에 서서 캔 하나를 내밀었다.

"자. 네 거."

"고맙습니다."

"에이, 고맙습니다가 뭐야– 아직도 그렇게 딱딱한 말 써? 서로?"

　배명진이 내 대꾸에 인상을 찌푸리며 참견했다.

"난 안 그래. 얘만 그러지."

　그의 커다란 손에 들린 맥주 캔이 치익 하고 경쾌한 소리를 냈다.

"학교도 관뒀다며. 서로 그냥 말 트지?"

"난 그래. 얘만 안 그러지."

　맥주 캔을 입에 댄 채 최정우가 심드렁하니 말장난을 했고 나는 눈치를 살피다가 조용히 맥주 캔을 땄다.

"은금 씨."

"네?"

"설마 아직도 정우한테 선생님, 선생님 거리는 거 아니지?"

내가 곤란한 표정으로 올려다보자 그는 남의 일인 듯 무표정했다. 마치 자기에게 뭘 바라냐는 듯한 눈빛.

"진짜? 정우 너 기분 안 이상해? 애인이 너한테 '선생님'이라고 하는 거?"

이야기에 한수진이 끼어들었고 최정우는 아무 말 없이 맥주 캔만 홀짝였다. 이럴 때면 그가 무슨 생각을 하는지 전혀 알 수가 없다. 한수진은 뜨악하는 표정으로 나를 비웃었다. 그녀는 입 모양으로 'Wow' 했다. 내가 큰 잘못을 하는 것처럼 느껴져 아까보다 더 의기소침해졌다.

"왜, 나 같으면 귀여울 거 같은데."

기문이 쩝쩝 피자를 씹으며 사람 좋게 웃었다.

"글쎄, 다 그렇게 생각할까? 저렇게 어려 보이는 애가 남자 친구 손잡고 '선생님' '선생님' 하는데 경찰에 신고해야 하는 거 아닌가 하는 사람이 있을 수도 있지."

한수진이 콧방귀를 뀌며 대꾸했고 분위기가 어색하게 가라앉자, 배명진이 수습을 하기 위해 다시 나섰다.

"에이, 뭐 이제부터라도 편하게 말 놓음 되지. 안 그래? 안 그래요 은금 씨?"

장담하는데 나는 이 자리에서 벗어나기 전까지 최정우에게 한 마디도 붙일 수 없을 거다. 의식돼서.

"그러다 쟤 울겠어. 그만해요. 명진 오빠."

한수진이 까르르 보란 듯이 명랑하게 웃으며 만류했는데 곱절은 기분을 가라앉게 했다. 아까부터 한껏 깔보는 듯한 태도가 더 신경에 거슬렸다. 지혜라면, 최정우의 주변 여자가 아무리 기분 나쁘게 굴어도 쿨하게 웃어넘기거나 멋지게 받아칠 수 있을 것이다. 최정우의 옆에 서도 전혀 주눅 들지 않을 만큼 예쁘고 똑똑하고 매력 있으니까.

　나는 한수진이 끊임없이 눈짓으로 하는 말을 아무렇지 않게 웃어넘길 수가 없었다. 최정우와 비교하면 내가 모자란 건 사실이니 말이다. 나는 의기소침해지기 시작했고 이래서야 지난가을과 별반 다를 게 없는 것 같아 더 우울해졌다. 고개를 숙이고 맥주 캔만 만지작거리자 최정우가 내 입에 뭔가를 밀어 넣었다.

　"아까부터 아무것도 안 먹고 있잖아. 배도 안 고파?"

　"고파요."

　존댓말을 쓰자 사람들의 시선이 내게 몰렸다.

　"아니…… 고파."

　그걸 의식해 재빠르게 뒷말을 정정하자, 최정우가 키득대기 시작했다. 분위기가 나쁘지 않았다.

　"그래. 그렇게 기어오르기 시작하는 거지. 그러다 야야 거리고."

　그의 장난스러운 눈매에 괜스레 용기가 솟아올랐다. 그쯤 되자 분위기를 타고 헛된 객기를 부리고 싶어졌다. 침을 한 번 꼴딱 삼키고 고양된 감정이 가라앉기 전에 당당하게 입을 열었다.

　"야."

　정적. 그의 미간이 황당하고 재미있게 구겨졌다. 반응이 나쁘지 않네?

"야. 치킨 한쪽 내놔 봐."

용감무쌍한 내 명령에 모두가 큰 소리로 자지러지기 시작했다. 누가 들으면, 한일전 축구 경기에서 역전 골이라도 넣은 줄 알 거다. 최정우는 허탈하게 웃으며 긴 팔을 뻗어 치킨 한 쪽을 내 접시에 던지고는 맥주를 빼앗아 들었다.

"이제부터 술 금지."

고압적인 명령조였지만 기분은 오히려 좋아 보였다. 배명진은 엄지손가락을 치켜들었고 다른 사람들은 손뼉을 쳤다. 한수진 덕에 가라앉은 기분이 다른 사람들의 열기에 따라 오르며 가파르게 상승세로 치솟았다. 다행이다. 아무것도 변하지 않은 게 아니어서.

그땐 최정우가 내 옆에 있다는 걸 전혀 실감하지 못했다. 하지만 지금은 그가 내 옆에 있다는 걸 실감한다. 나는 한수진을 쳐다봤다. 재미있는 척 웃고 있는 그녀의 입매가 형편없이 일그러져 있었다. 봐, 이게 현실이야. 이 남자는 내거거든. 내 표정을 읽은 한수진이 결국 파랗게 질린 얼굴로 맥주 캔을 내려놓더니 조용히 자리에서 사라졌다. 눈앞에 거슬리던 시선이 사라지자 비로소 마음 놓고 자리를 즐겼다.

"이봐."

한수진을 다시 만난 건 스튜디오에 2층 공간에 마련된 단 한 칸뿐인 여자 화장실 앞에서였다. 볼일을 보고 나오는데 들린 갑작스러운 목소리에 저승사자라도 만난 듯 깜짝 놀라 가슴을 쓸었다. 어디로 사라졌나 했는데 설마 화장실에 올 때까지 덫을 쳐 놓고 기다리고 있었던 건가 싶어 더 무서웠다.

"내가 질투한다고 착각하지 않았으면 좋겠어."

착각하지 말라고 으름장을 놓는 그녀의 얼굴은 아주 딱딱하게 굳어 있었다. 누가 봐도 질투라고 얼굴에 아주 큼지막하게 쓰여 있는데 본인 눈에는 안 보이는 모양이다. 여자의 눈에는, 여자의 심리가 더 자세히 읽히는 법이다. 게다가 한수진이나 나처럼 사물을 관찰하고 표현하는 것을 오랫동안 공부한 사람은 더욱더 눈썰미가 좋았다. 나는 긍정의 말도 부정의 말도 건네지 않았지만, 그녀는 무언의 제스처만으로도 독기가 바짝 올랐다.

"뻔뻔한 것도 정도가 있지. 네가 도대체 최정우의 뭐라고 생각하는 거야. 넌 정우한테 거머리처럼 달라붙어서 피나 빨아먹는 철면피잖아!"

내 눈가가 꿈틀거렸다.

"오스왈드가 후원해 준다고? 학비 이외에 어디까지 해 줄 것 같아? 정우 덕에 집까지 구해 준다고 치자. 그다음엔? 네가 먹는 거, 입는 거, 자는 거, 화장품에 신발에, 심지어 네 교통비까지 다 해 줄 것 같아? 천만에! 네 입에 들어가는 거, 네 몸뚱어리에 걸치는 거 그거 다 최정우 차지야."

나는 꼼짝없이 얼어붙었고 한수진은 한쪽 입매를 비틀어 올렸다.

"너 리즈디가 어떤 곳인지 알아? 노는 시간이라곤 단 1분도 없이 자는 시간도 줄여 가며 공부하는 곳이야. 거기서 정우가 얼마나 치열하게 공부하는 줄 알아? 오스왈드의 지원금만 아니었으면 까다롭기로 소문난 리즈디 장학금은 정우 차지였어. 그 정도로 걔는 학교에서 톱급이야. 모든 사람이 주목하는 재능 있는 학생이라고. 너만 아니었으면 정우는 기숙사 밖으로 나갈 일도 없어! 집을 얻어 세금을 낼 필요도 없어! 생활비를 벌기 위해 일을 해야 할 필요도 없어! 정우가 조금이라도 현실과 타협하게 되면 그건 다 오로지 너 때문이야."

한수진은 날 위아래로 훑다가, 내 목에 걸린 목걸이에 눈을 멈췄다.

"지금의 널 봐. 네가 최정우에게 뭘 해 줄 수 있을 것 같아? 어리고 순진하다는 걸 핑계로 정우 침대에서 뒹구는 거 말고 네가 해 줄 수 있는 게 뭔데? 그걸 빌미로 금품이나 뜯어내는 네가, 몸 파는 여자랑 다를 게 뭐야?"

모욕감, 수치심이 느껴졌다. 지혜였다면, 다른 여자였다면, 한수진의 뺨을 올려붙였어야 맞다. 하지만 나는 뒤로 한발 물러섰다. 화가 나고 자존심이 상했지만, 한수진의 말에 반박할 만한 말이 떠오르지 않았다. 아니라고 무턱대고 부정할 수도 없었다. 사실이니까. 지금 그에게 해 줄 수 있는 일은 아무것도 없으니까.

"나라면 너처럼은 안 살아. 나라면 너처럼 정우한테 기생하면서 안 살아. 나는 적어도 내 앞가림은 혼자 해. 정우 발목은 안 붙잡아."

그녀는 나를 쓰레기라고 말하고 있었다. 그녀는 생각할수록 더 분통이 터지는지 흥분과 분노에 빨갛게 충혈된 눈으로 어금니를 꽉 물고 말을 씹어 뱉었다.

"나 때문에, 사랑하는 사람 직장으로 고소장이 날아오게는 안 해."

고소장? 내가 멍청한 표정을 짓자 한수진은 더 의기양양해 웃음을 터트렸다.

"기막혀. 너 진짜 아는 게 하나도 없구나?"

불안감에 온몸의 피가 심하게 요동쳤다.

"너 진짜 모자란 애야? 아무리 개차반 같은 놈이라도 경찰청장 아들 대가리에 금 가게 해놓고 최정우가 무사할 거라고 생각했어? 염치가 없어도 정도껏 없어야지. 아주 백치처럼 정우 옆에서 잘도 붙어사는구나, 너. 나 같으면 부끄럽고 창피해서 진작 도망쳤겠다."

현기증으로 몸이 휘청거렸다. 날 한심하게 보는 한수진의 얼굴이 풍선처럼 거대하게 부풀어 오르면서 눈앞이 아찔했다.

"너네 뭐 해. 여기서?"

두 여자의 시선이 한 남자에게로 쏠렸다. 한 명은 지나치게 긴장해서, 또 한 명은 지나치게 절망해서. 최정우는 바지 주머니에 손을 찔러 넣고 계단을 올라오다 울음이 터질 것 같은 내 얼굴을 보고 그대로 정지했다. 그의 눈이 위험을 감지한 짐승처럼 나를 올려다보고 있었다.

"뭐 하냐고, 여기서."

"그냥 이야기 중이었어."

최정우의 물음에 한수진이 대신 더듬대며 이야기했다. 그는 대꾸도 하지 않은 채 내 대답을 기다렸다.

"고소당했어요?"

"뭐?"

그의 미간이 단박에 구겨졌다.

"경찰청장한테 고소당했어요?"

최정우의 눈이 칼날처럼 한수진에게로 가서 꽂혔다. 그녀는 얼굴이 벌게졌지만, 일부러 더 당당하게 어깨를 폈다.

"여자 친구라면 최소한 자기가 무슨 짓을 저지르는지 정도는 알아야 하잖아."

"네가 상관할 바가 아니야."

냉정하기 이를 데 없는 목소리에 한수진의 얼굴 위로 비참함이 번졌다.

"너. 나중에 이야기해."

한수진에게 경고 아닌 경고를 한 뒤 최정우의 눈이 다시 말없이 내게로 돌아왔다. 그는 날 터트릴 뇌관을 건드리지 않기 위해 최대한 침착하고 조용하게 입을 열었다.

"별거 아니었어. 그쪽에서는 누구라도 하나 걸고넘어지고 싶은데 그게 재수 없게 내가 된 것뿐이고, 난 상황 설명 충분히 했어. 나머지 일은 모두 형이 처리해 줬고 난 지금 멀쩡해."

"왜 말 안 했어요?"

그는 '답답하게 굴지 마라'는 태도로 어깨를 늘어뜨렸다.

"왜 안 했는지 알잖아."

아니, 모른다. 기억나는 거라곤 최정우가 경찰서에 가서 조사를 받고 있을 동안 나는 아무것도 모른 채 행복해하고 있었다는 것뿐이다. 아무것도 모른 채 내가 치유 받고 있다고 느꼈다. 애초에 나 때문에 벌어진 일이었지만 오히려 그 일이 일어나 다행이라고 생각해 왔다. 그 덕에 얻은 것이 너무도 많으니까. 하지만 지금은? 지금도 다행이라고 생각할 수 있어?

"이미 끝난 일이야."

내가 너무 혼란스러워하자 그가 걱정스럽게 덧붙였다. 그는 앞으로 나 때문에 자신의 신상에 무슨 일이 벌어져도 절대로 말해 주지 않을 거다. 성적이 곤두박질치고, 나 때문에 돈을 벌어야 하고, 결국 나 때문에 꿈을 포기하게 되어도, 그는 절대로 알려 주지 않을 거야. 그런 생각이 들자 눈앞이 깜깜했다. 그에게 부담이 되지 않기 위해, 족쇄가 되지 않기 위해 무던히 노력했다. 정말로 절실하게. 하지만 달라진 게 뭐야?

그 자리가 너무 가시방석 같아서 나는 최정우를 스쳐 지나 계단을 내려왔다. 스피커를 타고 나오는 흥겨운 펑키 음악 소리와, 맥주와 치킨을 들고 왁자지껄하게 떠드는 소음 속에 나는 조용히 외투를 챙겨 입고 빠른 걸음으로 건물을 나와 버렸다.

"박은금!"

뒤에서 다급하게 최정우가 날 부르더니 내 손목을 잡고 쏜살같이 앞을 가로막았다.

"너 자꾸 멍청하게 굴 거야?"

멍청한 거 맞아. 외투도 제대로 걸치지 않고 셔츠 바람으로 나온 그의 입에서 하얀 아지랑이가 쉼 없이 피어올랐다. 그가 감기에 걸릴까 걱정됐다.

"다른 사람 입에서 듣게 한 거 미안해. 불쾌한 것도 알아. 하지만 정말 별일 아니었어."

불쾌한 게 아니다. 나는 절망한 거다. 한수진의 독설에 단 한 마디도 반박할 수 없는 내 상황이 절망스러운 거다. 그의 손가락이 내 뺨에 붙은 잔머리를 훑었다.

"들어가자."

절대 싫어. 나는 크게 고개를 저었다.

"이런 식으로 나가지 마."

그의 목소리가 좀 더 엄해졌고 나는 더욱더 돌아가서는 안 될 것 같았다. 철면피, 거머리…… 염치없는 여자. 나는 반박할 수 없었다. 그렇다면 사실인 거다. 어쩌면 모두가 알고 있을지도 모른다. 거기에 있는 모두가. 웃고 있는 가면 뒤에 어떤 속내를 갖고 있는지 내가 알 수는 없는 노릇이다. 그 사이에 섞여서 아무렇지 않게 웃고 떠들 정도로 아둔하진 않았다.

"그냥…… 혼자 있고 싶어요."

"……."

그는 내가 먼저 입을 열 때까지 조용히 침묵했다.

"난 그냥…… 어쨌든, 생각할 시간이 좀 필요해요."

"무슨 생각?"

"아무거나! 그냥 아무거나요!"

손목이 붙들리고 몸에 가로막힌 채 초조하고 진이 빠졌다. 그냥 날 보내 주면 안 되나? 안 그래도 머릿속이 복잡한데 꼭 얼굴을 마주 대고 있어야 하나? 나는 아무도 없는 공간이 필요했다. 혼자 숨어들어 쪼그려 앉아 있을 수 있는 토끼굴. 그게 다야.

"수진이한테 주눅 들지 마. 걘 너와도, 나와도 아무 상관없는 사람이야."

"친구고, 동문이고, 동료잖아요! 그게 어떻게 아무 상관이 없어요?"

"이건 너랑 내 문제야. 누가 뭐라고 하건 신경 쓰지 않으면 그만이야."

"그 여자는 선생님 좋아해요."

최정우가 눈을 굴리며 한숨을 쉬었다. 본인도 알고 있다는 제스처였다.

"지 감정이 어떻든 내가 알 게 뭐야. 그런 거 일일이 신경 쓰면서 걔랑 어떻게 일해. 그러니까 너도 그냥 신경 꺼."

"어떻게 신경을 꺼요?"

"그럼 아예 찍어 누르든가!"

"뭐라고요?"

"네 거라고 제대로 영역 표시하면 될 문제잖아. 이게 주눅 들어서 튀쳐나갈 일이야?"

"주눅 든 거 아니에요!"

"주눅 들었잖아."

"……."

"미국에 가면 지혜도, 재현이도, 엄마도, 아빠도, 네가 비빌 언덕이 되어 줄 사람은 아무도 없어. 그게 설령 나라도. 고작 여자들끼리의 기싸움에 꼬리 내리고 도망치면 어떻게 해. 앞으로 어떻게 하려고."

기싸움? 이게 기싸움이라고? 이건 기싸움이 아니야. 애초에 기싸움이라면 이 정도로 말려드는 일 따위는 벌어지지 않았다. 영역 표시? 내가 왜 못 해? 본인이야 모르겠지만 그 정도는 나도 알아서 하고 있다고! 이건 그런 본능적인 문제가 아니었다. 훨씬 더 복잡하고 심각한 도덕적인 문제를 동반하고 있었다.

나는 모욕을 당했고, 창피했고, 거기에 반발할 수 없는 처지가 비관스러웠으며 동시에 최정우와 눈도 마주치질 못할 만큼 죄책감이 들었다. 그를 보고 있을수록 더욱더. 나는 눈을 감고 눈앞의 그를 외면했다. 원하는 건 오로지 그가 이 숨 막히는 감정들에서 벗어날 수 있도록 날 놔주는 것뿐이었다.

"그냥 갈래요."

힘없는 말투에 그가 매정하리만큼 차갑게 내 손목을 놨다.

"가."

그 한 마디가 벌침처럼 따끔했다. 얼얼한 통증에 숨죽인 나를 그가 쌩하게 스쳐 지났다. 저벅저벅 걸어가는 발소리는 한 번의 끊김도 없이 멀어졌다.

왜 화를 내는 거야. 정류장에 앉아 버스를 기다리다 결국 울음을 터뜨렸다. 내 마음을 몰라주는, 날 위로해 주지 않는 최정우가 원망스러웠다. 끝까지 이성적인 어조로, 침착하게 날 설득하려던 그가 미웠다. 그럼 내가 어떻게 했어야 해? 그 말을 웃어넘겼어야 해? 난 그 정도로 뻔뻔하지 않단 말이야. 그 정도로 강심장이지도 않아. 내게도 자존심이란 게 있지만, 그 모든 말들을 무시할 정도로 나 자신을 어마어마하게 사랑하지는 않는다고.

정신이 나간 상태로 아파트에 도착해, 옷을 벗고 잠옷으로 갈아입은 뒤 곧장 이불 속으로 파고들었다. 무거운 거위 털 이불이 거푸집처럼 내 몸에 딱 맞게 가라앉았고 텅 빈 방 안에 콧물을 훌쩍이며 들이켜는 소리만 요란하게 들려왔다. 젠장……. 진짜 더럽게 처량하네.

스스로 처량하다는 생각이 들자 더 울컥하면서 눈시울이 뜨거워졌다. 콧등을 타고 눈물이 방울방울 내려가 베갯잇을 적셨고 한동안 나는 그렇게 누워서 주책없이 울었다.

내가 어떤 기분인지는 아랑곳하지 않고 다시 스튜디오에 돌아가 왁자지껄한 펑키 뮤직 속에 맥주나 마셔 대고 있을 최정우가 머릿속에 떠오르자 더 서러워 눈물이 멈추질 않았다. 내가 그에게 바라는 게 뭔지는 나도 모른다. 어쩌면 그에게 서운한 게 아니라 그냥 스스로 비참해서 누군가에게 투정을 부리고, 시비를 걸고, 책임을 전가하고 싶은 마음에 이러는지도 모른다. 하지만 어딘가로 이 서러움을, 이 죄책감을 털어 버리지 않으면 곧 미쳐 버릴 것만 같았다. 머릿속으로 수만 가지 생각을 떠올렸다. 이대로 나가 버릴까? 짐을 챙겨 조용히 사라질까? 한수진의 말처럼 그냥 도망가 버릴까? 비관적인 생각, 낙관적인 생각, 그러다가 갑자기 서러워져 다시 눈시울이 뜨거워지고 콧물을 훌쩍이며 진정하기를 반복하다가 어느 순간 잠이 몰려왔다.

교실 의자에 나 혼자 덩그러니 앉아 있었다. 모두 교복을 입고 짝을 지어 수다를 떨고 웃고, 장난을 치는데 오로지 나만 멀뚱히 의자에 앉아 있었다. 최정우도. 지혜도, 재현이도 없었다. 본능적으로 내 옆에 그들이 올 수 없음을 알고 있었다. 교실에 혼자 앉아 누군가와 끊임없이 눈을 마주치기를 시도했지만 내게 말을 걸어 주는 사람도, 나와 눈을 마주쳐 주는 사람도, 심지어 내 쪽을 쳐다보는 사람도 없었다. 나는 완벽하게 고립된 채 왁자지껄한 교실 한 곳에 처박혀 가라앉았다.
익숙한 침전에 나는 지독한 외로움을 느꼈다. 그 외로움이 숨통을 조일 정도로 아팠다. 그때야 나는 내가 결코 예전으로 돌아갈 수 없음을 깨달았다. 내가 너무도 멀리 떠나왔음을, 더 이상 외로

움을 즐길 수 없음을. 이제는 혼자가 되는 것이 두렵다.

아주 짧은 꿈이었다. 꿈속에서 느꼈던 감정에 기분이 눌린 채 눈을 뜨자 등 뒤로 매트리스가 가라앉았다. 달콤한 머스크 향에 뒤섞인 쓴 담배 냄새. 그의 가슴이 내 등에 붙더니 따뜻하고 무거운 손이 허리에 감겼다. 목덜미에 그의 입술이 느껴졌다. 너무……너무 사랑스러운 감촉.

"너랑 싸우기 싫어."

어르는 듯 상냥하게 속삭였다. 꿈 때문이야. 지독한 꿈 때문에 그가 내게 속삭이는 현실은 더 달콤했다. 그게 꿈이고 이게 현실이라는 안도감에 불쾌한 기분이나 슬픈 기분도 모두 깨끗하게 지워졌다. 외로움이 사그라지고 허전했던 마음이 벅찰 정도로 가득 차올랐다. 나는 몸을 돌려 그의 가슴에 파고들었다. 그리고 따뜻한 온기를 느끼며 쿵쿵 울리는 심장 소리에 조용히 귀를 기울였다. 내가 철면피라도, 거머리라도, 눈치도 없고 양심도 없는 여자라도 이 달콤함과 따뜻한 안도감을 포기하기란 불가능했다. 나는 이미 너무나 멀리 와 버렸다. 예전엔 혼자가 되는 것보다 상처받는 게 훨씬 더 무서웠는데, 지금은 상처를 받는 것보다 혼자가 되는 게 훨씬 더 무서웠다. 이미 그렇게 되어 버렸다.

그의 손가락이 내 턱을 잡고 부드럽게 위로 들어 올렸고 깜깜한 방 안에 커다란 실루엣과 부드럽고 상냥한 눈동자가 어렴풋이 보였다.

"우리 아직 괜찮은 거지?"

고개를 끄덕이자 그가 작게 한숨 쉬는 소리가 들렸다. 희미하게 그의 입꼬리가 위로 말려 올라갔다.

"그럼 이제 화해하자."

뭐라고 대답하기도 전에 그의 입술이 내 입술을 덮으면서 옷 사이로 손가락이 파고들었다. 내가 아는 화해 방식이랑 그가 아는 화해 방식은 완전히 다른 모양이다.

XV. 세 걸음

이 집에 굴러들어 온 지 4일 만에, 나는 최정우가 기절하듯 잠든 신기한 모습을 감상할 수 있었다. 약간 모로 기울어진 몸을 타고 빛의 음영이 졌고, 오른손을 베개 밑에 집어넣고 있는 바람에 겨드랑이 아래로 활배근이 날개처럼 펼쳐져 있었다. 머릿속에 어제 사다가 작은방 책상 위에 올려 둔 크로키 북과 연필이 떠올랐다가, 이내 사라졌다. 순한 양처럼 잠들어 있는 최정우의 모습에서 눈을 떼는 게 몹시 어려웠기 때문이었다.

헝클어진 머리에 살짝 벌어진 입, 곤히 잠든 사람에게서 들려오는 규칙적이고 낮은 숨소리에 귀를 기울이며 무방비한 최정우의 머리카락 사이에 조심스럽게 손을 밀어 넣었다. 그저 머리카락만 조금 흐트러트릴 생각이었는데 그에게 몸이 닿으니, 좀 더 욕심이 났다. 보기만 하는 거야, 보기만. 그 정도는 아무 문제 없어. 어차 피 지난밤에 화해한답시고 옷을 모두 벗고 잤으니 이불을 들춰 보기만 하면 되는 일이다. 본인은 내 몸의 아무 데나 만지고 싶은 대로 만지고, 보고 싶은 대로 보면서 난 안 된다면 엄청나게 공정 하지 못한 일이잖아. 안 그래? 스스로 공정성을 부여하며, 교활한 눈으로 최정우를 노려봤다. 이건 별것도 아니야.

잠든 그의 얼굴 위로 손바닥을 휙휙 저어 보였다. 감긴 눈꺼풀이 미동도 하지 않았다. 혹시나 해서 물방울 모양의 콧구멍 사이로 검지를 조금 집어넣어 보았는데 마찬가지로 무방비했다. 완전 기 절 상태. 어제 술을 꽤 마시고 들어온 게 분명해. 이건 하늘이 주 신 기회라고. 눈치를 살피거나 부끄러워할 필요 없이 그의 몸을 살펴볼 기회. 보고 싶은 대로 맘껏 볼 수 있는 기회!

조심스럽게 상체를 일으켜 앉았다. 벗은 등 뒤로 차가운 공기 가 서늘하게 맞닿았지만, 얼굴에는 기대감으로 열이 올랐다. 나 는 이불을 조금씩 그러모았다. 좋아. 넌 할 수 있다, 박은금. 경건 하게 매트리스 위에 무릎을 꿇고 앉아 최정우의 감긴 눈에 시선 을 고정하고 그의 흉부 아래로 시트를 아주 천천히, 매우 천천히 잡아당겼다. 넓은 가슴 아래로 조각 같은 복부가 미끄러지듯 드 러났다. 규칙적인 호흡으로 흉곽이 부풀었다가, 다시 내려앉았다. 나는 메마른 아랫입술을 빨며 이불을 좀 더 아래로 당겼다. 허리 아래로 그의 장골근이 보이기 시작하자 심장박동이 요란해지면서 혈관을 타고 피가 빠르게 돌기 시작했다.

침착해!

고지가 눈앞이었다.

하나.

둘.

셋!

눈을 딱 감고, 시트를 그의 허벅지 아래로 확 잡아당겼다.

1초.

2초.

3초.

혹시나 그가 한기를 느끼고 잠에서 깨어나지 않을까 잠깐 숨을 죽인 채 째깍째깍 시간을 쟀다.

"……."

눈을 아주 천천히 뜨고 얼굴을 살폈다. 그는 여전히 새근새근 잠들어 있었다.

휴. 위험을 감수한 순간이 지나가자, 몸에서 아드레날린이 치솟았다. 하하하! 이거 봐! 별거 아니잖아! 스릴 있네! 스스로의 대단함에 심취해서 콧구멍을 벌름거렸다.

이제 눈으로 그의 벗은 몸을 오밀조밀 스캔해 보기만 하면 된다. 이 얼마나 간단하고 재미있는 구경거리야? 시선을 그의 눈에서 코로, 코에서 입으로, 입에서 그의 쇄골로, 쇄골에서 흉근으로, 흉근에서 복근, 복근에서 장골로…… 그리고 더 아래로 미끄러뜨렸다. 그의 배꼽 아래 평평한 아랫배를 타고 까만 체모가 일직선으로 나 있었다. 길을 따라 더 아래로 시선을 내리자 줄지어 있던 체모가 치골 위에서 넓게 번져 갔다. 오. 생각보다 괜찮은데? 전공이 전공인지라 그동안 수많은 남자의 나체를 봐 와서인지, 생각만큼 기괴하지는 않았다. 오히려 최정우의 벗은 모습을 보니 미켈란젤로가 얼마나 조각상을 사실적으로 묘사했는지 실감이 나 한 번 더 감탄했다.

다비드. 영락없는 다비드다. 상처 하나 없이 깨끗한 저 장골을 깨물어서 홈을 남기고 싶은 충동은 대체 뭘까. 아니면 손톱으로 좀 긁어 놓거나 꼬집어 놓거나. 최정우보고 사디스트라고 뭐라 할 게 아니야. 내가 진성 사디스트인지도. 그의 깨끗하고 단단한 실루엣에 시선과 마음이 모두 빼앗겨 장골 위에 무심코 손을 뻗었다. 위험한데? 이러면 깰지도 모르는데.

이성이 정신 차리라고 따끔하게 질책하고 나섰지만, 손이 멋대로 움직였다. 장골근의 나선을 따라 밑으로 내려간 손이 그의 체모를 훑었다. 곱실거리고 꽤 거친 느낌이 손가락 사이에 느껴졌다. 나는 숨을 죽였다. 조금의 흐트러짐도 없는 그의 고른 호흡 소리에 청각을 집중하며 손을 좀 더 아래로 내렸다. 도를 넘은 행동. 지난번 배꼽 아래로 손을 뻗었을 때 그가 안 된다며 거절하던 장면이 머릿속에서 반복하여 재생됐다.

뭐 어때. 여기에 지뢰가 있어서 터지는 것도 아니고 만진다고 닳는 것도 아니고, 피차 좋은 일 아닌가?

이성이 소리쳤다. 그만둬, 변태야!

닥쳐. 진지하다고.

긴장감에 차갑게 식은 손을 거둬들여 하, 하, 따뜻한 입김을 불어 넣었다. 혹시나 차가운 감촉 때문에 깨면 안 되니까. 두 손을 야무지게 비비고 나는 아랫입술을 빨며 손을 뻗었다. 대뇌피질 사이에서 둥둥둥둥 긴박한 큰북 소리가 울렸다.

닿았다! 오직 닿았다는 생각만으로도 입이 벌어졌다. 생각보다 따듯하고 말캉한 감촉에 눈을 휘둥그렇게 떴다. 오오오오오. 이 것은 새로운 세계. 언뜻 H. R. 기거 화보집에서 비슷하게 생긴 뭔 가를 발견했던 것노 같아. 그 위로 손바닥을 가만히 대었다가 부 드럽게 아래로 쓸어내렸다. 엄청 따듯하고 부드러웠다. 이런 감촉 은 내가 알기로 어디에서도 느껴 본 적이 없어. 손가락으로 지그 시 누르자 아주 탱글거리는 감촉이었다. 피부보다 훨씬 매끈하고 촘촘한 느낌이랄까.

나는 신기한 장난감을 발견한 어린애처럼 완전히 빠져들었다. 보기 전에는 엄청 거북하고 낯설고, 정말 이질적일 것이라 생각했 는데 막상 눈으로 보고 나니 더 만져 보고 관찰하고 싶다는 충동 이 훨씬 강했다. 그저 몸의 일부분일 뿐인데, 내 안으로 들어오면 그토록 온몸이 가득 차는 것 같은 느낌을 받는다는 것이 신기했 다. 그토록 강한 결속감이 느껴지는 것도.

어떡하지. 관둬야 할 타이밍인데. 좀 더 만져 보고 싶다. 어쩌면 맛보고 싶은지도. 어떡하지. 큰일이네…… 초조함에 아랫입술을 잘근잘근 씹으며 고요하게 잠든 얼굴을 살폈다. 조금은 괜찮겠지. 다시 조심스럽게 두 손을 비비며 입김을 불어 넣고 난 다음에 그 의 것을 손가락으로 조심스럽게 감았다.

음? 이상한데? 아깐 되게 말랑했던 거 같은데. 아닌가? 눈을 몇 번 깜빡이는 사이에 헛것이라도 본 줄 알았다. 아주 찰나의 순간 이었다. 어? 원래 이 사이즈가 아니었는데? 몇 번 더 눈을 깜빡이자 갑자기 눈앞의 풍경이 변하더니 매트리스 위에 누워있는 건 나고 몸을 일으키고 있는 건 그였다. 잠에 덜 깨서 한쪽 눈을 찡그린 그가 내 어깨를 단단히 쥐고 아래로 누르고 있었다.

"뭐야. 신종 모닝콜이야?"

그러니까 관두랬잖아! 이성이 전두엽 아래에서 발을 구르며 절박하게 절규했다. 나는 침을 꿀꺽 삼키고 최대한 그를 자극하지 않을 만한 목소리로 조용히 대답했다.

"이건…… 그냥 순수한 호기심……."

"순수라는 말이 들어갈 타이밍이 아닌 거 같은데."

이크. 실수.

"어…… 그냥 단순한 호기심……."

"아침부터 아주 기운이 넘치나 봐?"

아니! 내 기운은 어젯밤에 다 소진됐는데! 그의 왼손이 내 오른쪽 가슴을 움켜쥐는 바람에 끙 소리가 났다. 지금이 몇 시더라? 고개를 들어 협탁 위의 시계를 확인했다.

"안 나가요?"

"어딜."

"스튜디오요."

"오후에."

그가 발을 굴려 시트를 침대 아래로 떨어트린 후 도전적으로 씩 웃었다.

"내 걱정해 주는 거야? 고맙기도 해라."

아…….

그의 눈썹이 심술궂게 치켜 올라갔다.

"근데 본인 걱정부터 하는 게 어때?"

젠장. 그가 손가락 사이로 유두를 잡아 살짝 비틀자 내 미간이 그의 눈길 아래에서 꿈틀거렸고 입이 헉하고 벌어졌다. 끝이 동그랗고 딱딱하게 굳을 때까지 반복적으로 비틀다가 나머지 왼쪽 가슴을 혀로 쓸었다. 혀. 그의 혀. 그의 혀가 주는 짜릿한 감각, 아찔한 쾌감과 흥분. 그의 혀는 떠올리기만 해도 다리에 힘이 풀렸다. 허리가 위로 들리며 나의 윗몸이 활처럼 휘어졌다.

가슴이 솟자 그가 입을 벌리고 담을 수 있을 만큼 가슴을 담아 빨아 당겼다. 앗, 하고 짧게 소리를 토하며 그의 머리카락 사이로 손가락을 집어넣어 내 쪽으로 더 당기는 동시에, 그의 허리에 허벅지를 감았다. 본능이 이성보다 훨씬 반응하는 속도가 빨랐다.

그의 손가락이 옆구리를 타고 움직였고 간지러운 느낌에 몸이 더 꿈틀거렸다. 따끈한 손바닥이 무릎에서부터 허벅지까지 진득하게 쓸더니 엉덩이를 한 번 움켜잡고 더 아래로 움직였다. 몸은 익숙한 기대감으로 달아오르며 간절하게 그의 손길을 기다리고 있었다.

"아!"

그의 손이 둔부에 닿자 얼굴에 피가 몰리면서 나는 길게 목을 빼고 신음했다. 그의 이가 길게 드러난 목선을 잘근잘근 씹으며 턱으로 올라왔다. 그는 단 한 번이라도 나를 오작동시키는 법이 없다. 그는 자신을 기꺼이 맞이할 준비가 다 됐음을 확인한 후 만족스럽게 웃었다. 열기에 취한 눈으로 내려다보자, 그는 새하얀 이를 드러내며 시원하게 웃고 있었다.

"좋은데?"

그가 내 턱을 한 번 깨물고는 입술을 부딪혀 왔다. 머리카락을 움켜쥐고 허벅지를 그의 허리에 좀 더 감아 몸을 더 밀착시켰다. 조금도 기다리고 싶지 않아. 어서 빨리 나를 채워 주었으면 좋겠다. 그는 협탁으로 손을 뻗어 더듬대다가 멈췄다. 그가 입술을 떼고 고개를 들어 다시 한 번 협탁을 확인하더니, 쯧 하고 혀를 찼다.

"망할."

응?

그의 얼굴이 처참하게 일그러졌다.

"왜요?"

"없어."

없다고? 콘돔?

그의 눈동자가 좌우로 흔들렸다. 설마 이걸 다 썼나 믿기지 않아 사흘 동안 몇 번이나 했는지 횟수를 세고 있는 모양이었다. 나는 입을 꾹 다물고 그가 횟수를 셀 여유를 줬다. 그가 '으' 하더니 썩은 생선이라도 떠올린 것처럼 얼굴을 구겼다. 그래, 이 양반아. 그쪽이 다 썼다고.

그는 마치 눈앞에 녹아서 줄줄 흐르고 있는 바닐라 아이스크림을 두고 발을 구르는 꼬마 같은 표정을 짓고 있었다. 나는 소리 내어 웃고 싶은 기분을 참느라 아랫입술 안쪽 피부를 이로 꾹 깨물었다. 그는 섣부르게 물러서질 못했다. 여러 가지 경우의 수를 생각하는 게 눈에 보였다. 좀 더 골려 줄까 하다가 이대로 관두면 오히려 내가 못 견딜 것 같아 그쯤에서 구원의 손길을 내밀었다.

"없어도 돼요."

그의 찜찜한 얼굴이 한쪽으로 기울었다.

"산부인과에서 처방해 준 약이 피임약이거든요."

"호르몬제?"

"네. 경구 피임약이라 먹는 동안 생리도 안 한댔어요. 임신은 당연히 안 되고요."

"100%?"

"네. 빼놓지 않고 복용만 하면요."

흠. 그가 흥미로운 소리를 냈다. 내 말이 안 믿기나?

"의사 선생님의 말에 따르면……."

설명을 덧붙이려 하자 그의 손이 다시 한 번 엉덩이 사이로 내려갔다.

"아."

"아."

흠칫 놀라 신음하자 그가 신음 소리를 따라 하더니 그대로 안으로 밀려들어 왔다. 그가 내 안으로 들어올 때의 기분은 뭐라고 설명할 수가 없다. 감각적이고, 벅차고, 뜨겁고, 아주 뭉클하다. 그는 한동안 가만히 있었다. 귓등에 닿는 숨소리는 평소보다 훨씬 더 뜨거웠다. 귓가에 그가 낮게 욕설을 내뱉는 게 들렸다.

"이거 좀 위험할지도."

그 말에 자극을 받아 무릎을 굽히고 허벅지로 허리를 더 조이자 그가 내 두 다리를 허리에서 풀어내 버리고는 상체를 일으켰다. 헝클어진 머리에 달아오른 얼굴이 나랑 똑같은데, 나처럼 엉망으로 보이지가 않았다. 입가에 머금고 있는 위험한 미소 때문에 훨씬 더 근사했다. 그의 눈길에 내 몸이 잘 익은 사과처럼 익어 갔다. 그는 내 엉덩이 아래로 허벅지를 조금 더 밀어 넣으며 자신에게로 더 당겼다. 치골 밑으로 조이는 느낌이 들어 나는 숨을 헐떡거렸다. 너무도 자극적인 느낌. 그는 스스로 진정시키려는 듯 길게 숨을 내쉬었다.

"일단. 천천히."

그가 양손으로 내 가슴을 움켜쥐더니 내뱉은 대로 아주 천천히 움직였다. 그가 내 질벽을 쓸었다. 아, 짜릿하다. 내가 몸을 뒤틀며 신음하자 그가 조금 더 속력을 냈다.

"조금만."

그는 끙 하며 이를 물었다. 이번엔 아까보다 훨씬 거칠었다. 느리고 무겁게 시작해서 강하고 빠르게 내 안으로 파고든다. 몇 번이고 잇새로 숨을 뱉으며 반복하더니, 이내 본능에 충실한 리듬으로 깊고 강하게 움직였다. 그가 쿵 하고 충돌할 때마다 전류가 흐르는 것처럼 몸이 찌릿했고 날 어딘가로 밀어 올리는 것 같았다. 눈을 감고 그가 주는 관능적인 충격에 몸을 맡겼다. 방 안에 내 신음 소리가 고장 난 테이프처럼 반복됐다. 거친 물살에 떠밀려 뱅글뱅글 돌고 있었다. 정신 차리기가 힘들고, 어느 순간이고 희열이 느껴졌다. 그라는 물살에 떠밀려 거의 질식할 때쯤 그가 내 양손을 잡아 침대 상판에 손바닥을 붙였다. 나는 신음을 삼켰다.

"떼지 마."

그가 숨을 몰아쉬며 명령했다. 그는 내 골반을 잡고 손바닥을 상판에서 떼어지지 않을 만큼만 아래로 당겼다. 팔꿈치 관절이 쭉 펴졌다. 아, 진짜 위로 밀려 올라가고 있었구나. 그 생각이 들자 얼굴이 더 화끈거리면서 숨이 더 가빠 왔다. 그가 예고 없이 다시 밀려들어 왔다. 팔꿈치 관절이 딱딱하게 굳으며 상판에 빨판처럼 손바닥이 달라붙었다. 나는 그가 밀려올 때마다 비명을 지르며 본능적으로 몸을 아래로 밀어 내렸다. 철퍽거리는 피부의 마찰 소리, 그의 거친 신음 소리. 그리고 움직일 때마다 더 도드라지는 그의 팽창된 근육, 입안에 고이는 달콤한 타액이 모든 오감을 자극했다. 허리가 과도하게 뒤로 꺾이면서 모든 근육이 조어들었다. 내 몸은 평소보다 훨씬 더 많이 꺾이고 뒤틀리고 말도 안 되게 부드러워지고, 힘이 들어가고, 감각에 춤을 추며 허공 위로 떠올랐다.

그가 뒤로 물러서더니 내 발목을 잡고 휙 돌렸다. 나는 매트리스에 뺨을 대고 뻗었다. 안 돼. 눈앞에 고통스러운 장면이 스쳐 지나갔다. 이 자세는 안 돼. 아주 찰나의 순간, 그가 내 무릎을 꺾더니 그대로 들어왔다. 맙소사!

나는 시트에 머리를 박고 비명을 상쇄시켰다. 엉덩이에 그의 골반이 닿았고 뭐라 항의할 여유도 주지 않은 채 혀가 내 뒷목을 쓸었다. 소름이 돋으며 전율이 일었다. 시트를 움켜쥔 손 위에 그가 손을 포개 주먹을 꼭 쥐었다. 우리는 퍼즐처럼 달라붙어 있었다. 두려움이나 공포가 아니라, 터질 것 같은 열기가 몰려들었다. 혀가 내 척추를 따라 등줄기를 내려가더니 그대로 다시 한 번 밀려 들어왔다. 지독하게 좋았다. 눈가에 열기가 고여 눈물이 맺혔다. 아찔할 만큼 뜨거웠다. 그가 턱을 손으로 감싸 위로 들더니 내 입안으로 혀를 밀어 넣고는 더 세게 움직였다. 달콤한 고문. 그의 아래에 깔려 버둥거렸다. 웃기지만, 어느 때보다 더 안전하다고 느껴졌다.

"아, 이거 진짜 끝내주네."

그가 귓가에 속삭였다. 정확하게 무엇을 말하는 건지는 모르겠지만 뭐가 됐든 동감한다. 그가 나를 쿵쿵 치는 충격을 흡수하며 뻣뻣하게 굳어 갔다. 이 익숙한 기분이 뭔지 이젠 확실히 알고 있다. 내가 허우적대며 '이제' '그만' '나' 같은 토막토막 끊긴 단어를 취한 것처럼 중얼거리자 그가 더 거칠고 빠르게 속력을 냈다. 통제에 벗어난 감각이 날뛰더니, 곧 격렬하게 부서졌다. 나는 시트 위로 늘어졌고 몇 번 더 움직인 그가 곧 내게로 무너졌다. 그의 무게가 기분 좋게 나를 누른다. 그가 흐트러졌던 숨을 고르고 땀에 젖어 미끄덩거리는 몸에서 자신의 가슴을 떼어 내고는 풀숲에서 보물찾기라도 하는 듯 엉킨 머리카락을 볼 위에서 떼어 내 나의 옆얼굴이 드러나도록 했다. 내 입가에 수줍은 미소가 피어오르자, 그는 짧게 입을 맞췄다.

"모닝콜 고마워."

나는 웃을 수밖에 없었다. 적나라한 유머에 아이처럼 웃는 사이 그가 몸을 일으켜 티슈를 몇 장 뽑았다. 그러고는 내 허벅지 안쪽을 부드럽게 닦으며 탁상시계를 확인했다.

"근데 너 영어 학원은 몇 시야?"

"1시요."

찰싹. 그가 내 엉덩이를 때렸다.

"아야!"

"일어나. 나갈 때 태워다 줄게."

그가 티슈를 쓰레기통에 던져 넣으며 몸을 일으켰다. 나는 얼얼한 엉덩이를 손바닥으로 비비며 그가 화장실 문을 열고 들어갈 때까지 노려봤다. 아파 죽겠네. 덕분에 나른한 몸에서 잠기운이다 빠져나갔다.

* * *

"그러니까 환불하신다고요?"

안내 직원이 지극히 곤란한 얼굴로 다시 물었다. 그 얼굴을 보자니 왠지 불쌍해 마음이 흔들리기도 했지만 나는 고개를 끄덕였다.

"네. 수업 전에 환불은 100% 다 된다고 들었는데요."

물론 이러면 안 된다는 건 안다. 최정우는 영어 학원을 등록하라고 돈을 준 거다. 하루라도 빨리 언어를 익히라고. 그가 알면 길길이 날뛸 거다. 무리수를 둔다는 것도 알고 있다.

"물론이죠. 여기 사인 좀 해 주시겠어요?"

직원은 억지로 미소를 띠며 환불 사유서를 내밀었다.

"사유 꼭 써야 하나요?"

"그냥 단순 변심으로 쓰셔도 돼요."

직원이 일러 준 대로 '단순 변심'이라고 대충 적고 사인을 했다. 그녀는 문서를 확인한 뒤 한 달치 수강료를 다시 봉투에 넣어 돌려줬다.

"확인해 보세요."

"감사합니다."

봉투 안의 금액을 확인한 후 직원에게 미안한 마음을 담아 정중하게 인사했다. 태어나서 처음으로 '환불'이란 것을 받았다. 문앞에 서서 얼마나 애간장을 녹였나. 들어올 땐 거의 헬게이트에 입성하는 기분이었다. 나름의 일보 전진. 어쩌면 기념비적인 날인지도 모른다.

나는 봉투를 책가방 속 가장 깊숙이 구겨 넣고 건물 엘리베이터에 올랐다. 뿌듯한 기분이 들어야 하는데 그렇지가 않았다. 나는 발끝을 초조하게 딱딱거리며 복잡한 상념으로 가득한 머릿속을 마구 헤집어 댔다. 이건 미친 짓이야. 하지만 꼭 필요한 일인지도 모른다. 솔직해지자면, 지금처럼 내 미래에 대해 주도적으로 계획을 세워 본 적이 없었다. 담당의에게 이 이야기를 하면 장족의 발전이라며 기뻐할지도 모른다. 그래, 이거 긍정적인 거야.

어젯밤 이후, 한수진의 독설들이 머릿속에 잔상처럼 남아 나를 끊임없이 괴롭혔다. 그 여자가 비꼬든, 창녀 취급을 하든 그건 하등 신경 쓰이지 않았다. 최정우 한 사람만 상대하는 창녀라면 그것도 좋은 직업이지. 그 자리에 기어들어 오고 싶어 하니 본인이 제일 잘 알 거다. 나를 괴롭히는 건 독설 안에 있는 본질적인 문제였다. 내가 그에게 짐이 되고 있는 것. 그녀가 흥분에 겨워 오버했을지는 몰라도, 뼈대는 지극히 현실적인 문제들이었다.

오스왈드의 후원은 그녀의 말대로 학비 이상의 것을 바랄 수는 없었다. 이건 정말 후원이었다. 그 사람이 나를 입양한 것도 아니고. 그는 적정한 한도 내의 후원을 해 줄 뿐이지 내 모든 걸 다 책임지는 게 아니었다. 내가 요구할 수도 없었다. 그 문제는 내 문제였고, 최정우가 떠안게 하는 건 더더욱 용납할 수 없었다. 리즈디가 어떤 곳인지는 모르겠지만 미국 대학이 한국과 같지 않다는 것 정도는 알고 있다. 오히려 미국의 대학 생활은 우리나라 고3 생활과 비슷하다는 것도 말이다.

최정우가 나 때문에 기숙사에서 나와 집을 구하는 것은 어떻게 할 수 있는 문제가 아니었다. 내가 할 수 있는 건 그가 학교생활에 충실할 수 있도록 내 앞가림을 하는 일. 그거 하나였다. 나는 아직 어리고 시간이 많았다. 이제 스무 살. 미국 나이로는 생일이 지나지 않았으니 열여덟 살. 들어가자마자 꼭 반드시 공부해야 할 만큼 급박하지 않았다. 급하게 떠밀리듯 공부하고 싶지도 않다. 그림은 학교에 들어가지 않아도 얼마든지 그릴 수 있어.

이성적으로 따져 볼 때 나는 어학을 포함해 미국의 대학을 들어갈 때까지 종합적으로 몇 년의 시간을 준비해야 가능할지 장담하기가 어려웠지만, 최정우는 아니었다. 그는 지금부터 3년만 더 지나면 학교를 졸업한다. 나는 시간이 많고 지금 당장 할 수 있는 일이 없으므로, 그가 졸업 후 취업을 하고 나면 그때 대학을 다녀도 전혀 문제 될 것이 없었다. 조급하지 않다면 한 사람씩 천천히 하면 된다. 내가 공부를 하게 되면 분명 그가 도와줄 테니, 그가 공부하는 동안은 내가 도우면 되는 거다. 그러니까 나는 우선 미국에서 돈을 벌어야 했다. 최소한 우리가 살게 될 집의 공과금과 식비 정도를 해결할 수 있을 만큼은.

여기저기 알아보다가 발견한 게 네일 아트였다. 영어를 잘 못해도 취업이 가능했고 동양인을 선호하는 것 같았다. 게다가 나는 손재주 좋은 편이니 분명 금방 취업이 될 거다. 거기에 더해, 일하며 실질적인 영어를 경험할 테니 언어에 대한 두려움도 훨씬 빨리 떨쳐 낼 수 있을 것 같았다. 그렇다면 어느 면에서나 손해 보는 장사는 아니란 이야기였고 망설일 이유는 별로 없었다.

네일 아트 3개월 속성 과정의 수강료가 제법 비쌌다. 엄밀히 따지자면 포함된 재료값이 비쌌다. 환불받은 돈까지 포함해 수중에 있는 돈을 탈탈 털어 수강료를 냈다. 마음 한편이 무거웠지만, 어차피 뭔가를 배워야 한다면 영어보단 일할 수 있는 기술이 더 급했다.

오버한 지출로 주머니가 텅텅 비자, 나는 하는 수 없이 남는 시간 동안 아르바이트 자리를 구하러 돌아다녔다. 애매하지만 도보로도 가능한 거리여서 굳이 교통비를 지출할 필요는 없어 보였다. 밥은 집에서 먹고 나오면 되니 밥값도 안 쓰면 그만이긴 했지만, 어떻게든 최정우가 준 돈의 구멍은 메워 놓아야 했다. 최정우에게 들키지 않기 위해 저녁 시간은 피하고 학원 시간마저 비워 놓으려면, 아르바이트를 할 수 있는 시간이 너무 한정적이어서 구하기도 힘들었다. 발품을 팔아 겨우겨우 학원 근처에 샤브샤브집에 알바자리를 구했다. 최저 시급 같은 건 따지지도 않고, 점심때 5시간만 일하면 된다고 하니 나는 덥석 일하겠다고 나섰다.

"학생, 잘할 수 있겠어? 여기 근처에 회사가 많아서 우린 점심때가 제일 바빠."

"네, 열심히 노력할게요."

내가 커다란 눈으로 힘주어 이야기하자 그게 귀여웠는지 백발의 사장이 생글생글 웃어 보였다. 입가에 인자한 주름이 졌다.

"그래요. 그럼, 내일부터 나와요."

"네!"

주 5일 5시간. 11시부터 4시까지. 퍼즐처럼 딱 들어맞네!

고민했던 문제가 해결되자 뛸 듯이 기뻤다. 몸에 엔도르핀이 솟으며 뭐라도 할 수 있을 것처럼 기분이 고무적으로 바뀌었다. 이제 나도 맘만 먹으면 무슨 일을 해서든 돈을 벌 수 있어!

날아가듯 가벼워진 발걸음은 아파트에 당도하자 걷잡을 수 없이 무거워졌다. 일단 저질러 놓고 왔는데 제대로 수습할 수 있을지 갑자기 자신이 없어졌다. 네일 아트. 그거 잘 배울 수 있을까? 샤브샤브. 내 성격에 사람들 상대를 할 수 있을까? 괜찮아. 다들 아르바이트 하잖아. 지혜도 인터내셔널 호텔의 볼룸에서 금요일부터 일요일까지 아르바이트를 한다고 했다. 다른 아이들도 졸업하자마자 놀러 가거나 운전면허를 딸 돈을 구하기 위해 아르바이트를 하고 있다고 했다. 나는 지극히 정상적인 또래의 경험을 하고 있는 것뿐이야.

30분 정도 열심히 걷자, 최정우의 아파트가 보였다. 겨울인데도 가슴 사이에 땀이 고였다. 와. 이거 체력 단련은 확실히 되겠네. 헉헉대며 집에 도착해 가방을 벗어 두고 냉장고부터 뒤졌다. 그의 퇴근 시간에 맞춰서 뭔가를 만들어 주고 싶었다.

냉장고를 뒤지다 보니 어느새 나는 냉장고를 정리하고 있었다. 처음엔 마트에서 사 와 그대로 쑤셔 박아 놓은 채소만 정리하려고 했는데 뒤지다 보니 손대야 하는 것들이 끝도 없이 나왔다. 손이 바쁘니 별로 생각할 틈이 없었지만 내 모양새가 이상하다는 생각은 들었다. 갑자기 최정우 엄마가 된 기분……. 아니면, 와이프인가?

나는 결국 냉장고를 다 뒤집었다. 채소는 키친타월을 깔아 둔 타파에 넣어 차곡하게 냉장고에 넣었고 음료수와 맥주는 포켓 도어에 가지런히 정리했다. 오래된 과일은 골라내 버렸고 그중 쓸 만한 것들은 믹서에 갈아서 주스를 만들었다. 다듬은 대파 중 절반은 잘게 썰어서 냉동고에 넣었다.

　젠장. 냉동고를 여니 또 거길 정리하게 되잖아! 미친 듯이 냉동고에 있는 내용물을 꺼내고 마른걸레로 칸막이를 닦아 내는데 도어록이 열리는 소리가 났다. 최정우는 벽돌처럼 언 음식에 파묻혀 한가운데 동동 떠 있는 나를 구경하고 있었다.

"너 뭐 해?"

　그의 얼굴에 웃음기가 번지며 눈이 반달처럼 접혔다.

"냉동고가 왜 이렇게 복잡해요?"

　그는 외투를 벗어 아일랜드 바위에 던져 놓고 본격적으로 쪼그리고 앉아 냉동고에서 나온 어마무시한 양의 벽돌들을 구경했다.

"형이 일주일에 한 번씩 가져오거든. 엄마가 보내서."

　일주일? 그는 이것저것에 눌려 납작하게 얼어붙은 정체불명의 덩어리를 하나 집어 들었다.

"아마…… 사골국인 거 같은데."

　아. 된장찌개 끓일 때 써야겠다. 나는 앉아서 비슷해 보이는 벽돌을 뒤졌다. 타닥타닥 소리가 사방에서 들리자 그는 소리 내서 웃었다.

"나 웃기려고 이러고 있는 건 아닐 테고. 너 왜 이러고 있는 거야, 근데?"

"저녁 해 먹으려고 냉장고 열었다가 이 지경 됐어요."

"너 약간 결벽증 같은 거 있어?"

"전혀요!"

　쏘아붙였다가 뒤늦게 생각에 잠겼다.

"조금요."

이건 어쩔 수 없는 트라우마다. 어쩌면 성격일 수도 있고. 너무 혼자 오랫동안 집에 남겨져 있다 보니 생긴 습관일 수도 있다.

"짜증 나요?"

내가 사골국을 찾아 무릎 위에 올리며 눈치를 살피자, 그가 고개를 저어 보였다.

"아니. 상관없는데. 지나치게 잔소리해 대면 상관있을지도."

"그런 건 안 해요."

"글쎄. 모르지. 남자랑 살아 본 적이 없을 테니."

그건 그렇네. 나는 그의 도움을 받아 냉동고를 정리했다. 주인이 나타나 내용물을 조금이라도 알아보니 훨씬 속도가 빨랐다. 나는 냉동고의 칸을 나눠 육류, 냉동식품, 어류 등으로 분류해 라벨링을 하고 지퍼락으로 묶었다. 최정우는 날 신기한 듯 구경했다. 그의 입장에선 뭐 하러 저렇게까지 시간을 낭비하나 싶었겠지만 그는 군말 없이 도왔다. 시간이 지나면 어떨지는 몰라도 지금으로 봐서 그는 아빠보다 훨씬 더 상냥하고 좋은 남편이 될 건 분명해 보였다.

사골국 한 덩이를 꺼내 냄비에 불을 올렸다. 그는 내가 된장찌개를 준비하는 동안 쓰잘머리 없이 자꾸만 냉장고 문을 열었다가 닫았다.

"전기세 나가요!"

내가 꽥 잔소리를 하자 그가 웃음을 터트렸다. 그는 정리된 냉장고를 낯설어하면서도 신기해했다. 추측건대 집 안에 여자의 손길이 닿아 본 적이 없는 거다. 미국에서도 오랫동안 혼자 생활을 했다고 하고, 한국에서도 왠지 모르지만 혼자 살고 있었다. 왜일까? 가족과 같이 있고 싶지 않을까? 나는 끓는 사골국에 된장을 풀며 그에게 물었다.

"근데 왜 가족이랑 같이 안 살아요?"

그는 도어 포켓에서 내가 아까 갈아 놓은 토마토 주스를 미심쩍은 눈으로 관찰하고 있었다.

"불편해서."

"왜요?"

두어 번 주스를 흔들더니 그는 뚜껑을 따고 다시 내용물을 확인했다.

"나이 차가 너무 많이 나다 보니 부모님은 날 이해 못 하고, 나는 부모님이 답답하고. 뭐 그 상황이 반복되는 거지."

그는 킁킁킁 냄새를 맡더니 병째 입에 대고 주스를 한 모금 입에 물었다가 삼켰다. 음. 그는 생각보다 괜찮은지 고개를 끄덕이며 다시 한번 주스를 삼켰다.

"얼마나 많이 나는데요?"

"보통 내 나이 또래면 부모님이 50대 정도인가?"

"아마도요?"

아빠가 곧 50이니까. 그가 너털웃음을 터트리며 고개를 저었다.

"거기서 한 스무 살 더 플러스해 봐."

일흔? 내가 뜨악하자 그가 눈썹을 한 번 찡긋했다.

"이제 상상이 가? 부모님한테 나는 미쳐 날뛰는 망아지 새끼였어. 아버지도 어머니도 날 감당하질 못해서 더 덩치가 커지기 전에 미국으로 보낸 거야. 내겐 형이 아빠 같은 존재고, 부모님에게 특별히 애정을 받아 본 기억은 별로 없어."

"그래도 엄마가 이렇게 음식을 해서 보내 주시잖아요."

나는 된장을 푼 사골을 들어 보였고 그가 희미하게 미소 지었다.

"그러게."

그에게도 나름의 사연이 있었다. 아직 40대인 엄마와도 말이 안 통해 미칠 지경인데 그보다 서른 살 정도 더 많은 어른과 부딪히면 어떤 기분일까. 그가 부모님에게 느끼는 거리감을 이해할 수 있었다. 멀어져 있는 시간만큼 더 어색해졌을 거다. 혼자 사는 편이 오히려 더 자연스러운 선택으로 보였다. 그래도 그에겐 형이라는 오작교가 있지 않나. 그 선한 눈매를 선명하게 기억하고 있었다. 자기 동생이 귀여워 죽겠다는 그 얼굴을.

"아버지는 어떤 분이셨어요?"

아빠 이야기가 나오자 그의 얼굴이 묘하게 변했다. 웃겨 보이기도 했고 답답해 보이기도 했다.

"아주 복잡하지."

그가 주스를 포켓 도어에 넣고는 내 옆으로 다가왔다. 다진 마늘을 국에 풀어 넣는 사이 그는 능숙하게 칼을 잡고 썰다 만 애호박을 도마 위에 깍둑 썰기 시작했다.

"엄청나게 고지식하고, 더럽게 과묵하고, 대화는 하나도 안 통하고, 고집은 소 힘줄보다 질긴 사람. 수학 공식보다 복잡하고, 입만 열면 못 알아듣는 소리나 해 대는 잡변가에, 벽창호 같은 사람이었는데, 아이러니하게 부부 사이는 꽤 좋았어. 그런 걸 보면 남편으로선 꽤 괜찮은 사람이었나 봐."

나이 차이가 많이 나서 아버지가 어려웠던 건 아닐까?

"형한테는 어떤 아빠였대요?"

"나랑 비슷해. 형 말로는 내가 태어나기 전까지 집에서 자기는 왕따였대. 아버지가 자식 말은 안 들어도 어머니 말은 들었거든. 아."

그가 호박을 썰다 갑자기 뭔가가 생각난 듯 잠깐 멈췄다.

"이거 형이 말해 준 건데, 여름방학 때 할머니네 집에 가다가 어머니가 아이스크림이 먹고 싶다고 하자 길에다 형을 내려 두고 둘이 아이스크림 먹으러 가 버렸대."

"네?"

"근방이니까 걸어서 가고. 그런 양반이었던 거지. 자식보다는 자신을 보살펴 줄 부인이 더 중요하고 뭐…… 부인보다는 자신의 인생이 더 중요하고."

생각하는 차원이 너무 달라서 나는 말을 잃었다. 우리 부모님 같으면 상상도 못 할 일이었다. 날 떨어트려 놓는 걸 죄악처럼 생각하던 사람들이니까.

"그래서 늦게라도 내가 태어나서 엄청 좋아했다더라. 이젠 자기 편 생겨서."

귀엽네. 내가 웃자 그가 따라 웃었다. 집안 환경이 전혀 다른 두 사람이 나란히 서 있다니. 이것 또한 참 신기한 일이다. 부부간에 사이가 좋았다면, 아버지께서 돌아가셨을 때 어머니가 받은 충격은 정말 컸을 거다. 형이 부랴부랴 한국으로 들어온 이유가 충분히 설명됐다.

"왜 형 한국에 올 때 따라 들어오지 않았어요?"

"나?"

"미국에 혼자 있기 안 무서웠어요?"

그가 피식 웃으며 개수대에 칼을 씻어 냈다.

"그냥. 이제 좀 적응하나 싶었는데 돌아가는 게 싫었어. 도망가는 거 같기도 하고. 시작도 못 하고 간다는 게 찜찜하기도 하고…… 왠지 지는 것 같아 분하기도 하고……."

그의 성격이 어렴풋이 보였다. 본인은 펄펄 뛰겠지민 어쩐지 그의 아버시와 무척이나 닮아 보였다.

"근데 그건 좀 무서웠어. 밤에 혼자 있는 거."

덩치답지 않게 유아틱한 발상에 픽 웃음이 흘렀다.

"너무 조용하니까 도리어 잠을 못 자겠더라고. 그땐 좀 무섭더라."

"곰돌이 인형이라도 사다 놓지 그랬어요. 안고 자게."

"아. 괜찮아. 다른 걸 껴안고 잤거든."

부적절한 장면이 눈앞에 스쳤다. 내가 펄펄 끓는 냄비의 손잡이를 틀어쥐고 눈을 흘기자 그의 볼에 경쾌한 인디언 보조개가 파였다.

"네가 시작한 거다. 내가 시작한 게 아니고."

"호박이요."

잔뜩 성난 목소리로 명령하자 그가 냉큼 도마 위의 채소를 들어 냄비 안에 쏟아부었다. 성질이 나자 나도 모르게 입술이 튀어나오고 미간이 파였다. 못마땅하고 불만족스러운 표정으로 국물을 휘젓자 그가 상판 위로 몸을 숙이고 재미난 무성영화라도 감상하듯 쳐다봤다.

"지뢰 밟는 거 싫으면 과거에 대해 묻지를 말든가."

"어떻게 안 물어봐요? 궁금한데."

"그럼 화를 내질 말든가."

"화내는 거 아니에요."

"그럼 뭐 질투하는 거야?"

내가 다시 한번 냄비 손잡이를 틀어쥐자 그가 뒤로 한 발 물러섰다.

"그거 엄연한 살해 위협이다."

"도둑이 제 발 저리지!"

툴툴거리자 그는 빙그레 호전적인 미소를 지었다.

"그 된장은 언제까지 끓일 거야?"

"곤죽이 될 때까지요!"

빽 소리 지르자 그가 결국 웃음을 터트리고야 말았다. 그는 웃음을 멈추지 못한 채 날 자기 쪽으로 홱 돌렸다. 미식축구를 하듯이 내 배에 어깨를 대더니 그대로 나를 들어 올렸다. 골반이 그의 어깨에 눌리면서 상체가 거꾸로 뒤집혔다. '꺅' 하고 아주 짧은 비명을 내지르고 나니 그의 어깨에 대롱대롱 매달린 꼴이었다. 나는 화들짝 놀라 가스레인지를 쳐다보았다.

"가스!"

"기다려. 끌 거야."

그가 가스 불을 잠갔다. 무릎 뒤로 단단한 팔뚝이 느껴졌다. 피가 머리로 몰렸다.

"뭐 하려고요?"

"방학 맞이 탐구생활."

이런. 웃지 않으려고 아랫니를 꽉 물었다. 적절하지 못해.

"잊었나 본데 저 미성년자 졸업했어요!"

"걱정 마. 성인용이니까."

나는 '익' 소리를 내며 눈앞에 보이는 엉덩이를 있는 힘껏 내리쳤다. 그의 입에서 처음으로 아플 때 나는 신음소리가 터져 나왔다. 하하하! 아드레날린이 치솟았다.

"방금 너 엄청나게 실수한 거다."

빌어머을. 그기 뚜벅뚜벅 걸어가더니 날 침대로 홱 내팽개쳤다. 매트리스가 무게에 못 이겨 삐걱댔고 과도하게 몸이 튕겨져 올랐다가 내려앉았다. 그가 셔츠 단추를 풀기 시작하자 나는 침대 상판까지 미끄러지듯 올라가 등을 상판에 붙였다.

"아침에 내 엉덩이를 때렸으니 이건 비긴 거잖아요. 공평하게 없던 일로 해요."

"웃기고 있네."

그가 코웃음 쳤다.

"배고파요."

"그래? 밥 말고 좀 색다른 걸 먹어 보는 건 어때?"

음색이 112에 신고해야 될 만큼 탁했다. 단추 풀린 셔츠를 어깨 뒤로 당겨 벗었다. 훌륭한 상반신에 잠시 침을 흘리는데 그가 계략적으로 눈을 빛냈다.

"선택 사항이 4개가 있는데…… 골라 봐."

응?

"첫 번째, 묶인다. 두 번째, 맞는다. 세 번째, 묶인 후 맞는다. 네 번째, 맞은 후에 묶인다. 뭐로 할래?"

뭐? 나는 충격에 벌겋게 달아올랐다. 웃고 있는 걸 보니 장난이 분명했다. 분명한가?

나는 상판에 더 달라붙었다. 그가 제정신인지 의심스러웠다. 겉보기엔 멀쩡한데 이 사람 한 대 맞으면 핀트가 나가는 타입인가? 그가 바지 버클을 풀었고 나는 할 수 있는 가장 위협적인 동작으로 삿대질을 했다.

"관둬요."

"아직 아무것도 안 했어."

"뭐가 됐든지요!"

내가 더듬대며 볼을 붉히자 말려 올라간 입가에 그의 새하얀 치아가 빛났다. 이렇게 잔인해 보일 수가 없었다. 온몸에 피가 싹 가셨다. 그가 주위를 두리번댔다. 아마 무슨…… 각목 같은 걸 찾고 있는 걸지도 몰랐다. 아니면 내 반응이 재미있어서 연기를 하고 있는 걸 수도 있다. 이 장면을 본 적이 있다. 예전에 키우던 고양이가 밖에서 잡아 온 귀뚜라미 다리 한 짝을 떼어 내고는 죽을 때까지 갖고 놀던 장면. 그는 뼛속까지 잔인한 고양잇과 맹수다.

"어떻게, 선택은 했어?"

하. 하. 하. 농담도. 그가 다가오자 나는 위압감에 짓눌려 몸을 웅크렸다.

"한 발짝만 더 오면 할퀼 거예요!"

내가 빽 소리 지르자 그가 귀를 후볐다.

"뭐? 묶인다고?"

정신 나갔어!

"재미있어요?"

"상당히?"

잠시 긴장이 풀린 틈을 타 반대편으로 몸을 움직였다. 얼마 가지도 못하고 발목이 잡혔다. 그대로 매트리스 위로 당겨져 그의 몸 아래에 뻗었다. 젠장!

"그렇게는 안 되지."

그의 얼굴에 악마의 해맑은 미소가 걸렸다.

"뭐라도 해 봐요. 진짜, 죽일지도 몰라요."

내 말에 그기 웃음을 터트렸다.

"그래. 실패하지만 마. 실패하면 뒷일은 장담 못하니까."

아, 씨. 전투 의욕이 완전히 상실됐다.

"뭐가 됐든 내가 못 받아들일 일은 하지 마요."

나는 울상을 지었다. 그가 웃음을 한숨처럼 내쉬었다.

"날 뭐로 보는 거야. 그 정도는 충분히 알아."

아. 그래. 장난이었구나. 온몸에서 긴장이 풀리며 나는 비로소 웃었다. 그가 내 잔머리를 손가락으로 훑어서 귓등에 깃털처럼 걸었다. 안도감에 한숨이 절로 났다.

"그럼 일단 묶이는 것부터 해 볼래?"

이 사이코 사디즘 환자! 내 입술에 부딪힌 그의 입술 사이에서 웃음소리가 들렸다. 대체 어디서부터가 진담이고 어디서부터가 농담인 거야, 이 양반은!

나는 그의 아래에서 다리 떨어진 귀뚜라미처럼 파르르거렸다. 그가 내 양 손목을 한 손으로 가볍게 쥐고 내 바지 버클을 푸는데 어디선가 휴대폰 벨 소리가 들렸다. 그는 내가 도망가지 못하도록 허벅지 위에 단단히 몸을 붙이고 앉아 버클을 풀던 손을 뒤로 돌려 바지 뒷주머니에서 휴대폰을 빼냈다. 액정을 확인한 후 그가 재미있다는 듯 내게 돌려 보였다.

[형]

정말 경건한 타이밍이네.

"여보세요?"

스피커를 타고 굵은 남성의 목소리가 웅얼댔다.

"……."

가볍던 그의 표정이 상대방의 몇 마디를 듣자 단번에 굳었다. 뭐야. 그가 아랫입술을 잘근거리고 씹기 시작했다. 불안감은 그의 몸을 타고 내게도 내려앉았다. 그는 내 몸에서 물러났다. 즐겁고 위험한 게임은 그렇게 끝났다.

"누구한테 들었어?"

나는 몸을 일으켰다. 그는 내게서 등을 돌리고 서서 허리에 손을 얹었다.

"확실해?"

그는 한참 동안 설명을 듣더니 손바닥으로 이마를 문질렀다. 초조할 때 나오는 모든 행동이 다 나오고 있었다.

"아니. 모르겠어……."

그의 눈이 내게 머물렀다.

"이야기해 볼게."

나? 곧 그는 시선을 거두고 다시 등을 돌렸다. 그의 벗은 어깨 근육이 뻣뻣하게 긴장했다.

"나중에 해……. 지금 꼭 해야 하는 이야기 아니잖아!"

그가 형에게 신경질을 내는 건 매우 익숙하고 정해진 코스였다. 그런데 이번만은 단순히 웃고 넘기는 장난처럼 보이질 않았다.

"할 말 다 했어?"

그의 물음이 소름이 돋을 만큼 차가웠다. 스피커를 타고 아무런 목소리도 들려오지 않았다.

"끊어."

전화기를 든 그의 손이 힘없이 아래로 떨어졌다. 심각해.

"왜요?"

내 물음에 그가 움찔했다. 나와 관계된 거야. 그의 형에게서 온 전화가 분명한데, 나와 관계된 거야. 육감이 그렇게 말하고 있었다. 그가 천천히 매트리스에 앉았다.

"은금이 너……."

그가 어렵게 입을 열었다가 다시 멈췄다. 손으로 얼굴을 한 번 쓸어 내고 입술을 씹고 난 후에 그가 자세를 고쳐 앉았다. 나와 눈이 마주친 그의 눈이 자신감을 잃고 흔들렸다. 나는 심장이 떨려서 그의 손을 잡았다. 그가 아파하는 것 같아 덜컥 겁이 났다.

"뭔데 그래요."

"경찰서에서 오스왈드에게 연락이 간 거 같아."

경찰이? 그게 나랑 무슨 상관이야? 내 표정에 아무런 변화가 없자 그의 눈이 더 불안하게 흔들렸다. 그를 안심시키기 위해 나는 웃어 보였다.

"그런데요?"

"그 사람. 잡혔대."

그 사람?

"교회에서 현장 체포됐대. 강간이고, 상대는 열두 살짜리 남자애였던 모양이야."

온몸의 피가 얼어붙었다. 그는 박 선교사 이야기를 하고 있었다.

그 개자식! 가슴이 완전히 내려앉아 쥐어뜯듯 가슴께를 움켜잡았다. 그는 급박한 얼굴로 시트 위에 스러져 가는 내 어깨를 잡았다. 나는 그의 팔뚝을 구명줄처럼 움켜쥐고 진정하려 애썼지만, 숨이 토막토막 끊어졌다. 최정우는 내 등을 아주 천천히 쓸었다. 그에게 들은 문장이, 조각조각 끊겨서 머릿속을 헤집었다. 그걸 다시 끼워 맞춰 납득하기까지는 좀 더 시간이 필요했다.

열두 살…… 강간……현장체포. 감옥 같은 교회의 모습이 떠올랐다. 그 외벽에 경찰 사이렌이 부딪혀 번쩍거리는 장면도 상상됐다. 그리고 피해자……. 아마 나와 같았을 거다. 분명 똑같은 방법이었을 거다. 목이 졸리고, 그 더러운 외투를 뒤집어쓴 채 차가운 교회 바닥에 엎드려 더럽다고 말하는, 지옥에서 구원해 주는 거라고 말하는, 그 미친놈의 말을 마치 묵시록처럼 듣고 있었을 것이다. 그 생각이 들자 머릿속에 분노가 새하얗게 발광했고 손이 부들부들 떨려 왔다.

"추가 증언. 그걸 해 줄 수 있는지 궁금해 해."

침착한 그의 목소리에 질끈 감겼던 눈이 떠졌다.

"피해자가 더 있는지 조사하는 중이래."

추가 증언?

"어떻게요?"

나는 몸을 일으켰다.

"그 남자가 나에 대해 진술했대요?"

"나도 자세히는 모르겠어. 그냥 그 남자가 잡혔고, 네가 추가 진술할 의향이 있는지만 물어봤어."

아직도 이해되지 않는 게 너무 많았다. 내가 그 자식한테 강간당했다는 사실은 부모님, 나, 최정우, 지혜, 그리고 O병원 의사, 그리고 박 선교사 본인이 아니면 아무도 모르는 일이다. 그 남자가 진술한 걸까? 자신의 과거에 대해? 하지만 어떻게 오스왈드에게 연락이 간 거지? 나는 그가 건네준 접근 금지 가처분 신청서에 끝내 사인하지 않았다. 아직 내 법정 보호자는 부모님이었다. 병원 문제야 그렇다 치더라도 경찰은 어떻게 그에게 연락을 한 걸까? 연락을 한다면 부모님이나 아니면, 나여야만 했다. 내 혼란스러움이 사그라지고 그 대신 의문 가득한 눈으로 쳐다보자 그가 등을 쓰다듬던 손길을 멈췄다.

"이상해요. 왜 오스왈드에게 연락을 한 거죠? 내가 아니고?"

"끄나풀이 있으니까."

끄나풀?

"그 사람은 '합법'과 '불법'의 경계가 모호한 사람이야."

그거야 당연히 알지.

"박성태. 세 살배기 딸과 부인이 있고, 필리핀에서 선교사 노릇을 하고 있어. 그리고 아마 게이 성향이 좀 더 강한 양성애자."

나는 눈동자를 흔들며 숨을 들이켰다. 지금 최정우가 내 앞에서, 그 사람의 신상에 대해 줄줄 이야기하고 있지 않나.

"네가 부모님에게 끌려가 있는 동안, 내가 오스왈드에게 도와 달라고 했어."

"알아요."

나는 고개를 끄덕였다. 그래서 오스왈드가 병실로 찾아왔지 않나. 명함도 건네줬고. 그래서 내가 정신 병동에 입원을 했으니까.

"그러면서 하나 더 부탁했어. 너 이렇게 만든 놈을 좀 찾아봐 달라고."

"……."

"네가 그 사람을 목격하기 전부터. 오스왈드가 의심하고 있던 사람이야. 꽤나 오랫동안 철저하게 뒷조사를 해 왔어."

그럼 그때…… 그의 전화기에 찍혀 있던 무수히 많은 오스왈드와의 통화 기록. 최정우에게 처음으로 박 선교사에 관해 이야기했을 때 그다지 놀라워 보이지 않았던 건, 내 착각이 아니었다.

"네가 확실하게 누군지 이야기한 이후, 미행을 붙였을 거야. 내가 동의했으니까."

미행. 사람을 붙였단 말이잖아.

"오스왈드가 내 앞에 내놓은 정보들이 너무 방대하고 자세해서 대체 어떤 흥신소가 이렇게까지 자세히 조사할 수 있나 의아했었는데 이제 와 짜 맞춰 보니 아마 매수한 게 경찰인 것 같아."

경찰을 매수했다고? 그거 불법 아니야? 그래, 합법과 불법의 경계가 모호하댔지. 하지만 스케일이 너무 크잖아. 나는 입을 떡 벌렸다.

"그렇게 생각해야만 앞뒤가 맞아."

그는 마른세수하며 몸을 일으켰다. 초조하게 입술을 씹는 게, 뭔가가 더 있어 보였다. 아직도 궁금한 게 너무 많았다. 하지만 그 역시 이 모든 것에 대해 다 알고 있는 것 같지가 않았다. 답을 아는 사람은 하나야. 오스왈드 퀸튼.

"나 오스왈드를 좀 만나야겠어요."

* * *

Ph. 숫자 대신 영어 약자가 찍혀 있는 단 하나뿐인 버튼. 50층짜리 건물의 맨 꼭대기. 엘리베이터에 탑승한 나는 벌써부터 위압감에 최정우의 소매 끝을 붙잡았다.

"겁먹을 거 없어."

안심하라는 듯한 위로에도 나는 섣불리 마음이 놓이지 않았다. 진동이나 소음 하나 없이, 고속 엘리베이터는 순식간에 꼭대기 층에 도달했다. 핑 하는 도착 알림음이 울리고 유기체처럼 부드럽게 엘리베이터 문이 열렸다. 커다란 유리창 밖 서울의 야경이 그림처럼 눈앞에 펼쳐졌다. 까맣게 어둠이 내려앉은 거실이 바로 보였다. 여긴 문도 없어? 최정우가 익숙하게 발걸음을 옮기자 노란 센서등이 반짝 켜졌다. 어둡고 지나치게 조용하고 적막한 집 안이 오스왈드 퀸튼의 이미지와 꼭 닮았다.

"제발 불 좀 키고 살지."

최정우가 구시렁거리며 거실 벽을 더듬거리자 높은 천장 샹들리에에 천천히 빛이 들었다. 와. 말도 안 돼. 거실이 우리 집을 다 합친 것보다도 컸다. 번쩍이는 대리석, 눈부신 샹들리에에, 나선형의 고급스러운 계단이 2층으로 이어져 있었다. 그리고 그 야경. 한강이 흐르는 서울의 야경이 한눈에 내려다보이는 풍경에 나는 완전히 눈을 빼앗겼다. 돈이 많으면 매일 이런 경치를 보면서 사는 거야? 아름답다는 감흥도 없이?

이 화려한 집 안에는 사람의 온기가 없었다. 적절한 곳에 적절한 가구와 소품이 배치되어 있었지만 어느 곳에도 감정이 담겨 있지 않았다. 모델하우스. 그래. 딱 그 느낌이라니까. 아주 고급스러운 모델하우스. 그때 최정우가 F로 시작하는 단어를 들먹이며 입을 열었다. 그가 영어 하는 소리를 처음 들어 한번 놀라고 욕설을 해서 두 번 놀랐다. 야경에서 눈을 떼고 고개를 돌려 보니, 왼편 주방에서 오스왈드가 셔츠 단추를 두세 개 푼 채 키득대고 있었다.

"어서 와."

그는 나를 향해 웃었다. 최정우는 외투를 소파에 벗어 던지고 머리카락을 긁으며 계속해서 언성을 높였다. 다시 F로 시작하는 욕설, 자세한 내용은 모르지만 어떻게 된 건지 묻고 있는 게 분명했다. 그 정도는 알아들을 수 있어.

"네 남자 친구가 지금 내 목을 조르려고 하고 있는데."

그 소리에 최정우의 입에서 욕설 대신 '허' 하는 바람만 새어 나갔다.

"우선, 네 형이 이 일을 알게 된 것에 대해선 사과하지. 이게 다 멍청한 비서 때문이야. '형사'란 말에 두말 않고 법무부로 전화를 돌렸거든."

한국인인 최정우는 영어를 쓰고, 외국인인 오스왈드는 한국어를 쓰고. 정말 이상한 광경이지만 둘 다 의도적이란 건 확실하다.

"위스키?"

달콤한 목소리였다. 아. 이런 식으로 꼬시는구나. 나는 잔뜩 겁을 먹어 고개를 도리도리 저었다. 오스왈드는 최정우를 향해 산뜻하게 고개를 돌렸다.

"넌?"

"온더록으로 줘요. 애초에 계획했던 것과 다르잖아요."

계획? 최정우는 결국 내게서 대화 내용을 숨기는 걸 포기했다. 오스왈드는 크리스털 잔에 얼음을 아주 천천히 담았다.

"그 FUCKING ASSHOLE이 그 정도로 눈치 없을 줄 누가 알았겠어. 바로 뒤에 형사가 붙어 있었는데 말이야."

그에겐 지독한 유머였다. 얼음이 담긴 잔에 위스키 병을 기울이던 그가 잔인한 미소를 입에 건 채 날 쳐다봤다.

"네 남자 친구는 필리핀에서 그 남자를 생매장해 달라고 했거든."

내 얼굴이 파랗게 질렸다.

"그런 적 없어. 두번 다시 햇빛을 못 보게 해 달라고 했지."

그게 달라?

"엄연히 다른 말이야."

의심스럽게 고개를 기우뚱거리자 그가 다시 한번 덧붙였고 오스왈드는 우리 둘을 번갈아 쳐다보며 히스테릭하게 키득거렸다.

아, 진짜……. 최정우만으로도 어려운데. 진심이 뭔지 알 수 없는 남자가 하나 더 보태지니 현기증이 날 지경이다. 그는 최정우에게 크리스털 잔 하나를 건네고 터덜터덜 나를 스쳐 지나 커다란 소파에 풀썩 주저앉았다. 어둠이 드리운 밤 풍경에 그는 완벽하게 녹아 있었다. 최정우는 숨죽이고 서 있는 내 어깨를 끌어 소파에 앉혔다. 커피 테이블 위에 크리스털 잔을 내려놓고 내 옆에 앉아서 앞으로 몸을 숙인 채 오스왈드를 못마땅하게 노려봤다.

"언제 체포된 거예요?"

"어제 아침."

"연락은요?"

"어제 아침."

"형한테 전화는 방금 받았어요."

"본인도 사태 파악할 시간이 필요했을 테니까. 일이 복잡하게 됐지만 어쨌든 그 남자는 스스로 자기 무덤을 판 거야. 현장에서 형사에게 걸렸으니 빠져나갈 구멍도 없어. 법대로 처리되겠지. 추가 증언이 있고, 그 사실이 인정되면 형량은 더 늘어날 테고."

오스왈드는 마지막 문장을 내뱉으며 눈길을 내게로 돌렸다.

"사형이나 무기징역은 못 받겠지만 법이 인정하는 한도 내에서 최고형은 받게 해 줄 수 있어. 원한다면 증언해."

그의 말은 메뉴판에서 원하는 음식을 골라 보라는 것처럼 쉬웠다. 그를 상대하고 있으면 법과 정의, 사회적인 도덕에 짓눌려 살았던 내 인생이 송두리째 부정당하는 기분이 들었다. 이토록 모든 게 쉽다는 것이 너무도 이질적이었다.

"알고 싶은 게 있어요."

나는 긴장한 손으로 무릎을 꼭 잡고 입을 열었다.

"그 남자애 누군지 알 수 있어요?"

오스왈드는 잔을 내려놓고 잠시 어둠 속으로 사라졌다 돌아왔다.

"이름이 '성민'이라고 하더군."

그가 내게 건넨 휴대폰에는 사진 한 장이 액정 가득 떠 있었다.

"아는 애야?"

최정우가 내 경직된 표정에 물었다.

"네."

갓난아이 때부터 봐 왔다. 침을 하도 많이 흘려 가재 수건을 턱 밑에 덧대고 있던 때부터, '누나' '누나' 하며 집요하게 놀자고 쫓아다니던 때까지. 여름 캠프 때 개도 안 걸린다는 여름 감기에 걸려 콧물을 훌쩍이던 성민이를 몇 번이고 닦아 줬었다. 그 아이가 여섯 살 때의 일이었다. 마지막으로 본 게 초등학교 입학을 앞두고 태권도 빨간 띠를 땄다고 자랑하던 모습이었다. 가을바람에 볼이 발갛게 터서 여전히 콧물을 훌쩍이던 그 모습을 선명하게 기억하고 있다. 그 순수하고 티 없이 맑은 눈을.

손이 부들부들 떨려 휴대폰을 놓쳤다. 그것은 협탁에 요란한 소리를 내며 부딪쳤다가 바닥으로 곤두박질쳤다. 어떻게 이런 짓을 할 수가. 어떻게 이 어린아이에게 그딴 개짓거리를 할 수가 있어! 난 열여섯 살이었다. 나도 감당하기 힘든 일을 겨우 초등학교 5학년, 아무것도 모르는 아이를 어떻게 그런 식으로 짓밟을 수 있어.

최정우가 협탁 위의 위스키를 집어 건넸고 나는 급히 받아 들어 입안으로 위스키를 부었다. 뜨거운 알코올이 얼얼하게 식도를 타고 배 속까지 훑었다. 나, 성민이. 그 외에 또 누가 어떤 짓을 당했는지는 모르는 일이다. 교회 안에서 또 그 사람이 어떤 짓을 저질렀는지. 거긴 악마에게 바칠 제물을 가둬 놓은 우리에 불과했다. 그는 순진한 양 떼들 중 가장 연약하고 만만한 상대를 골라 잡아 유린했다. 우린 그 아래 깔려 버둥거리는 새끼 양에 불과했던 거다.

나 때문이야. 담당 의사는 뭐든 자기 책임으로 돌리는 게 내게 악영향을 미친다고 했지만 나 때문이란 생각이 들었다. 내가 입을 다물었기 때문에, 내가 도망쳤기 때문에, 내가 겁을 먹었기 때문에, 성민이가 같은 일을 당했다는 생각. 내가 좀 더 용기를 냈다면, 좀 더 목소리를 냈다면, 도망가는 대신 그 길로 경찰서를 찾아갔더라면, 지금과는 전혀 달랐을 거란 생각을 도저히 떨칠 수가 없었다.

"위로가 될지는 모르겠지만 덧붙이자면, 미수야."

미수?

"강간이라고 인정될 만한 행위까지는 가지 못했단 뜻이야. 외상을 입을 정도의 폭행은 있었지만."

어떻게 했을지는 눈에 뻔히 보인다. 목을 조르고 머리를 짓밟고 닥치는 대로 복부를 축구공 차듯 뻥뻥 차고, 맘에 들지 않으면 무릎으로 볼을 찍어 눌렀을 거다. 그 뼈가 부서지는 듯한 아픔을, 죽을 것처럼 허우적대는 느낌이 뭔지 알고 있으니까. 그 자식이 삽입했건 하지 않았건 충격은 오십 보 백 보였다. 성폭행은, '폭행'만으로도, 그 굴욕감만으로도, 이미 되돌릴 수 없는 내상을 입는다.

성민이는 개구지고 밝은 아이였다. 자존심도 무척이나 강했다. 나처럼. 그 자존심이 무참히 짓밟히는 게 어떤 기분인지, 그게 인생을 얼마나 황폐하게 뒤바꿔 버리는지…… 그걸 성민이가 똑같이 겪을 것을 생각하니 몸에서 피가 쑥 빠져나갔다. 정말이지 말도 안 돼. 나는 떨리는 손으로 더듬더듬 최정우의 커다란 손을 찾아 꽉 쥐었다. 그렇지 않으면 숨 쉬기도 힘들었다.

"좁은 동네더군. 소문도 순식간에 퍼지겠지."

"오스왈드."

최정우가 경고하듯 조용히 그의 이름을 불렀다.

"아마 지금쯤 네 부모도 알고 있지 않겠어?"

쇠뭉치가 발바닥으로 쿵 떨어졌다. 아리고 쓰리고 충격적인 기분이 나를 강타했다. 알게 된다. 엄마가. 내 말이 진실임을. 복잡하고 혼란한 감정의 파도가 밀어닥쳤고 나는 황망한 두 눈으로 최정우의 깊은 눈동자를 찾았다. 어떻게 해야 해? 난 어떻게 해야 하지? 나를 안정시킬 만한 것을 갈구했다.

"어떻게 될까? 그 교회 말이야. 어떻게 나올지 궁금하지 않아?"

오스왈드의 얼굴에 흥미로운 미소가 번졌다. 감정도 동요도 공감도 없는 얼굴. 최정우는 보호하듯 내 어깨를 감쌌다.

"제발 그 입 좀 닥쳐요."

최정우가 어금니를 물고 협박했지만 냉소적인 미소는 입가에서 지워지지 않았다. 오히려 더 즐거워 보였다.

"곧 들이닥칠 현실을 경고해 주는 것뿐이야. 그리고 진심으로 충고하는데……."

그의 금수 같은 눈동자가 내게로 꽂혔고 나는 숨을 죽였다.

"상황 파악 냉정하게 해. 아무도 네 감정에서부터 널 보호해 주진 못해. 그게 아무리 네 남자 친구라도. 그러니까 정신 똑바로 차려."

그의 말이 메아리처럼 머릿속에 울렸다. 맞아. 정신 똑바로 차려. 어떻게 할지 정해야 하는 건 바로 나였다. 눈앞의 현실을 외면하고 도망치는 건 이미 질리게 해 왔다. 그 끝이 어떤지도 이미 뻔히 알고 있잖아. 개자식은 잡혔어. 교도소에서 썩을 거야. 평생 '강간범' 꼬리표를 달고 다닐 거야. 선교사 노릇이든 목사 노릇이든 못 할 거야.

그 일이 있고 내내, 끊임없이 그 자식을 죽이고 싶었다. 정말 갈가리 찢어서 죽이고 싶었다. 복수를 꿈꾸지 않은 날이 없었다. 생매장. 나쁘지 않다. 오스왈드가 그렇게 해 준다면 나야 땡큐다. 그 미친 새끼가 교도소에서 차라리 죽고 싶을 만큼 황폐해졌으면 좋겠다. 그러고 나면 정말이지 속이 후련할 것 같았다.

"최고형 몇 년까지 받을 수 있어요?"

"15년."

15년.

"무기 징역을 빼고, 별다른 감형의 이유가 없을 때 받을 수 있는 최고형이야."

너무 적어. 너무 적다. 15년 후면 난 겨우 서른다섯 살이고 성민이는 겨우 스물일곱이야.

"그것도 추가 범죄 사실이 인정됐을 때만."

"추가 범죄요?"

"상습범이라는 꼬리표를 달아야 해. 그러니까 넌 증언만 해. 증명은 경찰이 알아서 하겠지."

15년. 그걸로 내가 받은 고통을 보상받을 수 있나? 그걸로 성민이를 위로할 수 있나?

"제가 추가 증언을 하지 않으면요?"

"그…… 뭐더라. 그…….."

오스왈드가 단어가 제대로 생각나지 않는지 관자놀이를 지그시 누르고 인상을 찌푸렸다.

"초범이니 변호사가 잘 짜 맞춰 주겠지. 우발적인 범행이었다, 심신 미약 상태였다, 기타 등등."

"Exactly."

최정우가 대신 설명하고 나니 오스왈드가 하얀 치아를 내보이며 맞장구를 쳤다. 머리가 빠르게 회전했다. 감형된다고? 그 미친 놈이? 그럼 형량이 더 줄어든단 말이야? 그 꼴은 못 봐. 절대로.

이미 죗값보다 가벼운 형량이야. 그런 놈은 감옥에서 평생 썩어야 한단 말이야. 그건 안 돼.

"할래요. 추가 증언."

다급하게 선언하자 재미있게 돌아간다는 듯 오스왈드 눈가가 웃음으로 홀쭉해졌다.

"좀 더 생각해 보고 결정해."

최정우는 중간에서 균형을 잡으려 무던히 애를 쓰고 있었다.

"싫어요. 그 미친놈이 빨리 나오는 거 원하지 않아요. 영원히 햇빛을 못 보게 했으면 좋겠어요. 그냥 죽여주면 더 좋아요. 그게 안 된다면 단 하루라도 거기서 썩었으면 좋겠어요."

최정우가 입술을 씹으며 오스왈드를 보았다. 내가 읽지 못하는 무언의 언어가 둘 사이에서 흘렀다. 오스왈드는 소파 뒤로 얹은 손가락으로 피아노 치듯 가죽을 두드렸다. 턱을 아래로 내리고 눈을 매섭게 치켜뜬 채 그는 최정우의 얼굴을 주시하다가 한숨을 내쉬고 내게로 시선을 돌렸다.

"날짜는?"

"최대한 빨리요."

"내일."

내일?

"너무 빨라."

최정우가 만류하고 나섰지만 나는 그 말을 귓등으로 흘렸다. 나는 이미 털을 곤두세우고 전투 준비를 하고 있었다.

"학원가야 해요. 하지만 6시 이후엔 괜찮아요. 가능해요?"

"뭐든 가능하지."

뼛속까지 오만한 자세로 그는 가진 자 특유의 여유를 부렸다. 저게 허세가 아니란 게 더 기가 막힌다.

"그럼 내일 6시 이후요."

"As you wish."

신사 스마일을 띄우는 오스왈드의 얼굴에 나는 인상을 찌푸렸다. 저런 유혹적인 미소가 거북한 건 나 하나일 거다. 그의 잘난 얼굴에는 영혼이란 게 없었다. 이 남자, 친구란 건 존재하나? 아마 아닐걸. 최정우를 빼면, 아무도 없을 것 같았다.

최정우는 내내 위스키에는 입도 대지 않았다. 돌아가는 차 안의 심란한 침묵 속에 그를 쳐다보고 있자니, 그 위스키는 날 위해 주문해 놓은 거란 생각이 들었다. 묵묵하게 입을 닫고 운전하고 있는 그의 기분을 읽어 보고 싶었지만, 번번이 실패했다.

"내가 경솔했다고 생각해요?"

"아니. 그런 생각 안 해."

"걱정돼요?"

차가 신호등 앞에 멈춰 서자, 그는 집게손가락으로 핸들을 두드리며 내 얼굴로 잠시 시선을 돌렸다.

"그게 너에게 어떤 영향을 줄지 솔직히 잘 예측이 안 돼."

"……."

"타이밍이 너무 애매해."

그 말이 무슨 뜻인지 안다. 차라리 치료 프로그램을 받기 전에 터지거나 아니면 좀 더 시간이 지난 후에 벌어졌다면 좋았겠지만, 모든 게 뜻대로 흘러가지 않는다는 걸 나도 알고 있다.

"별거 아닐 거예요."

"장담하지 마. 뭐든."

"겁나요?"

초록 불에 그는 아무 말 없이 차를 출발시켰다. 긍정일까 아니면 부정일까……. 그의 기분을 파악하지 못한 채 나는 창밖으로 시선을 돌렸다. 그의 말대로 좀 더 생각하고 행동할 걸 그랬나 하는 후회도 밀려왔나. 어떤 게 정답인지 알 수가 없었다. 때론 지나친 망설임으로 일을 그르쳤고 때론 생각 없이 한 행동으로 일을 벌였다. 감정을 따를 때에도 이성을 따를 때에도 늘 일어날 나쁜 일은 어떻게 해서든 일어났다. 그냥 솔직해지면 안 되는 건가. 최정우의 말대로 난 그저 순간의 감정에 솔직했을 뿐이다.

집에 도착하고 나서도 불편함은 지속되었다. 그는 생각이 많아 보였고, 나는 내내 오스왈드와 그가 암묵적인 눈짓으로 신호를 주고받던 게 마음에 걸렸다. 둘 사이에 분명 뭔가가 더 있어 보였는데 내겐 이야기해 줄 것 같지가 않았다. 나는 나대로, 그는 그대로 침묵을 유지한 채 늦은 저녁밥을 먹는 둥 마는 둥 했고, 접시를 개수대에 밀어 넣고 난 후에 곧바로 화장실로 들어갔다.

커다란 화장실 거울에 지치고 피곤한 내 얼굴이 보였다. 초점 없이 흐린 눈에는 감당할 수 없는 감정이 버거울 정도로 꾸역꾸역 들어차 있었다. 괜찮아. 해낼 수 있어, 박은금. 넌 할 수 있어. 넌 혼자가 아니잖아. 복잡하지만 넌 잘 이겨 낼 수 있어. 지금까지 잘 견뎌 왔잖아. 최정우가 옆에 있잖아. 그러니까 넌 괜찮아. 머리 끈을 풀고 스웨터를 막 벗어 올리는데 예고 없이 화장실 문이 벌컥 열렸다. 최정우가 문턱에서 양말을 벗어 던지더니 곧 셔츠도 벗어 문가에 던졌다.

"뭐, 뭐……."

내가 스웨터를 벗다 말고 어버버거리자 그가 남은 바지도 망설임 없이 벗어 버리고는 화장실로 성큼성큼 들어왔다.

"같이 해."

같이? 뭘? 샤워? 나는 거울에 비친 그를 쳐다보다가 몸을 획 돌렸다.

"같이 하자고요?"

"그래."

지극히 이성적인 얼굴로 그는 내 스웨터를 머리 위로 들어 올렸다. 복잡하고 새까만 눈. 아, 이런. 나는 다시 몸을 돌려 세면대와 마주 서 거울로 비치는 그를 응시했다. 불안하구나. 내가 또 손목을 그어 버릴까 봐. 정말 괜찮다는 걸 증명하고 싶었지만 이미 전과가 있었다. 가장 멀쩡해 보일 때 나 자신을 공격했던 전과가.

그는 내 등 뒤에 서서 내 브래지어 호크를 풀어 어깨로 빼냈다. 욕망이라고는 한 톨도 들어 있지 않은 진지한 눈 어딘가에 내가 야기한 공포가 도사리고 있었다. 평소의 나라면 얼굴을 붉히며 헛소리를 늘어놨겠지만 지금은…… 그를 불안하게 만들고 있다는 생각에 창피함을 느낄 만한 여유가 없었다.

그가 내 바지 버클을 풀고 팬티와 함께 허벅지 아래로 끌어 내렸다. 무릎을 꿇고 내 발목을 잡아 바지와 속옷을 빼내는 중 그의 숨결이 엉치뼈 아래에 느껴졌다. 차갑게 식은 몸에 소름이 돋아났다. 그는 샤워기를 틀고 속옷을 벗어 던진 후 화장실 문을 닫았다. 손바닥으로 샤워기 온도를 체크해 보고 나서 나를 부드럽게 샤워기 아래로 밀었다. 따뜻한 물이 머리 위로 쉼 없이 쏟아졌고 내 몸이 뜨거운 물줄기 아래에 녹아내렸다.

"돌아 봐."

그는 나를 자신과 마주 보도록 돌렸다. 그의 커다란 몸과 한 발 가까워지자 나도 모르게 긴장되어 꿀꺽 침이 넘어갔다. 향긋한 샴푸 냄새가 묻은 그의 손이 내 두피를 눌렀고 나는 그가 뭘 하는 건지 파악하기 위해 두 눈을 끔뻑거렸다. 그의 커다란 손이 조심스럽게 내 머리카락을 매만지고 있었다. 부드러운 거품과 머리를 감기는, 그 대단치 않은 것에 열중한 얼굴을 쳐다보고 있자니 이게 뭐라고 이렇게 좋은지, 부드러운 감정이 울컥 치솟았다. 매우 소중하게 여겨지는 느낌.

"당분간 샤워는 같이 해."

그는 샤워기를 걸쇠에서 빼낸 뒤 내 턱을 위로 들었다.

"움직이지 마."

따뜻한 물줄기가 다시 한번 두피 위로 쏟아졌다.

"언제까지 같이 해요?"

"뭐?"

"샤워요. 언제까지 같이 하냐고요."

"글쎄."

내 머리를 헹구는 데 열중하며 건성으로 대답했다. 그의 손이 내 관자놀이의 잔털을 쓸어 부드럽게 닦아 내자 절로 한숨이 새어 나왔다. 기분이 좋은 걸 넘어서서, 와락 그의 몸으로 쏟아지고 싶은 기분이 솟구쳤다. 그의 허리에 손을 두르고 발등을 밟고 올라서서 커다란 몸에 내 몸을 지그시 붙였다. 그의 가슴에 뺨을 대고 있자니 원초적인 안정감에 휩싸였다. 따뜻한 물줄기. 부드러운 손길. 그것보다 더 부드러운 그의 심장 소리. 행복하고 만족스러웠다.

"고개."

아. 고개.

나는 턱으로 그의 가슴을 누르며 고개를 뒤로 젖혔다. 그는 아랫입술을 깨문 채 여전히 내 머리카락을 씻어 내는데 고심하고 있었고 젖은 볼로 그의 숨소리가 매끄럽고 규칙적으로 내려앉았다.

"최정우."

머리를 헹구는 데 집중하던 그의 눈길이 흘깃 눈을 맞춰 왔다. 더 부드럽고 즐거운 감정이 샘솟는다.

"최정우…… 씨?"

"?"

"최정우…… 형?"

"뭐?"

불쾌하게 되묻는 그의 목소리에 나는 키득대며 다시 입을 열었다.

"최정우…… 옹?"

그가 배스 볼을 집어 들고 물을 묻히며 내키지 않는 듯 인상을 구겼다.

"어떤 호칭이 좋아요?"

호칭. 아. 그의 얼굴이 펴졌다가 잠깐의 틈을 두고 다시 구겨졌다.

"왜 정우 오빠는 없어?"

샤워 볼로 주둥이를 감고 보디 워시 퍼프를 꾹꾹 짜자 그의 몸을 따라 내 몸도 옆으로 살짝 기울었다.

"그건 내가 싫어서요."

"허."

그가 기가 막힌 듯 헛웃음을 켰다.

"오빠란 말 별로 매력 없어요. 하나도 안 특별해요."

"그럼 정우 형은 특별해?"

그가 자신의 허리에 둘려 있던 내 손을 풀더니 한쪽을 잡고 손등부터 배스 볼을 문질렀다. 덕분에 자연스럽게 그의 발등에서 내려와 뒤로 두 걸음 물러섰다.

"나름 쿨하잖아요. 정우 형."

"관둬라. 남자랑 자는 거 같아서 진짜 기분 별로거든?"

"그럼, 정우 옹은 어때요."

"내가 무슨 도자기 장인이냐?"

그의 손이 무심하게 어깨를 지나쳤다.

"그럼…… 정우 씨?"

이건 좀, 너무 딱딱하지 않나? 나는 혼자 그렇게 정의를 내렸다.

"그냥 정우야, 정우야 할까요?"

"맘대로 해. 니 입으로 들으니 어째 다 이상하네."

역시 아직까지는 선생님이 좋다. 아직까지는. 그는 이 호칭을 꽤 거슬려 하는 것 같지만 말이다. 그의 손이 내 옆구리를 지나 배를 타고 가슴으로 올라왔다. 까끌한 배스 볼의 촉감이 젖꼭지에 스쳤고 그 무심한 손길에 몸이 야릇하게 반응했다. 이것 참. 정직한 몸일세. 의도적인가? 나는 눈을 가늘게 뜨고 그의 얼굴을 살폈다. 단지 '깨끗하게 만든다'는 목표에 열중하고 있는 집념 가득한 눈동자였다.

가슴을 문지르던 배스 볼이 다시 배꼽 아래로 내려갔다. 허벅지 바깥쪽으로 내려가더니 발등을 타고 허벅지 안쪽으로 이동했다. 나는 그가 몸을 구부리고 손을 움직이는 모습을 넋을 빼고 쳐다봤다. 위험한데. 거품이 묻은 미끈한 손이 사타구니에 쓸렸다. 안 돼. 지금 최정우는 대단히 진지하단 말이야. 변태처럼 굴지 마. 다시금 내 이성이 꽥꽥 잔소리를 퍼부어 댔고 어느 정도 따를 의향도 있었다. 아는지 모르는지 잔인하게도 그의 손은 반대편 허벅지를 타고 다시 사타구니로 올라왔다. 그의 머리카락이 배꼽 근처를 간질였다. 다리에 힘이 풀리는 거 같아서 나는 그의 어깨를 손으로 짚었다. 정신 차려, 이 변태야. 대체 이게 무슨 경박한 짓이야. 이건 욕망을 느낄 만한 행위가 아니야. 훨씬 다정하고 고결한 행위라고. 단지 최정우라는 이유로 멋대로 반응하지 마.

"돌아."

스스로를 질타하다 화들짝 놀라서 나는 말 잘 듣는 강아지처럼 몸을 뒤로 휙 돌렸다. 그의 손이 종아리를 타고 위로 올라갔다. 무릎 뒤, 허벅지, 엉덩이, 허리, 척추를 따고 날갯죽지로 이동해 처음과 같이 어깨에 안착했다.

그는 샤워 볼을 욕실 바닥에 대충 던져 놓고 샤워기 꼭지를 올렸다. 물줄기에 비누 거품이 속절없이 흘러내려 갔다. 그는 손으로 내 몸에서 비누 거품의 잔여물을 닦아 냈다. 어깨, 허리, 엉덩이, 허벅지. 그리고 난 후에 그의 손이 옆구리를 타고 아랫배로 이동했고 미끈거리는 물줄기를 거슬러 위로 올라왔다. 안 돼! 박은금! 정신 차려, 변태야! 그의 손이 사타구니 아래로 내려가면 정말로 걷잡을 수 없을 것 같아 나는 벽면으로 조금 비켜섰다.

"됐어요. 이제 나머진 제가 할게요."

나는 그 대답을 듣기도 전에 걸쇠에서 샤워기를 빼냈다. 빠른 속도로 몸을 헹구고 난 뒤 서둘러 몸을 닦고 탈출하듯 화장실을 빠져나왔다. 젠장. 난 정말 단순하고 어리석고 명청한 여자야. 한 시간 전까지, 앞날에 대해 까마득하게 걱정하고 있었다. 아니, 욕실에 들어설 때까지도 그랬다. 최정우가 내 머리를 감길 때까지도 달아오르는 기분은 없었다. 없었나?

이것이 그동안 꾹 눌러 왔던 욕망이 봇물 터지듯 터지는 건지, 아니면 최정우 때문에 없던 욕망이 자꾸만 자가 분열하고 있는 것인지는 모르겠지만 19년간 전혀 모르고 살았던 충동이 요 근래에 강렬해져서 스스로 경악할 지경에 이르렀다. 원래 이래? 행복한 기분이나, 따뜻한 기분이나 안정감이 드는 순간에서 성적 흥분으로 넘어가는 경계가 너무 아슬아슬하잖아. 정말 이거 변태 아니야? 이런 기분은 얼마나 해야 사그라지는 거야? 1년? 2년? 아니면 10년? 수면 잠옷 아래로 달아오른 피부가 열을 발산하고 있었다. 아. 더워.

욕실 문이 벌컥 열리자 나는 화들짝 놀라 명청하게 서 있던 몸을 분주히 움직이는 척했다. 개수대에 물을 끝까지 틀고 소매를 걷어붙인 채 과격하게 설거지에 열중했다. 열린 욕실 문 사이로 지독하리만큼 향긋한 최정우 냄새가 아지랑이를 타고 퍼져 나왔다. 미치겠네……. 나는 속으로 사도신경을 읊기 시작했다.

"내버려 두라고 했잖아. 내가 한다고. 넌 피곤하지도 않아?"

아니요. 열이 뻗쳐 죽을 지경입니다. 나는 태연한 목소리를 내기 위해 헛기침을 한 번 했다.

"피차 누가 하든 마찬가진데요, 뭐."

정말 아찔한 일이다. 당분간 같이 씻을 때마다 이런 식으로 반응하면 정말 곤란하다. 손목을 긋는다고? 내가? 지금 상황으로 봐선 전혀 다른 걸 걱정해야 할 거 같은데? 이거 정말 너무 웃긴 거 같아. 나는 비죽비죽 새어져 나오는 웃음을 꾹 눌렀다. 맘먹기에 따라 같은 고민도 전혀 다른 무게를 지니고 흘러간다. 나는 요즘 그것을 깨닫고 있다.

설거짓거리가 별로 없어서 낙심했다. 개수대를 닦고, 행주를 짜 건조대에 얹어 놓고 나니 할 일이 없었다. 최정우는 냉장고에서 캔 맥주 하나를 꺼내 아일랜드 바에 기대서서 내가 몸을 돌리기만 기다리고 있는데 말이다. 그것도 아무 사심 없이. 둘 중에 누가 더 변태인가. 지금 현재로선…… 나다.

수건에 손을 닦고 '크흠' 한 번 헛기침을 더 한 뒤 의식적으로 태연하게 몸을 뒤로 돌렸다. 그의 까만 머리카락에 이슬처럼 물기가 내려앉아 있었다. 정신 차려라 진짜. 박은금, 정신 차려. 그의 시선에 얼굴이 뚫릴 것처럼 따가웠다. 도대체 언제까지 날 관찰할 셈이야.

"저 진짜 괜찮아요."

나는 어깨를 펴고 그를 향해 눈을 굴려 보였다. 속을 꺼내어 보여 주지도 못하는데, 그의 초조한 관찰이 당분간 지속된다는 생각이 들자 이미 그것만으로도 충분히 막막했다.

"별로 겁도 안 나고, 걱정도 안 돼요. 뭐가 됐든 잘해 나갈 수 있을 것 같다고요. 나 좀 믿어 봐요."

그는 말없이 맥주를 한 모금 더 삼켰고 나는 한숨을 내쉬며 좀 더 다가갔다.

"그동안 내가 얼마나 얼뜨기처럼 굴었는지는 인정하겠는데 저이젠 정말 달라졌다니까요. 정말이에요."

아, 정말. 속 터지겠네. 나는 속이 타서 그의 손에서 맥주 캔을 빼앗아 급하게 액체를 입안으로 쏟았다. 꿀꺽꿀꺽. 속이 뻥 뚫릴 만큼 시원한 청량감에 '크으' 소리를 내뱉고 옷소매로 입을 닦았다. 의도한 바는 아니었지만, 그가 웃었다.

아. 웃었다. 얼어걸린 상황이라도 어쨌든 그의 얼굴에서 근심이 사라지게 했다는 것에 일단 기뻤다. 나는 안도감에 어깨를 추욱 늘어뜨린 채 그의 물기 어린 얼굴을 올려다봤다. 그가 내 손에서 다시 맥주 캔을 빼앗아 들었다.

"너 때문에 불안한 게 한두 가지가 아니야."

"알아요."

"걱정돼 죽겠다고."

"안다니까요."

"가끔 정말이지 대책 없어 보여."

그래, 그래. 내가 죽일 년이지.

"네가 무슨 생각을 하고 있는지 내가 맞혀 볼까?"

"선생님이요?"

"내 탓이야."

"……."

"나 때문에 이렇게 된 것 같아."

"……."

"아니야?"

나는 대답하는 대신 딱딱 소리 나게 어금니를 부딪치며 시선을 발등으로 내렸다.

"얼굴에 다 쓰여 있어. 피해자 사진을 봤을 때부터 내내 죄지은 사람 같은 표정이었다고."

"내가 좀 더 용기를 냈더라면……."

"거봐."

"하지만 그런 기분이 드는 걸 어떡해요. 그냥 그런 기분이 나도 모르게 드는 걸."

그는 다 마신 맥주를 개수대 안으로 던져 넣었다. 빈 캔이 요란한 소리를 내며 스테인리스 철판에 빨려 들어갔고 최정우는 손끝으로 턱을 잡아 내 시선을 위로 들어 올렸다.

"널 탓할 사람 아무도 없어. 나쁜 건 그 미친놈이지 네가 아니야. 속죄하는 마음으로 진술할 생각이라면 관둬. 그건 아무에게도 도움이 되지 않아."

"……."

"속죄하는 게 아니야. 잘못한 대가를 치르는 건 더더욱 아니야. 증언은 선한 의지로 하는 거야. 사회적인 도덕심으로, 정의감으로. 그게 아니면 제발 그만둬."

"알겠어요. 무슨 말인지 이해했어요."

그는 내가 죄의식으로 침전될 것을 우려하고 있었다. 다시 그 아픔 속에 잠식될까 봐 그게 두려운 거다. 이 문제에서 해방되기 위해 많은 시간을 허비했다. 그만큼의 고통도 충분히 겪었다. 나 역시도 그 족쇄에 발을 묶고 싶지 않았다.

심리 치료 설문지에 그런 항목이 있었다. 나는 내가 당한 일을 내 가족, 친구, 이웃, 주변의 누군가가 당하지 않길 바란다. 나는 그 항목에 '매우 그렇다'라고 체크했다. 이건 죗값을 치르기 위해 고해성사를 하는 게 아니다. 그 항목을 체크하며 진심으로 그렇길 바라는 그 마음이 '선함'이라면 최정우의 말대로 생각을 고쳐먹는 게 맞았다. 속죄하는 기분이 아니라 누구도 그런 일을 당해선 안 된다는 신념으로.

"네가 더 이상 상처받지 않았으면 좋겠어."

그의 걱정스러운 목소리에 진심이 담겨 있었다. 쓸쓸하고 슬픈 눈에도, 내 볼을 어루만지는 엄지손가락에서도 느껴졌다.

"지금 날 상처 줄 수 있는 사람은, 선생님이 유일해요."

내 대답에 그의 인디안 보조개가 파였다.

"그것 참…… 묘하게 들리네."

눈동자에 탁한 장난기가 어렸고 진지했던 분위기가 순식간에 스릴 넘치는 즐거움으로 뒤바뀌었다. 최정우의 표정, 제스처, 말투에 따라 하루에도 수십 번씩 우리 사이의 공기가 뒤엎어졌다. 억울하게도 오로지 그의 의지만으로 말이다. 그가 손을 내려 내 허리를 잡고 위치를 바꿨다.

"묘하게 들릴 단어는 하나도 없었는데요."

그는 나를 들어 아일랜드 상판 위에 앉혔다. 그리고 손으로 내 무릎부터 허벅지까지 쓸어 올렸다. 끈적한 손길을 따라 원피스가 허벅지 위로 말려 올라갔다.

"문학적으로 한 번 풀이를 해 봐. 비유와 상징 같은 걸 좀 집어넣어서."

"전혀요. 아무런 생각이 안 드는데요."

부러 심각하게 미간을 찌푸렸다. 그러자 그는 내 속을 훤히 꿰고 있다는 듯 눈을 더 빛내며 웃었다.

"그거 좀 실망이네. 눈치가 빠른 줄 알았더니. 분위기가 잘 안 읽히나 봐?"

단 한 번이라도, 내가 이 남자를 휘두를 때가 있을까? 그런 때가 한 번이라도 올까?

"잘 읽히는데요. 엄숙하고 고요하고 경건한 분위기잖아요."

"지금?"

"네. 지금요."

그를 골려 주고 싶다. 그를 휘두를 순 없어도, 이런 순간만이 그가 나의 어떤 뻘소리에도 즐거워하는 순간이라는 건 알고 있으니까.

"아까 욕실에서 도망치듯 빠져나간 사람이 누군지 모르겠네."

저 도도한 얼굴을 좀 보라고. 날 자기 손바닥 위에 올려 두고 갖고 노는 얼굴. 나는 자존심이 상해 허벅지에서 그의 손을 쳐냈다. '아야' 그가 괜스레 엄살을 부렸고 나는 허리를 세우고 말려 올라간 원피스를 끌어 내렸다.

"버스 떠났어요."

"그럼 다시 부르면 되지."

"미안한데 시동 꺼졌어요."

"아."

가벼운 탄성을 뱉어내는 그의 얼굴이 참을 수 없을 만큼 유쾌했다. 그의 검지가 다시 내 무릎을 타고 뱀처럼 허벅지로 기어 왔다.

"내가 다시 켜는 방법 알아."

쳇. 누가 넘어갈 줄 알고.

"글쎄요. 별로 좋은 생각이……."

그가 내 입술 안으로 손가락을 밀어 넣는 바람에 말을 멈춰야 했다. 그의 입술이 가느다란 선을 그리며 매혹적으로 올라갔다. 시동을 켜는 방법을 안다는 말이 거짓말은 아니었다. 그의 손가락을 입에 물고, 그의 매혹적인 미소를 보는 것만으로 이미 몸이 흐물흐물 녹아내렸다.

"맞혀 봐. 이제 내가 뭘 할 것 같아?"

젠장. 길들여진다는 게 얼마나 무서운 일인가. 같은 눈동자, 같은 목소리, 같은 손가락. 그의 속삭임에 온몸의 열기가 내 허벅지 안쪽으로 빠르게 모여들었다. 이미 경험으로 알고 있는 그의 손길을 간절히 기다리며, 나는 본능적으로 젖어 들었다. 온몸이 후끈하게 달아오를 때쯤 그의 손가락이 내 입에서 빠져나가더니 팬티 사이로 파고들었다.

"찾았다, 스위치."

그는 정확하게 내 스위치를 다시 올렸다. 나는 과열된 엔진을 달고, 그가 엑셀 버튼을 밟아 주기만을 꼼짝없이 기다렸다.

XVI. 공포

    일어나자 심란한 기분부터 몰려왔다. 아르바이트, 네일 아트 첫 수업, 추가 증언 중 뭐가 더 어려울지 예측이 안 됐다. 모두가 내가 벌여 놓았으니 내가 주워 담아야 하는 것들이다.

    누군가의 뒤에 숨어 이끄는 대로 딸려 가는 대신 껍질을 깨고 나와, 원하는 대로 살아가려고 마음먹고 나니 후련한 다음에 느끼는 건 막막함이었다. 이렇게 살든, 저렇게 살든 결국 사는 건 힘들구나. 어른이 된다는 건 이런 건가. 확신할 수 없는 내 자신과 내다볼 수 없는 미래를 두려워하면서도, 어쩔 수 없이 한 발씩 내

디뎌야 하는 건가.

씻기 위해 스위치를 올리고 화장실로 들어가니, 가장 먼저 거울에 붙여진 포스트잇이 눈에 띄었다.

'7시 반 동부경찰서 출석. 학원 끝나면 집에서 얌전히 픽업 기다릴 것. Ps: 모르는 번호로 온 전화는 절대로 받지 마.'

필체에는 사람의 성격이 묻어난다고, 나는 꽤 소심한 편이어서 글을 쓸 때 어지간하면 한 글자 한 글자 정성을 들여 또박또박 쓰는 편이었다. 반대로 이 멋대로 휘갈겨 쓴, 담백하기 짝이 없는 글씨를 보고 있자니 그답다는 생각이 들었다. 이것마저도 멋스러워 보이는 건 사랑의 힘인가?

양치를 하기 위해 칫솔에 치약을 짜며 나는 '사랑'이란 단어를 끊임없이 되뇌었다. 그 단어가 가진 의미를. 내겐 '사랑'이란 단어는 곧 '최정우'였다. 부끄럽고, 겁이 나서 입 밖으로 내뱉어 본 적은 없지만 그게 사실이다. 최정우에게 나는 어떤 존재일까? 그가 나를 아껴 준다는 것은 알지만 그게 '사랑'이라고 이름 붙일 만큼 깊은 것인지는 확신할 수 없다. 그에게 그 단어는 어떤 의미일까? 어떤 때에 그런 말을 내뱉을까? 그는 내게 뜨거운 연인이고, 때론 날 이끌어 주는 스승이고, 때론 날 보호해 주는 아빠 같은 존재였다. 그가 맡은 역할이 너무 많아서, 그 사람을 숨 막히게 하지는 않을까 걱정이 될 정도다. 그걸 사랑이라고 이름 붙일 수 있을까?

아침으로 사과 한 쪽을 깎아 먹고, 스웨터에 청바지를 걸쳐 입은 후 야심차게 샤브샤브집으로 향하며 생각했다. 그래. 어쩌면 일을 벌인 게 잘한 것일 수 있다고. 무엇 하나라도 내 손으로 시작해서 내 손으로 끝내는 법을 알아야 한다. 막막해도 벌여 놓은 일을 한 번이라도 스스로 마무리 지어 보면 어느 정도 내 자신에 대해 확신할 수 있을 테고, 그러면 미래에 대한 두려움도 조금은 사그라질 것이다. 그렇지 않아도 그렇게 되어야 한다. 사장님이 건네준 앞치마를 동여매고 주방 앞에 서자 아주머니 한 분이 생글생글 웃으며 다가왔다.

"몇 살이에요?"

"올해 스물이요."

"어머, 우리 딸이랑 동갑이네."

곱슬곱슬한 파마머리를 걸리적거리지 않게 뒤로 질끈 동여맨 여자는 눈가에 주름이 가득했다. 깊게 새겨진 청색 눈썹 문신에 새빨간 립스틱이 살아온 세월이 녹록하지 않았음을 방증하고 있었다. 우리 엄마가 떠올랐다.

"스무 살인데 어쩜 이렇게 수수하고 애기 같아? 중학생이래도 믿겠다."

아주머니는 내 팔뚝을 매만지며 안쓰럽게 웃었다.

"아이구, 팔뚝 봐. 이렇게 얇아서 솥단지나 제대로 들겠어? 주문 받으면 육수 채워서 날라야 하는데."

"아니에요. 저 팔뚝 굵어요. 긴팔 입어서 안 보이는 거예요."

"아침밥은 먹었어?"

"네."

아주머니는 가만있어 보라며 주방으로 들어가더니 작은 채반에서 고구마 하나를 꺼내 건넸다.

"여긴 점심때 손님이 많아서 항상 뭐라도 든든히 먹어 둬야 해. 그래야 힘을 내지. 점심도 3시나 다 되어야 먹을 수 있으니까 이

거라도 일단 먹고 있어.”

아주머니가 건네준 고구마가 목 안으로 퍽퍽하게 넘어갔다. 물을 삼켜도 그 기분이 가시지 않은 건, 자꾸만 엄마가 생각나서일까? 죽도록 미운데, 생각날 때마다 가슴이 지끈거릴 정도로 미운데도 왜 이렇게 먹먹한 건지 모르겠다.

11시 만이 소금 지나자, 사원증을 건 회사원들이 식당 안으로 쏟아져 들어왔다. 베테랑인 사장님과 아주머니는 한 번 이야기하면 척하니 알아듣고 계산서에 체크했지만 나 같은 초짜는 붕어처럼 뒤돌아서면 까먹으므로, 손바닥만 한 수첩과 펜을 들고 주문에 귀를 기울였다. 수업 시간에 선생님 말씀도 그렇게 집중해서 들은 적이 없는데, 몇 마디 음절을 듣자고 온몸의 신경을 총동원해 주문을 받으니 스스로 기가 막혔다. 이렇게 필사적으로 공부했으면 내신 1등급일 텐데……

아주머니는 하루 종일 어미 새처럼 쫓아다니며 내가 실수하지 않도록 신경 써 줬다. 반찬은 얼마나 담아야 하는지, 죽은 어떻게 만들어 줘야 하는지, 테이블 번호의 순서가 어떻게 되는지, 세팅은 어떻게 해야 되는지에 대해 반복해서 알려 줬다. 훌륭한 사수가 붙어서인지 걱정과는 달리 사람들 사이를 번잡스럽게 오가는 것이 그렇게 어렵지는 않았다.

처음부터 야야거리며 반말하는 사람이 있는가 하면, 아빠처럼 친절한 사람도 있었고 고생스럽겠다며 덕담을 해 주는 사람도 있었다. 목소리가 그렇게 작아서 어따 써먹겠냐고 훈계하는 사람이 있는가 하면, 숫기 없어 보이는 나를 오히려 귀여워해 주는 사람도 있었다. 바빠서 허튼소리에 귀를 기울일 정신이 없던 탓인지,

누가 뭐라 하든 의례적인 제스처만 가능할 뿐 감정적인 동요가 일어날 만한 일은 전혀 일어나질 않았다.

정신없이 벨 소리에 반응하고 반찬과 솥단지를 나르고, 불을 켜주고, 추가 주문을 받고, 상을 치우기를 반복하자 두통이 올 정도로 시끌벅적했던 식당은 어느덧 썰물 빠지듯 사람들이 빠져나갔다. 언성을 높여야만 목소리가 들렸던 식당 안에는 빈 그릇을 치우는 소리만 달그락거렸다. 끝인가? 끝난 건가? 마치 사각의 링위에 올라서 마지막 라운드를 치른 복서가 된 기분이었다. 진이빠지고, 바닥에 벌러덩 드러눕고 싶을 만큼 온몸이 욱신거렸다.

이걸…… 1년 열두 달 겪는다고? 저 아주머니는 매일 매년 이 난리 통을 겪는 거야? 눈 깜짝할 새에 시간이 지나가는 건 좋지만, 급격하게 몰려오는 피로감은 생각보다 더 무게감이 있었다. 그 무게가 쌓일수록 머릿속은 멍청해졌고, 무심코 확인한 양말 바닥에는 누군가 흘린 반찬, 바닥에 흘렸던 물 자국, 까만 때가 지저분하게 앉아 있었다. 이건 삶아야 빠지는 건가? 아님 락스에 담가야하나? 내가 발바닥을 보며 정신을 놓고 있는 사이 아주머니가 바람처럼 홀 안을 누볐다. 쟁반 위에 수북하게 빈 그릇을 쌓고도 한번도 쏟지 않고 주방 개수대에 몰아넣는 묘기가 눈앞에서 펼쳐졌다. 아차, 이러고 있으면 안 되지. 일을 해야지, 일을.

아주머니가 너무 열정적으로 홀을 누비는 바람에 괜스레 마음이 초조해진 나는 쟁반 위에 무리해서 접시를 올렸다. 아마추어답게 와장창 요란한 소리를 내며 바닥에 엎었다. 이럴 줄 알았지! 바닥 여기저기 남은 김치와 샐러드 소스가 튀었고, 유리컵 두 개가 깨져 파편이 널브러졌다. 처참한 풍경이었다. 사고 없이 하루를 무사히 마치게 해 달라고 기도했건만, 역시 내 기도는 안 통해. 괜찮아 어차피 이쪽도 그쪽에 대한 믿음 같은 건 없으니까. 망연자실하게 서 있는 사이, 구세주처럼 아주머니가 다가와 다시 쟁반 위에 엎어진 그릇을 올렸다.

"제가 할게요!"

얼른 자리에 주저앉아 깨진 유리컵을 집어 들었는데 아주머니가 나를 밀었다.

"저리 가 있어. 손 다칠라."

아주머니는 두루마리 휴지를 뜯어 음식 찌꺼기와 유리 조각을 한 곳으로 닦아 냈다. 떠올리지 않으려 해도 자꾸만, 그 모습에서 엄마가 겹쳐 보였다. 이쯤 되면 이거 병 아닌가? 담당 의사에게 상담할 필요가 있을 것 같았다.

"힘들지?"

"아니요."

괜스레 허세를 부리자 아주머니가 인자하게 웃었다.

"처음엔 힘들어도 하다 보면 익숙해질 거야. 익숙해지면 사실 별거 없어."

"네."

4시가 조금 넘어서 식당을 나왔다. 나이가 지긋하신 분들이라 그런지, 내가 학원에 다니며 아르바이트를 한다는 사실에 사장이고, 사모고, 아주머니고, 나를 아주 모범적이고 기특한 학생으로 생각했다. 배가 고프지 않다는 나를 억지로 식탁에 앉혀 몇 수저라도 들게 한 이유도 그 때문이었다. 성실하고 순수해 보이는 학생이 학원에 가서 지쳐 쓰러지는 일이 없게 하려고.

엄마의 생각이 일정 부분 맞는 게 있었다. 아이들에게 난 촌스러워 보일지 몰라도 어른들은 요즘 아이들답지 않게 순수하고, 성실한 호감형으로 보고 있었다. 학교에선 어딘가에 찌그러진 그림자였는데, 오히려 밖으로 나와 보니 촌스러운 내게도 나름의 값어치가 있는 것처럼 느껴졌다. 정말로, 나는 우물 안의 개구리였는지도 모른다. 내가 보는 세상이 결코 전부가 아니었다.

첫날 네일 아트 수업은 주야장천 이론을 듣는 거로만 끝났다. 비싼 재료값을 냈으니, 손톱깎이라도 구경해야 하는 거 아닌가 싶었지만 나눠 준 세부 훈련 시간표에는 네일 개론부터 공중위생 관리학까지 몽땅 이론 수업만으로 꽉 차 있어서 당분간 재료는 구경도 못 할 것 같았다.

내용에 집중하려고 했지만 멍하게 칠판만 쳐다봐야 해서인지, 자꾸만 딴생각이 들었다. 지혜에게 추가 증언에 관한 이야기를 털어놓을지 말지도 계속 고민됐다. 안 그래도 2주 후에 유럽 배낭여행을 떠난다며 부산한 아이를 괜히 심란하게 만드는 건 아닐까 싶어 몇 번이고 고민하다가, 차라리 모든 일이 잘 정리되고 난 이후에 말하는 게 합리적일 것 같다고 결론지었다.

수업을 끝마치고 집에 돌아와, 운동화를 벗자 발바닥이 후끈거렸다. 하루 종일 다리를 너무 많이 쓴 탓이었다. 잠깐 현관 벽을 짚고 서서 다리를 주무르다가 주머니에서 휴대폰을 꺼내 최정우에게서 온 문자부터 확인했다.

[발신: 최정우

5분 후 퇴근.]

말풍선 위에 작게 표시된 10분 전이란 글자에 대뜸 마음부터 급

해진다. 나는 얼른 가방을 벗고 주방으로 이동해 냉장고부터 왈
칵 열어젖혔다. 저녁밥도 못 먹고 출발해야 할 테니, 간단하게 차
에서 요기할 거리가 필요했다. 사과를 깎아서 타파에 넣고, 달걀
을 입힌 토스트에 딸기잼을 바르고, 치즈를 얹어 대각선으로 먹
기 좋게 잘라 담았다. 마음을 다잡고 앞으로 일어날 일에 대해 조
금이라도 대비해 두고 싶었지만, 머릿속에 떠오르는 게 아무것도
없었다. 수많은 경우의 수들만 머릿속을 혼란스럽게 맴돌다가 울
리는 휴대폰 소리에 이내 사라졌다.

'최정우'

"여보세요?"

─ 10분 후면 도착할 것 같아. 준비하고 내려와.

"네."

다리가 후들후들 떨리고, 목소리가 까마득하게 먹혔다. 지금 느
끼는 두려움과 공포는 네일 학원이나 샤브샤브집에 들어갈 때와
는 비교도 되지 않을 만큼 컸다.

─ 목소리가 작아.

그가 훈련소 교관처럼 말했고 나는 불만 가득한 목소리에 허를
찔려 재빠르게 다시 대답했다.

"네!"

─ 끊어.

좀 더 목청 높여 대답하자 그가 만족한 듯 전화를 끊었다. 잠깐
정신이 딴 곳에 쏠렸던 탓인지, 조금 전까지 느꼈던 공포나 두려
움이 차분하게 진정되어 있었다. 의도적이었나? 하여간 참……
신기하단 말이지.

짙게 내린 어둠 속에 그의 차만 빛을 내뿜고 있었다. 두 눈을 시뻘겋게 뜬 채 낮게 울리는 엔진 소리가 마치 짐승의 그르렁거리는 소리처럼 들렸다. 겁먹지 말자. 스스로를 다독이며 단지 입구에서 발걸음을 옮겼다. 반짝하고 현관에 센서가 들어오자 차창이 지잉 하고 무겁게 내려갔다. 그리고 그가 보였다. 소매가 가죽으로 된 검은색 모직 점퍼가 몸을 딱 감싸고 있어 어쩐지 마초적인 분위기까지 풍겼다.

그가 고개를 약간 숙이고 차에 다가가는 나를 골똘히 지켜보고 있었다. 어제까지만 해도 수많은 생각으로 복잡해 보이던 얼굴은 단 하루 만에 새하얀 도화지처럼 깨끗하게 정리돼 있었다. 시간이 지날수록 패닉에 빠지는 나와는 다르게, 그는 시간이 지날수록 오히려 더 차분해졌다.

오스왈드가 그를 탐내는 이유 중 하나를 알 것도 같았다. 그는 스트레스가 강할수록, 돌아가는 상황이 복잡할수록, 그걸 관리하는 능력이 탁월했다. 과거의 경험에서 체득한 노하우인지, 아니면 아예 그런 유전자를 가지고 태어난 것인지는 모르겠지만 위기에 직면했을 때 떠올릴 만한 사람이란 건 확실했다. 곁에 있으면 그의 차분함에 동화되어 같이 침착해지는 사람이 나뿐만은 아닐 거다. 그는 주변 모든 사람에게 그런 화학작용을 일으킨다. 그렇기 때문에 성별에 상관없이 다들 그에게 끌리는 거다. 그 조용한 강인함을 동경하게 되었다. 차 안에서는 아이언 앤 와인의 곡이 흐르고 있었다. 경찰서에 가며 듣기엔 지나치게 달콤하네. 그런 생각을 하다가 벨트를 매고 손에 든 타파 뚜껑을 열었다.

"먹을 걸 좀 싸 왔어요."

그는 사이드브레이크를 올리고 차를 출발시키다 내용물을 확인
하고는 슬쩍 웃었다.

"넌 꿈이 현모양처 뭐 그런 비슷한 거야?"

"전혀 아닌데요."

"원래 그렇게 뭐 챙기는 거 좋아해?"

"기껏 생각해서 싸 왔더니. 싫으면 관둬요."

기분이 상해 삐죽대자 그가 불쑥 손을 내밀었다.

"배고파. 아무거나 하나 줘 봐."

쳇. 나는 타파 안에 샌드위치 한 쪽을 거칠게 내려놨고 그는 샌
드위치를 입에 문 채 핸들을 돌렸다. 차가 단지를 빠져나가자 좌
측 깜빡이를 켰다. 신호를 기다리며 그는 샌드위치를 한입 베어
물었다.

"맛있네."

쩝쩝거리는 소리와 어우러진 웅얼거림. 그는 곧 나머지도 입안
으로 밀어 넣더니 잔여물이 묻은 검지와 엄지를 입으로 쪽쪽 빨
았다. 그게 내 입안에 들어가 있었을 때가 머릿속에 좌라락 펼쳐
졌고 다급히 그 생각을 접었다. 정신 차려, 박은금.

볼에 빵빵히 샌드위치를 넣고 만족스럽게 씹어 먹는 그를 보고
있자니 오래전부터 마음속에 떠돌던 의문이 다시금 샘솟았다. 항
상 궁금했었다. 왜 날 받아 준 건지, 왜 그 많은 아이들 중에 가
장 볼품없던 나인지.

"왜 나였어요?"

"뭐가?"

"선생님 좋다는 애들 많았잖아요. 마음만 먹으면 그중 누구라

도 사귈 수 있었잖아요. 고백하는 학생이 분명 나 하나는 아니었을 거예요, 그죠?"

"근데?"

"항상 궁금했어요. 왜 날까. 왜 받아 준 건가……. 왜 하필 나였을까. 예쁘고, 착하고 훨씬 더 근사한 아이들이 많았을 텐데."

가만히 웃는 그를 보며 나는 끈기 있게 대답을 기다렸다. 꼭 듣고 싶었다.

"주파수가 맞았으니까."

주파수? 차는 고속도로로 진입했다. 도시가 멀어지고, 오선지의 음표처럼 가로등만 규칙적으로 차창을 지나가고 있었다.

"왜 너랑 사귀었나, 그걸 묻고 싶은 거야?"

"네."

전방을 주시하는 그의 입에서 피식 웃음이 새 나왔다.

"그거 되게 단순한데……."

"……?"

"너랑 키스하고 싶었거든."

예상도 못 했던 답이었다. 내가 당황할수록 그의 웃음소리는 더욱 커졌다.

"남자가 여자랑 사귀고 싶다는 마음이 왜 생기겠어? 쟤랑 키스하고 싶다. 저 여자를 만지고 싶다. 그런 기분으로 하는 거라고. 거기에 무슨 거창한 이유가 있는 게 아니라."

"……"

"그 나머지는 다 부수적인 거야. 혹시 장황한 미사여구가 붙은 길고 긴 이유가 필요해?"

기대하긴 했다. 분명 뭔가 있을 거라고, 뭔가 이유가 있을 거라고. 아주 깊고 심오한 이유가. 저런 간단명료하고 무식할 정도로 단순한 이유가 아니고. 하지만 그의 말이 단순한 만큼 이치에 맞는 말이라 딱히 대꾸할 말도 생각해 내지 못했다.

"너도 그랬던 거 아니야?"

나?

"그러고 보니 확실히 알고 싶긴 하네. 너 그때 나랑 눈만 마주치면 얼굴 빨개지고, 손가락만 닿아도 도망치고 그랬던 거 말이야."

그와 있으면, 혹은 그를 떠올리면 늘 배 속이 간지러웠다. 다른 사람들에 비해 그가 너무 강렬하기도 했고, 그와 닿으면 불에 덴 것처럼 화끈거리기도 했다.

"그거 나랑 같은 이유였던 거 아니었냐고."

"맞는 것 같아요."

인정할 건 인정해야 했다. 당황스러워하고, 그를 무서워했던 이유는 내 반응을 어떻게 정의 내려야 할지 몰랐기 때문이었다. 그의 시선이 날 발가벗기는 것처럼 여겨졌던 이유도 마찬가지다. 그는 처음부터 다른 사람과는 너무 달랐다. 그 긴장되는 공기와, 압도당할 것 같은 시선은 순수하게 내 섹슈얼리티가 만들어 낸 환상들이었다. 하지만 그는 누가 봐도 그런 생각을 하게 만드는 사람이잖아. 페로몬 덩어리라고. 그에 비하면 나는 특이 취향이 아니고서야 섹슈얼리티를 느낄 만한 구석이 없었다.

"왜 날 만지고 싶었는데요?"

내가 다시 묻자 그가 어처구니없이 웃었다.

"거기에 무슨 이유가 있어? 그냥 만지고 싶으니까 만지고 싶은 거지. 넌 뭐 이유가 있어서 내가 좋아?"

아니. 딱히 이유가 없지. 그냥 이 사람의 모든 게 좋으니까. 그렇지만 나와 그를 이렇게 같은 선상에 놓고 이해해도 되는 건가?

"미사여구를 좀 덧붙이자면……."

그래 해 봐! 내가 납득할 만한 이유를 좀 대 보라고.

"모르겠어. 남들에겐 네가 어둡고 음침하고, 우울해 보였을지도 모르겠지만 나한테는 아니었어. 나는 네가 무척 고요해 보였어."

도로의 네온사인만이 그의 얼굴에 빛과 어둠을 번갈아 가며 드리웠고 나는 각기 다른 빛과 그림자가 춤추는 그의 옆얼굴을 홀린 듯 쳐다봤다.

"그런 거 있잖아. 여명이 비추기 전의 숨죽인 어둠 같은 거. 그래서 기대감이 들게 만들어. 그 고요함 밑에 뭐가 숨어 있을까 하는 기대감. 그리고 난 그런 걸 좋아하거든. 남들이 보지 못하는 빛을 내가 맨 처음 발견하는 거. 그거 되게 설레."

배 속이 꿀렁거렸다. 단지 차가 톨게이트 앞 과속방지턱을 넘고 있기 때문만은 아니었다. 차가 하이패스를 찍고 톨게이트를 지나자 그는 다시 속력을 올리며 개구지게 웃어 보였다.

"이제 좀 만족스러운 대답이 됐어?"

그건 만족스러운 대답일 뿐 아니라 신기한 대답이었고, 생각할 거리를 아주 많이 던지는 대답이었다. 그리고 꼭 믿고 싶어지는 근사한 대답이었다. 내 어둠이 여명을 숨긴 고요함이란 그 말. 내 어둠은 그 한 마디로 빛을 얻었다. 내 모든 고통은 그의 한 마디로 모든 순간에 가치가 부여되었다.

그가 내게 어떤 존재인지 알고는 있는지 궁금했다. 내가 얼마나 도움이 되고 싶은지, 얼마나 위로가 되고 싶은지, 얼마나 어울리는 사람이 되고 싶은지, 그가 그 간절함의 절반만이라도 알아줬으면 좋겠다는 생각이 들었다. 그럼 내가 얼마나 사랑하는지 알 수 있을 텐데 말이다.

후미진 내 동네에서 30분. 그나마 이 지역에서 가장 부유한 곳이자 최신식으로 지어진 고층 아파트가 자리한 곳에 동부경찰서가 위치했다. 경찰서가 붙어 있지만, 이 고층 아파트에는 변태가 자주 출몰하기로 유명했다. 바바리맨이 스릴을 즐기기엔 정말로 안성맞춤인 장소니까 말이다.

경찰서 앞, 통행량이 가뭄에 콩 나는 듯한 2차선 도로에는 삼색 신호등의 노란불만 깜빡였다. 최정우의 BMW가 도로에 진입했고, 정문 안으로 들어가기 위해 왼쪽 깜빡이를 켠 차가 서서히 서행했다. 그때 너무도 갑작스럽게 인도에서 사람 하나가 콱 튀어나왔고 최정우는 급하게 브레이크를 밟았다. 나는 급하게 비명을 질렀다. '빵' 하는 길고 날카로운 경적이 텅 빈 도로 위를 갈랐다.

"뭐야, 이거!"

몸이 덜컹하고 앞으로 쏠렸다가 좌석에 쿵 부딪히고 난 뒤 최정우가 목에 핏대를 세웠다. 번쩍이는 헤드라이트가 그 남자의 양옆으로 비켜 지나갔다. 그 사람은 새까만 어둠, 그 자체였다. 그림자가 보닛에 두 손을 올린 채 씩씩대다가 더듬더듬 몸을 보조석 쪽으로 옮겨 왔다. 최정우가 안전벨트를 풀었다.

"너 여기서 꼼짝 말고 있어."

"잠깐만요!"

만류하는 내 말이 다 끝나기도 전에 그는 차 문을 열고 밖으로 성큼 나섰다.

"아저씨! 돌았어?"

그가 언성을 높였다. 어렴풋하고 어두웠던 남자의 실루엣이 차 창에 가까워졌고 그가 누군지 알아볼 수 있었다. 박 목사. 그는 최 정우가 성큼성큼 다가오는 걸 보고 조급하게 창문을 두드려 댔다.

"은금아, 은금아! 나랑 이야기 좀 하자!"

나는 너무 놀라 두 눈을 크게 뜨고 손으로 입을 막았다. 유리문 이 깨져 버리고, 그가 괴물처럼 덮쳐 올 것 같은 공포가 온몸에 스 며들었다. 최정우는 사나운 얼굴로 그의 어깨를 밀친 뒤 멱살을 잡았다. 목사의 몸이 쿵 하고 차 옆면에 부딪혔다.

"너 뭐야?"

최정우는 얼음장 같은 눈으로 눈앞의 남자를 곰곰이 주시했 다. 낯이 익은 얼굴을 어디서 본 것인지 기억해 내려는 듯 한참 인상을 찌푸렸다. 아주 잠시 후 최정우의 표정이 아주 미묘하게 변했다.

"박정길 목사?"

누군지 알아채고 나자 그의 턱에 힘이 들어가는 게 보였다. 아 까보다 훨씬 더 열 받은 얼굴이었다. 그는 멱살 잡은 손에 더 힘 을 주었고 목사의 입에서 '컥' '컥' 하는 소리가 간헐적으로 들려 왔다. 이러다 큰일 나겠다 싶어서 나오지 말라는 최정우의 만류 에도 황급하게 벨트를 풀고 차에서 뛰어내렸다. 너무 겁이 났다.

"당신 뭐야. 어떻게 알고 왔어."

목사의 이마에 핏줄이 서 있었고 얼굴은 붉다 못해 곧 보라색 으로 변하고 있었다. 그는 목이 졸린 채 내 쪽으로 힘겹게 고개를 돌렸다.

"은금아, 목사님이랑 이야기 좀 하자."

기도할 때도 본 적 없는 초조한 얼굴과 간절한 목소리였다. 지금 그에겐 하나님보다 내 응답이 더 절실해 보였다. 최정우는 내게 꽂힌 목사의 시선을 떼어 내려 세게 당겼다가 다시 차로 밀쳤다. 쿵. 다시 한번 둔탁한 소리를 내며 그의 등이 차에 부딪혔다. 목사는 '윽' 하고 최정우에게로 다시 고개를 돌렸다.

"어떻게 알고 왔느냐고."

그는 지역의 유지였다. 가장 큰 교회의 목사이자, 큰 행사 때마다 초청받아 다니는 지역의 위인이었다. 마음만 먹으면 연줄을 통해 얼마든지 알아낼 수 있었을 거다. 그게 놀라운 일도 아니었다.

"뭔가 오해가 있을 거다. 너도 알겠지만, 박 선교사가 그럴 만한 사람이 아니다. 내가 볼 때 이건 정치적인 공작이……."

거기까지 말을 내뱉자 최정우는 멱살을 더 죄면서 한 번 더 그를 차로 밀쳤다. 무척 거칠고 위협적이었다. 목사의 목이 뒤로 꺾이며 뒤통수가 차 뚜껑에 바짝 붙었다. 장신인 최정우가 기껏해야 170이 될까 말까 하는 50대 중반의 노인을 차에 찍어 내리는 모습은 말 그대로 무시무시했다. 정말 저러다 목을 비틀어 버릴 수도 있을 것 같았고, 어떻게든 말려야 하는 거 아닌가 갈등하는 사이 멀리서 고함 소리가 들려왔다. 당황해서 내지르는 '저저저저저' '이이이이이이' 같은 멍청한 소리에 고개를 돌리자 눈에 익은 얼굴 둘이 삿대질을 하며 부리나케 뛰어오고 있었다.

설마. 설마 진짜야? 교회에 가장 헌신적인 장로이자 엄마 아빠가 가장 신뢰하던 장씨 아저씨와, 내가 한때 너무도 좋아했던 목

사의 아들, 박성진이었다. 어떻게 이 사람들을 여기서 만날 수가
있지?

"내 휴대폰 가져와."

너무 놀라 최정우의 명령이 귀에 들리지 않았다.

"내 휴대폰!"

그가 언성을 높였고, 나는 움찔하며 정신을 차렸다. 비틀거리며
차 안에 몸을 넣자, 그사이 목사의 아들과 장로가 쌩하니 내 뒤
로 지나갔다.

"뭐하는 거야!"

거치대에서 휴대폰을 빼내는 사이, 박성진이 최정우를 들이받
았다. 작용에 부합하는 강한 반작용에 따라 충돌한 후에는 오히
려 그가 뒤로 한참 밀렸다. 저 사람이 저렇게 작았나? 어린 기억
에 그는 제법 덩치가 좋았던 걸로 기억한다. 그런데 최정우 옆에
서니 꼭 덜 자란 중학생처럼 보였다. 애초에 덩치로 상대가 될 리
가 없겠지만 말이다.

"자네는 부모도 없나!"

장씨 아저씨가 뒤로 밀려 넘어지는 성진 오빠를 부축한 채 틀에
박힌 힐난을 시작했다. 목사는 컥컥거리면서도 나를 향해 부들부
들 손을 뻗었다. 거기에선 오싹한 집념마저 느껴졌다. 자기 아빠
의 눈빛에서 무엇을 읽었는지, 박성진이 내 두 어깨를 꽉 잡고 자
기 쪽으로 돌렸다. 이건 너무 예상 밖의 조우였다. 이런 식으로 옛
추억과 마주할 거라고는 전혀 생각하지 못했다.

"은금아. 누가 시켰니? 누가 시킨 거지? 누가 너한테 거짓말하라
고 시킨 거지? 누구야? 누가 그런 거야?"

뭐?

"이거 미친놈 아냐."

내가 힘없이 그의 두 손에 흔들리자 최정우가 목사의 목을 조르던 것을 관두고 박성진의 턱을 잡고 뒤로 강하게 밀어 버렸다. 그는 아스팔트에 뒤꿈치가 쓸려 주춤거리다가 엉덩방아를 찧으며 뒤로 자빠셨다.

내 사람 보는 눈이 이 정도로 멍청했나? 내 도덕적 잣대는 이토록 허술했나? 이 사람들을 여기서 볼 거라고 생각하지 못했다. 막연히, 그들이 성민이나 그 부모의 곁에 있을 거라고만 생각했다. 왜냐하면…… 그들도 내 머릿속에는 희생자였으니까. 그들도 답답하고 좁은 우리에 갇힌 양 떼에 불과했으니까. 왜 생각하지 못했을까. 이 남자는 그의 자식이다. 핏줄로 이어진 혈연. 믿음? 그런 건 애초에 없었어. 이 사람들에게 자기 핏줄보다 중요한 건 없었던 거야. 도덕, 신념, 정의. 그 모든 게 무의미했던 거야. 그걸 왜 여태 몰랐을까.

"휴대폰."

최정우의 목소리에 정신이 번쩍 들었다. 휴대폰을 건네주자 그는 방어적으로 날 자신의 등 뒤에 밀어 넣었다.

"은금아, 목사님이랑 이야기 좀 하자! 나랑 이야기 좀 해!"

나는 최정우의 등에 숨어 옷자락을 꼭 쥐고 있었고 목사는 그에게 가로막힌 채로 애타게 나를 찾았다. 살면서 이렇게 쪼그라들어 본 적이 있었을까? 엄청나게 나쁜 짓을 저지르다 걸린 아이처럼, 나는 바짝 최정우의 뒤에 웅크렸다. 무서워서 아무것도 보고 싶지가 않았다.

"은금아!"

등 뒤에서 들리는 목소리에 나는 움찔 놀랐다. 공포가 아니라 놀라움 때문이었다. 거기에서 마지막으로 봤을 때보다 훨씬 더 야윈 아빠가 택시를 길가에 아무렇게나 세워 두고 이쪽으로 헐레벌떡 뛰어오고 있었다. 못 보던 사이에 늘어난 흰머리, 제대로 면도하지 않은 듯 까끌하게 돋아난 수염. 그의 목소리가 아니라 내 상상 속 모습보다 더 야위고 형편없어진 모습에 놀랐다. 아빠는 다가와 내 모습을 살피더니 아기의 얼굴을 닦듯이 내 이마를 몇 번 쓸었다.

"너 괜찮니?"

"……."

"박 집사! 자네 딸 좀 설득해 보게!"

아빠와 내 시선이 동시에 최정우의 앞에 가로막혀 있는 목사에게로 날아들었다.

"무슨 개소리야."

최정우가 다시 목사의 멱살을 잡았고 그의 아들이 최정우에게 달려들었다. 장로는 그런 그들을 떼어 놓겠다고 가운데서 우왕좌왕했다. 정말이지 말 그대로 난장판이었다.

"자네도 박 선교사 어떤 사람인지 알지 않나! 이런 일을 저지를 사람이 절대 아니야! 교회 신도들도 다 청원서에 서명했네! 뭔가 오해가 있을 거야!"

청원? 신도들이 서명을 했다고? 무슨 서명?

"모두가 박 선교사의 성품을 청원서에 입증하고 있지 않나! 다들 이게 얼마나 말도 안 되는 모략이고 악마의 술책인지 알고 있지 않나!"

악마의 술책?

누가 누구더러 악마라는 거야. 성민이가? 그 어린애가? 이걸 맹목적인 믿음이라고 해야 할지 맹목적인 이기라고 해야 할지, 나는 목사의 말을 듣는 순간 이성의 끈이 딱 끊겼다. 공포 대신 분노가 치솟았다.

"성민이는 이제 고작 열두 살이야! 그 미친 변태 새끼 때문에 어린애가 어떤 짓을 당했는데 누굴 위해 서명을 했다는 거야! 악마는 당신들이야! 지옥에나 떨어져 버려!"

울화가 치밀자 눈물부터 쏟아져 나왔다.

"그런 일을 저지를 사람이 아니라고? 걘 완전 미친 새끼야! 악마 같은 새끼라고! 그 새끼한텐 지옥도 사치야! 내 말 알아들어?"

분에 못 이겨 꽥꽥 소리를 지르자 아빠가 나를 와락 껴안았다. 나는 그의 품에서 엉엉 울음을 터트렸다. 신앙, 교회, 하나님, 목사. 나를 죄의식 속에 밀어 넣었던 모든 상자가 열렸고 거대한 소용돌이에 몸과 마음이 모두 휘감겼다.

"그 개자식은 교도소에서 평생 썩어야 돼! 죄수들한테 조리돌림이나 당하라고 해! 거기서 내가 당한 것보다 훨씬 더 심한 짓이나 실컷 당하라고 해! 나처럼 바닥을 기어 다니면서 살려 달라고 울부짖어 보라고 해! 온몸과 마음이 걸레처럼 너덜너덜해져 보라고! 너네도 똑같이 당해 봐! 당신이 좋아하는 그 신한테 매일매일 기도할 거야. 평생 저주할 거야. 차라리 죽게 해 달라고 빌 정도로 고통스럽게 해 달라고!"

"무슨 일이십니까?"

내가 씩씩대며 절규하자 경비 초소 앞을 지키고 있던 의경이 주춤주춤 다가왔다. 상황을 멀뚱히 지켜보다 아무래도 심각해지니 밖으로 나온 것 같았다.

"여기 내 딸인데 오늘 형사과에 추가 증언을 하러 왔습니다."

아빠는 알고 있었다. 내가 이곳에 왜 와 있는 건지. 그럼 이제 날 믿는 건가? 이젠 내 말을 믿는 거야?

"이름이 어떻게 되십니까?"

의경은 허리춤에서 무전기를 빼 들며 물었고 목사는 더 다급해진 것인지 우렁차게 소리 질렀다.

"이건 모함이야, 모함이라고! 교회 돈 노리고 몇몇 신도들이 짜고 치는 모함이라고! 너! 은금이 너! 네가 꼬리 쳤잖아!"

뭐? 나는 박 목사를 노려봤다. 눈에서 불꽃이 튄다는 느낌이 어떤 느낌인지 이젠 알 것 같았다.

"애초에 딸 단도리를 잘했어야지! 허벅지 허옇게 드러내 놓고 다니는데 어느 남자가 안 넘어가. 내 동생은 주님의 종이기 전에 연약한 영혼을 지닌 불쌍한 사내에 불과해! 뱀처럼 꼬리를 쳐서 죄악의 열매를 따먹게 유혹한 건 바로 은금이, 너잖아!"

"이런 미친 새끼가!"

최정우가 다시 목사의 목을 쥐어 잡고 주먹을 위로 치켜들었다. 그의 아들이 달려가 어깨로 최정우의 복부를 들이받았고, 손이 풀리면서 함께 뒤로 넘어갔다. 의경이 호루라기를 불기 시작했다. 그때 최정우 대신 아빠가 달려들어 박 목사의 얼굴에 주먹을 날렸다.

"아빠!"

아빠는 엎어진 박 목사 몸을 깔고 앉아 그의 멱살을 흔들었다.

"남의 자식새끼 눈에 눈물 나게 한 것도 모자라 뭐가 어째? 당신이 인간이야?"

"박은금!"

박성진이 신경질적으로 나를 불렀다. 그는 무릎을 털고 일어나 씩씩대며 날 노려봤다.

"너 생각 잘해. 추가 증언하면 네 평판만 더 나빠져. 작은아버지가 감방에서 얼마나 살다 나올 것 같아? 길어 봤자 몇 년이야. 넌 평생 남자한테 강간이나 당한 여자로 낙인찍혀 살게 될 거야. 너희 부모님도 다신 이 동네에 발 못 붙여. 이 동네에서 얼굴 절대 못 들고⋯⋯!"

퍽 소리가 나더니 그의 무릎이 비정상적으로 꺾였다. 최정우가 발로 무릎을 찍어 버렸고 그는 비명을 지르며 바닥에 주저앉았다. 최정우가 헉헉대며 일어서서 상황 파악을 못 하고 우왕좌왕하고 있는 의경에게 고함쳤다.

"넌 뭐하는 거야! 무전기는 폼이야? 오늘 여기 증언하러 온다는 말 못 들었어? 누구라도 불러야 할 거 아냐!"

의경은 어버버거리다가 최정우의 고함 소리에 무전기를 다시 켰다. 그는 알아들을 수 없는 음어를 다급하게 내뱉으며 정문 쪽으로 빠르게 뛰어갔다. 최정우는 내 팔뚝을 잡아끌어 차 안으로 밀어 넣었다.

"문 잠가."

쾅! 차가 흔들릴 정도로 세게 문이 닫혔다.

항상 선비처럼 조용하고 고고하던 아빠가 이성을 잃고 누군가에게 절규하는 모습을 처음으로 목격했다. 바라만 봐도 슬프지만 그게 내가 지녔던 고통의 무게였다. 이제야, 3년이 흐른 이제야 그 고통을 아빠가 나누어 지고 있다. 많은 상처를 주고받고 난 후에야 말이다.

잠시 후 경찰서에서 여자 한 명과 남자 네 명이 우르르 몰려나왔다. 얼굴이 새파랗게 질린 채, 그들은 뒤엉킨 사람들을 하나씩 떼어 냈다. 아빠, 최정우, 박 목사, 장로, 그리고 박성진.

아련하게, 그에 대한 애정과 향수가 남아 있었다. 한때의 열병이었어도 마음을 준 최초의 사람이었다. 그 감정이, 그 애틋함이 한순간 쓰레기통에 들어가기도 하는 거였다. 그에게 쏟았던 내 열정이 아깝고 허무했다. 잿더미로 변해 남은 게 하나도 없었다. 그 자리에 뻥 구멍이 뚫린 듯 허했다.

경찰서 앞에서 벌인 난투극에 모두가 서 안으로 연행되는 건 당연한 일이었다. 차 안에 갇혀 경찰에게 팔을 붙잡힌 채 박 목사, 장씨 아저씨, 박성진이 쩔뚝이며 차례로 끌려 들어가는 걸 가만히 지켜봤다. 옆에서 가장 연차 있어 보이는 형사가 최정우의 팔을 잡고 뭔가를 묻고 있었다. 잔뜩 경계 서렸던 얼굴이 다시 파랗게 질리더니 차 안에 앉아 있는 나를 황급하게 쳐다봤다.

똑똑똑. 그가 안절부절못하고 다가와 차창을 두드렸다. 나는 여전히 공포와 분노 사이에서 갈팡질팡하는 모습으로 창문을 조금 내렸다. 목소리만 간신히 들릴 정도로 말이다.

"박은금 양 되십니까?"

"네."

"동부경찰서 형사과 강성룡 경감입니다. 일단 서에 주차한 뒤 안으로 모시겠습니다."

지극한 존대가 당황스러웠다. 왜 저래……. 운전석 문이 열리더니 최정우가 딱딱하게 굳은 얼굴로 차에 올라탔다. 시동을 걸자 경감이 서까지 열성적인 수신호로 차를 안내했다. 나는 이 거대한 해프닝 속에서 유일하게 넋을 뺀 사람인 것 같았다.

"아버님 나오면, 모시고 2층 형사과에 가만히 앉아 있어. 혹시 신술해 달라고 해도 변호사 오기 전까지 절대로 하지 마."

변호사?

"어쩌려고요."

"그냥은 못 넘어가."

그는 화가 나 있었다. 그 분노가 날 향한 것은 아니지만 심장이 쇳덩어리처럼 무겁게 떨어졌다. 대체 어쩌려는 걸까. 오스왈드와 그가 주고받던 은밀한 눈빛을 기억하고 있다. 그게 자꾸만 마음에 걸렸다.

2층 형사과 성폭력 전담수사반 제2팀 앞에 놓인 소파에 앉아 경감이 타 준 커피를 홀짝이는 사이에 아빠가 올라왔다. 내가 자리에서 벌떡 일어나자 아빠가 다 괜찮다고 중얼거리며 어깨를 감싸 안았다. 머지않아 아빠를 다시 만날 날이 있을 거라는 생각은 늘 해 왔다. 하지만 이런 식일 줄은 꿈에도 상상하지 못했다. 이렇게 엉망일 줄은 말이다.

"너 괜찮니?"

먹먹하게 차오르는 감정에 대답 대신 고개를 끄덕였다. 아빠는 내 손을 꼭 잡고 소파에 앉았다. 그는 자신의 딸을 바라봤다. 실제 떨어져 있던 시간보다 훨씬 오랫동안 보지 못한 것처럼 그리움이 잔뜩 묻는 눈으로 아빠는 내 얼굴에, 몸에, 손에 다친 곳은 없느지, 달라진 곳은 없는지 꼼꼼히 살피고 있었다.

"여긴 어떻게 알고 왔어?"

"정우 군한테 연락받았다."

아빠는 뒷말을 내뱉기 전에 잠시 숨을 멈췄다.

"아빠가…… 미안하다."

그는 쉽게 말을 잇지 못했다. 딸을 보호하지 못했다는 죄책감에 완전히 짓눌린 얼굴이었다.

"아빠가 끝까지 네 편이 되어 줬어야 하는데…… 그러질 못했다."

그렇지 않아. 아빠가 보내 준 돈, 봉투에 적힌 편지가 얼마나 위로가 되었는데. 병원에서 치료받으며 분노가 쌓일 때마다 얼마나 많이 손에 쥐고 있었는지 모른다. 부적처럼, 그걸 보고 있으면, 읽고 있으면, 분노가 조금씩 사그라졌다. 단 한순간도 아빠를 원망하거나 미워해 본 적이 없었다. 오히려, 그리워했다. 그 그리움이 아파서 한 번도 밖으로 꺼내 보질 못했을 뿐이다.

"네 엄마."

듣고 싶지 않은 명칭이었다. 아니, 어쩌면 가장 듣고 싶었던 건지도 모른다. 어떤 의미로든 가장 두려운 명칭이었다. 내 얼굴이 바짝 굳어 버리자 아빠는 잠깐의 시간을 두고 다시 말을 꺼냈다.

"네 엄마한테는 너 여기 온다는 거 말 안 했다. 네가 많이 원망하는 거 안다."

사랑하는 만큼 증오하는 사람.

"아마 너한테 용서를 구할 자격도 없겠지만, 그래도 아직 엄마한테 너는 눈에 넣어도 아프지 않은 하나뿐인 자식이야."

자리에 앉아 그런 말을 듣는 게 어색하고 불편했다. 고구마를 먹은 것처럼 목이 퍽퍽해서 자꾸만 헛기침이 났다. 티를 내고 싶지 않아 턱을 괴는 척 손바닥으로 입을 꾹 눌렀다.

"네 엄마, 못난 남편 만나 너 젖 떼자마자 일 다녔다. 공장에서 야간 근무할 때 거기 공장장이 아직 애기 티도 못 벗은 여공들 데리고 험한 짓 많이 했다더라. 경찰에 신고하고 시위하고. 그다음에 어떻게 됐을 거 같니."

끔찍한 상상이 머릿속에 적나라하게 펼쳐졌다. 내가 알고 있는 세상도 그것과 별반 다르지 않으니까.

최정우가 있고 그 뒤에 오스왈드가 있기에 박 선교사가 구속됐다. 그가 실형을 받고, 지금 내가 이곳에 편히 앉아 보호를 받고 있는 것도 마찬가지다. 내게 최정우가 없었다면, 그래서 누구에게도 도움을 받지 못했다면 그 미친놈이 교회에서 무슨 짓을 저지르고 있었는지 어느 누구도 알지 못했을 것이다. 만약 알게 됐다 하더라도, 가지고 있는 인맥과 권력으로 어떻게든 나를, 또 성민이를 찍어 누르며 발 뻗고 당당하게 잘 살았을 게 분명했다. 그게 현실이었다.

"약한 자는 더 밟히고, 강한 자는 뭘 해도 용서받는 세상에서 그 겁 많은 여자가 하나밖에 없는 딸 지키겠다고 할 수 있는 일은 그런 어리석은 짓밖에 없었을 거야. 못나고 어리석은 사람이지."

어디서부터 잘못된 걸까. 엄마를 탓해야 하는 걸까. 엄마를 그렇게 만든 가난을 탓해야 하는 걸까. 아니면 이 세상의 모든 것을 탓해야 하는 걸까. 배우지 못해서, 가진 게 없어서, 무언가를 간절히 믿는 것만이 할 수 있는 전부였던 사람. 엄마는 이기적이

170

고 어리석었지만, 결코 잘못을 저지르며 살아오지는 않았다. 바보 같을 정도로 우직하고 억척스럽게 살았으면 몰라도. 그녀가 소망했던 모든 것이, 자신의 꿈을 바쳤던 모든 것이 완전하게 무너졌다. 딸은 그녀를 버렸고, 믿음은……. 그건 그녀를 갈가리 찢어 버렸다. 그녀도 나처럼 절망하고 있을까? 내가 느낀 고통을 그녀도 느끼고 있을까?

"엄마는 어때요?"

"네 엄마."

아빠의 목소리가 어느 때보다 무겁게 가라앉았다.

"박 목사가 지 동생에 대한 인정을 호소하는 청원서 들고 찾아왔었다. 사인해 달라고."

박 목사가 청원서를 들고 우리 집에 찾아갔다고? 사인해 달라고? 미친 게 틀림없다.

"그거 보고 네 엄마 쓰러졌어. 지금은 원주 사는 이모가 와서 돌봐 주고 있고."

내 얼굴이 하얗게 질리자 아빠는 안심하라는 듯 등을 토닥였다.

"넌 아무것도 신경 쓰지 마. 아무것도 신경 쓰지 말고 하고 싶은 대로 다 해."

"……."

"엄마랑 많이 이야기했다. 너 정우 군 따라 유학 가라. 이미 엄마랑 그렇게 이야기 끝냈다."

"아빠."

그럴 리 없어. 엄마가 내게 얼마나 집착하는지 안다. 날 얼마나 품에 가둬 키우고 싶어 하는지도. 그런 엄마가 날 보내겠다고? 그걸 허락했다고?

"엄마한텐 아직 아빠가 있고, 아빠한테는 아직 엄마가 있으니 우린 괜찮아. 서로 의지하며 살면 돼. 미국으로 가. 가서 두 번 다시 이곳으로 돌아오지 마."

"아빠."

"여기서 있던 일 다 잊어버려. 돈이든 서류든 필요하면 얼마든 주마. 가서 새 인생 살아."

단단해 보이는 얼굴에는 결기마저 느껴졌다. 그는 이제부터라도 보상해 줄 생각이었다. 자신의 품에서 떼어 내, 손이 닿지 않을 만큼 멀리 날려 보내는 것으로 죗값을 대신하고, 당신들의 남은 인생을 완전히 내게 바치면서 속죄하려는 것이었다.

"그러지 마."

울먹이는 내 눈가에서 아빠가 눈물을 닦아 냈다.

"최정우, 좋은 남자다. 아빠가 알아. 남자가 봐서 좋은 남자면 정말 좋은 사람이야. 엄마나 아빠보다 널 더 행복하게 해 줄 사람 같아. 우리는 자격이 없다. 이미 자식 가슴에 대못을 박은 못난 부모가 어떻게 널 품에 안고 키울 수 있겠니. 그러니 이제 너의 행복만 생각해. 엄마 아빠는 네가 행복한 거 말고 바라는 거 없어. 가서 하고 싶은 거 마음껏 하면서 살아. 얼마든지 날고 싶은 대로 훨훨 날아. 다 잊고 너 가고 싶은 대로 마음대로 가."

"그러지 말라니까."

아빠의 두 손이 내 오른손을 꼭 부여잡았다. 한참이고 딸의 손을 달래는 듯 매만지며 그는 목 뒤로 쓴 침을 삼켰다.

"엄마 아빠는 어디 안 가. 항상 여기에 있어. 언제고 찾으면 찾

172

을 수 있는 곳에 있을 거야. 그러니 괜찮아. 돌아오고 싶을 때 언제든 돌아올 수 있어. 지치고 쉬고 싶고 힘들면 그때 꼭 찾아오거라. 언제든."

어째서 우리 가족이 이런 일을 당해야 하지? 왜 이렇게 헤어져야 하지? 왜 내가 엄마를 미워하고, 아빠를 아프게 하고, 왜 상처를 받아야 하지? 아빠의 단단한 눈동자가 쓸쓸해 보인다. 미국에서 내가 새 인생을 살 수 있을지 자신이 없었다. 내가 이것들을 훌훌 털어 버릴 수 있을지, 아빠의 쓸쓸한 얼굴이 비수로 가슴에 박혀 빠지지 않는 것은 아닐지 자신할 수가 없었다.

내가 최정우를 사랑하는 만큼, 그 형태나 모양은 달라도 아빠역시 사랑했다. 아빠의 가슴에 대못을 박으면서까지 이곳을 떠나고 싶은 건 아니었다. 이렇게 무거운 감정을 달고 그곳까지 날고 싶은 건 아니었다. 난 버거운 감정에서 헤어 나오기 위해 자리에서 일어섰다.

"나 화장실 좀 다녀올게."

추슬러야 했다. 추가 증언을 하려면, 그래서 그 개자식을 감옥에 처넣으려면, 받을 수 있는 최고 형량을 받게 하려면, 그러려면 변호인이 올 때까지 맨 정신으로 증언할 수 있도록 마음을 정리해야 했다. 나는 그렇게라도 내가 당한 아픔을, 내 가족에게 준 상처를 되갚아 주고 싶었다.

콧물과 눈물을 손등으로 훔치고 복도의 맨 끝 화장실 표지판을 따라 힘없이 걸었다. 끊임없이 스스로에게 진정하라고 되뇌며 발걸음을 옮기는데, 멀리서 옥신각신하는 남자의 언성이 들렸다. 걸음이 가까워질수록 신경질적으로 다투는 목소리가 점점

내 안의
악마를 위하여   173

커졌다. 뭐지?

"무슨 이야기를 얼마나 더해!"

최정우 목소리였다.

"너 이렇게 대책 없는 애였어? 네 나이가 몇인데! 네가 지금 누굴 책임질 나이야?"

형이다. 분명 형의 목소리였다. 나는 숨을 죽이고 재빠르게 화장실 벽에 바짝 붙었다.

"내 인생이야."

"네 인생이니까 이러는 거야! 네 인생이니까!"

최정우의 단조로운 어조에 형은 더 애간장이 타는 것 같았다.

"너 이제 겨우 스물넷이야. 서른넷도 아니고 스물넷! 은금이는 이제 겨우 스물이야! 너 아직 날아 보지도 못하고 날개 꺾을 거야? 네 인생 그 애한테 바칠 거야?"

"잘…… 해 나갈 수 있어."

평소답지 않게 자신감 없는 목소리. 갑자기 숨통이 조인다.

"그걸 어떻게 잘해 나가! 너 나한테 뭐라고 했어? 네가 하고 싶은 대로 하고 살고 싶다며! 멋지고 폼 나게 살고 싶다며! 한 사람의 인생을 책임진다는 게 어떤 의미인지 알아? 세상과 타협하고 싶지 않아도, 적당히 타협하면서 살게 되는 거야. 비겁해도 눈감고, 더러운 구정물에도 발 담그면서 살아야 하는 거라고. 너 그렇게 살고 싶어? 겨우 스물네 살에?"

"그럼 어쩌란 거야? 나보고 그 아이 버리란 거야?"

짜증이 섞인 그 목소리에 나는 가슴이 철렁해 두 손으로 입을 틀어막았다. 안 돼.

"버리긴 누굴 버려. 걔가 네 거야? 은금이도 은금이의 인생이 있어. 너희 둘 다 너무 어려. 서로에게 갇혀서 서로에게 상처만 남기게 될 거야. 은금이가 제 인생을 살게 내버려 둬. 너도 네 인생을 살고."

반박하지 못하는 건지 아니면 안 하는 건지 최정우는 한동안 말이 없었다. 왜 아무 말도 안 하지? 아니라고 해. 그건 아니라고. 어서.

"너 은금이 사랑해? 네 감정을 사랑이라고 확신할 수 있어?"

"······."

침묵은 너무도 길었다. 나는 심장이 죄이고 다리가 후들후들 떨려 몸이 자꾸만 벽 아래로 미끄러졌다. 왜 아무 말도 안 하는 걸까? 어째서?

"그 감정이 식지 않을 거라고 장담할 수 있어? 미국으로 가서 식으면? 그 이후엔 어쩔 건데? 그때 그 아이 버릴 거야?"

안 돼. 눈앞이 하얗게 바랬다.

"은금이 여기 놔둬. 이건 너를 위해서도, 은금이를 위해서도 하는 말이야. 친구가 있고 부모가 있는 곳에 내버려 둬. 자기 인생 살게 해."

형의 충고에는 이야기를 이쯤에서 끝내고 싶다는 의도가 잔뜩 묻어 있었다.

"어쨌든 추가 진술은 서면 작성하는 쪽으로 힘써 볼게. 오스왈드가 알면 아마······."

"못 놓겠어."

"뭐?"

최정우가 중얼거리는 목소리가 고요한 복도에 에코처럼 울렸다.

"못 놓겠다고. 사랑인지 나발인지 그런 건 모르겠지만 이걸 못 놓겠단 말이야."

그는 끝으로 갈수록 점점 더 격앙된 소리를 냈고, 답답함에 내지르는 듯한 커다란 형의 한숨 소리가 뒤에 이어 들려왔다.

"너 진짜 세성신 아니지?"

"이게 뭔지 나도 모르겠어. 붙잡고 있는 게 그 아이인지 아니면 난지. 내가 끌려가는 건지, 아니면 그 아일 질질 내 멋대로 끌어가고 있는 건지, 그것도 모르겠단 말이야. 당장 눈앞에 벌어지는 일도 장담을 못 하는데 먼 미래의 일을 내가 어떻게 알아. 중요한 건 아직 난 이걸 못 놓겠단 거야. 그러니까 끌고 갈 수밖에 없잖아."

"너 아직도 사태 파악이 안 돼? 이 미친놈아! 너 아직 대학생이야. 학생이라고. 학교 때려치울 거야? 학교 때려치우고 일할 거야? 아니잖아. 네가 그 학교를 어떻게 들어갔는데, 무슨 꿈을 갖고 들어간 학교인데. 둘이 살다가 은금이가 임신이라도 하면? 그럼 어쩔 거야? 네 인생은 그렇다 쳐. 은금이 그림 잘 그린다며. 재능 있다며. 그거 꺾을 거야?"

"겁주지 마."

"겁주는 게 아니라 현실을 알려 주는 거야. 너 아직 은금이 스무 살이라는 거 명심해. 이제 막 스물이라는 거. 그거 꼭 명심하라고."

구둣발 소리가 가까워져 나는 후다닥 화장실 안으로 숨어들어 갔다. 냉정하기 그지없는 소리가 바로 앞에서 빠르게 멀어졌고 얼마 지나지 않아 벌컥 문이 열렸다가 쾅 하고 닫혔다. 그의 형이 무대에서 완전하게 퇴장하고 난 이후에 한동안 그곳에는 아무도 존재하지 않는 것 같았다. 숨소리조차 들리질 않았다. 그는 그곳에 멈춰 있었다. 형이 떠나간 자리에 서서 무슨 생각을 하고 있는지, 어떤 표정을 짓고 있는지, 어떻게 서 있는지, 간절히 알고 싶었다. 그러나 나는 벽 뒤에 숨은 채 그에게 물어볼 용기도, 그에게 다가갈 용기도, 그를 마주할 용기도 낼 수가 없었다. 나는 여전히 겁쟁이였다.

한참의 정적을 뚫고 벨소리가 들려왔다. 숨소리조차 들리지 않던 그가 몸을 움직이는지 기척이 바스락거렸다.

"Hello."

아직 정서적으로 찌든 음성이 낮게 깔렸고, 곧 그 전화가 오스왈드와의 통화라는 것을 나는 알아차렸다. 무시무시한 목소리로 씹어 뱉는 그의 영어에는 'kill all them'이나 'mother-fucker' 같은 단어가 들어 있었다.

두 형제가 무대에서 퇴장하자 나는 부들부들 떨리는 심장을 쥐고 화장실 칸막이 안으로 빠르게 숨어들었다. 변기 뚜껑을 내리고 그 위에 앉아 최정우와 그의 형이 언성을 높이며 주고받았던 문장들을 머릿속에 하나씩 열거했다.

서로에게 갇혀서 상처만 낸다고? 우리가? 틀려. 그의 형이 한 말은 모두 틀려. 나는 그 말에 하나도 빠짐없이 반박할 수 있다. 최정우는 날 위해 인생을 희생할 필요가 없다. 그게 죽기보다 싫은 건, 누구보다 싫은 건 바로 나니까. 내 날개를 꺾는다니. 최정우가 어떻게 내 날개를 꺾는다는 거지? 내 어깨에 날개를 달아 준 것도, 내 발목에 족쇄를 풀어 준 것도 그다. 저 사람은 쥐뿔 아무것도 알지 못해!

그는 날 비정상이라고 생각하는 걸까? 내가 성폭행 피해자라 그에게서 떨어트려 놓으려는 건 아닐까? 그가 보는 세상도, 엄마가 보는 세상과 별반 다르지 않은 건 아닐까? 그 생각에 두려움이 몰려왔다. 내가 꿈꾸는 소박한 꿈이 판타지가 될까 봐, 그저 허상에 지나지 않는 이상향이 될까 봐.

내 꿈은 최정우랑 같이 있는 거였다. 원하는 건 그랑 계속 함께 있는 것뿐이다. 최정우 품에서 잠들고 일어나는 것. 그게 내가 가진 바람의 전부였다. 그게 이뤄질 수 없는 꿈인 거야? 난 그저 평범한 일상을 원하는 것뿐인데. 최정우의 곁에서 지낼 수 있는 평범한 일상을.

그가 뭘 하든 그가 꾸는 꿈이 곧 나의 꿈이었다. 내가 원하는 건 그의 행복이고, 그 행복에 조금이라도 내가 기여한다면 더 바랄 게 없었다. 임신? 그게 뭐. 그래서 결혼이라도 하게 되면 나야 좋다고! 정말 행복할 것 같단 말이야!

스무 살인 것이 뭐가 어떻단 말인가. 난 성인이다. 내 인생을 내가 책임질 권리를 부여받은 사람이었다. 왜 모두들 안 된다고만 해? 왜 모두들 내가 그를 힘들게 할 거라고 하는 거지? 왜 그에게 자꾸만 날 책임지라고 하는 거야. 내 인생은 내가 책임지겠다고. 그를 희생시키지 않을 거란 말이야. 왜 일어나지도 않은 일로, 벌이지지도 않은 일로 자꾸만 그를, 그리고 나를 압박하는 것일까. 그런 어처구니없는 소리만 하지 않으면 우린 충분히 행복했다. 충분히 행복해질 자신도 있었다. 그게 어째서 어려운 걸까. 그게 왜 서로를 상처 주는 짓일까. 무엇 때문에 누구 한 사람을 희생시켜야 한다고 말하는 걸까. 그냥 내버려 두면 될 일이다. 어리든, 나이가 많든 자신이 택한 인생은 스스로 살아가도록 내버려 두면 아무것도 나빠질 게 없었다.

그의 인생에 불행이 되고 싶지 않다. 그걸 위해서면 뭐든 할 수 있었다. 그와 헤어지는 것만 빼면. 이젠 도저히, 그것만은 할 수가 없다.

기분은 엉망진창이 됐다. 날 지탱해 왔던 행복이 어떻게 해도 완전해질 것 같지가 않았고 장판 아래에 꾹꾹 눌러놨던 불행은 누구나 쉽게 들춰 꺼내 보고 있었다. 이걸 어떻게 다시 쓸어 담아야 할지 막막한 기분으로 손을 씻고 화장실을 빠져나왔다. 형사과로 길게 나 있는 복도가 현기증을 일으킬 만큼 울렁거렸다. 지글지글 타오르는 아스팔트 위를 걷고 있는 것 같았다.

나를 사랑하냐는 질문에 그는 '모르겠다'고 답했다. 그는 정말로 모르기 때문에 '모른다'고 대답한 것일까, 아니면 나를 사랑하지 않기 때문에 '모른다'고 대답한 것일까. 궁금했지만 알게 되는 것도 두려웠다. 내가 원하는 대답이 나오지 않을까 봐. 그 대답이 더 이상 우리 사이를 되돌릴 수 없는 선까지 몰아가게 될까 봐.

우리가 같은 마음일 수는 없었다. 내가 그를 사랑하는 만큼 그가 나를 사랑하지 않는다는 건 오래전부터 알고 있는 사실이었다. 하지만 최정우는 내가 자신의 인생에 발을 들일 수 있게 해 줬다. 그렇게 해 주길 그도 바라고 있었다. 그것만으로도 충분하다고 생각했다. 그가 나를 소중히 여겨 주는 것이 설사 '사랑'이 아니라 해도 모든 것을 다 가진 것처럼 행복했다.

이건 과한 욕심이야. 너무 많은 걸 욕심내고 있는 거야. 그에게 여자가 되는 것이 전부였던 때도 있었다. 그걸 이루고 나니, 그의 일상 속에 날 구겨 넣고 싶고, 그걸 이루고 나니 이젠 '충성스러운 애정'을 구걸하려고 한다. 그리고 아마도 나는 이루면 이룰수록 그에게 더 많은 것을 바랄 거다. 끝도 없이. 그게 무서웠다. 그에게 밑도 끝도 없이 떼를 부리며 애정을 구걸하게 되는 거. 그래서 내 사랑이 언젠가 광기로 변할까 봐. 그 경계를 내가 너무도 쉽게 넘을까 봐 말이다.

"은금 양."

문을 열고 들어가니, 조금 전까지 동생에게 채찍처럼 날카롭게 굴었던 그의 형이 소파에서 일어서며 신사 스마일을 지어 보였다. 기억 속에 있는 따뜻하고 부드러운 눈동자가 조금의 어색함도 없이 나를 향했다. 온몸에 각목처럼 딱딱해진 나와는 확실히 달랐다. 이게 어른의 세계구나. 나는 아빠의 옆에 거의 숨듯이 서며 그를 경계했다. 내 기분을 안정시키는 데 그와 마주 보고 있는 편보다 훨씬 더 나을 것 같았다. 그는 번쩍이는 안경테를 한 번 콧등 위로 올렸다.

"어디 다친 곳은 없나요?"

끄덕끄덕.

그의 미소에 입가가 깊게 파였다. 웃는 모습이 최정우와 너무도 닮았다.

"다행이네요."

다시 한번 벌컥 문이 열렸을 때 최정우가 나타날 거라 예상했다. 그러나 최정우 대신 어깨에 별이 4개 달린 정복을 차려입은 한 남자가 딱딱하게 굳은 얼굴로 문 앞에 서 있었다. 형사과에 있던 모든 사람이 자리에서 기립했다. 남자가 옷깃을 매만지는 사이 최정우가 모습을 드러냈다. 내 시선이 그에게 꽂혀 벗어나질 못했다. 그의 미세한 표정 변화에도 완전히 무너질 준비가 다 되어 있었다. 남자는 초조하게 소매를 몇 번 매만지더니 결심이 선 듯 뚜벅뚜벅 다가와 최정우의 형에게 꾸벅 인사를 했다.

"동부경찰서 이종구 서장입니다. 이것 참 송구스럽게 됐습니다."

"댈크로우 법무부 이사 최정락입니다."

형은 안주머니에서 명함 한 장을 꺼내 서장에게 건네고 손을 공손히 잡아 악수했다. 깍듯하게 예의를 차리고 있었지만, 여유가 묻어나는 그의 형에 비해 서장은 눈에 보일 정도로 경황이 없었다. 둘이 인사를 나누는 사이 최정우가 소파를 빙 돌아 나와 자신의 형 중간에 자리를 잡고 섰다. 그 아무 의미 없는 행동에도 머저리처럼 심장이 아팠다. 그가 선 애매한 위치가 꼭 나를 밀어내는 것만 같아서.

"어떻게 된 일인지 제가 다시 한번 조사하도록 지시하겠습니다. 이것 참 부끄럽습니다."

서장이 다시 한번 고개를 숙이자 정우의 형은 아무 말 없이 내쪽을 쳐다봤다. 그러자 서장이 황급히 내게 고개를 숙여 보였다. 나는 당황해서 아빠의 옷깃을 잡고 그 뒤로 한 발짝 물러섰다.

"많이 놀라셨겠습니다. 서장으로서 제 불찰입니다. 죄송합니다."

우리 부녀는 당황했다. 단 한 번도 이런 대접을 받아 본 적이 없기는 아빠도 마찬가지였다. 그는 뻣뻣하게 서서 어색한 상황에 마른침만 삼켰다. 어쩌면 나보다도 아빠가 더 이 상황을 놀랍게 느끼고 있는지도 몰랐다. 최정우의 형은 서장이 충분히 우리에게 사과할 때까지 기다렸다가 다시 운을 뗐다.

"서장님께서 알고 계실지 모르겠지만, 퀸튼 씨는 기업의 재단뿐 아니라 개인적으로도 다국적 청소년들을 위한 사업과 후원에 지속적인 투자를 해 오셨습니다. 가장 중요하게 생각하고 계시기도 하지요. 특히 여기 박은금 양은 퀸튼 씨가 가장 아끼는 인재입니다."

가장 아끼는 건 내가 아니라 최정우겠지. 그의 형은 눈 하나 깜짝 안 하고 서장에게 사기를 쳤고 서장의 안색이 점차 파랗게 질렸다. 동생에겐 마냥 팔불출, 사람 좋은 아저씨 같던 그의 얼굴이 단 한 조각의 감정도 없이 사무적이었다. 이제야 그가 '변호사'라는 게 실감이 났다.

"안 그래도 이 일에 심려가 크신데, 신변 보호가 전혀 되지 않았다는 것을 아시면……."

그 말이 끝나기도 전에 서장의 눈이 경감이라고 소개했던 남자에게로 다급하게 쏠렸다.

"너!"

"네."

서장이 눈을 부라리자 남자가 재빠르게 앞으로 튀어나왔다. 그는 눈을 희번덕대며 주변을 살피더니 손에 집히는 대로 서류철을 들어 경감의 머리통을 내려쳤다. 그 험악한 장면에 모두가 '헉' 하고 숨을 삼켰고 조용한 서 내에 푸스스 종이 날리는 소리만 요란했다.

"대체 일을 어떻게 처리했기에 이렇게 만들어!"

"죄송합니다."

그 장면을 당연한 듯 쳐다보는 최씨 형제들과는 다르게 아빠와 나는 숨도 못 쉴 정도로 쪼그라들었다.

"저희도 지금 어떻게 증인 정보가 새 나간 건지 심문 중입니다."

"누가!"

"송 경장이……."

서장은 두통이 오는 듯 이마를 한 번 짚고 눈을 꾹 감았다가 떴다.

"네가 가! 가서 프락치가 누군지, 어떻게 들었는지, 어떻게 매수한 건지 다 알아내. 알아내서 나한테 보고해. 알겠어?"

"네."

남자는 씩씩거리는 서장을 뒤로하고 총알처럼 사무실 안을 빠져나갔다. 마치 기다렸던 것처럼 아주 빨랐다. 넓은 형사과 사무실 안에 최정우와 그의 형을 뺀 모두가 자기에게 불똥이 튈까 봐 숨소리조차 제대로 내질 못하고 있었다. 서장의 얼굴은 붉으락푸르락했다. 그는 증인의 신변 보호도 신변 보호지만 본인의 신변이 어떻게 될지 무척이나 두려운 모양이었다. 식은땀을 흘리며 초조하게 눈알을 굴리는 모습이 딱 그랬다. 오스왈드 퀸튼을 두 번이나 만나 봤으면서도 그에 대해 잘 알지 못한다.

군수업체. 배명진 씨가 전에 퀸튼의 회사가 유명한 군수업체라고 말했었지. 그가 돈이 많고 오만하고, 비도덕적이고, 재력만큼 힘도 있다고는 생각해 왔지만 설마 그 이름만으로 경찰서장을 벌벌 떨게 만드는 사람인 줄은 몰랐다. 대체 어떤 사람이기에…….

짬이 나면 그의 사진이 아니라, 그의 신상을 검색해 봐야겠다고
속으로 다짐했다.

"은금 양의 진술은 서면으로 작성하는 것이 어떻겠습니까?"

형은 서장이 걱정과 공포에 질릴 시간을 충분히 준 다음 다시
입을 열었다.

"서면이요?"

"이런 일이 있었는데, 설마 다시 날을 잡아 경찰서에 출두하라
고 하진 않겠죠?"

"그렇게 하시죠."

서장은 간이고, 쓸개고 원하면 다 내줄 자세로 기꺼이 제안을
받아들였다. 오직 자신의 앞날에 먹구름만 뜨지 않길 바라면서.

"좋습니다. 그럼 이야기는 끝난 것 같군요. 조만간 대리인을 통
해 진술서를 전하겠습니다."

형이 만족스럽게 미소를 지어 보이자 서장도 최대한 그를 따라
미소 지어 보였다. 하지만 그의 심경이 온통 박 목사 일당에게 향
해 있다는 건 굳이 깊게 관찰하지 않아도 알 수 있었다. 이 일에
자신의 목줄이 걸려 있다고 생각하는 게 분명했다.

"이쪽 계통으로 괜찮은 여자 변호사를 알아요. 소개해 줄 테니
만나서 도움을 받아요."

서장의 배웅을 받아 경찰서 앞까지 나가자 그의 형이 안심하라
는 듯 차분한 어조로 조언했다.

"앞으로 어려운 일 있으면 정우 통해서 언제든 부탁해요. 내가
할 수 있는 선에서는 최선을 다해 도울게요."

그의 얼굴에 사심이 없어 보이는 건 내가 정신을 덜 차려서일 수도 있다. 하지만 최정우와 닮은 진중한 눈동자를 들여다보고 있자면 도저히 그를 미워하거나 의심하거나 원망할 수가 없었다. 그는 나와 동생을 별개로 생각하는 게 분명했다. 각자의 인생을 살아가고 있는 완벽하게 다른 두 사람으로 말이다. 그는 나를 어디까지 인정하고 있는 걸까. 동생과 사귀는 건 좋지만 진지해지진 말아라. 거기까지인 걸까. 유학 가기 전까지만 실컷 즐기고 그 이후엔 각자 알아서 살아라. 그래. 딱 거기까지겠지. 그는 아빠에게 공손하게 고개를 숙여 인사했고, 아빠는 그에게 고맙다며 악수를 청했다.

"간다."

그는 최정우의 어깨를 한 번 툭 치고는 형사가 문을 열고 기다리고 있던 자신의 세단에 올라탔다. 그가 떠나고 난 자리에는 무수한 감정의 파편이 널브러져 있었다. 최정우에게도 나에게도, 그리고 아빠에게도. 그걸 정리하는 건 각자의 몫이었다. 아빠가 나와 최정우를 향해 몸을 돌렸다. 우리를 한참이고 번갈아 바라보다 내 어깨를 한 번 꼭 쥐었다. 그게 작별 인사였다.

"우리 은금이 잘 부탁하네."

"네. 제가 또 연락드릴게요."

사랑하는 사람에게 아빠가 나를 부탁하는 장면은 행복하고 감격스러워야 할 텐데 전혀 그렇지 못했다. 오히려 더 슬프고 불안하기만 했다. 아빠는 아쉬운 얼굴로 내 어깨를 한 번 더 토닥이더니 선선한 미소를 지어 보이고 등을 돌렸다.

멀어지는 아빠의 등이 굽어 있었다. 둥지 밖으로 나오자 비로소 무게에 눌린 등이 보였다. 그의 인생에 후회와 가난만 남게 될까 봐 겁이 난다. 아빠라면 그 고통마저도 짊어지려 할 거다. 단지 가난하단 이유로, 힘이 없다는 이유로, 참는 것이 미덕이라고 여기며 살면 어쩌지. 나를 떠올릴 때 행복하기보다 아프면 어쩌지. 손등으로 아무리 훔쳐도 고장 난 수도처럼 눈물이 멈추질 않아서 짐처럼 작아지는 택시를 마지막까지 눈에 담을 수도 없었다. 이렇게 헤어지는 건 잘못된 것 같았다. 분명 좀 더 근사한 엔딩이 있을 것 같았다.

해 주고 싶은 것이 무척 많았다. 돈을 벌면 아빠에게 멋진 차를 선물하고 싶었고, 해외여행을 같이 가보고 싶기도 했다. 엄마에겐 근사한 새 구두와 예쁜 원피스를 선물해 다시 청춘을 느끼게 해 주고도 싶었다. 모든 것이 물거품으로 사라졌다. 이미 너무 멀리 와서 되돌릴 수도 없었다. 단지 나쁜 것을 나쁘다고, 아픈 것을 아프다고 말했을 뿐인데, 그저 살고 싶어서, 행복해지고 싶어서, 발버둥 쳤을 뿐인데 왜 아무것도 남은 게 없는지 이해할 수가 없었다. 어째서 갖고 있는 행복이나 가능성마저 이대로 빼앗기게 될까 봐 두려워해야 하는지 납득하고 받아들이기가 힘들었다.

최정우의 커다란 손이 내 눈을 감쌌다. 그는 나를 가슴으로 끌어당겨 자신의 커다란 그늘 아래에 슬픔을 감출 수 있도록 도와주었다. 따듯한 품에 기대어 나는 스스로를 진정시켰다.

"집에 가자."

그는 위로하듯 내게 속삭였다.

차에 올라타고 얼마 가지 못해 다시 울음을 터트렸을 때, 최정우는 내가 아빠와의 이별을, 그리고 오늘 내게 일어났던 모든 일을 떠올리며 운다고 생각했겠지만 아니었다. 울음을 도저히 그칠 수가 없었던 건 언젠가 이 달콤한 위로가, 따듯한 품이, 그의 애정이 더 이상 내 것이 아니게 될 수 있다는 절망과 두려움 때문이었다. 집에 가자는 달콤한 말을 앞으로 두번 다시 듣지 못하게 될까 봐, 그와 함께 돌아갈 수 있는 장소가 없어질까 봐.

집에 도착했을 때는 더 엉망이었다. 너무 울어서인지 눈이 제대로 떠지지도 않았다. 콧물 때문에 코 아래가 헐었고 두통도 왔다.

"마셔."

최정우는 뜨거운 물 한 잔을 건넸다. 내가 받아 들자 그는 소파에 앉은 내 앞에 무릎을 굽히고 앉았다. 도저히 읽을 수가 없다. 저 눈동자에 담긴 생각을. 조금이라도 알 수 있으면 얼마나 좋을까? 그럼 이토록 두려움에 떨진 않을 텐데. 그는 내 무릎에 자신의 손을 얹었다.

"힘든 하루였다는 거 알아."

"……."

"진정되면 씻으러 들어와."

그는 내 이마에 위로가 담긴 가벼운 입맞춤을 남기고는 몸을 일으켰다. 잠시 후 딸깍하고 스위치를 켜는 소리와 함께 화장실 빛을 등진 그의 긴 그림자가 거실까지 드리워졌다. 옷가지를 벗는 소리, 슬리퍼를 끄는 소리가 들리더니 이내 그의 그림자가 샤워기 물소리와 함께 사라졌다.

쏟아지는 물소리 사이에 지친 한숨 소리가 섞여 있었다. 그에게도 힘든 날이었을 것이다. 내 감정의 소용돌이가 휘몰아치는 것처럼 그도 혼란스러운 게 당연했다. 그는 자신의 형을 '아빠'로 여기고 있었다. 내가 아빠에게 가진 애정만큼이나 형에 대한 그의 애정 역시 견고했다. 그런 사람에게 들은 가시 박힌 충고가 최정우를 흔드는 건 당연했다.

나는 최정우가 건네준 온수를 한 모금 마셨다. 꿀꺽 삼킨 따듯한 물이 차가운 배 속을 데우자 정신이 들며 문득 그를 위로해 주고 싶었다. 하지만 어떻게? 다른 사람들에겐 족쇄처럼 보이는 내가, 그를 어떻게 위로할 수 있지? 나는 머그잔을 개수대에 집어넣고 입고 있던 옷을 모두 훌훌 벗어 던졌다. 반쯤 열린 욕실 문 사이에서 새하얀 수증기가 새 나왔다. 문을 밀자, '솨아아아아' 하는 물소리와 '투둑, 투둑' 바닥에 불규칙적으로 떨어지는 물방울 소리가 선명하게 들려왔다. 꼭 꿈의 한 장면처럼 보였다. 뿌연 연기 사이에 그의 나신이 신기루처럼 보이기도 했다. 이 꿈같은 현실을 얼마나 더 붙잡을 수 있을지 자신이 없었다. 최정우라는 모래가 곧 손가락 새로 빠져나갈 것만 같았다.

좁은 욕실 안에 그의 존재가 숨 쉴 수 없을 만큼 가득 찼다. 세찬 물줄기가 그의 등 근육을 타고 아래로 끊임없이 흘러내렸다. 무슨 생각을 하고 있을까. 혹시 형이 한 말이 내내 그를 괴롭히고 있는 것은 아닐까. 조용히 그의 등으로 다가가 볼을 대고 단단한 허리에 손을 둘렀다. 그는 움직임을 멈췄다. 그러고는 얼굴에 묻어 있는 물기를 손으로 닦아 내고 내 두 손을 부드럽게 풀며 몸을 돌렸다. 모든 걸 다 잃어도 가지고 싶은 건 하나뿐이었다. 지금 내 눈앞에 있다. 그에게서 조금도 떨어지고 싶지가 않았다. 그는 물기에 서서히 젖어 가는 내 머리카락을 이마에서 쓸어 냈다.

"너 눈 좀 봐. 붕어 같아."

그가 농담을 건네며 웃다가 무거운 내 표정에 거둬들였다. 내가 너무 간절히 쳐다본 탓인지 그의 얼굴에 지독하게 쓴 빛이 떴다. 안 되는구나. 나는 그에게 위로가 되지 않는구나. 그가 내게 준 만큼, 내가 그에게 줄 수 있는 게 아무것도 없었다. 심지어 그를 위해 웃어 줄 만한 마음의 여유조차도 남아 있지가 않았다.

눈앞이 뿌연 것은 욕실을 가득 채운 아지랑이 때문인지, 아니면 울고 있기 때문인지 알 수 없었지만, 절망이 고인 마음 한편에 지금이 아니면 도저히 그에게 매달릴 수 없을 것 같다는 공포가 나를 채찍질했다. 그 얼얼한 아픔에, 번개처럼 내리치는 고통에 잠긴 목소리를 쥐어짜 내야 했다.

"나 버리지 말아요."

내 말이 그의 어딘가를 베어 낸 것 같았다. 날카로운 통증이라도 느낀 듯 그의 눈가가 움찔했다. 그는 자신의 아랫입술을 한 번 물었다가 힘겹게 놨다. 붉은 입술에 이 자국이 깊게 파였다.

"너 안 버려."

너무도 낮고 지친 목소리였다. 쏟아지던 물줄기가 그를 치고, 나를 적셨다. 나는 그 물속에 잠겨서 그를 향해 울먹였다.

"나는 선생님 사랑해요."

충동적으로 고백했다. 늘 터질 것처럼 입안에만 맴돌던 말이 너무 빠르고 쉽게 입 밖으로 쏟아졌다. 눈앞에 있는 남자에게 나는 언제나 약자였고, 내겐 지켜야 할 자존심이란 게 남아 있지도 않았다. 내가 할 수 있는 거라고는, 절박하게 진심을 고백하며 혹시라도 떠났을지 모르는 그의 마음을 다시 한번 붙잡는 것이었다.

"나는, 선생님 사랑한다고요."

"알아."

기복이 없는 낮은 목소리에 나는 도리질했다. 이 감정을 모두 토해야 했다. 내가 얼마나 아프게 그를 사랑하는지, 그가 내게 어떤 의미인지 모두 전해야 했다.

"나는, 정말로……!"

앵무새처럼 같은 말을 또 반복하려 하자 그의 입술이 내 입술을 세게 틀어막았고 뒷말을 잊지 못한 채 끙끙댔다.

"됐어. 충분해."

복받치는 감정에 숨을 들썩이자 그는 괴로운 목소리로 나를 달랬다. 내 고백에 그가 어떤 표정을 지었는지 그걸 놓쳤다. 눈앞이 뿌옇게 변해서 아무것도 보이지 않았다. 대신 나는 그의 입술에서, 내 입으로 밀려들어 오는 혀에서 그의 감정을 느끼려 애를 썼다.

그가 내 양 손목을 잡고, 벽으로 밀치자 어깨서부터 엉덩이까지 매끈하고 차가운 대리석의 감촉이 느껴졌다. 그는 내 두 다리를 잡아 자신의 허리로 끌어 올렸다. 나는 무게를 지탱하기 위해 본능적으로 그의 단단한 허리에 두 발을 감고 타일에 기대어 상체의 균형을 잡았다. 절박한 심정이 안에서 불덩이 같은 욕망을 쭉 끌어 올렸다. 머리가 터질 것 같은 뜨거움에 어질어질했다. 나는 그의 목에 손을 두르고 입안을 세차게 가르는 그의 혀에 한껏 혀를 감았다.

입 새로 뜨거운 숨결이 느껴졌다. 그것은 뜨거운 물처럼 목을 타고 들어가 배 속으로, 그 밑으로, 발끝으로, 줄기처럼 뻗어 나갔다. 아아. 황홀한 신음을 내뱉으며 내 가슴을 움켜쥔 그의 손에 열렬히 반응했다. 나는 이 뜨거움 속에서 정답을 찾고 싶었다. 머리로 생각하는 것이 아니라, 마음으로 느끼길 원했다. 지금보다 더 완벽하게 그의 것이 되고 차라리 그가 날 부숴 주길 간절히 원했다.

그의 단단한 손가락이 내 가랑이 사이로 파고들었고 세찬 물줄기 소리와 화장실 벽에 충돌한 내 비명 소리가 에코로 울려 댔다. 우리의 혀는 탐구하듯 서로에게 얽혀 있었다. 나는 허벅지를 바짝 조이며 그의 허리에 더욱 달라붙었다. 꽉 맞는 퍼즐처럼, 물린 톱니바퀴처럼, 그와 내 사이에 틈을 만들고 싶지 않았다. 그는 내 허리를 바짝 안아 들더니 샤워 꼭지를 잠그고 뚜벅뚜벅 문을 향해 걸었다. 바로 옆방에 있는 침대까지도 갈 시간이 없었다. 그는 문을 열고 욕실 바로 앞에 나를 눕혔다. 몸에서 떨어진 물이 바닥에 번들거렸다.

마주하게 될 것이 두려워서 눈을 뜨고 싶지 않았다. 차라리 어둠 속에서, 그가 주는 뜨거움만을 내가 원하던 사랑이라 망각하고 싶었다.

"날 봐."

싫어. 고집스럽게 눈을 뜨지 않자 그는 물로 젖은 내 눈가를 손바닥으로 눌러 꾹꾹 닦아 냈다.

"날 봐."

나만큼, 아니 나보다 훨씬 더 고집스러운 그의 기다림에 결국 힘겹게 눈을 떴다. 뜨거운 욕망이 담긴 눈동자는 동시에 겁에 질려 있었다. 아니야. 이러려던 게 아니야. 이럴 의도는 없었어. 나는 불안하게 흔들리는 그의 두 눈동자에서 시선을 떼지 못한 채 천천히 양손을 들어 그의 뺨에 올렸다. 뺨에 내 온기가 느껴지자 그는 야트막하게 한숨을 내쉬었다. 그는 온기를 느끼려는 듯 두 눈을 천천히 감았다가 느리게 떴다. 모든 동작을 나는 필름처럼 눈에 새겨 넣었다. 모든 순간이 내겐 소중했다.

"내가 널 망가뜨릴까 봐 겁이 나."

잠긴 목소리에 나는 그가 읽을 수 있을 만큼만 미소 지었다. 우습게도 내가 원하는 건, 차라리 그가 날 망가뜨리는 것이었다.

나는 그의 입술을 찾아 상체를 일으켰다. 허벅지 위에 올라타 온몸으로 그를 밀었고 그는 순순히 내 아래에 누웠다. 그가 내 아래에 깔린 풍경은 근사했다. 이 커다란 남자가 내 아래에 무기력하게 누워 있는 모습을 보며 그도 내 위에서 이런 우월감을 느낄까 궁금했다. 나는 그의 젖은 몸 위에서 엉덩이를 아래로 미끄러뜨렸다. 망설임 없이 그가 내 안으로 들어왔다. 그가 눈을 감고 입을 벌리며 신음했다.

근사해.

나는 그의 두 손이 내 골반 양쪽을 움켜쥐도록 이끌었다.

"어떻게 해야 하는지 알려 줘요."

그의 얼굴에 어렴풋한 미소가 어렸다. 슬픈 얼굴보다, 이편이 훨씬 좋다.

그는 내 골반을 움켜쥐고 내가 엉덩이를 앞뒤로 흔들 수 있도록 도와줬다. 나는 눈을 감고, 깊게, 얕게, 빠르게, 느리게, 짜릿하고 강렬한 감각을 찾아 이리저리 몸을 움직였다. 생각처럼 쉽지가 않았다. 훨씬 자극적이긴 했지만 그의 아래에 있을 때처럼 번쩍이는 쾌감이 없었다. 이게 맞는 건가? 어색한 몸짓에 그의 흥분이 가

실까 걱정됐다. 나는 마른 입술을 축이며 그의 가슴 위를 손으로 누르고 이번엔 위아래로 몸을 움직였다. 그가 자신의 아랫입술을 무는 게 보였다. 그의 잇새로 흘러나오는 신음 소리에 반응하며 그가 더 좋아할 만한 움직임을 찾으려 애썼다. 100m를 전력 질주하는 사람처럼, 뜨거움으로 증발한 물기 대신 이번엔 젖은 땀으로 온몸이 번들거렸다.

내가 엉덩이를 들었다가 아래로 내릴 때 맞춰 그가 허리를 들어 올렸다. '쿵' 하는 충돌. 아찔함에 나는 비명을 질렀다. 내가 찾던 쾌감이었다. 얼얼함에 멍해 그대로 멈추자 그가 몸을 일으켜 나를 자신의 아래에 눕혔다. 붉게 달아오른 얼굴. 황홀할 정도로 젖어 있는 입술. 물기가 매달려 흔들리는 머리카락. 나는 이걸 잃고 싶지 않다. 그의 이런 얼굴을 보는 것을. 언제고 보고 싶을 때 꺼내 볼 수 있는 생생한 추억이 아닌 매일 눈앞에 펼쳐지는 현실이길 원했다.

"날 망가뜨려 줘요."

정염에 취한 목소리로 애원하자 최정우의 눈가가 움찔하며 충격으로 얼어붙었다. 내가 그런 목소리로, 그런 애원을 할 수 있는 여자인 줄 나도 몰랐다. 하지만 분명 내 입으로 내가 뱉어낸 나의 언어였다. 그게 내 진심이었다. 그가 날 망가뜨릴 일은 없다. 하지만 설사 그렇다 하더라도 행복하게 받아들일 것이다. 그가 날 흔들고, 휘두르고, 태풍처럼 휘감아도, 그의 손안에서 마지막까지 놓지 않은 패가 되고 싶었다.

"후회하지 마."

그가 자극적으로 경고했다. 이 순간의 경고일 수도, 내 앞날에 대한 경고일 수도 있는 이중적인 문장에 최면에라도 걸린 사람처럼 기꺼이 고개를 끄덕였다.

그는 내 오른 발목을 잡아 자신의 어깨 위에 걸쳤다. 긴 손가락이 천천히 아킬레스건을 쓰다듬었고 엄지발가락에 닿는 그의 머리카락이 간지럽게 느껴졌다. 그가 내려다보는 시선에 숨이 막혔다. 처음 보는 얼굴. 침착하려고 애쓸수록 심장은 더 요동쳤다. 그는 평소와 무척 달랐다. 어쩌면 그의 본 모습일지도 몰랐다. 멍하게 쳐다보고 있자 그가 고개를 돌려, 내 발목을 물었다.

"아!"

눈물이 찔끔 나올 정도로 아찔한 통증에 뒤이어 말 그대로 그가 내 안으로 자신을 박아 넣었다. 통증의 여운을 즐길 새도 없이 나는 다시 비명을 내질렀다. 양손으로 젖은 바닥을 찰싹 내리치며 상체를 비틀었다.

최정우의 손이 길게 드러난 내 목선을 따라 턱까지 올라오다가 턱 바로 아래를 감싸 쥐었다. 그의 손가락이 거미처럼 목에 달라붙었고 나는 두 손으로 그의 팔뚝을 움켜쥐었다. 그의 검지가 내 벌어진 입안으로 들어와 아랫니를 눌렀다. 힘을 준 것도 아닌데 마치 그에게 목이라도 졸린 것처럼 헐떡대며 갈증에 타들어 가고 있었다.

쿵, 쿵, 쿵. 그가 내게 충돌할 때마다 눈앞이 번쩍였다. 그의 행위에 애정이 느껴지지 않았다. 오히려 짐승의 그것에 가까웠다. 자비라곤 한 톨도 없는 폭군처럼 그는 나를 까마득하게 밀어붙였다. 나는 입안에 들어온 그의 손가락을 물지 않으려 안간힘을 썼지만, 결국엔 턱이 꽉 닫히면서 세게 물었다. 흥분과 공포가 내 감각을 아슬아슬하게 지배해 가고 있었다. 그의 팔뚝을 움켜쥔 손가락이 파르르 떨려 왔다. 아무런 생각도 없이 그가 부딪힐 때 들이닥치는 쾌감을 그저 받아 내는 것으로도 바빴다. 내가 신음을 하고 있는 것인지, 아니면 울부짖고 있는 것인지 분간할 수 없었다. 그 강렬함에 차라리 용서를 구하고 싶어졌다. 무엇이든지.

그가 어깨에서 내 발목을 내리자 다리가 젖은 스펀지처럼 아래로 뚝 떨어졌다. 그는 내 어깻죽지 아래로 손을 넣어 정신을 못 차리는 나를 아이처럼 안아 위로 들어 올렸다. 나는 다시 그의 허벅지 위에 올라앉았고 입술에서 그의 혀가 느껴졌다. 거칠고 충격적인 움직임 뒤로 따르는 어르는 듯 달콤한 부드러움에 나는 완전히 녹아내렸다. 마른 감각을 채우기 위해 간절하게 달려들며 기꺼이 그의 노예가 됐다. 떨리는 두 손으로 그의 목을 휘감고 벌어진 입술 사이로 밀려드는 부드럽고 따뜻한 혀의 감촉을 즐겼다.

그의 손이 내 엉치뼈를 지나 엉덩이를 움켜쥐고 자신에게로 당겼다가, 미끄러트렸다가, 다시 당겼다. 나는 물에 빠진 사람처럼 허우적대며 구명정인 듯 그의 어깨에 매달려 손톱을 세우고 몸을 당겨 안기 위해 애썼다. 그가 미끄러졌다가, 다시 들어왔다가, 다시 미끄러졌다. 내 몸을 내가 움직이고 있는 것인지, 아니면 그가 움직이고 있는 것인지 모를 정도로 모든 감각이 엉키고 뒤섞였다. 그는 나를 떨어지지 않게 잡아당긴 뒤 내 쇄골에 입술을 누른 채 신음했다. 나는 더 높은 것을 찾아 점점 더 빠르고 격렬하게 흔들렸다.

섬광 같은 쾌감이 번쩍였다가 긴 꼬리를 그리며 사라지기를 반복했다. 한계치가 느껴졌다. 나는 그의 어깨에 부술 듯이 매달렸다. 그의 근육이 팽팽하게 부풀어 오르고 동작이 박자를 잃기 시작했다. 배 속을 긁어내는 듯한 낮고 거친 신음을 내며 그가 거세게 안으로 파고들자 나는 까마득하게 치솟았다가 아래로 뚝 떨어졌다. 불규칙한 몇 번의 밀려듦 끝에 그가 뾰족하게 멈춰 섰다. 간헐적으로 끊기는 신음 소리. 쇄골에 닿은 그의 입술이 아플 정도로 나를 짓눌렀다. 텅 빈 집 안에 그의 거친 숨소리가 울렸다. 나는 그의 몸에 매달려, 아직 열기가 식지 않은 그의 등이 호흡을 고르며 부풀었다 꺼지는 것을 느끼고 있었다.

그 어느 때보다 깊은 만족감이 들었다. 오늘에서야 비로소 날것 그대로의 최정우를 본 것 같았다. 날 곤란하게 만들던 짓궂음도, 언제나 날 자극하던 유머러스함도, 어른스럽게 날 받아 주던 여유로움도 걷어 내고 난 후에 남는 것. 아이처럼 겁에 질린 눈동자. 펄떡대며 뛰는 욕망. 모든 것이 견딜 수 없을 만큼 사랑스러웠다. 내가 그의 이마에, 관자놀이에, 코끝에 입을 맞추자 숨을 고르던 최정우가 고개를 들어 내 입술이 자신의 입술에 닿게 했다. 따뜻한 감정이 밀려왔다. 나는 젖은 그의 이마를 쓸어 올리며 웃었다. 그가 다시 눈을 떴을 때에는 알고 있던 남자로 돌아와 있었다.

"안녕."

아. 그의 생뚱맞은 인사가 반가웠다. 우린 결국 여기였다. 여기 이 집. 이곳으로 돌아와 둘이 마주하면 얼마나 아팠든, 얼마나 많이 돌아왔든, 얼마나 힘들든 결국 괜찮아질 것이다. 마치 다시 만났다는 듯한 그 인사에 그의 목을 세차게 껴안았다. 내 고백에 대한 대답은 이미 충분했다.

그는 그날 밤, 내 손을 베개와 자신의 뺨 사이에 넣고 잤다. 그는 잠결에 내 손바닥에 뺨을 부비기도, 내 손목을 손으로 매만지기도, 코끝으로 온기를 들이마시기도 했다.

고양이. 밤이 되면 꼭 내 체온을 느끼며 자던 작은 고양이가 생각났다. 우리 사이는 변한 건지도 모른다. 오늘. 여기서. 늘 올려다보던 그 거리가 생각보다 훨씬 많이 좁혀졌을지도 모른다는 생각이 들었다. 아직도 내게 그는 너무 크고, 높고, 눈부신 빛이었지만 이젠 온기를 나눠 줄 수 있었다. 그의 커다란 몸이 고양이처럼 웅크려 쉴 수 있는 공간이 되어 줄 수도 있었다. 손바닥에 닿는 그의 숨결이 간지러웠지만 조금도 움직이고 싶지 않았다. 이건, 현실이었다.

* * *

다음 날, 최정우보다 먼저 일어났다. 그는 평일에는 피곤함을 꾹꾹 눌러놨다가 주말에 몰아서 자는 타입인가 보다. 아니면 전날의 스트레스와 감정 소모 때문에 오래 자는 것지도 몰랐다. 어쨌든 그를 깨우고 싶지 않아 조용히 침대에서 일어나 늦은 아침밥을 만들기 위해 주방으로 향했다. 그러고 보니 본격적으로 같이 살고 난 이후엔 내가 살림을 하고 있잖아.

어차피 집에서 살 때에도 바쁜 부모님을 대신해 빨래고 청소고 설거지고 도맡아 해 오긴 했다. 그땐 너무 지겨워서 어른이 되어 혹시 결혼을 하더라도 절대 손에 물 안 묻히고 살 거라 다짐하곤 했는데, 결국엔 이렇게 습관처럼 주방에 서서 아침밥을 만들고 있다니. 역시 인생이란 참으로 아이러니하다. 그래서 싫으냐고 하면 전혀 그렇지는 않았다. 최정우와 있기 때문인 것 같긴 하지만 오히려 행복했다.

이렇게 사는 것도 나쁘지 않다는 생각이 든다. 꼭 뭔가 대단한 작품을 남기겠다거나, 미래에 어떤 족적을 남기고 싶다거나, 근사한 위인이 되겠다는 꿈을 꾸지 않아도. 지금처럼 사랑하는 사람과 같이 있고 그 사람을 위해 음식을 만들어 주는 일상을 갖는 것 말이다. 찬장에 예쁜 그릇을 채워 넣고, 최정우를 위해 아침마다 넥타이를 골라 주는 인생도 무척 행복할 것 같았다.

계란말이를 하기 위해 달걀을 꺼내는데 침대 협탁에서 휴대폰이 진동하는 소리가 들렸다. 혹시라도 최정우가 깰까 재빠르게 침실로 달려가 거의 슬라이딩을 해 휴대폰을 집었다.

[추지혜.]

그 이름을 발견하고서야 오늘이 토요일이란 게 실감이 났다.

"여보세요?"

— 뭐 해?

"아점 준비."

— 야, 너 스무 살 맞아? 완전 결혼 30년 차 주부 같잖아.

그 말에 둘 다 키득거렸다.

— 야, 아점 준비는 됐고 나와. 나랑 같이 브런치나 먹자.

"브런치?"

—응, 원래 주말에는 브런치 정도는 해 줘야지, 또 성인 아니겠어?

나는 다시 숨죽여 웃었다.

— 11시니까, 지금 딱 만나야겠네. 정우 샘은 뭐 해? 같이 나올

래?

"어. 지금 자는데."

— 그니까 정우 샘은 자고, 넌 밥하고?

"응."

어감 되게 이상하네.

— 팔자 늘어지셨구먼! 야, 딱 관둬. 관두고 그냥 나와. 정우 샘이 손이 없어, 발이 없어? 배고프면 지가 알아서 일어나서 잘 챙겨 먹겠지. 얼른 나와.

곤란한데. 아침밥을 못 만들고 나가서가 아니라 돈이 없어서 곤란했다.

— 내가 너네 동네로 갈게. 어차피 볼일도 있고.

돈이 없다는 말을 차마 할 수가 없어서 나는 머리를 굴렸다.

"그럼 차라리 여기로 올래?"

— 어디? 정우 샘네 집?

"응. 내가 맛난 거 해 줄게."

— 진짜? 그거 좋지!

지혜가 신이 나 대답했다. 이런 면에선 참 기막힐 정도로 단순하다.

"내가 문자로 주소 찍어 줄게. 출발하기 전에 연락 줘."

— 알겠어! 이따 봐!

젠장. 전화를 끊고 나서야 내가 무슨 말을 한 건지 자각했다. 최정우네 집 냉장고는 텅텅 비어 있었다. 대체 무슨 배짱으로 맛난 걸 해 주겠다고 한 거야. 기껏해야 계란말이 하나 해 놓으려고 했잖아. 당장 어디라도 나가 뭐라도 사 와야 하나? 근데 돈도 없잖

아. 스스로의 대책 없는 행동에 황당할 지경이다.

"지혜?"

잠결에 웅얼거리는 그의 목소리에 퍼뜩 고개를 뒤로 돌렸다. 그가 베개에 얼굴을 비비며 인상을 썼다.

"네."

"이리 온다고?"

"네……."

여긴 그의 집인데. 내 멋대로 친구를 초대해 버린 것이 미안해 잔뜩 풀이 죽었다.

"혼자?"

"네."

그가 눈을 찡그렸다가 비비고 다시 눈을 끔뻑였다. 그가 고개를 들어 시간을 확인했다.

"버스 타고 오면 얼마나 걸리지?"

"아마, 한 시간 정도 걸려요."

흠. 그가 잠시 고민하는 듯한 소리를 내더니 내 손목을 확 잡아당겼다.

"하지 마요!"

시트에 풀썩 쓰러진 내가 몸을 일으키려 하자 그의 다리 한쪽이 허리를 감았다.

"왜 이래. 어젠 그렇게 적극적이더니."

"이럴 시간 없어요!"

"없긴. 많구먼."

"11시예요. 11시! 해가 중천에 떴다고요!"

"잘됐다. 난 해가 떠 있으면 더 잘되던데."

뻔뻔한 손이 허벅지를 타고 올라와 엉덩이를 쓸었고 나는 그의 어깨를 철썩 내리치며 꽥 소리 질렀다.

"농담할 기분 아니에요!"

"나도 너랑 농담할 생각 없어."

"지금 여기 누워 있을 시간 없어요!"

"누가 누워 있재?"

"그 뜻이 아니잖아욧!"

내가 빽 소리를 지르자 그가 기분 좋게 웃음소리를 냈다. 대책 없는 그의 지분거림에 정신이 혼미했다. 다시 한번 철썩 그의 어깨를 때리고 힘껏 밀었다. 젠장! 방금까지 자고 있었으면서 힘은 또 왜 이렇게 센 거야. 그의 손이 내 팬티 안을 헤집고 들어왔다.

"그러기만 해 봐요!"

"그래. 그러지 뭐."

손가락이 음모를 헤집고 더 아래로 내려가자 나는 다리를 버둥 거렸다.

"아니, 그러지 말라고요!"

그는 몸을 굴려 내 위로 올라왔다. 버둥거리던 다리가 그의 허벅지 안에 꼼짝없이 갇혔다. 내가 무시무시한 눈으로 쏘아 봤지만 그는 아프지도 가렵지도 않다는 듯 피식 입꼬리를 한쪽으로 올렸다.

"표정 마음에 드는데?"

"잠이 덜 깼나 본데, 찬물로 세수나 좀 해요. 그럼 제정신으로 돌아올 테니까."

그의 무릎이 꾹 내 무릎 사이를 눌렀다. 불가항력적으로 다리가 벌어지자 그의 손가락이 집요하게 아래로 파고들었다. 신음 소리가 날 것 같아 어금니를 꽉 물었다. 그의 눈썹이 흥미롭게 위로 올라갔다.

"완벽하게 제정신이야."

"말귀를 못 알아먹고 있잖아요!"

"지혜가 브런치를 먹으러 버스를 타고 한 시간 후에 우리 집에 온다. 정확하지?"

"알아들었으면 냉장고라도 채워 넣는 게……!"

그의 손가락이 길게 클리토리스를 훑고 지나가자 나는 턱 말문이 막혔다.

"걱정 마. 내가 알아서 할게."

알아서 한다는 사람이 지금 여기서 이러고 있나. 기가 막혀 나는 꽥 소리 질렀다.

"어떻게요!"

그의 눈이 짓궂게 빛났다.

"내가 뭐든 '채워 넣는' 건 잘하거든."

은밀한 목소리로 내뱉는 선정적인 농담이 황당했다. 내가 입을 벌리자 그의 얼굴에 즐거운 생기가 돌았다.

"허점 발견."

앗 하는 사이 벌어진 입술로 그의 혀가 밀려들어 왔다. 삐걱거리는 침대 매트리스에 나동그라진 휴대폰이 내내 진동했다.

[발신: 추지혜

지금 출발.]

[발신: 추지혜

지금 버스 탔어.]

[발신: 추지혜

야. 근데 아무것도 안 사 가도 돼?]

부재중 전화 (1)통

[발신: 추지혜

뭐 먹을 거라도 사 갈까? 과일?]

부재중 전화 (2)통

부재중 전화 (3)통

[발신: 추지혜

나 다다음 번 정거장에서 내린다.]

부재중 전화 (4)통

[발신: 추지혜

설마 너 다시 자는 건 아니지?]

XVII. 불안한 평화

어젯밤보다 더 엉망이 된 시트 위에 나는 뭉개진 두부처럼 흩어졌다. 본인이 여유가 있으면 꼭 이런 식이란 걸 좀 더 일찍 알아차렸어야 했다. 하루를 이런 식으로 시작해야 상쾌한가 보지? 난 이불 속으로 다시 기어들어 가고 싶은데 말이다. 게다가 나는 지금의 최정우보다 어제처럼 좀 흐트러진 최정우를 조금 더 보고 싶었다. 그는 바지를 챙겨 입으며 콧노래를 흥얼거렸다. 나는 벗은 등의 기립근을 멍하게 바라보며 이 남자를 어떻게 해야 다시 무너뜨릴 수 있을까 궁리했다.

"선생님은 주량이 어떻게 돼요?"

그는 몸을 굽혀, 바닥에 떨어진 베개를 집어 들었다.

"내 주량?"

"네. 알기 쉽게 소주로요."

"세 본 적이 없어서 모르겠는데."

벌써부터 예감이 안 좋다.

"얼마까지 마셔 봤는데요?"

그는 손에 든 베개를 침대 위에 올리며 고개를 갸웃거렸다.

"세면서 마셔 본 적이 없어서 모르겠네. 어쨌든 취하는 건 별로 안 좋아해. 다음 날 숙취에 시달리는 건 더 싫어하고."

이 작전은 아무래도 못 쓰겠군. 쳇. 몸을 일으키는데 물에 젖은 솜처럼 팔다리가 무거워 절로 인상이 써졌다. 최정우는 머리 위로 뒤집어쓴 셔츠에 두 팔을 넣고 허리까지 끌어당긴 뒤 낑낑거리는 내 손을 잡아 침대에서 일으켰다. 일어서자마자 쨍한 현기증에 잠깐 휘청했다.

"현기증?"

"네 조금."

그가 풋 웃었다.

"약골……."

그는 바닥에 뭉쳐 있던 내 팬티를 들어 건넸고 나는 뿌루퉁하게 휙 낚아챘다.

"운동이라도 좀 해 보는 게 어때? 시간도 많은데."

시간이 많긴. 바빠 죽겠구면. 그는 몰라야 하는 사항이므로 건성으로 흘려들었다.

"아."

뭔가 떠오른 듯 그의 감탄사가 활기에 찼다.

"좋은 방법이 있다."

그가 말하는 좋은 방법은 단 한 번도 좋은 방법이었던 적이 없다.

"앞으로 할 때 계속 체위를 바……."

이럴 줄 알았지. 나는 손으로 그의 입을 틀어막았다

"한 마디만 더 해 봐요. 진짜, 가만 안 둬."

붉으락푸르락해져 어금니를 문 내게 그는 항복의 표시로 두 손 바닥을 들어 보였다. 그의 눈이 반달처럼 접혔다. 이렇게 웃는 눈을 보면, 마음이 바닐라 아이스크림처럼 녹아내렸다. 화를 내기가 대단히 어렵다. 우리 사이는 '갑'과 '을'을 넘어서 '주종 관계'일지도 모른다. 노예가 된 기분인데, 왜 이게 행복한 건지 모르겠다. 그는 애교가 가득한 눈으로 왼손 집게손가락을 펼쳐 매트리스 위를 쿡쿡 찍어 보였다.

뭐?

휴대폰…….

휴대폰……!

나는 매트리스 위로 몸을 날려 휴대폰을 낚아챘다. 6통의 부재중 전화와 함께 정류장에서 내렸고 잠깐 상가에 들렀다 올라가겠다는 문자가 10분 전에 와 있었다.

"미쳐!"

나는 버둥대며 브래지어를 착용하고 후다닥 작은방으로 달려갔다. 허둥대는 내 뒤로 최정우의 웃음소리가 들렸다.

"침대 좀 정리해요!"

작은방 서랍을 뒤지며 빽 소리를 질렀는데 그의 웃음기 어린 목소리가 뻔뻔하게 대답했다.

"싫어."

하여간 남 골리는 게 인생 최대의 기쁨이지. 나는 정신없이 옷을 챙겨 입고 침대 방에 달려가 이불 정리를 했다.

내가 미친 여자처럼 펄럭댈 동안, 그의 양치질은 여유롭기만 했다.

띵동.

정말 간발의 차이로 벨 소리가 울렸다. 아까의 여운에, 다급한 정리까지 더해져 발갛게 붉어진 뺨을 툭툭 몇 번 때리며 길게 심호흡을 했다. 후우.

"야, 너 왜케 전화를 안 받아!"

내가 문을 벌컥 열자 지혜가 들어오며 쏘아 뱉었다. 그 투덜거림이 민망했다. 최정우를 힘껏 노려보았는데도 그는 영문을 모르겠단 얼굴로 '뭐?' 하고 눈썹만 찡긋 올릴 뿐이었다. 저 뻔뻔한 색정광.

"난 다시 자는 줄 알았잖아. 아, 그리고 이거."

지혜는 핑크색 장미가 흐드러지게 피어 있는 꽃다발 하나를 내게 불쑥 건넸다.

"어. 고마워."

나는 받아 들며 어색하게 인사했다. 입학식, 졸업식이 아닌 날에 꽃을 받는 건 여태껏 살며 처음 있는 일이었다.

"뭘 사 와야 하는지 아무리 전화해도 안 받기에 내 맘대로 사 왔어."

그녀답다. 지혜는 신발을 털어 벗어 내고 안으로 들어와 두리 번댔다.

"오, 집 좋다."

그러더니 주방에 있는 최정우를 발견하고는 작게 탄성을 질 렀다.

"정우 샘!"

반가움에 한층 더 높아진 지혜의 부름에 그는 고갯짓했다. 입가 에는 기분 좋은 미소가 걸렸다. 그는 막 냉동고에서 꺼낸 소고기 를 전자레인지에 해동시키는 중이었다.

"오랜만이네."

"진짜요! 이렇게 보니까 기분 되게 이상하다."

"근데……."

지혜의 빈손을 열심히 살피던 그의 눈동자가 멈췄다.

"뭐 먹을 건 안 사 왔어?"

"꽃 사 왔잖아요."

"그걸 먹을 수 있는 건 아니잖아."

지혜가 한숨을 푹 내쉬었다.

"이렇게 로맨스가 없어서야."

우리의 격정적인 로맨티스트께서는 이 상황을 대단히 어처구니 없게 생각하시는 게 틀림이 없다. 지혜는 못마땅하게 쯧쯧 혀를 차더니 가슴 앞으로 야무지게 팔짱을 꼈다.

"샘, 은금이한테 꽃 선물해 준 적 한 번도 없죠?"

불리한 답은 재량껏 빠져나가는 게 상책이다. 그는 냉장고에서 꺼낸 피망을 한 번 가볍게 던졌다가 손에 쥐고는 휘파람을 불어 댔다.

"여자한테는 다이아몬드 다음에 꽃, 그거 몰라요?"

이 구도도 참으로 흥미롭다. 항상 최정우가 어째서 저렇게 예쁘고, 착하고, 늘씬하고, 눈부신 지혜를 여자로 보지 않았나 궁금했는데 남자와 여자로 둘이 서 있는 모습을 보니 딱 답이 나왔다. 그에게 지혜는 여자가 아니고 골치 아픈 투견이었다. 지혜는 뻣뻣한 자존심을 가진 남자에게도 발등을 내밀며 핥으라고 강요할 여왕 타입이다. 최정우 성격에 받아 줄 수 있을 리가 없다.

아, 끔찍해. 상상만으로도 오싹 소름이 돋았다. 그래서인지 보기 좋은 그림임에도 둘 사이에는 케미스트리가 전혀 보이질 않았다.

"근데 요리는 정우 샘이 하는 거예요? 은금이가 맛있는 거 해 줬댔는데?"

지혜는 거실 소파에 모직 코트를 벗어 두고, 최정우 옆에 섰다. 처음에 이 집에 들어왔을 때 이러지도 저러지도 못하고 쭈뼛거리던 나와 다르게 그녀는 마치 익숙한 공간에 돌아온 것처럼 자연스러웠다. 역시 여왕님.

"그렇게 됐어."

최정우의 대답에 지혜가 멀뚱멀뚱 날 바라봤다. 뭐야, 뭔데. 뭐 있었어? 분명 그렇게 묻는 눈이었다. 순수한 궁금증에 대답해 줄 만한 건전한 내용이 아니라 나는 괜스레 크흠크흠 헛기침을 하며 어색하게 꽃다발의 포장을 뜯어 댔다. 내가 당황한 듯 보이자 최정우가 관심을 끌 요량으로 다시 입을 열었다.

"찹스테이크 좋아해?"

"네. 좋아해요."

"잘됐네. 집 구경이라도 하고 있어. 금방 할 테니까."

"그러죠 뭐."

지혜는 시선을 돌려 벽에 걸린 그림들을 눈으로 빙 훑었다.

"그림 진짜 많네요."

그녀는 화랑에라도 들른 것처럼 그림을 따라 천천히 발걸음을 옮겨 거실로 향했다. 하나씩 하나씩 그림에 집중하며 걷더니, 이내 거실 한쪽 벽면에 꽉 들어차 있는 책장으로 향했다. 샬롯 브론테, 조지 오웰 같은 듣기만 해도 오금이 저리는 영미 소설가의 원서가 즐비한, 그래서 나는 절대로 근처에 가지 않는 구역을 눈으로 꼼꼼히 확인하더니 고급스럽게 가죽 바인딩된 적갈색 책 두 권 중 하나를 미심쩍게 빼냈다. 깨끗하게 보이지만 색이 노랗게 바랜 것이, 오래된 책임이 틀림없어 보였다.

"샘. 이거, 이거 뭐예요?"

"아, 그거 단테 신곡."

건성으로 대답하자, 그녀는 흥미롭다는 얼굴을 했다.

"선생님 이거 다 읽었어요?"

"뭐……"

그가 애매모호하게 말꼬리를 흐렸다. 꽃병 대용으로 쓸 만한 유리병을 찾아 찬장을 뒤지던 나는 지혜의 시선으로 옆얼굴이 따가웠다. 지혜는 이 상황을 무척 신기하고 재미있어하는 게 틀림없었다. 나는 별로 놀랍지가 않았다. 셰익스피어에 톨스토이, 괴테는 물론이고 호메로스, 심지어 마키아벨리까지 있는데 설마 단테가 없겠어?

"은금이는 이거 다 외우고 있어요. 뭐더라? 그거. 지옥의 문에 새겨진 글귀."

"Abandon all hope, ye who enter here."

이곳에 들어오는 자, 모든 희망을 버려라.

최정우가 내뱉은 영문을 나는 속으로 읽었다. 그의 눈이 나를 흥미롭게 내려다봤다.

"너, 단테 신곡 좋아해?"

"뭐…… 네."

지혜가 우리 둘을 신기하게 쳐다보며 까르르 웃었다.

"뭐야. 환상의 커플이야?"

지혜는 로댕이 조각한 '지옥문' 때문에 단테의 신곡을 읽어 보려고 노력했지만 결국 실패했다. 실패했을 뿐만 아니라 싫어했다. 지겹고, 어렵고, 난해하고, 기괴하단 이유였다. 지혜는 담백하고 직관적인 것들을 좋아했다. 조각을 좋아하는 이유도 입체적이고, 직관적이기 때문이었다. 그래서 내가 그 책을 좋아한다는 걸 이해하지 못했다. 하지만 내가 그 책을 좋아하는 이유도 지혜와 같았다. 난해하고, 어렵고, 기괴하기 때문이다. 700여 년 전에 노래처럼 써진 이 판타지 시집은 내게 충격적일 만큼 새로웠다. 암울한 내 정서에 '모든 희망을 버리라'는 지옥의 문구가 모든 죄를 사하여 주겠다는 성경의 문구보다 훨씬 사실적으로 와닿았다.

그 책을 몇 번이고 읽었지만, 성경처럼 여전히 이해할 수 없는 부분이 많았다. 만약 최정우가 그 책을 끝까지 다 읽었다면 어디까지 이해하고 있는지 궁금했다. 분명 나보단 많이 알고 있겠지.

"1885년?"

지혜가 책장을 넘기다 경악했다. 1885? 그게 인쇄 날짜면 100

년도 더 된 책이란 말이었다. 호기심을 참을 수 없어서 나는 지혜 옆에 냉큼 붙었다.

"구스타프 도레 삽화 초판본이야."

아, 이 삽화.

노랗게 빛이 바래 있는 종이에 낯익은 삽화가 그려져 있었다. 지옥의 스틱스 강을 베르길리우스와 함께 건너는 장면. 뱃사공 카론이 수프 건더기처럼 떠 있는 사람들을 노로 후려치는 모습이 매우 역동적이었다. 이 삽화가 구스타프 도레였구나.

"미국 사람이에요?"

"아니, 프랑스. 한국에선 성서 소재로 한 판화가 꽤 유명한 것 같던데."

어디선가 본 적이 있던가? 잘 기억이 나지 않았다.

"이거 어디서 났어요?"

지혜가 신기하단 목소리로 물었다.

"선물 받았어."

"누구한테요?"

"……."

대답하지 않는 걸 보니 필시 여자였다. 지혜와 나는 동시에 입을 닫고 암묵적인 동의를 구한 뒤, 다시 초판본에 집중했다. 나는 신곡의 삽화를 좋아했다. 성경을 읽는 건지 시를 읽는 건지 애매모호할 때, 시각적으로 장면을 뚜렷하게 보여 주는 삽화를 보면 모호한 것을 대충이라도 이해하고 넘어갈 수 있었다.

그의 이름이 라따뚜이에 나오는 '구스타프 식당'과 같은 '구스타프'란 건 오늘 처음 알았다. 분명 내가 갖고 있는 책 뒷장에도 삽화가의 이름이 쓰여 있겠지만 한 번도 눈여겨본 적은 없었다. 책에 들어가 있는 삽화를 그 이상으로 생각해 본 적도 없었다. 하지만 최정우는 삽화도 하나의 '작품'으로 대하고 있었다. 작가로, 예술로. 그렇기 때문에 단테 신곡 초판이 아닌 구스타프 도레 삽화 초판을 소장하고 있는 거다. 이 사람은 정말 그림을 좋아하는구나. 아니 어쩌면 예술 그 자체를 사랑하는 걸지도 몰라. 나는 다시한번 우리가 얼마나 다른지 실감했다. 그리고 내가 그 열정에 방해가 될지도 모른다는 막연한 두려움이 스치기도 했다.

제대로 된 꽃병이 없어 맥주 컵에 대신 꽃을 꽂아 놓고서 지혜와 나란히 소파에 앉아 초판본의 삽화를 감상하는 척하며 수다를 떨었다.

"정우 샘 요리 잘해? 저러다 이상한 거 내놓는 거 아냐?"

"잘해. 꽤 맛있어."

지혜는 주방에 서 있는 최정우의 눈치를 살피며 목소리를 더 낮췄다.

"평소에도 많이 해?"

"응. 바쁘지 않으면."

지혜가 '휴우' 하고 긴장이 풀린 얼굴로 웃었다.

"다행이다. 네가 이 집 와서 식모살이하고 있는 줄 알았지, 뭐야."

"……."

내가 눈썹을 찡그리고 쳐다보자 지혜는 겸연쩍은 듯 눈가를 손톱으로 긁었다.

"아니 뭐, 내가 너 성격 잘 알잖아. 넌 네가 좋아하면 계속 퍼 주기만 하는 거. 그래서 걱정돼서 그러지.”

내가 식모살이를 하면서 뭘 퍼 주는 상황이라면 차라리 식모살이를 자처하겠다. 요리를 하고, 청소를 하고, 집안 살림들을 자꾸만 정리하는 건 성격인 탓도 있지만, 그렇게 해서라도 흔적을 남기고 싶다는 내 욕심 때문이었다. 내가 이곳에 존재한다는 흔적, 그의 일상으로 들어왔다는 흔적. 그래서 그의 눈길이 닿는 모든 곳에 내가 존재하고, 그래서 그에게 필요한 사람, 없으면 안 되는 사람이 되고 싶다는 바람이 있었다. 혹시라도 그가 헤어지기로 마음먹는다면, 조금이라도 허전해했으면, 조금이라도 두려워했으면 하는 그런 바람 말이다.

“안 그래.”

나는 지혜의 근심에 대뜸 부정부터 했다.

“너 기숙사 살 때처럼 네가 화장실 청소건 뭐건 다 도맡아 하는 건 아니지?”

“여기 산 지 얼마나 됐다고.”

“안 봐도 뻔하지. 내가 너랑 3년 살면서 결벽증 환자 됐잖아.”

그 농담은 항상 지혜가 우스갯소리로 던지는 말이었다. 처음에는 화장실 변기 물에 머리를 감아도 될 것 같은 방은 전 기숙사 통틀어 우리 방뿐일 거라며 황당해하던 지혜가 익숙해진 후론 물때가 낀 화장실 거울, 뽀송하게 말라 있지 않은 눅눅한 화장실 바닥을 어느 순간부터 불편해하기 시작했다. 내가 기숙사 블라인드까지 뜯어내서 물로 씻어 내자 제발 그만 좀 하라며 소리 질러 놓고는 어느 순간부터 본인이 그러고 있었다. 그러나 나는 지혜가 내게 물들어 가는 게 좋았다. 그러면 불편함을 느끼는 어느 순간에 분명 나를 떠올리고 그리워하게 될 테니까.

그게 내가 가진 '간사함'이었다. 인정하고 나니 얼마나 편하고 좋아.

한때는 그 간사함을 죄악처럼 여겼다. 나의 그 간사함이 에덴동산에 '뱀'을 불러온 거라고 믿어 의심치 않았다. 하지만 이젠 인정한다. 그건 다른 이유도 변명도 명칭도 필요 없는 그냥 '간사함'일 뿐이란걸. 그게 꼭 '악마'는 아니라는 것을 말이다.

"아무튼 근사하다 이 집. 꼭 미술 도서관 같아서 재미있어."

만족스럽게 웃는 지혜의 콧등에 상큼한 주름이 졌다.

"이렇게 보니 나쁘지 않네. 어쩌면 대학 수업보다 최정우한테 배우는 게 더 많을지도 모르겠다. 자극도 많이 될 것 같고."

그의 집이 도서관 같은 건 사실이었다. 심심할 때 책장에서 미술서적을 하나씩 빼서 보고 있으면 시간도 금방 갔다. 모르는 걸 물어보면 최정우는 언제고 척척 대답해 줬고 덕분에 알게 된 것이 참 많았다. 그럼에도 불구하고 이 집에 온 후로 연필을 잡아 본 적이 없다는 사실이 불쑥 떠올랐다.

"아! 좋은 냄새!"

지혜가 킁킁거리며 벌떡 일어서는 바람에 나도 상념에서 깨어났다.

"아메리칸 스타일이에요?"

뒷짐을 지고 신이 난 발걸음으로 주방으로 향하더니 최정우의 등 뒤에서 흘깃, 반쯤 빈 와인 병을 집어 들었다.

"이거! 이거 지금 소스로 썼어요?"

그녀는 다시 한번 경악했다.

"응."

지혜는 최정우의 눈 바로 밑까지 와인 병을 들이밀고 침을 튀겼다.

"이거 샤토 마고잖아요. 샤토 마고!"

"그래서?"

"이걸 냄비에 부어 버리면 어떡해요!"

"괜찮아. 한 병 더 받았으니까."

더? 받아? 누구한테?

"이거 2백만 원짜리잖아요!"

얼마? 손에 들고 있던 초판본이 후드득 소파 아래로 떨어지자, 최정우가 뒤를 돌아봤다.

"조심해라. 그 책은 더 비싸니까."

뭐! 나는 잔뜩 겁먹은 채로 황급히 책을 주워 들었다. 간이 쪼그라든 채로 책 어딘가에 흠집이라도 났나 빠르게 살폈다. 정말 놀랄 노 자다.

"이런 책이 왜 집에 있어요? 이런 건 도서관이 있어야 하는 거 아니에요?"

내가 허옇게 질려 반문하자 그의 등이 픽 하는 웃음으로 한 번 흔들렸다.

"이건 약과지. 오스왈드 퀸튼네 집 한번 가 봐. 단테 신곡 14세기 초판본이 있으니까."

그 말에 숨도 멈추고 입만 쩍 벌렸다. 이 두 남자 모두 제정신이 아닌 게 분명했다.

"누구요?"

지혜가 미심쩍게 되물었다. 아, 이야기해 준 적이 없지.

"오스왈드 퀸튼."

"오스왈드요? 설마 댈크로우에 오스왈드요?"

"뭐가 잘못됐어?"

지혜가 얼굴이 새빨개져서 입을 턱 막았다. 아, 이쪽도 미쳤다고 생각하는 게 분명했다.

"대애애애애박! 대박! 대애애애박!"

지혜는 고장 난 로봇처럼 계속 '힐'과 '대박'만 반복했고, 최정우는 그사이 찹스테이크를 완성해 널따란 접시에 담았다. 그러고선 2백만 원짜리 와인 주둥이에 입을 대고 병째 마셨다. 이 남자는 검소한 게 아니고 돈을 쓸 필요가 없는 거야. 주변에서 비싼 건 모조리 다 사다가 받치니까!

"대박! 야. 너, 너도 본 적 있어?"

지혜가 발그레해진 얼굴을 부채질하며 물었다.

"응. 두어 번."

두 번이란 말에 배신감이 가득 찬 얼굴로 '헉'했다.

"언제!"

"얼마 안 됐는데……."

"대박! 야! 그런데 가려면 날 불렀어야지! 그 좋은 구경거리를!"

지혜는 지나치게 흥분하며 발을 굴렀다. 뭐지. 무덤덤한 내가 비정상적인가 싶다.

"어때? 진짜 실물도 막 그렇게 잘생겼어? 막 진짜 막 빛이 나?"

"잘 모르겠는데."

내가 당황해서 더듬대자 지혜가 '어효' 숨을 내쉬었다.

"하긴 지금 네 눈에 어떤 남자가 잘생겨 보이겠니. 아, 아깝네. 내가 갔어야 딱 객관적으로 판단하는데. 또 언제 봐?"

"그건 모르겠는데."

아일랜드 바에 포크를 놓는 최정우의 입에서 킥킥킥 웃음이 새 나왔다.

"앉아. 일단."

지혜는 냉큼 자리에 앉아 아까와는 다르게 최정우를 동경하는 눈빛으로 쳐다봤다.

"근데 샘은 어떻게 알아요? 집에 초판본이 있다는 것까지 알면 꽤 친한 거 아니에요?"

꽤 친한 정도가 아니지. 오스왈드 퀸튼이 게이로 의심될 지경이 니까. 하지만 그 말은 지혜의 판타지를 위해 아껴 두기로 했다. 나 는 입을 다물고 조용히 지혜의 옆에 앉았다. 최정우는 세탁실에 서 같은 와인 한 병을 꺼내 오더니 마개를 따고 테이블 위에 올려 뒀던 와인 잔에 진한 보라색의 액체를 콸콸콸 따랐다.

"노코멘트 할래."

"왜요?"

"귀찮으니까."

그래. 원래 이런 성격이지. 타인에게는 절대로 자기 이야기 안 하는 타입. 내가 그의 삶에 정말로 발을 들였다는 사실이 새삼 놀라웠다.

"근데 넌 그 남자를 어떻게 그렇게 잘 알아?"

내 물음에 지혜는 마치 시련이라도 당한 것처럼 잔뜩 우울해하 며 대답했다.

"내가 원래 '미'에 지대한 관심이 있잖니. 섹시'미', 남성'미', 어? 그런 거. 이 남자는 〈포브스〉지뿐 아니라, 〈피플〉지 같은 곳에도 실리잖아. 내가 모를 리가 있어?"

알지. 처음 오스왈드 퀸튼의 사진을 봤을 때 딱 지혜가 떠올랐으니까. 정확하게 정정하자면 '섹시미'나 '남성미'가 아니고 '남성의 섹시미'를 좋아하는 거다. 조지 클루니나 알랭 들롱, 브래드 피트 같은 남자를 선호하는 거 보면 딱 그렇지. 게다가 어딘지 모르게 퇴폐적인 분위기까지 풍기니 정확하게 지혜의 취향이었다.

"내가 두 번 봤는데 진짜 재수 없어."

와인 병 주둥이에 입을 대고 꿀꺽대던 최정우가 동작을 멈췄다. 나는 봇물을 터트리듯, 그동안 오스왈드 퀸튼에 대해 혼자 삭혀 왔던 울분을 지혜에게 모조리 털어놓기로 결심했다. 그녀가 오스왈드란 작자를 단순한 셀러브리티로 좋아하는 건 괜찮았다. 무슨 판타지를 써도 상관이 없었다. 그렇지만 나는 적어도 그가 실제로 어떤 남자인지는 알아야 한다는 사명감에 바짝 불타올랐다. 솔직히 말하자면 이왕 들켰으니 울분을 가감 없이 토해 내고 싶었다. 그래서 든든한 아군으로 그녀를 포섭하고 싶었다.

"잘생기긴 무슨! 야! 하나도 안 잘생겼어. 얼마나 무섭게 생겼는지 알아? 저승사자 같아, 저승사자!"

내가 너무 침을 튀며 이야기하자 지혜가 말없이 눈만 끔뻑였다.

"그것뿐인 줄 알아? 성격은 또 어떻고. 대화에 기승전결이 없고 '결'만 있어. 싸가지 없는 건 기본에, 사람 갖고 노는 건 수준급이라니까."

"그래?"

지혜의 얼굴이 내 예상과는 다르게 밝게 펴졌다.

"은근 매력 있어 보이네?"

"매력은 무슨!"

나는 마치 썸 타는 여자에게 다른 이성의 소식이라도 들은 듯 과하게 언성을 높였다. 안 돼. 인정 못 해. 나는 이 만남 반댈세! 나는 마지막 수단을 꺼내 들기로 했다.

"너 오스왈드 퀸튼 목소리 들어 봤어?"

지혜가 인상을 구겼다. 그녀는 남자의 목소리를 매우매우 중요하게 여겼다. 데이비드 베컴을 남자로 치지 않는 건 순전히 그 가녀린 목소리 때문이었다.

"목소리 완전 깨!"

최정우가 다시 와인 병을 꼴깍댔다. 마시는 것보다 웃음을 참기 위해 주둥이로 입을 막고 있는 걸로 보였다.

"에이, 설마. 네가 잘못 알아들었겠지."

난 딱 지혜의 어깨를 때렸다. 그래, 분명 먹히지.

"한국말 하는 거 들으면 너 진짜 깬다. 지능이 세 살인 것처럼 말해."

품. 최정우가 입안에 있던 액체를 토했다. 지혜가 똥이라도 씹은 듯한 얼굴로 확 돌아보자 그는 재빠르게 정색했다.

"진짜예요?"

그는 대단히 진지하게 어깨만 한 번 으쓱했다. 그 제스처가 지혜에겐 어느 정도 수긍의 표현이라고 생각되었는지 얼굴이 더 구겨졌다.

"그거 좀 심각하네. 돈 많지, 잘생겼지, 미혼이지. 딱 내 이상형이라고 생각했는데."

한껏 침울해진 얼굴로 찹스테이크를 이리저리 쑤시는 모습을 보며 한시름 놓은 채 와인 잔을 들어 목을 축였다. 너무 열변을 토해서 그런가, 아니면 비싼 와인이라 그런가. 그 떨떠름하던 와인이 잘도 꿀꺽꿀꺽 넘어갔다. 나는 이때다 싶어 화제를 돌렸다.

"근데 너 배낭여행은 언제 간다고?"

"아, 2주 후에. 금요일에 떠나려고."

최정우가 끼어들었다.

"어디로 갈 건데?"

"일단 영국부터 시작하려고요. 프랑스 거쳐서 이탈리아도 들르고, 시간이 나면 그리스도 들르고 싶어요. 그리고 또……."

* * *

"오스왈드가 저능아라고?"

최정우가 피식피식 김빠진 웃음을 뱉으며 미간을 좁혔다. 지혜가 세 시간 정도 머물며 여행에 대한 수다만 잔뜩 떠들다 간 이후, 우리는 남은 와인과 찹스테이크를 해치우기 위해 아일랜드 바에 앉았다. 나는 남은 찹스테이크 두어 점을 콕 집어 입에 밀어 넣었다.

"그 사람한텐 비밀이에요. 알면 난 생매장당할 테니까."

그는 못 말리겠다는 듯 고개를 절레절레 저었다.

"참신하긴 하네. 누구에게도 그런 말은 못 들어 봤을 테니."

"근데 그 남자는 대체 뭐 하는 사람이에요?"

"오스왈드?"

"네."

틈틈이 구글링을 해 봤지만 거의 대부분 영어였고, 한국 잡지 사나 웹 뉴스에서 다뤘던 소식이라고 해 봤자 2년 전 설립된 한국 지사에 발령받았다는 것 정도였다. 그마저도 대부분 그 군수업체가 어째서 한국에 지사를 세웠는지에 대한 탐사 보도에 초점이 맞춰져 있을 뿐 흥미를 돋울 만한 정보는 전혀 없었다. 극우 신문들은 그가 한국으로 온 것이 당장 북한이 침범할 징조라고 떠들며 불안감을 고조시키는 목적으로 사용하곤 했다. 그렇다 보니 잡지에 실린 내용이 정말 사실인지조차 의심됐고, 결국 나는 그에 대해 알아보는 것을 포기했다.

"뭐 하는 사람인데 경찰까지 사유재산처럼 이리저리 휘둘러요? 그리고 군수업체면 뭘 하는 데예요? 군인들이 쓰는 총 같은 거 만들어요?"

그는 가볍게 웃었다.

"항공모함, 전투기, 탄도미사일, 레이저, 잠수함, 심지어 아폴로 탐사에 쓰였던 달 탐사선 모듈도 여기서 제작했다고. 댈크로우는 세계에서 가장 오래되고 가장 큰 군수업체라는 것만 알아 둬. 그러니 휘두르는 건 모르겠고 함부로 못 하는 건 당연하겠지. 레오나르도 다빈치가 살아서 네 집 안에 들어와 있다고 생각해 봐. 어떨 것 같아?"

"……."

기절하겠지. 알아서 무릎 꿇고 기어 다닐지도 몰라. 아, 이런 거야?

"근데 그런 사람이 왜 한국에 있어요?"

"모르지. 원체 비밀이 많은 동네라."

뭐야. 이러다 진짜 북한이랑 전쟁이라도 나는 거 아냐? 공동경비구역에 미사일이라도 배치해 둬야 하는 거 아냐? 내 생각은 안드로메다급으로 날아가고 있었다.

"경황이 없어서 말을 못 했는데, 너 스키장 갈래?"

우주전쟁으로까지 번진 공상이 쏜살같이 지구에 착륙했다. 나는 퍼뜩 물었다.

"스키장이요?"

"응. 3박 4일로."

내가 스키장을 간다고? 3박 4일이나? 3박 4일은 고사하고 1박으로라도 가족끼리 어딘가를 놀러 가 본 기억이 없었다. 내 기억 속에 어딘가로 놀러 갔던 일은 끔찍한 교회의 여름 캠프가 전부다. 놀러 간다는 말 자체가 뭘 뜻하는 건지도 실은 잘 모른다.

"겨울 가기 전에 한번 가는 것도 나쁘지 않고, 요즘 다들 침체되어 있어서 기분 전환도 좀 필요하거든."

"그럼 다른 사람들도 일행 데려와요?"

"글쎄. 명진 형이야 헤어졌으니 없을 테고. 혹시 모르지 수진이가 키우는 애완견을 데려올지."

애완견이란 단어도 거슬렸지만, 한수진이란 말이 더 거슬려 인상을 찌푸리고 찹스테이크를 난도질해 댔다.

"그건 소고기지, 한수진이 아니야."

누가 그걸 모르나. 포크를 테이블 위에 탁 내려놨다.

"그 여자도 가요?"

"같이 일하니까, 당연히 같이 가지."

"……."

"그거 끝난 문제 아니었어?"

그의 미간이 지루함으로 좁혀졌다. 그 문제로 최정우와 다툴 마음은 없지만, 흰 수진괴의 앙금은 아직도 남아 있었다. 그때 뺨이라도 후려쳐 줬다면 차라리 나았을 것 같다.

"이미 간다고 말해 놨어."

"벌써요?"

"응."

이런.

"내 허락도 없이요?"

"2주 전에는 예약을 해야 한다니 달리 방법이 없었어. 싫으면 지금이라도 취소해."

냉정하긴. 가기 싫다는 소리가 아니잖아. 나는 서운함에 입술을 삐죽댔다.

"언제요?"

"금요일 아침에 출발할 거야."

대답하는 그의 목소리가 좀 누그러졌지만 아침이란 단어에 다시 한번 인상을 구겼다.

"그럼 학원은요?"

"하루 빠져. 하루 빠진다고 안 죽어."

아니, 죽어. 네일아트야 어차피 공중위생학인지 뭔지 하는 수업이라 빠져도 상관없었지만, 아르바이트는 어쩌란 말이야. 일한 지얼마 되지도 않았는데 스키장 놀러 간다고 빠져야 한다니.

"나한테 학원 열심히 다니라면서요."

"영어를 열심히 배우라고 했겠지."

"그게 뭐가 달라요."

그는 먹다 남은 와인 잔만 빼고 포크와 난도질 된 찹스테이크가 들어 있는 접시를 싱크대 위로 치우기 시작했다.

"영어 학원엔 '일 대 다' 중에 네가 '다'겠지만 스키장에선 네가 '일'이고 나머지가 '다'야."

"……."

"원한다면 네 옆에서 하루 종일 영어만 떠들어 줄 사람들이 널려 있다고. 사치스러운 환경 아니야?"

오만하긴.

"차라리 눈보라 치는 스키장에 고립되는 게 낫겠네요."

농담은 아니었지만 그는 농담으로 받아들였는지 빙그레 웃었다.

"저 근데 스키 탈 줄 몰라요."

"보드는?"

"몰라요."

"괜찮아. 한두 번만 배우면 금방 탈 수 있어."

"알겠지만 저 운동신경 젬병이에요."

"썰매장도 있어."

"아."

그건 재미있겠네. 나는 긍정적으로 고개를 끄덕였다.

지이이이이이잉. 테이블 위에 올려 둔 아이폰 액정에 군수업계의 레오나르도 다빈치가 떠 있었다. 그래. 그렇단 말이지.

"yeap."

그가 냉큼 휴대폰을 집어 들고 대답했다. 그러고는 휴대폰 너머에서 들려오는 목소리에 집중하며 작은방으로 저벅저벅 사라졌다. 무슨 이야기인데 자리를 피해? 어차피 너무 빨리 쏼라쏼라거려서 알아먹지도 못한다고. 그나저나 무슨 핑계를 대고 아르바이트를 빠져야 하나……. 나는 심각하게 고민하며 남은 와인을 입안으로 쓸어 넣었다. 식탁에 있는 잔여물을 행주로 말끔하게 닦아 내고 의자를 정리한 뒤, 최정우가 있는 작은방 문 안으로 몸을 약간만 밀어 넣었다.

그는 마우스를 딸깍거리며, 아이맥 모니터에 뭔가를 띄우고 있었다. 저게 뭐지. 눈을 가늘게 뜨고, 그의 뒤에서 몰래 화면을 염탐했다.

[00동 대형 교회 박정길 목사 사기 횡령, 사문서 위조 혐의로 구속.]

나는 눈을 비비고 다시 한번 모니터를 확인했다. 박정길? 내가 아는 그 박정길? 경찰서 앞에서 나한테 뻘소리 하던 그 박정길? 확인해야 했다. 아무 소리 없이 다가가 최정우의 등 뒤에 딱 붙어서자 그는 나중에 걸겠다고 응답하고 전화를 끊었다.

[동성애 차별 금지법 반대에 앞장섰던 00동 대형 교회 박정길 목사에게 구속영장이 청구됐다.

경기지방검찰청 형사1부는 20XX년 00월 00일 특정경제범죄가중 처벌 등에 관한 법률상 사기 등의 혐의로 박 씨에 대해 사전 구속 영장을 청구했다.

박정길 목사는 자신이 실질적 지배권을 행사하고 있는 00동 00교회와 00교회 등의 핵심 신도들에게 아들이 운영하는 회사 00

에서 암 및 에이즈를 치료하는 신약을 개발했다며 구매를 강요했을 뿐만 아니라 그 회사에 대한 주식을 주당 10만~50만 원에 사도록 한 혐의를 받고 있다.

또한 교회 재정을 담당하는 장 아무개 장로로부터 헌금 5억 5천만 원을 받았다는 의혹이 있으며, 회사의 주식을 적정가의 두 배가 넘는 가격으로 사들이도록 지시해 교회에 75억 원의 손해를 끼쳤으며 이 과정에서 세금 약 10억여 원을 포탈한 혐의도 받고 있다.]

뭐라는 건지 제대로 알아들을 수 없지만, 어쨌든 박 목사가 그동안 부정하게 해 왔던 비도덕적인 일들이 세상에 몽땅 까발려진 건 확실해 보였다.

"월요일에 변호사한테 연락이 올 거야. 시간 약속 잡아서 만나 봐. 여자고, 이쪽 관련해서 다년간의 커리어가 있으니 불편한 일은 없을 거야."

"이건 뭐예요?"

나는 모니터에서 눈을 떼지 못했고 최정우는 끊긴 휴대폰 모서리를 잡고 빙그르르 책상 위에 돌리며 입을 열었다.

"아들이랑 사이좋게 징역 3년 정도 받을 거래."

"3년이요?"

"벌금으로 50억쯤 내야 할 테고, 횡령한 돈도 모두 토해 내야 할 거야. 거기다 교회 건물을 담보로 빌린 돈도 갚아야 할 테니. 조만간 파산하겠지."

"잠깐만요."

내가 말을 가로막았다. 그 일당은 어제 경찰에 잡혀 들어갔다.

바로 어젯밤에. 그것도 사기나 횡령 혐의가 아니라 어떻게 증인의 신변에 대해 알고 있었는지를 조사받기 위해서였다. 그런데 하루 사이에 상황이 달라졌다. 그 사람들이 거기 앉아서 '나 사기 쳤어요', '나 횡령했어요', '나 배임했어요' 하고 자백하진 않았을 거 아닌가. 그렇다 쳐도 하룻밤 사이에 어떻게 사실 여부를 확인하고, 어떻게 영장을 청구한단 말이야?

'그냥은 못 넘어가'

그때 흘리듯 씹어뱉던 최정우의 말이 퍼뜩 기억났다. 그리고 오스왈드 퀸튼이 꽤나 오랫동안 박 선교사의 뒷조사를 해 왔다는 것도.

"선생님이 그랬어요?"

"내가 뭘?"

"선생님이 한 거 아니에요? 이거?"

"설마."

그가 말도 안 된다는 듯 반응했다.

"내가 무슨 힘이 있다고."

무슨 소리. 그때 분명 들었어. 오스왈드에게 다 죽이라며 욕한 거.

"알잖아. 그 남자 성격."

알지. 그리고 그 남자가 박 선교사뿐만 아니라, 그 일가에 대해 이 잡듯이 캐고 다녔을 거라 예측하는 건 그리 어려운 일이 아니었다.

"그는 변수가 생기는 걸 아주 싫어해. 특히 자신의 명예나 자존심에 흠집을 낸다고 판단되면 절대 넘어가질 않아. 박 목사뿐 아

228

니야. 암묵적으로 그 일에 관련된 모든 사람에게 자신과 안 좋게 연관되면 어떻게 끝을 내는지 보여 주려는 거겠지."

그래서 그 무시무시한 남자를, 그 더럽게 오만한 성격을, 댁은 눈 하나 깜짝 안 하고 이용하고? 오스왈드랑 최정우 중에 누가 더 무시무시한 인간일까.

박 목사가 목사 말고 과연 뭘 할 수 있을까. 그 아들은 아버지의 재력과 명성을 빌리지 않고 과연 뭘 하며 살 수 있을까. 박 선교사는 더 이상 선교사가 아니라 전자발찌를 찬 아동 성폭행범이었다. 평생을 그 타이틀로 살아야 한다. 평생을. 목사가 얼마나 자신의 명예와 권력에 심취해 있었는지 안다. 바벨탑처럼 끝도 없이 올라가더니 바닥으로 곤두박질쳤다. 다시 올라갈 수 있을지도 미지수다. 목숨을 직접 빼앗은 건 아니지만 그 정도면 산송장이나 다름없었다. 긴장이 풀려 다리가 후들거렸다. 나는 벽에 기댄 채 아래로 미끄러졌다. 이게 무슨 기분이지? 100년 묵은 체중이 쑥 꺼지는 기분인 건가?

"오스왈드가 교회 건물을 샀어. 조만간 헐어 버린대. 교계에서도 추방당했으니 목사 명패 달고 사업하는 거 다신 못 할 거야."

갑자기 가슴이 뻥 뚫리는 것 같다. 엄청나게 숨 쉬기가 편하다. 그 교회가 허물어진다. 그 지옥 같던 건물이, 사라진다. 두 번 다시 핏빛의 십자가를 보지 않아도 된다. 그것만으로 날아갈 것처럼 마음이 가벼웠다.

최정우가 내 앞에 쪼그려 앉아 눈을 맞췄다.

"월요일에 잊지 말고 진술서에 사인해. 그럼 이제 모두 다 끝나는 거야."

끝난다. 모든 것이.

단 한 번도 악몽에서 벗어날 수 있을 거라 기대하지 않았다. 이 걸 인생의 한 챕터로 만들고, 그다음 장을 펼칠 수 있을 거라는 건 꿈도 꾸지 않았다. 평생 죽을 때까지 이 고통을 혹처럼 달고 가야 한다고 생각했다. 내가 할 수 있는 건 견디며 살아갈 만한 의지와 정신력을 갖는 것이라고 스스로를 설득했다. 그들을 처벌하거나, 감옥에 가두거나, 빈털터리로 만들거나, 내가 당한 고통의 10분 의 1이라도 되갚아 줄 수 있을 거라고는 생각하지 못했다. 난 혼 자였고, 혼자서는 아무것도 해결할 수 없었으니까. 그런데 이 사 람이 눈앞에 나타나고부터는 꼬였던 내 인생의 매듭이 하나둘 풀 리기 시작했다. 평생에 단 한 번 죽을 용기를 내어 마음을 던졌더 니, 크리스마스도 되지 않는데 눈앞에 산타클로스가 선물을 보 따리째 갖고 나타난 거다.

"믿기지가 않네요."

몇 번이고 말이 떨어지지 않아 입을 계속 벌렸다 다물었다.

"좀 겁이 나기도 해요. 정말 이대로 다 괜찮아질 수 있을지."

그는 강아지를 쓰다듬듯 내 머리 위에 손을 얹고 부드럽게 헤 쳤다.

"암암리에 오스왈드 퀸튼이 네 뒤에 있다고 소문이 났을 테니 웬만하면 널 건드리지 못할 거야. 눈 밖에 나면 지금보다 더 최악 의 상황을 맞닥뜨릴 테니까."

저런.

"그 남자, 사람 죽인 전과는 없어요?"

최정우가 입가로 웃음을 흘렸다.

"공식적으론."

공식적으로? 그럼 비공식적으론 있단 말이야?

"그런 남자랑 어떻게 관계를 유지하는 거예요? 나 같음 무서워서 만나고 싶지 않을 거예요."

내가 이해할 수 없다는 듯 묻자 그의 입꼬리가 씩 올라갔다.

"글쎄. 어딘지 모르게 비슷한가 보지."

"전혀 안 비슷해요!"

단호하게 부정하고 나서자 그는 내 머리카락을 한 번 더 흐트러트렸다.

"일어나. 네 보드복이나 쇼핑하러 가야겠다."

* * *

일주일 동안 박 목사에 대한 소식이 계속해서 업데이트됐다. 그에 관한 교계의 반응, 그가 어떤 사람인지를 심층 취재하는 기사, 그리고 그것의 곱절로 한국 교단이 얼마나 썩었나를 비판하는 사설이 우후죽순으로 쏟아져 나왔다. 그걸 보고 있자니 역설적으로 다시 교회에 나가고 싶어졌다. 더러움의 끝을 경험했지만, 그래서 신을 미친 듯이 저주했지만, 반대로 내게 재능을 준 것을, 내게 한없는 애정을 베푸는 친구를 준 것을, 그리고 인생에 단 한 번뿐인 운명의 남자를 만나게 해 준 것을 감사하게 생각하기도 했다.

평범한 삶, 지루할 정도로 잔잔한 일상의 아름다움. 아팠기 때문에, 절실했기 때문에 일상의 소중함을 훨씬 더 잘 안다. 물론 처음부터 고통을 안 겪었다면 더 좋았겠지만 말이다. 엄마처럼 맹목적으로 믿는다고 해서, 조건 없이 온몸과 마음을 바쳐 사랑을 준다고 해서 그 믿음이 지옥 같은 인생을 구해 줄 거라고는 생각하지 않는다. 다만 인간이 어쩌지 못하는, 거스를 수 없는 어떤 거대한 힘이 있다고는 믿는다. 그렇지 않으면 내 인생이 이런 식으로 흘러왔을 리가 없으니까 말이다.

월요일이 되자 나는 앞으로 다가올 금요일을 대비하기 위해 정말 눈에 불을 켜고 일했다. 최정우가 알면 바보 같다고 할지도 모르지만, 원래 약속했던 시간보다 두 시간 정도 일찍 나가 주방 일을 거들었다. 바쁜 엄마 아빠 덕에 집에서 콩쥐처럼 살림을 도맡아 한 이력이 사는 데 도움이 될 줄은 몰랐다. 주방 일을 도맡아 하는 사모님은 겨우 스무 살밖에 안 된 애가 능숙하게 주방 일을 돕는 걸 놀라워했다. 그러면서 내가 천애 고아라는 이야기라도 주고받았는지, 사모님 내외는 나만 보면 눈꼬리를 내리고 불쌍하고 안쓰럽게 쳐다봤다. 나를 보면 맨 처음 짐 가방 하나 들고 서울로 상경했던 자신의 처녀 적이 떠오른다고 했다.

몇 벌 사 두지 않은 옷도 한몫했다. 며칠째 같은 옷을 돌려 입으니 나만 보면 콧잔등이 시큰한 것 같았다. 평소였다면 불편했겠지만 찔리는 게 있을 때는 이 동정심이 무척이나 반가웠다. 적절한 타이밍을 노려 스키장에 놀러 가게 됐다고 이야기하자 사장은 아주 반색했다. 지금 아니면 또 언제 그런 데를 마음껏 놀러 갈 수 있겠냐며, 젊었을 때 실컷 즐기라는 덕담까지 덧붙였다.

이 재미난 이야기를 최정우에게 들려줘야겠다고 결심하다가 비밀이라는 걸 깨달았다. 또 불현듯, 부모님에게도 할 수 없는 처지란 걸 깨달았다. 사실 내 처지는 고아와 별다를 게 없었다. 엄마 아빠와 같이 밥을 먹은 적이 언제였더라? 엄마가 빨아서 옷장에 넣어 준 나프탈렌 냄새가 스민 옷을 꺼내 입어 본 적이 언제였더라? 아침이면 수건을 머리에 만 채 주방에서 달그락거리던 엄마와 거실에 앉아 신문을 뒤적거리던 아빠의 모습을 못 본 지도 무척이나 오래되었다. 자연스러운 그 일상이 이젠 전혀 당연하지가 않다. 모든 게 너무나 달라져서 두 번 다시 볼 수 없을지도 모른다.

엄마는 어떻게 지낼까. 박 목사까지 구속되었으니 엄마가 받았을 충격이 걱정되었다. 아빠에게 연락해 볼까 수도 없이 망설였지만 다시 아빠 목소리를 들으면 또 내가 와르르 무너질까 봐, 그때처럼 선택을 망설이게 될까 봐 결국 문자 한 통도 보낼 수가 없었다. 그 견딜 수 없는 감정의 강물에 다시 덜컥 뛰어드는 것이 겁이 났다. 감당하기가 힘이 들었다. 생각하는 것만으로도 마음이 무거우니 차라리 잊어버리려고 노력했다.

최정우와 나는 금요일 8시쯤 스키장으로 출발했다. 짐을 풀자마자 나가서 놀 생각에 집에서 미리 보드복을 단단히 갖춰 입은 상태였다. 최정우는 오랜만에 집 밖으로 나가는 것에 들떠 있었지만 나는 차로 달리는 내내 병든 닭처럼 졸기만 했다. 고속도로의 소음에, 차의 진동에, 쿵쿵거리는 음악 소리까지 겹치니 완전 수면제였다. 교수형이라도 당하는 사람처럼 벨트 한쪽에 얼굴을 걸치고 졸고 있자 최정우가 안 되겠는지 좌석 등받이를 뒤로 쭉 눕혀 줬다.

고맙다는 인사라도 건네야 하는데 편한 자세를 찾으려 그에게서 오히려 등을 돌렸다. 강도 높은 노동에, 네일아트 학원까지 하루에 10시간 이상 숨 한 번 못 고르고 생활하는 걸 반복하다 보니 피로는 시간이 지날수록 곱절로 쌓여 갔다. 덕분에 나는 최정우가 밤에 아무리 치근대도 산송장처럼 잠이 들었고, 피곤하니 입맛은 뚝 떨어져 밥그릇을 절반 이상 비워 본 적이 없는 데다, 저녁을 먹고 나면 좀비처럼 기운 없이 침대에 픽 꼬꾸라졌다. 최정우는 불만이 가득했다. 대체 내가 왜 이러는 건지는 전혀 이해를 못 하고 있었다.

출발한 지 세 시간 정도 흐르자 규칙적이던 소음이 확 줄어들었고 곧 차가 멈췄다. 낯선 적막함에 힘겹게 눈을 들어 보았다.

"다 왔어."

"……."

눈을 떠야 해, 눈을. 얼마나 달게 잤는지 사지에 마비라도 온 것처럼 움직이기도 힘들었다. 그가 잠을 깨울 요량으로 창문을 내리자 차가운 공기가 내부로 싸하게 밀려들었다. 으으으 신음하며 몸을 웅크렸고 그가 내 벨트를 풀었다.

"일어나, 박은금. 자는 건 숙소에 올라가서 하라고."

툭툭 내 허벅지를 두어 번 치더니, 그가 차 문을 열고 밖으로 나갔다. 트렁크에서 짐을 꺼내 메는 사이에도 내가 요지부동이자 이번에는 반대편으로 움직여 조수석 차 문을 확 열어젖혔다.

"이봐. 동면 인간."

웃겼는데 웃음이 안 나왔다. 내가 미동도 없자 그는 한숨을 푹 내쉬었다.

"나와."

안 되겠는지 그가 내 팔뚝을 잡아당겼다. 나는 비틀비틀 차 안에서 몸을 빼냈다. 쌀쌀한 바람에, 햇볕은 아주 뜨거웠다. 최정우의 말대로 정말 겨울 운동하기 딱 좋은 날씨였다. 차가운 바람을 맞으니 정신이 조금 들었다. 늘어졌던 몸을 이완시키려 기지개를 켰다.

"크하아아아암!"

요란하게 하품을 해 댈 동안 그는 내 외투 지퍼를 목까지 단단하게 여며 올리고 후디 모자를 머리 위에 덮어씌웠다.

"하루 종일 뭐 하고 돌아다니기에 계속 잠만 자려고 해?"

나는 쩝쩝 입맛을 다시며 말도 안 되는 핑계를 중얼댔다.

"왜 이래요. 집에서 살림하는 게 얼마나 피곤한지 알아요?"

"누가 너보고 살림하래?"

기껏, 저 편하라고 집안일까지 다 했더니 한다는 말이 고작 누가 살림하랬냐고? 이게 말이야 방구야.

"그 시간에 차라리 그림을 한 장 더 그려. 그게 훨씬 네 미래에 도움이 될 테니까."

나름대로 노력하고 있다고. 비록 네일에 한정되어 있지만. 가능하면 전문 서적 같은 걸 뒤져 보고 싶은데 돈이 없으니 살 수도 없고, 최정우 집에 네일아트 서적이 있을 리도 없으니 휴대폰으로 이미지를 검색하거나, 짬이 날 때 최정우의 컴퓨터로 리서칭을 하는 정도였다. 가볍게만 생각했는데 그 세계도 나름의 심오함이 있었다. 그 작은 공간 안에 그렇게 많은 정성을 들여야 한다니. 내가 할 수 있을까라는 생각이 들 정도다.

아르바이트를 하고 수업을 받고, 틈틈이 네일에 대해 알아 가고, 거기에 집안일까지 하려니 그림을 그릴 짬은 도저히 나지 않았다. 하지만 네일도 결국엔 색을 칠하고, 손톱에 그림을 그리는 것이니 그걸로 퉁치기로 했다.

4층 객실에 먼저 도착한 일원들이 분주하게 짐을 풀다가 우리를 발견하고는 허리를 폈다.

"어, 은금 씨 왔어요?"

언제나 그렇듯 배명진이 사람 좋은 얼굴로 반겼다. 나는 꾸뻑 고개를 숙여 인사했다.

"난 안 보여?"

"힘들진 않았어요?"

"걘 잠만 잤어. 운전은 내가 했다고."

"춥죠? 어서 들어와요."

배명진이 의도적으로 최정우의 구시렁거림을 무시할 때, 나는 한수진과 눈을 맞추고 있었다. 여전히 윤기가 흐르는 새까만 머리를 비단처럼 늘어트린 그 여자와. 예전처럼 날 쓰레기 보듯 인상을 찡그리진 않았지만 대신 표정은 아주 서늘했다. 저 얼굴 아래 어떤 독이 있을까. 그녀는 최정우 때문에 의도적으로 감정을 참고 있는 것처럼 보였다. 그날 내가 돌아가고 난 후 분명 좋은 소리는 못 들었겠지. 다시 한번 그의 심기를 거스르고 싶지가 않은 거다. 얼마나 속이 끓을까. 거참 쌤통이네.

"은금 씨는 큰 방 써요. 화장실이 따로 딸려 있어서 여자들 쓰기엔 편할 거야."

여자들? 나는 배명진의 안내에 따라 거실로 들어서다가 화들짝 놀랐다. 한수진이랑 한방 써야 한다고? 배명진은 폭탄을 던져 놓고, 사태의 심각성은 전혀 모른 채 베란다로 사라져 버렸다.

"아주 독수공방을 하라지."

236

혼자 불평을 털어놓는 최정우를 향해 나는 몸을 홱 틀었다.

"나, 난 저 여자랑 한방 못 써요!"

정말로 질겁해 있는 내 표정에 그의 얼굴이 더 못마땅해졌다.

"성수기라 주말에 빈 객실도 없어서 따로 방 못 잡아. 어쩔 수 없잖아."

"그런 문제가 아니라……."

"수진이한테는 알아듣게 말해 뒀으니 너도 적당히 하고 기분 풀어. 서로 서먹해 봤자 좋을 거 없잖아. 안 그래?"

그게 아니야. 그런 문제가 아니라고. 최정우가 이런 말을 하는 건 한수진이 어떤 식으로 말했는지 모르기 때문이다. 그가 그날 들은 말은 자신이 검찰에 불려 갔단 사실을 멋대로 불어 버렸다는 것 하나뿐이겠지만 그건 빙산의 일각에 지나지 않았다. 그는 새파랗게 질린 내 얼굴을 근심스럽게 내려다봤다.

"혹시 뭐가 더 있는 거야?"

곤란해. 진짜 곤란하다고. 이제 와서 지나간 일에 대해 미주알고주알 늘어놓을 수도 없는 일이다. 이곳에 온 목적이 기분 전환이라는데 내가 있던 일을 다 털어놓으면 분명 다시 한바탕 소란이 일어날 테고, 그럼 분위기는 분명 엉망진창이 될 게 뻔했다. 속이 부글부글 끓지만, 애초에 따라올 때부터 저 여자와 마주쳐야한다는 건 각오한 일이었다. 물론 그렇다고 한방을 써야 할 거라고는 전혀 생각하지 못했다. 어딜 놀러 가 본 적이 없으니 예상할수 있는 기본적인 데이터베이스가 없었고, 막연하게 최정우와 내내 붙어 있을 거라고만 생각했다. 순전히 내가 멍청한 탓이겠지. 마땅한 방법이 없었다. 벗어날 방법이라고는 엄마한테 고자질하는 어린애처럼 토시 하나 빼놓지 않고 일러바치는 방법 하나였다.

"아니요."

풀이 잔뜩 죽어 대답하자 그가 집게손가락을 굽혀 내 뺨을 쓰다듬었다.

"단둘만 있을 땐 잘 때뿐이야. 그 외에 내 옆에 딱 붙어 있으면 되잖아. 너무 걱정 마."

저 여자는 하이에나란 말이야. 어떻게든 기회를 노려서 또 내 목을 물어뜯으려 들 거라고.

"짐 풀자."

나는 울상을 지은 채 최정우를 따라 짐을 풀러 터덜터덜 큰 방으로 향했다. 부디 그 큰 공간이 곧 맹수와 혈투를 벌여야 할 콜로세움이 되지 않기를 간절히 바랄 뿐이다.

"뒤꿈치에 힘을 주면 멈추는 거야. 간단해. 가다가 빠른 것 같으면 뒤꿈치에 무게를 실어. 그럼 속도가 줄 테니까."

그는 다시 한번 슬로프 아래에서 한 말을 반복했다. 알아, 안다고. 이론은 완벽하다니까. 보드에 두 발이 묶인 채 나는 불안한 자세로 최정우의 허리춤을 우악스럽게 움켜잡고 있었다. 초보자 코스라는데 내겐 히말라야 정상이나 다름없어 보였다.

"넘어질 것 같으면 그냥 뒤로 주저앉아 버려. 알겠지?"

"아니요."

나는 부들부들 떨며 겁에 질린 채 대답했다.

"좋아. 잘 알아들었네."

아니, 전혀 못 알아들었다니까.

"이제 시작해 보자."

그는 자기 허리춤을 붙들고 있는 내 손을 잡아뗐다.

"악!"

내 비명에 귀청이 따가웠는지 그의 눈가가 찌푸려 들었다.

"엄살 부리지 마."

최정우가 낮게 경고했다. 뭘 가르치든 하여간 엄하다. 좀 다정하게 해 줘도 될 텐데 찬바람이 쌩쌩 분다. 갑자기 우리 사이가 연인에서 상하 수직적인 스승과 제자로 돌아가 버린 것 같았다.

"아까 잘했잖아. 잘할 수 있어."

그건 평지고 여긴 고산지대나 다름없단 말이야. 그는 로프 아래를 등진 채 나와 마주 보며 천천히 보드를 아래로 미끄러뜨렸다. 마주 잡은 손과 상체는 그에게 딸려 앞으로 나가는데 하체가 도저히 바닥에 박혀서 떨어지지 않았다. 나는 우스꽝스럽게 허리를 숙인 채 버둥댔다.

"안 돼요! 가지 마요! 안 돼요!"

"내가 잡고 있잖아. 둘 다 저 아래까지 굴러 내려가고 싶지 않으면 뒤꿈치를 떼."

울며 겨자 먹기로 하체에서 힘을 천천히 풀었다. 느림보 거북이처럼 보드가 언덕 아래로 조금씩 미끄러지기 시작했는데 내겐 시속 200km나 다름없이 느껴졌다.

"허리 펴."

나름 허리를 폈다.

"주저앉지 말고."

절대 주저앉으려는 게 아니다.

"뒤꿈치 좀 떼라니까."

그가 한 번 더 협박했다.

"뒤꿈치 떼."

너무 매몰찬 말투에 슬슬 성질이 났다.

"뗐잖아요!"

"떼긴 뭘 떼! 이러다 여기서 밤새우겠어. 좀 노력해 봐."

나는 이를 악물며 마음을 다잡았다.

"얼굴로만 노력하지 말고 몸으로 좀 해 보라고. 몸으로."

이 망할 남자가!

"노력 중이잖아욧!"

누군 멋들어지게 안 타고 싶어서 이러는 줄 아나. 생전 처음 타보는데 그럼 어떻게 해! 그러게 썰매나 타게 내버려 두지, 왜 보드는 타자고 해 가지고는!

"중추신경계에서 정보 처리를 못 하는 거야. 뭐야."

"입 닫아요."

내가 개처럼 으르렁거리자 그가 다시 협박을 시작했다.

"네 목에 걸린 그 리프트권이 얼마였는지를 좀 떠올려 봐. 변연계는 말짱한지 확인하게."

정신이 번쩍 들었다. 그래. 이건 좀 아깝잖아. 이 상태라면 놀이동산에 자유이용권 끊어 놓고 겨우 회전목마만 타고 가는 것과 다를 게 없었다. 이게 얼마짜린데 겨우 리프트 한 번 타고 말 순 없잖아. 적어도 다섯 번은 타야 본전이라고.

어쩐지 오기가 생겨 조금씩 더 속력을 내기 시작했다. 최정우의 손을 잡고 그를 버팀목 삼아 얼마간 내려가자, 슬슬 균형감이란 게 생기기 시작했다. 오, 괜찮은데? 이제? 몸에 있는 긴장이 풀리면서 슬로프를 타고 내려가는 것에 대한 두려움도 조금씩 사라지고 있었다. 의외로 재미있을지도.

"좋아. 다행히 변연계는 멀쩡한가 보네."

입 닥치라고 욕을 할까 하다가 균형을 잡는 데 온 신경을 집중해야 해서 포기했다. 그는 조금 더 속력을 높이기 위해 반보씩 내게서 멀어졌다.

"이제 잘 타는데?"

내게서 빠져나가기 위해 대충 말하고 있는 것 같다. 그의 몸이 아까보다 더 멀어졌다. 어! 안 돼!

"놓지 마요!"

손이 자유로워질수록 나는 다급함에 꽥 소리를 질렀다. 너무 기함을 지르는 바람에 슬로프 주변이 쩌렁쩌렁 울렸다. 최정우가 인상을 팍 쓴 채 중얼댔다.

"나 귀 안 먹었어."

"놓기만 해 봐요!"

내가 겁을 집어먹고 펄쩍펄쩍 뛰자, 그는 손에서 더 힘을 뺐다. 이게 지금 장난치자는 것 같아!

"가만 안 둬요!"

생명이 달린 문제였기 때문에 무시무시한 막말을 쏟아 내기 시작했다.

"나한테 등 돌리는 순간에 프라이팬으로 뒤통수를 후려갈길 거예요! 목욕할 때 드라이기 집어넣어서 감전시킬 거야! 앞으로 국에다 락스 풀어 줄 테니까 그렇게 알라고요!"

"차라리 죽이겠다고 해."

"죽여 버릴 거예요!"

눈을 희번덕거리며 소리 지르자 그는 알아듣지 못하는 언어를 들은 사람처럼 손을 쿨하게 놔 버렸다.

"악!"

그 즉시 균형감을 잃었다. 요란스럽게 버둥거리다가 뒤로 주저앉았고 엉덩방아를 하도 세게 찧어 골반 전체가 얼얼하게 아려왔다.

"주저앉는 건 잘하네. 엉덩이가 무거워서 그런가?"

그를 끔살시켜 버리고 싶다!

"죽을 뻔했잖아요!"

"어디가?"

"방금 못 봤어요?"

"잘 봤어."

"뇌진탕에 걸릴 뻔했다고요!"

"넌 엉덩이에 뇌가 달렸나 보지?"

우씨! 이를 악물고 쏘아보자 내 생명 따위는 전혀, 저언혀, 관심 없다는 듯 최정우가 얼굴 가득 미소를 지었다. 그러고는 이마 위에 얹어 놓았던 고글을 내려썼다. 고글 안에는 최정우의 눈 대신 황소처럼 콧구멍을 벌름대며 분노의 연기를 내뿜는 내 우스꽝스러운 얼굴만 가득했다. 안 그래도 열 받는데 내 추한 몰골을 보자 더 성질이 뻗쳤다.

"원래 스포츠는 혼자만의 싸움이야. 아래에서 보자. 가능하면 오늘 안에 봤으면 좋겠네."

242

뭐라고? 귀를 의심했다.

"설마 나 두고 간다는 거 아니죠?"

"설마."

그의 새하얀 이가 반짝였다. 순간 그의 송곳니가 드라큘라처럼 솟아 있는 것 같은 착각이 일어났다.

"왜 아니겠어."

"거기서 한 발짝만 움직이면 진짜 죽……."

협박이 다 끝나기도 전에 그는 몸을 홱 돌렸다.

"이봐요!"

이런 상황만 아니라면 능숙하게 속력을 내며 사라지는 그를 보며 침을 흘렸겠지만, 지금은 전혀 아니다.

"선생님!"

"……."

"최정우!"

"……."

"야!"

얼마나 빠르게 내려가는지, 그가 점처럼 까마득했다. 믿을 수 없어. 정말 날 내버려 두고 갔단 말이야? 명색이 여자 친군데? 설마 일주일 동안 손도 못 댔다고 복수하는 거야? 이딴 식으로?

아니! 저 사디스트는 내가 곤란해하는 걸 즐기는 거야! 내가 진짜 바닥으로 꼬꾸라져 목이라도 돌아가야 눈 한 번 깜짝하겠지! 나 죽은 다음에 후회하지 말라고! 나는 낑낑거리며 엉덩이를 바닥에서 떼어 보려고 노력했다.

"망할! 일으켜 주고나 갈 것이지!"

입에서 절로 욕설이 나왔다. 'ㅅ' 자로 보드에 고정된 다리를 반대로 뒤집었다. 바닥을 짚고 일어나면 어떻게든 설 수 있을 것 같아서였다.

"……."

자세를 잡고 보니 이상했다. 엎드려 일어나면 등을 보이고 밑으로 내려가야 하잖아. 아아아아. 그건 못 해. 그건 눈 감고 비탈길을 내려가는 거나 마찬가지라고. 내 몸이 데굴데굴 굴러 거대한 눈덩이로 변하는 모습이 머릿속에 정확하게 그려졌다. 끔찍했다. 나는 간신히 몸을 반대로 돌렸다. 추운 눈 바닥에서 어찌나 용을 썼는지 땀이 비죽 솟았다. 두고 보자, 최정우. 내려가자마자 보드 판으로 후려쳐 줄 거야. 뒤통수 조심하라고!

몇 분 동안 혼자 죽을 둥 살 둥 버둥거리다 간신히 몸을 일으켰다. 몸을 일으키자마자 보드가 아래로 밀려 내려가 한 번 더 주저앉았다. 너무 열이 받아 혼자 훌쩍이다가 다시 이를 물고 일어섰다. 최정우가 이 모습을 보면 얼마나 박장대소를 할까 생각하니 속에서 천불이 났다. 좋아! 이까짓 것! 나 혼자 해 보겠다, 이거야!

나는 전투력을 불태우며 어정쩡하게 몸을 굽혀 자세를 잡았다. 오로지 내려가서 이 남만도 못한 인간에게 복수해야 한다는 일념뿐이었다. 얼마나 많이 넘어졌는지 엉덩이는 얼얼하고, 온몸의 근육은 비명을 질렀다. 엉덩방아를 찧으며 손바닥을 짚은 덕에 골절상을 당한 게 아닌가 의심될 만큼 손바닥과 손목도 아팠다.

완벽하게 방한되는 보드복 안에 땀이 줄줄 흘렀고 마음이 급한 만큼 몸은 따라 주질 않아 허둥댔다. 계속해서 넘어지고, 일어서고, 욕을 하고, 혼자 훌쩍이다가 다시 넘어지기를 반복했다. 그러고 나니 조금씩 일어서서 내려오는 시간이 길어졌다. 처음엔 1초. 그다음엔 10초. 그다음엔 30초. 앞으로 갈 때와 속도를 줄일 때 어떻게 해야 하는지도 서서히 몸에 익었고, 눈 위로 보드가 부드럽게 미끄러지는 느낌이 서서히 어떤 건지 알 것 같았다. 오. 괜찮은데 박은금? 이 정도면? 제법이야. 이 정도면 장족의 발전 아니겠어?

분명 앉은 것도 아니고, 그렇다고 일어선 것도 아닌, 어정쩡하고 웃긴 자세임은 틀림없지만. 벌을 서는 사람처럼 두 팔을 벌리고, 저 사람이 자의로 슬로프를 내려오는 건지, 아니면 중력의 힘에 의해 딸려 오는 건지 헷갈려 보이겠지만, 분명 100% 스스로의 노력이었다. 점점 슬로프에 끝이 가까워지고 가팔랐던 지면이 완만하게 변해 갔다. 그리고 목표 지점에 다다를수록 끝이 보인다는 기쁨과 해냈다는 환희에 복수하겠다는 일념은 눈길 위에 흩어졌다. 내려왔다! 나 혼자 내려왔다고!

몸치로 살아온 지 20년, 남들 다 배운다는 그 흔한 수영 번 배우지 못한 채 살아온 내가 박정한 인간에게 레슨을 받은 단 두 시간 만에 저 히말라야 같은 슬로프를 혼자 내려온 거다. 와하하하! 뭐야! 이것이야말로 정신 승리인가! 사람들이 발로 차든지 밟든지 그대로 눈길 위에 대 자로 뻗어 버렸다. 긴장이 풀려 자고 싶기까지 했다.

어쨌든 해냈어. 살아서 내려왔다고. 충분히 만족해. 새파란 하늘을 올려다보며 스스로에 대한 대견함에 흠뻑 취했다. '히말라야 정상에 서면 이런 기분일까' 따위의 연관성이라고는 전혀 없는 감동에 젖어 버렸다. 그때 촤라락 하고 급하게 마찰하는 소리가 나더니 얼굴 위로 눈가루가 튀었다. 철천지원수의 보드가 턴을 그리며 완벽하게 착지했다.

"진짜 내려왔네?"

최정우!

일어나서 어퍼컷이라도 날리고 싶었지만, 몸에 힘이 하나도 없었다.

"어디 있었어요?"

대신 시큰둥한 목소리로 최대한 관심 없다는 듯 물었다. 그는 바인딩을 풀고 보드에서 내려왔다.

"네 뒤."

내 뒤?

그는 몸을 숙여 내 바인딩도 풀었다.

"보통 한 번 정도는 뒤돌아보지 않나? 집중력이 좋은 거야, 아니면 지극히 단순한 거야?"

"칭찬을 하는 거예요? 아니면 욕을 하는 거예요?"

자유를 얻은 두 다리를 하나로 모으고 윗몸을 일으켰다.

"칭찬하는 거야. 혼자 내려오다니 대견하네."

기분이 좀 우쭐해진다.

"물론 나처럼 훌륭한 선생이 가르친 덕이겠지만."

정말 이 오만한……

"웃기지 말아요! 그건 가르친 게 아니라 방치라고요!"

"가르치다와 방치라. 라임 좋은데?"

"내가 지금 랩 하는 줄 알아요?"

약이 올라 언성을 높였지만, 그는 들은 척도 안 하고 다른 곳을 응시했다.

"이젠 저기로 가 볼래?"

저기? 최정우가 손가락으로 가리키는 곳으로 시선을 돌렸다. 이 남자가 미쳤나!

"저긴 중급 코스잖아요!!"

"초급 레벨은 깼으니 다음 관문으로 가야지."

"지금 나 가지고 도장 깨기 해요?"

"원래 인생이란, 불가능에 도전하며 쾌감을 맛보는 거야. 따라와."

이글거리는 그 눈을 보며 맹세했다. 다시는, 내 목에 칼이 들어와도, 저얼대로 이 남자와 함께 스포츠는 안 하리라.

* * *

오전 10시 반에서 오후 5시까지 이용할 수 있는 리프트권이었는데 나머지 두 시간은 채우지 못하고 3시쯤에 숙소로 돌아왔다. 뭐, 마지막 한 시간은 제대로 타지도 못하고 최정우가 신나게 보드를 타는 것만 멀뚱하게 구경했으니 결국 세 시간도 못 탄 셈이었다.

룸으로 돌아오니 훈훈한 공기가 와락 온몸에 감겨 왔다. 아아, 피곤해. 그냥 쉬고 싶어. 무릎관절은 삐걱거리고, 허벅지 근육은 뭉쳐 있고, 엉덩이는 달아오른 솥이라도 깔고 앉은 것처럼 욱신거렸으며, 장갑을 벗은 손바닥은 새빨갛게 부어 있었다. 속옷과 박시한 스웨터 한 장을 들고 화장실에 들어가 젖은 옷가지를 모두 벗어 보니, 아니나 다를까 무릎 언저리가 시퍼렇게 멍들어 있다. 즐기러 온 건가. 아니면 목숨을 담보로 보드를 배우러 온 건가.

최정우는 사람의 승부욕을 교묘하게 자극하는 취미 생활이 있는 것 같다. 같이 있으면 지지 않으려고 악을 쓰다가도 멍뚱히 혼자 남아 상기해 보면 대체 뭐 때문에 목숨 걸고 덤빈 건지 납득이 안 될 때가 많았다. 지금 내가 느끼고 있는 감정이 그렇다. '혹시 난 바보인가?' 진지하게 생각하게 된다. 그런 걸 보면, 그는 예술가보다 차라리 후학을 양성하는 교수가 더 어울릴지도 몰랐다. 떠올리니 제법 근사하기도 했다.

얼음에 부딪히며 차가워진 몸을 콸콸 쏟아지는 온수 아래로 밀어 넣고 한참 동안 그대로 서 있었다. 근육이 풀리다 못해 뼈가 녹는 느낌이 아주아주 만족스러웠다. 멍하게 물을 맞고 서 있는데 벌컥 문이 열렸다. 그 바람에 사자후를 내질렀다.

"아아악!"

최정우는 열린 문 앞에 서서 귀 한쪽을 손가락으로 쑤셔 막고 있었다. 찡그린 표정은 마치 미쳤냐고 묻고 있는 것 같았다.

"놀랐잖아요!"

"나만 할까."

"노크도 안 하고 벌컥 문을 여니까 그렇죠."

"새삼스럽게 웬 노크? 언제는 노크하는 사이였어?"

생각해 보니 연애 초반을 빼면 정말 그랬던 적이 없다. 아무튼!

"단둘이 있을 때랑 단체 생활을 할 때는 엄연히 다르죠!"

그는 눈으로 벗은 전신을 머리에서부터 발끝까지 천천히 스캔

했다. 나는 샤워기를 잠그며 손으로 젖은 얼굴을 한 번 문질렀다. 그의 시선이 머문 자리마다 피부가 화끈거렸다. 또 변태가 출몰하려나 보다. 대체 뭘 하는 거냐고 물으려던 찰나 그가 먼저 말을 꺼냈다.

"너, 병원 다녀왔어?"

수요일에 정신과 상담이 예약되어 있었지만 도저히 짬이 나질 않아 상담을 다음 주로 미뤄 둔 터였다. 최정우 몰래.

"네. 다녀왔어요."

속이 뜨끔했지만 꽤나 태연스럽게 대답했다.

"산부인과는?"

"거긴 갈 필요 없는데요."

그는 옷 주머니에서 기다란 포장지 하나를 꺼내 들었다.

"뭐예요, 그게?"

"테스트기."

테스트기?

"무슨 테스트기요?"

"설명서는 안에 들어 있으니까, 확인하고 나와."

무슨 설명서? 그가 문을 닫고 나가자마자 변기 위에 올려놓은 얇은 포장을 집어 들었다. '임신 테스트기.' 뭐? 눈을 의심했다. 맙소사! 이걸 왜 해야 돼?

샤워를 마치고 당황한 그대로 문을 열고 나갔다. 최정우는 스키복을 벗은 반팔 셔츠 차림으로 침대에 앉아 있었다.

"해 봤어?"

아무 말 없이 그의 손에 테스트기를 들려 줬다. 지금 나는 무척이나 불쾌해하고 있단 걸 알아줬으면 좋겠어서 잔뜩 인상을 찌푸렸다. 의심의 여지가 없는 한 줄.

"말했잖아요. 호르몬제를 먹는 동안은 임신이 될 리 없다고."

"100% 안전한 피임은 없어."

그는 테스트기의 한 줄을 확인하고 곧바로 쓰레기통으로 플라스틱 막대를 던져 넣었다.

"갑자기 이건 왜 확인하는데요?"

"약을 먹으니 생리는 안 하지, 배란일이 언제인지도 모르지, 마침 관계한 지는 2주가 한참 지났는데 너는 갑자기 잘 먹지도 않고 틈만 나면 어딘가에 머리 박고 졸기만 하잖아."

오, 마이, 갓. 내가 잠만 자는 건 정말로 피곤했기 때문이라고. 하루 종일 정신없이 뛰어다닌단 말이야. 반박의 말들이 입안에서 튀어나오고 싶어 근질댔다.

"수면제나 안정제도 타 온 적 없고, 몇 달 동안 멀쩡하던 호르몬 약이 부작용이 생겼을 리도 없는데 내가 달리 무슨 생각을 하겠어."

마땅히 다른 변명의 말이 떠오르지 않아서 입을 다물었다. 한 편으론 만약 정말 두 줄이라도 나왔으면 그가 어떻게 반응했을지 몹시 궁금했다.

"앉아."

그는 손목을 잡아끌어, 자신이 앉아 있던 매트리스 자리에 나를 앉혔다. 그는 협탁에서 수건 뭉치를 들었다. 달그락. 얼음이 부딪히는 소리가 났다. 최정우는 몸을 굽히고, 아크릴 소재의 루스핏 스웨터 아래로 드러난 내 무릎 위에 얼음주머니를 살포시 가져다

댔다. 수건 아래로 차가운 얼음의 감촉이 천천히 번졌다.

  나는 입을 다문 채 무릎을 굽히고 앉아 있는 최정우를 하나하나 뜯어보았다. 까만 머리카락이 갈라진 사이로 드러난 예쁜 이마, 윤기가 흐르는 눈꺼풀 끝에 달린 길고 풍성한 속눈썹, 길게 곧게 뻗은 콧대 아래로 뾰족 솟아 있는 콧방울. 적당한 길이의 선명한 인중 아래 혀로 한 번 핥은 도톰한 입술에는 좌르르 윤기가 흘렀다. 그린 것처럼 날렵하게 각진 턱선까지 눈으로 다 훑고 나자 찌르르 배꼽 아래가 간지러워지면서 허벅지에 닿은 그의 손가락 끝으로 신경이 스멀스멀 몰려들기 시작했다. 도망가, 최정우! 변태가 나타났다고!

  "생각보다 심하진 않네."

  정신머리가 온통 그의 입술에 쏠려서 뭐라고 하는지 제대로 들리지도 않았다. 기억해 보니 지난 일주일 동안 머리만 대면 조느라 키스다운 키스 한번 제대로 해 본 적이 없다. 내가 왜 그랬지? 얼음주머니가 반대편 무릎으로 옮겨졌다. 나는 시트 위에 두 손을 짚고 무게를 팔에 분산시키며 허리를 뒤로 폈다. 어쩐지 한 자세로 가만히 앉아 있는 게 힘들었다.

  "아까 타박상 연고를 같이 사 왔어. 하도 많이 자빠지길래."

  "……."

  "다른 데 멍든 곳은 없어?"

  멍든 곳은 없는데, 만져줬으면 하는 부위는 있지.

  "모르겠어요. 화장실에선 잘 안 보여서요."

  그가 내 스웨터를 걷어 올리자 절로 입술이 벌어지면서 훅 숨을 들이마셨다. 변태가 변연계를 똑똑 두드리며 무슨 속옷을 입었는지 물었다. 그는 옆구리부터 등까지 꼼꼼히 확인했다. 그나마 속옷을 세트로 맞춰 입어 다행이란 생각에 조금 안도했다.

"괜찮아 보이네."

그의 입꼬리가 위로 말려 올라갔다. 보고 있자니 더럽게 곤란했다. 자극하지 마. 지금 무척 힘들단 말이야. 장소 때문인가? 아니면 격렬한 운동을 해서인가? 아니면 무릎에 닿는 차가운 얼음주머니 때문인가? 아니면 갑자기 최정우가 무시무시하게 잘생겨 보여서인가? 왜 이렇게 야릇한 기분이 들까. 그것도 단체로 워크숍을 온, 이 적절하지 못한 상황에.

좀 더 애정 어린 손길을 받고 싶었다. 얼음주머니를 고정하기 위해서가 아닌, 좀 다른 의미로 그의 손이 내 몸에 닿았으면 좋겠다는 충동이 일었다. 그의 손가락이 무릎 위쪽으로 쓸어 줬으면 좋겠다. 좀 더 안쪽으로. 그런 충동이 일어나자 입술이 열기로 바짝 메말랐다. 아랫입술을 초조하게 물었다. 관둬! 하여간 이놈의 변태기는 꼭 부적절한 때에 부적절하게 나타난다니까. 앞으로 2박 3일간 수시로 튀어나와서 어지간히 괴롭힐 것 같은 느낌이 든다. 어쩌면 찬물로 한 번 더 샤워를 해야 할지도 몰랐다.

그는 얼음주머니를 협탁 위에 내려놓고 바지 주머니에서 베노플러스 연고를 꺼냈다. 집게손가락 위에 치약처럼 짜더니 무릎 위를 살살 문지르기 시작했다. 그 감촉에 치골이 저릿저릿하게 아려 왔다. 이건 고문이야!

"이, 이제 제가 할게요."

야릇한 기분에 머릿속이 터질 것 같아서 무릎 위에서 그의 손을 밀어냈다.

"야."

내가 연고까지 빼앗아 들자 그의 얼굴이 못마땅하게 찌푸려졌다.

"세 살 먹은 애도 아니고, 이 정도는 혼자 할 수 있어요."

"누가 혼자 못 할까 봐 이러고 있어? 사람의 성의를……."

"아, 그럼 빨리해요!"

신경질적으로 연고를 내밀며 언성을 높였다. 그의 미간이 조금 더 구겨졌다.

"왜 짜증이야?"

고문하니까 그렇지! 지금 난 매우 곤란하단 말이야! 스웨터 소매로 젖은 이마를 닦았다.

"방이 너무 더워서요!"

"그럼 옷을 좀 얇게 입든가."

"그냥 빨리 마무리하면 안 돼요?"

"거 무서워 죽겠네."

그는 건들대며 비꼬더니 연고를 다시 받아 들었다. 나는 입술을 깨물고 그의 손이 반대편 무릎을 동글동글 문지르는 것을 지켜봤다. 규칙적으로 반복되는 움직임에 차라리 최면에라도 걸리고 싶었다. 아니면 전혀 다른 생각. 그래, 전혀 다른 생각을 해야 했다. 변태가 끼어들지 못하는 생각. 아주아주 심각한 생각.

"만약에……."

뒷말을 입에 머금고만 있자 그가 눈을 들었다.

"뭐?"

"만약에 테스트기가 두 줄이었으면……."

"……."

"그럼 어쩔 거였어요?"

그는 잠깐 생각에 잠겼다가 어깨를 한 번 으쓱했다.

"일단 병원에 갔겠지. 확실하게 확인하러."

"그리고 나서는요?"

"너한테 어쩌고 싶은지 묻지 않을까?"

"그다음에는요?"

"낳을지, 지울지 결정을 했겠지."

감정이 배제된 지극히 이성적인 결론. 내가 알고 싶은 건 그의 감정이었다. 정말로 임신을 해 버리면, 그땐 그가 어떤 감정을 갖게 될지.

"만약에……."

"응?"

"만에 하나, 언젠가 제가 계획에도 없이 임신해 버리면 그땐 어떨 것 같아요?"

'둘이 살다가 은금이가 임신이라도 하면? 그럼 어쩔 거야?'

그의 형이 물었을 때 그의 대답은 '겁주지 마라'는 거였다. 임신이 정말 그토록 무섭게 만드는지 알고 싶다. 그의 시선이 아주 잠시 바닥에 꽂혔다가 긴 한숨과 함께 다시 돌아왔다.

"난 아이 별로 안 좋아해."

저런.

"알잖아. 내가 아이를 좋아한다면 빨리 결혼하고 싶어 했겠지만 결혼에 별로 큰 의미 두지 않는 거."

그는 왼쪽 무릎에 연고를 다 바르고 손가락을 수건 뭉치에 닦앉다.

"결혼을 해도 아이를 꼭 가져야 한다는 생각 같은 거 없어. 단둘이서 사는 것도 나쁘지 않다고 봐."

난 아니었다. 외롭게 자란 탓인지 결혼해서 대가족을 갖는 것이 꿈이었다. 여기까지 와도, 이만큼이나 우리 사이가 가까워져도 여전히 우린 전혀 다른 미래를 꿈꾸고 있었다. 한 번도 진지하게 이야기해 본 적도 없이 그와 영원히 있겠다는 생각만 했다. 테스트기가 두 줄이었다면 원하는 바가 달라 크게 다퉜을 것이다. 생각하기도 끔찍한 결말이었다.

"근데 오늘 뭐 그런 생각은 했어. 막연하긴 하지만, 그래도 내 애는 예쁘지 않을까 하는 생각."

"……."

"사내아이면 잘 키워서 같이 운동하러 다녀도 재미있겠다. 뭐 그런 거."

"……."

최정우랑 똑같이 생긴 남자아이. 책장 위에 있던 뾰로통한 얼굴의 앳된 최정우가 머릿속에 떠올랐다. 무서울 정도로 귀여운데?

"그래도 아직은 싫어."

거침없는 말투.

"아직은 너 하나로 벅차. 더 소중한 걸 만들고 싶진 않아."

나는 할 말을 잃었다. 어쩜……. 이 남자는 거절의 말로도 나를 기쁘게 한다.

사랑한다는 말을 조금 더 참아 볼 걸 그랬다. 조금 더 참았다가 이 순간에 했으면 정말 좋았을 것. 두 손으로 그의 뺨을 부드럽게 감싸고, 촉촉하게 빛나는 검은 눈동자를 눈에 담았다. 살짝 벌어진 입술 사이로 보이는 도자기처럼 새하얀 치아도. 지금 느끼고 있는 감정을 어떤 단어로도 표현할 수가 없어서 그의 얼굴을 당겨 가만히 입술을 포갰다. 그것 말고는 내 마음을 전할 방법이 없었다.

그는 나를 꼭 당겨 안으며 아랫입술을 힘껏 빨았다. 내 입술이 더욱 벌어졌고 곧 그의 말캉한 혀가 안으로 침입했다. 세상에서 가장 기분 좋은 침입. 나는 안도의 신음을 내뱉으며 기꺼이 입을 열었다. 어쩌면 그보다 내가 더 이런 접촉을 애타게 기다려 왔는지도 모른다.

코끝에, 입술에, 그의 향기가 담기자 몸속의 뜨거운 열기가 단단하게 뭉치기 시작했다. 타오르는 불덩이를 삼킨 것처럼 그의 혀가 닿는 입안이 모두 뜨거웠다. 그만 멈춰야 하는데 그의 커다란 손이 허벅지를 타고 스웨터 안으로 파고들자 멈추고 싶지가 않았다. 위험한데. 정말 위험했다.

"다른 사람들은 언제 와요?"

그의 입술이 내 턱을 부드럽게 스쳤고 흉곽을 타고 올라간 손이 한쪽 가슴을 움켜쥐었다.

"몰라."

몰라?

그의 손이 가슴을 부드럽게 주무르자, 온몸이 나른하게 풀리며 '아' 하는 신음 소리가 절로 섞여 나왔다. 그가 또 나를 녹여 버리고 있다. 아니, 안 되지. 이러면.

"그만해야 할 것 같아요."

그의 집게손가락이 정확하게 유두를 짚었다. 앗! 안 돼!

"잠깐……."

화들짝 놀란 뒷말을 그의 입술이 삼켰다. 그의 무게에 눌려 시트 위로 넘어갔다. 화를 내야 하는데 화가 나질 않았다. 오히려 젖꼭지를 문지르는 그의 손가락에 몸이 더 달아올랐다.

"그만…… 하라니까요."

나는 간신히 웅얼거렸다. 화를 내기보다는 애가 타서 괜히 앙탈을 피우는 것처럼 들렸다.

"걱정 마. 수진이는 4시에 테라피 센터에 간다고 했거든."

그는 셔츠를 끌어 올려 벗고 바지 지퍼를 풀었다.

"다른 사람들은요?"

"리프트권이 5시까지니 그때쯤 돼야 들어오겠지."

그건 추측일 뿐이잖아. 나는 불안감에 몸을 웅크렸다.

"그래도 열어 볼지도 모르잖아요."

"못 열어 봐. 잠갔으니까."

잠갔어? 언제?

"그럼 더 수상하게 생각하잖아요. 찾으면 어떡해요!"

"제발 입 좀 다물어 줄래?"

그는 브래지어와 스웨터를 내 턱밑까지 밀어 올리고 두 손으로 가슴을 모아 잡았다.

"이 문을 부수고 들어오면 어떻게 해요!"

"문을 왜 부숴. 이 멍청아."

그가 터무니없다는 듯 픽 웃음을 흘렸다.

"걸쇠가 고장 났을 수도 있어요."

"제발 쓸데없는 걱정 말고 네 남자 친구 걱정이나 좀 하시지."

남자 친구. 그의 입에서 튀어나온 신선한 단어에 허가 찔린 듯 말문이 막혔다.

"뭐라고요?"

"걸쇠는 잘 걸려 있어."

"……."

"부탁인데, 간신히 잡은 기회니 입 좀 닫아."

간신히 잡은 기회? 그는 손안에 모여 산처럼 비죽 솟은 젖꼭지에 입술을 가져갔다. 허리가 활처럼 들리면서 반문하는 대신 헉하고 거칠게 숨을 들이마셨다. 아플 정도로 내 가슴을 입안으로 빨아들이다가 앙갚음이라도 하듯 이로 젖꼭지를 살짝 물었다. 저릿하게 허벅지 안쪽이 조여들면서 입안에서 쉿소리가 흘러내렸다.

내 이성은 와드득 뜯겼다. 그는 내 엉덩이를 움켜쥐고 팬티를 엉덩이 아래로 끌어 내렸다. 모든 행동이 조급하게 느껴질 정도로 거침없고, 빨랐다. 간신히 잡은 기회란 말이 내가 일주일 만에 졸고 있지 않은 최초의 시간이란 뜻이란 걸 깨달았다.

그는 내 양 가슴, 흉골 사이, 배꼽과 아랫배까지 미끄러져 내려가며 순서대로 키스했다. 그러고는 침대 아래로 내려가 무릎을 굽히고 앉았다. 나는 목에 걸린 스웨터와 브래지어를 머리 위로 빼냈고, 그는 내 멍든 무릎에서부터 허벅지까지 천천히 손으로 쓸었다. 아. 그래, 그거. 그게 내가 원한 거야. 꽤나 오랫동안 고대하던 접촉이라 눈을 감고 느낌을 음미했다. 손톱이 잘 다듬어진 그의 손끝은 무척이나 부드러웠다. 허벅지 안쪽에 닿은 그의 손가락이 깃털처럼 거기를 훑자 간지러워 웃음이 새어 나왔다.

258

"간지러워요."

나는 킥킥 웃으며 몸을 버둥댔다.

"가만있어."

무릎에 젤리처럼 말캉한 감촉이 닿았다. 팔꿈치를 시트에 대고 상체를 일으켜, 보기 좋은 입술이 내 무릎 위의 멍 자국에 닿는 것을 감상했다. 타박상 연고보다 그의 입술이 통증 치료에 더 효과적인 것 같다.

그의 입술이 조금 더 안쪽으로 스치듯 이동했다. 입술은 손가락보다 훨씬 더 부드럽고 훨씬 더 간지러웠다. 다시 웃음이 배어져 나왔다. 나는 키득거리다가 아랫입술을 꾹 물었다. 무척 행복하고 즐거웠다. 이 간지러운 접촉이 언제까지나 계속될 것 같았다. 허벅지에 닿는 입술에 집중하는 사이, 그의 손이 내 몸의 가운데로 비집고 들어왔다. 웃음소리는 싹둑 잘린 것처럼 끊겼다. 그래. 항상 이렇게 예상을 빗나가지.

그는 나머지 한 손으로 내 허벅지 안쪽을 조금 더 바깥으로 밀었다. 부드럽게 직선을 그리며 내려오던 집게손가락이 천천히 내 가장 깊고 비밀스러운 곳으로 밀려들어 왔다. 미끈거리는 감촉에 따라 손가락이 그대로 빨려 들어왔다. 아랫배에 힘이 들어가면서 입 밖으로 '끙' 하는 소리가 흘렀다. 손가락이 내 질벽을 꾹 눌렀다. 짜릿함이 닿는 자리에 그대로 긁혔다. 얼굴에 피가 몰렸고 나는 그 감각을 참아내기 위해 고개를 뒤로 젖혔다. 거기. 바로 그 지점부터 온몸에 흥분된 파장이 번졌다. 어떻게 이런 느낌이 나는 건지 정말로 신기했다.

클리토리스에 부드럽고 축축한 것이 닿았다. 혀다. 번쩍 눈을 뜨고 고개를 들었다. 그의 코끝이 내 음모 바로 위에 있었다. 이걸 부끄럽다고 해야 하는지 아니면 경이롭다고 해야 하는지 알 수 없어서 다시 고개를 젖혔다. 그의 혀가 클리토리스를 간질였다. 질 벽에 닿은 손가락과 환상의 궁합이었다. 전에는 느껴 본 적 없는 거대한 흥분에 몸을 뒤틀며 이를 악물었다.

　정말 어찌할 바를 모른다는 말이 딱 들어맞았다. 그의 손가락이 움직이는 대로 엉덩이가 따라 움직였다. 부드럽고 쫀쫀하게 부풀어 오른 클리토리스에는 점점 더 많은 신경이 몰려들었다. 나는 발가락 끝으로 바닥을 지탱하고 침대 모서리를 손으로 부여잡았다. 눈을 감고 있는 건지, 뜨고 있는 건지 다른 감각은 모조리 잊히고 오로지 그의 혀와 손가락이 주는 촉감만이 생생하게 살아 있었다. 심각하게 허우적거리다가 어쩔 수 없이 그의 머리카락을 움켜쥐었다. 뭐라도 붙들지 않으면 견딜 수 없을 것만 같았다.

　나는 헐떡거리고, 가쁘게 숨을 토하며, 온몸이 쾌감에 납작하게 눌린 채 아찔한 절정으로 점점 밀려 올라갔다. 이 느낌이 고통인지 아니면 강렬한 쾌감인지 확실하게 알려 주는 그 지점 말이다. 온몸에서 모인 감각이 한 곳에서 터져 나가기만을 기다리고 있었다. 그러나 나는 더 많은 것을 원했다. 절정에 오른다면 그와 몸을 맞댄 채인 게 좋았다. 나는 상체를 일으키며 그의 머리카락을 위로 잡아당겼다. 그가 아픔에 신음하며 혼자 욕설을 내뱉었다.

　"박은금 너……."

　그의 입에서 고통에 찬 협박이 터져 나오기 전에 재빠르게 입술을 밀어붙였다. 그는 잠깐 어리둥절해하더니 곧 입을 벌리고 기꺼이 내 혀를 받아들였다. 이럴 땐 정말이지 상냥하다.

발가락을 그의 허리춤에 걸어 바지를 아래로 밀어 내리려 하자 그가 몸을 일으켜 바지와 속옷을 아래로 내렸다. 흥분에 심장이 터질 것처럼 뛰었다. 침대에 엉덩이를 대고 앉아 그의 벗은 허리를 잡고 내 앞에 고정했다. 부끄러움 같은 건 날아가 버린 지 오래였다. 오로지 이 커다란 흥분을 그에게도 똑같이 돌려주고 싶다는 마음뿐이었다. 손으로 그의 단단해진 페니스를 감싸 잡았다. 어떻게 하는지 배워 본 적은 없지만 알 수 있다. 본능적으로.

내가 페니스를 감은 손을 앞뒤로 움직이자 그의 숨소리가 거칠어졌다. 오! 좋아! 이제 오래전부터 해 보고 싶었던 것을 할 차례였다. 어쩔 수 없는 호기심. 그가 내 클리토리스에 입술을 댔던 순간부터 내가 그의 것에 입을 대면 어떤 얼굴을 할지 엄청나게 궁금했었다. 또 그의 입술과 혀에서 느껴졌던 내 흥분의 맛과 같은지도 알고 싶었다. 공부할 땐 없던 학구열이 맹렬하게 불타올랐다. 당연하다. 공부할 땐 나를 고취시키는 무언가가 없었지만, 지금은 아니었다. 눈앞의 남자가 끊임없이 호기심과 동기를 부여하고 있었다.

나는 표정을 살피기 위해 빤히 올려다보며 그의 페니스 끝에 혀를 댔다. 그의 입이 크게 벌어지더니 내가 그랬던 것처럼 숨을 강하게 들이켜느라 흉곽이 부풀었다. 왜까? 내려다보고 있는 건 이 사람인데, 내 아래에 그가 깔렸을 때보다 더 지배자인 기분이 들었다. 그의 반응을 좀 더 보고 싶어서 페니스에 입술을 대고 가능한 한 많이 안으로 삼켜 넣었다. 그의 고개가 뒤로 젖혀지면서 내 안으로 들어올 때와 흡사한 신음을 흘렸다. 아찔한 쾌감이 내 등짝을 후려쳤다. 혀로 입안에 들어온 그의 형태를 매만졌다. 입술

아래에 날카로운 이를 숨긴 채로. 이거 되게 아슬아슬한 기분이려나? 혀끝에 짭짤한 맛이 느껴졌다. 이건가?

나처럼 그도 흥분하면 맛이 난다는 사실이 기뻤다. 그러고는 성취욕에 완전히 사로잡혔다. 그게 나를 더 고무시키고, 더 끓게 만들고, 더 과감하게 만들었다. 부끄러움도 잊은 채 그의 얼굴에서 시선을 떼지 않았다. 흥분으로 충혈된 새빨간 입술. 이마에 비죽 솟은 핏줄, 아랫입술을 혀로 핥았다가 괴롭게 깨물고 신음하는 모습이 본 모든 것 중 가장 섹시했다.

잠시 후 그는 내 머리카락을 끌어모아 말의 고삐라도 잡은 것처럼 말아 쥐었다. 뭘 하려는 걸까. 내 모습을 좀 더 선명하게 보고 싶은 걸까. 아니면 내가 그랬던 것처럼 너무 황홀해서 이 행위를 끝내고 싶은 걸까? 그가 머리카락을 당기자 내 입술이 뒤로 물러섰다. 앞으로 밀자 입술이 다시 그에게로 밀려갔다. 의심할 여지 없이 그는 정말 잡고 있는 거였다. 내 말고삐를.

나는 그가 인도하는 대로 페니스에 혀를 감고 열정적으로 임했다. 페니스가 시간이 지날수록 더 부푸는 것 같았다. 내 클리토리스처럼. 이로 물지 않기 위해 점점 더 입을 벌려야 했고 벌어진 턱 근육이 아려 왔다. 도저히 참을 수가 없어서 황급하게 입에서 그의 페니스를 빼냈다. 턱 관절이 아려 와 더는 무리였다.

나는 헉헉거리며 입술에 묻은 체액을 닦았다. 그는 성마른 동작으로 나를 뒤로 밀어 넘어뜨렸다. 그러고는 조금의 여유도 없이 내 안을 가르고 들어왔다. 신음보다 훨씬 더 날카로운 비명이 허공에 뿌려졌다. 그는 두 손으로 내 턱을 고정시키고 입술을 부딪쳤다. 나는 그의 양 손목을 움켜쥐고 몸을 지탱했다. 그의 혀는 똑같이 내 입안을 유린하고 있었다. 그의 장골에 이미 흥분으로 부풀어 오른 클리토리스가 무자비하게 마찰됐다. 그는 내 안에서 사정없이 몰아쳤다. 마주 닿은 입술로 내 비명이 그에게로 흡수되어 갔다. 힘줄이 불거진 단단한 팔뚝에 내 손톱이 고통스럽게 파고들었다. 너무 뜨거워서 숨을 제대로 들이쉴 수도 없었다.

철컹. 쾅!

문이 열리고 쿵 닫히는 소리가 들리더니 침실 밖에서 웅성거리는 소리가 들렸다. 환청인지 실제인지 헷갈렸지만 최정우도 눈을 뜨고 있는 게 아무래도 실제인 것 같았다.

"다리 아파 죽겠네."

"겁나 추워."

"너네 정우 못 봤냐?"

일행이었다. 문밖에서 아스라하게 말소리가 들리자 너무 당황해 그대로 굳었다. 이럴 줄 알았어. 5시는 무슨!

"어떡해요."

"쉿."

무서워서 다그치자 그가 손가락으로 내 입술을 눌렀다.

"아까 여자 친구 때문에 먼저 가던데?"

"오락실 간 거 아냐?"

"워터파크 갔나?"

"야, 사우나 갈 사람?"

낄낄거리는 웃음소리와 함께 지들끼리 이야기를 주고받는 굵은 목소리가 드문드문 들려왔다. 물을 꺼내려 냉장고를 열거나 먹을 걸 찾는 소리도 함께 들렸다. 망했어. 금방 나갈 것 같지가 않아.

어쩌지? 우리는 서로에게 완전히 맞물린 채 정지해 있었다. 마치 아래에서 심장이 뛰는 것처럼 쿵쿵거리며 규칙적으로 핏줄이 튀는 것이 느껴졌다. 나는 현기증이 몰려왔다.

어떻게 해? 빨리 옷 입고 튀어 나가야 하는 거 아냐? 아니면 이불을 뒤집어쓰고 자는 척 할까? 그기 몸을 아주 살짝 위로 일으키자 골반 아래가 조이면서 '윽' 소리가 흘러나왔다. 눈을 찡그리며 신음하는 소리에 문밖에 집중하던 시선이 천천히 내게로 돌아왔다. 그는 아주 재미있는 거라도 발견한 얼굴이었다.

왜? 눈을 동그랗게 뜨며 속으로 물었다.

"쉬."

그는 자기 입술 위로 집게손가락을 들어 보이더니 다시 한번 천천히 허리를 움직였다.

앗!

아랫입술을 물고 칼에 찔린 사람처럼 눈을 질끈 감았다. 아찔하게 좋은 이물감에 까무러칠 것 같았다. 그는 내가 꽉 감았던 눈을 뜰 때까지 기다렸다가, 내가 눈을 뜨자 한 번 더 안으로 가르고 들어왔다.

미친 거 아냐! 이 사디즘 환자가 제정신이 아닌 모양이다. 그의 악랄한 모험심에 어안이 벙벙했다.

"지금 무슨 짓……."

그가 내 입을 틀어막았다.

"쉬. 걱정 마. 이리론 안 와. 네가 소리만 안 내면."

그가 씨익 웃으며 다시 밀고 들어왔다. 안 돼! 불안함으로 심장이 쿵쿵 뛰는데도 그 느낌이 지독하게 좋았다.

그가 점점 속도를 높였다. 강하게 치받는 느낌에 속으로 삼키던 신음이 그의 손바닥에 부딪혔다. 그의 장골이 다시 클리토리스에 부딪히고, 그의 페니스가 내벽을 긁었다. 발바닥 가운데로 쾌감이 몰려들기 시작했다. 도저히 생각이란 걸 할 여유가 없었다. 가장 원초적인 본능에 철저하게 지배당한 채 잘 익은 사과처럼 달아올랐다.

내 몸은 쾌감을 찾아 취하려고 안달이었다. 나는 가장 아찔하고 자극적인 곳을 찾아서 허리를 꺾고 이리저리 몸을 뒤틀었다. 그가 정신없이 치받던 속도를 줄였다. 대신 깊고 강하게 들어왔다. 눈앞에 번개가 번쩍이면서 몸이 터질 것처럼 격하게 움찔거렸다. 너무, 너무 좋았다. 망할. 나는 그의 팔뚝을 움켜쥐고 형편없이 달아오른 얼굴로 올려다봤다.

"이게 좋아?"

그가 물었고 망설일 것도 없이 열렬하게 고개를 끄덕였다. 그게 가장 좋았다.

"이렇게?"

그가 다시 한번 같은 속도로 움직였다. 그래! 그거!

"아. 이거."

그는 알겠다는 듯 속도를 늦추지도 빠르게 올리지도 않은 채 내 요구대로 일정한 간격으로 일정한 강도로 밀어 올렸다. 거대한 감각이 가파르게 산등성이를 타고 뛰기 시작했다. 허리가 휘고 턱이 들리자 그가 내 입에서 손을 떼어 냈다. 숨을 크게 들이켜고 마지막을 향해 내달릴 준비를 하는 사이 그가 내 심지에 불을 붙였다.

앗. 나는 빠르게 타들어 가다 결국 굉음을 내며 위로 쏘아 올려졌다. 번쩍이며 조각나고 곧 점멸하며 사라졌다. 절정 후에, 그가 움직이자 온몸에 근육이 발작하듯 수축했다. 허벅지가 조이면서 그의 허리에 두 다리를 두르고 매달렸다. 그는 빠르게 속도를 올려 안으로 밀려들어 오더니 나처럼 그대로 점멸했다. 그는 나를 꼭 안고 이마와 뺨, 콧등, 입술에 차분하게 입을 맞췄다. 어쩌면 모든 게 끝나고 난 후에 애정이 깃든 입맞춤을 받는 이 순간이 가장 달콤한지도 모른다. 그가 목에 두른 내 손을 풀며 몸을 떼어 냈다. 횅한 바람이 가슴을 치고 지나갔다.

"몸 안 아파?"

"아, 네 괜찮아요."

"다행이네."

그는 내 뺨을 부드럽게 쓰다듬고 몸을 일으켰다. 그가 내게서 몸을 일으키고 열기가 식자 제정신이 번쩍 들었다. 큰일 났다!

"갔어."

황급하게 일어나 흐트러진 머리카락을 넘기며 쫑긋 귀를 세우자 최정우가 속옷을 주우며 먼저 대답했다.

"아까 전에."

"언제요?"

"언제냐 하면 니가…… 막……."

"아! 됐어요. 대답하지 말아요."

얼굴을 붉히며 급하게 말을 끊자 그는 웃음을 누르며 속옷을 올려 입었다.

"걱정 마. 금방 나갔고 눈치도 못 챘으니까."

긴장이 확 풀렸다. 몸이 다시 무거워져서 침대 위에 젖은 스펀지

266

처럼 축 늘어졌다.

"잘 거면 옷은 입고 자는 게 어때? 한수진이 들어왔다가 너 노출증으로 오해할라."

지금 노출증 걱정할 때야? 방금까지 현장에서 현행범으로 잡혀갈 뻔했는데? 속으로 투덜대면서도 속옷과 스웨터를 주워 입고, 서랍에서 아까 정리해 둔 레깅스까지 꺼내 신은 뒤 이불 안으로 파고들었다. 한두 시간만이라도 푹 자고 싶은 충동이 너무 강했다. 눈을 비비며 몸을 웅크리자 최정우가 활짝 걷혀 있던 커튼을 꼼꼼하게 다시 닫았다.

"나랑 같이 안 잘래요?"

침대에 누워 묻자 그는 빙그레 웃었다.

"응, 안 자."

"이제 볼일 끝났다 이거예요?"

내 비아냥거림에 그가 웃음을 터트렸다.

"난 원래 여기 들어오면 안 돼. 모두 이 방문 앞 2m 이내로 접근하면 벌금으로 50만 원 내기로 합의했어."

"그 규칙은 누가 만들었어요?"

"내가."

어처구니가 없어서 절로 웃음이 났다. 그는 부드럽게 미소를 띠고 내가 다 웃을 때까지 기다렸다가 웃음소리가 잦아들자 침대 끝에 엉덩이를 대고 앉았다.

"이따 깨워 줘?"

"아니요. 알아서 일어날게요."

그는 이불을 끌어 꼼꼼하게 어깨 위로 덮고는 내 콧방울을 한

번 톡 건드렸다.

"잘 자."

그는 바닥에 떨어진 셔츠를 주워 들었다.

"혹시 내가 두 시간 후에도 못 일어나면 깨워 줘요."

"Okay."

철컥하고 조용히 경첩이 물리는 소리. 낯선 듯, 낯설지 않은 침대에서 그 어느 때보다 안정감을 느끼며 조용히 잠 속으로 가라앉았다.

* * *

눈이 번쩍 떠졌다. 커튼 사이로 창밖의 네온사인이 새어 들어오고 있는 것만 빼면 방 안은 아주 깜깜했다. 몸이 날아갈 것처럼 가볍고 편두통도 없었으며 눈꺼풀이 무겁지도 않은 걸 보니 완전한 숙면이었다. 생각보다 오래 잤나 싶어 휴대폰 액정을 확인하자 원래 깨어나기로 한 시간보다 두 시간이나 더 지나 있었다.

자리에서 벌떡 일어나 화장실 불을 켜고, 베개에 눌려 사자 갈기처럼 헝클어진 머리카락을 정리했다. 너무 푹 자고 일어난 탓에 얼굴엔 개기름이 줄줄 흘렀다. 거 더럽게 못생겼네. 이 얼굴로 나가면 다들 얼마나 놀랄까. 대체 몇 시간을 잔 거야. 오늘 잠은 다 잤구나. 아무리 물을 묻혀서 빗으로 빗어 내려도 뻗친 머리카락이 진정될 기미를 안 보였다. 나는 어쩔 수 없이 머리를 정수리 위에 돌돌 말아 올렸다.

두 시간 후에도 못 일어나면 깨워 달랬는데 왜 안 깨웠지? 놀러 와서 잠만 잔다고 흉보겠네. 문을 열어 보니 음식을 먹고 난 후의 잔향이 가득했다. 밥도 못 먹었지만 식사 준비도 돕지 못한 것이다. 배명진이 거실 소파에 앉아 뭔가를 심각하게 쳐다보고 있다가 고개를 들었다.

"아, 일어났어요?"

그는 손에서 펜과 종이를 협탁 위로 내려놓더니 몸을 일으켰다.

"몸은 좀 괜찮아요? 엄청 멍들었다면서요."

"아……."

어디 있어, 이 고자질쟁이는. 고개를 오른편으로 돌리자 새시 너머로 담배를 피우고 있는 최정우의 모습이 보였다. 이 추운 겨울에 반팔 셔츠 한 장 차림으로 베란다 난간에 기대어 있었고, 그 옆에 한수진이 뭐가 그렇게 좋은지 하염없이 웃고만 있었다. 뭐지? 이 눈앞에 펼쳐진 지옥도는……?

"정우가 은금 씨 많이 피곤해한다고 깨우지 말래서 안 깨웠어요."

"……."

한수진이 손바닥에 뭔가를 그려 보이며 그에게 바짝 붙었다. 그는 한 손은 바지 주머니에 꽂고 한 손으로는 담배를 잡은 채 한수진이 옆에 붙든 말든 전혀 싫은 기색 하나 없이 손바닥을 쳐다보며 집중했다. 저러려고 안 깨웠겠지!

"은금 씨, 저녁밥 남겨 뒀어요. 배 안 고파요?"

배명진이 주방으로 이동하며 물었는데 뭐라고 대답했는지 모르겠다. 최정우와 한수진이 붙어 있는 꼴을 보느라 정신이 나가 있었다.

"기다려 봐요. 제가 차려 줄게요."

아마 배가 고프다고 한 모양이다. 최정우는 담배를 잡은 손으로 코 옆을 긁으며 긴 연기를 뿜어냈다. 한수진이 그를 보며 또 뭔가를 이야기하고 그는 거기에 대답했다. 한수진이 열성적으로 반박하자 최정우는 담배를 한 모금 더 빤 뒤 긴 연기를 내뿜으며 킥킥 웃어 보였다. 다른 남자는 모르겠고, 최정우가 담배를 피우는 모습은 꽤나 멋있었다. 아니, 어쩌면 아주 많이. 담배 냄새를 그렇게 싫어하는 내가 최정우의 몸에서 나는 씁쓸한 향은 좋아할 정도니까. 내 눈에도 그렇게 보이는데 한수진의 눈에도 그렇겠지.

무슨 이야기를 저렇게 진지하고 재미있게 하는지 궁금하기도 했지만, 그것보다 훨씬 더 속이 뒤틀렸다. 저 여자랑 저렇게 붙어 있는 게 너무 싫다. 내게 어떻게 했는데 저렇게 아무렇지 않게 대할 수 있어? 물론 한수진에 대해 다 이야기하지 않은 내 탓이겠지. 하지만 한수진의 말 중 내가 내 입으로 최정우에게 고자질할 내용이 있긴 하냐고.

'한수진이 저보고 선생님한테 몸 파는 창녀래요.'

'한수진이 저보고 선생님 피 빨아먹고 사는 거머리래요.'

뭐 하나 내 입으로 말하기가 굴욕적이다. 테라피 센터를 다녀왔다니 분명 피부에는 광택이 흐르고 몸에선 좋은 향기가 나겠지. 나는 머리가 짓눌려 엉키고 얼굴에 개기름이 껴 있는데. 마음 같아서는 저곳에 낑겨 깽판을 놓고 싶지만 내 깜냥은 그 정도로 좋지 못하다. 게다가 그 문제에 대해 최정우를 또 자극해서 지겹게 만들고 싶지도 않았다. 그가 나를 발견하기 전에 주방 쪽으로 몸을 돌렸다. 떨어지지 않는 발바닥을 억지로 떼며 심장 건강에 좋지 못한 장면은 오래 볼수록 손해라고 스스로를 다독였다.

식탁에는 투박하게 스팸을 잘라 넣은 김치찌개와 막 전자레인지에서 데워 꺼낸 삼겹살이 올라왔다. 초고추장 양념이 올라와 있는 파채, 새하얀 쌀밥, 마트에서 사 왔을 법한 오징어채볶음. 배명진은 마지막으로 숟가락과 젓가락을 놔주고 다시 냉장고를 열었다.

"은금 씨 맥주 한잔할래요? 우린 아까 저녁 먹으면서 다 한잔씩 했는데."

"네. 주세요."

지금 기분으로는 짝으로 놓고 마셔야 할 것 같다. 그는 캔 맥주를 하나 따서 테이블 위에 놓아주고 식탁 의자를 끌어 자신도 맥주 한 캔을 들고 앉았다.

"근데 다른 분들은 어디 갔어요?"

숟가락으로 밥을 긁으며 조심스럽게 물었다.

"아. 보드 타러 갔어요. 야간권 끊었거든요."

"아아."

고개를 끄덕이자 그가 캔 맥주를 내 앞에 들어 보였다. 아. 부딪히자고? 나는 얼른 숟가락을 바닥에 내려놓고 두 손으로 공손하게 맥주 캔을 잡아 그의 캔에 부딪혔다. 조금 심각하게 굽신거린 느낌.

"은금 씨는 참, 볼 때마다 순수한 거 같아."

멍청하단 말의 은유법인가? 배명진이 배슬배슬 웃으며 이야기하자 칭찬인 건지 악담인 건지 판단하기 애매해서 나는 어색하게 웃어 보였다.

까르르르. 베란다 밖으로 한수진의 코맹맹이 웃음소리가 터졌다. 아아……. 가서 목을 조르고 싶다. 나도 모르게 인상을 쓴 모양인지 배명진이 내 표정과 베란다 쪽으로 시선을 번갈아 옮기더니 곧 호기심 가득한 눈으로 몸을 좀 숙였다.

"수진이랑 지난번에 무슨 일 있었어요?"

무슨 일이 있는 정도가 아니지. 저 하이에나가 거기서 날 묵사발로 만들어 놨다니까. 나는 밥숟가락을 입안으로 밀어 넣으며 다시 어색하게 웃어 보였다. 그는 대충 알 만하다는 듯이 '흠' 소리를 내며 턱을 쓸었다. 그리고는 다소 오버스럽게 눈을 찌푸렸다.

"쟤가 좀 직설적이야. 외국에서 오래 살아서 한국말에 서툴러 그런지 말을 가려서 하는 걸 잘 못해요."

전혀 아니던데? 아주 그냥 비수 같은 말만 쏙쏙 골라서 잘만 날리던데? 뒤통수가 따가웠다. 몸을 돌려 뭣 때문에 저렇게 좋다고 하하 호호 난리인가 확인하고 싶었지만, 눈으로 보면 더 복장이 터질 것 같아 묵묵하게 음식만 씹어 댔다. 으득으득.

"못 올라갈 나무는 쳐다보는 게 아닌데."

배명진이 멀뚱하게 앉아 있다가 그렇게 혼잣말을 했다.

"아."

그러다 내 시선을 느꼈는지 그는 쓰게 웃었다. 그의 표정에서 드러난 감정은 한수진을 향한 연민이었다. 불쌍해서 동정하든가, 아니면 한수진을 좋은 사람이라고 생각해서 안타까워하든가 둘 중 하나였다.

"정우가 좋아할 타입이 아니거든. 수진이."

타입? 한수진은 제법 예쁘다. 지혜처럼 곧고 늘씬하고 비율부터

가 다른 엘프과는 아니었지만, 까맣고 윤기가 흐르는 긴 생머리에 볼륨감 넘치는 몸매가 건강하고 섹시해서 어떤 남자고 한 번쯤은 눈길을 줄 만했다.

"최정우는 그럼 뭐, 청순가련형이 타입이에요?"

"뭐…… 그런 타입이 있기도 했지."

"그럼 도회적이고 세련된 타입은요?"

배명진이 기억을 떠올리려 입을 오므리고 눈을 굴렸다.

"그쪽인가?"

"혹시 엄청나게 섹시미가 철철 흐르는 라틴 계열?"

"그쪽인 거 같기도."

"타입이란 게 없잖아요! 닥치는 대로 다 사귀었네!"

뾰로통하게 반박하자 배명진이 껄껄껄 웃음을 터트렸다. 서른한 살 먹은 아저씨를 웃긴 셈이다.

"외형의 문제가 아니고. 뭐라 그래야 하지. 궁합이라고 해야 돼?"

경박스러운 생각이 떠오른다.

"무슨 궁합이요?"

"그니까 뭐 결국엔 성격의 문제. 정우가 진짜 재미없어 하는 타입이야. 딱 보이잖아."

"뭐가 보이는데요?"

"1분에 한 번 문자 보내고, 5분에 한 번 전화 통화 하려고 들 거고."

어디서 들어 본 말인데……?

"기념일 다 챙기며 의미 부여하고, 자존심 내세우며 정우한테 애정 강요할 타입."

뭐야, 이거. 처음에 최정우가 나한테 하지 말라고 한 거 그대로 잖아. 그게 뻔하고 재미없는 여자야? 어떤 여자고 사랑이란 걸 하면 그렇게 될 수밖에 없는데?

"나쁜 남자에게 끌리는 건지, 아니면 안 되는 걸 아니까 포기를 못 하는 건지. 나 같음 지겨워서 관두겠네."

그는 끌끌 혀를 찼다.

"정우는 한번 친구로 찍어 두면 죽었다 깨어나도 여자로는 안 보이는 모양이야. 정우가 은금 씨 사귀기 전에, 애들이랑 같이 수진이랑 정우랑 엮어 주려고 꽤나 노력했는데 그게 잘 안 됐어."

배명진은 날 보며 씩 웃어 보였다.

"은금 씨 때문에 그랬나?"

그럴 리가 있나.

"설마요."

"왜. 작년 가을부터인가, 휴대폰을 잘 꺼내 놓지도 않던 놈이 틈만 나면 휴대폰 확인부터 하더라고."

최정우가?

"혹시 여자가 생겼나 했는데 그놈의 휴대폰이 도통 울려야 말이지. 이상하잖아. 여자가 생겼으면 불이 나게 문자가 오든 전화가 오든 뭐가 있어야 하는데 전화 한 통이 안 와."

"……."

"그래서 또 아니구나 했지. 근데 아뿔싸! 집으로 쳐들어가 보니 거기 은금 씨가 있네?"

어째 그날은 내 인생의 흑역사가 될 것 같은 기분이 든다.

"정우같이 이기적이고 고집 센 놈한테는 은금 씨 같은 사람이 잘 어울려. 은금 씨는 맑고 순수해서 오히려 정우가 휘둘리는 거 같아."

최정우는 내게 한 번도 휘둘린 적이 없다. 죽자 사자 나만 휘둘리지. 제삼자의 눈에는 우리 사이가 그런 식으로 보이나 보다. 최정우가 내게 휘둘리는 걸로. 그것도 내가 맑고 순수해서.

맑고 순수하다니. 그 말은 들을 때마다 거북했다. 실상 알고 보면 전혀 순수하거나 맑지 않은데 말이다. 게다가 그에게 1분에 한 번씩 문자하고 5분에 한 번씩 전화하지 않은 건, 그걸 할 만한 용기가 없어서였다. 너무 소극적이고 겁이 많아서. 하지만 이미 머릿속에서는 그에게 집착하고 애정을 강요하고 바짓가랑이를 잡고 애정을 구걸하고 있었다고. 스스로에게 자신이 없어서, 당당하지 않아서 표현할 수 없었을 뿐이었다.

최정우는 도전적인 여자를 좋아한다. 내가 눈을 흘기고 자기에게 언성을 높이면 찍어 누르려고 하면서도 그걸 즐겼다. 말다툼 속에서도 유머를 즐기는 남자고, 그 끝에 투정을 부리고 발악을 하면 거기서 애정을 발견하는 사람이었다. 그래서 사디즘 환자라고 놀리는 거고. 그런데 자존심을 세우고 애정을 강요하면 싫어한다니. 도전적인 여자는 자존심이 강할 수밖에 없고 자존심이 강하면 당연히 애정을 강요할 수밖에 없었다. 어쩔 수 없는 연결 고리다. 그 모호한 차이를 어떻게 구분 지을 수 있어? 지금이라도 애정을 강요하면 그는 갑자기 싸늘하게 식어 버릴까?

"뭐 해, 둘이?"

호랑이도 제 말 하면 나타난다더니 싸늘한 한기가 등 뒤에 느껴지고 얼마 지나지 않아 최정우가 주방으로 모습을 드러냈다. 싸한 담배 냄새. 그는 내 머리 위에 손을 가만히 얹었다. 그것만으로도 기분이 좋아졌다. 누가, 대체, 누구한테 휘둘린단 말인가.

"언제 일어났어, 넌?"

"방금요."

그는 의자를 빼내 자리를 잡고 앉아 다리를 꼬았다. 그러고는 내 앞에 놓인 맥주를 낚아채 자기 입에 가져갔다.

"내 거잖아요."

그가 내 맥주를 마시는 건 기분이 나쁘지 않지만 어쩐지 심술을 부리고 싶었다. 그는 그래서 어쩌란 거냐는 눈으로 나를 한 번 지그시 쳐다본 뒤에 꿀꺽꿀꺽 목으로 액체를 넘겼다.

"관둬요."

퉁명스럽게 대꾸하고 몸을 돌려 한수진의 위치를 확인했다. 그 여자는 거실 협탁 위에 배명진이 올려 둔 종이와 펜을 들고 뭔가를 골몰하고 있었다. 저 종이엔 뭐가 적혀 있길래 다들 저것만 보면 심각해져? 모스부호라도 찍혀 있나?

"NGO에서 일이 들어왔거든. 아프리카 어린이 구호 단체 로고를 좀 만들어 달래."

최정우가 내 시선을 먼저 읽었다. 일이구나. 담배 피우며 열정적으로 나눈 이야기가 뭔지 대충 감이 잡혔다.

"울어야 하는지 웃어야 하는지 모르겠다. 오랫동안 기다려 왔던 사업인데 하필이면 스키장 왔을 때 의뢰받을 건 또 뭐야."

배명진이 다 마신 맥주 캔을 구기며 쩝쩝 입맛을 다셨다.

"그것도 오늘 줘 놓고 월요일에 시안 보자는 게 말이 돼?"

월요일? 그럼 이곳에 있는 내내 일을 해야 하는 건가?

"별수 있어? 그쪽이 '갑'이고 우리가 '을'인데."

최정우는 상 위에 팔꿈치를 대고 집게손가락으로 아랫입술을 멍하게 매만졌다. 머릿속엔 이미 그 로고 건으로 가득해 보였다.

* * *

"그럼 이렇게는 어때?"

"그건 너무 올드해."

"색을 바꾸면?"

"복잡해지잖아."

10시가 넘어가자 보드를 타고 숙소로 돌아온 사람들까지 모두 주방 식탁으로 모여 앉아 아프리카 구호 단체 로고에 대해 논의하기 시작했고, 시간이 지나자 분위기는 숨 막힐 정도로 진지해졌다. 뭔가 뜻대로 풀리지 않는지 주방 쓰레기통 옆에 빈 음료수병, 맥주 캔, 커피 캔, 일회용 컵 같은 게 스트레스와 비례하며 산처럼 쌓여 갔다.

최정우는 맥주 캔을 들고 사람들 사이에 섞여서 고루하다, 지루하다, 맞지 않다, 벗어났다, 열심히 훈수를 두고 있었고 나는 주방에서부터 멀찌감치 떨어진 거실 소파에 앉아 눈치만 살폈다. 음소거에 가깝게 설정해 둔 TV 소리에 집중하는 척했지만, 귀는 온통 한 곳으로 곤두선 상태였다.

내가 여기서 뭐 하는 거지? 자격이 없어서 주방으론 갈 생각도 하지 못하고, 그렇다고 틀어 놓은 TV 채널에 집중하지도 못하는 어중간한 상태로 멀뚱히 앉아 있는 내가 이상했다. 갑작스럽게 들어온 일이라 모두들 스키장에 놀러 와서도 머리를 맞대고 회의를 해야 한다는 게 본인들에게는 불만스러운 일인지 모르지만 나는 오히려 부러웠다. 그 자리에 껴서 저 알아들을 수 없는 말을 이해하고, 최정우와 함께 진지하고 치열하게 일을 한다면 그건 또 얼마나 짜릿할까.

"은금 씨!"

배명진이 크게 불러 나는 자리에서 벌떡 일어섰다. 속마음을 들킨 사람처럼 화들짝 놀라면서.

"네, 네!"

"미안한데 거기 협탁 위에 내 노트 좀 가져다줄래요? 갈색 가죽으로 된 거요."

협탁 위? 협탁 위를 눈으로 샅샅이 훑었지만, 갈색 가죽 수첩은 없었다. 혹시나 떨어져 있나 해서 몸을 숙여 찾아보니, 아니나 다를까 협탁 아래에 떨어져 있었다.

"그냥 좀 직관적으로 가면 안 돼?"

이야기를 나누다 짜증이 났는지 배명진이 머리를 신경질적으로 긁었다. 나만 아니면 벌써 담배를 한 열 개비는 피웠을 얼굴이다.

정말이네. 한수진 앞에서는 마음 놓고 담배를 피우니 나만 없었으면 이곳은 너구리굴이 됐을지도 모른다. 알게 모르게 여러 사람들을 불편하게 만들었다고 생각하니 기분이 영 찜찜했다. 열렬한 토론이 이어지는 테이블 위에 배명진의 갈색 가죽 노트를 슬며시 밀었다.

"아까 너희 보드 탈 때 생각해 둔 게 있는데…… 이거 한번 봐."

배명진이 노트를 집어 들고 아까 자기가 기록해 두었던 페이지를 찾아 뒤적거렸다. 나는 주방에 들어온 김에 맥주 한 캔을 좀 가져가 볼까 하고 냉장고로 이동했다. 고맙다는 인사는커녕 누구 하나 눈길조차 주지 않으니 꼭 깍두기가 된 기분이다.

"이거 어때?"

배명진이 페이지를 펼쳐서 내밀자,

"에이, 이게 뭐야."

한수진이 쓱 보고 힐난부터 했다.

"이게 왜?"

"이게 어떻게 로고야? 그냥 그림이지."

"원래 그 양반들은 너무 디자인적으로 해 주면 못 알아먹어. 그냥 직관적으로 가자니까."

"그래도 그렇지 이건 아니잖아."

"그건 네가 디자이너라 그런 거고!"

"평범한 사람이라도 이런 건 다 보여. 직관적인 것도 적당해야지, 수준 낮아 보이잖아."

"로고가 꼭 심플하고, 함축적이고, 왜 꼭 그래야 해? 요즘 로고 다 거기서 거기인데 차라리 이편이 신선하지 않겠어?"

배명진이 신나게 반박하다 드디어, 마침내 냉장고에서 맥주 캔을 꺼내는 내게 시선을 돌렸다. 그는 마치 자신의 말을 입증할 실험 도구를 손에 넣은 듯 눈을 빛냈다.

"은금 씨!"

"네?"

어색하게 대답하자 생각에 콕 박혀 입술만 씹고 있던 최정우가 퍼뜩 고개를 돌렸다. 내가 거실에서 여기까지 순간 이동이라도 한 줄 아는 모양이다.

"이거 어때요?"

배명진이 의견에 동의해 주길 바라며 불쑥 노트북을 내밀었다. 나는 본능적으로 최정우의 눈치를 살폈다. 이 자리에 끼어드는 걸 혹시 불편하게 여기진 않을까 걱정된 것에 반해 그는 여전히 '애가 언제 여기로 온 거지?' 하는 눈이었다. 나는 발을 끌며 다가가 조심스럽게 배명진의 노트를 받아 들었다.

"괜찮은 아이디어 아니에요?"

나는 그림을 주시했다. 이게? 이게 아프리카 구호 단체랑 뭐 상관이 있는 건가? 내가 느끼기엔 엄청난 난센스였는데 혹시 표정에 나타나지 않을까 일부러 얼굴 근육을 이완시켰다. 관련 지식이 없으니 어떻게 평가해야 하는지, 뭘 기준으로 판단해야 하는지도 전혀 알 수 없었다. 벙찐 표정을 하고 있으니 한수진이 한심하다는 듯 배명진을 흘겼다.

"이제 막 고등학교 졸업한 애가 뭘 알겠어?"

잘도 콕 집어 이야기하네. 열 받게. 하지만 모르는 걸 어쩌란 말인가. 내 미간이 일순간 복잡하게 구겨졌고 배명진은 마지막 희망을 부여잡으며 재차 물었다.

"별로예요?"

별로고 어쩌고의 이야기까지 가지도 못한다. 그냥 이게 왜 아프리카와 연관이 있는지도 모르고 있으니까.

"이거…… 그냥…… 그러니까…… 이거 어디 아프리카 동네 지형이에요?"

"엥?"

내가 더듬대자 배명진이 이상한 소리를 내며 눈을 가늘게 떴다. 내가 전혀 생뚱맞은 소리를 한 것 같다.

"그러니까……."

당황스러워서 등골에 땀이 비죽 솟았다.

"잘 모르겠어서요."

결국 솔직하게 사실을 인정했다. 알게 뭐람. 한수진 말대로 난 이제 막 고등학교를 졸업해서 이런 건 알지도 못한다고. 모르겠는 걸 어떻게 해. 최정우가 호기심이 생겼는지 노트를 빼앗아 들었고 배명진이 절망적으로 슬퍼했다.

"그거, 지도가 아니라 옆얼굴인데."

옆얼굴? 어디가? 그러고 보니 언뜻 사람 옆모습 같기도 하고.

"거봐. 못 알아보잖아."

모두가 키득키득 웃기 시작하자 분위기가 유해졌다. 한수진까지 웃기는 멍청함이라니. 정말 잊지 못할 순간이다. 멍청함으로 분위기를 좋게 만들었다는 것에 마음의 위안을 얻으려던 찰나, 최정우가 휴대폰으로 뭔가를 검색하다가 자리에서 벌떡 일어섰다. 너무 갑자기 일어선 탓에 모두가 깜짝 놀라며 우뚝 웃음을 멈췄다.

"박은금."

놀란 가슴을 진정시키려 왼쪽 가슴을 손으로 누르며 호흡하고 있는데 그가 무섭게 불렀다. 왜, 왜 그래? 눈이 이글이글 타고 있는 게 보통 심각한 게 아니다. 수업 중 교실에서 딴짓하다가 걸렸을 때 그는 종종 이런 식으로 또박또박 학생의 이름을 불렀었다.

왜 열이 받아 있는 건데? 난 그냥 모르겠다고 한 것뿐이다. 욕을 한 게 아니라. 근데 왜 이렇게 무섭게 쳐다봐. 설마 한때 제자였다는 게 부끄러워서?

그는 와락 두 손으로 내 턱을 잡더니 쪼옥하고 아주 큰 소리가 나게 입을 맞췄다. 단 몇 초 만에 일어난 일에 나를 포함해 거기에 있는 모두가 그 자리에 얼었다. 그가 입을 붙였다 뗄 동안 눈도 깜빡이지 못했다. 얼마나 크게 뜨고 있었는지 눈알이 빠질 것처럼 얼얼했다. 그의 얼굴에는 아까의 무서운 표정 대신 반짝거리는 희열로 물들어 있었다. 적잖게 흥분한 얼굴에 함지박만 한 미소가 곧바로 걸렸다.

"너 완전 천재야. 사랑해."

뭐? 그건 꼭 주문 같았다. 아무런 의미도 없는 단어를 감정도 없이 외우기 위해 내뱉는 거.

방금 뭐라고 했어? 현실성이 전혀 없는, 너무 급작스럽고 이상한 고백을 거리낌 없이 날리더니, 본인이 한 짓에는 아랑곳도 하지 않고, 최정우는 식탁 위에 연필을 잡아 빠르게 무언가를 스케치해 나갔다. 나한테 날린 폭탄은 수습 안 해?

그가 던진 망치에 얼얼하게 얻어맞아 지진이라도 난 것처럼 눈알을 흔들다가 곧 이성을 되찾았다. 무엇이 그의 입에서 말도 안 되는 고백이 흘러나오게 한 건지가 몹시도 궁금했다. 그가 연필을 움직이자 아까 배명진이 그렸던 이상한 지형이 다시 그려지고 있었다. 뭘 하려는 걸까.

"이러면 적당히 함축적이고 적당히 직관적이지 않을까?"

네모난 상자 안에 그림을 가두니 형체가 명확해졌다. 지형이 아니었다. 두 명이 서로를 마주 보고 있는 그림이었다. 매끈한 머리선과 굴곡이 강한 얼굴선이 아프리카인임을 나타내며 동시에 정가운데에 아프리카의 대륙이 펼쳐졌다. 보기에 따라 아프리카의 지도로, 또 마주 보는 두 명의 사람으로 보이기도 했다.

와. 나는 탄성을 내질렀다. 이건 다른 설명이 필요 없겠다. 이 자체로도 모든 게 설명되니까. 최정우의 스케치에 다들 감탄사를 흘렸다.

"좋은데?"

"야. 진짜 이거면 되겠네."

배명진이 그중 가장 신이 나 있었다.

"거봐. 내가 아까 생각한 게 이거라니까!"

"웃기지 마. 절반은 은금 씨가 생각한 거 아냐."

내가? 성필이 끼어들어 딴죽을 걸었고 최정우가 손을 뻗어 내 뺨을 꼬집었다. 아야.

"눈썰미 좋은데?"

내가? 뭘 한 건지는 모르지만, 기뻐하는 최정우를 보니 뭘…… 잘하긴 한 모양이다. 뭣도 모르고 고스톱판에 끼어서 쓰리고에 흔들기까지 한 뭐 그런 상황인가? 그러니까 결국 도움은 되었단 소리잖아.

"이거 색은 어떻게 할까?"

누군가 묻자 최정우가 손을 거두고 다시 열렬하게 이야기 속으로 끼어들었다.

"붉은색으로 해야지. 석양이 지는 색."

"……"

'너 완전 천재야 사랑해.'

본인은 자기가 무슨 말을 내뱉었는지 전혀 모르는 눈치다. 너무 신이 나서 되는 대로 내뱉은 걸 수도 있었다. 아무렇지도 않게 쏘아 올린 미사일에 나만 격추당한 셈이다. 아니. 두 명인가? 최정우 앞에 앉아 나처럼 격추당한 표정으로 멍하게 허공을 응시하는 존재가 하나 더 있었다. 한수진. 아마 나와 같은 이유겠지. 폭탄을 던져 놓은 사람은 아무렇지 않게 일에 열중하는데 나와 한수진만 그 이야기에서 동떨어져 넋이 나간 채로 몇 시간을 더 보냈다. 그 여파가 너무 커서 큰 의미를 두지 않으려고 해도 잠시만 여유가 생기면 멍해졌다.

한수진은 내내 맥주 캔을 손에서 놓지 못했다. 속에서 열이 나는 건지, 아니면 쓰린 건지, 어떻게든 그 충격을 떨치려고 안간힘을 쓰고 있었다. 그 덕에 고맙게도 내 쪽은 오히려 진정이 됐다. 이런 상황에서, 한수진과 한방에서 잔다는 건 정말로 고역이다. 게다가 헛소리로라도 최정우가 내게 사랑한다는 말을 하고 사람들 앞에서 입맞춤을 하고 난 다음에는 더욱 그랬다. 아무런 의미가 없는 고백일 뿐이다. 너무 기뻐서, 갑자기 막 신이 나서 자기도 모르게 지껄인 거다. 어쩌면 놀린 것일 수도 있다. 아마 제대로 기억도 못 하고 있을 거야. 그렇게 생각하니 또 빈정 상하네.

나는 매트리스 오른쪽 끝에 엉덩이를 걸치고 앉아 있었고, 한수진은 그로부터 가장 멀리 떨어진 화장대에 앉아 머리를 빗었다. 우린 어색하게 침묵을 지키며 여기가 헬 게이트라는 걸 입증하고 있었다. 나는 누가 먼저 시비를 낼 기척이면 바로 손이라도 올릴 수 있게 경계와 긴장감을 늦추지 않았다. 둘이 한침대에서 자야

한다는 게 정말 절망적이다. 한수진이 밤새 날 베개로 질식사시키는 건 아닐까 두려움에 떨겠지. 아까 자 두길 잘했다. 목숨에 위협이 느껴져 밤새 깨어 있어야 할지도 모르니까.

"너."

텅 빈 방 안에 그녀의 목소리가 울리자 나는 칼에 찔린 사람처럼 헉하고 펄쩍 몸을 튀겼다가 가라앉았다. 내 반응이 얼마나 겁을 먹었는지 반증하는 것 같아 자존심이 상하고 창피했다. 망할.

"나요?"

나는 창피함에 눈을 질끈 감고, 태연한 척 대답했다.

"그날……"

한수진은 자꾸만 뒷말을 잇지 않고 망설였다. 왜 저래. 무슨 말을 하려고 저렇게 뜸을 들여.

"심하게 말한 거 사과할게."

사과한다고? 나한테? 이건 또 무슨 경우야? 너무 갑작스러운 태세 전환에 또 뒤통수를 얻어맞은 기분이다. 오늘 정말 의외의 상황을 많이 만나네. 왜 이래? 다들. 나는 당황스러워 눈만 끔뻑거렸다.

"그렇게까지 말할 필요 없었는데…… 내가 과했다는 거 인정해."

무슨 수작을 부리려고 이러는지 의심스럽다. 최정우가 혹시 시킨 건가? 사과하라고? 그럴 확률이 다분하지. 그게 아니라면, 긴장을 풀게 만든 다음에 다시 뒤통수를 치려는 건가? 그녀는 화장대 위에 빗을 내려놓고 감정을 추스르려는지 침을 한 번 꿀꺽 삼켰다. 아래로 지그시 내렸다가 위로 들어 올린 눈이 무겁게 가라앉아 있었다.

"혹시 짝사랑해 본 적 있어?"

무슨 말을 하든 말려들지 말자고 결심하고 있었는데 그 한 마디에 감정이 심각하게 동요되어 버렸다. 왜 이러는데 또.

"난 열여덟 살 때부터 했어. 한 사람만."

누군지 뻔히 알기 때문에 이름을 말할 필요도 없었다. 다만 그렇게 오랫동안 짝사랑을 한 줄은 몰랐다. 의외로 순정파인가. 내가 악감정을 키워 나가던 한수진과는 분명 괴리감이 있다.

"첫눈에 반한다는 거 안 믿었는데 보자마자 반했어. 첫눈에 반하면 머릿속에서 종이 울린다더니 그 말이 맞더라."

본인이 생각해도 기가 막힌지 작게 웃었다. 원래 누군가를 좋아하게 되는 건 본인이 컨트롤할 수 있는 감정이 아니다. 그냥 떠밀려 간다. 본인의 의지와는 상관없이.

"나 같은 동양 여자 미국에선 제법 잘 먹혀. 사귀던 남자와도 헤어지고, 그냥 몇 주만 최정우 앞에서 헤프게 굴면 쉽게 사귈 거라고 생각했는데 안 되더라고."

눈빛이 쓸쓸했다. 그때를 그리워하는 것 같기도 했다.

"그래서 더 좋았어. 철딱서니 없게 재미있기도 했어. 조금만 더하면 넘어오겠지. 조금만 더 하면 넘어오겠지. 그렇게 살다가 정신 차려 보니 6년이 흘렀더라. 설마 이렇게 오랫동안 짝사랑하게 될 줄 정말 몰랐어."

저 여자는 자존심이 세다. 그 자존심을 꺾으면서까지 왜 이런 말을 하는 건지 의도를 도통 모르겠다.

"긴 머리를 좋아하면 머리를 기르고, 날씬한 여자를 좋아하면 다이어트를 하고, 지적인 여자를 좋아하면 학점을 올리고, 가정적인 여자를 좋아하면 요리를 배우고⋯⋯ 내가 왜 운동을 하고 머리를 길렀는지 알아?"

"⋯⋯."

"최정우가 사귄 여자들이 모두 그랬으니까."

"⋯⋯."

"열여덟 살 때부터 내 인생의 중심은 최정우였어. 그 아이를 따라 리즈디를 들어가려고 죽기 살기로 공부했어. 그림에 대해 이야기하는 걸 좋아해서 밤새도록 미술 서적만 끼고 살았어. 정우가 모르는 걸 대화로 나누며 걜 기쁘게 해 주려고."

이쯤에서 불쾌하니 그만두라고 말하며 자리를 박차고 일어나는 게 맞는 걸까? 어쩌면 그럴 수도 있었다. 하지만 그녀의 말에 귀를 기울이고 싶었다. 그녀의 슬퍼 보이는 표정이나, 아련하게 이야기하는 말투 때문인 건지도 모른다. 어쩌면 이 여자가 자존심을 꺾고 내뱉는 이 고백이 최초이자 최후가 될지도 모른다는 막연한 예감. 그게 자꾸만 나를 붙잡았다.

"난 특별하다고 생각했어. 정우의 옆에 여자가 나타났다가 사라지기를 수도 없이 반복할 동안, 정우의 옆을 지킨 여자는 오로지 나 하나뿐이었어. 정우가 단지 잠자리 상대로 여기지 않는 여자. 귀찮아하지 않고 제대로 대화를 나누는 여자. 그리고 유일하게 정우를 가식 없이 웃게 할 수 있는 여자가 바로 나였어."

처음 양꼬치 회식 자리에서 둘을 발견했을 때 비슷한 생각을 했다. 동등한 관계의 여자. 같은 눈높이에서 서로를 바라볼 수 있는 여자. 그걸 꽤나 부러워했었다.

"최정우와 가까워지는 한 발자국이 얼마나 힘들었는지 알아? 이름을 알게 되고, 인사를 하게 되고 안부를 주고받고, 그러다 서로 대화를 하고, 농담을 하고……. 그 아이에게 애정 어린 눈길을 받기까지 죽기 살기로 노력했어."

감정이 격해지는지 말이 빨라졌다.

"근데 너한테는 왜 이렇게 쉬워?"

그 말이 내 허를 찌르며 지끈하게 조였다. 대답할 만한 적당한 단어를 찾을 수가 없었다. 이럴 땐 어떤 반응을 보여야 할까.

"너한테는 그 인생에 들어가는 게 왜 이렇게 쉬우냐고. 나는 6년을 노력해도 안 됐는데 어떻게 너한테는 이렇게 빠르냔 말이야."

내가 우리 사이에 대해 비슷한 의문을 가졌을 때, 최정우는 주파수가 잘 맞았기 때문이라고 대답했다. 아직 그 말을 나도 정확하게 이해하진 못한다. 나도 한때 짝사랑이란 걸 해 봤지만, 한수진처럼 지독하게 한 사람을 짝사랑해 본 적은 없다. 그에게 다가갈수록, 노력할수록, 그가 내게서 더 도망치는 것 같다는 절망감을 느낀 적도 있었지만, 한수진이 보기에는 분에 넘치는 투정에 불과할 것이다. 이해하고 싶지 않은데 한수진이 가진 절망의 크기를 이해할 수밖에 없었다. 이 여자의 입장에서 보면 원래의 내가 어떤 사람이었건, 어떤 아픔을 가졌건, 그것과는 상관없이 그저 자기가 오랫동안 힘들게 사랑해 온 남자를 한순간에 빼앗아 간 악녀, 그 이상도 이하도 아닐 테니까.

끔찍하던 여자가 측은해 보이기 시작했다. 혹여 그걸 눈치채고 더 비참해할까 봐 내색하지 않으려 노력했다. 이럴 땐 오랫동안 스스로의 감정을 꾹꾹 눌러 왔던 잘못된 습관이 오히려 장점으로 작용한다.

"왜 난 안 돼? 내 어디가 부족해서? 왜 나보다 네가 더 좋은데? 내가 너보다 못한 게 대체 뭐냐고."

한수진은 감정이 격해졌는지 몸을 바르르 떨며 살짝 휘청였다. 이제 보니 술이 좀 취한 것 같다. 아무 말 없이 맥주만 들이켜더니. 내 편견과는 다르게 그렇게 술이 세지도 않은 모양이다. 그리고 자존심보다 술기운에 휘청대는 감정이 훨씬 더 괴로운 모양이다.

"최정우가 너 같은 거에 마음 줄 줄 알았으면 이렇게 노력도 안 했어. 머릿결에 목숨을 걸지도, 몸매를 가꾸지도, 밝은 척, 당당한 척, 도도한 척, 좋아하지 않는 척하며 친구라도 되려고 발버둥 치진 않았어."

여전히 단어 선택이 뾰족하지만 별로 문제가 되지 않았다. 여기서 말꼬리를 잡고 늘어지는 건 못난 짓이다. 만약 최정우가 그때 고백을 받아 주지 않았다면, 다른 여자와 사귀는 걸 알게 되었다면, 그 여자와 장난으로라도 입 맞추는 걸 보게 되었다면 나는 훨씬 더 많이 무너졌을 거다. 이 순간, 바들바들 떨면서도 울지 않는 한수진이 참 대단해 보였다.

"걔가 원하기만 하면, 바라기만 하면, 뭐든 해 줄 준비가 되어 있는데 그 애는 열어 보지도 않아. 자기를 따라 대학에 들어가고 과를 선택하고, 심지어 단 몇 달이라도 좀 더 가까이 있고 싶어서 오라고 하는 회사 다 뿌리치고 이 거지 같은 구석에 처박혔는데. 정우는 신경도 쓰지 않아."

그녀는 한동안 숨을 몰아쉬었다. 고통스럽게 앙다문 입술을 지켜보는 것이 고역이다.

"내가 너보다 정우에 대해 더 잘 알고, 내가 너보다 정우에게 해 줄 수 있는 게 더 많은데, 왜 걔한테 유일한 여자는 너인데?"

"……."

"왜 내가 아니라 너를 데리고 미국에 가는 건데?"

"……."

"왜 너는 달라? 왜 너는 여태껏 그랬던 것처럼 가볍게 지나가질 않아?"

나는 오랫동안 침묵을 지키고 있었다. 한수진의 감정이 격해지고 답을 찾을 수 없는 물음이 증폭될수록 더 대답하기가 곤란해졌지만 계속해서 입을 다물고 있어서는 안 됐다. 분명 이해시킬 수 없을 테고, 뻔뻔하게 보일 테고, 더 한심스럽게 보일 테지만 한수진과 대화라는 걸 해 봐야 했다. 왜냐하면 최정우는 이 여자를 나름대로 소중하게 대하고 있기 때문이다. 그 성격에 마음에 들지 않는 사람을, 좋아하지도 않는 친구를, 그것도 자칫하면 관계가 꼬일 상대를 옆에 계속 두고 있을 리가 없다.

최정우는 그녀를 자신과 같은 위치에서 바라봤다. 마음을 터놓고 이야기를 나누는 동료. 친구. 나는 이 여자가 궁금해졌다. 최정우가 속고 있는 건지, 아니면 질투에 눈이 멀어 독기를 품은 한쪽 면만을 지나치게 편향되게 바라본 건지.

"내가 사과하면 기분이 좀 풀릴까요?"

한참 만에 열린 입에서 나온 대답이 한수진을 벙찌게 만들었나 보다. 그녀는 몸을 홱 틀어 '바보가 아닌가' 싶은 얼굴로 날 쳐다봤다.

"최정우를 오랫동안 진지하게 좋아한 여자가 있는 줄 몰랐어요.

학교에서도 인기는 많았지만, 사랑이라기보다는 동경이나 호기심이었고 그쪽도 비슷하다고 생각했어요."

한수진은 매우 불쾌한 얼굴을 했다. 내용도 어처구니없었지만, 그 말을 내뱉는 내 존재 자체가 어이없는 것 같았다.

"내가 사라져 줬으면 좋겠어요?"

"······."

무언의 긍정이로군.

"최정우랑 헤어졌으면 해요?"

불쾌한 얼굴이 누그러졌다. 그 말은 아직도 포기가 안 된다는 말이었다.

"그때 심하게 말한 건 미안하지만 다 진심이었어. 난 아직도 그래. 너 도움 안 돼, 걔한테. 그러니까 네가 정우 인생에 마지막 종착역이 될 거란 생각, 뭐 그런 비슷한 거라도…… 하지 마……."

뒷말의 꼬리가 이상하게 꺾였다. 아. 아까의 일 때문이구나. 자존심 때문에 애써 내 존재를 무시하고 깔보고 있었는데 무시하고 싶어도 무시할 수가 없는 거다. 애써 밀어내던 현실이 눈앞에 닥쳤으니까.

왜 아까의 일을 변명하고 싶어지는 건지 모르겠다. 그건 별거 아니었다고. 그 입맞춤은 아무런 감정이 없었고, 그 고백은 아무런 의미도 없었다고. 하지만 변명한다고 해서 한수진에게 위로가 될 것 같지 않다. 오히려 섣부른 위로로 더 상처를 줄 거다. 그리고 어쩌면 내게도 상처가 될지 모른다.

"너는 정우한테 짐만 될 거야. 그런데도 넌 걔 따라 유학 갈 거야?"

"네."

너무 쉽게 대답하자 한수진이 원망스러운 눈으로 쏘아봤다.

"너 때문에 정우 인생이 망가지면 난 널 죽일지도 몰라."

글쎄. 지금으로 봐선 망치든 안 망치든 날 죽일 것 같은데.

"그럴 일은 없어요. 절대로 그렇게 되지 않을 거예요. 만에 하나 그렇게 될 것 같으면 그쪽 손에 당하기 전에 알아서 절벽에서 뛰어내릴 거니까요."

"……."

"댁이 보기에 내가 참 쉽게 발을 들인 것처럼 보였을지는 몰라도 나한테는 아니에요. 말할 수는 없지만 내 인생이 그렇게 쉽지는 않았거든요. 최정우는 어둡고, 칙칙하고, 우울하고, 색이라고는 하나도 없던 인생에서 날 끌어 올려 준 사람이에요. 선생님한테 가진 감정은 사랑이라고 칭할 수 있는 감정보다 훨씬 더 깊어요. 그래서 나는 목숨을 걸었어요. 내겐 최정우가 아닌 다른 남자도 없고 다른 인생도 없어요."

한수진은 여전히 고까운 표정을 풀지 못했다. 알 만하군.

"여전히 내가 하는 모든 말이 사치스럽게 들리죠?"

"그래."

웃음이 났다. 이 여자를 진심으로 대하고 있다는 게 웃겼다. 이 여자랑 사이가 좋아져서 무슨 부귀영화를 누리겠나. 이 여자에겐 내 존재 자체가 불쾌하고, 나도 부딪혀 좋을 게 없는데. 그런데도 아이러니하게도 우린 한방에 앉아 있었다. 서로를 무시하고 싶은데도 무시할 수가 없고, 감정이 격앙돼 결국엔 이렇게 앉아서 목적도, 방향도 없이, 한쪽은 진심을 쏟아 내고 한쪽은 진심으로 받아들이고 있었다. 그러니까 결국엔 대화라는 걸 하고 있는 셈이다.

열여덟 살에 만나 6년을 짝사랑하며 한수진은 청춘을 최정우에게 몽땅 쏟아부었다. 그건 콧방귀나 한 번 뀌고 무시할 수 있는 수준의 애정이 아니었다. 그리고 그 감정이 가위로 싹둑 자르면 잘려 나가는 류는 더더욱 아니다. 만약 한수진이 내 친구였다면 나는 최정우를 '나쁜 자식'이라 저주하며 그녀를 안고 펑펑 울었을 거다. 그딴 개자식은 잊으라고. 더 좋은 남자를 만나라고 말이다. 하지만 알아. 그녀에게도 내게도 원하고 바라는 남자는 최정우 하나뿐이다.

아무래도 이 여자의 감정을 혹덩이처럼 짊어지고 가야 할 것 같다. 시간이 지나서 혹덩이가 작아지든, 아니면 그전에 나와 최정우의 사이가 먼저 끝나든 한수진의 감정을 인정해야만 한다. 그래아 내가 균형을 찾을 수 있을 것 같았다.

"다른 남자 만나 볼 생각 없어요?"

"넌 없어?"

"없는데요."

"그럼 나도 없어."

뻔뻔한데 나름대로 매력은 있네. 어처구니없어 픽 웃자 한수진의 표정에서 적대감이 사라졌다. 대신 아주 심술궂게 변했다.

"모를까 봐 해 주는 말인데, 미국에 가면 걔 달라질지도 몰라. 거기엔 너보다 예쁜 여자애들이 지천에 널려 있거든."

목소리에 뾰족하게 서린 독기는 뒤로 갈수록 탄력을 받았다. 그러거나 말거나 양말을 벗고 매트리스 위에 덮여 있는 이불을 들추고 안으로 들어갔다.

"정우는 특히 라틴계 미녀를 참 좋아해. 긴 생머리에 구릿빛 피부에 에메랄드색 눈동자 보면 침 질질 흘리며 따라갈걸."

아주 그러라고 저주하는 뉘앙스다.

"어느 날 집에 돌아가 보면 열쇠가 바뀌어 있을 거야. 짐 가방은 문 앞에 던져져 있겠지. 그때 가서 울지나 말라고."

베개를 고쳐 베고 이불을 당기고 난 후에, 태연스레 한수진에게 시선을 돌렸다. 이제는 서릿발 치는 뱀 눈이 귀여워 보이기까지 한다.

"미국은 총기 소지가 가능하죠? 가면 리볼버부터 사 놔야겠네요. 그래야 바람피우면 쏴 죽일 수 있을 테니. 애정 어린 충고 고마워요."

아프지도 가렵지도 않게 맞받아치는 바람에 한수진이 입을 쩍 벌렸다. 물론 그렇게 반응하라고 한 소리다.

"먼저 잘게요. 옆에서 자기 싫으면 바닥에서 자든가요."

낼 수 있는 최대한의 미소를 지어 보이고 한수진에게서 등을 돌렸다. 벌린 입은 언젠가 다물겠지. 어떤 사람인지 대충 사이즈가 나온 마당에 이제 와 이 여자를 무서워할 이유가 뭐란 말인가. 괴팍하지만 사랑에 대해선 나름의 순정이 있었다. 도도한 척 연기하고 있지만 바보처럼 미련한 면도 있었고, 최정우를 진심으로 생각하는 걸 보면 회복 불가능할 정도로 못돼 처먹은 건 또 아니었다.

바보 같긴. 차라리 좋아한다고 진즉 고백이나 해 보지. 6년이나 감정을 묵혀 두기 아깝지도 않았나? 그랬으면 나같이 별 볼 일 없는 여자에게 동정받는 일은 없었을 거 아냐. 차라리 사귀었다가 헤어졌다면 우린 좋은 친구가 되었을 수도 있었잖아. 최정우의 추억을 나누어 줄 수도 있었잖아. 그 마음이 곪아서 아플 일은 없었잖아.

한수진을 등진 채 행여나 머리채를 잡힐까 봐 면상 앞에 던지지 못한 말들을 혼자 속사포처럼 중얼거렸다. 그러다가 저 혼자 놀랐다. 내가 이런 성격이었나? 아무렇지 않게 받아넘기는 성격이었나? 그건 절대 아니었다. 받아치기는커녕, 한 마디 한 마디를 맘속에 꾹꾹 쑤셔 박아 계속해서 혼자 상처를 내는 타입이었다. 그런데 정반대로 행동하고 있다. 날카롭게 독기가 서린 말을, 그것도 남자 친구를 짝사랑하는 여자의 저주를 아무렇지 않게 흘려들으며 오히려 상대방에게 아량 넓은 척을 하고 있었다. 마치 그녀를 깔보는 듯이 말이다.

진짜야? 내가? 이러고 있다고? 작년 가을의 나라면 상상도 할수 없는 일이었다. 언제부터 이렇게 된 건지 가늠할 수 없지만, 확실히 나는 점점 더 많이, 더 빨리 변해 가고 있다. 힘든 일을 겪고나서 인생에 달관하기 시작한 건지, 아니면 최정우를 만나서 잃어버린 자존감을 되찾고 있는 건지 모르겠지만 나는 내가 알지 못했던 나를 점점 발견한다. 눈을 감고 오지 않는 잠을 청하는 대신앞으로 어떻게 변할지를 계속해서 상상했다. 웬만하면 이 모든 게좋은 쪽이기를 바랐다.

한수진은 결국 적과의 동침을 선택한 모양이었다. 옆자리의 베개와 시트가 흐트러져 있는 걸 보니. 누군가의 심술로 커튼이 활짝 열린 창문 너머, 눈이 따가울 정도로 해가 떠 있었다. 너무 눈이 부셔서 늦잠을 자는 게 곤란할 정도로. 그래. 이래야 한수진답지. 이 유치한 성격을 최정우에겐 들키지 않았으려나.

텁텁한 입을 양치질로 헹구고 차가운 물을 연신 얼굴에 끼얹으며 막연하게 하루 일과를 상상했다. 오늘은 뭘 할까. 최정우에게 질질 끌려다니며 온종일 보드 훈련을 하려나, 아니면 모두가 아프리카 단체 일에 정신없는 동안 밀뚱히 혼자 티브이를 봐야 하려나. 전자는 힘들어도 재미있을 것 같긴 한데, 후자는 정말 말 그대로 후질 것 같다.

갑작스레 여긴 참 어려운 세계라는 생각이 들었다. 제대로 타지도 못하는 스노보드가 함축적인 상징물이었다. 나는 이제 막 걸음마를 뗐는데 모두들 쌩쌩 잘만 달린다. 감히 따라잡을 엄두도 내질 못한다. 황새를 따라가는 뱁새인가. 여태껏 남자들과 한데 섞여 단체 생활을 한 적이 없어서인지 자꾸 무리하는 기분이 든다. 무리하는 건 안 좋은 거라고 들었는데 내가 이곳에 잘 섞이지 않으면 최정우가 곤란해 할 것 같아서 자꾸만 무리하게 된다. 이 안에 정말 잘 섞여 들어서, 어딜 가도 불편하지 않은 여자 친구가 되고 싶다.

머리를 빗어서 하나로 묶고 얼굴에 로션을 짜 바른 뒤에 조용히 방문을 열고 나왔다. 거실과 주방이 전날에 비해 많이 어수선했다. 여기저기 벗어 놓은 옷가지, 스케치를 하다가 만 종이, 먹다 만 주전부리들이 바닥에 잔뜩 널브러진 상태였다. 그 사이에 최정우가 있었다. 밤새 켜 둔 건지 후끈후끈 열 오른 맥북을 잡고 커피 테이블에 양반 다리를 하고 앉아 무심하게 커서를 딸깍거리고 있었다. 한수진이 내 앞을 스치더니 커피 테이블에 머그잔 하나를 내려놨다.

"마셔."

"아. 땡큐."

그녀는 일부러 날 똑바로 쳐다보며 보란 듯이 최정우의 옆에 찰싹 붙어 앉았다. 지난밤 그녀에게 느꼈던 일말의 호감이 싸그리 날아갔다. 최정우를 두고 나랑 저러고 싶나?

"설마 밤새웠어요?"

이게 대체 무슨 구도람. 나도 최정우 옆에 앉자, 의도치 않게 최정우를 사이에 두고 여자 둘이 대치하고 있는 구도가 돼 버렸다.

"아. 조금."

그는 모니터에서 시선을 떼지 않고 손톱으로 눈썹 아래를 긁었다. 눈두덩은 피로로 푹 꺼져 있었다. 괜스레 방해인가? 설거지라도 하는 게 도움이 될 것 같아 몸을 일으키려는데 그가 머그잔을 쓰윽 밀었다.

"마셔. 핫초코야."

그러면서 얼굴을 한 번 쓱 쳐다보더니 마우스 커서를 놓고 내 손에 머그잔을 단단히 들려 주었다.

"너 잠은 제대로 잤어?"

"네."

누가 누구 걱정을 하는 거야. 본인은 밤을 새웠으면서. 내가 근심 어린 표정으로 정우를 쳐다보자 한수진이 자리에서 벌떡 일어섰다. 그러더니 주방으로 들어가 신경질적으로 개수대에 물을 틀었다. 어휴. 저러는 한수진도 한수진이지만 최정우도 참 무심하다. 저를 좋아하는 거 뻔히 알면서 어떻게 그 핫초코를 나한테 건넬 수 있을까. 이 사람을 짝사랑하며 얼마나 마음고생을 했을지 한수진이 불쌍하기까지 하다.

"월요일까지라면서 벌써 완성하려고요?"

"……."

그는 집중하느라 틈을 좀 들였다.

"잡은 김에 마무리하려고."

"……."

한번 시작하면 무섭게 파고드는 타입. 알 만하다. 얼굴에는 피곤함이 엿보였지만 눈동자만은 무섭게 집중하고 있었다. 이렇게 몇 시간을 앉아 있었던 걸까.

나는 조용히 핫초코를 홀짝이며 자기만의 세계에 파고드는 최정우 옆얼굴을 구경했다. 어떠한 상황에서도 중심이 잡혀 있는 최정우가 대단하다고 느껴졌다. 또 부럽기도 했다. 나는 사랑과 커리어를 따로 분리해서 생각할 수가 없는데 그는 가능하다. 그 사이에서 휘청거리는 나와 달리 그는 어느 때고 중심을 참 잘 잡았다. 아마 자기 확신이 강해서겠지. 나는 그게 없는 거고.

"수진아, 이것 좀 봐 줘."

분노의 설거지를 하고 있던 한수진이 최정우의 부름에 냉큼 손을 털고 달려왔다. 얼굴에는 마치 주님의 음성이라도 들은 것처럼 환희에 차 있었다.

"뭔데?"

"월요일에 시안 보여 줄 때 샘플이 몇 개 있어야 할 것 같아. 티셔츠나, 모자 같은 것으로 목업을 좀 해 났으면 좋겠어."

"그래. 일단 클라우드 뒤져 볼게. 그리고 색상 말인데……."

코럴, 다크, 세틀 브라운 다크 오렌지, 기타 등등. 무슨 색상인지 아무리 생각해 봐도 모르겠는 색상명을 서로 주고받을 동안 나는 자리에서 일어나 바닥에 널브러져 있던 주전부리부터 치웠다. 물티슈로 땟자국을 지우며 여기까지 와서 정리밖에 할 일이 없는 스스로가 한심했다.

한수진이 날 자극할 셈이라면 유치한 싸움보다 일에 대해 최정우와 대화를 나누는 편이 훨씬 효과적일 거다. 저 둘이 저러고 있으면 어떤 면에서는 플라토닉한 연인처럼 보이기도 하니까. 한수진이 깨닫지 못한 건 본인에겐 무척 불행한 일이겠지만 내겐 다행인 일이다. 저 여자가 그 위치를 이용하면 나는 감정적으로 완전히 무너져 버릴지도 모르니까. 이런 면에서는 양꼬치를 먹던 그날 밤과 전혀 달라진 게 없어 보인다. 처음부터 지금까지 나는 그에게 사랑을 받고 싶었지만 그만큼 인정도 받고 싶었다. 그 기분은 그와 가까워지면 가까워질수록 퇴색되는 게 아니라 오히려 더 강렬해졌다.

그에게 무척이나 가까워졌다고 생각했는데 아직도 한참이나 모자랐다. 얼마나 더 올라가야, 내 갈증은 사라질까. 어젯밤엔 독사 같은 한수진을 맞받아치며 눈 하나 깜짝 안 해 놓고, 왜 지금은 마음이 휘청이는 건지 모르겠다. 그를 사랑하는 마음과는 달리 우리 관계에 대해서 자신이 없는 모양이다. 괜히 심술만 부리고 싶어진다.

* * *

오전 내내 맥북만 붙잡고 있던 최정우는 손을 털고 일어나자마자 내게 다시 보드복을 입히곤 밖으로 끌었다. 그는 한 손으론 보드를 들고 아직 멍투성이인 무릎이 오늘 내로 아작 날지도 모른다는 생각으로 벌벌 떠는 나를 다른 손으로 잡은 채 질질 끌었다. 잔뜩 중무장한 나에 비해 그의 복장은 지나치게 가벼웠다. 오늘은 보드도 안 타고 하루 종일 옆에 붙어 지옥훈련이라도 시킬 셈인가 싶어 나는 점점 더 파리하게 굳어 갔다.

"일은 다 끝났어요?"

"수진이에게 바통 터치했으니 알아서 하겠지."

"안 피곤해요?"

"이따 자면 돼."

밤을 새운 사람치고는 꽤 들떠 보였다. 몸을 움직이면 움직일수록 피곤해지는 나와는 달리 그는 피곤할수록 몸을 움직여서 활력을 만드는 타입인 것 같다.

"어제처럼 또 나 버려두고 가 버리게요?"

그는 날 내려다보며 씩 웃었다.

"오늘은 상급 코스 가 볼래?"

"차라리 거기서 굴려요. 아래까지 데굴데굴 굴러갈 테니까."

뾰로통한 대답에 그는 다소 과장되게 소리 내어 웃었다. 평소와 다르게 발걸음도 조급했다. 왜 이렇게 신이 나 있지? 좀 이상하단 생각을 하며 매표창구에 다다랐을 때, 그 이유를 알 수 있었다.

"박은금!"

지혜가 보드를 들고 거기에 서 있었다. 바로 옆에 재현이도 함께였다. 너무 놀라 그 자리에 서서 비명을 질렀고 지혜가 깡충깡충 뛰며 달려왔다. 내 반응이 웃겼는지 그녀는 깔깔깔 웃었다.

"너……."

말이 제대로 안 나와 더듬대는 사이 재현이도 지혜 옆에 섰다. 나는 둘을 번갈아 쳐다봤다.

"너네, 여기 무슨 일로 온 거야?"

"무슨 일로 오긴. 너 있다니까 왔지."

"나? 내가 여기 온 건 어떻게 알고?"

재현이와 지혜의 반달눈이 최정우에게로 향했고 나는 획 옆을 돌아봤다.

"정우 샘이 알려 줬어. 공짜로 스키장 놀러 올 기회를 저버릴 수야 없지."

뭐야…… 뭐야, 이거. 최정우가 날 보고 웃고 있다.

"지혜한테 연락했어요?"

"응."

"재현이한테도요?"

"응."

"언제요?"

"어젯밤에."

어젯밤. 어젯밤이라면 최정우가 로고를 만드는 데 정신이 팔려 있을 때였다. 그런데 대체 어느새? 나는 재현이에게 시선을 옮겼다.

"너 정시 기간 아니야?"

"이미 실기는 다 봤어. 결과만 기다리면 돼."

재현이 목소리를 정말 오랜만에 들었다. 사람 좋아 보이는 맑은 미소도 오랜만에 본다. 가슴이 찌르르 아렸다. 이런 기분을 뭐라

고 표현해야 할지 모르겠다. 울고 싶기도 하고 아주아주 안심이
되기도 했다.

"너네 보드 탈 거야?"

"네!"

"탈 줄은 알아?"

최정우가 주머니에서 지갑을 꺼내며 물었다.

"처음인데, 지혜가 탈 줄 아니까 가르쳐 준댔어요."

"너 탈 줄 알아?"

최정우가 묻자 그녀는 자신 있게 고개를 끄덕였다.

"네. 몇 번 타 봤어요. 아직 서툴지만."

"여기서 기다려. 리프트권 사 올게."

그는 성큼성큼 매표창구로 향했고 우린 서로에게 눈을 돌렸다.

"실기는 잘 봤어?"

재현이가 하얀 치아를 드러내며 멋쩍게 웃었다.

"모르지. 결과 나와 봐야 알지."

"언제 나오는데?"

"월말에. 열심히 했으니까 발표 나올 때까지 그냥 맘 편히 있으
려고."

"은금이 너 보드 탈 줄 알아?"

지혜가 불쑥 대화에 끼어들었다.

"아. 최정우한테 배웠어."

"잘 가르쳐?"

잘 가르치냐고? 나는 기가 막혀 눈알을 굴렸다.

"너도 한번 받아 봐. 차라리 슬로프에서 죽었으면 좋겠다 싶어

질걸."

어금니를 물고 악에 받쳐 말하자 둘은 웃음을 터트렸다.

"하여간 안 봐도 뻔하다. 수업 시간이랑 다를 게 없었겠지."

지혜가 머리에 쓴 털모자를 고쳐 쓰며 콧방귀를 뀌었다.

"근데 너희들 언제 돌아가?"

가능하면 지혜와 재현이와 좀 더 오랫동안 있고 싶었다. 친구들과 있으니 숨통이 탁 트이는 게 이제야 놀러 온 것 같은 기분이 들었다.

"내일 아빠가 데리러 오신댔어. 너희 숙소 넓다며? 정우 샘이 그 방에서 자면 된다던데?"

추가 인원 요금을 내면 이불과 베개를 추가로 가져다줄 거다. 지혜는 침대가 아니면 잠을 못 잘 테니 내가 바닥에서 자면 된다. 오히려 잘됐다. 한수진이랑 한침대 쓰는 거 찝찝했는데 그 사이에 지혜가 껴 준다면 천군만마를 얻은 셈이다. 너무 기뻐서 입이 끝도 없이 올라갔다.

"진짜 잘됐다!"

나는 호들갑스럽게 박수를 쳤다. 아침에 일어났을 때 뭘 해야 할지 막막했는데 이젠 하고 싶은 일들이 넘쳐 났다. 썰매 타야지! 오락실 있던데 오락실도 가 봐야겠다! 이따 저녁에 지혜랑 사우나도 가 볼까? 편의점에서 군것질도 꼭 해야지!

"여기 엑스라이더 있던데 이따 우리 그거 타 볼래?"

"너 그거 할 줄은 알아?"

재현이의 말에 지혜가 미심쩍게 인상을 썼다.

"원래 남자면 타고나는 거야. 피에 질주 본능이 내재되어 있다고. 나만 믿으라니까."

지혜는 헛소리를 하고 있다는 듯 픽 웃더니 곧 주제를 바꿨다.

"이따 저녁에 고스톱 칠까? 원래 이런 데 놀러 오면 밤에 고스톱 정도는 쳐 줘야 되는 거 아냐?"

"나 그거 못해."

재현이가 볼멘소리를 했다.

"이런 데 오면 무조건 술에 고스톱이야. 쟤는 하여간 너무 곱게 자랐다니까. 은금이 어때? 이따 콜?"

"야. 그러지 말고 저녁에 볼링장이나 가자."

"너 볼링은 칠 줄 알고?"

"배우면 되지. 쉽다던데. 이따 정우 샘 오면 물어볼까?"

글쎄. 최정우는 지금 꽤나 바쁠 텐데. 고개를 갸우뚱거리며 대꾸하려는데 지혜가 불쑥 손바닥을 짝 쳤다.

"그럼 볼링으로 야식 내기 하자."

"넌 왜 꼭 뭘 그렇게 자꾸 걸라고 하냐?"

"그래야 재미있지, 멍청아. 승부욕도 활활 불타고."

"스포츠는 원래 승패를 떠나 그 과정을 즐기는 거라고. 하여간 너는 그 성격 좀 고쳐."

"네가 그렇게 무디게 구니까 아직까지 모태솔로인 거야. 얼간아."

재현의 얼굴이 터질 것처럼 빨갛게 달아올랐다. 어떻게 된 게 스무 살이 되어도, 졸업을 앞두고도, 도무지 변한 게 없었다. 정말이네. 정말 변하지 않았다. 이렇게 많은 게 변했는데도 여전히 변하지 않는 게 존재하고 있었다. 여전히.

"모태솔로! 내가 모태솔로인지 아닌지 어떻게 알아! 니가 봤어?"

"하는 꼴을 보면 딱 모태솔로구먼."

"웃기고 있네! 지는 버림받은 주제에."

"버림받긴 누가 버림받아? 애초에 누가 날 버려? 감히?"

속사포처럼 뱉어 내는 말들에 정신없이 둘을 번갈아 쳐다봤다. 보는 것만으로도 아주 재미있었다.

"너넨 왜 여기까지 와서 싸움질이야."

최정우의 목소리가 바로 뒤에서 들렸다.

"얘가 자꾸 시비를 걸잖아요."

"얘가 자꾸 내기 도박하자고 하잖아요."

"시끄러워. 이거나 지퍼에 채워."

그는 플라스틱 고리가 달린 리프트권을 지혜와 재현이에게 건넨 뒤 나를 돌려세웠다.

"샘. 볼링 칠 줄 알아요?"

"볼링? 응. 왜?"

최정우가 내 지퍼에 리프트권을 매달며 대답했다.

"이따가 볼링장 가 보려고요. 배우고 싶기도 하고. 이따 같이 갈래요?"

"볼링장 가기 전에 전화해. 내려올게."

"앗싸."

재현이가 주먹을 불끈 쥐며 쾌재를 불렀다. 어지간히도 쳐 보고 싶은 모양이었다. 지혜는 지나치게 기뻐하는 재현이를 못마땅하게 쳐다보다 공격적으로 멱살을 쥐었다.

"따라와. 볼링은 이따 치고 일단 보드부터 배워야지, 안 그래?"

안 좋은 예감이 들었는지 재현이의 얼굴이 하얗게 변색됐다.

"어디 질주 본능이 얼마나 살아 있나 보자고."

지혜한테 코뚜레를 잡힌 소처럼 재현이는 맥없이 질질 끌려갔다. 그게 너무 웃겨서 한참 동안 키득거리며 웃다가 문득 고개를 들었더니 최정우와 시선이 맞닿았다. 그는 부드럽게 웃으며 물었다.

"재미있어?"

"네."

천진한 목소리로 대답하는 나를 그는 아무 말 없이 바라보기만 했다. 그의 표정에 많은 감정들이 묻어났다. 후회하는 거 같기도 하고, 기뻐 보이기도 하고, 슬퍼 보이기도 하고, 흐뭇해 보이기도 하고, 또 아주 사랑스러워 보이기도 했다. 그의 표정에서 읽고 있는 감정들이 정말이라면 복잡한 기분인 셈이다. 나는 활짝 웃으며 친구들을 불러 줘서, 그리고 신경을 써 줘서 고맙다는 말을 하려고 했는데, 그가 와락 껴안는 바람에 목 안으로 꿀꺽 넘어갔다. 나는 눈을 동그랗게 뜨고 그의 손이 조일 듯이 감싸는 감각에 아무 말도 하지 못했다. 왜 그러지? 그가 곧 아주 조용히 입을 열었다.

"미안해. 내 욕심만 부려서."

그 말은 무척 함축적으로 느껴졌다. 스키장까지 와서 어쩔 수 없이 일을 하고 있는, 그래서 내게 신경을 쓰지 못하고 있는 상황에 대한 사과만은 분명 아니었다. 만약 그런 뜻으로 한 사과라면 재현이와 지혜를 불러 준 것만으로 충분했다. 하지만 결코 그것만을 위한 사과가 아니었다. 무슨 뜻으로 한 말인지 궁금했지만 물어봐서는 안 될 것 같았다. 혹시 뭔가 후회하고 있는 건 아

닐까. 나에 대해서. 우리의 관계에 대해서. 그 생각에 덜컥 겁이
나기도 했다. 그가 천천히 손을 풀고 뺨에 붙은 내 잔머리를 부드
럽게 쓸어 냈다.

"신나게 놀아. 필요한 거 있으면 전화하고."

"같이 안 가요?"

"난 좀 잘 거야. 피곤해."

그는 내 뺨을 한 번 어루만지고는 빙그레 웃더니, 숙소 쪽으로
발걸음을 뗐다. 나는 멀뚱히 서서 복잡한 뒷모습을 바라봤다. 어
떤 일이건 부디 나 때문에 그의 기분이 상한 게 아니기를 간절히
바란다.

* * *

"따닥!"

주먹을 불끈 쥐며 외치자 지혜의 얼굴이 썩었다. 판에 깔린 초단
4개를 동시에 가져왔고 지혜는 마지못해 피 하나를 내 쪽에 던졌
다. 재현이는 하나뿐인 쌍피를 내놔야 했다.

"야. 너 적당히 좀 해라."

지혜의 볼멘소리에도 아랑곳 않고 피를 정리하며 살기를 뿜었
다. 지금 내 사전에 적당이란 단어는 없었다. 몸치인 나는 균형감
이란 것도 없는 모양인지 볼링장에서의 야식 내기에 대패했다. 셋
다 초보였고 셋 다 처음 배우는 거라 분명 처음엔 셋 다 볼링공을
도랑으로 굴렸는데 마지막에는 나만 그러고 있었다. 심지어 재현
이는 연속 스트라이크도 쳤다.

절대로 최정우의 설명을 못 알아들은 게 아니었다. 언제나 그렇듯 이론은 완벽했다. 처음엔 황당해하던 최정우도 나중엔 개그로 인식하기 시작했다. 내게 한 번만 더 도랑에 공을 굴리면 연속 0점의 대기록을 세우는 거라며 오히려 마지막까지 0점을 따내기를 진심으로 바라는 듯이 굴었다. 누굴 바보로 아냐며 씩씩댔지만 정열적으로 레일에 내던진 공은 시원하게 포물선을 그리며 도랑으로 흘러 들어갔고 결국 단 한 개의 핀도 맞추지 못했다. 그러니 편을 먹고 진행한 내기 시합에서 나와 최정우가 이길 수 있을 리 없었다. 결국 야식의 독박은 최정우 혼자 다 썼다.

리프트권도 구매해 줘, 야식도 사 줘. 최정우가 데리고 온 게 과연 내 친구들인지 거지새끼들인지 분간이 안 갈 정도였고, 나는 앞으로는 무슨 일이 있어도 스포츠로 내기 따위 하지 않기로 결심했다. 해 봤자 나만 손해다. 하지만 고스톱은 이야기가 다르지! 왜냐고! 중학교 3학년 때까지 우리 가족이 기도 다음으로 많이 한 게 고스톱이거든!

나이를 먹어 가면서 엄마 아빠의 엄격한 신앙과 취미 생활이 어폐가 맞지 않는다는 생각이 들기도 했지만 그럴 때마다 엄마는 성경 어느 구절에도 '고스톱을 치지 마라'는 이야기는 없었다며 억지를 부렸다. 그러므로 이건 윷놀이나 장기, 바둑과 전혀 다를 것이 없으며, 돈내기 없이 가족끼리 화합의 장을 만든다는 용도로만 사용하면 치매 예방에도 효과적인 일석이조의 게임이라고 했다. 그리고 지금 그 딸은 고스톱을 치며 쩜100의 노예가 되어 있고 말이다.

"딱 기다려."

내 다음번 순서인 재현이가 화투 패를 내려놓으려 하자 황급히 손을 들어 정지시켰다. 재현이는 피박이었다. 지혜는 이제 겨우 1점.

"야."

"조용!"

재현이가 말을 시키려 하자 내가 엄하게 꾸짖었다. 건들지 마. 지금 고냐, 스톱이냐, 중대 기로라고. 최정우는 소파에 앉아 버라이어티 쇼를 보는 듯 사태를 관망했다. 열다섯 살에 미국으로 넘어간 이후로 고스톱이란 걸 쳐 본 적이 없다며 진작 이 전투에서 물러섰다. 좋아. 독고다이 하라 이거지. 그래도 야식값을 몽땅 최정우가 냈으니 내 쪽에선 할 말이 없다. 대신 배명진이 찰싹 달라붙어 있었다. 과연 연장자답게 이 고스톱 판에 가장 흥미가 많았다.

"고해. 고."

그가 내 귓가에 낮게 속삭였다.

"보니까 날 게 없어, 날 게. 이건 무조건 고하는 거야."

재현이는 피가 없었고 청단이나 홍단으로 날 기미도 보이지 않았다. 지혜는 띠가 4개였는데 다 모아 봤자 2점.

"오케이 콜! 고!"

빠르게 점수 계산을 마친 다음 시원스럽게 선포했다. 재현이는 모포에 단풍 패를 던지고 패 하나를 뒤집었다. 단풍.

"뻑!"

재현이는 단풍 패 3개를 보며 절망했다. 안 될 놈은 뭘 해도 안 된다.

"야, 이 멍충아! 판을 좀 보면서 내!"

"나 고스톱 할 줄 모른다니까!"

지혜가 소리를 꽥 지르자 재현이가 지지 않고 언성을 높였다. 조만간 머리채라도 잡을 판이다.

"아, 그리고! 명진 아저씨는 왜 제일 잘하는 은금이 옆에 붙어서 그래요! 훈수 둘 서면 재현이나 좀 봐주라고요!"

지혜의 타깃이 배명진으로 바뀌었다. 볼링을 치고 난 후, 이 방에 덥석 들어온 지혜는 누구보다 빨리 분위기에 적응했다. 어려울 것 없이 모두에게 말을 붙이고, 장난도 걸고, 건방져 보일 정도로 당당했다. 태생이 예쁘고 잘나서일까? 나 같은 애가 저렇게 굴었다가는 '안하무인에 싸가지 없다'는 소리를 들었을 텐데 지혜가 그렇게 굴면 '예쁜데 의외로 소탈하다, 성격이 시원하다'라고 여겨졌다. 배명진에게 꽥꽥 소리를 지르고 있는 상황에도 누구 하나 불쾌한 기색이 없었다. 오히려 껄껄 웃음을 터트리게 된다.

"난 원래 강한 놈한테만 붙거든. 천성이 그래."

지혜는 모포에 깔려 있는 패 중 마지막 남은 팔광을 낚아채어 갔다. 이제. 내 차롄가? 나는 단풍 패를 던졌다.

"이것 봐. 이 멍충아!!"

지혜는 옆에 앉아 있는 재현이의 옆구리를 발로 퍽 찼다.

"악!"

재현이는 볼링 핀처럼 옆으로 쓰러졌다가 잔뜩 열이 받은 채 지혜를 쏘아봤다.

"아, 왜 나한테 그래! 네가 이기든가!"

"니가 지금 중간에서 다 망치고 있잖아! 패를 보면서 내야 될 거 아냐!"

"그니까 그걸 내가 어떻게 아냐고!"

"야, 야, 야, 시끄러."

너무 시끄러운지 최정우가 귀를 후비며 끼어들었다.

"은금이 너도 그만큼 땄으면 좀 봐주면서 해라."

무슨 소리! 우리가 피 본 돈을 생각하면 밤을 새워도 모자란단 말이야!

"너는 뭐 대대로 타짜 집안이야? 고스톱은 왜 이렇게 잘해."

"타짜 집안은 아니지만 여가 활동으로 자주 쳤어요. 그리고 원래 내가 몸 쓰는 것 빼고 평타 이상은 쳐요."

"너 독실한 기독교 집안이라며?"

"엄마가 성경에 고스톱 치지 말란 말은 없으니 괜찮대요."

내 대꾸에 최정우가 어이가 없는지 헛웃음을 켰다. 네. 네. 그렇게 앞뒤가 안 맞는 집안입니다.

"스톱."

배명진이 투고를 해야지 왜 멈추냐고 만류했지만 이 분위기에 내가 투고까지 하면 돈독 오른 애가 되는 건 둘째치고, 재현이가 지혜의 발길질 때문에 머지않아 골절상을 당할 확률이 매우 높았기 때문에 나는 결국 최정우의 말을 듣기로 했다. 그래. 봐주면서 하지 뭐. 평소 같으면 한수진이 이쯤 되어 '미개하다'고 혀를 차며 자극해야 할 타이밍인데 입을 꾹 다물고 공용 맥북만 만지작거렸다.

마치 회사 일을 마무리하느라 정신이 팔린 성실한 직원이라는 코스프레를 하는 것 같았지만 실상은 지혜에게 기가 눌려서 그러는 것뿐이었다. 스튜디오 내에서 유일한 홍일점이었고 거기에 내가 끼어들어도 본인보다 잘난 점이 없으므로, 팀 내의 하나뿐인 '꽤나 볼 만한 여자' 타이틀을 빼앗길 염려는 없었는데 지혜가 등장하며 무참히 깨졌다. 본인보다 예쁘고 심지어 어리기까지 했으며, 거기에 더해 인쇄소를 경영하는 어느 잘나가는 사장님 댁 아가씨였으니 남자들의 관심사가 그녀에게 돌아가는 건 지극히 당연한 일이었다.

목숨 걸고 덤벼들어 모든 남자의 꿈이라는 '셔터 맨'이 될 수 있을 거란 희망 때문에 나이, 지위 고하를 막론하고 하나같이 지혜에게 모든 집중력을 발휘했다. 게다가 지혜와 내가 친하단 이야기를 듣고 '어떻게 이 둘이 친구가 될 수 있냐, 어울리기나 하냐'며 비아냥거렸다가 지혜에게 '나잇값을 하라. 주름값만 하지 말고'라는 핀잔을 들은 것도 모자라, 주변 모든 사람이 '그래, 네가 심했다'며 지혜 편을 들어줬으므로 충격이 대단히 컸을 거라 짐작한다. 보통 친구는 붙어 있음 서로 닮아 간다는데 기숙사 생활 3년을 해도 왜 지혜처럼 화끈한 성격을 반에 반도 닮지 못했는지 모르겠다.

한수진은 주방 식탁에 앉아 뱀 눈을 하고선 못마땅하게 우리 쪽을 주시했다. 저럴 거면 차라리 못 이기는 척 끼어 같이 어울리기나 했으면 좋겠다.

"어."

갑작스레 한수진의 눈이 동그래졌다.

"눈이다."

그녀는 거실 발코니 너머를 바라보며 중얼거렸고 모두의 시선

312

이 그쪽으로 쏠렸다. 정말로 함박눈이 밤하늘에 펑펑 쏟아지고
있었다.

"어, 눈이다!"

고스톱이고 뭐고 지혜가 자리에서 벌떡 일어나 베란다로 뛰어
갔다.

12월, 병동의 꽉 막힌 창 너머로 첫눈을 봤다. 그때 최정우와 함
께 보고 싶다는 생각을 간절하게 했다. 그리고 지금은 최정우도
지혜도 재현이도, 내게 소중한 모두가 여기에 있었다. 지혜가 급
하게 뛰어나가느라 활짝 열어 놓은 베란다 문을 나는 천천히 통
과했다. 눈이 내리면 매섭던 추위는 항상 물러났다. 바람 한 점 불
지 않았다. 숨을 내쉴 때마다 몽글몽글 구름 같은 하얀 연기가 뭉
쳤지만 얇은 스웨터 한 장으로도 견디기에 충분했다. 솜 같은 눈
덩이가 발등으로 조용히 내려앉았다.

"내일 보드 타기 끝내주게 좋겠다."

"그러게. 내일 가기 전에 또 타야겠네!"

"일어나자마자 튀어 나가자!"

사람들이 들뜬 목소리로 이것저것 이야기할 때 나는 입을 꾹 다
물고 눈이 내리는 것만 쳐다봤다. 깃털처럼 아주 천천히, 끊임없
이 내리는 모습이 감동적이었다. 휴먼 드라마의 클라이맥스를 보
는 것처럼 모든 게 슬로모션으로 흔들렸다. 귓가에 음악 소리라
도 들리는 것 같았다.

"첫눈이네."

어느새 내 옆에 서서 최정우가 부드럽게 말을 건넸다.

"어떤 의미로는."

맞아. 우리가 함께 보는 첫눈이지. 우리는 한동안 아무 말이 없었다. 실은 아무 말도 필요치 않았다. 그곳에 서서 우리는 같이 첫눈을 바라봤다. 아주 오랫동안.

XVIII. 마지막 걸음

사람들이 왜 지칠 때 여행을 떠나는지 알 것 같았다. 떠났다가 다시 돌아오면 집은 훨씬 더 포근하고 아늑해 보였다. 그걸 계속 반복하면 그만큼 보금자리에 애정이 생기는 것 같았다.

집에 돌아오자마자 외투도 벗지 않은 채 안방으로 들어가 침대에 대 자로 뻗었다. 그 시트의 감촉. 매트리스의 부드러움. 그리고 그 방에서 나는 모든 향기가 마음을 진정시켰다. 그래. 여기가 내 침대지. 역시 집이 최고구나. 물론 무척이나 즐거운 여행이었지만 말이다.

최정우는 짐 가방을 작은방에 던져 놓고 방으로 들어오며 외투를 벗었다. 그는 내 기분을 알아차렸는지 휴대폰에 충전 케이블을 연결하며 저 혼자 웃었다. 곧 그도 옆에 나란히 천장을 보고 누웠다. 매트리스가 조금 출렁였다.

"천장에 형광별 붙여 놔도 돼요?"

"별?"

"기숙사 방에도 붙였었거든요. 불 다 끄고 보고 있으면 꽤 볼만해요."

그는 천장에 형광별을 붙이면 어떤 모습일지 잠시 상상하는 것 같았다. 성격상 자잘한 장식을 좋아하는 타입은 아닐 테니.

"악몽을 꾸고 난 후에 눈을 떴을 때 별이 보이면, '아, 내가 깨어났구나' 하고 안심했거든요. 아무리 깜깜해도 그건 보이니까요."

그는 몸을 돌려 머리를 괴었고 나도 고개를 돌렸다.

"너 아직도 악몽 꿔?"

"아니요. 안 꿔요."

"단 한 번도?"

"네."

우린 다시 조용해졌다. 입을 다물고 서로의 시선을 부딪쳤다.

"내가 지금 무슨 생각하게?"

그의 얼굴에 어렴풋한 장난기가 어려 있었다.

"야한 생각이요."

그의 입술이 치아가 보일 만큼 커다랗게 호선을 그리며 벌어졌다.

"제법이네?"

316

"어려울 것도 없잖아요. 머릿속에 그 생각밖에 없어 보이는데."

킥킥거리고 웃는 그의 손이 느릿느릿 내 외투 지퍼를 내렸다.

"남자는 10대 후반에서 20대 초반이 제일 혈기 왕성하대. 그러니까 이건 아주 보편적이고 지극히 정상적인 욕구란 이야기지."

"여자는요?"

"30대 후반에서 40대 초반이라던가?"

왜 그렇게 갭이 커. 그러니까 지금 최정우에게 맞추려면 상대방이 30대나 40대 아줌마여야 한다는 거야? 커다란 갭에 의구심을 갖고 생각에 잠겨 있을 동안 그의 손이 스웨터 안으로 파고들었다.

"그러니까 내 말의 요지는······."

브래지어 안쪽까지 올라온 손이 가슴을 꽉 쥐었다.

"지금을 즐기란 거야. 나중에 40대 되면 너 샤워하는 소리에 도망갈지도 모르니까."

생각만 해도 자존심이 상하는 그림이다. 하지만 아주아주 먼 앞날에 대해 들었다는 건 그가 그만큼 먼 미래까지도 함께 있는 그림을 상상하고 있다는 이야기였다. 인상을 써야 하는데, 후자의 기쁨이 맞물려 나는 아무 표정 없이 눈만 깜빡였다. 그때가 되면 우린 어떤 모습일까? 그는 뭘 하고 있을까? 나는 뭘 하고 있을까? 우리에게 아이는 있을까? 몇 명이나? 최정우를 닮은 사내아이가 이 사람과 같이 공을 차는 모습을 그때쯤이면 볼 수 있을까? 상상력이 먼 미래로 심장 소리와 같이 달음박질쳤다.

"내가 지금 무슨 생각하게요?"

최정우의 말투를 흉내 내며 묻자 그는 내 바지 버클을 풀다가 눈

을 들었다. 그러고는 무슨 생각을 하는지 정말 읽기라도 하는 것처럼 잠깐 뜸을 들였다

"쓸데없는 생각."

그 소리에 발끈해서 그의 가슴팍 언저리를 손으로 야무지게 때렸다. 그는 전혀 아프지 않은 얼굴로 아야 소리를 한 번 하더니 내 목덜미에 입술을 묻었다. 그의 입술이 목을 가만히 쓸고 혀로 귓불을 핥자 온몸이 녹아내렸다. 나는 어쩔 수 없이 그의 어깨에 매달렸다.

전날 밤. 먼저 잠이 든 한수진의 쌕쌕거리는 숨소리를 들으며 지혜와 나는 나란히 바닥에 이불을 펴고 누워 많은 이야기를 주고받았다. 그동안 지혜에게 말하지 않았던 모든 일에 대해 고백했고 지혜는 하나도 빠짐없이 집중해 내 말을 들었다. 어두운 방 안에서 그녀의 눈동자가 쉼 없이 반짝였다. 내 진지한 고백과는 다르게 그가 얼마나 우스갯소리로 사랑한다는 말을 내뱉었는지에 대해 푸념하자 지혜는 아주 조용히 웃었다.

"뭔지 알겠어. 하지만 지금도 충분하지 않아? 난 지금도 충분히 진심을 담아 너에게 이야기하는 것 같은데. 표정으로나, 행동으로나."

머릿속으로 떠올리며 가만히 그의 뺨에 손바닥을 대자 그는 내 손목을 잡아 입술로 가져갔다. 손바닥에 젤리 같은 그의 입술이 느껴졌다.

최정우가 다른 여자를 쳐다볼 때와 나를 쳐다볼 때 전혀 다른 표정을 짓는다는 걸 안다. 깊지만 다른 이에겐 무척 차가워 보이는 그 눈이 내겐 따뜻하고 유했고 가끔은 갈망에 찬 듯 붉게 타

올랐다. 감정 표현은커녕, 자신의 이야기를 하는 것도 귀찮아하는 그가 내겐 서슴없이 이야기하고 때론 아이처럼 품에 파고들기도 했다.

무심한 듯하지만, 그가 언제나 티 내지 않고 나를 배려했다는 걸 안다. 나를 만지는 손길에는 늘 애정이 깃들어 있고 내가 원하면 그는 무엇이든 들어줬다. 그래서 그와 함께 있으면 늘 어리광이 부리고 싶고, 가끔은 도를 넘어 심술을 부리고 싶고, 그를 곤란하게도 만들고 싶고, 그러면서도 아이처럼 매달려 온종일 다독임을 들으며 그를 차지하고 싶었다. 사랑한다는 말로 꼭 애정을 확인해야 할 필요가 있을까. 꼭 추에 매달아 재 볼 필요가 있을까. 그는 지금 내게 그동안 정의하던 '사랑'에 관한 모든 것을 분에 넘치게 베풀어 주고 있는데 말이다.

그와 하는 모든 순간이 특별하지만 실오라기 하나 없이 벌거벗은 몸으로 마주 대할 때는 훨씬 더 특별했다. 그가 내 몸의 구석구석을 나보다 더 잘 알고 있다는 게 좋았다. 내 벗은 몸이 그에게 자연스럽다는 것이 좋았다. 그가 내 수많은 표정, 수많은 목소리, 수많은 몸짓을 알고 있다는 게 좋았다. 그에게 더 이상 감출 것 없이 모든 것을 드러내 놨다는 것이 무척이나 좋았다. 머릿속을 복잡하게 하는 수많은 생각이 이 순간만큼은 모두 날아가 버리는 게 좋았다. 이 순간만큼은 아무것도 없는 공간에 오로지 우리 둘이라는 게 가장 좋았다.

"내 안에 들어오면 어떤 느낌이에요?"

그는 내 손가락 하나를 입안으로 천천히 집어넣었다. 까끌한 혀의 돌기가 간지러울 만큼 부드럽고 무척 따뜻했다. 깊게 밀어 넣어진 손가락이 한참을 머물다가 천천히 빠져나온 후에 그는 아랫입술에 묻은 체액을 혀로 쓸었다. 나를 내려다보는 그의 눈에는 여유와 갈망에 찬 남성성이 동시에 깃들어 있었다.

"이런 느낌."

아아. 정확하게 이해가 된다. 간지럽고 부드럽고 따듯한 느낌.

"되게 좋은 느낌이겠네요."

내 말에 그의 눈이 따듯하게 웃었다.

"무척."

그가 안으로 천천히 밀려들어 왔다. 나는 마치 노래를 부르듯 가늘게 신음했고 귓가에 닿는 숨결이 무척이나 뜨거웠다.

그는 내가 가장 좋아하는 속도로 움직였다. 일정한 파도에 출렁거리며 몸을 뒤틀었다. 그가 안으로 들이닥치면 머리서부터 발끝까지 힘이 들어갔다가 천천히 물러서면 온몸에 힘이 빠져나갔다. 근육이 일정한 리듬으로 수축되었다가 다시 이완되었고, 그 과정이 반복되면 나는 애가 타서 침대 시트를 꽉 움켜쥔다. 입술을 물고 끙끙대는 신음 소리. 이미 온몸은 더 이상 뜨거워질 수 없을 만큼 뜨겁게 데워졌고, 나는 좀 더 강렬한 감각을 찾아 헐떡댔다.

"좀 더 원해?"

"네."

그의 물음에 나는 끊기는 숨 새로 간신히 대답했다.

"좀 더 많이요."

그는 내 몸을 곧바로 뒤집고 엉덩이를 자기 쪽으로 당겼다. 그가 다시 나를 가르고 들어오며 마른 장작더미에 불을 놓았다. 나는 곧바로 타오르기 시작했고 이번에는 가차가 없었다.

"아!"

시트 위에 얼굴을 묻고 비명을 지르자 그의 손가락은 척추를 따라 길게 훑어 내려가 내 골반을 단단히 틀어쥐었다. 나는 침대 위로 무너질 듯 위태롭게 엎드려 손에 들린 장난감처럼 그의 의지대로 움직였다.

그가 나를 채우는 느낌을 도저히 참을 수 없었다. 이가 악 물리고, 허벅지는 더욱 벌어지고, 허리는 더 아래로 휘었다. 그의 손가락이 클리토리스에 닿았을 때, 나는 '헉' 소리를 내며 고개를 뒤로 꺾었다. 손가락이 내 스위치 위에서 뱅글뱅글 돌았다. 부드럽고 미끈거리는 움직임에 온몸이 부들부들 떨렸다. 숨이 막히고, 머리가 어질어질하고, 뜨거운 용광로를 마주 보고 있는 것처럼 몸이 탔다. 사타구니 사이에 있는 그의 손 위에 다급하게 내 손을 얹었다. 그의 손가락이 움직일 때마다 손등이 꿈틀거렸다. 성실하기 이를 데 없는 손놀림이 나를 아찔하게 만든다. 입술을 꽉 지르물고, 정신을 놓기 시작한 머릿속의 번쩍이며 터지는 쾌감을 간신히 부여잡았다. 그의 손가락이 닿는 곳으로 열기와 쾌감이 날카롭고 아프게 고여 갔다.

"잠깐만요."

다급하게 말했다. 절정에 다다르기 전에 늘 습관처럼 내뱉는 단어라는 걸 그는 매우 잘 알고 있다.

"선생님."

꽉 문 잇새로 식식거리는 소리가 뒤섞였다.

"죽을 거 같아요."

솔직한 심정이었다. 다른 어떤 말로도 표현할 수가 없었다. 그는 내 절규에 좀 더 강하게 밀어 올리는 것으로 호응했다. 온몸이 아찔하게 허공으로 밀렸다. 그가 주는 강렬한 충돌을 속수무책으로 받아들여야 했다. 나는 그렇게 부서졌다. 시트 위로. 완전하게.

* * *

－ 너 정말 계속할 거야?

수화기 너머의 근심스러운 목소리를 들으며 학원까지 넓은 보폭으로 걸었다. 샤브샤브집 사모님이 손에 들려 준 백설기를 씹으며 며칠째 계속 반복되는 물음에 슬슬 짜증이 몰려오고 있다는 걸 인정했다.

"매번 같은 걸 물어보면 매번 같은 대답하는 거 알잖아."

－ 알아. 이해하는데, 그래도 걱정돼서 그러지.

스키장에서 내게 일어난 모든 일을 고백한 후 지혜는 하루에 한 번씩 같은 시간에 전화해 매번 같은 이야기를 반복적으로 물어봤다. 너 그래도 괜찮겠냐고. 그게 정말 네가 원하는 거냐고 말이다.

"괜찮아. 별로 힘들지도 않고."

－ 하여간 정말 최정우 대단하다니까. 맨날 비실거리는 너를 이렇게 팔팔하게 만드는 거 보면.

"그냥 이젠 내 인생을 스스로 책임지고 싶은 것뿐이야."

수화기 너머 긴 한숨 소리가 들려왔다.

－ 잘 모르겠다. 스무 살이 됐어도 나는 우리가 스스로 책임질 나이라고 하긴 참 애매하다고 생각하는데…….

"달리 방법이 없는걸, 뭐."

322

지혜는 한 번 더 한숨을 내쉬었다.

"난 더 이상 부모님에게도 기댈 수 없고, 그렇다고 최정우에게
도 기댈 수가 없잖아."

― 왜 사서 고생을 하냐? 너는.

지혜는 아마 그렇게 힘들면 차라리 유학에 대해 다시 생각하라
고 충고하고 싶을 거다. 다만 내게 얼마나 상처가 될지 알기 때문
에 입 밖으로 꺼내지 않는 것뿐이다. 또 내가 이곳에 굳이 남아야
할 이유가 없는 것도 잘 알고 있었다.

― 네 재능 아깝지 않아? 네일아트만 하기에?

"어차피 난 별 꿈이 없었잖아. 차라리 이게 나을지도 몰라. 목적
이 생기니 오히려 맘도 편하고 좋아."

진심이었다. 정신없이 바쁘게 살다 보니 멍하게 생각에 잠길 여
유가 없었고 자연히 괴로운 일들을 쉽게 잊을 수 있었다.

"그리고 제법 재미있어. 어쩌면 이게 내 적성일지도 모르고."

―그렇다면야 할 말 없지만. 하여간 너 참 지고지순하다. 박은금.
그래서 더 불안불안해.

"불안하긴 뭐가 불안하냐. 난 재미있고 좋구먼."

― 네가 지금 정신이 딴 데 쏠려 있어서 그렇지, 이 지지배야! 너
재현이한테 전화해서 남자 시계 브랜드 뭐가 좋냐고 물었다며?

아. 그거.

"두 달도 채 안 남았거든. 최정우 생일."

그의 생일이 3월이란 걸 얼마 전에 알았다. 그의 성격상 내가 물
어보지 않았다면 아마 영영 생일이 언제인지 먼저 알려 주지 않
았을 것이다. 그에게 무엇을 선물해야 할지 고민할 여유를 번 건

천만다행인 일이다.

─ 차라리 최정우 초상화나 한 장 그려 주는 게 어때? 그걸 더 좋아할 것 같지 않아?

"안 돼. 이미 수업 시간에 그렸었단 말이야."

─ 그래도 시계는 너무 고가잖아. 두 달치 알바비 다 털면 넌 두 달 동안 손가락만 빨아야 할걸.

최정우에게 의미 있는 물건을 선물하고 싶었다. 내가 매일 목에 걸고 다니는 목걸이처럼 그가 늘 갖고 다닐 만한 것 말이다.

그는 늘 같은 손목시계를 왼손에 차고 다녔다. 잘나게 타고나서 인지 그는 자신의 외형에는 그다지 신경 쓰지 않았다. 옷에도, 신발에도, 가방에도, 관심이 없으니 하물며 남자들의 사치품이라는 시계에 관심이 있을 리가 만무하다. 그럼에도 불구하고 미적 감각이 좋아서 아무렇게나 걸쳐도 아무렇게나 입은 것처럼 보이지는 않는다. 아니. 그냥 보디 프로필이 훌륭해서 거적때기를 걸쳐도 패션으로 보이는 걸지도.

항상 같은 손목시계를 차고 다니는 이유도 소중하다기보다 딱히 다른 시계를 또 사야 할 필요성을 못 느끼기 때문이리라. 본인이 산 건지 누군가가 선물을 해 준 건지 모르는 오래된 시계 대신, 내가 사 준 시계를 채워 주고 싶었다. 그러면 그 시계를 볼 때마다 나를 생각하겠지. 내가 매번 목걸이를 볼 때마다 그를 생각하는 것처럼 말이다. 지혜의 말대로 시계는 고가였다. 물론 제법 저렴한 가격의 시계도 있었지만 최정우의 손목에 아무 시계나 채울 수는 없는 노릇이었다. 학원 끝나고 몇 번 들렀던 백화점에서 딱 마음에 드는 시계를 골랐는데 가격이 제법 셌다.

남자 시계에 관해서는 완벽한 까막눈이었으므로 매장 직원이 키네틱 어쩌고, 퍼페추얼 어쩌고, 오토가 어쩌고저쩌고하며 가격 대비 실용성으로는 최고라고 입이 닳도록 하는 칭찬을 단 한 마디도 이해하지 못했다. 다만 괜찮은 디자인과 '실용적'이라는 직원의 말에 꽂힌 것뿐이다. 두 달치 알바비를 모두 털어야 살 수 있는 가격이지만 무리를 해서라도 꼭 그 시계를 최정우의 손목에 채워 주고 싶었다.

"네가 있는데 내가 왜 손가락을 빠냐."

뻔뻔한 내 대답에 지혜는 웃음을 터트렸다.

― 너 점점 최정우 닮아 가냐?

"원래 같이 살면 닮는다더라."

― 하여간 꼭 못된 거부터 닮지.

"걱정 마. 최정우랑 산 기간보다 너랑 산 기간이 더 오래됐으니까."

지혜가 한 번 더 웃음을 터트렸다.

― 그래, 알겠다. 알겠어. 아르바이트해서 남자 친구 선물 사 주겠다는데 누가 말리겠냐.

학원 건물 앞에 당도해 엘리베이터 버튼을 누르고 가만히 미소 지었다.

"너 여행 준비는 다 했어? 내일 출발이라며?"

― 왜. 잔소리 듣기 지겨워서 빨리 국외로 추방시키게?

"가서 멋진 프랑스 남자나 좀 만났으면 좋겠다. 아예 거기 눌러 살게."

까르르 높은 웃음소리. 지혜의 웃음소리를 들으면 언제나 엔도르핀이 확 돈다.

― 모르지. 거기 가서 오스왈드 퀸튼 닮은 남자 만나면 혹할지도.

"너 아직도 미련 있어?"

― 얼굴에만.

못살아. 엘리베이터가 1층에 도착하는 알림음이 들려왔다.

"엘리베이터 왔다."

― 알겠어. 끊어. 제발 듣기지 말고!

"빠이."

하여간 잔소리는.

엘리베이터를 타고 네일 학원이 위치한 4층으로 올라가며 오스왈드에게 도움을 많이 받고도 개인적으로는 연락을 한 적이 없다는 사실을 떠올렸다. 대하고 있으면 불편하고 불쾌하기도 했고, 또 오스왈드와 개인적으로 연락하는 걸 최정우가 반기는 눈치가 아니었기에 가능하면 그를 통해서만 연락을 했다.

오스왈드도 굳이 나와 따로 연락을 해야 할 필요성을 느끼지 못했을 거다. 오히려 나를 핑계로 최정우와 한 번 더 통화하는 걸 훨씬, 훨씬 반겼겠지. 하지만 아무리 그래도 고맙다는 인사 한 번 정도는 직접 해야 하는 것 아닐까. 밥 한 끼 정도는 산다든가, 마음이 담긴 약소한 선물이라도 건네며 인사치레를 할 수만 있으면 정말 좋을 텐데. 원체 대단하신 양반이라 내 까짓 게 보답할 방법이라곤 아무것도 없었다. 하는 수 없지. 다시 한 번 장기 적출에 대해 진지하게 꺼내는 수밖에. 나는 휴대폰 연락처 목록을 뒤졌다.

'메피스토.'

네일아트 학원 로비에 들어와 심호흡을 한 번 크게 했다. 오스왈드와 통화할 때 자칫 정신을 놓쳤다가는 그대로 영혼이 탈곡되는 수가 있으니 단단히 마음을 먹어야 했다. 통화 버튼을 누르고 몇 번의 반복되는 다이얼음을 들었다. 내가 걸었지만 차라리 안 받았으면 좋겠다는 생각이 들었다.

- 안녕. 실버.

누구? 나?

목소리마저 메피스토의 화신인 오스왈드의 목소리에 여유가 가득했다.

"그거 혹시, 나예요? 실버?"

- 그래. 그렇게 저장되어 있네.

저장이 되어 있다고? 잠깐.

"내가 누군지는 알고 있어요?"

나는 혼란스러워 눈을 깜빡거렸다.

- 그래. J. C.의 망할 여자 친구.

왜 앞에 '망할'이 붙었는지는 감히 묻고 싶지도 않다.

"그러니까 제가 그거라고요? 실버?"

- 그래.

"누구 맘대로요?"

- 내 맘대로지. 별로야? 마치 제임스 본드나 프로페서x 옆에 서 있을 것 같지 않아?

"어느 쪽이냐 하면 매그니토 쪽이겠죠."

넌 메피스토고.

- 악인을 선호하나 보네.

"매그니토는 악인이 아니에요. 그저 어린 시절에 겪은 끔찍한 홀로코스트(히틀러에 의해 자행되었던 유대인 집단 학살 사건)의 생존자일 뿐이라고요."

― 그렇게 모두 다 이해해 주다간 머지않아 감방엔 쥐새끼만 들끓게 될 거야.

이 남자랑은 절대 말다툼해선 안 된다.

맘대로 영문 이름을 지어 붙이다니. 물론 예상은 된다. 이름이 '은'으로 시작하니까 아무 생각 없이 그렇게 지은 거. 그것도 십중팔구 놀릴 의도로! 그렇지만 난 제대로 된 영어 이름을 만들 거라고! 물론 최정우랑 상의해서! 너 말고!

"제가 전화한 이유는 그러니까, 고맙다는 인사를 하려고요."

― ······.

"여러모로 도와주셔서 정말 감사합니다. 이제 연락을 드려서 죄송해요."

― ······.

"제 나름대로 정리해야 할 게 너무 많기도 하고, 감정적으로도 힘들어서 시간이 조금 걸렸어요. 그러니까 혹시 기분이 나쁘셨다면······."

― ······.

"사과드릴게요."

― ······.

"제 말, 듣고 계세요?"

― 사파이어, 루비, 에메랄드, 오팔, 다이아몬드.

"네?"

― 너라면 귀고리로 어떤 보석을 택하겠어?

뭐랑 뭐가…… 뭐를 어쩌라고?

― 골라.

그가 낮게 명령하자 나는 퍼뜩 놀라 아무렇게나 대답했다.

"사파이어요."

― This one.

내게 하는 말이 아니다. 딴짓을 하고 있는 게 분명했다.

― 그래서 사과를 하겠다는 거야, 감사를 하겠다는 거야?

자꾸만 최정우의 망령이 그에게서 겹쳐 보였다. 아니 그의 망령
이 왜 최정우에게서 겹쳐 보이는 건가?

"둘 다요."

나도 모르게 말투에 짜증이 묻었다. 수화기 너머로 도대체 뭘 하
고 있는 건지 그가 침묵할 때마다 신경이 곤두섰다.

― 둘 다라.

"……"

― 그러니까 내게 고맙기도 하고 미안하기도 하단 말이로군.

또 무슨 말이 하고 싶어 저러나.

― 그거 돈으로 환산하면 꽤나 비싸 보이는데.

네네, 장사꾼 나으리.

―아직도 장기를 팔 생각이 있어?

"아직 매매할 의향이 있어요?"

내 반문에 그가 낮게 웃었다.

― 나한테 고맙다면 니 남자 친구나 잘 감시하라고.

"무슨 뜻이에요?"

나는 인상을 찌푸렸다. 항상 기대한 대답에서 엇나갔다.

― 말 그대로 잘 감시하란 이야기야. 내가 원금을 회수할 때까지 다른 놈이 채 가면 안 되니까.

이 사람의 포지션이 헷갈렸다.

"둘이 엄청 친한 친구 사이인 거 아니었어요?"

― 물론 우린 친구지. 괴언 J. C.가 그렇게 생각할지 모르겠지만.

"그런데 왜 나한테 감시하라고 해요?"

뭐가 웃긴 건지, 이번엔 웃음소리가 좀 더 컸다.

― 돈이 있고 권력이 있다면 말이야. 그리고 전쟁을 통해 피의 성배를 마셨다는 오명을 씻고 싶다면, 그래서 메디치 가문이 되고 싶다면 뭐가 필요할 것 같아?

"레오나르도 다빈치요?"

말해 놓고도 놀랐다. 그러니까 뭐야, 최정우가 다빈치라도 된단 말이야?

― 전에 이야기했던 것처럼 나는 네 남자 친구를 무척 좋아해. 그리고 존경하지. 하지만 난 사업을 하는 사람이야. 대가 없는 선의는 애초에 베풀지 않는 사람. 내가 원하는 건, 네 남자 친구의 그림이 오로지 덜레스 가문의 갤러리에 걸리는 거야. 앤디 워홀, 데이미언 허스트, 그리고 바스키아 옆에.

앤디 워홀, 데이미언 허스트, 바스키아……

그가 내뱉은 작가들의 이름을 다시 한번 되뇌었다. 그러니까 그 옆이 최정우의 차지란 말이었다. 정확하게 그렇게 말하고 있는 거다. 지금.

― 그러니 네 남자 친구의 가치를 알게 되었다면 J.C.가 내 계약서에 사인하기 전까지 다른 곳에 한눈팔지 못하게 잘 붙들고 있

으라고. 그것만으로 충분하니까.

전화가 뚝 끊겼다. 그러니까 분명 고맙다는 인사를 하려고 전화를 했지…? 기분을 잡치고 싶어서 전화한 게 아니고. 어떻게 한 번을 기분 좋게 끝내지 못하는 걸까.

이 남자는 늘 감당할 수 없는 폭탄을 던진다. 매번 그랬다. 귀고리를 고르는 걸로 봐서는 분명 여자에게 선물하는 걸 텐데 데이트하는 상대가 있나? 설마. 저 성격을 누가 받아 줘? 단둘이 1분만 있으면 질식사할 거 같은데. 누군지 몰라도 사파이어 귀고리나 챙겨서 도망쳐 버렸으면 좋겠다.

한수진은 최정우가 그 정도의 사람이라는 걸 알면서 짝사랑을 한 걸까? 만약 알고 있다면 나와 사귄다는 이야기를 들었을 때 기가 막혔을 것 같긴 하다. 그가 한국에 들어와 어떻게 우리 학교까지 굴러들어 온 건지 모르겠다. 만약 학교로 굴러들어 오지 않았다면, 나는 감히 그와 한 침대를 쓴다고는 상상조차 할 수 없을 거다. 그리고 몇 년 후 데이미언 허스트나 바스키아처럼 그를 미술 서적에서나 발견할 수 있었을 거다.

띠링.

수업을 받으려 교실에 들어와 책상에 앉자마자 문자가 울렸다.

[발신: 최정우
하루 종일 누구랑 전화질이야?]

문자를 확인하고 나자 얼굴 근육이 과하게 풀렸다. 정신 차려. 칠푼아.

그의 전화번호를 '21C의 레오나르도 다빈치'로 저장해야 하는 건 아닌지 고민했다.

[수신: 최정우

메디치 가문의 메피스토요.]

띠링.

[발신: 최정우

누구?]

문자를 보내는 그의 미간이 불쾌하게 찌푸려졌을 걸 상상하니
절로 입가에 미소가 지어졌다.

띠링.

[발신: 최정우

오스왈드 퀸튼이랑 한 시간 넘게 통화했다고?]

띠링.

[발신: 최정우

그 인간이랑?]

띠링.

[발신: 최정우

농담해?]

띠링.

[발신:최정우

그 인간이 여자랑 한 시간 동안 대화가 가능한 인간이야?]

띠링.

[발신: 최정우

너 오스왈드랑 말도 섞기 싫어한 거 아니었어?]

대흥분 상태. 따지기라도 하듯 그의 문자가 속사포처럼 날아들
었다. 한때는 타자 치는 게 귀찮다고 단답형만 보내던 사람이 장

족의 발전을 했다. 그는 화가 나 있을지도 모르지만 나는 쉴 틈 없이 쏟아지는 문자에 점점 더 신이 났다.

띠링.

[발신: 최정우

대체 무슨 이야기를?]

[수신: 최정우

키보드 칠 시간 좀 줘요!]

그의 문자가 멈췄다. 아마 입술을 씹으며 손가락으로 정신없이 책상 위를 두드려 대고 있을 거다. 이런 걸로 좋아하면 안 되는데…… 큰일이네. 휘파람이라도 불고 싶은 마음으로 아주아주 섬세하게 자판을 눌렀다.

[수신: 최정우

메피스토랑은 30초 통화했어요. 나머진 지혜랑 수다 떨었고.]

띠링.

[발신: 최정우

아.]

[수신: 최정우

근데 왜 전화했어요?]

띠링.

[발신: 최정우

수다 떨려고.]

너무 말이 안 되는 대답이라서 결국 소리 내 웃었다. 수업 준비로 고요하던 교실에 내 웃음소리만 동동 떠올랐다. 이런. 죄송. 나는 고개를 한 번 숙이고 몸을 바짝 책상 위로 붙였다.

[수신: 최정우
선생님도 여자랑 한 시간 동안 수다 떠는 타입 아니잖아요.]

띠링.

[발신: 최정우
무슨 내용이냐에 따라 달라.]

[수신: 최정우
왠지 유익한 내용은 아닐 것 같네요.]

띠링.

[발신: 최정우
아니 유익한 내용일걸? 너한테는?]

귓속에 최정우에게만 허용되는 필터링이 생성된 모양이다. 모든 단어가 다 요상스럽게 들리는 거 보면.

띠링.

[발신: 최정우
장난 아니고. 진짜 오스왈드랑 무슨 이야기한 건데?]

[수신: 최정우
그냥 고맙다는 인사만 했어요. 한 번도 안 해서. 도와줘서 고맙다고요.]

띠링.

[발신: 최정우
그게 끝?]

아니. 메디치 가문이 되고 싶어서 선생님과 '종속계약서'를 쓸 거랍디다.

[수신: 최정우

네, 그게 다예요. 근데 정말 수다 떨려고 전화했어요?]

띠링.

[발신: 최정우

아니, 그냥 목소리 듣고 싶어서 전화했어.]

그 문자를 몇 번이고 다시 읽었다. 심장이 터질 것처럼 뛰었다. 정신 차려, 인마. 이거 사랑한다고 고백한 거 아니야! 무너져 가는 얼굴 표정을 관리하기 위해 무던하게 애를 썼다. 수업 시간 내내 얼굴이 녹아 있으면 무척 곤란할 테니까 말이다.

[수신: 최정우

내일 같은 시간에 걸어 봐요. 그럼 꼭 받을 테니까.]

띠링.

[발신: 최정우

그렇다고 매일 전화하겠다는 말은 아니야.]

[수신: 최정우

저도 매일 받겠다는 말은 아니에요.]

띠링.

[발신: 최정우

한 번을 안 지지.]

[수신: 최정우

한 번을 안 져 주네요.]

그렇게 문자를 보내고 재빨리 문자를 하나 더 이어 보냈다.

[수신: 최정우

전 그래도 선생님 사랑해요! 이따 봐요!]

띠링.

[발신: 최정우

그래. 내가졌다. 이따 봐.]

그의 마지막 문자를 확인하고 조용히 휴대폰 액정을 잠그며 나처럼 그도 내 문자로 하루 종일 신나고 즐거웠으면 좋겠다고 생각했디.

수업을 마치고 집까지 걸어가는데 발뒤꿈치가 깨질 것처럼 아팠다. 장시간 뛰어다니며 일을 한 데다 두 시간 동안 꼼짝없이 의자에 앉아 있기만 해서 혈액순환이 제대로 안 된 상태였고, 거기에 집까지 30분을 더 걷고 나니 다리가 퉁퉁 부어올랐다. 고무공처럼 딱딱한 다리를 주무르며 엘리베이터를 나오는데 최정우가 일찍 퇴근을 한 모양인지 현관문 사이로 밝은 불빛이 새어 나왔다. 현관문을 열고 신발을 발에서 털어 내는데 발바닥이 코끼리처럼 부어서 신발이 제대로 벗겨지지가 않았다. 피로가 몰려왔다.

"장렬한 몰골."

와플 짜임의 겨자색 니트를 입은 최정우가 현관 앞에 섰다. 한 손에는 주스 통을 들고 한 손은 바지 주머니에 끼워 넣은 채 그가 중얼거렸다.

"언제 왔어요?"

"10분 전에."

나는 소파 위에 가방을 벗어 두고 곧바로 엉덩이를 붙이고 앉았다. 지쳐서 소파에 등을 기댄 채 잠시만이라도 숨을 고르고 싶었다. 왜 엄마 아빠가 일을 하고 집에 들어오면 꼼짝도 하기 싫어하는지 아주 잘 알 것 같다. 일을 한다는 건 정말 힘든 일이구나.

그가 주스 통을 냉장고에 넣어 놓고 내 앞에 양반다리를 하고 앉았다. 나는 방어적으로 가방을 등 뒤로 감췄다. 최정우가 오기 전까지 연습을 해 볼 요량으로 바리바리 싸 온 네일아트 도구를 혹시라도 들킬까 하는 노파심 때문이었다. 그는 가만히 내 양말을 벗겼다. 새까만 양말 바닥을 들킬까 봐 잽싸게 발을 빼냈다.

"더러워요."

"가만있어."

그가 다시 고집스럽게 발을 가져가 나머지 양말을 마저 벗겨 냈다.

"너 어디 안 좋아?"

"아니요. 원래 겨울철에는 혈액순환이 잘 안 돼요. 오래 앉아 있다가 또 막 오래 걷기도 하고 그래서 그래요."

그는 퉁퉁 부은 발끝을 꾹꾹 눌러 마사지하기 시작했다. 따뜻한 손바닥이 발등에 닿으니 그를 속이고 있다는 죄책감이 밀려왔다.

"너 왜 버스 안 타고 다녀?"

"그…… 살 빼려고요."

"살? 무슨 살? 넌 그냥 표준 사이즈잖아."

"우리나라엔 더럽게 말랐거나, 아니면 그냥 말랐거나, 아니면 날씬하게 말랐거나. 그걸 빼면 죄다 '뚱뚱'이라고요."

그는 픽 헛웃음을 터트렸다.

"이렇게라도 운동하면 좋은 거잖아요. 안 그래요?"

일부러 엄청 밝게 이야기했는데 그는 대답하지 않았다. 대신 퉁퉁 부어오른 내 발만 묵묵히 주물렀다.

혹시 그가 내 거짓말을 알아챘을까 봐 꽤 겁을 먹고 있었다. 그는 눈치가 빠른 편이었고 항상 내가 하는 말보다 행동과 표정에서 훨씬 더 많은 걸 읽어 내곤 했다. 그런데 이번만큼은 정말로 모르는 것인지, 아니면 알면서도 모르는 척하는 것인지 꽤나 무리해서 거짓말을 하는데도 별다른 반응이 없었다.

어쩌면 두 개 다 아닐지도 모른다. 그는 마음을 내어 주면 내어 줄수록 물러지는 타입인지도 모른다. 한 번 믿기로 결정하면, 한 번 자기 사람이라고 결정하면 나처럼 자신이 가진 모든 것을 내어 주는 사람인지도 모른다. 그 생각에 마음이 괴로웠다. 결국 우리 둘을 위한 선택이었지만 어쨌든 그를 속이게 되는 것에, 그리고 거짓말을 하는 것에 죄책감이 들었다.

그에게 언제쯤 사실을 말할 수 있을까? 일단은 네일아트 과정을 다 수료해야 한다. 그리고 세 번째 달에 받는 아르바이트비로 영어 학원을 다시 등록하는 거다. 그러면 최정우에게 더 이상 거짓말을 하지 않아도 된다. 모든 게 다시 제자리를 찾을 테니까.

미국에 가서 어느 정도 시간이 지나고 난 후, 우스갯소리처럼 이런 일이 있었노라고 고백한다면 아마도 한때의 해프닝으로 지나갈 것이다. 그는 웃으며 그런 일이 있었냐고 묻겠지. 그렇게 생각하니 마음이 놓였다. 그는 나의 이 홀로서기를 이해해 줄 것이다. 방법은 서툴지라도 용기를 내고 노력했다는 사실을 어쩌면 대견하게 여길지도 모른다. 이건 그저, 좀 긴 레이스일 뿐이다.

"이왕 하는 거 씻겨 주면 안 돼요?"

"뭐?"

그가 한참 만에 고개를 들었다.

"머리도 감아야 하는데 귀찮거든요."

"요즘 너 약간 겁을 상실한 거 같단 생각, 안 들어?"

그는 정말로 화가 나면 이런 식으로 인상을 찌푸리지 않는다. 오로지 화난 척 할 때만 인상을 쓴다. 그러니까 겁먹을 필요는 전혀 없단 말이다. 나는 방그레 웃으며 눈을 빛냈다.

"그다음엔 내가 선생님 씻겨 주면……."

"오케이 콜."

내 말이 다 끝나기도 전에 그는 벌떡 일어나 화장실로 향했다.

* * *

장인은 도구를 가리지 않는다고 했다. 나는 붓 대신 매니큐어를, 종이 대신 인조 손을 잡고 전투력을 불태웠다. 실습에 들어가고 나니 수업은 생각보다 훨씬 재미있었다.

결벽적인 성격 때문인지 손톱을 예쁘게 케어하는 것부터 매니큐어 색상을 바르는 것까지 뭐 하나 지루할 틈이 없었다. 오히려 잘 다듬어진 깨끗한 손, 삐침이 전혀 없이 도자기처럼 발린 매니큐어를 볼 때면 쾌감 비슷한 것이 느껴졌다.

"어머. 은금 씨 진짜 금손이네."

분명 성은 '방'씨이건만 '켈리'라고 불러 달라는 이 정체 모를 여강사가 잘 다듬어진 손가락을 내 어깨에 얹고는 까르르 웃었다. 좋은 사람 코스프레를 하고 있지만 들리는 소문에 의하면 네일숍 직원들을 너무 쥐 잡듯이 잡아 대서 대부분이 1년을 못 버티고 나간다고 한다. 아마 눈웃음을 치며 칭찬을 하는 것도 내가 나간 직원의 빈자리를 채워 줬으면 하는 개인적인 욕심 때문은 아닌가 의심스럽다.

"처음 하는 것치고 셰이핑도 깔끔하고 역시 미술 하던 여자라 다른가 봐. 당장 일해도 되겠다."

그쪽과 일할 생각은 전혀 없다.

"은금 씨 이거 한번 해 볼래요?"

"이띤 거요?"

"다음 주에 할 건데, 은금 씨는 미리 한번 해 봐요. 화이트 그러데이션. 이거 자격증 실기 과목에 배점이 높은 거라 미리 연습해 두면 좋아요."

강사는 신이 나 깍두기 모양의 스펀지와 하얀 컬러의 매니큐어를 들고 왔다. 어쩌면 정말로 네일이 내 적성인지도 모르겠다는 생각이 든다.

수업이 끝나고 휴대폰을 열어 보니 지혜에게 공항 사진과 함께 문자가 와 있었다.

[발신: 추지혜

히드로 공항 도착! 부디 잘생긴 유럽 남자를 만나길 빌어다오!]

[수신: 추지혜

아멘.]

진심으로 지혜가 멋진 남자를 만났으면 좋겠다. 유럽인이든 동양인이든 상관없이 지혜의 배경이나 외모보다 밝고 낙천적인 성격을 더 가치 있게 여겨 주는 사람을 만났으면 좋겠다. 가끔 자기주장이 너무 세서 멋대로 사람을 휘두르려 들어도 보듬어 줄 수 있는 남자면 더 좋다. 지혜는 누구보다 잘난 남자를 만날 자격이 있다. 이왕이면 돈도 많고 오스왈드의 외모를 닮은 남자면 더욱더 좋고.

한차례 눈이 내리고 난 후에는 부쩍 날씨가 추워졌다. 거리는 녹은 눈으로 질척했고 그늘진 곳은 딱 자빠져서 뼈가 부러지기 좋을 만큼 얼어 있었다. 나는 파카 외투를 꼭 여미고 모자를 뒤집어썼다. 청바지 안으로 찬 바람이 들이닥쳐 허벅지가 아렸다. 자라처럼 점퍼 안으로 목을 잔뜩 집어넣고 전투적으로 아파트까지 종종걸음을 쳤다. 빨리 이 추위에서 멀어져 고통스러운 시간을 줄이고픈 마음에 마음이 급했다. 한계치에 임박하기 바로 직전, 간신히 엘리베이터에 올랐다. 안도감에 긴 숨을 내쉬고 11층 버튼을 누르고 서 있는데 수신음이 한 번 더 울렸다. 지혜인가?

[발신: 김재현

나 K대 붙었어. V.]

대박!

[수신: 김재현

완전 축하!]

띠링.

[발신: 김재현

술 사기로 한 거 잊지 마.]

[수신: 김재현

당근! 지혜 한국에 돌아오면 바로 콜!]

우리 셋 중에 가장 잘되어야 하는 사람이 있다면 그건 재현이었다. 재현이는 재능이 있는 만큼 성실하고, 성실한 만큼 착했다. 그가 잘돼서 진심으로 기뻤다. 너무 기뻐서 복도를 깡충깡충 뛰는데 집 안에서 불빛이 새어 나왔다. 어. 오늘도 일찍 퇴근했나 보네? 나는 흥분한 채로 재빠르게 도어록 비번을 눌렀다. 이 기쁜 소식을 누구보다 먼저 최정우에게 알려 주고 싶었다. 1년 동안 일주일에 두 번씩 가르친 제자였으니까 누구보다도 기뻐할 것 같았다.

"선생님! 대박!"

나는 집 안에 들어서자마자 신발을 벗어 던지며 팔짝팔짝 뛰었다.

"있잖아요. 방금 재현이한테 연락 왔는데 재현이 대학교⋯⋯."

"⋯⋯."

"합격했⋯⋯대요⋯⋯."

시야에 들어온 최정우는 아주 근사했다. 까맣고 숱 많은 머리카락은 평소와 다르게 말끔하게 정리되어 새하얀 이마가 드러나 있었고, 검은색 슬랙스 바지가 허벅지에 보기 좋게 감겨 있었다. 캐시미어 소재 코트 위로는 잿빛 터틀넥이 그의 긴 목을 휘감았다. 그리고 아마, 날 주려고 산 것 같은 눈이 아플 정도로 붉은 장미꽃한 다발이 아일랜드 바위에 스산할 정도로 얌전히 올라가 있었다.

집 안의 모습이 어딘지 모르게 부산해 보였다. 특히나 작은방은 책상 위에 내 크로키 북과 연필들이 너저분하게 굴러다니고 있어서 더 그랬다. 그 크로키 북 안에는 아무것도 없다. 그린 적이 없어서 전부 백지였다. 불안한 느낌이 엄습했다. 이 공간의 한가운데에 있는 그는 언제 돌아온 건지 외투조차 벗지 않고 있었다. 그저 긴 다리를 내려놓고 얼음덩어리처럼 딱딱하고 차갑고 무겁게 앉아 있을 뿐이었다. 그는 무척이나 화가 나 있었다.

"무슨 일 있어요?"

"무슨 일이 있냐고?"

내 말을 따라 내뱉는 목소리에 단 한 톨의 애정도 들어 있지 않앉다. 나는 그 자리에 완전히 멈춰 섰다.

"그건 내가 묻고 싶은 말이야."

안 좋은 예감이 머릿속을 맴돌았다.

안 돼.

안 돼.

안 돼.

그는 아일랜드 바위에서 뭔가를 낚아채 바닥으로 던졌다. 아크릴 케이스가 뱅글뱅글 미끄러지며 돌다가 딱 내 발끝에서 멈췄다.

'뷰티 아카데미 네일아트 과정.'

"말해 봐."

바닥에 꽂힌 시선을 도무지 들 수가 없었다.

"네가 왜 거길 다니고 있는지."

머릿속이 새하얗게 바래서 아무런 생각이 들지 않았다. 당연히 대답할 말도 생각하지 못했다. 바닥이 꺼지고 끝도 없이 추락하는 아찔함에 아무것도 볼 수가 없었다.

"설명해."

무시무시한 음성이 '둥' 하고 거대한 북소리처럼 나를 울렸다. 입술이 마르고 심장이 조이기 시작했다. 최정우가 화나면 얼마나 냉혹해지는지 나는 안다. 그는 화가 나면 애정이나 사랑은커녕 연민도, 동정도, 자비도 없는 사람이었다.

"내가 언젠가 아무 말 없이 널 찾아갈 거란 생각, 안 들었어?"

내 눈이 꽃다발로 향했다. 머릿속에 그가 꽃다발을 들고 처음에 등록했던 영어 학원으로 걸어 들어가는 모습이 그려졌다. 정신이 아찔했다. 맙소사. 안 돼.

"처음엔 내가 학원 이름을 착각한 줄 알았어. 두 시간 동안 근처의 영어 학원은 다 뒤졌어. 그런데 그 어디에도 네 이름이 없어."

그의 말을 듣는 내 숨소리가 더욱더 가빠졌다. 그는 내게서 멀리 떨어져 있는데 자꾸만 그의 손에 목이 졸리는 기분이 들었다.

"그러다 불현듯 머릿속에 스치더라. 네 손톱. 늘 아세톤 냄새가 묻어 있는 정리 잘된 손톱!"

"……."

"립스틱 하나 제대로 사서 바른 적이 없던 애가 어느 순간부터 매끈하게 손톱을 정리해서 돌아다니는데 설마 했어."

"……."

"단순한 흥미라고 생각했어. 넌 스무 살이고 남들은 하이힐에 화장부터 시작하지만 넌 손톱과 매니큐어부터 시작하나 보다! 설마 돈 백만 원을 몽땅 네일아트에 쏟아붓는 미친 짓은 안 할 거다! 그렇게까지 멍청하진 않으니까!"

어딘가 기댈 곳이 필요해서 손으로 더듬더듬 벽을 짚었다.

화를 누르고 호흡을 멈췄다가 여트막하게 숨을 내뱉는다. 시원하게 드러난 이마를 손으로 한 번 문지르고 그는 자신을 가까스로 진정시켰다. 그의 눈동자는 고통으로 무겁게 가라앉아 있었다. 그의 견고함이 혹시나 조각날까 나는 숨소리도 내질 못했다.

"오늘 내가 무슨 짓을 하려고 한 줄 알아?"

"……."

"로고가 통과됐어. 스튜디오에서 받은 어떤 사업보다 큰 건이었고 당연히 가장 큰 금액이야."

"……."

"내 평생 처음으로 꽃을 샀어. 유치해서 절대로 하지 않을 거라는 깜짝 파티에 근사한 레스토랑까지 예약해 뒀어. 네 인생에서 가장 근사한 저녁을 만들어 주려고 했어. 그러니까 제발, 제발, 제발."

갈라진 목소리. 잔뜩 힘이 들어간 턱에 근육이 꿈틀댔다.

박은금. 너 도대체 무슨 짓을 한 거니.

그는 괴롭게 눈을 감고 두 주먹을 꽉 쥐었다 펴기를 반복했다.

"제발 설명해. 제발."

겁이 난다. 여기서 모든 걸 망칠 수도 있다는 생각에. 아무 이유 없이 손목을 긋고 병실에서 눈을 떴던 그날처럼 이 모든 것을 망쳐 버릴 것 같았다. 그가 자리에서 일어섰다. 안 돼. 그가 그대로 문밖으로 나갈까 봐 너무 겁이 난다.

"영어 학원을…… 등록하지 않은 건 아니었어요."

그에게 한 발 내디디며 다급하게 입을 열었다. 그를 이해시켜야 한다. 그도 원하고 있다. 제발 자신을 이해시켜 주길 간절히 바라고 있었다. 망칠 수 없어. 망칠 수 없는데 어떻게 해야 망치지 않는 건지 알 수 없었다. 그래서 너무 겁이 났다. 그는 그 자리에 서서 미동도 하지 않았다.

"처음으로 홍대 스튜디오를 방문했던 그다음 날 아침에 취소했어요."

그가 눈을 굴리며 입 밖으로 헛숨을 내뱉었다.

"어쩔 수 없었어요. 그날 한수진이……."

나는 침을 삼켰다.

"내게, 선생님에게 짐만 될 거라고 했어요. 방해만 될 거라고요.

선생님 인생을 망칠 거라고요."

허공으로 향해 있던 그의 눈이 다시 한번 내게로 날아왔다.

"한수진뿐만 아니라 모두가 그렇게 이야기해요. 내가 망친다고요. 내가 모든 걸 망칠 거라고요. 선생님에게 짐이 될 거라고요."

"그래서?"

반박하는 말투는 여전히 차가웠고 그의 기분은 조금도 풀리질 않았다. 나는 조급함에 가슴이 타들어 갔다.

"그저 선생님에게 짐이 되고 싶지 않았어요."

"너에게 수도 없이 이야기했어. 한수진의 말은 귀담아듣지 말라고. 바보가 아닌 이상 걔가 떠드는 말을 어떻게 진심으로 받아들일 수 있어? 너는 치기 어린 악담과 진심 어린 조언도 구분 못 하는 거야?"

"난 그냥, 나도 선생님을 위해 할 수 있는 일이 있을 거라고 생각한 것뿐이에요. 네일아트를 하면 뒷바라지까진 못 해도 생활비 정도는 벌 수 있을 테고, 그럼 조금이라도 쓸모는 있잖아요."

"네가 왜?"

"네?"

"네가 왜 내 뒷바라지를 하느냐고. 난 여태껏 그딴 거 없이 혼자 잘만 살아왔어."

"그럼 난 아무것도 도와줄 수 없잖아요."

"박은금."

"난 그럼 선생님한테 짐만 되잖아요."

"너한텐 내가 그 정도로밖에 안 보여?"

그의 마음을 알고 싶다. 내가 그를 어디서 화나게 한 건지. 그 정도로밖에 안 보이냐는 그 말이 대체 무슨 뜻인지. 어린 내게는 모두 다 어려웠다. 내가 대답하지 못하자 그는 입을 닫은 채, 끝도 없는 생각으로 정신없이 빠져드는 것 같았다. 그러다가 불현듯 그의 눈에 불안한 궁금증이 자리 잡았다.

"난 너한테 백만 원을 줬어. 당분간 학원비로 쓰고 필요한 것을 사라고. 그 돈은 몽땅 수강료에 들이부었을 테고. 한 달이 다 되어 가도록 너는 손 한 번 벌린 적이 없어."

그의 눈길이 내 발에 꽂혔다가 다시 돌아왔다. 거기엔 혹독한 냉기가 서렸고 나는 숨이 멎었다.

"설명해."

어떻게 해야 하지? 솔직해지기가 너무도 겁이 난다. 그가 날 갈가리 찢어 놓을 깃만 같다.

"설명해!"

"아르…… 아르바이트……."

그는 나머진 더 들을 필요도 없다는 듯 내게서 몸을 돌렸다. 그는 이마를 짚고 허공을 응시하더니 다음 순간에는 '쾅' 하고 아일랜드 바를 주먹으로 때렸다. 뭔가가 부서지는 소리가 들렸고 장미꽃 이파리가 푸스스스 떨렸다. 그의 주먹이 내 가슴을 친 것처럼 고통스러웠다. 나는 거기에 조각나고 부서지고 바스러졌다.

"대체 너는 나를……."

그는 말을 잇지 못했다. 몸을 일으키고 부산스럽게 서성거렸다. 지금 나는 그가 무너지는 모습을 보고 있는 걸까?

"내가 뭣 때문에……."

그는 지끈거리는 이마를 손바닥으로 비비며 어금니를 물었다.

"너……."

다시 마주친 그의 눈이 절망적이었다. 차가움도 뜨거움도 없는 그냥 절망.

"이곳에 와서 단 한 번도 그림을 그린 적이 없지."

이니라는 말이 목에 걸려 나가지 않았다. 사실이니까. 정말 한 번도 그린 적이 없으니까.

"넌 여기에 와서 빨래하고, 청소하고, 밥하고. 그 빌어먹을 네일 아트나 배우면서 심지어 아르바이트까지 했어."

"……."

"그러는 동안 단 한 번도 연필을 잡아 본 적이 없어."

그의 말이 거대한 쇳덩어리가 돼서 나를 아래로 짓누르기 시작했다. 그 무게로 다리가 부들부들 떨렸다.

"너는 나를 안 믿었어. 단 한 번도 믿어 본 적이 없어."

아니에요. 절대 그렇지 않아요. 꽉 닫혀 터지지 않는 말 대신 눈물이 터져 나갔다. 나는 흑흑 흐느끼면서 거세게 도리질했다.

"아니. 넌 나 안 믿었어. 날 믿었으면 넌 영어 학원을 다녔어야 해. 아르바이트를 하는 대신 저 크로키 북을 다 채워 넣었어야 해."

"……."

"내가 너에게 주려고 했던 것들을 너는 받았어야 해."

"그런 거 아니에요."

나는 덜덜 떨며 애원했다. 내 절망보다 그가 느끼는 절망이 더 고통스럽다. 달려가서 무너지는 그를 잡고 힘껏 안아 주고 싶었다. 그러나 나는 무력하게 벽에 기대서서 그가 괴로워하는 모습을 바라만 보았다. 나는 여전히 겁쟁이였다.

"내가 어떤 마음으로 널 내 인생으로 끌어들였는지……."

그는 다시 말을 멈추고 굳은 얼굴을 쓸었다.

"너는 날 믿었어야 해. 날 믿었으면, 적어도 내 선의를 무시한 채 멋대로 행동하기 전에 단 한 번은 말을 했어야 해. 웃으며 날 속이는 대신, 단 한 번은 진지하게 네 고민을 털어놨어야 해. 넌 나를 완전 쓰레기로 만들었어."

"그러려던 게 아니에요!"

"어떻게 이런 식으로 내 뒤통수를 칠 수 있어?"

"미안해요. 하지만 정말로 그러려던 게 아니에요."

"이게 네가 원한 인생이야? 꿈도, 목적도 없이, 돈이나 벌며 남자에게 호구 잡혀 사는 게 네가 원한 인생이냐고."

"아니에요. 이게 내겐 최선이라 그랬어요! 우릴 위해서 그랬다고요."

"거짓말하지 마!"

그의 날카로운 고함이 고막을 찢을 듯이 울렸다.

"그게 변명이 된다고 생각해? 우리? 그게 어떻게 이유가 돼? 늘 나에게 진실하란 소리는 안 해. 하지만 적어도 속이진 말았어야지. 네 인생을 걸고 날 기만하진 말았어야지."

"미안해요."

변명의 여지가 없었다. 하지만 내 인생을 걸고 그를 기만하려던 게 아니었다. 그런 생각은 단 한 번도 해 본 적이 없다. 내 행동이 그를 기만하고 있단 생각을 단 한 번이라도 했다면 감히 다른 짓을 할 엄두조차 내지 못했을 거다.

"나는 너에게 모든 걸 내놨어. 내 마음, 내 믿음, 내 미래…… 넌 그걸로 게임을 한 거야."

"그러지 마요."

나는 울면서 애원했지만 그의 눈에는 애정 대신 비소가 담겼다. 그게 너무 아파서 자리에 주저앉았다.

"이게 네가 원하던 결말이지. 안 그래?"

"아니에요!"

"이런 식으로 망쳐서 내가 길길이 날뛰는 걸 보고 싶었던 거잖아!"

"아니에요!"

그는 식탁 위에 올라가 있던 모든 것을 바닥으로 쓸어버렸다. 흐드러지게 눈부신 꽃다발이 바닥으로 낙하했다. 와장창 머그컵이 떨어졌고 파열음을 내며 파편을 튀겼다. 파편은 바닥을 흐트러트리고 꽃잎을 찢으며 알알이 박혔다.

"축하해. 네가 이겼어."

나는 충격으로 짓눌린 울음소리를 꺽꺽 흘렸다. 내 진심이 전해지지 않았다. 분명 늘 제대로 전해질 거라고 생각해 왔는데 조금도 전해지질 않고 있었다. 그가 조금이라도 이해해 주길 바랐지만, 그의 차갑고 슬픈 눈은 그럴 여유조차 없어 보였다.

"내가, 내가, 전부…… 전부 설명할게요."

목소리를 떨며 더듬댔다.

"필요 없어. 이 게임은 끝났고 난 이미 물러섰으니까."

그의 입에서 나온 말은 가장 최악의 결말이었다. 그가 나를 스쳐 지나갔다. 그가 일으키는 차가운 바람이 내 몸을 얼려 버렸고,

쾅 하고 문이 닫히는 소리가 들렸다. 그는 문밖으로 사라졌고 나는 엉망이 된 집 안에 혼자 덩그러니 남겨졌다. 이 장면을 악몽의 어디에선가 본 적이 있다. 조각나고 상처 나고 모든 걸 망친 후 혼자 남겨지는 것.

그는 나를 버리고 갔다.

나는 집에 혼자 남겨졌다. 멍하기만 해 아무것도 생각할 수 없었다. 그저 눈물샘이 고장 난 것처럼 눈물만 계속해서 흘러나왔다. 한때 이런 적이 있다. 인생의 의미를 잃었을 때, 아무런 목적을 찾을 수 없었을 때, 숨 쉬는 것 말고는 아무것도 느껴지지 않았을 때.

모든 것이 그때처럼 공허하고 아무런 가치도 없었다. 나는 기계처럼 멍하게 바닥을 치웠다. 깨진 유리 파편이 손끝을 파고들도록 내버려 두었다. 따끔거리고 피가 맺히면 비로소 한 번씩 정신이 들었다. 나를 망가뜨리는 날카로운 통증은 그래서 위안을 주었다. 나를 벌하고 싶었다. 그럼, 그가 돌아올까?

장미 다발을 풀어 유리 조각을 털어 내고 찬장에서 500cc 맥주잔을 꺼내 꽃을 넣었다. 모든 게 망가지지 않았다면, 영어 학원을 다녔다면, 이 꽃은 버려지지 않았을 거다. 나는 멋지게 차려입은 그에게 이 눈부신 꽃다발을 받은 후 즐거운 시간을 보냈을 테고 지금과는 전혀 다른 결말을 맞이했을 것이다.

내가 잘못한 일이었다. 그에게 이야기를 했어야 했다. 힘든 일이 있으면 그와 먼저 상의를 해야 했다. 멍청이처럼 모든 걸 혼자 감당하려고 들어서는 안 됐다. 자존심이 상하더라도 두렵더라도 그와 함께 마주 봤어야 했다. 그에게 모든 것을 솔직히 드러내는 걸

겁내서는 안 됐다.

그를 믿지 못한 게 아니다. 그에게 못나고 어리석은 사람이 되는 게 두려웠다. 그에게 짐이 되는 것이, 그에게 아무런 도움이 되지 못하는 것이, 그래서 한심한 여자 친구가 되는 것이 두려웠다. 하지만 결과적으로 나는 훨씬 더 못나고, 어리석으며, 한심한 여자 친구가 되어 버렸다. 오랫동안 이 불안감을 잊고 있었다. 최정우가 곁에 없으니 내 몸이 죽어 버린 고목처럼 끝에서부터 조각조각 떨어져 나갔다. 나는 곧 다시 무너지고 말 거다.

하나도 변한 게 없어. 전혀 변한 게 없어.

나는 뿌연 시야를 훔치며 백팩을 뒤졌다.

거짓말투성이. 나는 정말 거짓말투성이다. 백팩의 안쪽 깊숙한 주머니에서 의사가 만약을 위해 상비하라고 준 안정제와 수면제 약봉지를 꺼냈다. 최정우에게는 말하지 않았다. 그에겐 늘 정상적인 사람이 되고 싶었다. 모든 건 내 욕심에서 비롯되었다. 그게 모든 것을 망치고 있다. 나는 수면제를 다시 가방 안에 쑤셔 넣고 안정제 약봉지를 뜯어 입안으로 털어 넣었다. 약을 먹지 않고는 미친 듯이 뛰고 조여 오는 심장의 고통을 도저히 줄일 수가 없을 것 같았다.

한참을 기다려도 최정우는 오지 않았다. 까만 액정은 단 한 번도 빛이 들지 않았다. 말끔하게 치워진 주방의 불을 끄고 힘없이 침대에 누웠다. 그의 향기가 있었지만 온기는 없었다. 시트의 감촉이 오늘따라 너무나 차가웠다. 정말 이렇게 끝일까? 그는 이대로 돌아오지 않는 걸까?

무릎을 꿇고 빌었어야 했다. 그가 나가는 걸 황망하게 쳐다보지 말고 바짓가랑이를 붙잡고 매달렸어야 했다. 멍청아. 이 등신아! 그를 따라 쫓아 나갔어야지. 질질 끌려서라도 갔어야지!

　나는 겁을 먹고 부들부들 떨고만 있었다. 무서워서 그에게 한 발자국도 다가가지 못했다. 그렇다고 모든 것을, 정말 마음속에 있던 모든 것을 완벽하게 쏟아 뱉지도 못했다. 나는 아무것도 할 수가 없었다. 나라는 사람은 거기까지였다. 단 반보도 앞으로 내밀지 못하는 겁쟁이. 너무 겁이 많아서 모든 것을 망치는 등신.

　아무것도 안 보이는 이 어둠 속에 영원히 있고 싶었다. 날이 밝지 않았으면 좋겠다. 영영. 이대로 눈을 감고 잠이 들어서 다시는 깨어나지 않았으면 좋겠다. 그럼 우린 끝나지 않을 거다. 끝을 보지 않을 거다. 그를 붙잡으려고 미쳐 가고 있구나. 그동안의 모든 노력을 휴지 조각으로 만들려 하고 있다. 그가 나를 괴로움으로 밀어 넣는 건 너무 쉬웠다. 하지만 그를 그런 존재로 만든 건 나였다.

　'넌 나를 쓰레기로 만들었어.'

　아니. 그렇지 않아. 인정하고 싶지 않아. 나는 각목처럼 누워서 아무것도 떠올리지 않으려 애를 썼다. 모든 것을 잊으려 한참 동안을 그랬다. 그가 돌아올까? 돌아오지 않을까? 수백 번씩 반복하며 문밖에서 작은 소리만 나도 벌떡벌떡 일어났다. 기다림은 더 큰 좌절이었고 더 큰 고통이었다. 그가 주는 가장 큰 형벌이기도 했다.

　그는 결국 오지 않을 것이다. 물러섰다는 말은 정말로 의미대로일 것이다. 우린 정말로 이렇게 끝날 거다. 간신히 막혔던 둑이 다시 터졌다. 안정제도 도움이 되질 않았다. 누군가 나를 망각시켜 주지 않는다면 어떤 것도 소용이 없을 것이다. 시트에 엎드려 나는 다시 엉엉 울음을 터트렸다. 1초가 영겁의 시간 같았다. 최정우가 없는 이 집은 고문이었고 지옥이었다. 여기서 1초를 1분을 한 시간을 버틸 자신이 없다. 그러나 그가 돌아온다는 희망은 완전히 사라져 버렸다. 그가 없는 내 인생은 상상할 수도 없다. 그런데 그는 지금 나를 떠나려고 하고 있다.

띠로링.

도어록이 열리는 소리에 나는 상체를 발딱 일으켰다. 우당탕거리는 소리가 들렸다. 그는 외투를 벗어 바닥에 대충 던지고 터틀넥을 벗어 올리며 침실로 들어왔다. 싸한 바람 냄새. 담배 냄새. 그리고 알코올 냄새.

깜깜한 어둠에 비틀대는 실루엣만 보였다. 눈을 깜빡이며 이것이 내가 만든 환영인지 실제인지 분간하려 애썼다. 그가 터덜터덜 발걸음을 옮길 때마다 바지 깃이 스치는 소리가 들렸다. 아. 그가 돌아왔다. 강렬한 안도감이 온몸에 퍼졌다. 그 안도감 이면에는 절망하고 있던 수많은 시간이 차곡차곡 쌓여 있었다. 그게 너무 커서 끔찍했다.

"미안해요."

나는 울며 두 손을 모아 빌었다.

"내가 잘못했어요."

그는 문지방을 조용히 넘어서 그곳에 멈추었다. 애매한 거리를 두고 어둠 속에 감춘 그의 모습을 찾을 수가 없다. 그는 어디쯤에서 날 바라보고 있을까.

"다신 안 그럴게요."

354

그의 숨소리가 점점 가깝게 들렸다. 그러다 곧 매트리스 끝이 그의 무게로 내려앉았다. 주방에서 새어 나오는 작은 빛이 비로소 그의 모습을 반사시켰다. 새까만 어둠. 그에게 새까만 어둠이 드리워져 있었다. 개기월식의 최후처럼 실루엣은 너무나 날카로웠다.

"내가 이 모든 걸 망치게 두지 말아요."

불쑥 차가운 손가락이 볼에 닿았다. 나는 숨을 멈췄고 뜨거운 눈물은 그의 손가락을 타고 내렸다. 떨리는 호흡과 목소리를 감출 길이 없었다.

"내가 이렇게 빌게요"

"……."

"하라는 대로 할게요. 원하는 대로 다 할게요. 그러니까 제발 나 용서해 줘요."

"그만."

그의 낮은 목소리는 여전히 차가웠다.

"날 용서해 줘요."

"그만해."

그의 손가락이 내 눈두덩을 쓸고 싸늘한 입술이 내 입술을 먹었다. 그의 숨소리에 쓰디쓴 알코올 향이 묻어 있었다. 그는 자제력을 잃고 싶지 않아 술을 싫어했다. 단 한 번도 몸에 술 냄새가 뱰 만큼 술을 마신 적이 없었다. 술에 취한 그의 몸이 무겁게 짓눌렀다. 처음으로 그의 무게에 숨이 막혔다. 그는 전혀 다른 사람 같았고, 모든 것은 다 나 때문이었다. 어떻게 해야 그를 다시 되돌려 놓을 수 있을지 모르겠다. 내가 어떻게 해야.

"미안해요."

"입 다물어."

그가 입술을 떼어 내더니 이불을 젖히고 내 원피스를 위로 밀어 올렸다.

"지금 너랑 얘기를 하사는 게 아니야."

그가 양손으로 내 팬티를 잡아당겼다. 허벅지와 골반에 봉제 선이 아프게 파고드는 느낌이 나더니 곧 날카로운 소리와 함께 속옷이 찢겨져 나갔다. 가슴이 철렁했다. 사랑을 나누려는 것 같지가 않았다. 아니 이미 그 단어가 지워져 버린 건지도 모른다. 싸늘하게 식은 마음에 오로지 분노만 차 있는 건지도 모른다.

나는 그를 모른다. 모든 것을 알기에는 너무 어려운 사람이고 나는 너무 어수룩했다. 나를 고문하려는 걸까? 내게 수치심을 주려는 걸까? 날 짓밟으려는 걸까? 그러면……. 모든 것을 견디고 나면 그의 기분이 풀릴까? 그걸로 모든 것이 괜찮아진다면 뭐라도 견딜 수 있을 것 같았다.

바지 지퍼를 내리고 버클을 푸는 소리가 들렸다. 시트를 꽉 움켜잡고 그를 맞이할 마음의 준비를 했다. 그리고 잠시 후 어떤 준비도 없이 그가 내 안으로 거칠게 파고들었다. 잔뜩 긴장하고 메마른 질구에 불에 덴 듯한 통증이 일었다. 처음 그가 내 안으로 들어올 때보다 훨씬 더 고통스러웠다. 피가 날 만큼 강하게 입술을 물고 비명을 속으로 삼켰다. 그가 주는 이 고통을 즐기려 애를 썼다. 자존심 따윈 존재하지 않으니까. 내게 등을 돌리고, 멀어져 가는 것보다 이편이 훨씬 나았다. 그러니 이 고통을 달콤하게 즐기지 않으면 안 된다.

딸깍.

그가 손을 뻗어 협탁 위의 램프를 켰고 어두운 방 안에 빛이 들었다. 안 돼! 손등으로 얼굴을 가렸다. 내 얼굴을 보면 그가 모든 것을 멈추고 등을 돌릴까 봐 겁이 났다. 그의 시선이 내 비틀린 입술 위에 있다는 걸 안다. 눈물에 젖어서 번들거리는 얼굴 위에, 새빨개진 코끝에, 시트를 꽉 움켜쥔 손 위에.

그가 내 손목을 잡았다. 불가항력적인 힘. 그만둬요.

내 눈 위에서 손등을 치우는 만큼씩 그의 모습이 눈에 맺혔다. 우린 이렇게 가까이에 있는데 여전히 멀었다. 내가 그에게 속해 있고 그가 내게 속해 있는 이 특별한 순간은 언제나 행복했다. 아래에 누워 올려다보면 그의 눈에는 늘 열정과 애정이 있었다. 부드럽고 다정한, 때론 격정에 휩싸인 얼굴을 올려다보는 것이 얼마나 좋았나. 하지만 지금은 그중 무엇도 찾을 수가 없다. 그리고 그 역시 내 얼굴에서 무엇도 찾을 수가 없을 것이다. 그는 지치고 슬픈 표정으로 나를 가만히 내려다봤다.

"대체 뭐가 널 이렇게 만드는 거야."

그는 쓰디쓴 목소리로 물었다. 나는 그가 원하는 대답을 할 수 없을지도 모른다. 훨씬 더 나쁜 결말을 가져올 수도 있었다. 그래도 내 진심이 그에게 전해지길 바랐다.

"사랑하니까요."

"……"

"선생님을 사랑하니까요."

그는 괴롭게 몸을 숙였다. 그의 가슴이 내게 붙고, 그의 입술이 내 어깨를 지나 시트 위로 떨어졌다. 귓가에 괴로운 숨소리가 몇 번이고 들려온다.

내가 그를 다시 무너뜨린 걸까? 아니면 차갑고 메마른 그의 분노를 헐어 버린 걸까? 그가 안으로 들어온 것과 같이 빠른 속도로 내게서 물러났다. 나는 헉하고 숨을 내쉬며 불에 덴 고통을 삼켰고 그의 몸이 아래로 미끄러졌다.

그의 혀가 통증이 일어난 곳을 핥았다. 화끈거리는 상처를 닦아 내듯, 그의 혀는 섬세하고 부드러웠다. 너무 부드러워서 아팠다. 아니. 이걸 원하지 않아. 그가 부드럽게 대하는 것을 원치 않는다. 어르고 달래는 듯한, 그래서 어리광을 부리고 싶게 만드는 다정함을 원하지 않았다. 차라리 내게 화를 내고, 내게 분노를 배설하고, 나를 망가뜨려 버리는 게 훨씬 덜 아플 것이다. 왜 그렇게 하지 않는 걸까. 왜 끝까지 내 탓을 하지 않는 걸까. 왜 늘 나를 어린애로 만드는 걸까.

그의 혀가 클리토리스를 핥고 올라왔고 허리가 본능적으로 뒤틀렸다. 분노와 욕정도 한 끗 차이였지만 슬픔 또한 그랬다. 슬픔이 터져 나간 자리마다 쾌감이 고였고 그의 혀가 닿는 곳마다 부드럽게 녹아내렸다. 그의 부드러운 머리카락을 손가락 사이에 휘감고 울며 신음했다. 그의 입술이 음모를 헤치고 아랫배와 배꼽을 지나 위로 올라왔다. 그는 가는 자리마다 입을 맞춰 흔적을 남겼다. 그리고 마침내 내 목을 쓸고 턱을 타고 올라 입술에 닿았다.

나는 기꺼이 그의 벌어진 입술에서 혀를 빨아들였다. 그에겐 더 이상 잔인함이 남아 있지 않았다. 아플 정도로 애타는 애정만이 가득했다. 나는 그의 허리에 허벅지를 감고 골반을 밀착시켰다. 내게 고인 감정의 웅덩이가 해소를 원하고 있다. 그가 내 안으로

들어와 나를 밀어내고 채워 주길 원했다

"지금, 빨리."

애타게 빌자 그는 입술 위에 다시 한번 입술을 포개며 내 안으로 들어왔다. 부드럽고 달콤하고 뜨거운 감촉. 나는 매달려 환희에 찬 신음을 내질렀고 그는 천천히 허리를 움직였다. 닿고 있어도 그에게 더 닿기를 원했고 그가 내 안으로 밀려와도 더 밀려오길 원했다. 나는 몸을 유연하게 휘면서 조금이라도 더 받아들이기 위해 애썼다. 그는 내 젖은 관자놀이에 코끝을 비비고 목덜미에 입술을 쓸었다.

"널 어떻게 해야 하지?"

괴로운 그 목소리에 고개를 돌려 그를 올려다봤다. 코끝이 닿을 정도로 가까운 거리였다. 그와 마주 보고 슬프고 불안한 눈동자를 바라보며 나는 그의 턱을 매만졌다.

"날 그냥 사랑해 주면 되잖아요."

그가 고개를 들고 아래에 깔려 있는 나를 가만히 내려다봤다. 쓸쓸한 미소, 아픔에 젖은 눈동자에 언뜻 절망의 빛이 스쳤다. 빨갛게 부풀어 오른 그의 입술이 힘겹게 떨어졌다.

"이미 그렇게 하고 있어."

눈시울이 뜨거워져 시야가 흐렸다. 감정의 파도가 출렁거리며 과하게 넘쳐흘렀다. 벅차오르는 감정 때문에 내 표정은 무척 꼴사납게 구겨졌다.

"미안해요."

모든 것에 대해 사과했다. 그를 속인 것에 대해, 그래서 그의 자존심을 상하게 하고 절망으로 몰아넣은 것을 포함한 그 모든 것을 말이다.

"사과를 듣자고 한 말이 아니야."

그의 눈가가 희미하게 떨렸고 아무런 감정도 읽을 수 없는 입매가 굳게 닫혔다. 또 그를 화나게 한 걸까? 아주 약간만 그가 인상을 찡그려도 심장이 죄었다.

"그럼, 내가 어떻게 해야……."

"그냥 날 안아. 내게 키스해."

아아. 기꺼이. 수백 번이고 수천 번이고 기꺼이. 그의 얼굴을 당겨 힘껏 입을 맞췄고 그에게 두른 두 팔과 두 다리로 내게 더 가까이 끌어당겼다. 꽉 조여 있던 불안감의 매듭이 풀리자 욕망이 터질 것처럼 부풀어 올랐다. 오로지 그를 원했다. 감긴 허벅지를 바짝 당기자 그가 나를 꽉 채웠다. 그는 물러섰다가 다시 들어왔다. 그에게서 떨어지지 않으려 애를 쓰며 황홀함에 몸을 떨었고, 그는 다시 한번 천천히 물러섰다가 천천히 나를 채웠다.

"멈추지 마요."

나는 신음했다. 이토록 솔직하고, 이토록 절박하고, 이토록 그에게 매달려 본적이 없는 것 같다. 그가 피치를 올렸다. 눈앞이 그의 리듬에 따라 번쩍였고 온몸이 붉게 달아올랐다. 그가 주는 강렬한 충돌을 남김없이 흡수하고 싶어 움직임을 좇아 골반을 들어 올렸다. 감당할 수 없는 쾌감에 등골이 저리다 못해 아파 왔다. 손끝으로 땀에 젖은 등줄기를 훑었다. 매끈한 근육이 상하좌우로 요동치고 있었다. 그의 옆구리를 간질이듯 손가락을 놀리며 쇄골을 혀로 핥았다. 그의 호흡이 더 거칠어졌다.

그래. 그가 내게 무너지길 원한다. 나는 더 크게 신음을 내질렀고 그 소리에 자극받았는지 그는 어금니를 꽉 물었다. 내가 골반을 붙이고, 허벅지를 조이며 재촉하자 그가 서둘러 상체를 일으켰다. 내 다리가 그의 엉덩이 아래로 미끄러져 내려갔다. 안 돼. 그가 내 질주를 멈췄다. 뜨겁게 타오른 불덩이가 가라앉을 때까지 시간을 벌고 있었다. 왜? 나는 애가 탔다.

"아직 안 돼."

어째서? 그는 내 팔뚝을 잡아당겼고 나는 포물선을 그리며 그의 허벅지 위에 올라탔다. 그는 내 머리카락을 손가락으로 끌어모아 하나로 쥐고 아래로 잡아당겼다. 턱이 위로 들렸다. 나를 내려다보는 그의 눈동자가 까맣게 불타고 있었다.

"움직여. 이렇게."

그는 내 엉치뼈를 쥐고 자신에게로 당겼다. 그러자 사타구니가 쓸리고 골반이 닿으면서 그가 가득 들어왔다. 나는 헉하고 숨을 들이마셨다.

"우린 계속할 거야."

나는 그의 목 뒤로 손을 둘러 무게를 지탱하고 배운 대로 몸 위로 미끄러트렸다가 다시 올라탔다.

"내가 만족할 때까지."

다시 한번.

"계속."

또다시 한 번.

"여기서."

그의 목소리, 내 엉덩이를 움켜쥔 그의 손길, 내 머리카락을 휘감아 당기는 모든 느낌이 기가 막히게 좋았다. 입을 벌리고 폐에

산소를 공급하기 위해 헐떡이며 나는 본능적으로 리듬을 찾아 몸을 움직였다. 쓸리고, 밀려들어 오는 감각이 몸에 불을 붙였다. 내 몸은 활처럼 뒤로 휘었고 그는 손가락에서 내 머리카락을 풀었다.

나는 매트리스를 집고 오로지 허기진 욕망을 채우기 위해 원초적으로 허리를 움직였다. 그는 무방비하게 노출된 내 가슴을 한 움큼 베어 물고 핥고 간질였다. 머리가 어질어질했다. 자신에게 밀려 올라갈 때마다 같은 리듬으로 내게 몸을 부딪혀 왔다. 몸이 충돌할 때마다 부싯돌 두 개가 부딪힌 것처럼 얼얼하게 불꽃이 튀었다.

한계야. 온몸의 근육이 땅기고 딱딱하게 굳어 왔다. 나는 거칠고 투박하게 그의 위에서 몇 번 허리를 움직이고 나서야 그대로 폭발했다. 날카로운 쾌감이 발끝부터 정수리까지 쪼개고 난 후, 나는 시트 위에 떨어졌다. 숨을 너무 급하게 많이 들이마셔서 입술이 바짝 말랐다. 헉헉 숨을 몰아쉬며 절정 뒤에 찾아오는 적막을 누렸다. 고요한 가운데 온몸의 근육이 충분히 이완될 때까지 숨을 골랐다.

"아직 끝난 거 아니야."

그 말에 눈을 번쩍 떴고 그는 바닥으로 떨어진 내 허벅지를 잡고 양옆으로 벌렸다.

"말했잖아. 만족할 때까지라고."

눈을 어떻게 감는 거였는지 숨을 어떻게 쉬는 거였는지 잊었다. 그가 다시 안으로 파고들었고, 이미 한차례의 폭풍이 휩쓸고 지나간 안쪽 근육이 발작적으로 경련을 일으켰다. 분명 모든 것이 소진되어 더 이상 타오를 불씨가 없다고 생각했는데 내 착각이었다. 아까보다 훨씬 더 빠르고 신속하게 다시 불이 붙었다. 이미 숯불처럼 달궈진 몸은 쉽게 식지 않았다. 쇠붙이가 자석으로 빠르게 몰려가듯 내 몸의 모든 감각이 다른 출구를 찾아 한 곳으로 정렬되었다. 다시 그의 아래에서 몸을 뒤틀며 신음했다. 그는 내 마지막 한 줌의 쾌락까지 쥐어짰다. 진이 빠지고 내가 가진 모든 것이 완전히 증발해 버릴 때까지 밀어붙였다.

술로 자제력을 잃고, 이성이 날아가고, 남아 있는 건 본인이 제어하지 못하는 감정과 감각뿐인 최정우는 이런 모습을 하고 있었다. 통제력을 잃은 그는 감당하기 벅찰 만큼 힘들고, 감각적이고, 또 달콤했다. 그가 내 위로 무너졌다. 무겁고 따뜻한 몸뚱어리가 나를 매트리스 아래로 짓눌렀다. 그래, 이 느낌이었다. 그가 나를 누르는 느낌은. 귓가에 울리는 숨소리가 뜨겁다. 질주를 마친 그의 등에서 열기가 방출되고 있었다. 나는 식어 가는 그의 몸을 음미하며 강한 안정감을 느꼈다. 내게 가장 평화로운 시간.

깊고 충만한 따뜻함은 늘 그와 나를 제자리로 돌려놨다. 모든 것을 명확하게 . 그는 날 사랑한다고 했고 여전히 나를 원하고 있었다. 우리가 서로를 갈구하고, 서로의 몸을 채우며 평안을 느낀다면 우리가 헤어질 일은 절대로 없다. 어떤 일이 있어도 우린 견고해질 수 있었다. 그가 내게서 몸을 뺐다. 싫어. 그의 몸이 떨어져 나가는 걸 원치 않아 고목나무의 매미처럼 찰싹 붙었다.

"이봐."

"……."

"도망가는 게 아니라 티슈를 집으러 가는 거야."

"그냥 이렇게 있어요."

"닦아 내지 않으면 찜찜할걸."

"괜찮아요."

고집스럽게 말하자 그는 내 정수리에 입을 맞추고 손을 둘러 나를 꼭 밀착시켰다. 땀에 젖은 그의 가슴 위로 아직 진정되지 않은 심장이 쿵쿵쿵 뛰고 있었다. 그 소리가 자장가 같았다. 나는 속절없이 잠으로 빨려 들어갔다.

"잘 자, 박은금. 넌 나한테 너무 소중해."

그의 달콤한 목소리가 아스라이 울렸다.

* * *

알람 소리가 신경질적으로 울려 댔다. 피곤함에 가라앉은 몸을 힘겹게 일으키고 휴대폰 알람을 끄며 근육통에 시달리는 몸을 침대에서 일으켰다. 아, 삭신이야.

침대는 텅 비어 있었다. 최정우는 벌써 출근을 한 것일까? 당장 난 어떻게 해야 하지? 아르바이트도, 네일 학원도 아마 관둬야 할 거다. 그를 이해시키지 못했고 다시 화나게 만들기도 싫었다. 그런데 무슨 대책을 세워야 하는지 백치처럼 아무것도 떠올리지 못했다.

최정우 성격에 이런 일을 유야무야 넘어가는 건 말도 안 되는 일이다. 뭐든 맺고 끊는 게 분명한 사람이라 분명 이 문제를 정리하려 들 텐데 그에게 온 문자 메시지는 따로 없었다. 나는 바닥에 떨어진 원피스를 주워 입고 침대에서 몸을 일으켰다. 아마도 또 화장실 거울에 포스트잇을 붙여 놓았을 거란 생각에 서둘러 방 밖으로 나갔다.

"잘 잤어?"

여기 있네? 그는 아일랜드 바에 앉아 커피를 마시고 있었다. 테이블 위에는 태블릿 PC, 바짝 구운 토스트와 스크램블드에그, 자른 사과가 놓여 있었고 그는 지난밤 흔적은 찾아볼 수 없을 만큼 말끔한 모습이었다. 샤워를 한 것인지 예쁜 이마 위에 까만 머리카락이 엉켜 있는 것이 못내 아쉬웠지만 다정하고 일상적인 인사에 마음이 놓였다.

다행이다. 안도의 한숨을 내뱉으며 문지방에 기댔다. 정말 다행이다. 다시 평소의 그였다. 물론 평소처럼 환하게 웃으며 눈을 빛내 주면 더욱 좋았겠지만 시간을 두고 기다려야 했다. 내가 그에게 한 행동을 생각하면 눈앞에 벌어지고 있는 일은 기적이나 다름없으니 말이다.

"먹을래?"

그는 턱으로 테이블 위의 음식을 가리켰다.

"네. 일단 옷부터 입고요."

"그래. 그게 좋겠다."

세수와 양치를 마치고 작은방으로 들어가 박시한 스웨터에 레깅스를 갖춰 입었다. 그의 마음을 확인했으니 이 사건을 마무리 지어야 했다. 전적으로 그의 의견을 따를 생각이다. 더 이상 고집을 부릴 권리가 내겐 없었다. 그리고 이번에야말로 정말 그의 말을 잘 들을 생각이다. 그것이 그를 행복하게 만드는 방법이라면 충직하게 실천할 만반의 준비가 다 되어 있었다. 나는 마지막으로 헝클어진 머리를 하나로 묶고 다시 주방으로 향했다. 그는 이미 자신과 같은 메뉴를 테이블 위에 차려 놓고 기다리고 있었다.

"앉아. 커피?"

"네. 주세요."

자리에 앉자 그는 커피메이커에서 아메리카노를 한 잔 따라 내 앞에 내려놨다. 그는 다시 앉아 내가 토스트를 베어 먹고 스크램블드에그를 뒤적이는 모습을 지켜봤다. 목에 탁 음식이 걸리는 기분. 옷을 말끔히 차려입고 맨 정신으로 마주보고 있자니 어쩐지 부끄러움이 몰려왔다. 어제 침대 위에서 무슨 짓을 했더라? 관둬. 생각하지 마. 나 혼자 또 지나치게 의식하고 있잖아. 심장이 빠르게 뛰어서 음식물이 입 밖으로 튀어 나갈 지경이었다. 나는 커피를 홀짝이는 척 따가운 시선을 피하며 할 말을 찾았다. 이 어색한 분위기가 나를 더 창피하게 만드는 게 싫었다.

"그……."

크흠. 헛기침.

"학원 문제는……."

"네일아트는 관둬."

명쾌한 대답에 다시 한번 안도했다.

"아르바이트도 관둬. 정말 하고 싶으면 좀 더 시간을 두고 너에게 맞는 걸 찾아서 해."

"네."

아무렴. 여부가 있겠습니까. 나는 열성적으로 고개를 끄덕였다.

"학원비는 오늘 가서 환불해 올게요."

"그 돈은 어차피 네 거야. 내게 일일이 보고할 필요 없어."

몰래 눈을 들어 그의 눈치를 살폈다. 엉겁결에 마주친 눈에 나는 재빠르게 고개를 숙이고 다시 음식을 먹는 척 열중했다. 젠장. 저 표정을 좀 읽을 수 있으면 얼마나 좋겠어.

"너한테 주고 싶은 게 있어."

"뭔데요?"

그는 테이블 아래에서 뭔가를 찾아 올리더니 내 앞으로 밀었다. 단테 신곡.

"이거⋯⋯."

"좋아한다며."

구스타프 도레 초판본.

"그건 이제 네 거야."

좀 얼떨떨했다.

"고마워요."

선물하는 타이밍이 참으로 뜬금없어서 웃음이 났다. 하지만 여자에게 사랑하는 사람이 주는 선물은 어떤 뜬금없는 타이밍에도 기쁘게 만들기엔 충분했다. 시야에 맥주 컵 위에 유머러스하게 꽂혀 있는 빨간 장미가 들어왔다.

"꽃이 정말 예뻐요."

"⋯⋯."

"선물해 줘서 고마워요. 이것도요."

"⋯⋯."

그는 별다른 대꾸를 하지 않았다. 감정적으로 모든 걸 추스르기엔 확실히 무리가 있을 것이다. 천천히 시간을 두고 기다려야 한다. 그의 상처가 아물 때까지.

"어제 가려던 레스토랑은 어디였어요?"

"63빌딩 58층."

"거기 좋은 데에요?"

"무척."

그걸 내가 시원하게 말아먹은 거로군. 나는 미안함과 아쉬움에 잔뜩 풀이 죽었다.

"미안해요."

"자꾸 사과하지 마. 그건 이미 끝난 일이잖아."

미안하다는 말이 또 나올 뻔해서 합하고 입을 다물었다. 쳇. 까칠하긴.

나는 두어 번 그의 눈치를 살피다 신곡의 가죽 바인딩을 매만지며 킥킥 웃었다.

"근데 이거 의미가 있어요? 어차피 같은 책장에 도로 들어갈 테고 누구 것인지 상관없어질 텐데."

"……."

"일부러 노린 거예요?"

"아니."

그는 옆 의자 등받이에 오른손 팔뚝을 기대고 새끼손가락을 반대편 손으로 빙빙 돌리며 매만졌다.

"그건 같은 책장에 안 들어가."

"그래요? 책장 앞에 이름이라도 붙일 건가 봐요."

"아니."

"그럼요?"

사과를 오물오물 씹으며 말장난을 기대했다. 그렇게 조금씩 그의 기분이 풀리기를 바랐다.

"넌 여기 남을 거니까."

무슨 말인지 이해가 되지 않아 나는 여전히 웃고 있었다.

"미국으로 가는 건 나 혼자야."

가슴이 철렁 내려앉았다. 무슨 말을 하는 거야, 지금.

"왜요?"

나는 신경질적인 목소리로 즉각 반응했다.

"널 데려가지 않을 거야."

"그러니까, 왜냐고요."

"굳이 설명할 필요를 못 느끼겠는데."

"……."

아니, 이건 안 돼. 맙소사.

이건 내 생각보다 훨씬 컸다. 그가 받은 상처는 내 생각보다 더 깊고 더 컸던 거다. 내가 안일하게 생각했단 깨달음에 정신이 아찔했다. 침착해. 침착해야 돼. 눈을 질끈 감고 깊게 심호흡을 하며 이 상황을 제대로 인식하려 노력했다. 천지가 개벽하는 충격적인 상황을 제대로, 그리고 똑바로 풀어 가고 싶었다.

"좋아요."

두어 번 더 숨을 몰아쉬었다. 그래. 남는다. 내가 여기 남는다. 그래, 그럴 수 있어. 그의 상황을 받아들여야 한다. 그의 마음을 이해해야 한다. 받아들일 수 있다.

"그럼, 그럼 언제 돌아와요?"

그의 굳게 닫힌 입을 쳐다봤다. 불안감에 요동치는 나와는 달리 그의 눈, 그의 입술, 그의 표정과 그의 몸 어디도 바위처럼 흔들림이 없었다. 그 모습에 점점 더 숨이 막혔다.

"난 안 돌아와."

끔찍했다. 이건 정말 끔찍한 일이다. 충격에 넋이 나가고 온몸이 차갑게 식었다. 심장은 아플 정도로 내 가슴을 때렸고 사지가 부들부들 떨려 왔다.

"그서 무슨 뜻이에요?"

"돌아오지 않는다는 뜻이야."

"그러니까……."

나는 히익히익 숨을 들이쉬며 까맣게 잃어 가는 정신을 되찾으려 애썼다. 그러나 감당하기에 버거웠고 나는 결국 이성을 잃었다.

"그러니까 그게 무슨 뜻이냐고요!"

"……."

"나랑 헤어지겠단 말이에요?"

대답도, 흔들림도, 동요도 없는 그의 모습이 나를 좀먹어 간다.

"장난하지 마요."

"……."

"나, 버리지 않는다고 했잖아요."

"……."

"그렇게 말했잖아요!"

"그래. 그랬어."

"그런데 나한테 왜 이러는 거예요?"

"마음이 변했으니까."

차가운 대답에 할 말을 잃었다. 최정우의 모습을 한 이 남자는 누굴까. 이토록 차갑고 감정이 없는 남자를 나는 본 적이 없다.

"어제, 나 사랑한다고 했잖아요."

그의 대답을 기다리지 않고 말을 이었다.

"그것도 변했어요?"

긍정도 부정도 하지 않는 무표정한 얼굴에 나는 지옥으로 떨어지고 있었다.

"이러지 말아요. 내게 이렇게 굴지 마요."

"이게 현실이야. 받아들여."

"싫어요!"

"난 떠날 거고, 넌 남을 거야."

"싫어요!"

"우린 각자의 인생을 살 거야."

"나한테 왜 이래요!"

"그건 네 스스로에게 물어봐."

너무 차가워. 너무 차갑다. 너무나. 너무나.

"3개월?"

뭐?

"웃기지 마. 넌 1년을 더 다녀야 하잖아."

허가 찔려 숨을 멈췄다. 병원에 전화해 봤구나. 아니면 오스왈드에게 해 봤을 수도 있다. 마음만 먹으면 뭐든 알아낼 수 있었다. 그 순간을 모면하려 해 버린 거짓말들이 커다란 쓰나미가 돼서 몰려들고 있다.

"네 허술함에 기가 질릴 정도야. 어디서부터 어디까지 날 속이고 있는 건지 이젠 감도 안 잡혀."

내가 얼마나 더 그에게 빌어야 모든 것이 다 뒤편으로 사라질 수 있을까.

"난 병원에 다니지 않아도 돼요."

"웃기지 마."

"선생님만 옆에 있으면 아무런 치료도 도움도 필요 없다고요."

"지겹지도 않아?"

그가 새끼손가락을 매만지는 걸 관두고 등받이에 기댄 채 나를 버려지처럼 쳐다봤다.

"네 문제에 날 붙잡고 늘어지는 거, 이젠 지겹지도 않냐고."

진심이 아닐 거다. 지금 하는 말이 진심이 아니길 바란다. 그는 지금까지 잘 견뎌 왔다. 아니, 오히려 내가 자신에게 의지하게 만들었다. 내 모든 것을 받아 줬다. 그게 부담스러울까 봐 발을 빼내려 들면 오히려 나를 더 잡아당겼다. 적어도 나는 그렇게 느꼈다.

처음이자 마지막으로 홀로서기를 시도하자 그는 무섭게 화를 내고 결국 헤어지자고 말하고 있다. 나를 이해하지도, 받아들이지도 못하고 모든 걸 자신의 입장에서 생각해서 편리하게 정리해 버리려고 하고 있었다.

"그럼 내가 대체 어떻게 해야 돼요?"

"내가 어떻게 알겠어."

"내가 어떻게 해 주면 좋겠어요?"

"아무것도."

"……."

"너에게 아무것도 원하지 않아."

나는 회까닥 정신이 돌았다. 앞에 놓인 머그잔을 그에게 집어 던졌다. 잔은 그의 옆얼굴을 훨씬 지나 부엌의 타일 벽에 부딪혀 요란한 소리를 내며 산산이 부서졌다. 마치 그럴 거라는 걸 알고 있는 듯 그는 너무도 태연했다. 눈 한 번 깜빡이질 않았다. 그런 태도가 나를 더 한심하고 멍청하게 만들었다.

"그럼 내게 이러지 말았어야죠."

터져 나오는 눈물을 고집스럽게 닦으며 이를 물었다. 이건 정말 공평하지 못해. 정말 너무 비겁해.

"그럼 날 사랑한다고 하지 말았어야죠!"

사지가 부들부들 떨리며 모든 감정이 몸 밖으로 범람했다. 그에게 모든 걸 남김없이 쏟아 내 내 안을 모두 다 비워 버리고 싶었다.

"날 안지 말았어야지! 이 나쁜 자식아!"

"사과하지. 그럼 되겠어?"

나는 아연실색했다. 최악. 이 남자는 정말 최악이다. 눈 하나 깜짝하지 않고 내뱉는 비수 같은 말이 나를 낭떠러지로 밀었다. 원래 이런 남자인지도 모른다. 겁을 먹으면 꼬리를 말고 도망가는 개처럼 내게서 등을 돌리는 남자인지도 모른다. 목을 더듬어 그가 준 목걸이를 뜯어냈다. 살이 베이는 고통도 느껴지질 않았다. 나는 망가진 목걸이를 집어 던졌다.

"필요 없어. 네가 준 거. 하나도 남기지 말고 다 가져가."

자리를 박차고 집 밖으로 뛰쳐나왔다. 11층에서 1층까지 넘어질 듯 비틀거리며 뛰어 내려갔다. 목적지도 없이 달리며 그가 붙잡아 주진 않을까 일말의 기대감을 가졌다. 아니. 나를 잡지 않을 거야. 잡을 거라면 애초에 헤어지자는 말 따윈 하지 않았을 거다.

내 모든 행동을 후회했다. 분노는 생각보다 훨씬 더 일찍 물러났다. 에일 듯한 추위에 신발도 신지 못하고 뛰쳐나온 발바닥이 따갑게 저려 왔다. 사람들이 나를 미친년처럼 쳐다봐도 개의치 않았다. 숨이 턱에 차오를 때까지 뛰다가 어느 화단 아래에 주저앉았다. 너무 춥고 허기졌다.

나는 그 집을 뛰쳐나왔고 다시는 돌아갈 수 없었다. 다시 돌아가 그의 차갑고 얼어 버린 눈을 마주할 자신이 없었다. 휴대폰도, 돈도, 신발도 제대로 챙겨 나오지 못한 채 화단 구석에 주저앉아 파르르 떠는 어깨를 감싸 안고 연신 위아래로 쓸었다. 이 순간에도 그의 온기를 절실히 바랐다. 나를 덮는 따뜻한 손을, 그의 따듯한 가슴을.

미쳤구나. 박은금. 너 정말 미쳤구나. 지혜는 유럽 여행을 떠났고 나는 의지할 곳이 아무 데도 없었다. 최정우가 없는 내 인생은 처절하게 혼자였다. 알고 있어. 내가 자처한 일이란 거. 이 세상 한가운데에 버려진 내 자신이 한심하고 초라하고 불쌍했다. 이게 끝이었다. 이게 결말이었다. 아무것도 가진 게 없는 채로 어디로 가야 하는지, 무엇을 해야 하는지 아무것도 할 수 없는 모습으로 혼자 남겨지는 것이 결말이었다.

어떻게 날 이렇게 만들 수 있어. 비참함이 서글펐다. 이 순간에도 붙잡아 주길 바라는 내 자신이 혐오스러웠다. 그는 널 붙잡지 않아. 그는 널 떠났어. 아니, 네가 그를 떠났어. 넌 돌아갈 곳이 없어. 넌 버려졌어. 나는 추위에 메마른 가지처럼 떨며 몸을 일으켰다.

떨어지는 눈물을 닦아 내고 불규칙적으로 헐떡이는 숨을 고르고 콧등을 손으로 훔치고서 터덜터덜 편의점으로 향했다. 내가 문을 열고 들어서자 인사를 하던 알바생이 말을 멈췄다. 처절하게 무너진 여자애 한 명이 눈물로 범벅된 채 들어오는 광경이 흔치 않게 비쳐졌으리라. 나는 염치없게 전화 한 통을 구걸했다. 알바생은 넋이 빠져 휴대폰을 건넸다. 나는 가장 익숙하고 가장 그리운 사람의 휴대폰 번호를 꾹꾹 눌렀다.

— 여보세요?

지치고 힘없이 갈라진 목소리가 들려왔다.

"엄마……."

— 은금이? 너 은금이니?

— 엄마……."

내가 엉엉 울자 그녀가 당황하기 시작했다.

— 너 왜 그래. 무슨 일이야!

"엄마…… 나 좀…… 나 좀 데려가……."

— 그래! 갈게. 당장 갈 테니까 어딘지 말해!

"제발…… 나 좀 데려가 줘."

한참을 기다리자 눈에 익은 택시 하나가 편의점 앞에 급하게 정지했다. 새파랗게 질린 얼굴로 아빠가 뛰어내리더니 쏜살같이 편의점으로 들어왔다. 아빠는 나를 발견하고 행색을 살폈다. 헝클어진 머리. 추위에 얼어붙은 몸. 더러워진 맨발. 그의 모습을 보자마자 나는 어린애처럼 목을 놓아 울었다. 아빠, 아빠, 아빠. 할 줄 아는 말이 그것밖에 없는 것처럼 반복하자 아빠가 나를 꽉 안았다.

"괜찮다. 집으로 가자. 집으로 가자."

엄마는 집 밖에 나와 있었다. 이제나저제나 딸만 기다리며 초조하게 서성이다 나를 발견했을 때의 표정을 잊을 수가 없다. 수많은 감정이 교차하는 얼굴. 그녀는 아무것도 묻지 않고 나를 안았다. 나 역시 아무것도 말하지 않고 그녀에게 안겼다. 키가 훌쩍 커버린 딸의 등을 토닥이며 그는 '미안하다. 정말 미안하다. 고맙다. 정말 고맙다'는 말만 반복했다.

나는 긴 여행을 하고 온 것일까. 부푼 꿈을 가지고 시작한 여행의 끝이 이토록 초라할 줄 몰랐다. 부풀었던 꿈이, 그 설렘이, 남김없이 지워지고 짓밟히고 나자 내게 남은 것들이 보였다. 엄마, 아빠, 내 가족. 지겨워서 늘 도망갈 궁리만 했던 동네. 갑갑하고 초라한 내 집. 내 인생에서 유일하게 변하지 않는 곳.

작고 초라한 집 가장 작은 내 자리에 누워 사랑하며 잃어버린 것들에 대해 생각했다. 사랑이 식어서 떠나보내야 하는 것들도 생각했다. 이 모든 것이 한순간의 꿈인 것 같았다. 최정우는 내가 만든 신기루인 것 같았다. 눈을 뜨면, 뒤를 돌면 아무런 흔적도 남지 않는 사람. 생각하면 너무 아프고 쓰리고 슬픈 사람. 갈 길을 잃어버려도 그에 대한 내 마음은 멈추질 않았다. 나는 아직도 그를 사랑하고 영원히 사랑할 것 같다.

엄마는 내가 돌아오고 얼마 안 돼 빼앗아 갔던 휴대폰을 다시 돌려줬다. 몇 날 며칠 밤을 뒤척이다 참을 수 없어 휴대폰으로 전화를 걸었던 날, 나는 알았다. 이미 없는 번호라는 알림음 뒤로, 그가 이미 한국을 떠났다는 것을.

* * *

재현이의 합격 축하 파티가 이렇게 암울해질 줄 아무도 예상하지 못했을 거다. 지혜는 영국에서 프랑스로 건너가며 내게 전화를 했고 최정우와 헤어졌다는 말에 모든 일정을 취소하고 한국으로 돌아왔다. 우리는 서로를 보자마자 부둥켜안고 울어 버렸다.

눈물, 눈물, 눈물. 최정우가 떠난 뒤로 나는 지겹도록 눈물 바람이었다. 그런 스스로가 한심한 지경이다. 우리 셋은 우리 동네의 가장 번화한 호프집에 앉아 있었다. 명목상 축하 파티지만 내 이별 위로 파티나 다름없었다.

"너 그냥 이러고 있기로 한 거야?"

지혜가 내 소주잔을 채우며 물었다.

"응."

"너 정말 이대로 괜찮아?"

괜찮을 리가 없었다. 그를 떠난 이후로 내 인생은 공허했다. 먹고 싶은 욕구도, 자고 싶은 욕구도, 눈을 뜨고 싶은 욕구도 없었다. 그저 멍하게 시간이 흐르기만을 바랄 뿐이었다.

"그렇게 미련이 많으면 어떻게든 붙잡아 보든가. 오스왈드인가 뭐시긴가 연락해 보면 뭐라도 알 수 있잖아."

"몰라. 그 사람 번호. 그 사람 휴대폰 번호 찍힌 전화는 최정우 집에 놓고 왔어."

나는 단호하게 고개를 저으며 소주잔을 입안으로 털어 넣었다. 쓰고 단 액체가 배 속에서 불처럼 번졌다. 비참할 정도로 남는 게 아무것도 없다.

"안다고 하더라도 싫어. 최정우랑 연락하는 거 겁나. 무서워."

결변이라는 한 번의 고통으로 족하다. 그에게 버림받았다는 사실을 일부러 상기시키며 자학하고 싶지 않았다. 그건 너무 괴로우니까. 어색한 침묵에 재현이와 지혜의 구겨진 얼굴을 찬찬히 살폈다. 그는 내게는 연인이었지만 지혜와 재현이에겐 스승이기도 했다. 내 기억이 절망적이라고 해서 그들의 기억 속 최정우까지 나쁜 사람으로 만드는 건 옳지 못하다는 생각이 들었다. 선생으로서이 그는 무척이나 유쾌하고 멋지고 좋은 사람이었으니까. 나는 머쓱하게 웃었다.

"내가 멍청한 탓이지, 뭐."

"무리하지 마."

재현이가 다시 내 잔을 채우며 서글프게 말했다.

"넌 아무 잘못 없어."

따듯한 녀석.

"고마워."

그에게 미소 지었다. 정말 고마웠기 때문에 매우 자연스럽게 웃음이 나왔다. 따듯해서 코끝이 시큰거렸지만 다시 그 지겨운 눈물바람으로 만들고 싶지 않아 분위기를 바꾸려 잔을 들었다.

"에이, 다른 이야기하자. 이런 이야기는 지겹다. 지혜 너 영국 갔던 이야기 좀 해 봐."

"아. 대영박물관 간 이야기나 좀 해야겠다."

지혜가 눈치껏 주제를 바꿨다. 신이 나서 떠드는 이야기에 귀를 기울이며 그들이 웃으면 따라 웃고 그들이 고개를 끄덕이면 같이 끄덕였다. 적당한 추임새를 넣으며 이야기에 집중했지만 귓속에는 아무것도 담기지가 않았다. 텅 빈 마음처럼 공허한 속을 무엇으로도 채울 수가 없었다.

그의 곁을 떠나오자, 나는 나의 인생을 하나씩 스스로 정리해야 했다. 일단 합격한 대학을 다니기로 결정하고 학비를 어떻게 할지 부모님과 상의했다. 집안 사정이 좋지 못한 관계로 1년치 학비만 부모님이 내주기로 했다. 나머지는 학자금 지원을 받든, 아니면 아르바이트를 하며 마련하든 스스로 해결하기로 결정지었다. 그 덕에 나는 시간이 날 때마다 할 수 있는 아르바이트 자리가 뭐가 있는지 알아보곤 했다.

시간 여유를 두고 천천히 찾아보니 의외로 할 수 있는 일이 많았다. 간단한 삽화 채색 알바도 있었고, 벽화를 그려 주는 아르바이트도 있었고, 소규모 미술학원의 선생을 할 수도 있었다. 굳이 몸을 굴리며 못하는 일을 죽어라 하느니, 가장 잘할 수 있는 일로 재미있게 돈을 벌 수 있는 일이 무궁무진했던 거다. 어쩌면 미국에 가서도 이런 식으로 돈을 벌 수 있었던 게 아닐까, 너무 섣부르게 네일아트를 하겠다고 앞뒤 분간 못 하고 뛰어든 게 아닐까 하는 의구심이 들었다. 어쨌든, 내가 멍청했던 건 분명했다.

집에만 처박혀 있는 게 무료해 집 앞 카페에 앉아 사람들을 구경하며 휴대폰을 열었다. 거기엔 우리가 서로를 탐색하던 그때의 추억이 고스란히 들어 있었다.

[발신자: 최정우

도착했어? 연락 줘.]

그의 마지막 문자는 작년 겨울의 문턱에서 멈춰 있었다. 단답형 문자에 웃음이 난다. 그 이후로 그가 얼마나 수다스럽게 문자를 보냈는지 이 시절의 내가 알게 되면 아마 까무러쳤겠지.

흔적도 찾을 수 없는 추억들이 너무 많이 쌓여 있다. 그리고 우린 추억을 그 집에 버려뒀다. 너무나 소중했던 것들이 지금은 가

시가 되어 들춰 낼 때마다 나를 찔러 댔다. 그가 미웠다. 허무할 만큼 우리 사이를 단칼에 끝낸 그의 냉정함이 죽을 만큼 미웠다. 하지만 머릿속에 떠오르는 추억 어디에도 그의 냉정함은 묻어 있지가 않았다.

손에 들린 휴대폰 안의 문자, 서툴지만 애정이 깃들어 있는 단어들, 다정한 웃음, 날 소중하다고 말하던 속삭임을 지울 수가 없었다. 이 모든 걸 지워야 그에게서 벗어날 텐데도 도저히 벗어나고 싶지가 않았다. 그의 흔적이 지워질까 오히려 겁이 났다. 멍하게 휴대폰을 바라보고 있는데 액정 위로 모르는 번호가 떴다.

누구지? 아르바이트인가? 통화 버튼을 누르고 전화를 받자 뜻밖의 목소리가 들려왔다.

— 여보세요?

순간 그 목소리를 최정우로 착각했다. 가슴이 덜컥 주저앉았다가 이내 그의 목소리보다 좀 더 낮고 거친 목소리라는 걸 깨달았다.

— 은금 양. 저예요. 정우 형.

그가 최정우가 아니란 걸 알아도 여전히 가슴이 철렁하긴 마찬가지였다. 형의 전화를 받는 것도 충분히 동요되는 일이었다.

— 지금 은금 양 집 앞인데 잠깐 나올 수 있을까요?

"저 지금 집에 없어요. 여기 집 앞 카페예요."

— 아. 그럼 제가 찾아가죠. 어딘가요, 거기가?

목이 바짝 타들어 갔다. 내게 무슨 볼일일까. 최정우와 헤어져 줘 고맙다는 말이라도 하려는 걸까. 그가 원한 결말이었다. 내가 그와 헤어지는 것 말이다.

"잘 지냈어요?"

어색하기 짝이 없는 순간이다. 앉은 자리에 가시라도 튀어나온 것처럼 나는 불편하게 엉덩이를 꿈틀댔다. 헤어진 남자 친구의, 그것도 아직 정리도 다 되지 않아 아픔에 허덕이게 만드는 남자 친구의 형을 이런 식으로 대면하는 것이 어색해서 대답을 할 수가 없었다. 그는 이해한다는 듯이 빙긋 웃었다.

"정우는 미국으로 갔어요."

가슴이 지끈 아렸다. 알고 있는 사실이잖아. 박은금. 나라도 한국에 남아 있을 수 없을 거다. 한시라도 빨리 이곳을 떠나고 싶었을 거다.

"예상보다 좀 빠르지만 정우를 위해선 오히려 잘됐다고 생각해요."

감정을 숨기기 위해 창밖으로 시선을 옮겼다. 가슴이 무너져 내릴 것처럼 아팠다.

"그래서 정우의 집을 좀 정리해야 하는데……."

"……."

"은금 양의 물건이 아직 남아 있더군요."

"……."

내 물건. 그의 집에 남겨 두고 온 건 무척 많았다. 하지만 모두 다 새것이었다. 그와 함께 인생을 새로 시작하기 위해 산 것이었기 때문에 찾고 싶지도 않았다. 그걸 최정우도 알기 때문에 굳이 돌려주려고 하지 않았을 것이다.

"그걸 좀 정리해 줬으면 좋겠어요."

그 집을 내 발로 다시 들어가라고? 이젠 최정우도 없는 텅 빈 집을?

"그냥 다 버리세요."

냉정하리만큼 단호하게 대꾸했다. 목소리에 혐오감이 묻어날 지경임에도 그는 동요하긴커녕 예의 사람 좋은 미소만 짓고 있었다. 나는 속이 뒤틀렸다.

"기쁘세요?"

이건 꽤 못난 짓이다. 내가 화가 난다고 누군가에게 시비를 거는 짓 말이다.

"바라셨잖아요. 선생님과 헤어지는 거."

"아."

잠깐 얼굴에서 미소가 풀렸지만 어떤 당혹감이나 미안함이나 놀라움 같은 건 눈을 씻고 찾아봐도 보이질 않았다. 이 집안사람들의 통제력에는 정말 기가 질린다.

"들었군요. 그날."

"네. 일부러는 아니지만요."

"알아요. 일부러 그랬을 리가 없죠."

그는 다시 미소 지었다.

"내가 원망스러운가요?"

잠시 고민에 빠졌다가 이내 고개를 저었다.

"아니요. 실은 잘 모르겠어요."

"오해하지 말아요. 은금 양이 싫어서 그러는 게 아니에요. 오히려 은금 양을 좋아하죠."

거짓말.

"내 나이 정도가 되면 은금 양 또래에는 보이지 않는 것들이 보일 때가 있어요. 두 사람은 아직 너무 어려요."

"난 정말 진심으로 선생님 사랑했어요."

목소리에 힘이 잔뜩 들어갔다.

"사랑하지 않았다고 하는 게 아니에요. 다만, 때론 사랑하기 때문에 물러나야 할 때도 있어요."

그 말을 인정할 수 없어서 나는 도리질을 했다.

"아직 이해하기 힘들겠지만 사실이에요. 세상은 그렇게 흘러가요. 정우도 그걸 알기 때문에 떠난 거예요. 힘들겠지만 잘 이겨 내 봐요."

눈시울이 뜨거워졌다. 뭐가 이렇게 쉬워? 나는 죽을 만큼 힘든데 이 사람은 뭘 이렇게 달관한 듯한 얼굴로, 모든 걸 다 해탈한 듯한 목소리로, 이래라저래라 명령을 하는 거야. 이걸 어떻게 이겨 내. 지금은 견디는 것만으로도 죽을 것 같은데. 아무리 시간이 흘러도 나아질 것 같지가 않은데. 하루가, 한 시간이, 1초가, 너무나 긴데. 차라리 시간이 빨리 흘러서 정말로 무뎌졌으면 좋겠는데, 이 미칠 것 같은 갈증과 고통에서 빠져나올 수 있다면 그렇게 되길 바라는데! 모든 게 내겐 너무 길고 힘들기만 했다.

"인연이라면 분명 또 만나게 될 거예요."

아하. 이게 그가 아직까지 결혼하지 못한 이유구나. 나는 속으로 그를 비웃었다. 이 지나친 이상론자에게 충고나 듣고 있는 내가 한심했다.

"참고로, 난 없어요. 죽었거든요. 인생의 한 번뿐인 인연."

속마음을 들켜 나는 얼굴을 붉혔다. 번지수를 잘못 짚은 비웃음이 나를 창피하게 만들었다.

"비밀번호는 아직 그대로예요. 마음이 바뀌면 연락 줘요. 그저 물건을 뺐다는 문자 한 통 정도면 괜찮을 것 같군요."

그는 자리에서 일어섰다.

"잘 지내요. 또 보길 바라요."

설마. 우리가 다시 볼 일은 없어. 사실 당신도 원하지 않잖아. 나는 처참한 심정으로 그가 카페를 빠져나가 차에 오르는 걸 지켜봤다. 바보가 된 기분이다. 다들 모든 것을 정리하고 있는데 나만, 나 혼자만 멈춰 서 있는 것 같았다. 모두가 자신의 인생을 살고 있는데 나만 잃어버렸다. 한 사람을 사랑해서 모든 걸 다 바친 대가치고 너무나 잔인했다.

* * *

"같이 안 들어가도 괜찮겠니?"

"응, 괜찮아. 내 짐만 빼서 나올 거야."

아빠의 걱정스러운 목소리에 일부러 밝게 대답했다. 엄마도 아빠도 최정우와 내가 어떻게 헤어진 것인지 자세한 내막을 알지 못한다. 나도 말하지 않았고 부모님도 묻지 않았다. 암묵적으로 '헤어졌다'는 걸로만 결론을 내린 상태였다. 하지만 이상하게도 어른들은 우리가 좋지 않게 끝날 거라는 걸 미리 예견하고 있었던 것 같은 느낌이 종종 들었다.

나는 마음을 단단히 먹고 비장한 걸음걸이로 아파트 안에 발을 들였다. 익숙하고도 어색했고, 모든 것이 낯익으면서도 또 낯설었다. 분명 괴롭겠지. 그가 떠나간 흔적을 내 눈으로 목격하는 것. 하지만 나는 정리해야 했다. 아니, 그건 핑계다. 그저 그가 보고 싶었다. 아파도 좋으니 그의 흔적을 찾고 싶기도 했다. 다시 한 번 내가 간직하고 있던 수많은 시간이 착각이 아니었음을, 현실이었음을 느끼고 싶었다. 멍청이. 나는 이렇게 미련한 사람이다.

삑. 삑. 삑. 삑. 알고 있던 도어록 비번을 누르는 동안 심장이 쿵쾅거렸다. 절반의 기대감과 절반의 두려움. 내가 마주하게 될 상황이 독이 될지 약이 될지 알 수 없다는 막연함.

띠로링. 잠금이 해제되고 손잡이를 천천히 돌리며 문을 당겼다. 이 문을 열면 언제나 따듯한 온기가 집 안에서 새어 나오곤 했는데 아무도 살지 않는다는 것을 증명하듯 싸늘한 공기만 가득했다. 현관에 들어서서 아직도 그의 향기가 남아 있는 텅 빈 집 안을 눈으로 훑었다. 모르는 사람이 보면 사람이 살지 않는 집이라고 단번에 눈치채기가 힘들 것 같았다. 벽에 걸린 액자들도 모두 그대로였다. 소파도, 아일랜드 바도. 다만 주방 위에 늘어져 있던 식기는 잘 포장되어 얌전히 찬장 속에 들어가 있었다.

작은방의 책상은 그대로였지만 컴퓨터는 사라져 있었다. 책장의 책들은 모두 사라지고, 옷장도 텅 비어 있었다. 대신 방 안에 주인이 사라진 포장 박스가 차곡차곡 쌓여 있었다. 아마도 그의 옷과 사진들이 봉인되어 있을 거다.

침실에는 이불과 시트가 사라지고 하얀 매트리스만 덩그러니 놓여 있었다. 암막 커튼과 협탁, 스탠드는 그대로였지만 사람의 온기는 없었다. 나는 안방의 문지방을 넘어서지 않았다. 거긴 추억이 너무 많았다. 너무 많은 애정이 있었다. 그걸 견딜 수가 없을 것 같았다. 서둘러 몸을 돌려 거실로 향했다. 소파 위에 내 백팩이 놓여 있었다. 나는 숨을 참고 천천히 다가가 백팩 지퍼를 열었다. 내 옷가지, 속옷, 크로키 북, 필통. 모든 게 차분하게 정리되어 있다. 최정우겠지. 그가 정리했겠지. 그가 혼자 내 짐을 정리하는 모습이 머릿속에 그려지자 목이 메어 왔다. 아니, 이러지 마. 이러지 않기로 했잖아. 호흡을 고르며 지퍼를 다시 닫았다.

책이 빽빽하게 꽂혀 있던 책장은 텅 비었다. 모든 게 그대로지만 안을 채워 넣었던 건 모두 사라져 버렸다. 커피 테이블 위에 놓인 내 휴대폰과 단테의 신곡은 그가 남겨 놓은 것들이었다. 이게 작별 인사인가? 비싼 구스타프 도레의 초판본을 위자료라고 남긴 건가? 나쁜 자식 같으니. 나는 코를 훌쩍이며 휴대폰을 챙기고 책을 집어 들었다. 나쁜 놈. 어떻게 이렇게 떠날 수가 있어. 뜨거워지는 눈시울을 고집스럽게 닦았다. 들어 올린 책 아래에 다른 것이 놓여 있었다. 그것은 예상하지 못한 것이었다.

DVD. 〈어느 멋진 날〉

그와 처음으로 데이트를 하던 날 처음으로 같이 본 DVD였다. 이날 우리는 첫 키스를 했다. 그때 흐르던 감미로운 선율이 너무 좋아서 나는 그 달콤한 추억을 곱씹어 보기 위해 그에게 이 DVD를 빌려 갔었다. 무한정으로 반복해서 틀어 보며 가슴 떨려 했었다.

설마. 설마. 설마. 설마……. 나는 떨리는 손끝으로 케이스를 열었고, 안쪽에 그의 흔적이 있었다. 포스트잇에 적어 내려간 글씨는 분명 그의 것이었다.

'부디 네가 자유로워지기를.'

그 말이 의미하는 게 너무나 많았다. 바보는 내가 아니다. 이 남자가 정말로 바보다.

알아. 당신이 날 버린 게 아니라는 거. 당신은 날 그저 놓아주었을 뿐이라는 거. 그게 정말이지 내겐 너무 잔인하단 말이야. 이 멍청아. 그는 최정우라는 새장에 갇힌 나를 밖으로 꺼내 버렸다. 그는 내가 날아가길 원하고 있었다. 자신에게서 멀리. 그리고 아주 높이. 그리고 그 말은 이곳에 모든 것을 남겨 두고 떠난다는 말이기도 했다. 내가 아는 최정우는 자신이 한 결정은 번복하는 일이 없는 사람이었다. 미련도, 후회도 남기지 않았다.

그는 모든 것을 깨끗하게 정리했다. 그리고 내게도 같은 것을 바라고 있었다. 그는 내가 가진 모든 고통을 이곳에 두고 가길 원하고 있었다. 내 아픔으로부터, 상처로부터, 그리고 그로부터. 그는 내가 벗어나길 바란다. 대신 추억하라고만 한다. 이 DVD의 제목처럼 어느 멋진 날에 벌어진 해프닝으로. 달콤한 기억의 한편으로 묻어 두라고 한다. 내겐 어려운 일이다. 하지만 그가 남긴 말이 주문이 되어 심장에 낙인을 찍었다.

자유로워지라고.

자유로워지라고.

이제 그만 자유로워지라고.

나는 쏟아지는 눈물을 닦았다. 이제 그만 멈춰야 할 때였다. 우리는 완전히 끝났다.

XIX. 길의 끝

"누나, 나랑 결혼해 줘요."

이 미친놈이 무슨 황당한 소리를 하는 걸까. 나는 강변 공원 한가운데 서서 무릎을 꿇고 청혼하는 남자의 긴장한 모습을 황당하게 쳐다보고 있었다. 그는 침을 꿀꺽 삼키고 반지 케이스를 열어서 들이밀었다. 나는 반지와 그의 얼굴을 번갈아 쳐다보다가 인상을 팍 썼다. 내 입에서 나올 수 있는 말은 딱 하나였다.

"미친놈."

그가 입을 쩍 벌렸다.

"너 미쳤니?"

"누나."

"일어나. 당장!"

신경질적으로 소리를 꽥 지르자 그는 자리에서 발딱 일어섰다. 지나가는 사람들이 힐끗거리고 쳐다봤다. 세상에, 이게 무슨 망신이야!

"너 지금 뭐 하는 거야."

"청혼하는 거잖아요."

이 미친놈은 멜로 영화를 너무 많이 본 게 분명하다. 긴장이 돼서 꼴깍꼴깍 침을 넘기는 모습에서 지금 이 철부지가 얼마나 긴장하고 심장이 뛰는지 뻔히 보였지만, 정말 잘 알지만, 도저히 화를 안 낼 수가 없었다. 이 멍청이가 지금 무슨 헛지랄을 하고 있는 거야.

"너 미쳤어? 돌았니?"

내 힐난에 그의 얼굴이 붉으락푸르락해졌다. 부끄럽고 자존심이 상한 모양이었지만 신경 쓰이기는커녕 한심하기만 했다.

"미쳤다니! 어떻게 그렇게 말할 수 있어요? 난 진심으로……."

"이 얼뜨기가! 네가 몇 살인 줄이나 알아?"

"스물네 살이요."

이 미친놈!

"지금 니 나이가 누군가에게 청혼을 할 나이야?"

"사랑 앞에 나이가 어디 있어요!"

욱하는 마음에 머리통을 쥐어박으려 주먹을 들었고 그는 방어적으로 주춤거리며 뒤로 물러섰다.

"이 철딱서니 없는 놈아! 너 학생이야! 아직 대학도 졸업 못 한 학생! 결혼? 내가 너랑 결혼을 왜 해!"

"나 돈 많아요! 지금은 학생이지만 그래도 차고 집이고 다 마련할 수 있어요!"

"그게 니 돈이야? 니 아빠 돈이지!"

"어쨌든, 그거 다 내 거잖아요!"

이번엔 정말로 그의 머리통을 아주 세게 쥐어박았다.

"집에 가서 찬물로 세수나 해, 등신아."

나는 핸드백을 신경질적으로 고쳐 메고 휙 등을 돌렸다.

"내 청혼은요!"

"안 받아! 다신 연락하지 마!"

"누나! 누나!"

내가 무슨 부귀영화를 누리겠다고. 이 밤에 뭐 하러 강변을 나와서. 망할! 또각또각. 내 앵클부츠 굽 소리가 신경질적으로 빨랐다. 아. 정말 지겨워!

"청혼?"

지혜가 맥주를 마시다 사레들려 콜록댔다.

"그래. 청혼!"

그러더니 갑자기 폭소를 하기 시작했다. 그래, 그래. 진짜 웃기지.

"왜? 받아들이지 그랬냐? 걔 집에 돈도 많다며."

"미쳤어. 어디서 머리에 피도 안 마른 게 감히."

"참나 웃겨. 지는 스무 살에 남자 따라 미국 가서 살 생각해 놓고."

나는 지혜의 입에 어묵꼬치를 쑤셔 넣었다.

"철없던 때의 이야기는 꺼내지 말자. 어?"

어금니를 물고 협박하자 그녀는 타협하겠다는 듯 '오케이, 오케이' 하며 두 손을 들어 보였다.

"야, 근데 반지는 어땠어? 다이아몬드?"

"그래, 다이아몬드. 못해도 1캐럿은 되어 보이더라."

지혜가 찰싹 내 등을 쳤다.

"야! 그럼 일단 받아들였어야지 멍청아. 반지는 받고 나중에 거절하면 되는 거잖아!"

"너는 집안에 돈도 많은 애가 어떻게 거지 근성은 있냐? 그건 타고난 거야?"

"얘는. 난 세상 물정에 밝은 거지! 거지 근성이라니. 이왕이면 뭐라도 건지면 좋잖아. 안 그래, 재현아?"

지혜는 연거푸 술을 들이마시는 재현이의 옆구리를 팔꿈치로 쿡쿡 찔렀다. 우리 셋은 재현이가 군대를 다녀온 이후부터 별일이 없으면 금요일마다 단골 호프집에 모여 앉았다. 서로를 속속들이 알고 있어서 별다른 말없이 술만 퍼 마셔도 무척이나 편했고, 직장 상사 욕을 하거나 헤어진 남친이나 여친 욕을 하면서 그날 하루의 스트레스를 날리기에도 딱 적합했다. 왁자지껄한 호프집의 소음에 묻혀 있으면 침울했던 기분도 곧장 날아가 버렸다. 물론 이 경우는 빼고.

"여자는 다 쓰레기야!"

재현이가 손등으로 거칠게 입을 닦아 내며 꽥 소리 질렀다.

"어유, 또 시작이다."

지혜는 그를 보고 혀를 끌끌 찼고 재현이는 아무리 맥주를 위장에 들이부어도 속이 안 삭여지는지 연신 씩씩댔다.

"바람? 감히? 어떻게 나 같은 앨 두고 바람을 피워?"

지혜가 내게 눈짓을 했다. 쟤 땜에 미치겠다.

나는 그녀에게 고개를 저어 보였다. 가만 내버려 둬.

그러자 지혜가 눈을 부라리며 내게 사정했다. 쟤 좀 말려. 기분 잡치게 하지 말고.

나는 집게손가락을 입술에 붙이며 입 다물라는 제스처를 해 보였다. 그냥 내버려 둬. 힘들다잖아.

벌써 세 번째다. 재현이는 군대를 제대한 후 만나는 여자마다 1년을 못 채우고 헤어졌다. 첫 번째는 이유를 알 수 없는 차임이었고, 두 번째는 바람, 세 번째도 역시 바람이었다.

"야, 너 뭐 문제 있는 거 아니야?"

"내가 뭘!"

"혹시 뭐. 남자 구실을 못 한다거나."

"미쳤어! 나 완전 구실 잘하거든."

지혜의 말에 재현이가 발끈하더니 복장 터지는 얼굴로 내 소매를 잡고 흔들었다.

"야! 은금아 네가 좀 말 좀 해 줘라."

아아. 그래. 그러지, 뭐.

"그래. 재현이 남자 구실 완전 잘해. 끝내줘. 그건 내가 보장해."

"그럼 계속 사귀지, 너넨 왜 헤어졌대?"

진지하게 재현이 편을 들자 지혜가 재미있다는 듯 턱을 괴고 나를 도전적으로 놀렸다.

"너 내가 지나간 과거 이야기는 하지 말랬지."

눈을 흘기며 그녀의 입안에 다시 어묵꼬치를 쑤셔 넣었다. 지혜는 애교 섞인 눈웃음을 치며 까르르르 웃었다. 나는 재현이와 2년을 사귀었다. 최정우와 헤어지고 대학에 입학한 직후 재현이가 고백을 했고 그를 좋아하는지 아닌지도 모른 채 괴로움과 외로움에서 탈출하고자 받아들였다.

그래도 우리는 꽤나 괜찮았다. 재현이는 따뜻하고 상냥하고 배려심이 깊은 남자 친구였고 나도 차츰 진심으로 좋아하게 되었다. 문제는 그가 내게 내내 휘둘렸다는 거다. 재현이는 최정우와 달랐다. 최정우는 내가 아무리 떼를 쓰고 고집을 부리고 어리광을 부려도 중심을 아주 잘 잡는 남자였다. 하지만 재현이는 내가 휘두르면 여지없이 휘둘렸다.

내가 남자를 휘두르는 여자라는 걸 그때 처음 알았다. 그러니까 두 번째 연애에서는 완전히 갑과 을이 바뀌어 버린 것이다. 군에 입대한다는 것은 핑계였다. 나는 휘둘리는 재현이에게 더 이상 남자로서의 매력을 느끼지 못했고 재현이는 내게 지쳐 있었다. 나쁘지 않은 결별이었다. 나쁘지 않았기에 우린 바로 친구로 돌아갔다. 그리고 지금은 서로의 연애 시절을 농담 따먹기로 자주 이용하고 있다.

지이잉. 휴대폰이 울렸다.

[발신: 애송이
누나 연락 좀 해 줘요.]

진짜 지겨워. 내가 미간을 구기고 휴대폰을 테이블 위에 내동댕이치자 지혜가 맥주를 홀짝이다 픽 웃었다.

"애송이?"

"그래. 지겨워."

"포기할 줄을 모르나 보네."

"어린놈들이 다 그렇지 뭐. 왜 연하를 만나 가지고는."

"그래도 너 능력 좋다. 연하든 연상이든 동갑이든 아주 남자가 끊이질 않네. 시간 많은 프리랜서의 장점인가?"

"내가 또 무슨 남자가 끊이질 않냐?"

지혜의 놀리는 듯, 부러운 듯한 말에 나는 쌜쭉하게 대답했다. 남자가 끊이질 않는다니. 누가 들으면 의자왕과 삼천 궁녀라도 되는 줄 알겠네.

"보면 은근히 연애 고수야. 결혼해 달라고 사정하는 연하남에, 지난번에는 헤어질 수 없다고 집 앞에서 시위하던 남자도 있지 않았어?"

연애란 건 한계치가 있는 물컵 같다. 서서히 같은 양으로 그 컵을 함께 채우면 참 좋은데 내가 1을 채우면 상대방은 섣불리 9를 다 채워 버린다. 그럼 나는 그 컵을 비워 버리고 싶다. 물론 내가 9를 채워 버린 경우도 있었다. 그래서 그 남자는 미국으로 도망가 버렸고 이후로는 절대로 먼저 그 컵을 채우지 않는다. 균형이 맞지 않지 않기 때문에, 항상 적정선을 넘어 버리기 때문에, 나는 재현이를 제외하고 늘 남자 친구와 좋게 끝내지 못했다.

지혜는 내가 남자가 끊이지 않는다고 하지만 실은 대단치 않은 일이다. 어른들이 나를 좋아하는 이유처럼 처음엔 수수하고 착해 보이기 때문에 가벼운 마음으로 접근했다가, 알고 보니 성격이 지랄 같아 이리저리 휘둘리다 차이는 것뿐이다. 자존심이 상하기 때문에 사랑하지 않으면서도 집착하고, 그래서 더 정떨어지게 굴고. 뭐 그 패턴이다.

"부러우면 너도 진한 사내 연애나 좀 해 보든가."

나는 마른안주를 씹으며 대꾸했고 그녀는 '쯧' 하고 질린 얼굴을 했다.

"글렀어. 다 놈팡이밖에 없어. 완전 여탕에 그나마 잘난 남자는 다 유부남이고, 싱글은 다 하자 있는 놈들뿐이야."

지혜는 조각가가 될 거라고 생각했다. 그녀의 바람처럼 루브르 박물관에 자신의 이름을 걸고 전시할 수 있을 거라고 나는 정말 믿어 의심치 않았다. 어쩌면 내 주위에서 유일하게 목표로 한 꿈을 이룰 수 있는 사람일 거라고 항상 생각해 왔다. 하지만 시간이 지나고 대학을 졸업할 때쯤 우리는 모두 현실에 눈을 떴다. 꿈만으로는 도저히 이 현실을 타파해 나갈 수 없다는 것을 말이다. 적당하게 타협하지 않으면 냉혹한 사회에서 버려질 수 있다는 공포가 꿈을 포기하는 것보다 훨씬 더 컸다.

그녀는 순수 미술을 포기하고 대신 유명 패션 잡지의 기자가 됐다. 처음엔 의외라 놀랐지만, 예쁘고 늘씬한 데다, 미적 감각도 좋고 박식하며 전투력까지 갖췄으니 어쩌면 가장 잘 맞는 직업일 수도 있었다. 게다가 미술과 연관 지어 재치 있게 쓴 그녀의 기사는 오히려 패션 잡지를 더 품위 있게 만들었다. 편집장이 예뻐할 수밖에 없는 모든 조건을 갖췄으니 회사에서 승승장구할 거다.

재현이는 멀티미디어학과를 졸업해 놓고, 지금은 전공을 때려치우고 공무원 시험을 준비하고 있다. 남자가 예술계에 발을 담그면 답이 없는 것 같다고 하며, 꿈이고 뭐고 안정적인 직장을 얻어

끼니 걱정 안 하고 맘 편하게 살고 싶다고 말이다. 이해한다. 나이
는 먹어 가고, 미래는 보이지 않고, 눈앞에 닥친 현실은 너무 잔인
하고. 재현이는 서른 즈음에는 결혼하고 싶다고 했는데 그러려면
가능한 한 빨리 이 바닥에서 발을 빼는 것이 맞았다. 어쨌든 그가
뭘 하기로 작정했든 공식 직함은 현재로선 '백수'인 셈이다. 그러
니 여자 친구가 떠나는 것도 뭐, 놀랄 일은 아니지.

그리고 이렇다 저렇다 할 꿈이 없이 흘러가는 대로 살아 애니메
이션과를 졸업한 나는 의외로 아직 이 계통에 발을 담그고 있었
다. 순수 미술 작품 활동도 하고 일러스트도 그렸다. 아이들의 동
화책에 삽화를 넣기도 하고, 잡지에 쓰일 일러스트를 그려 주기도
했으며 얼마 전에는 초등학교 교과서에 실릴 그림 작업을 하기도
했다. 많이 벌 때에는 몇 달 사이에 천만 원을 벌기도 했고 돈벌이
가 없을 때에는 한 달에 백만 원이 채 안 되게 벌기도 했다. 돈벌
이는 들쭉날쭉했지만, 그럭저럭 살 만했다.

프리랜서라 커리어 우먼처럼 번듯하게 차려입고 지내야 하는 것
도 아니고 매일 화장을 하며 꾸며야 하는 것도 아니라 허영심만
버리면 적게 버는 달도 무리 없이 생활이 가능했다. 내가 쓸 적정
량의 돈만 남기고 나머지는 모두 부모님께 생활비로 드렸다. 몇
푼 되진 않지만, 빚도 갚고 아빠의 평생소원인 개인택시를 살 돈
도 마련했으면 싶었다. 부모님은 아직도 열심히 일하는 중이다. 아
빠는 여전히 택시 일을 했고 엄마는 얼마 전에 미싱 일을 새로 시
작했다. 3교대보다 돈은 덜 벌지만 그래도 출퇴근 시간이 일정해
서 공장에서 일할 때보다 힘은 덜 든다고 했다.

우리는 자정이 못 되어 왁자지껄한 호프집을 나왔다. 지혜는 피

곤하다며 먼저 돌아갔고 재현이는 술도 깰 겸 산책을 좀 하고 싶어 했다. 우리는 흐드러지게 핀 벚꽃 길을 걸었다. 깊은 밤에도 환한 조명 아래 많은 사람이 북적였다. 봄이었다. 곧 떨어질 듯, 무겁게 매달려 있는 꽃송이를 쳐다보며 계절을 실감하고 있는데 재현이가 불현듯 입을 열었다.

"너 솔직히 말해 봐."

"뭘?"

"나랑 사귈 때 엄청 힘들었지?"

"아니? 나 되게 좋았는데."

"너 내내 못 잊었잖아."

"……."

"최정우."

이 자식이. 술기운 때문에 이러는 건가. 왜 또 애먼 이야기를 꺼내고 난리일까. 나는 카디건 앞섶을 오므리며 장난스럽게 그를 흘겼다.

"그래서 자존심 상하냐?"

"아니. 그건 아니고, 그냥. 후회스러운 기억일까 봐. 나랑 사귄 거."

장렬한 이별 후에 술을 드시고, 아주 센치해지신 게로군.

"후회는 무슨, 언제 적 이야기를 하고 있어. 헤어진 지가 몇 년인데. 그리고 내가 후회했으면 너랑 친구 하고 있겠니? 두번 다시 안 봤지."

그렇지? 재현이가 그렇게 말하며 씩 웃었다. 여전히 따듯하고 해맑은 미소. 이 애는 40이 되어도 50이 되어도 여전히 소년 같을 것만 같다. 그때 너를 사귀지 않았다면 참 좋았을 텐데. 좀 더 시간이 흘러서 너를 만났다면 분명 너를 사랑하게 되었을 텐데. 그럼 너에게 미안하지도 않을 텐데. 타이밍이 너무 나빴다. 나는 아쉬움을 숨기려 일부러 재현이에게 시비를 걸었다.

"내가 지혜 앞이라 말 못 했는데 너 진짜 잠자리 문제 아니야?"

"야! 아니야!"

"아니긴. 내가 딱 아는데. 너 옛날 버릇 아직 못 버린 거 아니지?"

"버릇은 무슨 버릇?"

"막 그냥 전전긍긍해 가지고 '이게 좋아? 저게 좋아?' 막 중간에 물어보고 그런 거 아니냐고. 여자들이 그거 은근 싫어해."

"야!"

"아아. 알겠어. 관둘게."

나는 그를 실컷 놀려 먹고 콧노래를 부르며 앞질러 걸었다. 놀려먹는 재미가 있는 놈이다. 참 이상한 일이었다. 재현이와의 추억은 아무렇게나 이야기해도 괜찮았다. 좋았던 추억도, 싸웠던 추억도, 꺼내 보면 모든 게 다 즐겁고 재미있었다. 심지어 지극히 사소하고 개인적이고 적나라한 문제를 가지고 농담 따먹기를 하는 것마저 유쾌했다.

재현이와 내가 이런 사이가 됐다는 게 좋았다. 친구이자 친구보다 더 가까운 사이. 헤어졌지만 여전히 서로 애정이 남아 있는 사이. 녀석이 결혼하면 축의금은 내가 제일 많이 해야지. 업고 키운 업둥이를 장가보내는 기분이겠지. 나는 한참이고 혼자 낄낄거렸다. 영문을 몰라 당황한 재현이가 옆에서 '허' '참' 하고 헛웃음을 켜는 내내 혼자 키득대다가 이내 점점 침울해졌다. 모든 게 다 자연스럽게 잊히고 자연스럽게 받아들여지고 자연스럽게 정리가 되는데 6년이 지나도 최정우에 관한 일은 지끈한 통증이 있었다. 처음엔 그 아픔이 너무 커서 주위를 둘러보면 모두 다 그에 관한 생각을 불러들였다. 견딜 수가 없어서 죽을 만큼 괴로워하며 지내다 1년이 지나고 2년이 지나고 3년이 지나자 거대한 아픔의 덩어리들이 조금씩 마모되어 갔다.

깎이고, 깎이고, 깎여서 흔적조차 없어질 거라고 생각했지만 지금도 여전히 깎이지 않는 돌덩이가 가슴에 존재했다. 첫사랑이기 때문일까. 아니면 내가 너무 사랑했던 사람이기 때문일까. 아직도 그가 내 가슴 한편에 박혀서 빠지질 않았다. 첫사랑은 평생 가슴에 묻어 두고 간다는 말이 정말 맞는 말인지도 모른다.

"너 아직도 못 잊었지?"

"뭘?"

"최정우."

"헤어진 지가 언젠데. 잊어도 벌써 잊었지."

벚꽃 길은 참 로맨틱했다. 그러나 이 로맨틱한 풍경을 나는 한 번도 사귀는 남자와 구경한 적이 없었다. 나는 연인과 교감이라는 걸 잘 하지 못했다. 인생에 너무 큰 변곡점이 있으면 세상의 모든 게 시시해 보이는 건지, 아니면 원래 그렇게 모든 것에 해탈하는 건지 그들이 내게 원하는 것들이 전부 다 시시했다.

기념일은 반드시 챙겨야 한다거나, 생일은 반드시 함께 보내야 한다거나, 힘들 땐 반드시 서로를 찾아야 한다거나, 어딘가로 여행을 가는 것도, 이렇게 눈부시게 핀 벚꽃 길을 함께 걷는 것도 내

내 안의
악마를 위하여   399

겐 별다른 감흥을 불러일으키지 못했다. 차라리 캔버스 앞에 앉아 그림을 그리는 것이 좋았고, 친구들과 만나 수다를 떠는 게 좋았고, 끊임없이 신경 쓰며 챙겨야 하는 남자 친구보다 혼자서 멍하니 커피숍에 앉아 공상에 잠기는 편이 훨씬 좋았다.

최정우와 헤어지며 일정 부분 사라진 것들이 있다. 그가 가져가 버린 건지, 아니면 내겐 처음부터 없었는데 최정우라는 신기루가 마법을 부렸던 건지, 그건 아직도 모르겠다. 그와 사귀었던 때가 희미하다. 우리가 어떻게 하루를 보냈는지, 어떻게 연애를 했는지, 그가 나를 어떻게 바라봤는지. 다만 느낌만은 남아 있었다. 내가 느꼈던 행복이나 충만함 같은 것들. 아마 평생 다시는 맛볼 수 없겠지.

"거짓말하네. 내가 널 모르냐. 넌 항상 그런 척만 하잖아. 잊은 척, 괜찮은 척."

"아닌데?"

"최정우 이야긴 제대로 꺼내지도 못하면서."

"그래! 차여서 그런다. 차여서! 그 앙금이 아직 안 풀려서 입 밖으로 꺼내기도 싫다. 왜!"

버럭 소리를 지르자 재현이가 하하하하 웃음을 터트렸다.

"하긴 잊을 만하면 뉴스에, 신문에, 인터넷에 소식이 계속 들려오는데 어떻게 잊겠냐."

"지겨워 죽겠어. 어디 오지로 좀 사라져 줬음 좋겠다, 정말. 소식 좀 안 들리게."

일부러 씩씩한 척 더 오버해 한 말이지만, 모두가 다 허풍은 아니다. 정말 가끔은 그의 소식에 넌덜머리가 날 때가 있으니까.

최정우는 나와 헤어지고 2년이 지나 본격적으로 신문이나 언론 매체에 오르내리기 시작했다. 더욱이 나는 관련 개통에 계속해서 있었기 때문에 예술계 소식을 누구보다 빨리 접했다. 처음엔 리즈 디를 졸업한 한국인이 딜레스 가문의 갤러리와 전속 계약을 맺었다는 사실이 뉴스로 전해졌다. 당연한 수순이라 놀라지 않았다. 오스왈드 퀸튼이 시뻘겋게 송곳니를 드러내고 기다리고 있었으니 최정우에겐 별다른 선택의 여지가 없었을 것이다.

　그 이후로, 얼마 지나지 않아 그의 몸값은 살아 있는 현대 미술가 중 가장 높다는 제리 구스를 가볍게 뛰어넘었다. 한국인 중 그 높이까지 올라간 작가는 전례가 없는 일이라 한동안 난리도 아니었다. 게다가 그의 젊고 잘생긴 외모도 단단히 한몫했다. 재현이와의 관계를 끝낼 때쯤에는 서점가에 그의 얼굴이 표지에 찍힌 잡지가 줄줄이 도배되어 있었다. 국위 선양을 원체 좋아하는 나라라 가히 신드롬이었다. 나는 그 기간 내내 정말로 악몽을 꾸는 것 같은 착각을 일으키며 살았다. 차라리 빨리 올림픽이나 월드컵 같은 게 시작돼서 금메달을 목에 건 스포츠 영웅들이 그 자리를 차지하게 해 달라고 열심히 빌었다.

　지금도 그가 한국 미술계에 미치는 영향력은 크다. 아직도 그를 뛰어넘을 만한 다른 한국인이 등장하지 않고 있었고 그는 계속해서 위로만 올라가고 있었다. 그리고 그는 겨우 서른이었다. 앞으로도 그가 가진 가능성은 무궁무진했다. 아마도 머지않아 곧, 그는 잭슨 폴록이나 르누아르, 피카소의 작품 경매가를 뛰어넘을 거라고 생각한다.

　죽은 바스키아가 다시 살아나도 최정우만큼 올라갈 수 있을지 장담할 수가 없을 정도로 그는 높이 갔다. 그리고 나는 수많은 사람들 중 하나가 되어 그가 그 높은 곳까지 올라가는 걸 지켜봤다. 더 견디기 힘들었던 건 매스컴에 그의 모습이 잡힐 때마다 혹시 한수진의 흔적이 있지 않을까 본능적으로 찾고 있다는 사실이었다. 이게 얼마나 바보 같은 짓이야.

한수진은 최정우가 한국을 떠난 후 얼마 되지 않아 곧바로 한국 생활을 정리하고 최정우를 따라 미국으로 가 버렸다. 정말 지고지순한 사랑이다. 어떤 면에서는 대단하고 어떤 면에서는 속이 뒤틀렸다. 둘은 만났을까? 아직도 연락할까? 둘은 사귈까? 어쩌면 그 둘이 짝은 아니었을까? 뭐 그런 생각들. 전세가 역전된 거다. 둘이 같이 있는 모습을 상상하면 자다가도 벌떡벌떡 일어나곤 했다. 최정우가 나를 만지던 손으로 그 여자를 만지고, 나를 보던 눈으로 그 여자를 보고, 내게 속삭였던 사랑을 그 여자에게 속삭였다고 생각하면 속에서 천불이 났다. 미친 여자처럼 펄쩍 뛰며 작두라도 타고 싶은 기분이었다. 그게 너무 힘들었다. 내 눈먼 질투심이, 그 질투가 불러오는 분노를 꾹꾹 참아 눌러야 한다는 것이. 아마 그 시절 한수진이 날 보던 기분이 이와 같았으리라.

그리고 지금은, 지금은……. 지금은 모르겠다. 나는 망각하는 법을 알게 됐다. 괴로움이나 슬픔을 한쪽 구석으로 밀어 넣은 후 서랍을 닫고 꽉 잠가 버리는 게 가능해졌다. 나는 아주 오랫동안 그 서랍을 꺼내 보지 않았다. 감정을 꺼내 보지 않으면 내 삶도 그럭저럭 살 만했다. 다른 남자를 만나 행복하다는 느낌도 받고, 서로에게 호감을 느끼며 썸을 탈 때는 그 설렘에 희망적인 미래를 꿈꾸기도 했다. 그리고 내겐 내 인생이 있었다. 내 친구들이 있었고, 돈을 벌 수 있는 수단이 있었고, 나 역시 느리지만 소소하게 앞으로 나아가고 있었다. 그리고 이런 인생에 충분히 만족한다. 이런 인생도 행복하다.

"야. 너 남자 친구인 척 좀 해라."

"뭐?"

재현이가 질색했지만, 핸드백 안에서 계속해서 진동해 대는 애송이의 전화에 나는 짜증이 날 대로 나 애걸복걸했다.

"애 좀 떼어 버리게. 전화 한 통만 좀 받아 줘."

"미쳤냐! 나 지금 바람맞았거든! 너무한 거 아니냐!"

"그래. 그러니까 나도 네 애인인 척해 줄게."

"싫어!"

"치사하다 진짜. 그냥 욕만 한 번 해 주면 되잖아. 그게 어렵냐?"

"너 진짜 날 너무 편하게 생각한다. 어?"

"왜 이래. 서로 발가벗은 거까지 봤으면 부부나 다름없지."

재현이의 얼굴이 터질 것처럼 달아올랐다. 애는 뭐 이렇게 놀리기가 쉬우냐.

"얏! 너 조용히 안 해!"

"내가 너 엉덩이 어디에 점이 났는……."

"받을게! 받아! 받는다고!"

재현이가 내 핸드백을 낚아채더니 서둘러 휴대폰을 꺼내 들었다. 나는 배를 쥐고 웃으며 재현이의 씩씩대는 얼굴을 애정이 가득한 얼굴로 쳐다봤다. 귀여운 녀석. 정말 즐겁다.

* * *

오스왈드 퀸튼의 댈크로우사는 커다란 'ㄴ'자 구조였다. 가장 꼭대기가 오스왈드의 집무실이었다. 하여간 이 인간은 어디든 제일 높은 데서 사람을 내리깔아 보고 있어야 하는 인간이다. 나는 마치 스카이라운지 같은 그의 사무실로 들어섰다. 쫙 달라붙는 펜슬 스커트를 입은 키 크고 늘씬한 비서가 나를 안내했다. 이런 여자들의 호위를 받고 있으니 이 남자가 이렇게 세상 물정을 모르고 오만한 거다.

"어서 와. 실버."

이젠 그가 부르는 저 제멋대로인 명칭도 이골이 난다. 그는 내가 무표정하게 뚜벅뚜벅 집무실로 들어가는 걸 장난기 가득한 눈으로 쳐다봤다. 정오의 햇살이 오스왈드의 등 뒤로 강하게 내리쬐고 있었다. 그는 값비싼 마호가니로 만든 책상을 짚고 일어나 소파 쪽으로 손짓해 보였다. 그렇게 신호 안 해도 알아서 앉을 거야.

검은색 슈트가 멋들어졌다. 나이가 들며 생긴 중후함이 더 수컷다운 향기를 풍기게 했다. 그는 푹신한 가죽 소파에 깊숙이 앉으며 셔츠 목깃을 매만졌다. 잘 발달된 삼각근과 가슴 근육이 하얀 셔츠 안에서 꼭 석고상처럼 잘 보였다.

"커피?"

"아니요. 마셨어요."

"그럼, 쿠키는 어때?"

"사양할게요."

"항상 그렇게 뾰족하기도 힘들 텐데 참 꾸준하네."

"이쯤 되면 적응할 만도 한데 참 병이시네요."

내 대꾸에 오스왈드가 기분 좋게 웃음을 터뜨렸다. 지난 6년 동안 그는 지속적으로 연락해 왔다. 최정우와 헤어지며 오스왈드의 사이도 끝이 났다고 생각했는데 이 돈 많고, 돈이 많은 만큼 마음이 넉넉하신 대표님께서는 그렇게 생각하지 않은 모양이다. 그는 내 대학교 4년의 학비를 모두 내줬다. 생각도 못 했기에 무척 놀랐지만, 군말 없이 받았다. 사양할 만한 처지가 아니었으니까 말이다.

나는 에코 백에서 유화 판넬을 꺼내 테이블 위에 올려놨다.

"여기요."

오스왈드는 팔을 뻗어 8절 사이즈의 판넬을 낚아채 신문 포장지를 거침없이 뜯어냈다.

"아."

아주 단조로운 감탄사. 그는 한참 동안 그림을 바라보다 입꼬리를 작게 올리며 눈을 찡긋했다. 저 냉혈한치고는 꽤 호감 어린 반응임이 틀림없다.

"좋네. 맘에 들어."

그는 한 번씩 그림을 부탁했다. 꽤나 자주. 그는 내 학비를 내내 지원해 줬고 나는 보수 없이 누군가에게 선물할 만한 그림을 그려서 건넸다.

최정우 같은 사람은 그림 한 점으로 그에게 진 빚을 갚고도 남겠지만 나는 아니었다. 나는 최대한 자잘하게, 그리고 최대한 많이 그려서 건네야 했다. 물론 그가 이렇게 빚을 갚으라고 한 건 아니다. 그는 늘 '원금 회수가 가능한 투자'를 하는 것뿐이라며 협박 아닌 협박을 했지만 실상 바라는 게 크지는 않았다. 뭐 어차피 크게 될 가능성도 없었으니, 말 그대로 기부를 한 것이다.

그는 복잡하고 어렵고 냉혹한 사람이지만 선을 넘지 않으면 꽤나 단순하고 대하기 편한 남자이기도 했다. 최정우는 그에게 겁을 먹지 않으면 된다고 했었다. 그 말이 일정 부분은 맞다. 그에게 겁을 먹지 않고 침착함만 유지하면 이 사나운 들개 같은 남자는 대단히 유했다. 어느 정도냐 하면 이렇게 지금처럼 내가 비아냥대도 적당히 받아넘겼다. 6년이란 시간은 좁혀질 것 같지 않던 오스왈드와 내 사이도 적당히 가깝게 만든 셈이다.

"이왕 누군가에게 선물할 거면 좀 비싼 화가의 작품을 선물하는 게 좋지 않겠어요? 나처럼 이름 없는 아마추어 말고요."

"그만큼 가치 있는 사람은 아니거든."

거참, 죄송하네. 가치 없는 그림만 그려서.

"남자 친구랑은 잘 지내?"

"헤어졌어요."

"재미있네."

그는 턱을 괴며 눈을 빛냈다. 보통 이런 일이 있으면 유감이라고 하지 않나. 가만 보면 은근 막장스러운 이야기를 즐긴다.

"어째서?"

"결혼하자고 해서요."

"몇 살이더라?"

"스물네 살이요."

"스물네 살짜리가 결혼하자고 했다고?"

"네."

그는 까끌한 턱수염을 매만지며 혼자 '흥미롭군'이라고 영어로 지껄였다. 흥미로울 건 또 뭐야. 왜 이 남자랑 앉아서 연애 이야기를 하고 있는지 모르겠지만 만날 때마다 묻는 질문이었다. 그래서 연애는 하나? 남자 친구랑은 어때? 소개팅은 했나? 이제 새로운 사람을 만날 때가 되지 않았어? 그러면 그때그때 마지못해 솔직하게 대답했다. 이 남자 앞에서 침묵을 지키기란 어려운 일이었고 거짓말을 하기는 더 어려웠다. 덕분에 본의 아니게 그가 내 연애사에 관한 모든 약력을 줄줄이 꿰게 해 버린 거다.

"스물네 살이라. 어린 나이지."

묘하게 말에 씨가 있었다. 그 머릿속에 누굴 떠올리는지 알고 있어. 나는 알아들었으면서도 짐짓 모르는 척을 했고 그도 내가 알아들은 것을 알면서도 모르는 척 화제를 전환했다.

"뉴욕에 있는 제너럴뷰 갤러리에서 기획전을 시작할 거야."

그는 다리를 꼬고 소파에 깊숙이 기대앉았다. 나는 어쩐 일인지 마음이 불편해져 에코 백 어깨끈을 강박적으로 배배 꼬며 다음 말을 기다렸다.

"그리고 네 그림을 좀 걸어 볼 생각이야."

뭐! 나는 입을 떡 벌렸다.

"뭐라고요?"

"내가 작게 말했나?"

되묻는 것을 무척이나 싫어하는 오스왈드가 눈썹을 치켜떴다. 나는 또 묻고 싶은 걸 속으로 삼켰다. 덜레스 가문이 운영하는 갤러리는 꽤 많았다. 뉴욕뿐 아니라 중국, 홍콩, 프랑스에도 운영하는 갤러리가 있는 걸로 알고 있지만 제너럴뷰 갤러리는 조금 성격이 다르다. 거기는 갤러리라기보다 뮤지엄에 더 가까웠다. 워낙 규모가 크고 역사가 깊기 때문이기도 했지만, 소장 가치가 높은 작품들이 워낙 많아서이기도 했다.

"로즐리가 알려지지 않은 한국 신인 작가들의 작품을 전시하고 싶어 해. 요즘 관심이 많아 보이거든. J. C.의 영향이겠지만."

"……."

"그래서 널 추천했어."

"그건 정말 감사하지만……."

놀랍고 당황스러워서 에코 백 끈을 계속 배배 꼬며 안절부절못했다.

"저는 갤러리에 걸 만한 작품이 별로 없어요."

그는 묘한 미소를 지으며 턱을 괸 손가락을 까딱거렸다. 남자가 저런 표정을 지을 때는 뒤로 구린 뭔가를 계획하고 있다는 뜻 아닌가?

"이미 작품은 다 보냈어."

"뭐라고요!"

나는 너무 놀라서 자리에서 벌떡 일어섰다. 그는 태연했다. 대수롭지 않다는 듯 양손을 가죽 등받이 뒤로 쭉 펴며 어깨를 한 번 으쓱해 보였다.

"어차피 다 준 거 아니었나?"

"그건, 선물용이라고 했잖아요!"

"아."

그는 다시 몸을 숙여 테이블 위의 판넬을 집어 들고 내 쪽으로 휙 돌렸다. 꽉 채워진 벚꽃 나무.

"이건 확실히 선물용이지."

이건 확실하다니 그게 무슨 소리야. 그럼 여태껏 그린 그림들은? 그건 아무한테도 선물하지 않았단 말이야? 가만있자, 내가 그동안 무슨 그림을 그렸더라? 선물용이라기에 해 달라는 대로 다 그려서 보냈다. 대부분이 풍경화였지만 가끔은 인물화, 추상화, 팝아트, 어쩔 땐 아주 동화적인 삽화, 선물용이 아니라 협박용인가 싶게 그로테스크한 그림을 그려 주기도 했다.

물론 누군가에게 선물하는 것이고 어딘가에 걸어 둘지도 모른단 생각에 나름대로 정성을 다했지만, 갤러리에 전시할 거란 생각은 추호도 한 적이 없다. 그런 곳에 걸릴 만한 그림도 아니다. 나는 빚을 갚기 위해, 그러니까 말하자면 돈 때문에 그 그림을 그렸다. 거기엔 예술성이라고는, 작가로서 예술인으로서의 고뇌라고는 단 한 톨도 담겨 있지 않았다. 지독하게 상업적이고 지독하게 기계적인 그림일 뿐이었다. 세상에. 그런 그림을 어디다 보냈다고? 제너럴뷰 갤러리에? 바스키아, 제프 쿤스, 잭슨 폴록의 그림이 있는 거기로 보내 버렸다고?

"내게 동의도 없이요?"

"네 동의가 왜 필요하지? 넌 그 그림을 내게 팔았잖아. 그렇게 빚 정산을 해 온 것 아니었나?"

이 사기꾼! 말문이 막혀 멍청하게 서 있자 그는 판넬을 들고 소파에서 일어섰다.

"그렇게 겁먹을 거 없어. 본관이 아닌 별관에서 전시하는 거고 너 이외에 많은 아마추어 작가의 그림이 함께 걸릴 테니까."

그는 저벅저벅 책상으로 걸어가 판넬을 내려놓고 하체를 책상 끄트머리에 가볍게 기댔다.

"고맙게 생각할 일 같은데. 내 덕분에 뉴욕에 진출하게 됐으니."

자기가 무슨 짓을 저지른 건지는 알고나 있을까. 이건 망신거리라고 망신거리. 세계적인 망신거리!

"평소에 고마운 일을 워낙 많이 하셔서 이젠 웬만한 거 아니면 무덤덤하네요."

나는 전례 없이 신경질적인 목소리를 내며 그의 호박색 눈동자가 태양처럼 빛나고 있는 걸 멍하게 쳐다보기만 했다. 눈앞이 깜깜했으니까.

"희망을 가져 봐. 네 그림이 뉴욕에서 높은 가격에 팔릴지 누가 알아."

빌어먹을. 말이 되는 상황이냐고. 내 그림을 대체 누가 사 가. 예술성이라곤 전혀 없는데. 저 얼굴을 그려서 갤러리에 걸면 끝내주게 잘 팔릴 것 같은데? 팝아트풍으로 그려 티셔츠에 전사해 버리면 불타게 팔려 나갈지도. 지금이라도 저걸 그려 놔?

"너무 희망적이라 감정이 벅차오르네요. 눈물 좀 닦아도 돼요?"

내 대꾸에 그가 웃음을 터트렸다.

"너도 많이 변했군."

"아저씨도요."

그는 웃음을 거두지 않았다. 그를 아저씨라고 부르는 사람은 나 하나라고 했다. 건방져 보여서 화를 낼 줄 알았는데 역시나 사디스트 계열답게 오히려 즐거워했다. 뭐랄까. 이건 아주 가볍고도 끈끈한 관계 같다.

처음엔 정말로 그가 싫고 불편해서 적대적이었지만 지금은 그냥 적대적이려고 노력한다. 그냥 그렇게 지내는 사이가 돼 버렸다. 나는 적대적인 척하고 그는 날 우습게 보는 척하는 사이. 하지만 사실, 나는 그를 적대하지도, 그가 날 우습게 보지도 않았다. 그는 가족과 친구를 제외하고 내 과거나 내 성장통, 그리고 이별의 고통을 겪던 모든 시기를 다 지켜본 유일한 사람이었다. 또 가장 많은 도움을 준 사람이기도 했다. 그래서 오랫동안 소위 말하는 '정'이라는 게 켜켜이 쌓여 있다.

그는 은인이었다. 너무 속을 긁어 놔서 가끔 망각하게 만들지만. 그의 호박색 눈동자를 빤히 쳐다볼 수 있게 된 것도 꽤 오래전이다. 그를 아저씨라고 부르고 꼬박꼬박 말대꾸를 하면서도 눈 하나 깜짝 안 하게 된 것도 꽤나 오래전이었다.

"질문 하나만 해도 돼요?"

"안 돼."

"왜 빚을 갚으란 이야기를 하지 않아요?"

그는 책상을 빙 돌아 서류 더미를 뒤적거렸다.

"그럴 능력은 되고?"

"아직 유효한데요. 장기 적출 건."

그는 하얀 치아를 드러내며 고개를 흔들었다.

"네 장기를 적출해서 어디다 쓰라는 거야."

"일종의 유희 제공이죠."

그는 다시 웃음을 터트렸다.

"너 갈수록 누굴 닮아 가는 것 같지 않아?"

"……."

곤란한데. 내가 대답하지 않자 그는 다시 입을 열었다.

"괜찮아. 네 몫까지 J. C.가 갚았으니까."

이젠 나랑 상관없는 사람이잖아요. 그 냉정한 말이 어쩐지 목에 걸려 나오질 않는다. 이것도 병이지. 언제쯤이면 자연스럽게 그를 입 밖으로 꺼낼 수 있게 될까. 그는 손으로 종이를 뒤적거리다 힐 끗 곁눈질했다.

"정말 그 돈이 갖고 싶으면 킬러를 고용해서, J. C.를 좀 죽여 줬 으면 좋겠군. 그럼 그림값은 전정부지로 뛰게 될 테니, 이자를 포 함해 그 정도면 충분할 거 같은데."

인상을 찌푸리며 노려보자 그가 킥킥킥 웃음을 터트렸다.

"너는 복수하고, 나는 돈을 벌고. 그러니까 '일석이조'던가 뭐던 가. 그거 아닌가?"

"누가 복수를 한데요?"

"저런, 미워하는 거 아니었어?"

"전혀요."

"진심이야?"

"네."

그는 태양신처럼 서서 나를 비웃고 있다. 저 점잖고 눈부신 미 소 뒤에 배를 잡고 삿대질을 하며 깔깔거리는 검은 속내가 보였 다. 여기서 신경질을 내 봤자 나만 더 손해지. 6년이 지났다. 나 는 이제 스물여섯 살이었고 더 이상 철부지 어린애가 아니었다. 감정적으로 동요할 필요 없어. 오히려 고요하고 차분하게 맞받아 치는 게 맞았다.

"오히려 고마워하고 있어요."

"진심으로?"

"네. 100% 진심이에요"

사실이다. 그에게 고마웠다. 그와 헤어지고 난 후 내가 무척 많이 변했다는 걸 깨달았다. 아픔을 마주 보는 용기를 얻었고 두려운 순간을 참아 낼 수 있는 인내도 갖게 됐다. 사람들에게 주눅 들지 않았고, 부당한 대우엔 목소리도 낼 줄 알게 됐고, 인생을 아름답게 보는 법을, 내 자신을 긍정하고 있는 그대로의 나를 받아들이는 법도 알게 됐다.

나는 아직도 파스타를 가장 좋아한다. 시간이 나면 뮤지컬을 보러 가고, 90년대 로맨스 영화를 즐겨 보고, 매년 겨울엔 보드를 타러 스키장을 가고, 친구들과 자주 내기 볼링을 쳤다. 연애할 때면 그가 했던 것처럼 일상의 중심을 잘 잡았다. 누구에게도 휘둘리지 않고 상처받지 않고 누가 봐도 멋지게 균형을 유지해 왔다.

모든 게 다 최정우에게서 시작됐다. 그가 가르쳐 준 것들이다. 나는 걸음마를 다시 배우는 갓난아이처럼 그의 아래에서 다시 태어난 거다. 지금의 나는 그가 만들었다. 그가 날 받아 줌으로써, 그리고 날 떠남으로써 나는 완성됐다. 그가 아니었으면 대학을 가고, 화장하고, 열정적으로 연애를 하고, 그림을 그리며 치열하게 사는 인생을 꿈꾸지 못했을 거다. 그러니 내가 어떻게 고마워하지 않을 수 있겠나.

"너 혹시 패스포트는 있어?"

"아. 네."

지혜랑 여름에 괌에 가려고 작년 겨울부터 계를 들어 뒀다. 서른이 되기 전까지 매년 여름과 겨울, 두 차례 해외여행을 하자고 약속했다. 당연히 미리 10년짜리로 만들어 뒀다.

"자."

오스왈드는 손가락에 봉투 하나를 걸고 내게 주욱 밀었다.

"뭐예요?"

"뉴욕행 비행기 티켓. 이번 주 수요일이야."

이번 주 수요일?

"전시회 오픈 일정에 맞췄어. 머물 호텔과 챙겨 줄 가이드도 마련해 뒀으니 불편함은 없을 거야."

그러니까 나보고 이번 주 수요일에 뉴욕을 가라는 거야? 내 전시회를 보러?

나는 그 항공권을 쉽게 집어 들 수가 없었다. 오스왈드는 항상 뜬금없는 사람이지만 이건 너무 당황스러웠다. 물론 그는 불필요한 시간 소모를 싫어하는 사람이고 나는 프리랜서라 시간이나 장소에 제약이 없어서 급작스러운 여행이 불가능한 사람도 아니었다. 게다가 나는 언제든 마음만 먹으면 가고 싶은 곳으로 떠나 버리는 편이었다. 부산으로, 전주로, 울산으로, 남해로, 동해로, 제주도로. 그러니 비행기를 타고 다른 나라로 날아간다는 것이 좀 생경하긴 해도 말도 안 되고 급작스러운 일은 아니다. 하지만 미국은 좀 달랐다. 미국은 내게 딱 한 사람만 떠올리게 했다.

최정우.

거길 간다고 해서 그를 만나는 건 아니다. 제너럴뷰 갤러리에 걸려 있는 건 그의 그림이지, 그가 아니었다. 한 번쯤은 내 눈으로 잭슨 폴록과 바스키아의 작품 옆에 나란히 걸려 있는 그의 그림을 보고 싶기도 했다. 언젠가 시간이 지나 그를 추억할 수 있게 되면 반드시 그렇게 하리라고 꽤 오래전에 다짐했었다. 하지만 지금의 내가 준비가 되어 있는지, 뉴욕으로 가 그가 살아 숨 쉬고 있는 흔적을 만날 준비가 되어 있는지, 장담할 수가 없었다.

"참고로 J. C.는 뉴욕에 없어."

그가 내 기분을 눈치채고 먼저 선수를 쳐 통보했다.

"녀석은 로스앤젤레스에 있어. 자선 행사 때문이라고 하지만 들리는 소문에 의하면, 이름 없는 무명 배우와 만나고 있다더군."

"아, 그래요?"

실망인지 안도인지 모르는 감정이 솟았다. 한수진과는⋯⋯ 잘 안 되었나 보네.

그는 나를 만나기 전에도 많은 여자를 만났다. 지금도 분명 무수히 많은 연애를 하고 있을 것이다. 당연한 일 아닌가. 나 역시 그와 헤어지고 많은 남자를 만나 왔으니까 말이다. 우리는 서로를 잊었고 각자의 인생을 살고 있다. 그의 연애에 슬퍼할 이유가 없었다.

"예술 하는 남자는 참 골치 아파. 연애를 하며 '뮤즈'를 만들고 거기서 영감을 얻고 나면 쓰레기통에 쑤셔 넣는단 말이지."

"그런 사람 아니에요."

강경한 목소리로 그를 쏘았다.

"두둔하는 거야?"

"말했잖아요. 내겐 고마운 사람이라고요."

"널 찼는데?"

"그것도 포함해서 고마운 거예요."

다시 한번 톡 쏘아붙이자 그는 항복의 표시로 낮게 웃으며 책상을 빙 돌아오더니 내 손바닥을 뒤집어 티켓을 올렸다. 커다란 손 위에 내 손은 덜 자란 여자아이의 것처럼 보였다.

"자. 난 건넸고 결정은 네가 하는 거야."

그의 부 내 나는 황금색 눈동자에는 강렬한 힘이 있었다. 도저히 거부하지 못하게 하는 힘. 뿌리칠 수 없게 만드는 힘. 나는 그의 눈동자를 올려다보며 침착하게 고개를 끄덕였다.

"알겠어요."

"가는 게 좋지 않겠니?"

저녁 밥상에 앉아 엄마는 내 앞접시에 동태탕을 크게 국자로 퍼 넣었다. 나는 머릿속이 복잡해져 젓가락을 씹으며 괜스레 거실에서 흘러나오는 저녁 뉴스 소리에 귀를 기울이는 척했다.

"모르겠어. 어떻게 해야 할지. 일단 너무 멀어."

"엄마는 해외여행이 소원인데, 넌 그 좋은 기회를……."

"그럼 나 대신 엄마가 갈래?"

내 대꾸에 엄마는 "얘는" 하며 입술을 삐죽댔다. 그러고는 자신의 앞접시에도 동태탕을 한 국자 크게 퍼서 올렸다. 하여간.

"맨 풀만 가져가. 동태탕을 했으면 동태를 먹어야지."

나는 언짢게 국자를 빼앗아 들고 엄마의 앞접시에 두툼한 동태 덩어리 하나를 올렸다.

"아버지도 드셔야지."

"냄비에 쌓여 있는 게 동탠데 이거 한 덩어리 못 먹는다고 아빠가 죽어? 좀 적당히 아끼며 삽시다. 어?"

내 핀잔에 그녀는 멋쩍게 웃어 보였다. 웃을 때 발개지는 볼이 꼭 소녀 같다.

'전 00당 원로 의원인 안명진 목사가 현재 벌어지고 있는 공천 갈등 파문을 두고 강한 어조로 비판을 해 눈길을 끌고 있습니다.'

뉴스에서 들려오는 소리에 엄마는 기계처럼 튀어가 TV를 꺼 버렸다. 6년 전 일 이후로 엄마는 교회의 '교'자나 목사의 '목'자만 나와도 TV를 꺼 버린다. 그것과 관련된 어떤 것도 보거나 듣거나 알고 싶어 하지 않는다.

"별것도 아니구먼."

나는 동태를 잘게 부수며 눈치를 살폈고 엄마는 아무 말도 하지 않고 밥만 입에 퍼 넣었다.

나는 오래전에 엄마를 용서했다. 실은 용서라고 할 것도 없었다. 엄마에 대한 원망을 털어 버리는 건 너무 쉬웠다. 내 눈으로 엄마가 얼마나 상처받았는지, 얼마나 무너졌는지를 목격하고 나니 더 이상 그녀가 미워지지 않았다. 대신 동정과 연민만이 가득 찼다. 언젠가 꼭 엄마 손을 잡고 다시 교회를 나가고 싶다. 정말 좋은 교회가 있다면, 좋은 목사가 있다면 엄마의 이 고단한 인생을 치유해 주길 진심으로 바란다. 그저 적절한 때를 기다리는 것뿐이다. 엄마의 마음을 보듬어 줄 적절한 때를.

엄마는 더 이상 나를 옭아매지 않는다. 품 안에 가둬 놓고 키우려는 대신 딸아이의 생각을 존중할 줄 알게 됐다. 무뚝뚝하기를 타고난 아빠도 조금씩 다정해졌다. 집 안에서 청개구리 같던 나도 조금씩 엄마 아빠를 이해하게 됐다. 때론 그들도 보살핌이 필요하다는 사실을 받아들이게 됐다.

"좋은 기회잖아. 어디 그런 데 가 보는 게 흔하니? 게다가 거기서 네 전시회도 열어 준다며."

엄마는 태연하고 부드러운 어조로 화제를 돌렸다. 나도 엄마를 그 괴로운 침묵 속에서 꺼내기 위해 적극적으로 동조했다.

"정확히 말하면 내 전시회는 아니고, 그냥 곁다리로 껴드는 거지."

"아무튼, 그렇게 대단하신 분이 주는 기회인데 너도 성의를 보여야 하지 않겠어?"

대단하신 분. 그렇지. 대단하신 분이지. 우리 아빠는 오스왈드 퀸튼이 신이라도 되는 줄 안다. 그럴 수밖에 없겠지. 딸아이한테 가장 힘든 일이 닥쳤을 때 도왔을 뿐 아니라, 4년치 학비를 아무런 조건 없이 지원해 줬으니까. 엄마 아빠에겐 거의 '주님'과 동급으로 보일 거다.

— 야! 가야지! 무조건 가야지!

수화기 너머로 지혜가 펄쩍펄쩍 뛰었다.

— 너 영어 학원도 겁나 열심히 다녔잖아! 가서 진짜 얼마나 영어가 되나 확인해 보고픈 마음도 없어?

영어 학원을 열심히 다닌 건 사실이지만 그깟 영어 실력을 확인하자고 뉴욕까지 날아갈 마음은 추호도 없다. 그래도 엄마도 지혜도 모두 입을 모아 한소리를 하니 마음이 좀 흔들리는 건 사실이다. 나는 책상 위에 앉아 지혜네 패션 잡지사에 투고할 일러스트 밑그림 작업을 하며 연필을 굴렸다.

— 야, 그 좋은 기회를 100만 분의 1 확률로 최정우를 만날지도 모른다는 핑계를 대며 안 가는 게 말이 돼?

확실히 그건 좀 멍청한 짓이지.

— 게다가 최정우는 금발 미녀 끼고 로스앤젤레스에서 하하 호호 잘 놀고 있다며. 그런데 뭐가 겁나냐? 마주칠 확률은 100만 분의 1이 아니라 아예 제로구먼!

"그렇지?"

— 니 입으로 그랬잖아. 맘 정리되면 뉴욕에 있는 최정우 그림 보고 싶다고. 너 마음 정리 다 됐다며? 이젠 다 잊었다며? 근데 뭐가 무서워?

"그러게……."

나는 대체 뭐가 무서운 걸까.

— 제너럴뷰 갤러리에 네 그림 전시했다는 그 약력 한 줄이 이 사회에서 얼마나 대단한지 알아? 잘만 해서 신문에라도 나 봐. 너 지금 받는 보수에 두세 배는 더 받을 수 있을걸? 또 모를 일이지. 진짜 잘돼서 비싸게 팔리기라도 하면, 어? 어디 뉴욕의 화랑에서 최정우처럼 전속 계약이라도 맺자고 하면, 어? 그럼 어떻게 되겠어? 너도 그림 한 점당 몇 억씩 받는 작가 반열에 오를지 누가 알아?

그 말에 혹했다. 그래. 돈. 스물여섯 살의 내겐 꿈이건 열정이건 다 필요 없고 돈이었다. 스무 살 때의 나도 제법 돈에 민감했는데 스물여섯 살이 되니 더 민감해졌다. 결국엔 모든 건 돈이거든. 최정우가 중요하냐, 돈이 중요하냐 물어보면 망설일 필요도 없이 당연히 돈이었다. 최정우는 과거지만 돈은 내 미래이니까 말이다.

그래. 돈만 좀 더 벌 수 있게 되면 이런 패션 잡지에 들어갈 다이어트 관련 일러스트를 그리고 있지 않아도 되잖아. 아빠의 개인택시를 더 빨리 사 줄 수 있을지도 모르잖아. 부모님의 빚을 더 빨리 청산할 수도 있잖아. 엄마가 더 이상 일을 하지 않아도 될 수 있잖아! 그건 엄청난 일 아니야? 이건 정말 좋은 기회일지도 몰라. 어쩌면 내 인생에 아주 큰 행운이 될지도 몰라. 지나간 첫사랑 때문에 미래를 포기하는 건 말도 안 되는 짓이야. 말도 안 돼.

비행기 티켓은 이미 내 손에 들려 있다. 떠나기만 하면 되는 거다. 그래. 떠나지, 뭐. 그게 대수야? 막상 결심하고 나니 어려울 게 별로 없었다. 일러스트는 마감일보다 이틀이나 일찍 보냈다. 수정을 원하면 노드북을 들고 가 뉴욕에서 마무리하면 된다. 프리랜서란 참 편한 직업 아닌가.

* * *

밤 10시 비행기였다. 다음 날 오후 12시쯤 뉴욕에 도착할 예정이며 JFK공항에 내리면 픽업하러 나온 가이드가 있다고 했다. 야간 택시 주행 중인 아빠가 공항까지 데려다줬다. 두 시간 전에 공항에 도착해 작별 인사를 하려 전화를 걸었더니 지혜는 인천공항에 가면 잊지 말고 랑콤 안티에이징 에센스를 사다 달라고 했다. 재현이는 발렌타인 30년산.

이 자식들은 뉴욕에 가는 친구는 뒷전이고 면세점에서 지들 사치품 챙길 생각이나 먼저 하고 있다. 덜떨어진 나는 투덜거리면서도 남는 시간 동안 지혜와 재현이가 부탁한 상품을 구매해 밀봉 포장한 후 가방에 잘 챙겨 넣었다. 30년산은 만나는 즉시 까라고 해야지. 무슨 맛인가 나도 맛 좀 보자.

비행기는 처음이었다. 제주도를 여행할 적에는 가격 때문에 갈 때도 올 때도 배를 탔다. 열두 시간이 넘게 배에 갇혀 있었지만 내내 잠만 잤으므로 그렇게 불편하지는 않았다.

10시 비행기는 아주 적절했다. 안 그래도 뭘 타든 머리만 대면

조는 타입이다 보니 뉴욕행 비행기에 타자마자 잠이 들어 내내 잠만 잤다. 깨어나 있던 시간은 오직 기내식과 간식을 제공할 때뿐이었다. 지루할까 봐 휴대폰에 영화나 드라마를 잔뜩 받아 둔 건 모두 다 괜한 헛짓이었다. 이럴 줄 알았지, 뭐.

뉴욕에 도착하기 한 시간 전쯤 말똥하게 깨어나 아침을 먹었다. 요거트에, 사과에, 빵에, 김치가 들어간 그라탱까지, 집보다 더 호화스러운 아침을 가만히 앉아 받아먹으며 이대로 영원히 비행기에서 내리지 않아도 좋겠다는 생각을 했다. 4번 터미널로 나와 수하물을 찾고 게이트를 나서자 'SILVER PARK'이라는 팻말을 든 또래의 동양 여자 하나가 서 있었다.

실버 박이라니! 실. 버. 박이라니! 오스왈드 퀸튼! 내 인생의 주적! 무찔러야 할 원수! 빨갱이 같으니라고!

나는 저 여자를 아는 척해야 하는지 모르는 척 지나가야 하는지 심각한 갈등에 빠졌다. 게이트를 나오는 사람들이 실버 박을 찾으려 주위를 더 두리번거리기 전에 이 상황을 수습해야 할 것 같아 재빠르게 다가가 그녀의 팻말을 가렸다.

"안녕하세요."

"미스 박?"

"네. 저예요."

여자는 과도하게 파마를 말아 볼륨감 넘치는 머리를 하고 있었다. 천연 곱슬인가 싶기도 했다. 너무 날렵하게 깎아지른 눈썹에 가느다란 아이라인이 날카로운 인상을 주었지만 환하게 웃을 때 새하얗게 드러난 치아와 초승달처럼 굽은 눈이 건강하고 활기차 보였다. 그녀는 불쑥 손을 내밀어 악수를 청했다.

"와, 만나서 정말 영광이에요."

설마 영광이기까지 하려고. 과한 환영의 말에 이 여자에게 절이라도 해야 할 것 같은 기분을 감추지 못하며 어색하게 인사를 받았다.

"서는 리나예요. 제너럴뷰 갤러리에서 일하고 있죠. 선생님이 뉴욕에 계시는 동안 제가 비서 업무를 맡게 되었어요."

"뭘 한다고요?"

능숙하게 내 캐리어 가방을 챙겨 드는 여자를 보며 나는 의심스럽게 한 번 더 물었다.

"비서요."

"난 가이드라고 들었는데요."

"가이드 겸 비서죠."

이런 어처구니없는 일이.

"전시회 오픈은 저녁 6시예요. 우선 호텔로 안내해 드릴게요."

실버 박이라는 닉네임이 적힌 팻말을 옆구리에 낀 여자가 내 캐리어를 질질 끌며 바쁘고 요란하게 말을 이었다.

"오래 걸리진 않아요. 30분이면 호텔에 도착할 거예요. 혹시 필요하신 거 있으세요?"

"혹시, 전시회에 내 이름이 어떻게 기재되어 있는지 아세요? 내 작품예요."

그녀는 잠깐 걸음을 멈추고 핸드백에서 다이어리 하나를 꺼내 들었다. 지저분하고 빼곡하게 찬 다이어리가 그녀의 업무량을 말해 주고 있다.

"은금이라고 되어 있네요. 은금 박이라고요."

천만다행이다! 휴우, 십년감수했네. 거기에도 실버 박이라고 되어 있으면 이대로 되돌아갈 작정이었다.

"같이 갤러리에 전시할 작가는 몇 명이나 되나요?"

"여섯 분 정도 돼요."

"모두가 다 이렇게 비서가 붙나요?"

"포괄적인 의미로 도움을 주는 헬퍼는 있겠지만, 이렇게 개인적인 비서가 붙는 건 선생님이 유일해요."

리나라는 여자는 마치 자부심을 가지라는 듯 눈을 빛내며 힘주어 이야기했지만 나는 뒷골이 띵했다. 그 갤러리에 걸릴 내 작품이 대단하다면야 자부심을 느끼겠지. 지금처럼 어쩔 줄 모르는 게 아니라. 이 모든 게 그 망할 메피스토 때문이리라.

호텔로 가는 택시 안에서 나는 리나가 한인 2세이고 예린이라는 한국 이름을 갖고 있으며 동갑이라는 사실을 알게 됐다. 그녀는 지나치게 호감을 표했다. 아마 오스왈드라는 뒷배 때문일 거라고 짐작한다. 그럼에도 불구하고 리나는 '오스왈드 퀸튼'이라는 이름을 한 번도 꺼내지 않았다. 나라면 한 번쯤 둘이 친하냐, 어쩌느냐, 확인이라도 해 볼 것 같은데. 그런 면에서는 다분히 업무적이었다.

우리는 뉴욕 팰리스 호텔에 내렸다. 아찔하게 뻗은 빌딩 사이에 자리한 굉장히 고풍스러워 보이는 건물이었다. 숙소 내부는 깔끔했다. 창밖으로는 맨해튼의 빌딩 숲이 보였고 퀸 사이즈 침대 위에는 사용처를 알 수 없는 베개가 7개나 놓여 있었다.

리나는 사무실에 바로 들어가야 할 것 같다며 6시 즈음에 픽업하러 오겠다고 했다. 혹시나 심심하면 바로 옆에 세인트 대성당이 있으니 한 번쯤 관광하러 가는 것도 좋으리라는 조언도 빼놓지 않고 해 줬다. 나는 그녀의 친절에 감사를 표한 후 가지고 온 짐부터 풀었다.

전시는 열흘 동안 한다고 했다. 길어도 3일 정도만 머무르면 되겠다 싶지만 오스왈드의 생각은 달랐다. 비행기 티켓은 얼마든지 구할 수 있고, 일단 뉴욕에 가면 어떻게 될지 모르니 미리 귀국 일정을 잡아 놓지 말라고 조언을 덧붙였다. 뉴욕에 있는 가이드에게 하루 전에만 이야기하면 티켓은 바로 구해 줄 것이라고 해서 좀 의아했었는데 비서라는 말을 듣고 나니 이제야 이해가 간다.

일단은 열흘치 짐을 싸 왔다. 뭐 사흘이나 열흘이나 짐에는 큰 차이가 없긴 하지만 말이다. 캐리어 가방을 열어 옷가지를 꺼내 정리하며 당최 갤러리에 무슨 옷을 입고 가야 하는지 고민이 됐다. 칵테일 파티라. 난감해서 욕이 절로 나온다. 내가 그런 문화를 알기나 하냔 말이지. 그러니까 뭐, 영화나 그런 데서 보던 그런 건가? 드레스라도 입어야 하는 거야? 혹시 몰라 원피스 하나를 갖고 오긴 했다. 화려한 꽃무늬가 수놓인 A라인 원피스. 드레스라고 할 순 없지만, 청바지에 셔츠 차림보다야 훨씬 안전한 복장이긴 하다. 나는 원피스를 옷걸이에 정리해 침대 벤치 위에 올려 두었다. 혹시 몰라 챙겨 온 로퍼와 함께.

리나가 일러 준 대로 호텔 바로 옆 블록에 세인트 패트릭 대성당이 있었다. 이곳도 역시 빌딩 숲 사이에 혼자 이질적이다. 너무 고고하고 웅장하달까. 성당의 건축양식은 참 멋지다. 교회와는 매우 달랐다. 내가 사는 동네의 성당도 멋졌지만 여긴 스케일부터가 달랐다. 바닥에서 천장까지 훌륭하지 않은 구석이 없다. 크고 넓은 내부에 신성함이 가득 차 있어서 경건하다 못해 정화되는 기분이 들었다.

아름답게 만들어진 건물이 주는 힘이란 참으로 대단했다. 베드로 대성당이나 산타마리아 델 피오레, 산타마리아 델레 그라치에 성당에 가면 어떤 기분이 들까. 굉장하겠지. 말 그대로 압도적일 거다. 조금 더 시간이 흐르면, 좀 더 돈을 벌면 꼭 가 봐야지. 나는 성당의 아름다운 건축물을 넋을 놓고 구경하며 그렇게 다짐했다.

짧게나마 거리로 나가 보니 욕심이 생겼다. 여긴 뉴욕이다. 볼 게 지천에 널려 있는 곳. 나는 숙소로 돌아와 노트북으로 뉴욕의 관광지란 관광지는 죄다 검색하기 시작했다. 숙소는 맨해튼을 구경하기에 정말 더할 나위 없는 위치였다. 뉴욕 현대미술관이 코앞이었다. 그 근처에 센트럴 파크가 있었고 야경을 보기에 최적의 장소라는 록펠러 센터는 불과 한 블록 앞이었다. 세상에. 이곳들을 다 구경하려면 얼마나 걸리지? 어퍼이스트에 있는 뮤지엄만 다 돌아본대도 사흘은 부족할 거다. 오스왈드 퀸튼에게 경의를! 그가 백번 천번 옳았다. 최정우를 걱정할 틈이 없었다. 그 남자는 로스앤젤레스에 금발 미녀와 시시덕거리러 날아갔고 여기서 하루 종일 마주칠 걱정을 하고 있기엔 봐야 할 것이 너무 많았다. 그가 한국에 돌아오지 않는 이유를 알 것 같다. 이 거대한 문화의 보고를 버리고 한국을 택하기에 이 도시는 너무 근사하다. 그리고 그는 이런 근사함이 어울리는 사람이었다.

6시 정각에 맞춰 검은 정장을 입은 리나가 숙소 문을 두드렸다. 나는 이미 한 시간 전에 만반의 준비를 다 한 채 침대에 걸터앉아 가고 싶은 관광지의 코스를 짜는 데 몰두해 있었기 때문에 여유로운 모습으로 문을 열었다.

"어머! 정말 근사하시네요!"

그녀는 나를 발견하자마자 눈을 빛내며 감탄했다. 너무 격한 반응은 기쁘기보다 당황스러워서 나는 되지도 않게 얼굴을 붉히며 고맙다고 인사했다.

"성당은 구경하셨나요?"

"네. 멋지던데요."

"뉴욕에는 볼거리가 많죠. 제너럴 갤러리도 그중 하나고요."

리나의 얼굴에는 자부심이 넘쳤다. 근거 없는 허세는 아니다. 오스왈드의 갤러리 역시 뉴욕을 대표하는 손꼽히는 관광 명소였다. 게다가 현재는 최정우라는 가장 잘나가는 작가를 소유하고 있지 않나. 자부심을 느낄 만도 하다.

갤러리는 링컨 스퀘어와 센트럴 파크의 중간쯤에 위치해 있었다. 호텔 입구에서 리나의 새빨간 도요타 세단을 타고 10여 분을 달리자 한 건물이 눈에 띄었다. 넓은 잔디밭 사이로 원목으로 짜인 기다란 길 끝에 꼭 물 위에 떠 있는 것처럼 설계된 미술관이 보였다. 독특한 구조 덕분에 미술관은 현대적인 이집트 신전처럼 느껴졌다. 이곳에 최정우의 그림이 걸려 있다. 이곳 한가운데에. 그리고 이곳이 그의 활동지였다. 무덤덤할 것이라 생각했는데 막상 도착하니 심장이 죄어 왔다.

"이쪽이에요."

그녀는 나를 본관 로비 건너 작은 별관으로 안내했다.

"우리는 여길 큐브라고 불러요. 뮤지엄 성격인 본관과는 다르게 작품 전시 및 판매가 목적인 곳이거든요. 그래서 일부러 거리에 가깝게 설계했고 입장도 무료예요."

본관에서 굴러떨어져 나온 것 같은 작은 네모 모양의 별관은 입구부터 북적거렸다. 설마 누가 한국의 이름 없는 아마추어 작가들을 보러 오겠냐고 의심했지만 최정우의 명성 때문인지, 아니면 미술계에 불어닥친 차이나 파워 때문인지 생각보다 사람들이 많았다.

"긴장되지 않아요?"

리나는 긴장이라기보다 흥분된 얼굴로 새하얀 치아를 모두 드러내며 웃었다. 나는 기껏 바른 립스틱을 다 먹지 않기 위해 입술에 침을 바르지 않으려 꽤나 노력해야 했다.

영어도 제대로 할 줄 모르는데 내가 여기 온 게 정말 잘한 일일까? 그냥 작품이 걸렸다는 소식만 듣고 한국에 있는 편이 더 낫지 않았을까? 어차피 모든 작품은 오스왈드의 것이었으니 굳이 오지 않아도 됐던 것은 아닐까. 내 그림 따위에 누가 관심을 두겠어. 내게 계약을 하자고 할 화랑이 몇이나 되겠냐고. 하지만 작품만 보내는 신인 화가라니. 그런 게 어디 있어. 그게 말이 되냐고. 게다가 제너럴뷰 갤러리에 내 그림이 걸린 걸 눈으로 확인도 안 하고 지나가겠다고? 그거야말로 정신 나간 짓이지.

전시장 내부는 사람과 소음으로 가득했다. 이 사람들이 다 그림을 보러 온 건 아닐 거다. 공짜 술과 디저트를 보고 온 사람들이 부지기수일지도 모른다. 리나는 나를 전시장 한쪽 칵테일과 디저트가 놓인 테이블 옆으로 안내했다.

"잠깐 여기 있어요. 소개해 줄 사람을 데려올게요."

"네."

나는 얼떨결에 대답하고 마치 교무실에 끌려온 학생처럼 테이블 옆에 섰다. 인파 사이로 빠져나가는 리나의 뒷모습을 쳐다보다가 목이 타서 테이블 위에 있는 아무 잔이나 집어 들었다. 수많은 사람에 가려져 내 그림이 어느 구석에 처박혀 있는 건지 보이지도 않았다. 이니 안 보이는 편이 나으려나.

목이 타서 벌컥 넘기니 알코올 맛이 왈칵 났다. 젠장. 색만 오렌지주스였나 보다. 알코올 맛에 당황해 콜록거리는 사이에, 리나가 녹색 랩스커트를 입은 백인 여자 하나와 이야기를 나누며 내 쪽으로 다가왔다. 원래 머리카락 색인 건지, 아니면 나이가 들어 머리가 센 건지 풍성한 은발에 붉은 립스틱이 우아하고 세련돼 보였다.

"이쪽은 이번 전시 디렉팅을 맡으신 사라 스콧 씨예요."

"아, 안녕……."

아니지.

"헤, 헬로우."

은발의 미중년의 여사는 우아하게 손을 내밀어 보였다.

「안녕하세요. 만나 뵈어 정말 영광이에요.」

오, 좋아. 알아들었어.

"만나 뵈어 영광이래요."

"감사합니다."

「그림이 아주 훌륭하더군요. 퀸튼 씨의 안목은 믿을 만하죠.」

오오. 알아듣는데? 과연 5년 동안이나 영어 학원에 수강료를 쏟아부은 효력이 좀 나타나는 건가?

"그림이 아주 훌륭하대요."

"감사합니다."

「뉴욕은 첫 방문인가요?」

「네. 처음이에요. 아주 근사해요.」

리나가 또 통역을 자처하기 전에 재빠르게 대답했다.

「그거 정말 좋은 소식이네요. 시간이 되시면 본관도 한번 둘러 보세요. 아주 근사한 작품들이 많죠.」

「네, 그러길 바라요.」

「얼마나 머물 계획이세요?」

「모르겠어요. 아직 귀국 날을 잡지 않아서요.」

여자는 가볍게 내 어깨를 쓸며 다정함을 표시했다.

「좋아요. 여기 리나가 무엇이든 도와줄 거예요.」

사라 스콧이라는 여자는 내가 제법 영어를 알아듣는다고 생각 했는지 그 이후에 본격적인 수다를 시작했다. 대부분이 그림에 관한 이야기였는데 내 그림을 칭찬하는 것 같았다. '화풍이 세련 되고 독특하다, 재료와 주제가 다양하다, 상업성도 훌륭해서 프 리마켓에 내놓으면 제법 좋은 값을 받을 수 있을 거다'부터 시작 해서 주로 그림을 그릴 때 어떤 도구를 쓰는지, 어디서 영감을 얻 는지, 계획해 둔 작품은 따로 있는지, 앞으로 구체적으로 무엇을 할 것인지, 꼬치꼬치 캐물었다. 영어로 대답을 알 수 있는 건 했 고 모르겠는 건 리나의 통역을 거쳐 이야기했다. 그사이 뉴욕에 서 활동한다는 다른 작가들을 소개받기도 하고, 같이 전시회를 한 한국인들과도 인사를 나누었으며 작품에 관해 물어보는 사람 과도 짧은 영어로 대화를 했다.

「우리 갤러리 본관에 가 보신 적 있으신가요?」

갤러리의 관계자라는 사람들로부터 세 번째 받는 질문이었다. 갤러리에 대한 자부심인가?

「아니요. 아직이요.」

똑같은 대답을 세 번째 했다.

「저런, 꼭 가 보세요. 볼 만한 작품이 정말 많아요.」

「네. 꼭 그럴게요.」

「만나 뵙게 돼서 정말 영광이었어요.」

빨간 머리에 주근깨가 사랑스러운 이 아가씨는 마치 내가 프리다 칼로라도 되는 듯이 손을 덥석 잡으며 말했다. 뭐지, 이 과잉 반응……? 이 도시는 원래 이런가? 별것도 아닌 작가를 단지 자신의 갤러리에 전시한다는 이유만으로 이토록 환대하는 게 특징인가?

리나가 잠시 자리를 비운 사이에 벌써 몇 잔째 비우는 건지 모를 칵테일 잔을 더 챙겨 들고 제법 익숙해진 모습으로 전시장 안을 어슬렁거렸다. 시간이 지나니 점차 내 그림이 어디쯤에 걸려 있는지도 보게 됐다. 갤러리의 조명발인 건지 아니면 내 기억이 왜곡되어 있었던 건지 화랑에 걸린 그림들은 내 상상보다 나쁘지 않았다. 난해한 추상화, 오리엔탈리즘이 물씬 묻어나는 동양화, 블랙코미디가 짙은 팝 아트 작품들 사이의 내 그림을 보고 있자니 다양성 때문인지 나름대로 색이 있었다.

유화로 그린 안개꽃 앞에 멈췄다. 오스왈드의 부탁으로 4절 크기의 판넬에 안개꽃을 솜사탕처럼 찍어 그렸다. 깃털처럼 가볍게 보이게 하려고 꽤나 공을 들인 작품이다.

「어머, 세상에. 안녕하세요.」

내 작품에 빠져 나르시시즘의 한가운데 들어서 있을 때였다. 누군가의 '오 마이 갓' 소리에 퍼뜩 옆을 돌아보니 은색 안경테를 쓴 제법 풍족해 보이는 중년의 여자가 나를 보고 숨을 몰아쉬며 지그시 자신의 가슴을 누르고 있었다. 뭐지? 여자는 남편인 것 같은 풍채의 남성 옆구리를 쿡쿡 찔렀다.

「다니엘. 여기 좀 봐요.」

아내의 재촉에 내게 눈길을 준 남자는 잠깐 눈을 가늘게 뜨고 살피더니 이내 '오' 하고 입을 벌렸다.

「안녕하세요. 전 데보라고 이 사람은 다니엘이에요. 우린 캐나다에서 왔어요. 짧은 휴가를 즐기려고요. 만나 뵙게 돼서 정말, 정말, 정말 기뻐요.」

기쁘다는 말을 지나치게 강조하네? 뭔가 이상한 기분이 점점 강렬해진다.

「아, 안녕하세요. 저는 은금이라고 해요. 한국에서 왔어요.」

나는 또다시 모르는 누군가의 손을 맞잡고 자연스럽게 악수했다. 한국이라면 있을 수 없는 일인데 반복하다 보니 몇 시간 만에 습관이 된 것 같다. 여자는 흥분된 얼굴로 나를 쳐다보다 잠깐 이맛살을 찌푸렸다. 그러곤 내 앞에 있는 안개꽃 그림을 쳐다보곤 다시 눈을 동그랗게 떴다.

「화가셨군요!」

뭘까. 내가 화가인 줄도 몰랐으면서 왜 이렇게 호들갑을 떠는 걸까. 여자는 믿어지지 않는다는 듯 가슴에 손을 얹고 '와우'와 '와'를 반복했다. 아내가 지나치게 흥분한 반응을 보이자 남편이 진정시키려 그녀의 어깨에 손을 얹고 환하게 웃어 보였다.

「이곳에 오기 전에 본관에 다녀왔거든요. 본관 3층이요.」

「아, 네…….」

남자의 말이 묘하게 의미심장했다. 뭐지 이거?

「사진 한 장만 찍어도 될까요? 본관은 사진을 못 찍게 해서요.」

뭐지 이거?

「네. 그럼요.」

마침 볼일을 마치고 내 옆으로 돌아온 리나가 얼떨결에 셔터를 누르고, 나는 얼떨결에 중년 부부와 사진을 찍었다.

「고마워요. 정말 영광이에요.」

여자는 사진기를 받아 들고 다시 한번 감격스럽게 말했다. 나는 유어 웰컴 같은 판에 박힌 영어를 구사한 다음, 그 부부가 내게 멀어질 때까지 기다렸다가 리나를 잡아 세웠다.

"만나서 영광이란 말을 네 번째 듣고 있는 거 알아요?"

"물론 알죠. 저도 그랬으니까요."

그래. 리나도 그랬지! 기분이 아주 복잡하고 이상했다.

"내가 영미 문화권을 잘 몰라서 그러는데 이 갤러리에 그림을 거는 것만으로도 이렇게 뭐랄까, 호들갑스럽달까…… 이런 인사를 받는 게 자연스러운 건가요?"

"아."

리나는 잠깐 눈을 좌우로 천천히 굴리다 눈을 가늘게 뜨고 나를 관찰했다. 마치 내가 왜 이러는 건지 읽어 내려는 것처럼. 지금 도통 속을 모르겠는 건 여기 사람들이라니까.

"그냥 내 생각일 수도 있지만 보는 사람마다 꼭 본관 이야기를 꺼내는 것 같아요."

"아."

리나는 다시 한번 멍청한 감탄사를 내뱉었다. 아? 그러더니 곧 그녀의 입이 함지박만 하게 벌어졌다. 뭔지 모르지만, 무척이나 재미있어 보이는 얼굴.

"따라오세요."

"네?"

"어서요."

리나는 내 칵테일 잔을 빼앗아 들어 아무 사람에게나 던져 줬다. 그러곤 내 손목을 잡아끌어 별관을 빠져나왔다.

"어딜 가는 건데요?"

"확인해야죠!"

"뭘요?"

다리가 길어서인가, 경보도 더럽게 빨랐다. 그녀에게 질질 끌려가며 가는 숨을 헐떡거렸다.

"본관에 뭐가 걸려 있어요?"

"지금 폐장 시간 아니에요?"

"아직 한 시간 남았어요."

대단한 게 없기만 해 봐. 가만 안 둘 거다.

"이쪽이에요."

리나는 나를 본관 로비에 멈춰 세웠다.

"여기서 잠깐만 기다리세요."

그러고선 매표소 데스크에 가 나를 가리키며 뭔가를 아주 열심히 설명했다. 매표소 직원은 날 보고 '오' 하고 한 번 놀라더니 고개를 끄덕여 보였다. 참으로 일관된 반응이 아닐 수 없다.

"따라와요!"

리나가 다시 소매를 잡아끌었고 나는 바람 인형처럼 휘청대며 계단을 올랐다. 당최 무슨 상황이 벌어지는 건지 몰라 얼떨떨하게 그녀와 보폭을 맞췄다.

"유명 작품은 모두 본관 맨 꼭대기 층에 위치해 있어요. 피카소나 바스키아, 잭슨 폴록이나 J. C.의 그림도 모두 거기에 있죠."

그래. 이제 그 반열에 올라섰다 이거로군. 확인 사살까지 완벽하다.

3층. 우리는 단숨에 뛰어 올라갔다. 그녀는 3층에 도착하자마자 B관 큐레이터와 몇 마디를 나눴고 잔뜩 흥분한 얼굴로 내 등을 떠밀었다.

"왼쪽이에요."

엥?

"가 봐요. 어서요!"

나는 그렇게 전시관 안으로 떠밀려 들어갔다. 머릿속에 멍청한 생각밖에 떠오르질 않았다. 대체 이게 다 무슨 상황이란 말인가? 나 원 참, 이해할 수가 없네. 뭐지? 혹시 몰래 카메라인가? 실험 카메라? 나 처음부터 지금까지 속고 있는 건가?

폐장 시간이 다 되었지만 아직도 사람들로 북적였다. 관광 명소라더니 정말인가 보네. 화려한 꽃무늬가 큼지막하게 박힌 원피스를 입고 혼자 덩그러니 안으로 들어선 나는 어색하게 걸으며 벽에 걸린 그림을 감상했다. 이름 모를 작가들의 작품도 보였지만 제법 인지도 있는 작가의 작품도 보였다. 말도 안 돼. 이런 그림을 공짜로 볼 기회인데 허무하게 날려 버리다니. 머릿속이 복잡해서 눈에 하나도 들어오질 않는다고.

그게 아까워서 견딜 수가 없다. 침착하게 그림에 집중하려고 해 봤지만 헛수고였다. 머릿속에 많은 궁금증과 아이러니가 꽉 차 있었다. 시간이 지나 전시관 안으로 깊이 들어가면 들어갈수록 상황은 더 이상해졌다. 왜 이렇게 쳐다보지? 소심하게 곁눈질할 때마다 사람들의 시선이 느껴졌다. 작은 속삭임, 놀란 눈, '오' 하는 그 일관된 감탄사.

얼굴에 뭐가 묻었나? 립스틱이 너무 튀는 걸까? 아니면 원피스? 누가 내 등에 '멍청이'라고 포스트잇이라도 붙였나? 나는 완전히 위축되어 마치 레드카펫에라도 서 있는 듯한 착각 속에 사람들을 스치며 전시장의 가장 안쪽까지 이동했다. 또 스치고. 또 스치고. 끝으로 갈수록, 깊이 들어갈수록 사람들의 시선은 더 노골적이었다. 대체 뭐야.

드디어 전시관 맨 끝에 도착했을 때 사람들의 시선은 정점에 달해 있었다. 거기 서 있는 모두가 날 쳐다보고 있었다. 내 앞에 서 있던 눈부신 금발 머리의 여자가 무심코 고개를 돌렸다가 나를 발견하고는 헉하고 숨을 들이마셨다. 이쯤 되면 내 얼굴에 '똥'이라도 묻은 게 확실한 것 같다. '오 마이 갓' 하는 신음과 함께 한 여자가 쏜살같이 옆으로 비켜섰다. 나는 박힌 듯 정지했다. 그럴 수밖에 없었다.

"맙소사."

모두가 날 쳐다보게 만드는 것. 그 근원은 나지만, 내가 아니었다.

4절 크기의 액자 속, 하얀 종이 위에 담겨 있는 건, 바로 나였다. 바로 나. 내 얼굴이었다. 나는 이 그림을 오랫동안 잊고 있었다. 아니 생각조차 못 했기에 입 밖으로 헛웃음이 튀어나왔다. 그건 내 기억 속에 아주 선명하게 존재하고 있어서, 돌이켜 생각해 볼 필요도 없었다. 이 그림이 뭔지 아니까. 그림 속의 내가 언제 그려진 건지 이미 알고 있으니까.

열아홉 살 가을, 수업이 끝난 뒤 우리는 마주 보고 앉아 서로를 그렸었다. 나는 그를, 그는, 나를. 세상에. 이 그림을 이렇게 발견한단 말이야? 말도 안 돼. 그 그림은 오로지 얼굴만 채색되어 있었다. 핑크빛 살결 위로 붉은 홍조, 수줍은 듯 긴 속눈썹, 고개를 숙이는 척 몰래 훔쳐보는 눈동자에 설렘이 묻어 있다. 고집스럽게 다문 새초롬한 입술은 무척 섬세했고 싱그러운 다홍빛을 띠고 있었다. 그 이외에는 모두 거추장스럽다는 듯 까만 먹선으로만 이루어진 무심한 듯 섬세한 그림. 말하고자 하는 주제가 매우 명확했다. 그는 그저 나를 말하고 있었다. 이 그림 속에 새겨진 열아홉 살 소녀를.

나는 그때의 나를 싫어했다. 어둡고 추하고 촌스럽고 무엇 하나 봐 줄 만한 게 없다고 생각했다. 자존감은 바닥이었고, 피해 의식에 찌들어 있었으며 자살하기 직전의 아슬아슬한 사이코. 기억 속 열아홉 살의 나는 그랬다. 어둠 속의 벌레 같은 아이. 그러나 최정우의 눈에 비친 열아홉 살의 나는 달랐다. 맑게 흔들리는 눈동자, 볼에 핀 발간 홍조, 꼭 다문 앵두빛 입술 안에 설렘이 보였다. 그 안의 나는 어둠 속을 기어 다니는 벌레가 아니라 이제 막 첫사랑을 시작한 싱그러운 소녀, 그 자체였다. 사랑스럽고, 사랑스럽고, 또 사랑스러운 모습.

그로부터 7년이 지났다. 누군가를 그때처럼 열렬하게, 또 애절하게 사랑하는 법도 잊은 채 스물여섯 살의 여자가 됐다. 최정우가 떠나던 날 나는 그때의 나를 영영 잃어버렸다. 기억 속에도 희미해서 다시 떠올리려 노력해도 떠올릴 수가 없었다. 그때의 내가 어땠었는지, 어떤 표정을 짓고, 어떤 눈빛을 했는지 말이다. 그런데 열아홉 살의 내가, 순수하고 슬프고 사랑에 미쳐 있던 박은금이, 여기 이 그림 안에 박제되어 있었다. 그리고 나는 마주하고 있다. 그의 그림 안에 영원히 박제되어 버린 열아홉 살의 박은금을. 그림의 왼편에 익숙한 이름이 쓰여 있었다.

'오막사라무스.'

그 이상한 필명의 화가가 최정우라는 것을 아는 건 아마 나뿐일 거다. 내가 아직 당신에게 특별하다고 느끼게 하다니. 비겁해. 사람들은 내 주위에 도넛 모양으로 흩어졌다. 곧 울음이 터질 것 같아 눈도 깜빡이지 못하는 내게 아무도 섣불리 다가오질 못했다.

이래서였다. 사람들이 나를 보고 과도하게 반가워하거나, 내 이름도 모르면서 사진을 찍자고 하거나, 본관에 가 봤다는 이야기를 늘어놓는 건 이 안에 박제된 열아홉 살의 나 때문이었다. 그 안의 내가 너무도 사랑스러워서, 너무도 싱그러워서. 이 훌륭한 그림을 기억하지 않을 수 없었을 거다.

헤어지고 6년이란 세월이 흘렀음에도 최정우는 여전히 놀라움을 안겨 준다. 이걸 어떻게 받아들여야 좋을지 모르겠다. 가슴이 아프고, 아리고, 슬프면서도 또한 기뻤다. 최정우의 기억 속에 내가 이토록 사랑스러웠다는 것이. 이 그림 속의 내가 이토록 아름답다는 것이.

여기에 서서 나는 인정한다. 나는 아직 그를 잊지 못했다. 아직 그가 내게 미치는 영향이 너무 거대했다. 여기서 그의 그림을 보고 있자니 오래전에 잊어버렸다고 생각했던 그의 향기까지 기억난다. 그의 몸에서, 목덜미에서, 그의 시트에서, 그의 벗은 등에서 느꼈던 그 향기 말이다. 모든 추억이 내가 서 있는 이 자리에서 되살아나고 있었다. 여기에 서서, 그의 그림 앞에서 나는 그 모든 것을 음미하고만 싶었다.

진정해. 박은금. 나는 크게 심호흡했다. 여기서 계속 사람들의 구경거리가 될 순 없었다. 밖에서 리나가 기다리고 있다. 내가 어떤 말을 할지 잔뜩 기대하고 있겠지. 우린 큐브로 돌아가야 했다. 이 판타지에 사로잡히고 싶지만, 추억에 빠져 현실을 망각하기에 나는 이미 어른이었다.

그는 떠났다. 우리 사이는 6년 전에 끝났고 그는 새로운 사랑을 시작했다. 다시 멈춰 설 순 없었다. 서랍은 잠갔다. 구석으로 몰아넣은 감정은 아직 견고하게 잘 닫혀 있었다. 그를 잊지 못했다는 걸 인정한다고 해서 달라질 건 아무것도 없다. 이제 그만 감상에서 빠져나오기 위해 나는 코를 훌쩍 들이마시고 코끝을 닦았다. 가자. 리나에게 돌아가야 한다. 그림에서 눈을 떼고 몸을 돌리려는 찰나 등 뒤로 커다란 그림자가 졌다.

"Hi."

아니. 말도 안 돼. 헛것이다. 환청이야. 그리움이 불러낸 환영에 불과하다. 여기 서서 오랫동안 추억에 빠져 있던 탓이다. 그 사람이 아니다. 최정우일 리가 없어. 지금 내 등 뒤에서 인사를 건넨 사람은 그가 아니다. 그저 멋대로, 내가 편할 대로 그의 목소리를 조작하고 있는 거다. 발끝에서부터, 손끝에서부터 서서히 핏기가 가셨다. 그가 건넨 것은 인사가 아니라 정지 버튼 같았다. 그럴 리가 없잖아. 여기까지 와서 이러지 마. 정신과 치료는 애초에 끝났잖아.

"안녕."

정확한 한국말. 너무나 귀에 익은 목소리. 어쩌면 단 한 번도 잊은 적이 없는 목소리. 나는 몸을 돌렸다. 푸른색 슈트가 보였다. 파스텔 블루 셔츠가 그의 목선 아래에 벌어져 있다. 까끌한 턱수염, 날렵하지만 강해 보이는 턱, 길게 파인 보조개, 도톰한 입술. 보기 좋은 인중을 따라 자리 잡은 코, 까만 눈동자. 그였다. 최정우였다. 내 몸은 그 자리에서 벼락을 맞은 나무처럼 수천 조각으로 갈라졌다.

안 돼. 안 돼. 아직 그를 만날 준비가 되지 않았어.

전혀 준비되지 않았는데 그를 마주하고 있었다. 소년처럼 따뜻한 미소, 호감에 반짝이는 눈. 안 돼. 아직 나는 감당할 수 없어. 나는 아직 정리되지 않았단 말이야. 아직 당신과 웃으면서 과거를 추억할 준비가 되지 않았단 말이야. 나는 그가 입을 열기 전에 도망치듯 그 자리를 뛰쳐나왔다.

"어, 선생님!"

입구까지 빠져나와 쏜살같이 도망치는 내 뒤로 리나가 당황해 부르는 소리가 났지만 개의치 않았다.

서른이 된 그는 6년 전보다 어른스러워 보였다. 젖살이 빠져 얼굴은 더 날렵해졌고 몸은 훨씬 다부져 보였다. 하지만 그 눈, 깊고 소년같이 맑은 눈만은 여전했다. 그러나 그는 내가 알던 때보다 더 높이 비상했다. 더 눈이 부셨고, 너무나 멀었다. 그를 마주 보면 어떤 이야기를 할 수 있을까. 아니, 아무 이야기도 할 수 없다. 입을 열 수도 없을 거다. 그를 보며 웃는 건 더욱 못 한다. 얼마나 어렵게, 얼마나 힘들게 감정을 정리했는데…… 그는 그저 인사 한 마디로 너무 쉽게 그 서랍을 부쉈다. 꾸역꾸역 치밀어 오르는 감정을, 열아홉 살의, 스무 살의 나를, 감당할 수가 없었다.

커다란 제너럴 갤러리를 벗어나 막 거리를 향해 뛸 때쯤 보도블록 끝에 발 앞쪽이 걸려 그대로 쓰러졌다. 벌거벗은 무릎이 쨍하게 아프고 한동안 얼얼했다. 망할! 정신없이 몸을 휘청이고 일어나 다시 뜀박질을 시작하려는 찰나, 내 어깨가 뒤로 휙 당겨졌다. 뒤에 단단한 온기가 닿았다. 코끝으로 괴롭도록 익숙한, 잊어버리지 못한 향기가 파고들었다. 이건 독이다. 나는 그의 손을 뿌리쳤다.

"진정해."

저 목소리를 그리워해선 안 돼. 정신 차려. 넌 아직 준비가 안 됐잖아. 그는 급하게 내 앞을 막아섰다.

"박은금."

그가 내 이름을 불렀다. 도망가려는 의욕이 완전히 꺾였다. 오로지 그 한 마디로. 그는 어떻게 이토록 쉽게 날 절망시킬 수 있는 걸까.

"어디까지 뛸 심산이야. 여기 뉴욕이야. 너희 집 앞이 아니라."

그만해.

"걸을 수 있어? 갤러리까진 걸어야겠는데."

그만해.

"덤벙대는 건 여전하네."

그만해. 그가 익숙하게 내 손을 잡았다.

"가자. 로비에 비상약이 있을 거야."

"그만해요!"

나는 비명을 지르며 그의 손을 뿌리쳤다.

이래서 도망친 거다. 이래서. 마주 보면 감정을 주체할 수 없을 것 같아서. 6년이란 시간을, 그 긴 시간을, 잊으려고 발버둥 친 그 수많은 시간을 모두 한순간에 되돌려 놓을까 봐. 내가 그 긴 시간 동안 얼마나 헛짓을 하며 산 건지 깨닫게 될까 봐. 이것 봐. 이것 보라고. 6년 동안 애써 쌓아 온 둑을 그는 너무 쉽게, 너무 단번에, 너무나 빠르게 부쉈다. 꾹꾹 눌러 담고 애써 감춰 온 것들을, 망각하기 위해, 묻어 두기 위해, 내 안에서 사라지게 하려고 오랫동안 발버둥 치며 견뎌 온 것들을 그는 너무 쉽게 불러왔다.

"진정해."

어쩌면 이렇게 변한 게 없을까. 그의 앞에 서니 열아홉 살의 나로 돌아가 버리고 말았다. 그는 아무렇지도 않은 얼굴로 진정하라고 말하고 있는데 말이다.

"대체⋯⋯."

두통이 몰려왔다. 어지럽고 현기증도 났다. 나는 손등으로 이마를 짚고 두 눈을 질끈 감은 채 어쩔 줄을 몰랐다.

"대체 여긴 왜 온 거예요? 로스앤젤레스에 가 있던 거 아니었어요?"

"맞아."

"그런데 왜 여기에 있냐고요!"

"너 때문에."

뭐? 나는 고개를 들어 애써 외면하던 그의 얼굴을 쳐다봤다. 길던 머리카락이 짧게 잘려져 있었다. 늘 헝클어진 머리카락으로 가려져 있던 이미가 시원하게 드러났다. 맙소사. 그는 스물네 살 때보다 훨씬 더 근사했다.

"널 보러 왔어."

"……"

"널 만나러."

"……"

진지하고 무표정한 얼굴을 하고 그는 침착하게 말한다. 내 기분은 아랑곳하지도 않은 채. 그는 자신이 내뱉는 말이 내게 어떻게 느껴지는지 전혀 모르고 있다. 내가 그의 한 마디 한 마디에 얼마나 동요하고 있는지.

안 돼. 난 다시 지옥에 빠질 거야. 다시는 헤어 나오지 못할 거야. 의미를 두지 마. 깊게 생각하지 마. 그냥 흘려보내. 날 보러 왔다는 말은 그저 축하해 주러 왔다는 말일 거야. 한때 제자였고 한때 연인이었던 여자의 전시를 축하해 주러 왔다는 말일 뿐이야.

"그래요……. 보시다시피. 꽤 괜찮은 것 같아요. 그림도 잘하면 몇 점 팔 수 있을지도 몰라요. 고마워요. 축하해 줘서요. 그래서 온 거니까요. 맞죠?"

"아니."

안 돼. 하지 마. 내가 견딜 수 없을 말은 제발 하지 마.

"널 축하하러 온 게 아니야."

제발.

"널 다시 되돌려 받으려고 왔어."

그 말이 머릿속을 흘러 지나갔다. 아니, 그냥 흘려보냈다. 감당할 수가 없어서. 나는 그 말을 듣자마자 그를 스쳐 빠른 걸음으로 무작정 걷기 시작했다. 이 남자에게서 벗어나야 해.

"어디까지 갈 건데?"

"……"

"거긴 센트럴 파크 쪽이야."

"……"

"밤에는 가지 않는 게 좋아."

"……"

"네가 머무는 호텔은 반대편이야."

그는 뒤를 졸졸 쫓아오며 느긋하게 훈수를 뒀고 나는 공격적으로 몸을 돌렸다. 도저히 치밀어 오르는 분노를 참을 수가 없었다.

"왜 이래요, 정말!"

"내가 뭘."

내가 멈춰 서서 악다구니를 쓰자 그는 인상을 구기며 되물었다.

"날 되돌려 받겠다는 게 무슨 소리예요?"

"말 그대로야."

참았던 것들이 봇물 터지듯 쏟아졌다.

"사람 갖고 놀아요? 내가 우스워요? 나랑 대체 뭘 하자는 거예요?"

그를 원망하고 있었다. 머리로는 그를 이해했지만 그래도 원망하고 있었다. 나를 떠난 것을. 그래서 나를 홀로 내버려 둔 것을.

나를 위한다는 핑계로 나를 죽도록 아프게 한 것을. 내게 첫사랑을 앗아간 것을. 그래서 내 남은 인생을 공허하게 만든 것을. 내 곁에 남아 있지 않은 것을.

"날 버렸잖아요! 그날, 맨발로 뛰쳐나간 나를 붙잡지도 않았잖아요! 그래 놓고, 도망치듯 미국으로 떠나 놓고, 6년 동안 단 한 번도 연락하지 않았잖아요!"

나는 헉헉대며 고개를 숙이고 쏟아지는 눈물을 닦았다. 최악. 최악이다. 죽을 것만 같던 시간들이 주마등처럼 눈앞에 스쳤다. 덫에 발이 걸린 사람처럼 내 손으로 뺄 수도, 고통을 이길 수도, 그 고통을 망각할 수도 없이 일분일초를 매일 버티며 살았다. 그를 잊기 위해 발버둥 치며 하루를 보내다, 매일 밤 잠자리에 들 때면 많은 생각들이 쏟아져 들어왔다. 나는 왜 이것을 바로잡을 수 없는 건지, 어째서 그럴 기회조차 주지 않고 떠난 것인지, 해답도 없는 질문을 스스로에게 끊임없이 던졌다.

매일 밤 빌었다. 최정우가 돌아오게 해 달라고. 단 한 통의 전화, 단 한 통의 이메일, 단 하나의 단서라도 좋았다. 내 인생을 찾고, 내 삶을 찾고 있는 것처럼 보였지만 나는 언제든 모든 것을 버리고 그에게 갈 준비가 되어 있었다. 그 시간이 6년이었다.

긴 기다림에 지쳐서 결국엔 모든 것이 말라 버리고, 차라리 모든 것을 다 망각한 채 꾸역꾸역 내 인생을 살기로 죽기 살기로 노력했다. 가능한 것처럼 보였다. 그가 내 서랍을 열지 않는다면 영원히 사랑을 망각한 채 살 수도 있었다. 그런 내 인생에 예고도 없이 갑자기 끼어들어 이 사람은 나를 되찾겠다고 하고 있다. 아무렇지 않게 내 고통의 서랍을 열고 아무렇지 않게 내 절망과 고통의 시간을 휴지 조각으로 만들고 있다.

"알잖아."

그가 조용히 말했다.

"내가 왜 그랬는지 너도 알잖아."

몰라. 그딴 거. 모른다고. 절대 몰라.

"네가 행복하길 바랐어. 진심으로."

거짓말.

"넌 나와 지내는 내내 내게 휘둘리며 지냈어. 너는 나를 감당할 수 없었고, 니 인생을 망치고 있었어. 내겐 방법이 없었어."

나는 고개를 들어 그를 노려봤다.

"아니요. 다른 방법도 많았어요. 선생님은 그냥 날 포기한 거예요. 나랑 함께 있기를 포기한 거예요. 선생님은 그냥 도망친 거예요."

"넌 열아홉 살이었어. 상처도 덜 아물었고, 받아야 할 정신과 치료는 남아 있고, 가족도, 친구도, 너에게 소중한 사람들은 모두 다 거기에 있었어."

"나한텐 선생님이 전부였어요. 오로지 그거 하나만 원했어요."

"넌 네 인생을 포기했잖아."

그가 언성을 높여 나를 나무랐다. 원래의 계획이 아니었는지 금방 후회의 빛을 띠었다. 시선을 한 번 허공에 돌리며 짧은 한숨을 내쉬었다.

"널 이곳에 데려오면, 그다음은? 그다음은 내가 어떻게 해야 했는데? 나는 학교생활에 정신이 없을 테고 넌 하루 종일 이 낯선 땅에 갇혀 있을 거야. 널 위해 학교를 관둘까 수백 번 생각했어.

하지만 그러면 내가 널 어떻게 책임질 수 있는데? 살아가려면 돈이 필요하고, 그러려면 성공해야 하고, 성공하려면 난 졸업을 해야 하는데, 그걸 다 포기하고 내가 널 어떻게 행복하게 해 줄 수 있겠냐고."

그는 고개를 저으며 손으로 머리카락을 한 번 쓸었다.

"무리여도 좋다고 생각했어. 오스왈드가 너의 학비를 대 주면 나머진 어떻게든 내가 해결하려고 했어. 자는 시간을 줄이든, 학교생활을 줄이든 너를 내 인생에 끌어들이는 대신 뭔가를 양보해야한다면 기꺼이 그러려고 했단 말이야."

나는 속사포처럼 밀려 나오는 그의 말에 눈만 끔뻑거리며 닭똥같은 눈물을 떨구었다.

"대학 졸업을 포함해서 딱 3년. 길어 봤자 3년만 버티면 너에게 날개를 달아 줄 수 있을 거라고 생각했어. 네가 준비만 된다면 네가 살던 곳보다 더 넓은 곳에서, 더 자유로운 곳에서, 내 옆에서…… 나는 여기서 너에게 세상을 열어 주고 싶었어."

그의 검은 눈동자가 그믐달처럼 쓸쓸했다.

"넌 가능성이 무궁무진했어. 널 사랑하는 만큼 나는 네 재능도 사랑했어."

나의 가능성.

"넌 그걸 버리려고 했잖아. 준비는커녕 그림에서 손을 떼고 손톱을 만지며 돈을 벌려고 했잖아. 나는 너에게 세상을 선물해 주려고 데려왔는데 너는 그 가능성마저 짓밟으려고 했잖아. 그런 너에게 내가 어떻게 해야 했어?"

"……"

446

"내 욕심대로 널 이곳에 데려와 네가 너의 가능성을 망가뜨리는 걸 내 눈으로 봤어야 해? 네가 너의 꿈을 포기하고 날 위해 모든 것을 희생하는 걸 내가 누렸어야 해? 준비도 안 된 너를, 아직 상처가 아물지도 않은 너를, 이곳에 데려와 외롭게 해야 했어?"

내가 아무 말도 못 하자 그는 천천히 다가왔다.

"너무 뻔한 이야기잖아. 우린 행복할 수 없었어. 그렇게 시간이 흐르면 우린 결국 고통을 견디지 못하고 헤어졌을 거야. 너는 꿈을 잃어버리고 나는 너를 잃어버렸을 거야. 그 끔찍한 미래를 뻔히 알면서 내 욕심이나 채우자고 널 이곳에 데려올 수는 없었어."

"왜……."

나는 목이 메어 제대로 말을 잇지 못했다. 그가 코앞까지 다가오자 마주한 몸에서 따듯한 열기가 번졌다. 그의 품에 안겨 온기를 느끼고 싶다. 예전과 똑같을지. 예전처럼 그렇게 따듯하고 향기로울지. 하지만 그런 마음과는 반대로 나는 뒤로 한발 물러섰다. 이러는 내가 몹시도 겁이 났다.

"왜 기다리라고 하지 않았어요?"

그가 기다리라고 했다면, 치료를 받고 대학을 다니며 기다리라고 했다면, 나는 충분히 기다릴 수 있었을 거다. 1년이고, 2년이고, 10년이고, 언제든지 얼마든지 행복하게 기다릴 수 있었을 거다.

"왜였겠어."

그의 반문에 다시 말문이 막혔다. 그도 나도 잘 알고 있는 문제다. 기다리라고 했다면 나는 새끼 새처럼 목만 빼고 그만 기다리며 살았을 거다. 내 모든 목적도, 내 모든 꿈도 오로지 그에게만 향해 있었을 거다. 친구도, 가족도, 꿈도 모든 것을 뒤로한 채 오로지 그의 인생만을 위하며 살았을 거다.

지금의 나는 다른 사람의 인생을 위해 살지 않는다. 누군가를 그토록 맹목적으로 사랑하지도 않지만, 누군가가 내 인생을 저당 잡도록 놔두지도 않는다. 지금의 내게는 나보다 더 중요한 게 없었다. 내 삶보다 더 중요한 건 없었다. 누군가를 위해 모든 것을 바치는 삶을 지금의 나는 상상도 할 수 없다. 그가 원한 게 이런 걸까? 내가 좀 더 이기적으로 사는 것? 하지만 그 때문에 잃은 것도 많았다. 열정, 순수함, 싱그러움. 순정, 사랑. 최정우와 헤어지며 나는 그 모든 것을 잃어버렸다.

"난 선생님이 생각하는 것처럼 그렇게 재능이 있는 사람이 아니에요."

"넌 재능 있어. 그건 내가 장담해."

"저 이제 스물여섯 살이에요. 재능이 있었다면 이런 모습으로 살지 않았겠죠."

그에게 따져 물을 이야기가 아니지만 나는 따지듯 말했다. 열아홉 살과 스물여섯 살은 다르다. 열아홉의 재능은 눈부신 미래지만 스물여섯의 재능은 헛된 희망 고문에 불과하다. 지금의 내겐 맞지 않은 단어다.

"그리고⋯⋯."

입 밖으로 내뱉기가 어려워 길게 한숨을 쉬었다. 동시에 위축되거나 약해 보이고 싶지가 않아서 허리를 꼿꼿이 세웠다.

"저 많이 변했어요. 선생님 기억 속엔 내가 순수하고 사랑스러운 열아홉 살 소녀였겠지만 저도 이제 나이를 먹었어요."

"알아."

그는 너무 쉽게 대답하며 한 발 더 다가왔다. 아니, 이 사람은 내가 무슨 이야기를 하는지 잘 모른다. 나는 방어적으로 물러섰다.

"선생님만 목 빼고 기다렸다고 생각한다면 그건 착각이에요. 선생님과 헤어지고 석 달도 안 돼서 재현이를 사귀었고, 그 이후로 수도 없이 남자를 만났어요. 사귀다가 질려서 휴대폰 끄고 잠수탄 적도 있고 이유도 없이 헤어지자고 등 돌린 적도 많아요. 사귀면서 다른 남자에게 눈길 준 적도 많고, 아무렇지 않게 남자랑 자기도 해요. 시간이 너무 많이 흘렀어요. 되돌아가기에 저는 너무 멀리 왔어요."

과장을 보태지도 빼지도 않았다. 그의 기억 속에 내가 어떤 모습인지 알고 있지만 나는 이미 그 소녀가 아니었다. 그 소녀를 흉내 내기에도 너무 많이 변했다. 수많은 것이 달라져서 흉내 낸다고 해도 다시 그 아이가 될 수 없었다. 그런데 눈앞의 남자는 내가 알던 모습 그대로였다. 그는 여전히 근사했고, 여전히 유머러스하고, 여전히 자신만만하고, 여전히 완벽했다. 지금의 나는 시간이 흘러 스물여섯 살의 그저 그런 내가 되었을 뿐. 그가 기억하는, 그래서 그가 되돌려 받고 싶어 하는 그 여자는 이미 오래전 나를 떠나갔다.

"알아."

안다고?

내 말의 의미를 안다고 하는 걸까, 아니면 원하는 답을 듣기 위해 기계적으로 대답하는 걸까.

"네가 재현이랑 2년 사귀었던 거, 군대 가며 헤어지고 나서 학교 선배랑 사귀었던 거, 그 이후에 지혜의 소개로 공대 다니는 남자와 만났던 것도, 최근에는 스물네 살짜리에게 청혼 받고 연락 끊은 것도 알아."

나는 충격을 받아 입을 벌렸다. 뭐지? 이 사람이 왜 내 연애 약력을 줄줄이…….

"오스왈드."

나도 모르게 입 밖으로 내 버렸다.

"그 사람이 내……."

그 사람이 내 신상을 줄줄이 알려줬군요, 라는 말을 하려다 머릿속에 번개같이 스치는 다른 생각으로 다시 정지해 버렸다. 세상에. 이런 사기꾼. 이 악마 같은!

"내 그림."

어떻게 이렇게 감쪽같이 속일 수가!

"매번 오스왈드가 선생님한테 선물한 거죠? 그렇죠? 오스왈드가 부탁했던 그 그림들, 그거 다, 모두……."

제대로 뒤통수를 맞았다. 어쩐지 너무 주제가 다양했다. 너무 많은 화풍을 요구했다. 음산함, 순수함, 따뜻함. 추상화, 수채화, 유화, 수묵화, 팝아트, 풍자, 비유, 일러스트, 바스키아풍 자유 구상화까지. 대체 언제부터 내통하고 있었던 걸까. 오스왈드가 그림을 부탁했던 건 대학교를 입학한 지 채 1년이 안 됐을 때부터였다. 그때부터였을까? 오스왈드의 태도가 달라진 건 언제부터였지? 그가 부쩍 그림을 자주 부탁했던 건 언제부터더라? 그가 내 연애에 대해 미주알고주알 캐묻기 시작한 건, 그건 대체 언제부터였지?

머릿속이 복잡해서 아스팔트 바닥에 시선을 꽂고 기억의 회로를 더듬었다. 그러는 바람에 그가 바로 코앞에서 내 턱을 부드럽게 들어 올릴 때까지 가까이 다가왔다는 사실을 인식조차 하지 못했다. 그와 눈빛이 얽히자 머릿속이 새하얗게 날아갔다. 마치 어제 본 것처럼 기억 속, 그의 눈빛이 생생하다. 혼자서 무수히 떠올리던 눈, 그리고 다시 마주 볼 수 있기를 간절하게 원하던 눈. 그는 늘 이런 눈으로 쳐다봤었다. 다정하고, 뜨겁고, 사랑스럽게.

"내게 듣고 싶은 게 많을 거야."

그에게 풍겨 오는 달콤한 머스크 향. 어르고 달래는 듯한 목소리도 하나도 변하지 않았다.

"나도 하고 싶은 이야기가 정말 많아."

그의 기다란 손가락이 내 뺨을 어루만졌다. 이 손. 그의 부드러운 손가락이 어떻게 내 뺨을 만졌는지 안다. 뺨을 만지기 전에 꼭 턱선을 한 번 쓸고 깃털처럼 가볍게 엄지손가락으로 광대뼈를 어루만지던 습관까지 모든 게 다 그대로다. 무력한 기분이 들었다. 그의 손길 아래 나는 전의를 상실해 갔다. 이대로 백기 투항하고 싶다.

"하지만 지금은 먼저 널 되돌려 받고 싶어."

손길이 너무 달콤해서 본능적으로 얼굴을 기울였다. 예전처럼 그가 날 어루만져 준다면……. 아니. 이러면 안 돼.

나는 아득해지는 이성을 붙잡으려고 애를 썼다. 정신 차려, 박은금. 현실로 돌아와. 그의 손길이 황홀하겠지만 현실을 직시해. 이렇게 가볍게 그에게 굴복하지 마. 그는 6년 동안 아무런 소식이 없었어. 너에게 단 한 통의 전화, 단 한 통의 메일도 없었다고. 이제 와서 되돌려 받고 싶다니. 그게 말이 돼? 왜 이제 와서? 그동안 행복하게 잘 지내 놓고 왜 하필 지금에 와서? 그거 이상하다고 생각하지 않니? 나는 힘겹게 그를 밀어냈다.

"이러지 말아요."

그는 내 약하기 그지없는 저항에 아랑곳하지 않았다. 양손으로 부드럽게 내 얼굴을 감싸 쥐자 입에서 달콤한 한숨 소리가 나도 모르게 새어 나갔다. 정신 차려.

"왜 이제 와서……."

그의 숨소리가 너무 가까워서, 그의 입술이, 그의 손길이, 그의 눈동자가 너무 가까워서 뒷말을 제대로 이을 수가 없었다.

"아직 넌 날 원하잖아."

그가 내 벌어진 입술을 내려다보며 말했다. 너무 유혹적이어서 도저히 뿌리칠 수가 없다.

"나도 아직 널 원해."

등골을 타고 전율이 일었다. 모든 걸 다 깡그리 지워 버리고 그에게 나를 던져 버리고 싶다. 너무나 강렬하게 그런 충동이 들었다. 나는 그를 원해. 지금 당장은 그것 이외에는 무엇도 생각할 수 없을 만큼. 다가오는 그의 입술에 열렬히 응하고 싶다. 그의 목에 손을 감고 예전처럼 까만 머리카락을 두 손 가득 움켜쥐고 싶다. 너무 간절하게.

"이러지 말아요!"

입술이 마주 닿기 직전 나는 그를 세게 밀치며 도망치듯 물러섰다. 너무 간절히 원하기 때문에 더 할 수가 없다. 차라리 최정우가 아니었다면, 이 낯선 땅에서, 아무도 없는 곳에서 한순간 눈이 맞았다면, 차라리 그랬다면 아무 생각 없이 모든 것을 잊고 그에게 몸을 던졌을 거다. 지금의 내겐 그편이 훨씬 더 쉬웠다. 하지만 이 사람은 최정우다. 아직 잊지 못했고 아직도 사랑하는 남자. 이 사람과는 불장난을 할 수 없다. 해서는 안 된다. 그건 불장난이 될 수 없으니까. 하룻밤의 유희가 될 수 없으니까. 그가 다시 나를 떠나면 그땐 돌이킬 수 없을 만큼 무너져 내릴 거다.

오스왈드의 우스갯소리를 나는 분명히 기억한다. 그가 웬 무명 배우와 사귀고 있다는 그 말을 똑똑히 기억하고 있다.

"리나가 기다릴 거예요. 돌아가야 해요."

나는 기분을 진정시키려 머리카락을 쓸고 침착한 어조로 말했다. 그는 허탈한 표정이었다. 단 한 번도 그가 내민 손을 뿌리친 적이 없는 나이기에 얼마만큼의 충격이었을지 그 표정이 모든 걸 말하고 있었다. 다시 갤러리로 돌아가려 오른쪽으로 몸을 틀자 그가 내 어깨를 잡았다.

"아직 대답하지 않았잖아."

"난 곧 한국으로 돌아가요."

그에게 마지막 배팅을 하는 심정으로 물었다.

"선생님은 한국으로 돌아올 건가요?"

"아니."

모든 건 명확했다. 나를 되돌려 받고 싶단 말은 다시 시작하고 싶다는 말이 아니야. 그저 옛 여자 친구와의 추억이 그리운 것뿐이야.

"그럼 대답하지 않겠어요. 그럴 필요가 없으니까요."

나는 미련 없이 몸을 돌렸다.

"박은금."

멋대로 불러 봐. 난 당신에겐 안 돌아갈 거니까! 그에게서 멀어
질수록 내 걸음은 더 사납고 빨라졌다. 예민해질 대로 예민해진
귓가를 곤두세우고 한참을 집중해도 그의 발소리조차 들리질 않
았다. 그러자 신경이 곤두서다 못해 터질 지경이었다. 그러면 그
렇지. 당신한테 난 그 정도인 서시? 되놀려 받겠다고? 그럼 최소
한 쫓아오긴 해야 할 것 아냐! 머저리! 등신! 박은금 넌 또 그걸
바라는 거니?

큐브의 바로 앞에 리나가 서성이고 있었다. 그녀는 나를 발견하
더니 안도한 표정으로 서둘러 달려왔다.

"어디 계셨어요? 한참 찾았잖아요."

그 사람을 봤어요. 최정우요. 내 그림을 그린 그 사람이요.

리나가 알 리가 없지. 그 로마 검투사 같은 이름의 남자가 실은
누구인지. 그 남자가 내게 어떤 존재인지. 방금 나를 어떻게 취급
했는지. 말해 봤자 소용이 없겠지. 그녀는 신중한 눈으로 내 모
습을 살피다 바닥에 넘어져 살갗이 쓸린 무릎 상처를 발견했다.

"넘어지셨어요? 피가 나잖아요. 괜찮으세요?"

"괜찮아요."

"얼굴도 많이 안 좋아 보여요."

나는 지쳐 있었다. 망할 칵테일. 최정우와 헤어지자 긴장이 풀리
며 확 취기가 올라왔다.

"그냥…… 호텔로 돌아가고 싶어요."

"외투를 가져올게요. 여기 잠시 계세요."

근심이 가득한 얼굴로 쳐다보던 리나는 망설임 없이 몸을 돌려
갤러리 안으로 사라졌다. 매우 사려 깊은 여자다.

호텔로 돌아가는 차 안에서 리나는 필요한 이야기 이외에 다른 말은 하지 않았다. 다만, 나와 사진을 찍었던 그 캐나다인 부부가 내 그림 두 점을 구매했다는 사실만 알려 줬다. 그리고 오픈 파티가 끝날 무렵에는 아마 더 팔렸을 거라고 말이다. 열흘 동안 진행될 전시 일정의 첫날치고 나쁘지 않은 성과라고 했다.

나는 그림 따윈 안중에도 없었다. 오늘 벌어진 일을 식사로 친다면 내 그림은 애피타이저에 불과했다. 식탁에 올라간 메인 디시는 최정우와 그가 내뱉은 말들이었고 디저트는 그와의 접촉이었다. 내게 왜 그랬을까. 여자도 있으면서, 로스앤젤레스로 날아가 같이 시간을 보낼 만큼 뜨거운 애인이 있으면서 왜 나를 되돌려 받겠다고 한 것일까. 하나부터 열까지 모든 것이 모순투성이였다.

나는 방 안으로 기어들어 오자마자 로퍼를 벗고 침대 끝에 주저앉아 무릎 끝에 이마가 닿을 만큼 몸을 숙였다. 그는 날 떠났고 나는 죽도록 괴로워했다. 오늘 내가 그에게 들은 말들, 그의 설명들, 그가 날 떠날 수밖에 없었던 이유를 납득하고 있었다. 머리로는 납득하고 있었지만, 가슴 깊이 받아들일 수가 없었다.

난 다시 이기적인 응석을 부리고 있는 걸까? 그가 알아주지도 않을 어리광을 부리고 있는 걸까? 그에게 안기고 싶다. 아주 간절히. 그와 키스하고 다정한 눈길 아래에 한없이 무너지고 싶다. 힘들었던 일들을, 괴로웠던 일들을 그에게 안겨 한없이 쏟아 버리고 싶다. 그에게 여자가 있든 없든 내 모든 걸 그에게 던져 버리고 싶었다. 다시 예전처럼. 다시 그때처럼. 그런 내가 추해서 견딜 수가 없다.

그는 너를 원한다잖아. 너를 되돌려 받고 싶다잖아. 그럼 그 여자와는? 그 여자와는 어떻게 할 건데? 정리할 거야? 곧 한국으로 돌아갈 나를 위해서? 그는 한국으로 돌아오지 않는다고 했다. 나는 아무리 길어도 열흘짜리다. 그런 날 위해 굳이 자신의 일상을 포기할 리가 없다.

그는 그런 남사가 되어 버린 건가? 모든 여자를 장난감처럼 갖고 노는 남자? 자신의 옛 애인에 대한 매너도 예의도 실종된 남자? 아니, 그럴 리 없어. 그가 줬던 것들을 생각해 봐. 그가 얼마나 헌신적이었는지. 그 고통스러운 순간에도 얼마나 나를 사랑해 줬는지. 내게 얼마나 큰 힘이 되었는지. 사람의 천성은 쉽게 변하지 않는 법이다. 그는 천성이 올곧은 사람이었다. 그는 오스왈드와 닮았지만 오스왈드처럼 사람을 소모품처럼 쓰고 버리는 짓 따윈 하지 않는다. 그는 자신의 곁에 있는 모든 것을 소중히 여기는 남자였다. 무심하고 냉정해 보여도 나는 알고 있다.

헤어질 땐 냉정하고 차갑게 아무것도 원하지 않는다고 해 놓고, 지금은 나를 원하다니. 이 모순투성이 남자. 대체 뭘 바라는 거야. 다시 가슴이 옥죄이며 고통스럽게 아파 왔다. 나는 또 그를 기다리고 있구나. 6년 전 그날처럼 저 방문을 열고 돌아와 주기를. 나를 쫓아와 안고 내 흙투성이 맨발을 어루만져 주기를. 단 한 통의 전화라도 걸어 주기를. 나는 또 바보처럼 가슴 아파하며 기다리고 있다. 그가 또 내게 이런 짓을 하도록 내버려 두다니. 믿을 수가 없다.

똑. 똑. 똑.

그럴 리가 없다는 생각을 하면서도 나는 마치 엉덩이에 불이라도 붙은 사람처럼, 가시에라도 찔린 사람처럼, 쏜살같이 문 앞으로 달려갔다. 최정우가 아닐 수도 있다. 리나가 프런트에 연고나 거즈가 든 비상약을 부탁했을 수도 있다. 아니면 그녀 본인이 준비해 왔을 수도 있다. 애초에 그가 여길 찾아올 가능성은 없다. 그는 날 쫓아오지도 않았어. 어쩌면 내가 어디에 묵는지조차 모르고 있는지도 몰라. 그런데도 나는 크리스마스 날 트리 앞의 선물을 기대하는 꼬마처럼 잔뜩 기대감에 부풀어 문을 열었다. 제발 그 앞에 크리스마스 선물이 있길 고대하며.

예상보다 문이 너무 빨리 열렸던 것 같다. 그는 전혀 기대감 없는 모습으로 문지방에 어깨를 기댄 채 다시 문을 두드리려고 굽힌 손을 들고 있었다. 그는 그대로 정지했고 나는 도저히 물러설 수가 없었다. 눈앞의 풍경이, 내 앞에 서 있는 이 남자가 도저히 물러설 수 없게 만든다.

"마지막으로 물을게요."

나는 그의 알 수 없는 검은 눈동자를 간절하게 올려다봤다. 그를 갖고 싶지만, 되찾고 싶지만, 그를 간절히 원하지만, 이유가 필요했다. 그를 되찾을 수 있는 동기와 목적이 필요했다. 나를 위한 이기적인 변명이 필요했다. 나는 언제든 문을 닫기 위해 문고리를 손으로 꽉 잡았다.

"그 여자는 어떻게 할 거예요."

그의 한쪽 눈썹이 곡선을 그리며 위로 올라갔다.

"그 여자랑은 헤어질 거예요?"

젠장. 비참하다. 하지만 하는 수 없잖아. 그가 너무 그리웠다. 그에게 너무 안기고 싶다. 자존심을 지키고 싶지만, 그에게서 내 자신을 보호하고 싶지만 무리였다. 다시 상처받아도 좋아. 다시 버려져도 좋다. 내게 거짓말을 해도 좋았다. 그러니까 그냥 말해. 헤어지겠다고 말하라고. 그게 내가 가진 마지막 카드란 말이야. 내가 가진 단 한 장뿐인 카드라고.

"난."

그가 입을 열자, 나는 무시워서, 두려워서, 가슴이 타들어 갔다.

"여자 같은 거 없어."

그는 침착하고 무표정하게 나를 내려다봤다.

"어디서 무슨 말을 들었는지 모르겠지만 너와 헤어지고 누구와도 만나지 않았어."

"……"

"다른 여자와 자 본 적도 없어."

"……"

"단 한 번도 널 잊은 적 없어."

"……"

심장이 터질 것처럼 팽창했다.

"난 아직도 너에게 미쳐 있어."

나는 그에게 몸을 던졌다. 충분해. 이젠 충분하다. 나는 까치발을 들어 그의 목을 힘껏 끌어안고 어깨에 얼굴을 묻으며 엉엉 울음을 터뜨렸다. 그리운 향기. 한 번도 잊은 적이 없던 온기가 온몸으로 전해져 왔다. 달콤하고 황홀한 그의 입술이 내 관자놀이에 스쳤다. 그의 강하고 따듯한 팔이 내 허리를 꽉 안고 문 안쪽으로 발걸음을 옮겼다.

단 한 번도 잊은 적이 없던 품. 그에게 안기자 비로소 모든 것이 채워지는 느낌이었다. 내게 딱 맞는 퍼즐. 그와 헤어지고 무수히 많은 시간 동안 나는 이 느낌에 굶주려 있었다. 그 어떤 것으로도 이것을 채워줄 수 없었다. 그가 내 목덜미에 얼굴을 대고 숨을 들이켜는 소리가 들렸다. 그도 내 향기를 그리워했을까. 분명 그랬을 거다. 이 순간을 얼마나 고대했는지. 얼마나 간절히 원했는지. 나는 기쁨에 취해 그에게 더 깊이 파고들었다.

"얼굴 좀 보자."

그가 한참 만에 매미처럼 딱 붙어 있는 내 몸을 떼어 내며 부드럽게 말했다.

"싫어요."

두 손으로 얼굴을 가리고 푹 고개를 숙였다.

"아까 제대로 못 봐서 그래."

"마스카라가 번져서 보기 흉할 거예요."

내가 칭얼대자 그가 킥킥 웃으며 두 뺨을 감싸 쥐고 위로 들어 올렸다.

"빨리."

나는 크게 숨을 한 번 들이쉬고 얼굴에서 손을 내렸다. 마스카라가 뭉쳐서 눈을 깜빡일 때마다 속눈썹끼리 엉켰다. 부디 판다처럼 번지지 않았기만을 바랄 뿐이다. 그는 내 양쪽 눈동자를 아주 천천히, 자세히, 오랫동안 무척이나 깊게 들여다봤다. 나는 반짝거리는 눈동자가 천천히 좌우로 움직이는 걸 지켜봤다. 믿어지지가 않아. 우리가 다시 함께 서 있다니. 이렇게 가깝게.

"네가 화장한 것 처음 봐."

"원래는 이것보다 훨씬 예뻐요. 지금은 엉망진창인 거고요."

재빠르게 내 몰골에 대해 항변했다.

"그러니까 정상 참작을 좀 하면서 보란 이야기예요."

"입술에서 불량 식품 향기는 안 나네."

그의 말에 웃음이 나, 입가가 저도 모르게 올라갔다.

"대신 아주 비싼 립스틱을 발랐어요. 고급스러운 바닐라 향이랬는데. 안 나요?"

그가 따뜻하게 웃었다. 이 웃음. 오로지 최정우만 지어 보일 수 있는 웃음, 아이처럼 천진한 인디안 보조개, 새하얀 치아, 깊게 파이는 입매. 누구도 흉내 낼 수 없었다. 이 눈부신 미소는 오로지 그만의 것이었다.

"고급스러운 건 모르겠고 맛있어 보이긴 하네."

찌르르. 배꼽 밑이 간지러웠다. 얼마 만에 느끼는 간지러움인지. 다시 열아홉 살로 돌아간 기분이다.

"키스해도 돼?"

장난스러운 물음에 나는 위협하듯 눈을 힘주어 떴다.

"어서 해요."

그가 나지막이 웃음을 터트리며 입술을 포갰다. 배꼽 아래가 간지럽고 오금이 저렸다. 나는 그의 목 뒤로 손을 휘감고 발뒤꿈치를 들어 몸을 밀착시켰다.

그의 부드러운 손바닥이 내 팔뚝에서부터 어깨를 지나 허리 즈음에서 가득 죄었다. 그가 입술을 빨아들이자 안달이 나 그의 입 안으로 먼저 혀를 밀어 넣었다. 그는 신음하며 나를 더 바짝 끌어당겼다. 입안에서 그의 말랑하고 까끌거리는 혀가 마주 닿았다. 끈적끈적하고 뜨겁게 내 혀를 감았다. 조금이라도 더 그를 느끼고 싶어 위치를 바꾸어 가며 그의 입술을 덮었고 그의 손이 내 스커트 밑으로 들어와 허벅지를 쓸었다.

그가 벽장문 앞으로 나를 밀어붙였다. 가랑이 사이로 허벅지가 들어왔고 그의 손이 내 스커트를 들어 올리며 엉덩이를 움켜쥐었다. 그의 입술이 내 입술을 지나 턱선을 깨물며 귓불까지 닿았다가 다시 입을 부딪혀 왔다. 아, 황홀해.

"무릎."

그가 내 입술에서 물러섰다. 응?

"네 무릎. 상처부터 봐야지."

지금 장난해?

"농담해요? 지금은 그게 우선순위가 아니잖아요."

나는 헐떡거리며 그를 당겨 다시 입술을 포갰다. 그가 뭐라고 웅얼거리는 것 같았는데 내가 집요하게 계속 파고들자 결국 그 소리가 신음처럼 변했다.

그는 내 허리를 안아 반대쪽으로 돌렸다. 지이익하고 원피스 지퍼가 내려갔다. 나는 그의 목에서 팔을 풀고 서둘러 소매에서 팔을 빼냈다. 최정우가 원피스를 아래로 당기자 옷이 발치로 뚝 떨어져 나갔다. 나는 그를 벽으로 밀었다. 정장 재킷을 다급하게 벗겨 내고, 그의 셔츠 단추를 풀기 위해 손을 꿈지럭거렸다. 마음이 다급하고 잔뜩 열이 올라서인지 생각처럼 쉽게 풀리질 않았다. 급할수록 돌아가랬는데 지금은 조언이 전혀 와닿지가 않는다.

빌어먹을. 무슨 단추가 이렇게 많아! 나는 결국 참지 못하고 와이셔츠의 벌어진 부분에 양손을 집어넣고 양옆으로 힘껏 잡아당겼다. 단추가 뜯기는 소리와 함께 커튼이 걷히듯 셔츠가 벌어졌다. 그의 입술이 내게서 떨어졌다. 진짜로 자신의 셔츠를 뜯은 게 맞는지 고개를 숙여 확인하고 난 다음에 내게 시선을 돌렸다. 묘한 표정이었다.

엄청나게 할 말이 많거나, 아니면 엄청나게 놀리고 싶거나, 둘 중 하나겠지만 내 표정을 살핀 그는 입을 다물었다. 그게 현명하다고 생각한 모양이었다. 나는 셔츠를 어깨 아래로 밀고 소매를 그의 팔에서 빼내려 정신이 없었다.

"내가 할게."

그는 손목을 들어 소매 끝에서 금속 물체를 천천히 빼냈다.

"커프링크스."

"뭐요?"

"이건 힘준다고 뜯어지는 게 아니거든."

그가 앞으로 내밀자 나는 본능적으로 손바닥을 들었다. 꼭 커다란 귀고리같이 생긴 금속 물체가 손바닥 위에 올려졌다. 블랙 다이아몬드일까? 장식품에 넋이 빠져 있는 사이 그는 셔츠를 완전히 탈의해 방 한쪽으로 던졌다. 그의 벗은 상체가 시야에 들어오자 내 포커스가 커프링크스에서 매끈한 복근으로 옮겨졌다.

팬츠 위로 형체가 완벽하게 드러난 그의 외복사근이 보인다. 홀쭉히 파인 깨끗한 배꼽. 몸을 움직일 때마다 비단처럼 형체를 드러내는 복근과 늑간의 모습도 보였다. 그리고 훌륭한 어깨. 그의 단단한 삼각근은 무슨 옷을 입든 완벽해 보이게 만든다. 헐벗은 몸에 홀려 커프스를 들지 않은 반대쪽 손을 저도 모르게 그의 어깨 위에 얹었다 그의 삼각근에서부터 쇄골, 가슴을 지나 배꼽 아래까지 천천히 쓰다듬으며 내려갔다. 더할 나위 없이 완벽했다. 다른 남자와 사랑에 빠지지 못하는 게 너무 당연하다. 이 남자를 제외하곤 내 미적 감각을 완벽하게 충족시키는 남자를 보지 못했으니까.

나는 커프링크스를 손에 말아 쥐고 그의 바지 버클을 푼 뒤 지퍼를 내렸다. 목적지가 눈앞이다. 손바닥을 그의 배꼽 아래에 대고 팬티 안으로 손을 미끄러트렸다. 그의 입이 벌어졌고 내 손끝에 뜨겁고 단단한 페니스가 닿았다. 여기 있네! 쿵 하는 소리.

"너, 너무 급한 거 아니야?"

당연히 급하다. 말할 필요조차 없지. 내가 대꾸도 않고 팬티 안에서 손을 옴짝거리자 그가 다시 몸을 돌려 나를 벽에 붙였다. 그리고 내 겨드랑이 사이에 손을 밀어 넣어 위로 번쩍 들어 올렸다. 다리가 본능적으로 그의 허리에 감겼다. 한 손은 내 엉덩이를 받치고 한 손은 척추를 따라 올라가다 브래지어 호크를 풀었다. 나는 그걸 끌어내려 아무 데나 벗어 던졌다.

"순서는 지켜야지. 줄 서."

농담이겠지. 그의 비난에 웃음이 비죽 새어 나왔다. 이렇게 즐거운 기분을 얼마 만에 느끼는 건지 모르겠다.

그는 몸으로 나를 누르며 무릎 밑으로 팔뚝을 감았다. 그 상태로 그가 힘을 주어 당기자 나는 머리 하나만큼 더 위로 올라갔다. 내 가슴이 그의 얼굴에 닿았다. 꼭 놀이기구를 탄 기분에 키득거리는 웃음이 새어 나왔다. 그의 뜨겁고 부드러운 혀가 젖꼭지에서 느껴졌다. 아. 나는 그의 뒤통수에 손을 감고 얼굴을 정수리에 기댔다. 세상이 빙글빙글 도는 기분이었다.

그는 달콤한 입술로 내 가슴을 혀로 쓸고, 핥고, 누르고, 한껏 빨아 당겼다. 양쪽 모두. 그는 내 가슴을 충분히 맛본 뒤에야 비로소 팔에 힘을 풀었다. 나는 그의 몸에 뱀처럼 감겨 스르르 내려가 두 발로 땅에 착지했다. 그는 내 엉덩이를 당겨 골반에 딱 맞추고 팬티 안으로 손을 집어넣었다. 손가락이 둔덕을 지나 좀 더 안쪽으로 파고들자 균형을 잡기 위해 그의 목에 손을 감았다.

무릎 뒤에 침대 끝이 걸렸나. 언제 여기까지 온 거지? 그는 내 팬티를 골반 밑으로 내리기 위해 몸을 숙였다. 머리카락이 허벅지를 간질였고 나는 그의 어깨를 짚고 팬티에서 한 발씩 빼냈다. 이 정도면 충분해. 어서 그를 갖고 싶다. 그러나 내 바람과는 다르게 그의 손가락이 발목을 타고 느긋하게 올라왔다. 충분하다니까! 속도를 좀 붙여! 그냥 날, 침대로 자빠뜨려 버리란 말이야! 나는 조바심이나 끙끙대며 입술을 물었다.

"어디서 강아지 낑낑거리는 소리 안 들려?"

내가 개란 말이야? 나는 빈정이 상해 인상을 확 구겼다.

"전혀요."

"옆방인가?"

욕을 해 줄까? 그의 입술이 간질이듯 내 허벅지를 쓸었다. 헉. 맙소사. 그의 혀가 내 허벅지 안쪽을 핥았다. 사타구니, 그리고 치골 바로 아래에도 느껴졌다. 그리고 그의 혀가 클리토리스에서 느껴졌을 때 그대로 주저앉을 뻔했다. 숨을 세게 들이켜고 이리저리 기우뚱댔다. 균형을 잡기 위해 허우적거리고, 주춤거리며, 복부를 맞은 것처럼 허리를 굽혔다. 손가락이 가랑이 사이를 가르고 안으로 들어왔을 때 나는 신음을 토하며 그의 머리카락을 움켜잡았다. 그의 까맣고 숱 많은 머리카락을 한껏 말이다. 그다음 순간 그는 한 번에 여러 가지 동작을 했다. 나를 침대로 밀치고,

바지와 팬티를 벗고, 침대 위로 올라와 내 다리를 벌리며 그사이에 자리 잡았다.

"준비됐어?"

"완벽히요."

목마름에 침을 삼키며 열렬하게 고개를 끄덕였다. 헐떡대는 내 숨소리를 들으며 기대감에 찬 그의 까만 눈동자를 올려다봤다. 내 가랑이 사이로 아프고 달콤한 감각들이 그를 맞이할 준비를 하기 위해 쏜살같이 고였다. 뜨겁고 간지럽다.

"아……."

그가 천천히 파고들자 얼굴로 피가 몰렸다. 까무러칠 정도로 짜릿한 느낌. 이거야. 오랫동안 애타게 찾았던 것. 나는 신음을 토하며 그의 허리에 다리를 감았다. 그는 그 순간을 천천히 마음껏, 충분히 음미하며 들어왔다. 그리고 빠듯하게 꽉 채워졌을 때 그의 입에서 뜨겁고 만족스러운 한숨이 쏟아져 나왔다. 나는 그에게 몸을 붙이고 목덜미에 얼굴을 묻으며 매달렸다. 모든 조급함이, 모든 갈증이, 모든 아픔이 다 날아가는 기분.

최정우가 아니면 이토록 내가 완벽하게 채워지는 느낌을 받을 수 없다. 내 온몸이 아주 열렬하게, 그리고 아주 황홀하게 반응하는 유일한 남자가 바로 그였다. 그도 나처럼 이 느낌이 그리웠을까? 나는 그의 목덜미에 얼굴을 묻고 몸을 떨었다. 그가 내 뒤통수를 손으로 감싸 자신에게로 꽉 고정시켰다. 조금도 떨어지지 말라는 의미였다. 그리고 천천히 움직였다.

귓가에 그의 숨소리가 들린다. 틈을 주지 않고 퍼붓는 입맞춤도, 어느 순간에도 떨어지지 않는 입술도 모든 게 황홀했다. 밀려 올라고 서로를 채우는 몸짓은 날것 그대로 진실했다. 서로를 그리워했다는 어떤 말보다 더 진솔한 고백인 것 같았다. 나는 그에게서 조금도 떨어지지 않았다. 그는 내게 조금의 틈도 허용해 주지 않았다. 내 모든 욕망이 그와 마주 닿는 살갗으로 단단하게 고였다. 그의 몸이 내게 쓸리고 충돌할수록, 그가 나를 날카롭게 문지를수록 더 달아올랐다. 쏜살같이 한계치에 도달했다. 참아 내려고 발버둥 칠수록 그는 더 무자비하게 쓸어 올렸다. 나는 그를 꽉 붙들며 요란하게 허공에 부서졌다. 강렬한 오르가슴으로 몸을 떠는 사이 그가 내 입술을 찾아 입을 맞추며 배 위로 뜨거운 것을 쏟아 냈다.

우리는 가만히 서로의 뜨거운 몸을 안고 여운을 즐겼다. 그는 내 뺨과 이마 콧등, 목덜미, 입술에 차례대로 입을 맞췄다. 고르지 못한 숨소리 사이로 내 천진한 웃음소리가 얄팍하게 번졌다. 뜨거운 태양에 상처라도 입은 것처럼 나는 파르르 눈꺼풀을 떨었다. 그는 내 주먹을 가만히 펴 커프링크스를 빼낸 뒤 협탁 위에 내려놨다.

"기다려."

그는 침대에서 몸을 일으키더니 곧 욕실에서 미지근한 물에 적신 수건을 들고 왔다. 부드럽게 내 배 위를 닦고는 수건을 반대쪽으로 말아 쥐었다. 내 무릎에 묻어 있는 먼지와 쓸린 상처까지 조심스레 닦아 낸 뒤 침대 밑에 아무렇게나 던져뒀다.

"심하지 않네. 하루 이틀 정도면 알아서 낫겠어."

그는 내 달아오른 몸이 식기 전에 시트를 덮어 주고 자신도 그 안으로 파고들었다. 그가 내 몸을 끌어당겨 안았다. 나는 어리광을 부리듯 가슴에 얼굴을 비비며 파고들었다. 대체 어떤 남자가 이토록 강렬한 안정감을 줄 수 있을까. 그와 있으면 나는 완벽하게 보호받는 느낌이었다. 그와 있으면 나는 모든 것을 놓고 오로지 그에게 끌려가고만 싶어진다. 이런 기분이 좋은 건지 나쁜 건지 모르겠다. 확실한 건 늘 나를 괴롭히던 외로움이 지금은 충분히 채워진 느낌이라는 것이었다. 그는 내 이마에 입술을 지그시 눌렀다. 그 접촉이 너무 따뜻하고 기분이 좋아 왈칵 눈물이 밀려왔다.

"이건 기쁨의 눈물이야, 아니면 후회의 눈물이야?"

그가 손가락 끝으로 흐르는 내 눈물을 찍어 내며 물었다. 당연히 기쁨의 눈물이지.

"한수진과는 어떻게 된 거예요?"

"뭐가 어떻게 돼?"

"선생님 따라서 미국으로 돌아왔잖아요."

"아."

그는 내 헝클어진 머리카락을 얼굴에서 쓸어 냈다.

"3년 전에 결혼했어."

"네?"

"슈미트든가, 슈나이더든가 하는 독일인과."

결혼을 했다고? 한수진이? 최정우가 아닌 다른 남자와? 3년 전에?

"말했잖아. 너와 헤어지고 다른 사람과 만나지 않았다고."

나는 눈을 끔뻑거리며 그의 말을 곱씹었다. 분명 진실일 거야. 믿기는 대단히 어려운 사실이지만 나와 헤어진 후 다른 여자를 만난 적이 없을 거야. 그런 것을 숨기거나 거짓으로 말하는 사람이 아니니까 말이다.

"그럼 그 금발의 무명 배우는……."

"그러니까 대체 그게 누군데? 나도 모르는 여자와 뭘 어떻게 했단 거야?"

오스왈드가 허풍을 떤 건가? 그 죽일 남자가. 끝까지 사람을 갖고 놀았다 이거지? 지금쯤 혼자 얼마나 깔깔거리고 있을까. 그 괴팍한 남자에게 어퍼컷이라도 날려 버리고 싶다.

"우린 이제 어떻게 해요?"

무겁게 눈꺼풀을 들자 그는 손가락으로 가만히 내 턱을 쓸었다.

"칵테일을 몇 잔이나 마신 거야?"

"5잔…… 6잔이던가. 기억이 잘 안 나요."

"그러니 무릎이 나가지."

그는 내 머리를 살짝 들고 팔을 밀어 넣어 베개 대신 한 후에 팔꿈치를 굽혀 끌어당겼다. 그러고는 내 벗은 어깨 위로 시트를 꼼꼼히 덮었다.

"일단 자. 자고 일어난 다음 맨 정신으로 이야기해."

"도망가는 건 아니죠?"

내 웅얼거림에 그가 짤막하게 웃음을 터트렸다.

"두고 보자고."

도망가기만 해 봐요. 지구 끝까지 쫓아가서 죽여 버릴 거예요. 그럼 오스왈드가 아주 좋아하겠지. 그 망할 악마 자식. 나는 잠에 취해 꿈인지 생시인지 분간도 못 하고 중얼거렸다.

* * *

최정우?

무심코 손을 뻗었다가 매트리스가 텅 비어 있는 느낌에 쏜살같이 몸을 일으켰다.

최정우!

없다. 옆자리는 완벽하게 비어 있었다. 지난밤 누웠던 흔적만 있을 뿐 그의 모습은 어디에도 없었다.

갔어. 가 버렸어. 도망갔어. 나를 또 버렸어. 공포심에 눈앞이 새하얗게 바랬다. 어떻게 내게 이럴 수가.

"Thanks."

딸깍 문이 닫히는 소리가 났다. 작은 방 안 복도 끝으로 샤워 가운을 입은 그가 모습을 드러냈다. 한 손에는 셔츠가 걸린 옷걸이가 들려 있었다. 침대 위에 앉아 거의 울기 직전의 내 표정과 맞닥뜨린 그의 얼굴에서 여유로움이 빠져나갔다.

"왜 그래."

그가 나를 두고 떠났단 공포심이 쉽사리 가시지 않아 입만 뻐끔거렸다. 눈앞에 이 남자가 있는데도 두려움에 목소리가 떨렸다.

"가 버린 줄 알았어요."

"내가 가긴 어딜 가."

그는 옷걸이를 들어 보였다.

"네가 어제 내 셔츠를 걸레로 만들어 놨잖아. 비서에게 새 셔츠를 가져다 달라고 했을 뿐이야."

바짝 긴장해 있던 어깨가 아래로 축 처졌다. 끔찍한 기분이 가시자 또 알 수 없는 감정이 울컥 치밀어 올랐다. 왠지 모르게 화가 났다. 그에게 일희일비하는 내가 창피해서일까.

"왜 입술이 나와 있어?"

그는 앞으로 삐쭉 튀어나온 내 입술을 가만히 쳐다보며 창가 가죽 의자에 걸터앉았다. 왜긴. 6년이 지나도 여전히 당신한테 휘둘리는 내가 머저리 같아서지.

"배 안 고파?"

"안 고파요!"

나는 밑도 끝도 없이 언성을 높였고 그의 눈매가 못마땅하게 찌푸려졌다.

"왜 아침부터 시빈데?"

두 손으로 내 머리카락을 움켜쥐었다. 젠장. 머릿속이 새까맸다. 그를 여전히 사랑하고 원하지만, 지난밤의 불같은 간절함이 사라지고 나자 나는 현실로 돌아와 있었다.

우린 평행선이다. 서로 맞닿는 지점이 없는 평행선. 당장의 기쁨도 좋지만 나는 앞날을 좀 더 생각해야 했다. 열흘치의 일탈이 끝나고 나면 그 이후에 우린 어떻게 되는 거지? 지난밤에 하지 못한 이야기를 마무리할 생각이 없는 걸까? 굳이 내 입으로 또 꺼내야 하는 거야?

"앞으로 어떻게 할 거예요?"

나는 가시 돋친 목소리로 물었다.

"뭘 어떻게 해?"

뭘 어떻게 하냐고? 나는 무책임하고 태평한 목소리에 홱 고개를 쳐들었다.

"나랑 어떻게 할 거냐고요."

"아."

470

똑똑똑. 기막힌 타이밍에 또 누가 문을 두드렸다.

"룸서비스일 거야."

그는 대답도 안 하고 몸을 일으켰고 내 황당한 시선이 그를 따라 좌측으로 움직였다. 변소 갈 때 마음 다르고 나올 때 마음 다르다더니. 나는 무릎 위의 시트를 두 손으로 구겼다. 왜 저렇게 태평하지? 나는 애가 타 죽겠……. 뭔가 느낌이 쎄했다. 이상한 이물감. 시트를 쥐느라 구겼던 손을 의심스럽게 바라보며 펼쳤다.

"……."

왼손 약지 손가락에 커다란 다이아몬드 반지가 끼워져 있었다. 이게 대체 뭐야! 내가 누구 걸 훔쳤나? 지난밤에 정신이 나갈 정도로 칵테일을 마신 걸까? 그럴 리가. 이 다이아 반지는 언제부터 끼워져 있었던 거지? 손가락을 들어 보니 뫼비우스의 띠처럼 금색과 은색의 줄이 실처럼 감겨 있었다. 그 비틀림이 너무 익숙해 소름이 돋을 지경이다.

최정우.

내 손에 멋대로 반지를 끼워 놨어. 그것도 다이아 반지를! 나 몰래! 발걸음 소리가 들려 고개를 돌렸는데 낯선 남자 하나가 쟁반을 받치고 들어왔다. 나는 억 소리를 내며 황급하게 이불을 가슴 위로 바짝 끌어 올렸다.

「안녕하세요, 부인.」

당황해서 홍당무가 된 나를 보며 태연하고 정중하게 인사를 마친 남자는 테이블 위에 쟁반을 내려놓았다. 그가 할 일을 마치자 최정우는 고맙다는 인사와 함께 지폐 한 장을 들려줬다. 그러면서 내내 재미있어 못 견디겠다는 얼굴을 했다. 6년이 지나도 속

을 모르겠는 건 여전하다. 그는 휘파람을 불며 천연덕스럽게 소
파에 몸을 굽혀 앉았다. 그의 앞에 나는 대뜸 손가락을 펼쳐 들
이밀었다.

"이게, 대체, 이게 대체 뭐예요!"

"빈지로군. 3캐럿짜리."

그는 우아한 몸짓으로 커피잔을 들었다. 그가 커피를 한 모금
을 마시고 다시 잔을 내려놓을 때까지 나는 입만 벌리고 있었다.

"그러니까 내 말은, 대체 이게 왜, 아니. 그러니까……."

멍청아, 진정해. 지금 말을 더듬고 있잖아. 나는 눈을 질끈 감
고 놀라움에 조각난 퍼즐을 머릿속에서 맞추려고 꽤나 안간힘
을 써 댔다.

"그러니까 왜 이게…… 아니, 누가 이걸……."

그만 더듬어! 이 쪼다야! 스스로에게 신랄한 욕설을 실컷 퍼붓
고 나자 조각난 퍼즐이 느리게 제자리를 찾아간다.

"이거, 선생님이 끼워 놨어요?"

"응."

응? 으응? 고작 한다는 말이, 응? 그 한 음절이라고? 이걸 어떻
게 받아들여야 맞는 거야? 3캐럿짜리의 눈이 부실 만큼 호화로
운 반지가 내 약지 손가락에 끼워져 있다. 이건 그러니까, 말하자
면…….

"혹시 이거 프러포즈예요?"

"응."

응? 또?

"할 줄 아는 단어가 '응'밖에 없어요?"

나는 그에게 꽥꽥댔다.

"내 의사는요? 내 의견은요? 내 허락은요?"

그는 흥미롭게 눈을 빛냈다. 내가 연극이라도 하는 줄 아는 모양이지? 어쩜 저리 여유롭게 펄펄 뛰는 나를 관망할 수 있어? 나는 그를 매섭게 쏘아보며 보란 듯이 약지에서 반지를 잡아 뺐다. 누가 기뻐할 줄 알아? 이런 거지 같은 프러포즈에 누가 이딴 거지 같은……

오. 안 돼. 낑낑 손가락을 돌리고 비틀고 잡아당기며 용을 썼다. 빌어먹을! 안 빠지잖아! 결국 그는 웃음을 터트렸다. 커피에 사레나 걸려 버렸으면 좋겠다.

"넌 술 마신 다음 날에는 어김없이 퉁퉁 붓잖아."

"……"

"그거 빼려면 적어도 한나절은 지나야겠지."

"천만에요! 비눗물 묻혀서 빼면 돼요."

그는 다시 커피잔을 입에 가져가며 눈을 반달로 접었다.

"그럼 해 보시든가."

이게 뭐가 재미있어?

"이건 완전 일방적인 통보잖아요!"

"넌 생각할 시간을 주면 줄수록 멍청해지잖아."

너무 화가 나 뭐라도 잡아 던지고 싶지만, 자칫 그랬다가 저 위압감이 드는 얼굴에 미소가 빠져나갈까 봐 차마 용기가 나질 않았다. 제기랄.

"어떻게 프러포즈를 이딴 식으로 해요!"

"그럼 뭐, 무릎이라도 꿇고 꽃이라도 바칠 줄 알았어?"

"적어도 그 정도 성의는 보여야 하는 거 아니에요?"

내가 뭐 많은 걸 바라나? 마치 보쌈당하는 것 같은 프러포즈 말고 할 거면 제대로 된 프러포즈를 원한다고. 당연한 거잖아.

"글쎄. 그런 성의를 준비했다가 뒤통수 맞은 적이 있어서."

나는 헉 숨을 들이켰다. 믿을 수 없어.

"벌써 6년도 더 지난 이야기를 꺼내다니 옹졸하기 그지없네요."

나는 속이 뜨끔해 비아냥거렸다.

"너한테는 제법 긴 시간일지 몰라도 나한테는 아니거든."

그는 커피잔을 비우고 매트리스 끝으로 걸어와 나와 마주 보며 몸을 낮췄다.

"나와 결혼하면 매일 아침 꽃을 선물해 줄게. 언제든 무릎을 꿇고 손등에 입을 맞춰 주지. 그러니까 지금은 그냥 받아들여."

"지금 흥정하는 거예요?"

"어쩌면?"

웃으면 안 된다. 그의 뻔뻔함에 넘어가면 내가 지는 거야.

"뉴저지에 집이 있어. 말리부 근처에 언제든 서핑할 수 있는 별장도 사 놨어. 연금이나 저축을 빼고 당장 쓸 수 있는 500만 달러가 은행 계좌에 현금으로 고스란히 들어가 있지."

"그런데요?"

"그 정도면 네 인생을 걸고 흥정할 만하지 않아?"

"내 인생은 내 거예요. 누구와도 흥정하지 않아요."

내가 도도하게 턱을 들고 마치 명언인 양 읊어 대자 그가 기분 좋게 웃음을 터트렸다. 날 비웃는 게 아니라, 내 이유 없는 자신감을 진심으로 즐거워했다.

"나와 결혼하면 모두 네 거야."

"……"

"뉴저지의 집도, 말리부 해변의 별장도, 내 연금, 내 개인 저축, 언제든 공수표에 사인만 하면 쓸 수 있는 500만 달러도 모두."

사악한 남자다. 내가 돈에 환장한 여자인 줄 알아? 천만에!

…….

500만 달러가 한국 돈으로 환산하면 얼마더라?

그는 3캐럿짜리 다이아 반지가 끼워진 내 통통 부은 손을 실크처럼 감싸 쥐었다. 그러고는 눈을 내리깔고 가만히 내 손가락을 어루만졌다.

"좀…… 당황스러워요."

말 그대로 혼란의 도가니. 그와 함께 있고 싶다. 어쩌면 죽을 때까지. 어쩌면 영원히. 하지만 그렇다고 결혼을 생각한 건 아니었다. 그가 어떤 사람인지 알기 때문에 감히 상상조차 할 수 없었다는 게 더 맞는 표현이었다.

"선생님은 결혼 생활을 원하지 않잖아요. 그렇게 말했잖아요."

"두 번 다시 너와 헤어질 마음 없어. 지난 6년으로 충분해. 이건 가장 확실한 방법이야."

오스왈드에게 비행기 티켓을 받고 충동적으로 한국을 떠나올 때 감히 해피엔딩을 상상했을까? 아니 절대 못 했지.

"예스인지 노인지만 대답해. 나머진 내가 알아서 해결할게."

나는 지금 꿈인지 현실인지 분간도 못 하고 있는데 그는 대답을 독촉하고 있었다. 이게 그런다고 될 문제야?

"내가 뉴욕으로 안 날아왔으면 어쩔 뻔했어요."

내가 허탈하게 묻자 그가 씩 웃었다.

"그럴 리 없어. 오스왈드가 어떻게든 보냈을 테니까."

이건 또 무슨 소리란 말인가.

"그러니까 둘이 작당하고, 날 뉴욕으로 끌어들였다. 뭐 그런 말이에요?"

"작당한 적 없어. 다만, 자선 행사가 마무리되면 널 찾아가려고 했는데 오스왈드가 미리 선수를 친 것뿐이야."

그 파워 오지라퍼!

"그러니까 이건 그 거대한 계획의 한 조각일 뿐이다. 뭐 이런 거예요?"

"글쎄. 반지를 미리 사 뒀다는 것 정도만 이야기해 주지."

"……."

"참고로 이 반지는 네가 내게 집어 던진 목걸이로 만든 거야. 다이아몬드만 빼고."

그 목걸이. 던져 놓고 죽도록 후회했지. 그의 손가락이 규칙적으로 쓰다듬고 있는 내 손을 가만히 들여다봤다. 그러니까 결국 다시 내게 돌아왔단 이야기네. 차사하게. 그렇게 말하면 도저히 이 반지를 뺄 수가 없잖아.

"넌 재능이 있어. 너에게 지금 필요한 건 오로지 제대로 된 환경과 멘토뿐이야. 난 그걸 너에게 줄 수 있어. 그리고 내게도 네가 필요해. 언제나 필요했어."

그의 손가락이 가만히 내 반지를 어루만졌다. 좌우로 움직일 때마다 잘린 면에 빛이 반사되어 눈부실 만큼 반짝였다. 이게 꿈이면, 난 깨어나자마자 목을 매달 거야.

"내가 너에게 날개를 달아 줄게."

그는 내 손등에 경건하게 입을 맞추며 눈을 들었다.

"내가 가진 모든 걸 다 바쳐서 너에게 새로운 세상을 열어 줄게."

뭐라고 해야 할지 모르겠다. 나 지금…… 감동한 건가? 나는 캐리비안의 해적선을 타고 바다에 거꾸로 처박힌 기분이 들었다. 정신을 차려 보니 전혀 다른 세상에 와 있는 기분 말이다.

"어떤 세계요?"

"너의 재능을 펼칠 수 있고, 네가 원하는 건 무엇이든 할 수 있는 세계. 절대로 나와 떨어질 수 없는 세계."

상상만으로도 환상적이어서 오히려 무섭기까지 하다. 그런 세계는 필요 없어. 내 세계는 오로지 이 남자 하나면 충분하다. 그의 옆에 머물 수 있다면, 그의 곁에서 매일 일어나고 잠들 수만 있다면. 그에게 어리광을 부리고, 말다툼하고, 같이 웃고, 내 일상을 그와 공유할 수 있다면. 그것만으로도 충분히 행복했다. 뭐 물론 덤으로 돈과 연줄까지 준다면 마다할 필요는 없지.

흠. 나는 아무렇지도 않은 척 일어서며 그에게 잡힌 손을 빼냈다. 시트를 둘둘 말아 몸에 감고 창가에 놓은 테이블에 다가가 앉았다. 호텔 직원이 내려놓은 신선한 브런치 메뉴 중 파인애플을 골라 포크로 콕 찍어 베어 먹으며, 나는 왼손을 들어 올렸다. 그리고 약지에서 햇빛을 받아 눈부시게 발광하는 다이아를 천천히 구경했다. 잠시 후 그는 내 맞은편에 안착했다. 침착하게 쳐다보고 있지만 아마 속은 부글부글하겠지. 나는 짐짓 태연한 척했다.

"센트럴 파크를 좀 가 보고 싶어요."

"그래. 잘 다녀와."

그는 식빵을 주욱 찢으며 사려 깊게 인사했다. 웃겨.

"현대 미술관이랑 구겐하임 미술관도 다녀오고 싶어요."

"그래서?"

"근데…… 아시다시피 제가 뉴욕은 처음이잖아요. 아는 사람도 없고요."

"리난가 뭐시긴가 있잖아."

"리나는 바빠요! 갤러리 일로 정신이 없다고요!"

"그러니까 나 보고 가이드나 해라?"

"어차피 할 일도 없잖아요."

"내가?"

나는 주스 잔을 들며 그를 향해 눈을 똑바로 떠 보였다. 부러 순진한 척 끔뻑이기도 했다.

"지금은 나한테 조금이라도 잘 보여야 하는 거 아니에요?"

"아하."

그의 한쪽 눈썹이 위로 치켜 올라갔다. 슬슬 재미있어지네.

"그러니까 알아서 기어라. 뭐 그런 건가, 지금?"

"아니면 여기 처박혀서 뭘 할 건데요?"

그는 식빵을 천천히 찢었다.

"할 건 많지. 가령 건방진 여자 친구를 엎어 놓고 잘못했다고 빌 때까지 엉덩이를 두드려 줄 수도 있고……."

컥.

"아니면 사지를 침대에 묶어 두고 '예스'라고 대답할 때까지 고문하는 것도 시간 때우기엔 안성맞춤이지."

파인애플이 목구멍에 걸려 나는 황급하게 주스를 들이켰다. 농담 같지만 장담하는데 100% 진담인 게 분명했다.

"말만 해. 취향은 적극 반영해 줄 테니까."

그는 조각내 버린 식빵을 입안으로 밀어 넣었다. 그걸 쳐다보고 있느라 포크에서 파인애플이 떨어진 것도 몰랐다. 정신 차려, 박은금. 저 남자에게 지지 마. 넌 할 수 있어.

"무례하네요."

대단히 품위 있는 여자인 척 인상을 우아하게 찌푸렸다.

가만있어 보자. 무슨 방법이 없나? 저 남자를 어떻게 상대해야 하지? 머릿속에 이 기 싸움에서 절대로 지지 않을 묘수를 떠올리려 노력하며 눈으로 상을 훑었다. 아하. 나는 떨어진 파인애플을 쟁반 한쪽으로 치우고 소시지를 보란 듯이 의미심장하게 포크로 찔렀다. 적절한 비유일까. 내 의기양양한 제스처에 그의 눈가가 살짝 움찔했다. 제법 적절한가 보네.

그는 팔짱을 끼며 느긋하게 의자에 몸을 기댔다. 입술에는 흥미진진한 미소가 어렸다. 나는 그를 똑바로 쳐다보며 입술을 핥고 소시지를 천천히 입안으로 빨아 들였다. 웃음을 참으려는 건지 그는 아랫입술을 꾹 물고 대단히 진지한 얼굴로 내 서커스를 감상했다. 소시지를 입안으로 밀어 넣었다가 다시 빼내자 그가 입을 벌리며 날카롭게 미간을 찌푸렸다.

"왜요?"

"소시지를 너무 위험하게 먹는 거 아니야?"

"전 원래 이렇게 먹어요."

"그래?"

"네."

그는 대단히 구미가 당긴다는 듯 고개를 옆으로 기울이며 아랫입술을 살짝 핥았다.

"네 입에 넣을 소시지치고는 상당히 작아 보이네."

흡. 웃으면 안 돼. 저런 경박한 유머에 웃어서는 안 된다고. 망할. 어떻게든 웃음을 참으려고 입술을 합하고 안으로 말아 넣고선 턱에 잔뜩 힘을 주었다. 볼에 경련이 일어날 지경이다.

"아직도 센트럴 파크에 가고 싶어?"

"아직도 나랑 센트럴 파크에 갈 생각이 없어요?"

그가 몸을 숙이며 음험하게 눈을 빛냈고 나도 똑같이 몸을 숙이며 낼 수 있는 가장 음험한 목소리로 물었다.

"못 보던 사이에 왜 이렇게 고집이 세진 건데?"

"나잇값을 하는 것뿐이에요. 나랑 센트럴 파크를 가요. 다녀오면 내 엉덩이를 때리게 해 줄게요."

"협상 전문가 나셨군."

그가 비아냥거렸고 나는 결국 웃음을 참지 못해 얼굴 가득 미소를 폈다.

"순서를 바꿔도 상관없어요."

오호라. 그의 오만한 표정에 생기가 어렸다.

"그 맛도 없는 소시지는 계속 먹을 거야?"

그는 한층 더 탁해진 목소리로 거부할 수 없을 만큼 유혹적으로 물었다.

"아니요."

"포크 내려놔. 당장."

마치 손에 쥔 총기를 내려놓듯 천천히 포크를 테이블 위에 내려

놓고 정중하게 말했다.

"그러죠. 선생님."

골려 줄 수 있을 때 마음껏 골려 줘야지. 패가 내 손에 쥐어졌을 때 마음껏 즐거야지. 그러고 나면 적당한 때에 적당한 장소를 골라 그에게 "예스."라고 말해 줄 거다.

나는 비로소, 내 앞의 남자를 마주 보고 있었다. 같은 높이에서, 아주 동등하게.

〈fin〉

외전 I_만남(정우)

　－ 최정우 명심해. 학교에선 무조건 몸가짐을 바르게 해. 최대한 범생이처럼 보이라고. 어? 알겠어? 상대는 미성년자야.

　무슨 좆같은 소리일까. 나는 버스에서 내리며 교통카드를 바지 뒷주머니에 쑤셔 넣었다.

　－ 생각해 봐, 인마. 너처럼 허여멀건하게 생긴 게 선생이라고 학교에 왔어. 어? 그럼 애들이 인마, 얼마나 눈을 뒤집고 달려들겠냐?

　손목시계를 들어 시간을 확인하고 정류장 간이 의자에 엉덩이를 붙였다. 30분의 여유가 있으니 느긋하게 담배 한 대 태울 시간은 충분했다.

　"용건만 간단히 합시다."

　점퍼 안주머니에서 담배 한 개비를 꺼내 입에 물며 건성으로 대답했다.

　－ 너 인마, 미국에 있을 때처럼 막, 아무하고나 그러면 인마, 큰

일 난다고!

굳이 미국까지 갈 필요가 있나. 한국에 들어와서도 굳이 오는 여자 안 막고 가는 여자 안 막았건만.

사실 좋다고 달려들던 여자들에 대해서 잘 모른다. 이렇다 할 이상형이나 선호하는 타입도 없어서 그 순간 뭔가가 통하면 그것이 연애로 이어졌다. 하룻밤 불장난 같은 연애도 있었고 제법 길었던 연애도 있지만 상대방이 말하지 않는 것들을 구태여 묻는 연애는 하지 않았다. 그러니 혹시 모를 일이지. 스무 살이라고 자신을 소개했던 여자들 중에 정말 나이가 스무 살인 여자가 몇이나 될지는 말이다. 나이를 줄이건, 늘리건 간에. 라이터를 들어 담배에 불을 붙이며 깊게 빨아들였다. 니코틴이 몸속에 퍼지자 한결 기분이 느슨해졌다.

성냥갑처럼 재미없게 생긴 교정이 5분 거리에 보였다. 낮은 담장에 둘러싸여 있는 공간은 내가 생각하던 평범한 고등학교보단 조금 더 작아 보였다. 기숙학교라 그런지 한창 등교 시간일 텐데도 등교하는 학생들이 전혀 보이질 않는다.

— 울 아부지, 정말 원껀 200% 천연 선생 기질 타고난 꼰대야. 존나게 도덕적이라고. 지금 울 아부지는 너 그냥 존나게 멋진 놈인 줄만 알아. 어딜 봐서 니가 도덕적이고 성실해 보인다는 건지 모르겠는데 그렇게 생각한다니까. 그러니까 당신 학교에서 학생 가르쳐 보라고 하는 거고.

내게 선생직을 제안한 명진 형의 아버지를 떠올렸다. 명진 형이랑 똑같은 얼굴. 그 얼굴을 보면 형이 늙어서 어떤 얼굴을 갖게 될지 명확하게 보였다. 데칼코마니도 아닌데 접었다 편 듯 닮

앉으니까.

― 그러니까 괜히 애들 자극해서 막…… 어? 문제 일으키고 그
러면 안 돼.

"내가 발정난 개야?"

― 넌 빌정난 개가 아니라 발성을 일으키는 개잖아! 게다가 넌
한국에서 살기엔 이성관이 너무 자유분방하다고!

나는 그의 말이 재밌어서 그저 웃었다. 이성관이 자유로운 건 나
뿐만은 아니다. 보통 예술을 한다는 인간들 거의 대부분 그렇다.
이성관은 물론이고, 사회적 통념이나 규범에도 그다지 얽매이지
않는 괴짜들이 대부분이라 그들과 비교하자면 오히려 난 고지식
한 편에 속한다. 미친놈들이 천지니까.

마지막 한 모금을 빨아들이고, 담배 끝을 털어 내 쓰레기통에
넣었다.

"걱정 마. 교복에 대한 판타지는 없으니까."

처음 고등학교에서 아이들을 가르치게 되었다는 말을 했을 때,
대부분 주변 친구들의 반응은 하나였다. 신음.

하아, 하고 길게 늘어지는 신음을 내뱉으며 꿈과 현실의 어딘가
에 방황하는 눈으로 허공을 바라봤다. 아마도, 깨끗하고 앙증맞
은 교복을 잘 차려입은 순수하고 맑은 영혼을 가진 여고생을 떠
올렸을 것이다. 그러나 막상 교실에 들어가 아이들을 보았을 땐
추접스러운 친구 녀석들의 판타지와는 좀 다른 기분을 느꼈다.
아이 같지 않고, 완연히 성숙해 보이는 느낌. 학생이라기보다는
남자 같고, 또 여자 같은 느낌.

"올 1년, 너희들 실기를 맡아 줄 최정우 선생님이시다. 나이는 어

리지만 학교 측에서 정말 겨우겨우 어렵게 모셔 온 실력 좋은 분
이시니까 수업 시간에 까불지 말고 말 잘 듣도록. 알겠어?"

담임이 말을 하는 동안 나는 주머니에 손을 쑤셔 넣고 싶어 죽
을 지경이었다. 이저리도 저저리도 못하는 손을 뒷짐 진 채 서 있
다가, 담임이 나간 이후 손으로 교탁을 짚었다.

"……."

아이들의 호기심 어린 눈길이 오롯이 쏟아졌다. 작은 웅성거림,
키득거림이 귓가를 간질였다. 이때 즈음이면 조금이라도 설레거
나 긴장되어야 할 텐데 사실 좀 따분했다. 급여를 많이 챙겨 준다
기에 아무 생각 없이 강사직을 수락하긴 했지만 이렇다 할 계획
도 없이 고3 아이들 교실에 들어와 있으니 과연 내가 애들을 가
르친 돈을 받을 만한 자격은 있는 놈인가 하는 회의감마저 들었
다. 게다가 눈으로 본 아이들은 내가 생각하는 것보다 훨씬 성숙
해 보여서 마땅히 가르치고 훈계해야 할 대상으로도 보이지 않았
다. 오히려 같이 맞담배나 피우면서 소주나 한잔…… 아니, 명진
형이 알면 또 난리를 칠 테니 정정. 그저 서로 길고 긴 대화나 나
눌 상대들처럼 보였다.

나는 어떤 말부터 꺼내야 할지 고민하다가 교탁에 놓여 있는 출
석부를 펼쳐 들었다.

"서로 통성명부터 해 보자. 김기선."

"네!"

출석부의 맨 윗줄부터 차례대로 이름을 부르며 얼굴을 확인
했다.

"문희정."

"네. 선생님 여자 친구 있어요?"

그 기세등등한 질문에 고개를 들었다. 뿔테 안경을 추켜올리는 녀석의 눈이 이글이글 불탔다.

"그런 거 안 만들어."

내가 무성의하게 대답하자 여기저기서 야유가 들려왔다.

"선생님, 이상형이 어떻게 돼요?"

그래. 네놈들이 나를 쥐뿔만큼도 어려워하지 않는다는 건 알겠다. 어디가 순수하고 맑은 영혼을 가진 여고생들이냐…….

"박은금."

나는 녀석의 질문을 무시하고 그다음 순서의 이름을 불렀다. 박은금? 21세기에 열아홉 살짜리 소녀 이름이 박은금이라고? 이름의 주인공이 대답을 하기도 전에 나는 고개를 들어 교실 안을 훑었다.

"박은금."

아주 작게 '네' 하는 소리가 들린 것 같은데 진원지를 알 수가 없어 한 번 더 이름을 불렀다.

"네."

의외로 가까운 곳에서 손이 툭 튀어 올라왔다. 하얗고 가는 손목이 잘 잠긴 교복 소매 끝에 살짝 보였다. 긴 머리를 고집스럽게 말아 올리고, 누군가가 준대도 쓰지 않을 오래되고 촌스러워 보이는 금테 안경을 쓴 여자아이가 나와 눈이 마주치자 황급하게 시선을 내렸다. 가늘고 연약해 보이는 목소리만큼 가늘고 연약해 보이는 행동이었다.

책상 아래로 가지런히 모은 다리, 발목에서 얌전히 접혀 있는 하얀 양말을 본 순간 헛웃음이 터져 나갔다. 할머니 손에서 자랐나? 취향이 고루한 거야 그렇다 치고 특이한 이름만큼이나 이 교실에서 저 혼자만 동떨어져 보였다. 한껏 멋을 부린 다른 여학생들과는 다르게 녀석은 지극히 평범하고 수수한 모습이었지만 오히려 그래서 더 눈에 띄었다. 그러니까 친구 놈들이 말한 깨끗하고 앙증맞은 교복을 차려입은 순수하고 맑은 영혼으로 보였다. 지나치게 촌스러운 것을 빼자면 거의 100%.

내 시선이 부담스러웠는지 아이의 어깨는 한껏 움츠러들어 갔다. 어쩔 줄 몰라 하며 치맛단에서 비비적대는 손을 바라보다가 나는 그만 시선을 거두었다.

"추지혜."

"네!"

은금이는 내게 그렇게 기억되었다. 이 세계와는 전혀 동떨어진 곳에서 살아가고 있는 열아홉 살의 여고생으로. 그 이후로 나는 그 아이를 자주 쳐다봤다. 은금이의 주변을 둘러싼 분위기가 묘해서일지도 몰랐다. 그저 교실을 훑다가도 한 번쯤 시선이 멈추는 곳에는 늘 그 아이가 있었다. 모든 행동이 느리고, 작고, 소심하고, 늘 수줍었다.

수업 첫 주엔 그저 그리라고만 했다. 그림을 그리는 방식에는 제한을 두지 않았다. 아이들이 뭘 좋아하고, 어디까지 할 수 있는지를 파악해야 하기 때문이었다.

채색을 하건, 하지 않건, 성의를 보이건, 보이지 않건, 전혀 상관없는 수업에 아이들은 난색을 표했다. '자유'라는 것이 그들에겐 무척 낯설어 보였다. 빈 도화지가 조건 없이 주어지자 아이들은 도리어 아무것도 하지 못했다. 지시를 받는 것에 익숙한 아이들에게 필요한 건 무수히 많은 탐구, 그리고 무수히 많은 자유였다. 수업 방식은 그렇게 정했다. 무수히 많은 경험. 무수히 많은 자유. 완성도와 예술성은 따지지 않았다. 시도해 보는 것에 가치를 두고 무조건 많이, 무조건 다양하게. 나는 아이들에게 그것만을 요구했다.

두 번째 주엔 털이 있는 것을 표현하라고 했다. 재료는 무엇이든 상관없었다. 주제가 동물이든 사람이든 어떤 것도 상관없으니 그저 털이 있기만 하면 된다고 말했다. 그러자 늘 수업에 불성실하던 사내새끼 하나가 제 모조 양털 점퍼를 뜯어 4절 가득 덕지덕지 붙여 왔다. 그저 귀찮았기 때문이겠지만 나는 그것이 꽤 마음에 들었다. 반드시 그려야 한다고 지시한 적은 없었다. 털을 표현하라는 말에 털을 붙여 온 건 꽤 똘똘한 방식이 아닌가. 그림을 그리는 데에 꾀를 부린다는 것은 없다. 틀에 박혀 있는 것보다 머리를 쓰는 것이 훨씬 좋다. 뭘 하든 그럴싸한 결과물만 내놓으면 그만인 것이다. 나는 아이들에게 그렇게 말했다. 뭐든 그럴싸하게 내놓으라고. 그렇게 못 할 것 같으면 그때 정성과 노력을 들이라고. 어떠한 경우에도 아무런 생각도 의도도 없이, 수동적으로 그린 그림을 내놓지 말라고.

아이들은 차츰 내 수업에 적응해 갔다. 편안해하는 아이들도 있고 힘들어하는 아이들도 있었지만 결국엔 모두가 집중을 했다. 내 수업은 놀이를 하듯 가벼운 분위기 속에서 진행되었다. 스스로 딱딱하고 타이트한 것을 견디지 못하기 때문이었지만 그 덕인지 아이들도 가볍고 즐거운 마음으로 그림을 그렸다. 아. 그 녀석만 빼고.

나는 이 학교에 온 지 석 달이 다 되어 가도록 그 녀석이 친구랑 수다를 떨거나, 놀거나, 음악을 듣거나, 아이스크림을 빨며 교실에 들어오는 것을 보질 못했다. 단짝 친구인 지혜가 다른 아이들과 놀러 나가도 녀석은 자리에 앉아만 있었다. 그날도 어김없이 그랬다. 쉬는 시간 종이 치자마자 모두 삼삼오오 모여 자기들끼리 군것질을 하거나, 복도를 뛰어다니거나, 교정으로 나가 봄기운을 만끽하는데 저 혼자만 멀뚱히 이젤 앞에 앉아 있었다.

녀석은 늘 한곳에 자리를 잡으면 좀처럼 벗어나질 않았다. 조금이라도 정해 둔 행동의 선 밖으로 벗어나면 안 될 것처럼 굴었다. 수업이 시작되든 끝나든 녀석은 처음부터 끝까지 이젤만 쳐다봤다. 날 보다가도 내가 시선을 들면 녀석은 곧바로 고개를 숙였다. 사람에 이렇게까지 서툰 아이가 사회생활이 가능한가? 하는 짓으로 보자면 녀석은 캔버스 위에 점 하나 찍지 못해야 옳았다. 그 정도로 소심하고 행동에 망설임이 많았다. 그러나 지난 석 달 동안 은금이기 그린 그림을 평가해 보자면 꽤나 흥미롭다 할 수 있었다.

첫날 자유 주제로 그림을 그리라고 했을 때 은금이는 손바닥을 그렸다. 그냥 손바닥이 아니라 무지개가 비치는 손바닥이었다. 파스텔을 뭉개서 손바닥에 반사된 무지개의 잔영까지 섬세하게 표현했다. 털을 표현하라고 했을 때는 연필 데생만으로 목화를 그렸다. 패턴 형식으로 큰 4절을 꽉 채우게 그렸는데 그대로 제본을 뜨면 꽤나 예쁜 일러스트가 될 것 같았다. 다분히 재미없어 보이는 성격에 다분히 답답한 외형을 가졌는데도 녀석이 그리는 그림은 개성이 넘쳤다.

　나는 학생 하나가 사다 바친 쭈쭈바를 빨며 교실을 한 바퀴 돌았다. 은금이는 첫날부터 이름과 매치되는 강렬한 인상 덕에 맨 처음 이름을 외워 둔 녀석이지만, 조금이라노 말을 걸라치면 시선부터 회피해 버려서 나도 점차 녀석에게 말을 걸지 않게 되었다. 무려 석 달 동안이나 말이다. 그런데 무슨 이유에서인지 나는 은금이에게 자꾸 말을 걸고 싶어졌다. 이름을 부르면 늘 소심하게 '네' 하던 그 작은 목소리 말고 정말 어떤 목소리를 가졌는지 궁금하기도 했다.

　나는 아이들이 이젤 위에 세워 둔 그림을 하나씩 구경했다. 손에 익은 재료여서인지 다들 제법 능숙하게 해냈다. 꽃이나 나무, 뭐 뻔하디 뻔한 정물들이 그려져 있었다. 그중 캔버스 가득 사람 얼굴만 꽉 차게 그린 그림이 그나마 눈에 띄었다.

　은금이의 뒤로 걸음을 옮겼을 때 녀석은 내 존재를 느끼지 못했다. 아마도 상대가 추지혜일 게 분명한 문자 메시지를 주고받느라 정신이 없는 것 같았다. 나는 은금이의 뒤에 섰다. 그리고 꽤 아니, 대단히 강렬하게 충격을 받았다. 유화 물감은 충분히 투박한 재료다. 거칠고 두꺼운 재질을 표현하기에 최적화된 도구인 것도 맞다. 그러나 은금이의 그림에는 그 이외의 무언가가 더 있었다.

　캔버스에 담긴 정물은 워커와 못, 망치 같은 연장이었다. 공사판에 가면 흔히 보이는 물건들이고, 현재 공사 중인 학교 강당에서도 심심치 않게 찾아볼 수 있는 것들이었다. 별다를 게 없어야 하는 그림이다. 별다를 게 없는 주제이고, 별다를 게 없는 도구이니까. 그러나 캔버스 안에 담긴 것들은 달랐다. 섬세하지만 거칠고, 가벼운 것 같으면서도 무척 무거웠으며, 환시 미술이 떠오를 만큼 어둡고 장엄해 보였다. 너무나 묵직해 보는 순간 후두부를 강타당하는 느낌마저 들었다.

나는 그동안 보아 온 은금이의 그림을 떠올렸다. 손바닥 위에 올라가 있던 무지개, 데생을 섬세하게 표현했던 목화, 그리고 이 무겁고도 어두운 정물화까지……. 앤 뭐지 도대체? 어떤 게 손기술이고, 어떤 게 본모습이지? 그 예쁘고 섬세해 보였던 그림들? 아니면 이 어둡고 장엄해 보이는 그림? 아니면 둘 다인가?

나는 문자 메시지를 쓰느라 여념이 없는 은금이의 뒷모습을 쳐다봤다. 잔머리카락이 너울거리는 하얀 목은 한 손으로 잡힐 만큼 가늘었고, 꺾으면 부러질 만큼 연약해 보였다. 스릴러 영화의 반전을 눈앞에서 본 것처럼 전율이 일었다. 이 아이는 특별하다. 무척이나.

은금이에 대한 시선을 달리했을 때부터였다. 꾹꾹 눌러 담은, 한 치도 벗어나려고 하지 않는 틀에 박힌 녀석에게 숨어 있는 것이 보였다. 그것은 폭발적이고 거대한 것이었다. 보통 그림을 그리는 사람에겐 저마다의 스타일이 있다. 어두운 그림을 좋아하는 사람은 어두운 것을, 밝고 아름다운 것을 좋아하는 사람은 밝고 아름다운 것을 그린다. 그림을 그리다 보면 보통 한쪽으로 치우친다. 그런데 은금이는 둘 다였다. 녀석은 밝고 아름다움과 동시에 어둡고 기괴했다.

녀석은 수줍어하면서 동시에 열정적이었고, 소심한 반면에 대범했다. 알면 알수록 정말 미스터리 같은 놈이라 나는 스핑크스 앞에 서 있는 사람처럼 그 수수께끼를 풀고 싶어 죽을 지경이었다. 그 뒤에 숨어 있는 것이 무엇인지가 정말로 궁금했다.

수업을 하고 난 날 저녁이면 어김없이 녀석의 환영에 시달렸다. 그 아이가 그린 그림들, 안경 너머 무시무시하게 그림에 집중하던 눈빛, 연필을 꾹 눌러 잡은 정리 잘된 손톱, 하얗고 가는 손목. 뭐 그런 것들. 처음 겪는 일이라 무어라 정의 내리기도 힘들었다. 그러나 이 감각이 무척 위험하다는 것만은 확실하게 깨닫고 있었다. 왜냐하면 나는 그 이후로 꽤나 집요해졌기 때문이다. 나는 그림을 제외한 그 어떤 것에서도 그토록 집요한 관심을 보인 적이 없었다.

"박은금."

그 아이가 눈에 띄면 어김없이 녀석을 불렀다. 그럼 은금이의 어깨는 위로 한 번 펄쩍 솟았다가 가라앉았다. 어쩔 줄 모르고 허둥대던 아이는 눈도 마주치지 않고 고개를 숙여 인사를 했다.

"넌 이번엔 뭘 그렸어? 이번에도 정물이야?"

녀석은 대답하지 않았다. 대신 얼굴만 붉히며 식은땀을 쏟았다. 그러면 나는 그 너풀거리는 머리카락을 쓰다듬고 싶어졌다. 그러면 아마도 기절할 테지만 말이다.

나는 은금이와 가까워지고 싶었다. 녀석에 대해 좀 더 알고 싶고 좀 더 대화해 보고 싶고, 좀 더 친숙한 존재가 되고 싶었다. 나는 은금이에게서 느끼는 호기심을 숨기지 못했고, 다가가는 것도 멈추질 못했다. 내 행동이 어떤 의미인지 나조차 알지 못한 채로 말이다.

인물화를 주제로 정하고 녀석의 앞에 앉아 버린 것은 충분히 의도적이었다. 나는 은금이가 그린 나를 죽도록 보고 싶었다. 그 아이가 나를 보며 얼굴을 붉히는 순진한 반응도 즐겼다. 은금이는 내가 지금껏 보아 온 그 어떤 부류에도 속하지 않는 타입이었다. 그래서 늘 나를 자극했고, 그래서 조금 더 들여다보고 싶었다. 정말은 어떤 사람인지. 그 아이가 꼭꼭 감추려 하면 할수록 더욱더 그랬다.

똑똑똑.

노크 소리가 들렸다. 대답을 하기도 전에 문이 열렸다. 은금이었다. 나는 실기 평가 채점하던 것을 멈췄다. 늦은 시간에 예고도 없이 찾아온 그 아이가 반가웠지만 동시에 이 상황이 무척 놀랍기도 했다. 녀석은 전투적으로 눈을 빛냈다. 갑작스러운 변화에 어리둥절한 건 나였다. 평소답지 않게 안으로 성큼성큼 들어오더니 제자리에 털썩 앉았다. 할 말이 있어 찾아온 건 아니었다. 그저 못다 한 실기 과제를 마저 하기 위해 찾아온 거였다. 딱히 기대도 안 했지만, 이 정도로 성실하다는 것도 참 재미있는 점이다. 분명 옥상에서 나눈 대화가 자극되었겠지.

나는 입에 물고 있던 빵을 뜯어내 책상 위에 올려 두고 녀석과 마주 보고 앉았다. 홍조를 띤 얼굴이 뭔가를 결심한 듯 다부졌다. 은금이는 눈을 빛내며 침을 한 번 꼴딱 삼키더니 이렇다 할 말도 없이 판넬을 들고 손을 움직이기 시작했다. 나는 녀석을 빤히 들여다봤다. 은금이가 들어오지 않은 수업 시간은 지루했다. 그렇게 느끼는 자신이 못나 보였지만 어쩔 도리가 없었다. 은금이가 없는 풍경은 눈에 담을 만한 것이 아무것도 없었다. 아프다는 이야기를 듣고 무척 걱정되기도 했다.

나는 은금이에게 호감을 느끼고 있었고 녀석을 아꼈다. 그 마음을 숨기는 것에 서툴렀으니 아이들이 은금이를 괴롭혔다면 분명 내 탓이었다. 미안한 감정도 들었지만 이 소심한 녀석이 그걸 잘 이겨 내길 바랐다. 그리고 내가 갖는 지적인 호기심을, 자신이 내게 특별하다는 사실을 대범하게 즐겨 주었으면 좋겠다고 생각했다. 나는 언젠가 은금이와 눈을 마주 보고 제대로 된 대화라는 것을 나누고 싶었다. 어쩌면 이 학교에 들어온 이래, 그리고 은금이에 대해 알게 된 이래 그것이 이곳에서 아이들을 가르치는 목표가 된 것인지도 모른다.

은금이는 자존감이 낮았다. 은금이는 자존감 낮은 사람이 갖는 거의 모든 특징을 갖고 있었다. 자존감이 낮기 때문에 제 능력을 잘 모른다. 자존감이 낮기 때문에 사실은 본인이 매우 특별하다는 것을 자각하지 못했다. 뛰어난 미술적 재능 외에도 두꺼운 안경과 촌스러운 외형 너머의 본인이 꽤나 괜찮은 외모를 지녔다는 사실도 모르는 것처럼 보였다.

깨끗한 피부, 수줍을 때 볼에 피어오르는 홍조는 꽤나 사랑스러웠다. 고개를 숙일 때마다 도드라지는 턱선은 그림처럼 유려했고 작고 도톰한 입술은 무척 탐스러웠다. 특히 안경 너머로 빛나는 눈은 시선을 잡아끌 만큼 맑았다. 두려움으로 떨리는 눈동자에는 그만큼의 열정도 담겨 있었다.

은금이는 늘 비누 향이 났다. 잘 다려져 주름 하나 없이 말끔한 교복, 가늘고 하얀 손목, 깨끗하게 정리 잘된 수수한 손톱 같은 걸 보고 있노라면 몸속에 퍼지는 니코틴처럼 묘하게 마음이 진정되었다. 자꾸만 그 곁으로 다가가고 싶은 기분이 들게 했다. 나는 은금이가 그걸 깨닫길 바랐다. 그래서 좀 더 용기를 내 본인의 특별함을 마주할 수 있길 바랐다. 분명 지금의 은금이는 첫 인물화 수업 시간에 비하면 깜짝 놀랄 만큼 변화했다. 그때처럼 어쩔 줄 몰라 하며 허둥대는 것이 아니라 지극히 평화롭고 차분했다. 그림을 그리는 모습이 놀라울 만큼 고요했다. 이젠 더 이상 나를 피하는 것 같지가 않았다. 그런데 그걸 바라보는 나는 갈증이 일었다. 나는 은금이에게 좀 더 많은 것을 바라고 있었다.

고개를 숙이고 그림을 내려다보는, 속눈썹이 길게 드리워진 은금이의 눈을 바라보다가 손을 뻗어 녀석의 안경을 빠른 속도로 잡아당겼다. 아주 찰나의 일이라 은금이는 잠시 상황 파악을 못 하고 있다가 몇 초의 시간이 지나자 화들짝 놀라 고개를 들었다. 평온하던 얼굴에 당황한 기색이 스며들었다.

"도수가 없네."

나는 안경알을 형광등에 비춰 보며 말했다.

"있어요, 근시예요."

근시?

"멀리 있는 게 안 보이는 거?"

은금이는 안경을 벗은 말간 얼굴로 입을 뻐끔거렸다. 뭐라고 대답할지 생각나지 않는 모양이었다.

"어…… 그…… 그…… 그리고 누, 눈을 보호해 주기도 하고요, 저, 전자파에서요."

속이 뻔히 보이는 거짓말에 나는 웃었다.

"헛소리."

나는 안경을 테이블 끝으로 밀어 두고 안경을 벗은 은금이의 얼굴을 제대로 관찰했다. 넋이 나가 있는 얼굴이 비로소 제대로 보였다. 안경을 벗어난 눈은 더 크고 맑고, 더 뜨거웠다. 당황해 붉어진 얼굴이 꽤 귀여웠다.

"이편이 훨씬 보기 좋은데."

입 밖으로 낼 생각이 없었던 말이 나도 모르게 나가 버렸다. 은금이는 황급하게 시선을 내렸다. 서서히 울 것 같은 표정이 되었고 손은 정신없이 움직이며 벌벌 떨리고 있었다. 실수를 했다는 생각이 들었다. 그러나 이미 튀어나온 말을 물릴 수도 없었고, 진실된 말이었으니 굳이 변명할 이유도 없었다. 그렇지만 당황했다. 지금 나의 행동은 분명 눈앞의 여자를 유혹하는 모양새였다. 나도 모르게 말이다. 명진이 형이 한 말이 머릿속에 번개처럼 스쳤다.

'그러니까 괜히 애들 자극해서 막, 어? 문제 일으키고 그러면 안 돼.'

난 얘를 자극하고 있는 건가? 아니면, 얘가 자꾸 나를 자극하나? 곤란한 기분이 들어 멍하니 앉아 있는데 은금이가 자리에서 벌떡 일어섰다. 곧 죽을 것처럼 하얗게 질린 얼굴로 그림을 돌돌 마는 녀석의 온몸이 사시나무처럼 떨렸다. 나는 그 애처로운 모습에 당황했다.

"뭐야, 끝났어?"

녀석의 호흡이 너무 가빴다.

"야, 너 괜찮아?"

녀석은 쓰러지기 직전처럼 보였다. 은금이가 이대로 심장마비라도 일으킬까 봐 걱정이 되었다. 몸이 안 좋아 폐쇄적인 성격이된 것일지도 모르는 일 아닌가. 나는 덜덜 떠는 녀석을 도울 생각으로 자리에서 천천히 일어났다. 은금이는 고개를 끄덕였다. 고개를 끄덕이는 건지, 아니면 그냥 떨고 있는 건지 그것조차 알 수가 없었다. 당황하기 시작한 것은 안경이 벗겨지고 나서였지만 확연하게 겁을 먹기 시작한 건 이편이 더 보기 좋다는 이야기를 하고 나서였다. 솔직히 별것 아닌 이야기이지 않은가. 내 의도가 어찌 되었든 말이다.

은금이가 책상 위에 있던 소지품을 가슴께에 쓸어 담더니 몸을 돌렸다. 어, 이렇게는 안 되는데. 이렇게 나가 버리면 곤란한데. 나는 은금이의 손목을 붙잡았다. 평소의 나라면 하지 않았을 질척거리는 행동은 완전히 본능적인 것이었다.

"만지지 말아요!"

그렇게 날카롭고 신경질적인 녀석의 목소리를 처음 들었다. 예상치 못한 반응에 얼이 빠졌다.

"박은금, 너 왜 이래?"

초조한 마음에 물었지만 은금이는 대답이 없었다. 대답할 경황도 없어 보였다. 내 우악스러운 손에 잡힌 녀석의 길고 가는 손목을 내려다봤다. 하얗게 질린 손끝이 바르르 떨리고 있었다. 그 광경이 너무 폭력적으로 보여서 나는 재빠르게 손에서 힘을 풀었다. 은금이는 뒤도 돌아보지 않고 교실에서 뛰쳐나갔다. 평소에는 그렇게 굼뜨던 아이가 저렇게 빠를 수도 있었다.

* * *

대체 난 무슨 짓을 한 거지? 그날 일어난 일을 일목요연하게 정리해 봐도 뭐 하나 제대로 납득되는 것이 없다. 나는 그 아이에게 뭘 원하는 걸까? 나는 은금이가 내게 친숙함을 느끼고, 친해지길 원하는 것이 아니었나? 그렇다면 가만히 있었으면 될 일이었다. 성급하게 다가가지 않고 침착하게 기다렸다면 은금이는 시간을 두고 점차 내게 마음을 열었을 것이다. 그러나 이상하게도 나는 조급하고 언짢았다. 은금이가 나를 보며 더 이상 얼굴을 붉히지 않는 것에 불쾌감을 느꼈다.

나는 그 아이에게 훨씬 더 깊은 것을 원하고 있었다. 은금이를 이성으로 느끼고 있었던 것이다. 그 사실을 자각하자 그런 자신에게 황당함을 느꼈다. 지금껏 만난 여자들 중엔 부서질 듯 연약한 타입은 없었다. 대부분이 당당하고 자신감이 넘쳤으며, 그것으로 섹스어필하는 것이 정석이었다. 그 당당한 모습이 멋지다고 생각해 왔고, 가능한 그런 여자들만 만나 왔다. 지극히 개인주의적인 내게는 그런 여자들이 훨씬 더 편하고 잘 맞았다. 그러니 은금이에게 끌리는 이유를 스스로에게 납득시키기가 무척 힘들었다. 녀석은 만지면 곧 부서질 것처럼 연약했고, 스스로 정해 둔 틀에서 한 발자국도 벗어나지 않으려고 안간힘을 쓸 만큼, 자기 방어적이었다. 굳이 따지자면 내게는 귀찮아야 할 부류였다.

나는 손에 들고 있던 맥주 캔을 구기고 청소를 한다며 스튜디오를 부산스럽게 돌아다니는 수진이를 물끄러미 쳐다보았다. 몸에 딱 붙는 스키니 진, 속이 훤히 비치는 하얀 블라우스, 운동으로 다져진 건강하고 볼륨감 넘치는 몸매. 이런 육체미가 아니라 몸에 한 치수 큰 펑퍼짐한 하얀 교복 블라우스, 무릎을 다 덮는 긴 치마가 나를 자극한다는 것이 기가 막혔다.

수진이의 길고 곧은 목덜미를 봐도 손으로 쓸어 보고 싶다는 충동을 일지 않았다. 곱게 화장한 예쁜 눈매를 봐도, 그 눈에 나에 대한 애정이 보여도 특별하다고 느껴 본 적이 없다. 신비롭다고 느껴 본 적도 없다. 그러나 은금이의 모든 면은 내 남성성을 자극했다. 나는 그 아이에게 끌리고 있었다.

"왜 그렇게 쳐다봐?"

수진이가 빙그레 웃으며 볼을 붉혔다. 이름을 부르면 어쩔 줄 몰라 하며 얼굴을 붉히던 은금이가 떠올랐다. 가슴 한편에 둔한 통증이 일었다. 한 번도 경험해 보지 않은 낯선 느낌에 크게 한숨을 내쉬었다.

"아무래도 나 좀…… 가학적인 마초 기질이 있나 봐."

"뭐?"

나는 다 마신 맥주 캔을 쓰레기통에 던져 넣었다. 영문을 모르겠다는 수진이의 눈빛이 계속해서 따라붙었다.

그날은 쉽게 잠이 들 수가 없었다. 은금이가 걱정되었고, 그 문제 이외에도 앞으로 어떻게 행동해야 할지 걱정이 되었다. 상대는 학생이었고 나는 선생이었다. 열아홉이란 녀석의 나이는 내게 별문제가 되지 않았지만, 직업적 윤리관에는 문제가 되었다. 서로의 위치가 무척이나 애매했다.

나는 은금이에게 부담을 주고 싶지 않았다. 선생을 좋아하는 학생은 풋풋하고 아름다워 보여도 학생을 좋아하는 선생은 그렇지가 않았다. 위험하고 징그럽게 느껴진다. 내가 나이가 얼마나 어리건, 실제로 은금이와 나이 차가 얼마나 나건 그랬다. 나는 그 아이에게 다가가는 걸 멈출 필요가 있었다. 내가 더 멍청하게 굴기 전에. 그러나 그다음 날 아침이 되자 나는 보기 좋게 실패했다. 촌스러운 안경을 벗고, 긴 머리를 싹둑 잘라 낸 녀석을 보자 나는 이성을 잃었다. 그 아이는 단 하루 만에 백팔십도 변해 있었다. 은금이는 더 이상 몽우리가 아니었다. 녀석은 만개해 있었다. 나만 알고 있던 클라크 캔트 뒤의 슈퍼맨이 모두에게 모습을 드러내 버린 것이다.

나는 맹렬한 질투에 사로잡혔다. 어쩌면 소유욕, 어쩌면 그것보다 더 강렬한 감정일 수도 있었다. 평안한 얼굴로 나를 쳐다보고 있는 걸 보자니, 이 조그맣고 연약한 녀석이 나를 가지고 놀고 있다는 생각마저 들었다. 녀석에게 다가가 손목을 단단히 쥐었다. 머릿속에 생각이란 것이 없었다. 그저 뜨겁게 요동치는 감정만이 선명했다.

나는 단둘이 있을 곳을 찾아 발걸음을 움직였다. 감정을 제어하는 것에 한계를 느끼자 발걸음이 무척 빨라졌다. 딸려 오는 은금이의 팔목이 안쓰러울 정도로 당겨졌다. 그러나 나는 최대한 빨리 사람들 틈에서 벗어나고 싶었다. 단둘만의 공간이 필요했다.

옥상에 도착하고 나서야 녀석의 손목을 놓고, 옥상 문을 닫았다. 비로소 안도감이 들었다. 나는 크게 심호흡을 크게 한 후 은금이를 쳐다봤다. 귀 뒤에 차분하게 머리카락을 꽂고 제 발끝만 쳐다보는 녀석의 얼굴은 맹랑하다고 느껴질 정도로 태연했다. 지난밤에 열에 들떠 잠 못 잔 나만 병신이 된 기분이었다. 도저히 벗어날 수 없는 블랙홀에 발을 들인 것처럼 정신이 아찔했다. 녀석이 조심스럽게 눈을 들었다. 햇살에 비친 고동색의 머리카락이 어깨 위에서 비단처럼 너풀거렸다. 눈에 담기는 풍경은 그림처럼 예뻤다.

"나한테 할 말 없어?"

은금이는 눈을 좌우로 굴렸다. 할 말을 생각해 내려는 모습이 나를 더 불쾌하게 만들었다.

"설명이든지, 변명이든지, 그게 아니면 사과라든지."

아니지. 듣고 싶은 말은 그게 아니지. 사실 너한테 듣고 싶은 말 같은 건 없다고. 나는 그냥 너를, 안고 싶어.

"죄송합니다."

태연했다. 너무 태연한 사과였다. 지난밤에는 손끝만 닿아도 어쩔 줄 모르던 녀석이 이젠 태연자약했다. 그 태도는 차라리 자포자기한 듯이 보였다. 은금이는 뭔가를 놓아 버렸다. 그러나 그게 무엇인지 알 수가 없었다.

내가 녀석을 변화시킨 게 맞는 거 같은데, 분명 지난밤에 있었던 일 이후로 이 아이의 내부에서 뭔가가 끊어진 게 맞는 거 같은데……. 대체 그게 뭐지? 내가 연 게 뭐야? 이건 무슨 판도라의 상자냐고. 손을 뻗자 은금이는 흠칫 놀라며 뒤로 물러섰다. 그녀의 변화는 내가 일으켰지만, 여전히 나는 그녀의 경계선 밖에 있었다. 은금이의 방어적인 태도에 진이 빠졌다.

"이것 봐. 내가 너에게 뭔가 했어?"

은금이는 소극적으로 고개를 저었다.

"그게 아니면 내가 무서워?"

녀석은 긍정의 의미로 침묵했다. 내가 무섭다고?

나는 이런 타입의 여자를 만나 본 적이 없다. 어떻게 다가가야 하는지, 어떻게 대해 줘야 하는 건지 전혀 모른다. 막연한 기분이 들자 눈앞이 깜깜해졌다.

"어째서? 내가 널 무섭게 한 적이 있어?"

은금이는 다시 고개를 저었다. 아니라고? 무서운 건 아니라니, 무서워하면서 무섭게 한 적이 없다니. 그럼 뭐야, 대체.

"그럼 왜?"

은금이가 다시 고개를 들었다. 까만 눈동자가 뜨겁게 일렁이고 있었다. 은금이는 그림을 그릴 때마다 늘 이런 눈을 했다. 뜨겁고 맹렬하지만 어딘지 모르게 슬프고 암담해 보이는 눈. 비밀을 간직한 듯이 신비롭고, 발이 묶여 날아가지 못하는 새가 하늘을 열망하는 듯 애달픈 눈. 뭔가가 차오르고, 터질 듯이 부풀고. 그러면서도 녀석은 그걸 꺼내 놓지를 못했다. 더 깊고 어두운 곳으로 파고들지언정 밖으로 폭발시키지는 못했다. 나는 보고 싶었다. 박은금의 안에 들어 있는 뭔가가 폭발하는 것, 그걸 쏟아 내는 것, 쏟아 낸 그 안을 들여다보는 것. 그리고 그 이후엔 그보다 훨씬 더 많은 것을 꺼내고 싶었다.

"저 선생님 좋아해요."

예상치도 못한 말에 나는 넋이 나갔다.

"뭐?"

"저 선생님 좋아한다고요."

뭐라는 거야. 이 둔해 빠진 놈이.

그건 열망이라기보다는 신앙 고백에 가까웠다. 좋아한다고 말하는 얼굴은 차라리 경건하기까지 했다. 나를 좋아한다고? 이 녀석은 좋아한다는 감정이 뭔지 알고는 있는 건가?

나는 은금이의 눈을 들여다봤다. 그 안에 들어 있는 게 뭔지 정

504

말로 알고 싶었다. 지금 이 녀석이 느끼는 것이 나와 같은 것인지, 아니면 전혀 다른 것인지 명확하게 알고 싶었다. 그러면서도 두려웠다. 은금이가 나와 같은 감정이란 것을 확인하면 그땐 정말 멈추지 못할 것 같았다. 틀림없이 그럴 것이다. 은금이를 향해 손을 뻗었다. 녀석이 방어적으로 물러섰다. 또다시. 또다시 말이다. 나는 안도하고 또 실망했다.

　녀석이 날 좋아한다는 것은 나와 같은 감정이 아니었다. 녀석은 나를 동경하고 있었다. 열아홉 살의 소녀가 가질 수 있는 지극히 정상적인 감정이었다. 그러나 받아들일 수가 없었다. 내가 원하는 것은 그보다 훨씬 저속한 것이었으므로 저 순진무구하고 티 없이 빛나는 눈을 마주하는 것이 절망스러웠다. 스스로가 환멸스럽다.

　내게 좋아한다는 것은 보고, 만지고, 껴안는 것이다. 감정과 육체를 별개로 떨어뜨려 놓고 생각할 수가 없다. 나는 은금이를 그렇게 바라보고 있었다. 나는 은금이를 감당할 수 없고, 은금이는 나를 감당할 수가 없을 것이다. 우리 두 사람의 좋아한다는 감정은 전혀 다른 것이었다. 은금이는 순수했고, 본인의 감정을 자각하지도 못하고 있었다. 그러나 나는 은금이의 감정을 명확하게 정의 내릴 수 있었다. 열아홉 살의 소녀와 스물세 살의 남자를 가로지르는 이 좁혀지지 않는 간격 사이에서 균형을 잡아야 했다.

　"너, 뭔가 착각하고 있는 것 같은데?"

　꽤나 심술궂은 목소리였다. 타들어 가는 갈증을 제어하기 바빴다. 늘 능숙하게 해 왔던 것이 좀처럼 쉽게 제어되지가 않았다. 당황스럽게 구겨진 녀석의 얼굴을 보자니 더 그랬다. 나는 좀처럼 미련을 버리지 못하고 있었다.

"손만 뻗어도 도망가면서 날 좋아한다는 게…… 앞뒤가 안 맞는 것 아니야?"

녀석은 멍하게 눈을 끔뻑거렸다. 저것 봐. 쟤는 완전 다르다니까. 완전히 아무것도 모르고 있다.

"제가…… 제가 너무 좋아하면, 그, 그럴 수 있다고……."

그럴 수 있다고?

"누가?"

"그…… 친구가요."

이런.

"친구?"

녀석이 고개를 끄덕였고 나는 비로소 완전히 실망했다. 여자아이들이 나를 학교의 아이돌쯤으로 여기고 있다는 걸 잘 알고 있다. 이 멍청한 녀석은 그런 감정으로 좋아하고 있다는 이야기다. 그건 심지어 동경보다도 훨씬 더 가벼웠다. 아마 어떤 여자도 이렇게 허무하게 절망시키진 못했을 거다. 화가 났지만 균형을 잡아야 했다. 어른스럽게 행동해야만 했다.

"네가 날 어떻게 생각한다고 해도 비난하거나 추궁할 생각은 없어. 하지만 날 상대로 장난을 쳐 보겠다는 거라면……."

"그런 거 아니에요! 제가 어떻게 감히 선생님한테……!"

녀석이 내 말을 가로막으며 펄쩍 뛰었다.

"난 선생 같은 게 아니야!"

결국 이성을 잃었다. 은금이를 있는 대로 몰아붙였다. 난 선생 같은 게 아니다. 녀석의 아이돌이 될 마음 같은 건 더더욱 없다. 나는 은금이에게 남자이고 싶었다. 동경의 대상이 아니라 손을 뻗으면 닿을 수 있는 이성이고 싶었다. 내가 은금이에게 느끼는 것처럼 은금이도 나를 곁에 두고, 나를 원하고, 나를 만지고 싶어 하길 원했다. 나는 지극히 선생답지 못했고 심지어 나잇값도 못 하고 있었다.

어떻게든 균형을 잡으려던 노력은 그 아이를 마주 대하면 대할수록 무너졌다. 녀석을 몰아붙이고, 입을 맞추고, 그 아이를 헝클어뜨리고, 뒤죽박죽으로 만들어서 그 견고한 세계를 무너뜨리고 싶었다. 나는 차라리 은금이가 내게 화를 내고, 내 뺨을 때리고, 폭발해 주기를 원했다. 녀석이 갖는 감정이 나처럼 강렬하길 원했다. 원하는 것은 둘 중 하나였다. 그 아이가 나와 같은 감정이거나, 아니면 아예 내게서 도망가거나. 그러나 은금이와 마주할 때마다, 나는 깨달았다. 나는 이것을 절대 멈추지 못할 것이란 걸.

외전 II_이별(정우)

"빌어먹을."

오늘따라 오스왈드도 전화를 받지 않았다. 무작정 집을 뛰쳐나온 뒤로 오스왈드와 들르던 호텔 바로 향했다. 무조건 어둡고 조용한 곳이 필요하기 때문이었다. 가능하면 누구의 방해도 받지 않는 곳이어야 했다.

부재중이란 응답에 휴대폰을 바 위에 내려놓고 로얄 샬루트를 스트레이트로 들이켰다. 마지막으로 그와 이곳을 방문했을 때 다 마시지 못해 남겨 둔 것이었다. 식도를 타고 불같은 감촉이 퍼지자 숨이 좀 트이는 기분이었다. 팔꿈치를 유리 위에 대고 머리카락을 꽉 쥔 채 고개를 숙였다. 은금이에게 느끼는 이 감정을 어떻게든 억지로라도 정의 내리고 싶었다.

내게 거짓말을 했다는 배신감. 그것보다는 비참함. 모든 게 절망감 안에 한데 뒤섞였다. 형이 한 말은 모두 사실이 되어 버렸다. 우리가 서로에게 갇혀 상처만 남기게 될 거라는 그 말이 결국은 사실이었다.

　우리 관계는 불안했다. 시작할 때부터 알고 있었다. 그 아이의 눈동자는 늘 바람 앞에 흔들리는 촛불처럼 보였다. 뜨겁게 타오르지만 누구든 작은 입김 한 번으로 꺼 버릴 수 있었다. 그리고 나는 그것을 좋아했다. 부모로부터 제대로 된 사랑을 받아 본 적이 없는 내가, 사춘기 이후로 지독한 외로움을 견디며 지내 온 내가, 누군가의 눈동자를 타오르게 만들 수 있다는 것. 그리고 동시에 꺼 버릴 수도 있다는 그 소유욕이, 박은금 옆에 서면 내가 훨씬 더 대단하고 잘난 놈이 된 것 같은 그 쾌감이, 결국은 모든 것을 망쳐 버렸다.

　나는 그 촛불 같은 눈동자에 얼마나 많은 힘이 숨겨져 있는지 몰랐던 거다. 내가 꺼 버릴 수 있다고 생각한 그 눈이 실은 황금처럼 내 눈을 멀게 한다는 사실을 미처 몰랐다. 그녀가 가진 위태로움이, 그러면서도 언제나 자신을 내던지는 그 강인함이, 내게 어떤 영향을 미치는지 나는 몰랐다.

　은금이는 내가 사귀었던 다른 여자들과는 완전히 다르다. 모두들 연애를 시작하면 나를 소유하려 들었다. 내가 매여 있지 못하는 사람이란 것을 알면서도 시간이 지나면 결국 모두가 같은 것을 원했다. 말 잘 듣는 개처럼 자신에게 꼬리를 흔들고, 충직하게 자신만을 바라보아 주길 원했다. 파국을 맞는 순서는 언제나 똑같았다. 내 애정을 인질로 자존심을 세우려고 하면 언제나 그 연애를 끝냈다. 여자가 왜 날 사랑해 주지 않느냐고 물으면, 애정을 강요하기 시작하면, 나는 망설이지 않고 그것을 단칼에 잘라 왔다.

　은금이는 단 한 번도 내게 무엇인가를 요구한 적이 없다. 애정이

든, 도움이든, 아무것도 바라지 않았다. 그 대신 그녀는 아무런 조건 없이 내게 자신을 내던졌다. 그 겁 많은 여자가 나에 관해서라면 겁이 없었다. 그녀가 용기를 내어 다가올수록 오히려 내가 발밑에 엎드려 매달리고 싶었다. 차라리 애정을 강요했다면, 개처럼 충직한 충성심을 요구했다면, 사랑을 구걸했다면, 모든 것이 쉬웠을 거다. 요구를 했다면 분명 나는 그 모든 것을 주었을 거다. 도저히 용납할 수 없던 것이 어처구니없게도 이젠 너무나 쉬웠다.

오히려 내가 원했다. 그녀가 나를 더 많이 사랑해 주길, 그래서 그 머릿속을, 마음속을, 내가 더 많이 채우길, 아니, 오직 나만 채우길 바라니까. 할 수만 있다면 어떤 억지라도 써 보고 싶으니까.

하지만 불안한 시작을 완벽하게 만들 수가 없었다. 내겐 그럴 능력이 없었다. 은금이는 인형이 아니었고 이건 소꿉놀이가 아니었다. 한 번쯤이라도 내가 그녀에게 미치는 영향을 생각해 봐야 했다. 은금이에게 안정감과 애정을 느끼고, 더 많이 소유하고 싶어할수록 그녀가 내게서 읽어 냈던 불안감을 알아차렸어야 했다.

그녀는 그런 여자다. 애정을 구걸하는 법이 없는 여자. 하지만 자신의 모든 것을 내던지는 여자. 그게 그 여자가 사랑하는 방식이었다. 그녀는 나보다 더 빠르게 내 불안감을 읽었다. 내 공포도, 내 두려움도 읽었다. 네일아트라니. 끔찍했다. 내 불안감에 대한 해답은 결국 그거였다. 남 탓할 줄도 모르는 여자는 본인이 모든 것을 짊어지려 한 거다.

고집을 부렸지만 사실 꼭 은금이를 미국으로 데려가야 하는 건 아니었다. 오스왈드가 학비를 지원해 주겠다고 한 것은 반드시 미국으로 유학을 가야만 지원해 주겠다고 한 이야기가 아니었다. 그건 나와 상관이 없었다. 오로지 은금이에 대한 호감으로만 이루어진 결정이었다. 그러니까 내 고집만 아니라면 그녀를 미국으로 꼭 데려가야 할 이유는 없었다. 내가 같이 있고 싶어서. 은금이를 내 품에 가두고 그녀를 소유하고 싶어서. 오로지 나만이 그녀에게 새로운 세상이 되고 싶어서. 그래서 미국으로 데려가려고 한 거다. 그게 무리라는 것을 뻔히 알고 있으면서도 나는 고집을 부렸다. 부모에게서, 친구에게서, 익숙한 이 세상에서 그녀를 떨어트려 망망대해에 처박으려 한 거다.

내가 은금이의 희생을 담보로 성공할 자격이 있는 놈인가? 이 수없이 펼쳐진 불안감 속에 오로지 내 욕심이나 차리자고 그녀를 그 한가운데 떨어트려 놓을 자격이 내게 있나?

우리의 앞날이 눈앞에 그려졌다. 학업을 병행하며 돈을 버는 건 분명 한계가 있었다. 어쩌면 풍족하게 생활할 수 없을지도 모른다. 그녀를 혼자 내버려 두는 시간이 정말로 많을지도 모른다. 그녀를 행복하게 해 줄 수 없을지도 모른다는 불안감은 내가 여태껏 갖고 있던 앞날에 대한 불안감과는 전혀 다른 것이었다. 그녀를 제대로 책임지고 싶다는 조바심이 가끔은 내 숨통을 조여 오기도 했다.

힘든 순간이 분명히 올 거다. 은금이에게 히스테리를 부리는 날이 올지도 모른다. 하지만 그녀는 그렇게 하지 않겠지. 은금이는 내가 힘들수록 도움이 되기 위해 무엇이든지 하려고 들 것이다. 무엇이든. 정말 무엇이든지 말이다. 내가 방치하는 모든 순간에 홀로 외로움과 싸우면서도 그녀는 내 탓조차 하지 않을 거다. 그 모든 상황을 지금처럼 전부 받아들일 것이다. 조금이라도 날 위한답시고 자신의 꿈이나 욕망 대신, 내 욕망이나 꿈을 대변하려고 할 거다.

그녀는 내게 갇혀 버렸다. 자신의 가능성과 크기를 모르는 그 여자가 맞지도 않은 내 상자 안에 몸을 구겨 넣고는 그게 세상의 전부인 것처럼 알고 있다. 하지만 아니야. 그건 내가 그녀에게 보여 주려던 세상이 아니다. 그녀를 내 아바타로 만들려는 것이 아니었다. 그런 끔찍한 생각은 한 번도 한 적이 없다. 그저 그녀를 원한다. 그녀가 내 안에서 자라나길 원한다. 그녀의 등에 날개를 달아 주는 이가 나이길 바란다. 처음 껍질을 깨고 나왔을 때 그녀의 눈에 보이는 사람이 나이길 원한다. 그래서 내게서 벗어날 수 없기를 바란다. 하지만 터무니없는 욕심이었다. 그저 내 이기심이었다. 나는 날개를 달아 주기는커녕 그녀의 날개를 꺾는 사람이었다. 내가 할 수 있는 건…… 그녀를 손에서 놓아 버리는 일이었다. 형의 말처럼 그녀가 자신의 인생을 살아가게 내버려 두는 것이었다. 나라는 독을 그녀의 인생에서 빼내야 했다.

"빌어먹을."

눈앞이 흐렸다. 식도가 타들어 가는 것이 위스키 때문인지, 아니면 괴로움 때문인지 모르겠다. 그녀를 보내야 하는 이 순간에도 절실히 그녀가 필요했다. 그 수줍은 입술에 키스하고 그녀의 품에 무너지고만 싶다.

* * *

끝내야 해.

도어록 문을 열며 그렇게 다짐했다. 술기운에 발밑이 빙빙 돌았다. 지끈한 두통에 휘청이느라 벽에 몸을 기대고 신발을 아무렇게나 벗어 던졌다. 방 안 공기가 후끈했다. 코트를 허물 벗듯이 몸에서 떨궈 놓고 벽을 짚은 채 새까만 어둠 속을 걸었다. 귀가 먹먹했다. 숨소리는 평소보다 훨씬 거칠어져 있었고 사방이 어지럽게 흔들려서 제대로 분간이 되질 않았다.

"미안해요."

그녀의 목소리가 모든 소음을 뚫고 귓가에 맑게 번졌다. 그 울먹임이 내 견고한 벽을 무너뜨렸다.

"내가 잘못했어요."

숨도 쉴 수가 없다.

"다신 안 그럴게요."

내게 빌지 마. 제발. 그녀가 용서를 구할수록 나는 절망한다.

"내가 모든 걸 망치게 두지 말아요."

나는 거리를 두고 매트리스 끝에 앉아 흐느끼는 그녀의 실루엣을 더듬었다. 손끝에 물기가 느껴졌다. 당연해. 울고 있었겠지. 나는 언제고 널 울리기만 하는 사람이지.

"내가 이렇게 빌게요."

그녀가 새까만 어둠 어디에도 초점을 맞추지 못한 채 두 손을 조용히 모았다. 그녀는 나를 찾고 있었다. 절박한 목소리가 가시나무처럼 마르고 힘겹게 떨렸다.

"하라는 대로 할게요. 원하는 대로 다 할게요."

지금 우리는 뭘 하고 있는 걸까. 그녀를 안고 싶다. 품에 가두고 아무것도 변한 게 없다고 어르고 싶다. 그냥 이 모든 걸 다 잊고,

모두 없던 일로 하고, 아무것도 변한 건 없다고 은금이를 달래고만 싶다. 이 작은 어깨를 안고 토닥이며 공포가 사라질 때까지 그녀의 귀에 다 괜찮다고 속삭이고만 싶다.

"그러니까 제발 나 용서해 줘요."

손가락에 닿는 그녀의 눈물이 마르질 않았다. 이렇게 울다가 기절해 버리는 게 아닌지 걱정이 될 정도로. 그녀를 진정시키기 위해 꾸역꾸역 치밀어 오르는 감정을 참으며 침착하게 말했다.

"그만."

"날 용서해 줘요."

"그만해."

널 용서할 자격이 내게 있을까. 널 이렇게 만든 건 결국 나인데. 절망감이 짙어질수록 은금이에 대한 갈망도 커져 갔다. 그녀가 다시 용서해 달란 말을 하기 전에 서둘러 입술을 밀어붙였다. 그녀의 입술에서 짭조름한 맛이 났다.

결국 나는 널 가질 수 없을 거야. 너와 입을 맞추고 있는 이 순간에도 나는 널 놓아주어야만 하잖아. 흐느낌이 가득한 그 입안으로 나는 혀를 밀어 넣었다. 잔인해지는 거다. 내게서 도망갈 수 있도록. 나를 혐오할 수 있도록. 그래야만 그녀에게 모든 것이 쉬워진다.

"미안해요."

"입 다물어."

나는 입술을 물고 참아 두었던 광기를 풀었다. 이불을 젖히고 그녀의 원피스를 거칠게 밀어 올렸다. 늘 참아 왔다. 은금이에 대한 내 갈망의 크기를. 욕망에 충실했던 내가, 여자를 밑에 깔아 두고 정복하기를 즐겼던 내가, 은금이가 부서질까 봐, 망가질까 봐, 아파할까 봐, 그래서 내게 도망갈까 봐, 늘 참아 왔다. 하지만 나는 하루에도 수십 번 이 아이를 안고 싶었다. 마르지 않는 갈증을 늘 풀어버리고 싶었다.

"난 지금 이야기를 하자는 게 아니야."

나는 그녀의 팬티를 쉽게 뜯어냈다. 그녀의 여린 몸에서 그건 쉽게도 뜯겨 나왔다. 잔인해지는 건 얼마나 쉬운가. 그저 짐승 같은 내 욕구를 풀어버리기만 하면 그만이었다. 이성 같은 건 다 제쳐 두고 본능만 남겨 두면 되는 일이었다. 배려도, 상식도 없이, 여태껏 그래 왔던 것처럼 밑에 깔린 여자를 정복하려고만 하면 되는 일이었다.

버클을 풀고 준비할 시간도 없이 어금니를 물며 안으로 단번에 파고들었다. 그녀의 몸이 경직되는 게 느껴졌다. 흡 하는 작은 소리. 무척이나 아플 거라는 것을 안다. 뻑뻑함이 내게도 느껴졌다. 울음을 터트리거나, 비명을 지르거나, 그만두라고 애원하길 조용히 기다렸지만 바들거리며 떠는 몸은 고집스럽게 침묵했다. 오히려 시간을 두고 호흡하며 온몸의 긴장을 풀려고 노력하고 있었다.

젠장. 나는 참지 못하고 스탠드를 켰다. 눈앞에 드러난 그녀는 눈물과 땀으로 엉망이었다. 황급하게 두 손으로 가렸지만 바르르 떨리는 연약한 입술이 보였다. 이러지 마. 내가 원한 건 이런 게 아니야. 이 멍청아. 그녀의 손목을 잡고 아래로 내렸다. 약간의 저항감이 느껴졌지만 그다지 힘이 들지는 않았다.

내게 이 여자는 너무 약했다. 곧 부서질 것 같아 늘 조마조마했다. 왜 아프단 말조차 하지 않는 거야. 그만두라고 할 수 있잖아.

떨어지라고, 가까이 오지 말라고. 널 이런 식으로 취급하지 말라고 날 밀어낼 수 있잖아. 그녀가 밀어내면 나는 밀려날 거다. 상처 주는 것이 죽는 것보다 더 두렵다. 그녀의 인생을 망치는 것이, 그녀의 날개를 꺾어 버리는 것이. 그녀를…… 불행하게 만드는 것이.

"대체 뭐가 널 이렇게 만드는 거야."

나는 절망했다. 왜 내게 자존심을 세우지 않는 건지. 처음부터 지금까지 단 한 번의 어긋남도 없이 어째서 이토록 헌신적인 건지, 왜 당연한 것도 요구를 하지 않는 건지. 그 마음이 얼마나 달콤한지 알고는 있을까. 그 행동이 날 얼마나 무기력하게 만드는지, 날 얼마나 미치게 만드는지 알고는 있을까?

"사랑하니까요."

"……."

"선생님을 사랑하니까요."

빌어먹을. 빌어먹을. 빌어먹을. 견디기가 버거웠다. 그 달콤한 말이 너무 좋아서, 너무 슬퍼서.

감정이 격해져 나는 그녀의 몸 위로 무너졌다. 목덜미에서 달콤한 바닐라 향이 났다. 그녀의 피부에선 늘 달콤한 냄새가 났다. 이제 이 향기를 못 맡는다고 생각하니 정말 끔찍했다. 상처를 주려는 이 순간까지도 그녀는 사랑을 말한다. 미친놈처럼 구는 이 순간에도 결국 사랑을 말하고 있었다. 이 여자를 소중히 대하고 싶다. 정말 소중히. 그 마음이 잔인해지고 싶은 마음 위로 틈 없이 뒤덮였다.

그녀의 순수함이 내겐 너무 잔인했다. 이런 식으로는 은금이를 상처 입힐 수 없다. 그녀를 무너뜨릴 수 없다. 결국 내가 먼저 상처를 입는다. 그녀의 연약함이 내겐 너무 강하게 작용한다. 결국엔 내가 먼저 무너져 버린다.

나는 그녀에게서 빠져나와 아프게 쓸렸을 부위에 키스했다. 지금은 아니다. 지금은 그녀에게 잔인해지고 싶지가 않다. 그저 이 여자에게 취하고 싶다. 모든 것을 남김없이 맛보고 싶었다. 그녀는 익숙하게 허리를 뒤틀었다. 그녀의 아픔을 알고 있기 때문에 내게 보여 주는 이런 반응이 훨씬 더 기뻤다. 그녀가 더 신음할수록, 더 달아오를수록, 내 정복감을 고취시켰다. 비틀린 욕망. 형편없는 내게 그 모습이 너무 아름다워 오히려 경건하기까지 했다.

"지금 빨리."

그녀가 마른 혀를 축이며 끊어질 듯 신음했다. 그러면 이성이 날아간다. 견딜 수 없을 정도로, 미쳐 버리고 싶다. 이 여자는 내게 너무 크다. 너무 거대했다. 너무나 치명적이었다.

"널 어떻게 해야 하지?"

"날 그냥…… 사랑해 주면 되잖아요."

이 멍청이가.

허탈했다. 사랑해 달라고? 어떻게 하면 지금보다 더 사랑할 수 있지? 나는 이미 그녀에게 남겨진 모든 것을 다 주었다. 더 이상 남은 것이 없을 만큼.

"이미 그렇게 하고 있어."

"미안해요."

결국은 또 사과를 한다. 참 듣기 싫은 말인데 가장 많이 듣는 말이기도 했다. 그게 뒤틀린 우리의 관계를 증명한다.

"사과를 듣자고 한 말이 아니야."

내 말에 그녀가 당황하기 시작했다. 어쩔 줄 모르는 두 눈을 동그랗게 뜨고 불안하게 흔들렸다.

"그럼…… 내가 어떻게 해야……."

"그냥 날 안아. 내게 키스해."

어쩌면 마지막이었다. 아니 반드시 마지막이어야 했다.

이기적인 놈.

마지막이란 걸 알기 때문에 더 간절했다. 두번 다시 안을 수 없다는 생각이 더 큰 갈증을 불러일으켰다. 채워야 해. 남김없이. 내모든 걸 쏟아붓고 싶었다. 틈 없이 그녀의 모든 것을 갖고 싶었다. 알고 있다. 결코 만족할 수 없다는 것을. 술기운에 제정신이 아니라고 스스로를 합리화시켰다. 오늘은 취할 만큼 취하고 싶다. 절대 잊지 못할 만큼 그녀를 가득 내 안에 담고 싶다.

그날 나는 밤새도록 깨어 있었다. 진이 빠져 속수무책으로 잠이 든 은금이를 밤새 바라보며 마음을 정리했다. 그녀의 새하얀어깨를 두번 다시 어루만질 수 없다. 목덜미에 입술을 대면 키득대며 웃음을 터트리는 그 종달새 같은 목소리를 두 번 다시 들을 수 없다.

그녀의 모든 것을 눈에 각인시켰다. 그 누구에게서도 느껴 보지 못했던 충만함을 이젠 버려야 했다. 나는 잠든 그녀의 귓가에 그동안 입 밖으로 내뱉지 못했던 진심을 밤새 반복해 속삭였다. 사랑한다고. 무척 사랑한다고. 깨어나면 모든 것이 신기루처럼 사라지겠지만 진심을 다해 말했다.

＊ ＊ ＊

「선생님 소포가 왔는데요.」

스튜디오에 들어서자마자 비서인 멜리사가 커다란 우편물을 들고 왔다. 크기를 보아하니 오스왈드에게서 온 게 분명했다나는 푸드트럭에서 산 샌드위치를 입에 물고 곧장 소포를 받아 들었다.

「덜레스 부인에게서 몇 번이고 전화 왔었어요. 로스앤젤레스에서 열리는 자선 행사에 참석하지 않으면 목에 개 줄을 매달아 버리겠대요.」

알 만하군.

분주하게 소포를 뜯는데 멜리사는 지극히 곤란한 얼굴빛을 띠었다.

「그리고 대답을 얻어 내지 못하면 제 목에도 채우겠대요.」

멜리사는 내가 소포를 뜯고 그림을 구경할 때까지 참을성 있게 기다렸다. 내게 매우 중요한 일과라는 걸 이해하고 있었다.

「와. 이게 뭐예요?」

「연꽃.」

4절 크기의 캔버스 위에는 연꽃 모양의 공백만을 남겨 두고 모두 은은한 분홍빛으로 칠해져 있었다.

재치 있어. 형태와 전체적인 색감으로 이것이 연꽃이란 걸 알 수 있다. 연꽃의 끝부분에 번져 있는 초록색은 연꽃잎을 표현한 거겠지. 수채화라. 물에 늘 젖어 있는 연꽃을 표현하기엔 탁월한 재료다. 「행사엔 가겠다고 전해.」

멜리사가 휴 하고 안도의 한숨을 내쉬었다.

「그리고 한 번만 더 그 되도 않는 블라인드 데이트를 준비했다간 두 번 다시 당신이 개최하는 행사에는 발도 안 들인다고 꼭 전해 줘.」

그림에서 눈도 떼지 않고 말하자 그녀가 푹 한숨을 내쉬며 사무실 쪽으로 발걸음을 옮겼다. 그 망할 여자는 요즘 들어 내게 데이트 상대를 못 붙여 안달이었다. 얼마 전까지는 여자만 줄줄이 소개하더니 얼마 전부터는 남자를 소개해 댔다.

'예술가가 애인이 없다니! 그게 말이 돼! 당신 무성애자야? 아니면 혹시 이상 성애자야? 데이트를 해, 데이트를! 예술가답게 좀 방탕해 보라고! 그래야 작품이 나오지!'

한껏 힙업 된 엉덩이를 자랑스럽게 들이미는 마이애미 출신 게이에게 제대로 당한 뒤 내가 펄펄 뛰자 로즐리는 말도 안 되는 주장을 펼쳤다. 덜레스 회장과 결혼하기 전까지 할리우드의 이름 없는 배우 출신이었던 그녀에겐 방탕함이 모든 예술의 기초가 될 수는 있지만, 나는 성격상 방탕함을 즐기는 타입이 못 되었다. 그 때문인지 오스왈드는 나에게 예술가보다 사업가가 더 어울릴 거라고 말하곤 했다.

내가 언제까지 붓을 잡고 있을지 모르겠다. 미술가로서의 삶이 싫증 나면, 모교로 들어가 교수를 하거나 덜레스 기업의 미술 사업을 받아 할 가능성도 있었다. 나는 생각보다 훨씬 빨리 목표했던 곳에 도달했다. 사랑이 모든 예술의 기초가 된다는 로즐리의 말은 맞는 이야기다. 이별의 아픔이 날 폭주 기관차로 만든 건 사실이니까 말이다. 스튜디오 한편에 위치한 창고를 비우고 오스왈드에게서 받은 은금이의 그림을 차곡차곡 모아 두었다. 그림들을 보고 있으면 그녀가 어떻게 성장해 가고 있는지 한눈에 알 수 있다.

오스왈드는 내게 죽어도 은금이를 벗어날 수 없을 거라고 했고 그건 아주 정확했다. 시간이 아무리 흘러도 그녀는 가시처럼 박혀 빠지지 않았다. 은금이에 대한 갈증은 시간이 지나도 퇴색되지 않았다. 처음엔 그것에서 벗어나려 발버둥을 치기도 했지만 이내 두 손을 들고 감정에 항복했다. 나는 떨쳐버릴 수 없다. 그래서 차라리 그 고통을 즐기는 법을 택했다. 오스왈드가 내게 그림을 보내기 시작한 것도 그즈음부터다.

— 헤어졌다더군.

「이번엔 무슨 이유로?」

수화기 너머로 들리는 오스왈드의 말에 나는 픽 콧방귀를 뀌었다. 연애 주기는 점점 더 짧아졌다. 갈아 치우는 남자 수는 그만큼 늘어났다. 처음엔 2년을 가더니 그다음엔 1년, 그다음엔 6개월 그다음엔 3개월. 나이를 먹을수록 눈이 까다로워지는 것인지, 아니면 연애에 흥미가 떨어진 건지.

— 청혼을 했다던데.

「뭘 했다고요?」

캔버스를 테이블 한쪽에 세워 두고 신경질적으로 되물었다.

— 청혼을 했대. 듣자 하니 공원 한복판에서 반지를 내밀며 무릎을 꿇었다던데.

그 미친놈이. 감히 누구한테 뭘 했다고?

배경 설명은 들었다. 아버지가 제법 잘나가는 중소기업 사장이고 어머니가 의사라고? 은금이가 만난 남자 중 배경은 가장 탄탄

할지도 모르지만 그렇다고 해서 멋대로 청혼을 해도 된다는 말은
아니다. 그놈이 제발 어디서라도 마주치지 않길 바란다. 특히 총
기 소지가 합법인 미국에선 더욱더.

― 내가 말하고 싶은 건, 그러니까 실버는 지금 공식적으로 싱
글이라는 거지.

몸을 돌려 창고에서 빠져나와 스튜디오 한복판에 들어섰다. 조
수들은 분주하게 그림을 마무리하고 있었다. 커다란 테이블 위에
는 얼마 전 폴 매카트니 측에서 의뢰를 받아 막 작업을 시작한 앨
범 재킷의 밑그림이 놓여 있었다. 나는 그걸 멍하게 쳐다보며 자
리에 우뚝 섰다.

― 너도 알겠지만 실버는 아직 너 못 잊었어. 어떤 남자에게도
정착을 못 하고 있다고.

「……」

― 그녀는 행복하지 않아. 너 역시 그렇잖아.

「알아요.」

밑그림을 앞으로 당기고 소매를 걷어붙였다.

「안 그래도 조만간 한국으로 찾아가려고 했어요. 로즐리의 자
선 행사만 끝나면요.」

얼마 전 다이아 반지도 맞췄다. 그녀가 내던진 그 목걸이를 내내
간직해 왔다. 내 첫 선물이었다. 나는 그 선물에 어쩌면 내 모든
것을 다 담은 채 그녀에게 건넸던 건지도 모른다. 아마도 그때부
터 이미 은금이를 사랑하고 있었던 건지도.

마음을 담아 전했던 그 목걸이는 결국 이별의 증표로 내 손에
들려졌다. 금색과 은색의 펜던트는 족쇄이자 상처의 상징이 되었

다. 그리고 나는 지금 불행과 상처의 그 상징물이 이젠 변치 않는 기쁨이 되기를 원한다. 쓸데없이 돈을 들여 반지로 바꾼 건 그런 의미였다. 그것에 담긴 불행을, 이젠 희망으로 바꾸고 싶다는 의미.

남자가 있든 없든 상관없다. 남자 때문에 눈치를 살피며 뉴욕에서 조용히 숨죽여 있던 것이 아니다. 준비가 되지 않았기 때문에 찾아갈 수가 없던 것뿐이다. 그사이 그녀가 행복해진다면, 정말로 운명의 남자를 만나 정착을 한다면, 어쩔 수 없는 일이라고 생각했다. 궁극적으로 원한 건 그녀가 행복해지는 것이니까.

나는 원래 어딘가에 정착하는 것을 원하지 않는 사람이었다. 누군가에게 얽매이거나, 결혼이나 가족을 만드는 것에도 흥미가 없었다. 은금이가 아니라면 여전히 그 모든 것이 무감각한 일이었다. 내가 정착하고 싶은 여자, 매일을 함께하고 싶은 여자, 그래서 가정을 꾸리고 싶은 여자는 오직 박은금 하나뿐이다. 그리고 이제 충분히 준비가 되었다. 내가 원하는 만큼 올라왔고 돈도 명예도 원하는 만큼 쌓았다. 이것으로 은금이의 재능을 펼치고, 날개가 돋도록 도와주기에 충분했다. 지금으로선 그 이상의 명예와 부를 원하지는 않는다. 물론 더 풍족해지면 결과적으론 더 좋겠지만 지금처럼 폭주하며 모든 걸 쏟아붓는 건 이젠 관두고 싶다.

－ 제너럴뷰에 실버의 그림을 전시할 거야.

뭐?

－ 네가 갖고 있는 그림 몇 점 중에 추려 봐.

「잠깐만요. 은금이가 뉴욕에 온다고요?」

－ 월요일까지 비서를 통해 갤러리로 보내. 실버는 오픈일인 다

음 주 수요일에 맞춰 뉴욕에 도착할 거야.

「……」

— 나머진 네게 달렸어. J. C. 날 실망시키지 마.

「오스왈드……」

뒷말을 잇기도 전에 전화기가 퉁명스럽게 끊어졌다. 이 이지씨는 언제쯤 사랑의 오작교 흉내를 관두려는 건지 모르겠다.

* * *

— 어떻게 식전에 자리를 뜰 수 있어! 1부만이라도 다 참석하라고 했잖아!

헬리콥터는 덜레스 컴퍼니 본사 꼭대기에 내렸다. 얼굴이 새파랗게 질린 멜리사가 건네준 휴대폰 너머 로즐리의 서릿발 같은 음성이 들려왔다. 어찌나 사자후를 지르는지 헬리콥터의 프로펠러 음을 뚫고 고막을 때렸다.

「레드카펫에서 사진도 찍고 후원금도 냈잖아요. 더 있을 이유가 있습니까?」

옥상 문을 열고 내부로 들어서자마자 바람에 엉킨 머리카락을 손으로 쓸며 목에 맨 보타이부터 풀었다. 셔츠 단추를 두 개 정도 더 풀고 나니 그제야 살 것 같은 기분이었다. 이딴 광대 짓은 언제까지 해야 하려나. 잘 차려입은 정장도, 보타이도, 화려한 레드카펫의 번쩍이는 플래시도 전혀 성미에 맞지 않았다.

— 당신 얼굴 보겠다고 중국에서 날아온 사람도 있단 말이야! 그녀는 중요한 투자자라고!

그녀라. 이젠 얼굴 팔아 앵벌이까지 시키려나 보네. 오스왈드 말대로 차라리 덜레스 가문의 메디치 프로젝트는 내가 하는 게 나을지도 모른다. 그녀는 이 사업을 하기엔 지나치게 열정적이다.

「내 얼굴 말고, 내 그림을 보라고 해요. 난 그림은 팔지만 얼굴은 팔지 않아요.」

— 제정신이야? 당신의 비싼 몸값에는 그 멀끔한 외형도 포함되어 있다고. 누가 그 여자랑 자래? 그냥 달콤한 미소에 악수 한 번. 그게 그렇게 어려워?

덜레스 가문의 안주인께서 이 사업에 지나치게 몰두하시어 이성을 잃고 있다. 노망은 그녀의 남편이 들어야 맞는 나이인데, 노망이 나려면 30년은 기다려야 할 이 여자가 노망이 난 걸까.

「부인. 우리가 쓴 계약 조항을 준수해 줬으면 좋겠군요. 만약 그럴 생각이 없다면 다른 사람 찾아봐요. 그리고 제발, 철 좀 들어요.」

대답도 기다리지 않고 통화 종료 버튼을 눌러 멜리사에게 던졌다. 그녀는 파랗게 질린 얼굴로 허둥대며 전화기를 받더니 엘리베이터 문을 나서는 내 뒤를 종종걸음으로 쫓았다.

「덜레스 부인에게 그렇게 막 대해도 괜찮을까요?」

「억울하면 고소하라고 해. 과연 고소할 거리가 있을지나 모르겠지만. 차 키는?」

멜리사는 휴대폰을 손에 들고 작은 파우치 백 버클을 열었다.

「여기요. 정문에 대기시켜 놨어요……. 선생님, 근데 부인에게서 또 전화가 와요!」

울기 직전의 목소리. 무시하기에는 멜리사의 얼굴이 너무 퍼렇게 질려 있어서 그녀의 손에서 휴대폰을 빼앗아 들었다. 여러모로 골치 아픈 상황을 만드는 여자다. 딜레스 회장 부인이란 명패와 오스왈드만 아니었으면 진작 내 인생에서 치워 버렸을 거다. 멜리사의 휴대폰을 주머니에 넣고 대신 내 휴대폰을 건넸다. 로즐리는 절대로 내 휴대폰으로 전화하지 않는다. 전화를 해도 받지 않을 게 분명하니까.

「퇴근해. 나중에 로즐리가 전화하거든 내가 휴대폰을 분실해서 네 것을 주었다고 해. 오스왈드에게서 오는 전화 말고는 받지 마. 내일 오전 중에 전화할게. 그때까진 내게도 연락하지 마.」

「알겠어요.」

갈색 머리에 연한 주근깨가 차밍포인트인 멜리사는 야무지게 고개를 끄덕이며 대답했다. 세련된 외형은 아니지만 우직하고 현명한 여자였다. 게다가 동성애자였으므로 적당한 거리를 유지하며 조심해야 할 필요도 없었다. 그야말로 최상의 비서인 셈이다.

정문 앞에는 하얀색 아우디 R8이 주차되어 있었다. 처음으로 내 돈을 주고 산 슈퍼카. 어쩌면 앞으로의 계획에 따라 이 슈퍼카를 조만간 중고 시장에 내놔야 할지도 모른다. 시동을 켜고 내비게이션에 찍혀 있는 시간부터 살폈다. 8시. 망할. 시차 때문에 세 시간이나 손해 본 기분이다.

제너럴 갤러리까지 차로 30분이었다. 길이나 안 막혔으면 좋으련만 뉴욕의 교통 체증은 마하트마 간디의 입에서도 육두문자가 나오게 만들 수준이니 차라리 도보가 빠를지도 몰랐다. 나는 운전대를 잡고 잠시 고민하다 차를 출발시켰다. 갤러리에서 만나지 못한다면 오스왈드가 알려 준 호텔로 찾아가면 된다. 원하던 만

남은 아니지만 이가 없으면 잇몸으로라도 부딪혀야 하니까.

지옥의 도로에 들어서면서부터 심장박동이 지나치게 빨라지고 있었다. 어떤 모습일까? 날 보면 어떤 얼굴을 할까? 나 없이도 충분히 행복해 보이면 어쩌지. 오스왈드의 말과 다르게 그녀가 나를 잊었다면 그럼 어쩌지. 그런 생각들.

익숙하지 않은 불안감에 입술이 마르기 시작했다. 한순간 저능아가 된 기분이었다. 오래전에 결심했잖아. 행복하다면 미련 없이 물러서기로. 애초에 한국을 떠나오며 그녀에 대한 소유욕과 이기심을 모두 그곳에 두고 왔다. 나는 간절히 은금이가 자신의 인생을 똑바로 치열하게, 그래서 아주 눈부시게 살아가길 바랐었다. 그 마음은 지금도 달라지지 않았다. 그리고 그녀는 지난 6년간 그것을 아주 잘 해냈다. 내 생각보다 훨씬 더 눈부시고, 더 치열하게 자신의 인생을 즐기며 살았다. 보고 있기가 쓰릴 만큼 말이다.

제너럴뷰 갤러리 직원 주차장에 차를 세우고 글러브 박스에서 오전에 받아 놓은 반지 케이스를 꺼냈다. 모든 계획이 어그러질지도 모른다. 가능성을 감수해야만 한다. 6년은 충분히 긴 시간이었다. 나와는 다르게 은금이의 마음이 많이 달라졌을 수도 있다. 최악의 상황을 염두에 두어야만 했다. 힘들겠지만 반드시 생각해 둬야만 한다.

일단 매달려 보자. 무릎을 꿇든 발밑에 엎드리든 매달려 보고 안 되면, 그땐 모든 감정을 억누르고 그녀를 멋지게 보내 줘야만 한다. 6년 전, 그녀가 보여 줬던 것처럼 나도 조건 없는 애정을 말없이 보여 줘야만 한다. 나는 케이스를 열어 3캐럿짜리 다이아를 한 번 확인한 다음 슈트 안주머니에 넣었다. 마음 한구석에서 서서히 퍼지는 불안감을 애써 다잡고 그녀의 그림이 전시되어 있는 큐브관으로 발걸음을 옮겼다.

갤러리는 북적였다. 생각보다 훨씬 더 전시회는 흥행하고 있는 것 같았다. 내가 저 안으로 들어가는 게 옳은 행동인지 모르겠다. 내가 들어서면 모든 시선이 내게 쏠릴 것이 뻔했고, 그러면 은금이와 대면하기가 매우 힘들어질지도 모른다. 아직 예전 습관이 남아 있다면 그녀는 분명 주목받는 것을 꺼려할 터였다. 들어갈지 말지를 고민하며 망설이고 있는데 다행히 갤러리의 입구에 아는 얼굴이 보였다. 첫 스태프가 제법 괜찮았다.

「사라.」

「제이!」

그녀는 완벽하게 붉은 매니큐어가 발린 손에 장초를 들고 새하얀 치아를 빛내며 웃었다.

「5시간 전에 로스앤젤레스에서 찍힌 사진을 봤는데 지금은 여기 있군요.」

재미있다는 듯 웃는 그녀의 눈가에 길게 주름이 졌다. 사라의 미소에는 베테랑 특유의 노련함이 있었다. 나는 인사의 뜻으로 가볍게 포옹을 나눴다.

「여긴 어쩐 일이에요?」

「사람을 좀 찾고 있어요. 은금이라고.」

「아!」

은금이란 이름에 사라의 얼굴에 화색이 돌았다.

「아주 흥미로운 아가씨였어요! 세상에! 이미 갤러리 안에서 유명인이었지 뭐예요! 그거 혹시 알고 있어요? 본관 3층에 걸려 있는 그 그림의 주인공이 바로 그녀예요!」

당연히 알지. 내가 그렸으니까.

「지금 여기에 있나요?」

「아니요. 리나가 데리고 본관으로 갔어요. 그걸 보여 주러 갔겠죠.」

그 그림을 갤러리에 전시할 생각은 전혀 없었다. 애초에 전시할 목적으로 그린 그림도 아니었다. 그건 무척이나 사적이고 감정적인 종류에 속했다. 로즐리와 오스왈드가 합심해 떼를 쓰지 않았다면 아직도 내 스튜디오 한쪽에 소중히 모셔져 있었을 거다.

오래된 필명을 쓴 것도 그런 이유에서다. 내 지극히 사적이고 소중한 감정을 대중과 공유하고 싶지 않았다. 그 그림으로 돈을 벌거나 명성에 벽돌 하나를 더 얹고 싶지도 않았다. 그걸 재료로 매스컴에서 멋대로 소설을 쓰는 것도 싫었다. 갤러리에서 오래 근무한 사람들은 그 그림의 주인공이 누군지 한눈에 알아봤을 거다. 관람객들 중 눈썰미가 좋은 사람이 있다면 은금이가 그 그림의 주인공이란 걸 알아차리겠지. 그녀는 그 오래된 필명을 알고 있다. 필명이 없어도 단번에 알아볼 거다.

뉴욕에 와서 맨 처음 한 것이 그 그림을 완성하는 일이었다. 연필로 러프하게 스케치해 놓은 그림에 머릿속에 각인된 기억을 덧입혔다. 그 그림만큼 내 마음과 감정이 고스란히 드러난 그림은 없었다. 로즐리와 오스왈드가 그 그림을 탐낸 것도 그래서였다. 거기엔 화가로서의 J. C.가 아닌 인간 '최정우'의 마음이 적나라하게 투영되어 있기 때문이었다. 어쩌면 최초이자 최후의 그림이 될지도 모른다. 그토록 내 모든 것을 꺼내 놓은 것은.

나는 곧장 본관으로 향했다. 근무하는 직원 모두가 내가 누구인지 알고 있기 때문에 별다른 제재도 받지 않았다. 폐장 시간이 다가오는 갤러리 3층에 사람들의 수군거림이 들렸다. 그것만으로도 그녀가 안에 있음을 느낄 수 있었다. 가슴이 달음박질쳤다. 살면서 이렇게 긴장해 보긴 처음이다. 몇 발자국만 더 들어서면 그녀를 발견할 것이다. 6년을 기다려 온 여자다.

긴장감을 통제해 보려 나는 주먹을 쥐었다 펴기를 반복했다. 바짝 마른 아랫입술을 물고 곧바로 직진했다. 그림의 위치를 알고 있기도 했지만 사람들의 흩어짐으로 은금이가 어디에 서 있는지가 단번에 보였다. 그녀를 발견하자 나는 그 자리에 딱 멈춰 섰다. 꽃무늬 원피스. 세상에. 박은금이 꽃무늬 원피스를 입고 있네? 내 기억 속에 박은금은 늘 청바지에 스웨터였다. 두 번 접어 신은 하얀 양말. 하나로 단정하게 묶은 머리에 잔머리가 보풀처럼 일어나 있었다. 6년이 지나자 그녀는 어깨까지 내려오는 긴 머리를 늘어트리고 몸에 잘 감긴 꽃무늬 원피스를 입고 있다. 시선을 발끝으로 내리자 두 번 접어 신은 하얀 양말 대신 핑크색 로퍼만 보였다. 박은금다웠다. 아직 힐보다 굽이 없는 로퍼가 더 편한 게 분명했다.

보푸라기처럼 일어나던 머리카락은 비단처럼 윤기가 흘렀다. 늘어진 머리카락 사이로는 새하얀 목선이 보였다. A라인 원피스 아래로 단단하고 곧은 다리도 보였다. 나는 그녀의 다리에 키스하는 걸 무척 좋아했다. 그래. 내가 그랬지. 그 생각이 스치자 몸이 달았다.

예전보다 조금 마른 듯했지만 무척이나 건강해 보인다. 벌써 그리웠던 향기가 코끝을 간질였다. 맞아. 꼭 이 냄새. 막 세탁한 옷에서 나는 섬유 유연제 향기. 목덜미에 코를 대고 있으면 이 기분 좋은 냄새와 은금이 특유의 향이 섞여 꼭 바닐라 향처럼 입안으로 침이 고이게 했다. 통제되지 않던 긴장감은 어느 순간에 사라졌다. 커다란 전시장이 순식간에 좁아지고 모든 감각이 한곳으로 쏠렸다. 손을 뻗으면 닿는 곳에 은금이가 있었다. 손끝으로 머리카락을 만질 수 있을 만큼 가깝게. 끌어당기면 안을 수 있을 만큼 가깝게.

"Hi."

그녀의 뒤로 다가가 조용히 말을 건넸다. 그녀의 어깨가 놀라움에 살짝 움찔하는 게 보인다.

"안녕."

그녀가 조용히 돌아섰다. 놀라움에 동그래진 두 눈은 젖어 있었다. 벌어진 입에서 밭은 숨소리가 새어 나왔고 격해진 감정에 어깨가 들썩였다. 젠장. 박은금이다. 립스틱을 바르고, 마스카라를 칠했지만 기억 속의 그녀와 조금도 다르지 않았다. 나를 보면 바람 앞의 촛불처럼 타오르며 흔들리는 그 눈빛도.

아직 이 여자는 나를 사랑한다. 나는 그걸 알 수 있다. 수없이 혼자 되뇌던 다짐도, 수없이 스스로에게 상기시켰던 행동 강령도 모두 필요 없었다. 그런 건 결국 아무짝에도 쓸모가 없었다. 여기서 이 여자를 잡아야 했다. 그녀가 받았을 상처를 어떻게든 보듬어서, 손을 뻗어 만지고, 안고, 키스하고 다시 내 것으로 만들어야 했다. 어떻게든. 그녀를 갖고 나면, 다시 내 손에 넣고 나면, 품에 가두고 나면 두 번 다시 놓을 마음이 없다. 영원히.

에필로그_New York

꽃마차라. 따그닥거리는 말발굽 소리가 리드미컬했다. 내가 여기서 왜 이 짓을 하고 있는 건지 자아를 한 번쯤 돌아볼 만한 일이다. 나는 뉴욕에서 지내며 한 번도 마차를 타 본 일이 없었다. 아니, 절대로 안 타지. 공짜로 타라고 울며 빌어도 안 탈 개체다, 이것은. 그런데 번잡한 도로 위로 자동차와 뒤섞여 전체적으로 난장판인 이 광경에 내가 왜 협조하고 있는 거지?

"저것 봐요! 호수다 호수!"

은금이는 눈을 반짝거리며 외쳤다.

"그냥 물이야, 물."

나는 심드렁하게 대답했다. 은금이는 시간만 나면 나를 끌고 뉴욕 여기저기를 헤집고 다녔다. 나를 가이드 대용품쯤으로 여기는 게 분명했다. 온갖 곳을 다 돌아다녀 이젠 끝이려나 싶었더니 다시 센트럴 파크였다. 그것도 꽃마차. 이젠 하다 하다 별걸 다 한다는 생각이 들어 맞장구쳐 줄 기분도 나질 않았다.

"우리 보트 타요, 보트."

은금이는 눈을 반짝거리며 내 옷가지를 잡아당겼다. 내 신세가 이렇게 처량 맞아질 줄이야. 프러포즈에 대한 대답을 볼모로 녀석은 나를 가지고 놀고 있었다. 그리고 나는 그것에 사정없이 휘둘렸다. 나는 정말 간절하게 남은 평생을 간절하게 은금이와 함께하고 싶었으니까. 그걸 알면서도 모르는 척 제멋대로 구는 은금이를 뒤집어 놓고 엉덩이를 흠씬 두들겨 주고 싶은 욕구를 참느라 속이 부글부글 끓었다.

"여기 세워 주세요. 여기!"

45분 코스에 무려 155불이나 냈다. 20분 정도 돌고 세울 거면 대체 뭐 하러 그 돈을 다 냈는지 모르겠다. 어금니를 질끈 물고 마차 주인에게 세워 달라고 정중히 부탁했다. 은금이는 내 손을 잡고 빠른 속도로 센트럴 파크 안쪽으로 향했다. 그녀는 보트 하우스에 접근하자마자 눈을 반짝이며 가격표를 들여다봤다. 환장할 노릇이다. 차라리 호텔에 가서 단둘이 은밀한 시간을 보내고 싶다. 이 긴 여정은 대체 언제쯤 끝날까.

"한 시간에 15달러래요! 엄청 싸다."

엄청 싼 건지 바가지요금인지는 타 봐야 알지. 선착장에 정박된 낡고 작은 보트들을 쳐다봤다. 말리부에 가면 이것보다 훨씬 호화로운 요트를 하루 종일 탈 수 있다. 그것도 공짜로 말이다.

프러포즈를 받아들이기만 한다면 사실 그 요트는 그녀의 것이었다. 심지어 은금이가 원할 때, 원하는 만큼 실컷 탈 수도 있다. 본인 소유가 될 것이니 한 시간에 15달러를 내고 15분마다 추가 요금을 낼 필요도 없었다. 나는 그 사실을 은금이에게 상기시켜 주고 싶었지만 자칫 결혼에 안달이 난 찌질한 놈으로 보일까 봐 솟구치는 충동을 속으로 꾹 눌렀다. 은금이는 핸드백을 부산스레 뒤지고 있었다. 긴 머리카락이 봄 햇살에 너풀거렸다. 내가 먼저 주머니에서 돈을 꺼내 매표소에 건네자, 은금이는 배시시 웃으며 귀 뒤로 머리를 넘겼다.

기우뚱거리는 배에 내가 먼저 오르고, 은금이의 손을 잡아 배에 태웠다. 시종일관 뭐가 그렇게 신나는지 은금이는 계속해서 까르르 웃음을 터뜨렸다. 얼마 후면 한국으로 돌아가야 한다는 걸 자각하고는 있을까. 관광을 목적으로 미국에 머무를 수 있는 기간은 짧았다. 헤어져 있던 시간에 비하면 지나치게 짧았다. 그런데 은금이는 그마저도 다 채우지 못하고 한국으로 돌아가야만 했다. 나랑 지내자고 커리어를 포기하라고 할 수 없으니 무조건 잡고 늘어질 수도 없는 일이었다.

나는 재킷을 벗어 짧은 원피스를 입은 은금이의 무릎 위로 덮었다. 그녀는 제 무릎 위에 올라온 재킷을 매만지며 볼에 붉은 홍조를 피웠다. 소매를 걷어붙이고 노를 저으며 그 얼굴을 멍하게 바라보았다. 늘 사랑했던 얼굴. 은금이는 아직도 사랑에 빠진 소녀의 모습을 갖고 있다. 나는 나날이 늙어 가고 있는데 말이다.

"선생님은, 못하는 게 뭐예요?"

"뭐?"

내가 되묻자 은금이는 콧등을 찡그리며 웃었다. 핑크색 혀가 하얀 대문니 사이로 쏙 나왔다가 들어간다. 그 미소는 항상 나를 행복하게 해 준다. 부아가 치밀어 오르는 순간에도 유효했다.

"선생님이 뭔가를 서툴게 하는 걸 본 적이 없어서요. 심지어 노

젓는 것도 그러네요."

서툰 게 왜 없어. 너 있잖아, 너.

"근데 너는, 언제까지 나한테 선생님이라고 할 거야?"

은금이는 다시 웃었다. 이번엔 좀 더 수줍어 보였다.

"이제 선생님이라고 지칭하기엔 우리 꽤 나이 먹지 않았어?"

나는 베데스다 분수를 향해 기수를 돌렸다.

"뭐라고 불러야 할지 잘 모르겠어서요."

"그동안 만난 남자들은 뭐라고 불렀는데?"

"……."

은금이는 내 재킷을 만지작거렸다. 머뭇거릴 때마다 늘 치맛단을 만지던 녀석이었다.

"너 비난하는 거 아니야."

"알아요."

은금이가 착잡한 목소리로 대답했다. 과거의 만남들을 후회하는 빛이 역력했다. 정작 나는 아무렇지도 않은데 말이다. 은금이에게 내가 처음이자 마지막 남자가 되지 못할까 봐 걱정한 적은 없었다. 그러나 녀석이 나 없이 홀로 외로움을 견디는 건 무척 걱정됐다. 곁을 떠나면서 가장 힘들었던 것이기도 했다. 녀석이 홀로 괴로워하는 모습을 생각할 때마다 마음이 아팠다.

나는 내가 떠난 후 가능하면 녀석의 주위를 많은 사람이 채워 주길 바랐다. 그래서 은금이의 세상에 내 사랑이 사라져도, 자신을 사랑해 주는 사람이 많다는 것을 알아차리길 원했다. 그만큼 본인이 가치 있는 사람이라는 것을, 누구에게나 사랑받을 수 있는 사람이라는 것을 깨닫길 바랐다. 그래서 재현이와 사귄다는 이야기를 전해 들었을 때도 질투나 괴로움을 느끼기보다 안도했다. 은금이가 내가 아닌 누군가와 사귄다면, 어디서 놈팡이 같은 놈을 만나 상처받는 것보다 재현이처럼 올곧고 심성이 바른 아이를 만나는 것이 훨씬 나았다. 내가 은금이에게 해 주지 못했던 부분을 재현이가 채워 주길 바랐다. 그녀가 어느 하나 부속함 없이 사랑받길 원했다. 나는 은금이에게 아마, 어떤 확신 같은 것이 있었던 모양이다. 결국엔 내 것이라는 확신. 아무리 긴 시간을 돌아도 결국엔 내 것이 될 거라는 확신. 은금이는 천천히 눈을 들었다.

"'오빠'나 '선배'나…… 아니면 그냥 이름 불렀어요."

"그럼 나도 그렇게 부르면 되잖아."

"그럼, 특별하지가 않잖아요."

"뭐?"

"그런 평범한 호칭으로 부르고 싶지 않아요."

"그럼……."

햇살에 부서지는 은금이의 모습을 바라보며 노 젓는 속도를 올렸다.

"자기나 여보면 어때?"

은금이의 얼굴이 다시 장밋빛으로 물들었다. 나는 은금이의 약지에 끼워져 있는 다이아몬드 반지를 내려다보다가 그녀의 얼굴로 시선을 올렸다.

"반지만 받고 대답 안 하는 거 상당히 속물근성 아닌가?"

"내가 이걸 뺐으면 좋겠어요?"

은금이가 인상을 쓰며 입술을 내밀었다.

"그 반대야. 이왕 가져갈 거면 다 가져가란 거지. 반지도 가져가고 나도 가져가고.”

은금이의 입가에 장난기 어린 미소가 어렸다. 덩달아 내 입가도 올라갔다. 대체 저 작은 머리통엔 무슨 생각이 숨겨져 있는 걸까. 이 순진무구한 존재가 가끔은 악녀로 보였다. 열아홉 살 때도 그랬고 지금도 그렇다.

“노, 제가 저어 봐도 돼요?”

“할 수 있겠어?”

“그럼요! 저 이런 거 잘해요!”

나는 은금이의 운동신경이 얼마나 꽝인지 잘 알고 있다. 6년이 지났다고 나아졌을 것 같지는 않은데. 그녀는 자신감 넘치는 표정으로 씩씩하게 소매를 걷어붙였다. 녀석이 일어날 필요는 없었다. 그저 맞은편에 앉아 노만 건네받으면 되었다. 그런데 은금이는 자리에서 벌떡 일어섰다. 마치 자리를 바꿔야 하는 것처럼……

“어!”

자리에서 일어난 은금이는 금세 무게중심을 잃었다. 좌우로 허둥대는 팔을 잡으려고 손을 뻗었는데 너무 빨리 기울어져 잡을 새도 없었다.

“꺄악!”

짧은 비명 소리와 함께 은금이는 흔적도 없이 물 아래로 사라졌다. 물보라가 배 위로 튀어 올랐다. 배가 한쪽으로 기울었고 나는 재빠르게 노를 잡아 균형을 맞췄다.

“박은금!”

출렁이는 물결을 바라봤다. 주변 사람들은 멀뚱멀뚱 구경했고 보트 하우스는 인기척 하나 없이 잠잠했다. 나는 홀로 사색이 되었다.

"박은금!"

수면 위를 정신없이 살피다가 강물에 뛰어들기 위해 신발을 벗었다. 그때, '푸악!' 하는 소리와 함께 은금이의 머리통이 수면 위로 올라왔다.

"박은금!"

멈췄던 심장박동이 쿵하고 발끝으로 떨어졌다. 나는 진이 빠져 축 늘어졌는데 은금이는 얼굴을 닦아 내더니 깔깔깔 웃음을 터트렸다.

"이 멍청아!"

놀란 마음에 소리를 지르자 은금이는 거침없이 물살을 가르며 보트로 다가왔다. 녀석이 수영에 능숙하다는 걸 그제야 알았다. 그전에는 수영을 배워 본 적이 없다고 했으니 나와 헤어지고 나서 배웠을 것이다. 녀석에 대해 다 알고 있다고 생각했는데 가끔 이렇게 모르는 면을 발견하면 우리가 오랫동안 헤어져 있었다는 걸 새삼 깨닫게 된다.

"나 좀 잡아 줘요."

은금이가 나를 향해 손을 뻗었다. 나는 그 손을 잡으며 한숨을 내쉬었다.

"너 때문에 심장마비 올 뻔······."

뒷말은 제대로 이어지지 못했다. 은금이는 배 위로 올라오는 대신, 뱃머리에 발을 대고 그걸 지렛대 삼아 나를 잡아당겼다. 중심을 잃자 나는 그대로 강물에 머리부터 처박혔다. 아. 미치겠다. 이 웬수!

강물은 생각보다 깊지 않아 금방 땅에 닿았다. 구명조끼도 없이 배 위에 오르고, 강에 사람이 빠졌음에도 주변 사람들 모두가 느긋한 이유가 있었다. 사람이 빠져 죽을 만한 깊이가 아니었다. 나는 발로 바닥을 딛고 서서 수면 위로 몸을 일으켰다.

"박은금!"

"하하하!"

얼굴을 쓸며 소리를 지르자 은금이가 다시 웃음을 터트렸다. 찰칵! 누군가가 꽥꽥 소리를 지르는 나와 박장대소하는 은금이의 모습을 카메라에 담는 소리가 났다. 결국 나도 은금이를 따라 웃어 버리고 말았다. 보트 하우스에 배를 정박하고 나오자 기다리고 있던 직원이, 나와 은금이의 몸에 커다란 수건을 둘러 주었다. 그러고는 심드렁한 목소리로 말했다. 이곳에서는 일상적으로 벌어지는 일이라고 말이다.

우리는 흠뻑 젖은 채 뉴욕 시가지에 위치한 내 작업실 겸 집으로 향했다. 물에 젖은 찐빵 꼴로 걷기도, 그렇다고 대중교통을 이용하기도 곤란해서 그 거지 같은 꽃마차를 또 이용해야 했다. 그것도 원래 요금의 두 배를 쥐어 주고 말이다.

따듯한 물로 샤워를 마치고 나왔을 때, 은금이는 박시한 원피스를 입은 채 아빠 다리를 하고 소파에 앉아 있었다. 한 손에는 사절지를 고정시킨 합판을 잡고, 다른 한 손에는 목탄을 쥐고서…….

"벗어 봐요."

나는 머리에 수건을 뒤집어쓴 채 그 자리에 멀뚱히 서 있었다. 그러자 은금이는 젖은 머리를 어깨 뒤로 넘기면서 야무진 말투로 말했다.

"내가 열아홉 살 때부터 결심한 게 있거든요. '언젠가는 반드시 최정우의 벗은 몸을 그리고 말겠다'라고 말이에요."

은금이가 나를 그려 준다면 그건 꽤나 영광이다. 나는 순순히 목욕 가운을 풀었다.

"침대에 앉아 봐요."

"……."

나는 침대에 엉덩이를 대고 앉았다.

"알지? 반드시 꼭 보이는 대로 그릴 필요는 없어. 때로는 좀 과장되게……."

"돌아봐요."

"뭐?"

"돌아봐요. 나는 등을 그릴 거예요."

나는 언짢은 표정을 지으며 미간을 찌푸렸다.

"그럼 내 위대함이 보이질 않잖아."

내가 투덜거리자, 은금이는 못 말리겠다는 듯 웃음을 터트렸다.

"그건 판타지로 남겨 두는 게 더 위대해 보여요. 빨리요."

"흠……."

나는 불만스러운 숨소리를 내며 침대 위로 올라가 은금이에게서 몸을 돌렸다.

"견갑골이 잘 보였으면 좋겠어요."

그 말에 나는 깍지를 낀 손을 머리 위로 올렸다. 가만, 이거 초등학교 때 많이 하던 자세인 것 같은데…….

목탄이 종이에 닿아 사각거리는 소리가 났다.

"다 그리면 선물로 줄게요."

"사양이야. 내 벗은 몸 따위 누가 갖는데. 줄 거면 네 몸을 그린 걸 줘."

나는 은금이의 작은 웃음소리에 귀를 기울이며 말을 덧붙였다.

"그림이 어려우면 사진도 좋아."

"변태."

짧게 웃음을 흘린 뒤, 나는 은금이가 그림에 집중할 수 있도록 입을 다물었다. 사각, 사각, 멈췄다가 다시 시원하게 선을 긋는 소리. 사이사이 섞인 '흠' 하는 은금이의 한숨 소리. 나는 그 리드미컬하게 반복되는 소리에 가만히 귀를 기울였다. 어쩌면 이 소음들이 우리의 미래일 수도 있겠다는 생각이 들었다. 그리고 나는 내가 지금 상상하는 미래가 현실이 되기를 간절히 바랐다.

"우리 첫 데이트 때요……."

은금이가 사각거리는 목탄 소리를 가르고 조심스럽게 말을 건넸다.

"그때, 나 완전 비 맞은 생쥐였잖아요."

그랬지. 동네의 문 닫은 호프집 앞에 처량하게 서 있었지. 나는 그때가 떠올라 픽 웃었다.

"그날 되게 속상했는데……."

"왜?"

"나 선생님한테 그날 되게 예뻐 보이고 싶었거든요."

그날, 은금이가 미웠던가? 물론 화가 나긴 했지. 은금이 때문이 아니라 은금이가 비를 맞게 내버려 둔 재현이 놈 때문에.

"큰맘 먹고 열심히 꾸미고 갔는데, 엉망진창인 모습만 보였잖아요. 그래서 사실 엄청 울고 싶었어요."

그날의 은금이는 많이 지쳐 보였었다. 비에 젖은 채 정말로 울고 싶다는 표정을 짓고 있어서 내내 어떻게 해야 할 바를 몰라 초조했던 기억이 났다.

"그때, 넌 뭘 해도 예뻤어."

사각거리던 소리가 잠시 멈췄다.

"나는 다 늘어난 티셔츠에 물 빠진 청바지를 입은 네가 가장 좋았어. 물론 비 맞은 생쥐 꼴도 나쁘진 않았고."

"……"

"그날……"

나는 말하기 전에 픽 웃었다. 돌이켜 보면 정말 웃긴 일이긴 했다.

"너 만나기 전에 나 원래 되게 잘 차려입고 있었어."

그날 은금이가 재현이랑 영화를 보고 있을 때, 나는 명진 형과 같이 스튜디오의 계약에 관련해서 미팅을 하고 있었다. 그러므로 복장은 당연히 신경 쓸 수밖에 없었다. 미팅이 끝난 후에 집으로 돌아와 내가 가장 먼저 한 일은 그 잘 차려입은 옷을 훌훌 벗어 버리는 것이었다. 내가 과거의 일들을 회상하며 미소 짓자 은금이는 의아하다는 표정으로 말했다.

"선생님은 그날 추리닝에 다 늘어난 티셔츠를 입고 있었잖아요."

은금이에게 멋져 보이는 것보다 더 중요한 건 그녀가 내게 솔직해지는 것이었다.

"설마 그거 갈아입은 거예요?"

내가 대답하지 않자 은금이는 한 번 더 물었다.

"나 때문에요? 내가 혹시 주눅 들까 봐요?"

"너한테 어려운 사람이 되고 싶지 않았어. 그때, 너는 나 때문에 어쩔 줄 몰라 했잖아."

나는 뻐근해진 근육을 풀기 위해 몸을 조금 움직였다.

"네가 어떻게든 나한테 어울리는 사람이 되고 싶어서 계속 애 쓴 거 다 알아. 근데 그럴 필요 없었어. 그때의 너는 이미 그 자체로도 내겐 충분했어."

"내가 할머니처럼 촌스러운 안경을 쓰고 펑퍼짐한 항아리 바지를 입고 있어도요?"

"그래, 그게 내가 좋아했던 모습이야."

나무 바닥에 '콩' 하고 합판이 부딪히는 소리가 났다. 이윽고 목탄이 또르르 굴러가는 소리가 들리는가 싶더니 은금이의 가늘고 하얀 손이 내 허리를 감아 왔다. 등 뒤로 은금이의 뜨거운 뺨이 닿고 몸이 밀착되는 것이 느껴졌다.

"뭐야, 다 그렸어?"

"네."

"벌써?"

"네."

"내 몸이 그렇게 단순해?"

귓가에 키득거리는 웃음소리가 들려왔다. 은금이가 목덜미에 입술을 비비고 귓불을 이로 잘근잘근 깨물었다. 나는 깍지를 끼고 있던 손을 풀고 뒤를 돌아 그녀를 바라보았다. 그러고는 은금이의 허리를 감싸 안은 뒤에 내 무릎 위로 당겼다. 은금이의 눈이 센트럴 파크 호수에 비치던 햇살처럼 반짝거렸다.

"너 한국에 안 갔으면 좋겠어."

"그럼 나 불법 체류자 돼요."

"이민국에서 나오면 내가 잘 숨겨 줄게."

은금이의 입가가 벌어지며 하얀 이가 가지런히 드러났다. 나는 은금이의 젖은 머리카락을 손으로 천천히 훑고 도톰하게 벌어진 입술에 지그시 내 입술을 붙였다. 은금이의 팔이 내 목을 안정감 있게 감아 왔다. 밀착된 은금이의 몸에서 매우 달콤한 향기가 났다. 흠. 구미가 당겼다.

나는 은금이의 원피스 안으로 손을 넣고 한 손에 쏙 들어오는 가슴을 매만지다가 그녀의 엉덩이를 훑으며 속옷을 내렸다. 핑크색 실크 조각이 은금이의 무릎으로 올라갔다가 복숭아뼈를 타고 발끝으로 빠져나왔다. 나는 몸을 틀며 은금이를 잘 정리된 침대 시트 위에 사뿐히 눕혔다. 젖은 머리카락이 시트 위에 제멋대로 곡선을 그리며 헝클어졌다. 하얀 도화지 위에 검은색 그림이 구불구불 그려져 있었다.

나는 한 손으로 은금이의 양쪽 손목을 잡아 머리 위로 고정시켰다. 그러고는 그녀의 목덜미에 입을 맞추며 다른 한 손으로 원피스를 끌어올렸다. 은금이의 허리가 위로 달싹거렸다. 열에 오른 피부가 뜨거웠다. 벌어진 잇새로 새어 나오는 숨결 역시 그랬다. 그건 내 리비도(Libido : 사람이 내재적으로 가지고 있는 성욕)를 자극하기에 충분했다. 은금이는 언제나 손짓 하나, 몸짓 하나 그리고 예쁜 입술을 움직이는 것 하나만으로도 나를 흥분시켰다. 은금이는 마음만 먹으면 언제 어디서든 나를 손쉽게 가질 수 있다.

나는 은금이의 팔을 잡고 있었던 손을 풀고 실오라기 하나 걸치지 않은 그녀의 나신을 내려다보았다. 윤기 나고, 여전히 매끄럽고 싱그러운 나체는 탐스럽고 육감적이었다. 나는 은금이의 몸 구석구석에 입을 맞췄다. 혀로 그녀의 모든 골격을 느꼈다. 내가 은금이의 팔꿈치를 한 번 깨문 후에 입술을 옮겨 갈비뼈를 혀로 쓸자 그녀의 비단 같은 몸에 소름이 오소소 돋아났다. 은금이의 손마디가 시트를 그러잡아 비틀렸다. 그녀가 이런 반응을 보일 때면 나는 좀 더 강렬한 충격을 주고 싶었다. 나는 은금이의 허벅지를 좀 더 벌리고 그녀의 은밀한 곳에 입술을 묻었다. 손가락을 젖은 질 속으로 넣어 오돌토돌하면서도 스펀지처럼 물렁한 질 벽을 마사지하듯 쓸었다. 은금이의 골반이 위로 펄쩍 튀어 올랐다.

시트를 그러쥐고 있던 손가락이 내 머리카락에 감겨 왔다. 은금이는 흥분한 만큼 내 머리카락을 힘주어 잡아당겼다. 그 아픔이 나를 과도하게 흥분시켰다. 나는 몸을 일으켜 은금이의 위로 올라갔다. 내 손은 여전히 그녀의 안에 머물러 있었다.

"널 어떻게 요리해 줄까?"

나는 입술을 꽉 다문 채 대답할 여력이 없어 보이는 은금이에게 집요하게 물었다. 머리카락을 쥐고 있던 은금이의 손이 내 가슴 위로 올라왔다.

나는 엄지손가락으로 은금이의 클리토리스를 빙빙 돌리며 자극했다. '헉!' 하는 신음 소리와 함께 은금이의 손가락이 안으로 말려들었다. 그녀의 날카로운 손톱이 내 가슴에 박혔다. 은금이의 눈이 자작자작 타들어 갔다. 나는 은금이의 쾌락을 내 손 위에 올려 둔 채 그녀가 산등성이를 넘지 못하도록 밀었다가 다시 잡아당기길 반복했다. 수직 상승하는 흥분 때문에 가늘게 떨리던 신음이 애달프게 변했다.

 넌 하루 종일 날 가지고 놀았지. 은금이는 내가 원하는 것이 뭔지 뻔히 알면서 손에 틀어쥐고 내놓지 않았다. 그러므로 나도 은금이가 원하는 걸 손에 쥐고 내놓지 않을 생각이었다. 그녀가 원하는 것들을 교환할 마음이 없다면 말이다.

"한국으로 돌아갈 거야? 날 두고?"

 내가 묻자 은금이는 원망스럽게 나를 노려봤다. 나를 심술궂다고 생각하는 모양이다. 물론 비자가 없는 상태로 더 이상 머무를 수 없다는 건 잘 알고 있었다. 어쩌면 정말로 심술을 부리고 있는 것이 맞을지도 몰랐다. 하지만 알잖아, 정말 내가 뭘 원하는지.

"나랑 결혼하지 않을 거야?"

 은금이는 다시 고집스럽게 입술을 물었다. 나는 좀 더 손을 움직여 은금이를 자극했다. 그러자 입이 크게 벌어지면서 그녀의 고개가 뒤로 힘껏 꺾였다.

"너는 한 마디만 하면 되잖아."

 딱 한 마디면 돼. 그 말 하나면 나는 너에게 내가 가진 모든 걸 준다니까. 은금이의 손이 내 쇄골 근처에서 허우적댔다. 아마 내가 옷을 입고 있으면 내 멱살이라도 쥐었을 거다. 어떡할까…. 애석하게도 쥘 게 없네?

"알겠다고 해."

 은금이의 골반이 다시 들썩거리더니 부드럽게 원을 그리며 움직였다. 나는 그녀 안으로 들어가고 싶어 죽을 지경이었다.

"너는 'Yes.'라고만 해."

 제발.

은금이의 손이 내 아래턱에 달라붙었다. 손가락이 내 입술에 닿고, 손끝이 내 잇새로 들어갔다. 뜨겁게 달아올라 땀에 흠뻑 젖은 은금이의 나신이 매끄러운 뱀처럼 시트 위에서 움직였다. 그녀의 몸은 단단하고, 유연하고, 미끈했다. 나는 그 황홀한 광경에 넋을 잃었다. 은금이가 다시 골반을 들어 올렸을 때, 나는 그 에덴동산의 선악과를 따 먹어야만 했다. 나는 치명적인 유혹 앞에서 완전히 무너져 버린 이브였고, 동시에 아담이었다. 나는 곧바로 은금이에게 파고들었다.

"아!"

은금이의 비명 소리가 날카롭게 울렸다. 그녀의 두 손이 기다렸다는 듯 내 목에 감겨 왔다. 무릎을 구부려 내 상체를 자신에게 붙이고 조금도 틈을 주지 않고 온몸을 밀착해 나를 자신에게로 이끌었다. 나는 더 이상 들어갈 수 없을 때까지 그녀 안으로 미끄러져 들어갔다. 은금이가 나를 꽉 붙잡아서 도저히 빠져나올 수가 없었다. 그녀는 나를 당겼고, 나는 그녀를 한계까지 밀어붙였다. 은금이의 온몸이 격렬하게 경련을 일으켰을 때, 나는 그 안으로 무너졌다.

* * *

다음 날 아침에 눈을 뜨고 나서야 나는 우리가 그대로 잠들어 버렸다는 것을 알아차렸다. 가늘고 긴 머리카락이 내 옆구리를 간질였다. 은금이는 내 가슴팍에 손을 얹고 옆구리 쪽에서 웅크린 채 잠들어 있었다. 나는 은금이가 깨지 않도록 조심스럽게 몸을 움직여 침대 밖으로 빠져나왔다. 몸이 찌뿌둥하게 느껴져 기지개를 켜며 목을 한 바퀴 돌렸다. 그러고는 뻐근한 어깨를 주무르며 바닥에 떨어져 있던 샤워 가운을 다시 챙겨 입었다. 바로 아래층의 스튜디오에서 사람들이 부산스레 움직이는 소리가 들려왔다. 조수들이 출근한 모양이었다.

나는 엄마 배 속에 있는 태아처럼 침대 위에서 웅크린 자세로 잠든 은금이의 나신을 내려다보았다. 열아홉 살의 은금이는 어떻게 해도 내 사람 같았는데, 스물여섯 살의 은금이는 어떻게 해도 내 것이 되지 않는 것만 같았다. 대체 왜 프러포즈를 받아들이지 않는 것일까. 은금이는 약지손가락에 반지를 끼고 있으면서도 'Yes'라는 말 한 마디를 하지 않는다.

입안이 텁텁했다. 옷을 갈아입고 스튜디오로 내려가 커피라도 한잔 마셔야겠다는 생각에 몸을 움직이는데 바닥에 뒤집혀 있는 합판이 눈에 띄었다. 작은 원형 테이블 위에는 은금이가 한국에서 가지고 온 화장품 파우치가 보였다. 펄이 들어간 아이섀도 케이스는 물감을 짜 놓은 팔레트처럼 주위가 지저분했다. 뚜껑을 닫지 않은 립스틱이 테이블 위를 이리저리 굴러다녔다.

나는 합판을 집어 올려 도화지가 보이도록 뒤집었다. 그러고는 이내 웃어 버리고 말았다. 목탄으로 거칠게 스케치된 내 등 위에 반짝이는 펄이 들어간 아이섀도가 부드럽게 발려져 있었다. 갈색으로 음영을 드리우고 하얀색 하이라이터로 포인트를 줬다. 도화지 안의 내 몸은 황금으로 만들어진 조각상 같았다. 은금이는 물감이나 파스텔 대신 자신의 화장품만으로 내 등을 근사하게 완성시켜 놓았다.

역시나 끝내 주네, 박은금. 흠⋯⋯. 어쩌면 이 선물은 꼭 받아야 할지도⋯⋯.

 나는 그림의 맨 오른쪽 하단으로 눈을 돌렸다. 은금이는 늘 그곳에 귀여운 필기체로 자신의 이름을 써 넣고는 했다. 나는 그 이름 석 자가 지닌 특별한 힘을 좋아했다. 그리고 머지않아 세상의 모든 사람이 그녀의 특별함을 좋아하게 될 것이라 확신한다. 그러나 그 그림은 늘 기발하고 독특한 방식으로 표현했던 은금이의 무수히 많은 다른 그림보다도 훨씬 더 독특했다. 이번 작품에는 녀석의 이름이 없었다. '박은금'이란 이름을 대신하는 건 전혀 다른 세 글자였다.

 'Yes.'

 이런 여우가⋯⋯. 결국 또 나를 가지고 놀았다, 이거지? 나는 손끝으로 그 옆에 도장처럼 찍혀 있는 그녀의 붉은 입술을 매만졌다. 은금이의 그림은 손끝에 닿는 질감만으로 다시 내 리비도를 자극했다. 이건 더 볼 것도 없지. 이 그림은 무조건 내 거야.

 '나와 결혼하면 매일 아침 꽃을 선물해 줄게. 언제든 무릎을 꿇고 손등에 입을 맞춰 주지.'

 나는 내 보물 1호가 된 합판을 잘 보이도록 한쪽 벽에 세워 두고 서둘러 옷을 챙겨 입었다. 은금이가 일어나기 전에 사랑스러운 예비 신부의 머리맡에 놓아 둘 예쁜 장미꽃을 사러 가야겠다.

〈끝〉

글을 마치며

책을 출간한지 벌써 4년째입니다. 연재 당시에도, 그리고 지금도 이 글이 이토록 많은 사랑을 받을 것이라 전혀 생각하지 못했습니다. 오로지 무료한 일상에서 벗어나 탈출하고 싶은 마음에 담담하게 고백하듯 써내려갔던 글. 부족하고 보잘 것 없는 데뷔작을 과연 종이책으로 내도 될런지 무던히도 고민하던 나날이었습니다.

감히 내가 글쓰는 것을 업으로 삼는 작가가 될거라 꿈도 꾸지 못했던 제가 벌써 4년째 글을 쓰고 있습니다. 아마 이 글이 아니었다면 저는 지금도 그저 공상에 자주 빠지는 무료하고 고단한 나날을 보내는 좀 특이한 여자 그 이상도 이하도 아니었을 거에요. 그래서인지 '내 안의 악마를 위하여'를 떠올리면 늘 풋풋하고 설레고 또 고마운 마음만 잔뜩입니다.

출간에 부정적 생각을 하고 있었던 저에게 종이책 출판을 적극적으로 권해준 박 팀장님께 감사를 드립니다. 매사에 적극적이고 늘 친절히 대해주시는 담당자님 덕분에 편하게 글을 쓰고 있습니다. 또 부족한 글을 출간해주신 '가연' 출판사 여러분에게도 깊은 감사를 전합니다. 아울러 이 책을 쓸 수 있도록 내게 많은 영감을 주었던 복태에게 여전히 감사의 마음을 전합니다.

내 성공을 자신의 일처럼 기뻐해주며 늘 헌신적으로 도와주었던, 그리고 마지막으로 저에게 이메일로, 또는 댓글로 자신의 아픔을 고백하던 이 세상의 수많은 은금이들. 여러분 덕에 힘들었을 때도 괴로웠을 때도 버틸 수 있었습니다. 제게 이 글을 써서 정말 다행이다, 행복하고 또 감사할 수 있게 해주셨습니다.

늘 나를 울리고 벅차게 만드는 은금아. 지금까지 잘 버텼다. 어떤 삶을 살아가든 너는 이미 그 자체로 아름다워. 그러니 잊지 말았으면 좋겠어. 어떤 순간에도 너는 늘 빛나고 있다는 걸.

2020년 8월 10일
피숙혜 드림.